आशा प्रभात

जन्म : 21 जुलाई, 1958

शिक्षा : स्नातक।

हिंदी में प्रकाशित कृतियाँ : दरीचे (काव्य-संग्रह); धुंध में उगा पेड़, जाने कितने मोड़, मैं और वह (उपन्यास); कैसा सच (कथा-संग्रह)।

उर्दू में प्रकाशित कृतियाँ : धुंध में उगा पेड़, जाने कितने मोड़ (उपन्यास)। मरमूज (शेरी मजमूआ); वह दिन (अफसानवी मजमूआ)।

लिप्यंतरण एवं संपादन : साहिर समग्र (साहिर लुधियानवी का रचना-संसार)।

सम्मान : बिहार राष्ट्र भाषा परिषद् द्वारा 'साहित्य सेवा सम्मान'। बिहार उर्दू अकादमी द्वारा 'सुहैल अजीमावादी अवार्ड' और 'खसूसरी अवार्ड'। 'प्रेमचंद सम्मान', 'दिनकर सम्मान', 'उर्दू दोस्त सम्मान' आदि।

संप्रति : स्वतंत्र लेखन व पत्रकारिता।

संपर्क : कोट बाजार, सीतामढ़ी-843 302

ashaprabhat77@gmail.com

मैं जनक नंदिनी

अलौकिक सीता की लौकिक प्रस्तुति

आशा प्रभात

राजकमल पेपरबैक्स

राजकमल पेपरबैक्स में
पहला संस्करण : 2017

राजकमल पेपरबैक्स : उत्कृष्ट साहित्य के जनसुलभ संस्करण

राजकमल प्रकाशन प्रा. लि.
1-बी, नेताजी सुभाष मार्ग, दरियागंज
नई दिल्ली-110 002
द्वारा प्रकाशित

शाखाएँ : अशोक राजपथ, साइंस कॉलेज के सामने, पटना-800 006
पहली मंजिल, दरबारी बिल्डिंग, महात्मा गांधी मार्ग, इलाहाबाद-211 001
36 ए, शेक्सपियर सरणी, कोलकाता-700 017

वेबसाइट : ww.rajkamalprakashan.com
ई-मेल : info@rajkamalprakashan.com

बी.के. ऑफसेट
नवीन शाहदरा, दिल्ली-110 032
द्वारा मुद्रित

मूल्य : ₹299

MAIN JANAK NANDINI
Novel by Asha Prabhat

ISBN : 978-81-267-3021-6

कुमार को...
जिनके विश्वास से ही संभव हुआ
विचारों को शब्द देना...

आमुख

आस्था और काव्य रचना का अनुशासन, जिसे 'रामकथा' कहता है, वस्तुतः उसे 'सीताराम कथा' कहा जाना चाहिए, क्योंकि सीता राम से अन्य कहाँ है, अनन्य हैं। सीता से विलग राम कथा पूर्ण होती क्या? परंतु रामकथा के रचयिता अति भक्ति वश उसे मूलतः 'मर्यादा पुरुषोत्तम' राम की कथा उद्धृत करते हुए राम अयन का नाम देते हैं। सीता इस सत्य को सदैव अभिव्यक्ति देती हैं कि वे राम से कभी विमुख नहीं हैं और यही रामायण की मूल प्रेरणा है।

आस्था और गझिन श्रद्धा के अथाह सागर ने सदियों से भारतीय जनमानस की सीता, जगज्जननी सीता, राम की जीवन सँगिनी सीता, सुनयना की सिया तथा तिरभूक्ति प्रदेश वासियों की बहन किशोरी और सखा लाडली को अपने भीतर अमूल्य निधि की भाँति आदर्श नारी के प्रतिरूप में असीम आस्था के शिखर पर सँजोए रखा है। उस सीता के मनोभावों को शब्द देना...(उनके विषय में ईमानदारी से कुछ लिखना) अत्यंत ही चुनौती भरा कार्य था तथा असंभव नहीं था तो संभव करने के लिए विषय वस्तु के प्रति समर्पण के अतिरिक्त कोई विकल्प भी नहीं था। मैं नहीं जानती कि अगर मैं रामकाल में होती तो अयोध्या की भीड़ में सीता को कैसे संबोधित करती, परंतु इतना निश्चित है कि मुझे भी यह नैतिक अधिकार प्राप्त होता कि मर्यादा पुरुषोत्तम राम से यह पूछ सकूँ, "सीता को वनवास देने का राजा राम का निर्णय तर्क संगत, न्याय संगत एवं अंतिम और पूर्ण है क्या?" यह भी सत्य है कि उस काल विशेष में सीता की शुचिता पर प्रश्न चिह्न खड़ा करने वाले यदि आज यहाँ उपस्थित होते तो मेरे साथ इतना ही कह पाते–

आदि शक्ति छवि निधि जगमूला। वाम भाग सोभति अनुकूला।।
भृकुटी विलास जासु लय होई। राम वाम दिसि सीता सोई।।

भारतवर्ष देवत्व भरे अवतारों और अवतरणों की उर्वर भूमि है। अवतार ऐतिहासिक हैं या नहीं, या मात्र भक्त की श्रद्धावनत विकसित होती कल्पना हैं। इसकी अनेकों व्याख्याएँ हैं किंतु भारतीय वाङ्मय और महान जर्मन विद्वान गेटे इस बात से सहमत हैं कि "इतिहास का चरमोत्कर्ष इस बात में निहित है कि पात्र विशेष अपनी विशेषताओं के साथ देवत्व को प्राप्त कर लेते हैं।" और 'भागवत भूमि यात्रा' में अज्ञेय का मंतव्य भी यही है कि एक बार आप भारत के भागवत यात्रा पर निकलिए, राम, शिव, सीता, राधा, रुक्मिणी, पार्वती के मिथक लोक में भाव-यात्रा कीजिए, आप

स्वयं जान जाएँगे कि भारतीयता सबसे जुड़ने का भाव है। सदियों से यह देश इसी व्यापक मानुष भाव के साथ जीवित रहा है। सांस्कृतिक परंपरा भारतीय जाति की समूहगत प्रवृत्तियों के सामंजस्य से उत्पन्न गति है। इस गति को जीवन देने की जरूरत है कि हम अपना संसकार करते चलें। हमें गत्यात्मक प्रेरणा तभी मिल सकती है, जब हम इसे आत्मसात करें क्योंकि परंपरा या ऐतिहासिक परंपरा कोई पोटली बाँधकर रखा हुआ पदार्थ नहीं है जिसे उठाकर हम चल निकलें। वह रस है जिसे हम बूँद-बूँद अपने में संचय करते हैं। भारतीय मानस का अर्थ केवल पढ़े-लिखे शिक्षितों का मानस नहीं है, उसका मूल अभिप्राय है लोक मानस। इस लोक मानस की भारतीयता का लक्षण है काल के आदिहीन, अंतहीन प्रवाह की भावना...

व्याख्या का दूसरा पहलू यह भी है कि पात्र विशेष के देवत्व प्राप्त करने के पश्चात् आम आदमी का उनके साथ चलने-फिरने का सुख या तो भक्ति और समर्पण में है या उसे एक कालजयी रचना में प्रस्तुत करने में।

किंतु मुझे अपनी सीमाओं का ज्ञान है। मैं कोई कालजयी रचना प्रस्तुत करने की कल्पना भी नहीं करना चाहती परंतु मुझे अपनी सोच समझ और चिंतन को ईमानदारी से आपके समक्ष रखने में कोई संकोच भी नहीं है और कोई भय भी नहीं है। मैं जानती हूँ, बुद्ध के जीवन काल में इस धरा पर उनके साथ-साथ चलना संभव था किंतु आज उनकी मूर्त्ति के पार्श्व में बैठना भी अकल्पनीय दुस्साहस है। यही है कालक्रम का वह अंतर जो अनेक संज्ञाओं से विभूषित होता है।

आज तक जनमानस में सीता का मूक (मौन) स्वरूप ही विद्यमान है। सौम्य स्वरूपा आज्ञाकारी पुत्री का, जो बिना तर्क-वितर्क या प्रतिरोध किए पिता का प्रण पूर्ण करने हेतु या पुत्री धर्म के निर्वाह हेतु उस किसी भी पुरुष के गले में वरमाला डाल देती, जो शिव के विशाल पिनाक पर प्रत्यंचा का संधान कर देता।

उस समर्पिता, सहधर्मिणी या सहगामिनी पत्नी का जो सहजभाव से सारा राज्य सुख तथा वैभव त्यागकर पति राम की अनुगामिनी बनकर उनके संग चल देती है चुनौती भरे वन्य जीवन के दु:खों को अपनाने। भय या दुख न तो उनके शब्दों में व्यक्त होता है और न ही सुदृढ़ कदमों पर कोई प्रभाव डाल पाता है। यही सीता की सोच है। रावण वध के पश्चात् वे राम से मिलन की प्रसन्नता हृदय में सँजोए डोली से चलती हैं राम के शिविर की ओर और औचक राम का आदेश होता है, "सीता डोली से उतरकर राक्षसी सेना और वानरी सेना के मध्य पैदल चलकर शिविर तक आए।" उसके बाद सीता का शुचिता संबंधी शंका और उसके निवारण के लिए अग्नि-परीक्षा देना...। अयोध्या आने के पश्चात् गर्भावस्था में अपवादस्वरूप पति द्वारा परित्याग तथा राज्य निर्वासन का कठोर दंड...और सीता का पुन: वही मौन...?

पुत्री, बहू, पत्नी और माँ के रूप में सदा उनका कर्तव्य-परायणता का स्वरूप ही जनमानस में गहराई तक घर किए हुए रहा है, बिना प्रतिवाद किए। एक प्रस्तर मूर्त्ति से जीवित संवेदनशील मानवी के रूप में उनकी यह अभिव्यक्ति (आत्मकथा) क्या जनमानस को उद्विग्न नहीं करेगी? क्या सहज ग्राह्य होगा उनका यह आत्मचरित? वह भी देवी-स्वरूपा आदर्श नारी का? एक स्थापित आदर्श का?

बहुत कठिन था यह लेखन। सीता के चरित पर अनेक ग्रंथ लिखे गए हैं। अधिकांश में उन्हें जगज्जननी, शक्ति स्वरूपा या देवी मानकर पूजनीया बनाया गया। किंतु मानवी मानकर उनके मर्म के अंतस्थल तक पहुँचने...उनके मर्म की थाह लेने की चेष्टा न के बराबर की गई। उनके प्रति किए गए राम के सारे निर्णय को उनकी मौन स्वीकृति मान उद्धृत कर राम की महानता, मर्यादा तथा उत्तमता को और महिमा मंडित किया गया।

क्या वास्तव में ऐसा था? क्या सीता के पास अपने प्रति किए जा रहे अविचार के प्रति प्रतिरोध के स्वर का अभाव था? अपने जीवन-जनित अभीष्ट अपने कर्मों में निहित कर जीती सीता क्या मात्र पाषाण प्रतिमा थीं? क्या उनका अंतस् संवेदन शून्य था या उन्हें हर्ष-विषाद तथा शोक संताप नहीं व्याप्ता था? और क्या हर स्थिति-परिस्थिति को उन्होंने सहज स्वीकार लिया था, शिरोधार्य कर लिया था बिना प्रतिवाद किए? ऐसे अनेक अनुत्तरित प्रश्न सदियों से प्रबुद्ध जन मानस में उद्वेलित हैं।

जनमानस में गहरे पैठी सीता जैसी पात्रा के सहजात मानवीय मनोभावों को शब्द देना या उनका चरित्र-चित्रण...असमंजस में रही बहुत दिनों तक कि कहीं कोई धृष्टता न हो जाए उनके प्रति। उस युग, उस काल की श्रद्धा, समर्पण, त्याग या भक्तिभाव की तह तक क्या पहुँच पाएगी मेरी सोच? वर्णन कर पाएँगे मेरे शब्द? इसी कशमकश में टलती रही यह योजना...मित्रों की प्रेरणा और श्रेष्ठजनों के परामर्श के पश्चात्...।

किंतु उनकी भावनाओं (आत्माभिव्यक्ति) को शब्द देने से पूर्व जितनी झिझक थी मेरे अंदर, लेखनी के प्रवाह के साथ उत्तरोत्तर समाप्त होती गई। अनुभव हुआ, युग कोई भी हो, सदी कोई हो; स्त्रियों की स्थिति में कुछ विशेष बदलाव नहीं आ पाया है आज तक। आज भी वे सारी क्रियाएँ, सारे अनुष्ठान अक्षुण्ण हैं जो स्त्री अस्मिता की शुचिता हेतु बनाए गए थे। स्त्री विमर्श ही वस्तुतः सामाजिक जीवन का चरित्र-चित्रण है। अपने-अपने काल में पात्र के नाम, परिधान एवं परिवेश बदल जाते हैं। भारतीय वाङ्.मय नारी के स्व और सत्य को स्वीकार करता है, उसे अलंकृत करता है, पूजनीय भी मानता है परंतु पुरुष का स्वामित्व कहीं न कहीं सर्वोपरि हो जाता है। सीता का आचरण रामायण का वह आचार-दर्शन है जिसमें मर्यादा...और केवल मर्यादा है...परंतु सब कुछ रामायण में वर्णित है। सदियों से विकसित होती यह धारण विरासत है या विडंबना...इसका निर्णय आने वाले कई काल खंडों में भी शायद ही हो पाए किंतु हर युग में किसी न किसी को इस क्रम को आगे बढ़ाना होगा...क्योंकि निश्चय को नियति के ऊपर अग्नि-परीक्षा के लिए नहीं छोड़ा जा सकता। यह ऐसा सच है जिसे मानने के लिए हृदय वाध्य होता है मष्तिस्क नहीं...तब उनके मनोभावों को समझना, उनके मर्मस्थल तक पहुँचना असंभव नहीं लगा। बल्कि आश्चर्य हुआ कि बहुत बार उद्धृत उनके चरित्र में उनके मनोभावों का उतना ही समावेश किया गया है, जितने से राम के चरित्र को हानि नहीं पहुँचे। उनकी महानता की आभा धूमिल न हो और देवत्व के आवरण में लपेटकर सीता को संवेदन शून्य पाषाणी बनाकर वेदना-संवेदना रहित बना दिया गया, जिसे न शीत ठिठुरा पाता है, न गर्मी दाह पाती है।

अपने शौर्य, स्वाभिमान और त्याग से दिप्त तथा मोह-लोभ से अलिप्त। महान से महान संकट में अविचल रहने वाली। विवेकवान, संयम के बल पर आगत संकट का शौर्यपूर्ण सामना करने वाली सीता देवी स्वरूपा हैं किंतु वे सहज क्षमाशील नहीं हैं अन्यथा हनुमान के आग्रह कि उनके कंधे पर बैठ जाएँ वे उन्हें राम के पास ले जाएँगे,' अस्वीकार नहीं करतीं। वे जानती हैं, उनके लंका से प्रस्थान करते ही लंका पर राम के आक्रमण का ध्येय समाप्त हो जाएगा तब उनका हरण करने वाले रावण का वध नहीं हो पाएगा। लंका का नाश और रावण से अपने अपमान का बदला लेने हेतु ही घोर यातनाओं के बाद भी वे वहाँ रहना स्वीकार करती हैं तो इसमें राम के पराक्रम और रावण का समूल नाश का संकल्प ही निहित है, जिसने छलपूर्वक उनका हरण किया है।

फिर राम द्वारा त्याग दिए जाने पर भी उनका वही रूप मुखर हो सम्मुख आता है। आत्म-सम्मान से पूर्ण नारी का, जो अपनी संतानों के प्रति कर्तव्य पालन में कहीं नहीं चूकती, परंतु वे राम को क्षमा भी नहीं करतीं अन्यथा राम के यज्ञ-स्थल तक जाकर वे न तो अयोध्या की ओर मुख करती हैं और ना ही राम के पार्श्व भाग को सुशोभित करने का यत्न करती हैं।

सच तो यह है कि सीता का प्रतिरोध उनका निःशर्त प्रतिबद्ध समर्पण है। पुत्रों के जन्म के पश्चात् राम को संवाद देने से महर्षि वाल्मीकि को मना करना, अपने बल पर पुत्रों का समुचित लालन-पालन करना तथा उन्हें राजकुल के अनुरूप ढालना, बिन बुलाए राम के यज्ञ-स्थल तक आना, पति राम को उनके पुत्रों को सौंपने के बाद क्या वे राम को क्षमा भी कर देती हैं? यज्ञ-स्थल तक आकर भी अयोध्या न जाने या राम के पार्श्व में न बैठने का निर्णय कर क्या वे राम को दंडित नहीं करतीं? और अंत में स्वयं को निराकार करती राजा राम को पुरुषोत्तम राम के समक्ष अनेक प्रश्नों का उत्तर देने हेतु छोड़कर नहीं चली जातीं?

सीता में चारित्रिक बल कूट-कूटकर भरा है। उनका चारित्रिक शौर्य यह दृष्टांत प्रस्तुत करता है कि लोभ, मोह और प्रत्याशा से परे स्त्री सदा सबला होती है। अपने कर्म, कर्तव्य से उसे कोई आँधी या तूफान डिगा नहीं सकता। रावण जैसा स्वर्ण-महल का वासी...बलवान और अहंकारी पुरुष भी नहीं। सीता का स्वाभिमान भी बहुत मुखर है। जब तक उनका समर्पण राम द्वारा समर्थित है...वे मौन हैं। किंतु जब उनके अस्तित्व व अस्मिता पर प्रश्न चिह्न खड़ा किया जाता है तो वे मुखर हो अपने अधिकार तथा निर्णय को यथार्थ रूप देने से नहीं हिचकतीं।

आचरण, पराक्रम, त्याग स्वरूप आदर्श की पराकाष्ठा पर पहुँचे पुरुषों में उत्तम पुरुषोत्तम हैं राम; परंतु शासक के रूप में अतिवादिता का प्रतीक भी हैं और अहंकार-रहित भी नहीं हैं। उनके समक्ष सत्य वही है जिसे वे मानते हैं। उन्हें किसी विचार-विमर्श या पक्ष-विपक्ष को मानने की आवश्यकता नहीं है। कैसे एक निरर्थक शंका, लोगों द्वारा दुष्प्रचारित अपवाद उनके न्याय बोध पर भारी पड़ जाता है। कदाचित एक पत्नीव्रता राम की अपेक्षा सीता से भी एकनिष्ठ होने की है परंतु सीता के समक्ष औचक आई परिस्थितियाँ हैं, जिनमें उनकी कोई सहमति नहीं है। वे उन परिस्थितियों की अपराधी नहीं हैं। अतः राम पति के रूप में सहिष्णु नहीं हैं।

अहंकार से अपमान बोध और उससे उपजे भयावह प्रतिशोध के कारण पशुत्व को प्राप्त रावण वस्तुतः एक विद्वान पुरुष है। किस तरह बल के मद से चूर कोई उन्मत्त पशु किसी विशाल वृक्ष को जड़ से हिला देता है। यह रावण के रूप में देखने को मिलता है। विद्वान, बलवान, लक्ष्मीवान, सभ्य, सुसंस्कृत व उन्नत समाज में रहकर भी नीच कर्मों के कारण वह एक खल के रूप में आख्यायित है। सीता के प्रति अति मोह और आशक्ति के कारण ही विवेक खोकर वह सीता राम के शांति रूपी जीवन वृक्ष को हिलाकर रख देता है, जिसकी पुनर्स्थापना के लिए उनका एक जीवन कम पड़ जाता है। किसी का एक अवगुण कैसे उसके समस्त सद्गुणों को ढक लेता है, यह रावण के कुकृत्य के रूप में द्रष्ट है। कुबेर नाथ राय के शब्दों में, "राम के वजन या उनकी महिमा रावण के वजन और घनत्व के ही सापेक्ष है। विष्णु के अवतार का प्रतिद्वंद्वी मिथकीय रावण ही होगा जो कई रावण की घनीभूत अनुभूति देता हो।" निःसंदेह त्रेता युग के रावण की अपनी मान्यताएँ थीं और कतिपय अनुशासन थे जिनका उल्लंघन लंकेश ने नहीं किया।

सीता का जीवन भारतीय नारियों के लिए सदा अनुकरणीय व आदर्श रहा है। अपने दुःखों की तुलना उनके दुःखों से करके वे सदा धैर्य रखती रही हैं। उनका संकट स्मरण कर अपने संकट काल में बल प्राप्त करती रही हैं। एक ओर देवी मानकर उन्हें पूजती हैं तो दूसरी ओर मानवी मानकर उनके आचरण को आत्मसात भी करती रही हैं। प्रजा के लांछन तथा राम के द्वारा त्याग दिए जाने के पश्चात् भी जन-मानस में उनका निर्मल आचरण ही अक्षुण्ण रहा है। उन्हीं सीता के शौर्य, बल, त्याग, तपस्या, कर्तव्य-परायणता, आचरण तथा स्वाभिमान को शब्दों द्वारा मुखरित करना...जहाँ स्वयं के सघन दुखानुभूति की अभिव्यक्ति करना भी दुष्कर होता है और शब्द भी प्रायः मौन हो जाते हैं। वहाँ कोई और कैसे कर सकता है भला दूसरे की अनुभूतियों की अभिव्यक्ति...वह भी यथावत। पीड़ा का वह स्वरूप क्या अक्षुण्ण रह पाएगा उसके शब्दों में?

फिर भी एक प्रयास है मेरा कि मैं सीता को अपनी भावनाओं व अनुभूति से जोड़ सकूँ और वही सब कुछ आपसे बाँट रही हूँ जो जैसा है आपके सम्मुख निवेदित है।

कालक्रम में आद्यकवि वाल्मीकि से लेकर कवि कुल तिलक तुलसी दास तक के द्वारा आस्था, भक्ति और समर्पण में अनेक प्रसंगों की व्याख्या और चित्रण को अभिनव स्वरूप में ढाला गया। इसके पश्चात् भी सीता-राम के प्रति जनमानस का भक्तिभाव अथाह रहा। भक्त और रचनाकार को भक्ति या सृजन में छूट भी मिलती रही है। यह छूट नए आयाम जोड़ती है। आस्था पर चोट नहीं पहुँचाती। मेरा मानना है कि रचनाकार का आग्रह पूर्वाग्रह मुक्त रहना चाहिए।

मुझे आभास है कि मैं उस युग में जी रही हूँ और लिख रही हूँ जहाँ सीता के समर्पण और सीता के प्रति समर्पण का स्थान अनेक कथित और अकथित पूर्वाग्रहों ने ले लिया है। सीता की जन्मस्थली स्थापित करने का श्रेय लेने की भाग-दौड़ में सीता भक्ति भाव विहीन लगने लगी है।

कोई भी कर्म या प्रयत्न किए बगैर सफलता केवल शब्दकोश में है। अपने प्रयत्न में सार्थकता के लिए भावानुप्रवेश आवश्यक है और सर्वोपरि है श्रेष्ठजनों

का स्नेह आशीष। परम आदरणीय डॉ. नामवर सिंह और डॉ. विश्वनाथ त्रिपाठी जी का आशीर्वाद मेरे लिए जीवन का पाथेय है। उनकी प्रेरणा से यह प्रस्तुतिकरण संभव हुआ। किंचित अवरोध का आभास हुआ तो श्री अशोक महेश्वरी जी ने संबल दिया और अवधेश प्रीत और डॉ. स्नेह जी का साथ तो मेरे अनुभव और अनुभूति का अटूट अंग है। निःसंदेह सुधी पाठक श्री रामशरण अग्रवाल जी के सार्थक सुझाव उपयोगी रहे हैं।

अंत में उन सारे श्रेष्ठ जनों और स्नेही जनों की हार्दिक आभारी हूँ, जिनका क्षणिक योगदान भी इस सृजन यात्रा में मुझे प्राप्त हुआ है।

सीतामढ़ी

—आशा प्रभात

मैं जनक नंदिनी

जीवित रहना कौन नहीं चाहता?

जो जन्मा है, वह संसार को उसकी समग्रता में देखना, भोगना व जीना अवश्य चाहता है। परंतु मेरे जीवन की यह कैसी विडंबना है कि किसी का भी सुख-सान्निध्य स्थायी नहीं रहा कभी। जहाँ भी, जिससे भी स्नेह बंधन गहरा हुआ नहीं कि तत्क्षण विलगता के प्रचंड प्रहार ने उसे खंड-खंड कर दिया। सोचा था शेष जीवन इसी आश्रम में व्यतीत हो जाएगा। इसी शांत, रम्य स्थल, आचार्य, प्राचार्य, मुनि-तपस्वी, तपस्विनी, प्रशिक्षु बालक-बालिकाओं, पशु-पक्षी, शुक-सारण व पावन गंडकी के सान्निध्य में। बँधने लगा था इनसे स्नेह बंधन...कसने लगा था मन इनके मोहपाश में। तो पुनः एक झटके में उसे तोड देना चाहते हैं महर्षि वाल्मीकि। हाँ, खंडित ही तो कर देना चाहते हैं वरन वे ऐसी स्थिति मेरे समक्ष कदापि उत्पन्न नहीं करते–

"बहुत सुखद संवाद है पुत्री सीता, नैमिषारण्य में गोमती तट पर कोशल अधिपति राम भव्य अश्वमेध यज्ञ का अनुष्ठान कर रहे हैं। बालकों के संग तुम्हें भी चलना है वहाँ, कुश और लव का अपूर्ण परिचय पूर्ण करने। इक्ष्वाकु वंश के ये कुलदीपक कब तक अरण्य वास को अभिशप्त रहेंगे? वन-वन भटकेंगे? हमारे पास कोशल राज्य की धरोहर हैं ये। धरोहर, जिसे लौटाना ही धर्म और नैतिकता होती है मनुष्य की। अतः अपना कर्तव्य सुनिश्चित कर शीघ्र तैयार हो जाओ!"

कहकर वे मुड़ गए हैं...मेरा मंतव्य पूछे या जाने बिना। और मैं स्तंभित...उनके शब्दों के भीषण आघात की व्यथा से अश्रुसिक्त हो आए नेत्रों से देख रही जाते हुए महर्षि का पृष्ठ भाग। सोच रही...क्या ये दृढ़...अविचल...व हर्ष की अधिकता से प्रकंपित शब्द उन्हीं के थे...? कभी कहा था उन्होंने, "इस संसार में सभी प्राणी को जीने का समान अधिकार है। चाहे वह मनुष्य हो, पशु-पक्षी हो या कीट-पतंग परंतु इनमें भी सम्मान से जीने का महत्त्व मानव मात्र को है। पशु-पक्षी या कीट-पतंग तो परवश होते हैं और परवश का क्या महत्त्व-अमहत्त्व या मान-अपमान?" तो क्या उन्हीं पशु-पक्षी या कीट-पतंगों में आज सम्मिलित नहीं कर रहे वे मुझे? जब मृत्यु को वरण करने पर उद्यत थी उस समय अकाल मृत्यु तथा गर्भस्थ शिशु की हत्या का भय दिखाकर बचा लाए। अब क्यों देना चाह रहे मुझे मृत्यु तुल्य यह दंश? क्या वे अज्ञात हैं इस तथ्य से कि मृत्यु मात्र तन की ही नहीं होती। मन, इच्छा, आकांक्षा और लालसाओं की भी होती है। तन की मृत्यु होना मुक्ति है समस्त संतापों से। मन, इच्छा, आकांक्षा या अभिलाषा की मृत्यु सदैव उब-चुभ कराता रहता है यातनाओं के महासमुद्र में...।

क्यों अनुबोध करा रहे वे मुझे मेरा धर्म व नैतिकता...? क्यों दे रहे राम के यज्ञ में चलने का आदेश...। हाँ यह परामर्श नहीं, उनका आदेश ही है। क्या किसी

पुरुष ने कभी परामर्श के योग्य समझा है स्त्री को? संबंध में चाहे वह स्त्री उससे ज्येष्ठ श्रेष्ठ हो, सम हो या कनिष्ठ? सदा अपना मंतव्य ही आरोपित किया है उस पर। तो महर्षि कैसे अस्पृश्य रहते उस भाव से? उन्होंने भी सुना दिया अपना मंतव्य। कुश-लव के भविष्य को सम्मुख रख करा गए मुझे मेरे कर्तव्य तथा नैतिकता का बोध। वह बोध जो कभी विस्मृत ही नहीं हुआ मेरे मस्तिष्क से...व्यवहार से। इतिवृत्त की ये कैसी पुनर्आवृत्ति...आज पुनः उसी झंझावात में धकेल दी गई हूँ जहाँ मात्र आज्ञा, आदेश और कर्तव्यबोध को प्रलयकारी प्रबलता है। एक बार पुनः विस्थापन की वही भयावह स्थिति सम्मुख है। एक बार पुनः सोचने पर विवश हूँ कि अंततः मेरा अस्तित्व क्या है? कर्म, कर्तव्य और नैतिकता के निर्वहन के अतिरिक्त भी मेरे अंदर कोई और भाव भी होगा। कभी किसी ने यह समझने तक का प्रयत्न नहीं किया? सृष्टि की सारी अपेक्षाएँ मात्र मुझसे ही क्यों?

यही तो होता आया है मेरे जीवन में सदा। जीवन पथ में जो भी मिला उसने ही मोड़ दी मेरी दिशा स्वयं के मनोनुकूल, यह अनुबोध कराते हुए कि इसमें मेरा भला निहित है। यह जानने का प्रयत्न तक नहीं किया कि इसमें मेरी सहमति है भी या नहीं। होगी या नहीं यह तो दूर की बात है। और आज भी महर्षि के शब्दों में वही भाव तो अलोक है। उनका यही तटस्थ भाव बेध रहा मेरा मर्म। पीड़ा का हाहाकार अस्थिर कर रहा है मेरे मस्तिष्क को। क्या ये महर्षि वाल्मीकि के उद्‌गार हैं? विश्वास नहीं हो रहा। कुछ भी तो गोपन नहीं है उनसे मेरा। न उद्‌भव, न जीवन यात्रा के हर्ष-विषाद। न धर्म-कर्म। न अतीत-वर्तमान। न मेरी स्थिति और न ही यहाँ मेरे होने का औचित्य ही। पुनः विचलित कर देने वाला यह आदेश क्यों? इस कथन से पूर्व किंचित चिंतन-मनन की चेष्टा या कष्ट भी नहीं किया उन्होंने। बस बालकों का भविष्य रख दिया सम्मुख! करा दिया मातृत्व के दायित्व बोध का स्मरण! निर्धारित कर दिए मेरा कर्तव्य पथ...। मेरे और राम के मिलन की आकांक्षा, अपने स्वरचित महाकाव्य 'रामायण' के मनोनुकूल इति के हर्ष में वे ये भी भूल गए कि उनके द्वारा निर्दिष्ट यह पथ कंटक विहीन कदापि नहीं होगा।

कैसे विस्मृत कर गए वे मेरी यातना...। या पुरुष होने के नाते वे भी स्त्री के मनोभावों से नितांत अनभिज्ञ हैं। उनकी यह आज्ञा आज पुनः मुझे अपनी व्यर्थता का बोध करा रही। यह विचार मेरे अंदर दृढ़ हो रहा है कि स्त्री होने का कोई अर्थ या महत्त्व नहीं है इस उन्नत, उत्तम व परिष्कृत कहे जाने वाले समाज में। उसके होने या न होने से कोई क्षति नहीं पहुँचती इसे। उसके समर्पण, सेवा या स्वयं को समाज निर्माण में स्वाहा कर देने के पश्चात् भी कोई सार्थकता नहीं प्राप्त होती। कोई गणना नहीं होती या उसके नहीं होने से भी कोई अभाव या प्रभाव नहीं पड़ता उस पर। शास्त्र या विधि-विधान के रचयिता वे ही हैं और संचालन कर्ता भी। विकल्प ढूँढ़ लेना कोई कठिन कहाँ है उनके लिए। संतति नहीं है। पत्नियों से हर्म्य भर लिए। संतानें हैं तो भी मनचाही स्त्रियाँ दुर्लभ कहाँ हैं? एक पत्नीव्रत को संकल्पित हैं तो भी स्वर्ण निर्मित सीता की उपस्थिति से अबाध चल रहा राम का कार्य...। यही तो होता रहा है। हो रहा है...। राम के पार्श्व में स्वर्ण सीता विराजमान है। तो मेरे होने का औचित्य ही क्या है? जब राम के लिए ही मेरा होना अर्थ नहीं

रखता तो किसी और के लिए व्यर्थ तो हूँ ही। मेरे न होने से कहाँ कुछ कमी आई है राम के आदर्श में। साम्राज्य की बढ़ोतरी में। पुण्य प्रताप में या यश में...। सब कुछ तो चल ही रहा है यथावत...। निर्बाध...। निरंतर...।

पीड़ा का प्रबल आवेग अकुला रहा। हतप्रभ हूँ ये सोच कर–मैं मानवी हूँ या कोई पाषाण प्रतिमा? प्रतिमा ही हूँ कदाचित, तभी तो जब, जिसने, जिस विधि चाहा व्यवहार किया है मेरे साथ। जहाँ इच्छा हुई रख दिया। रखवा दिया या उच्छिष्ट मान उपसर्जित किया। दयावश किसी ने अपनाया। किसी ने वस्तु समझ हरण किया। और आत्माहीन समझ किसी ने निर्वासित। त्यागने, अपनाने की इस क्रीड़ा में मेरी मंशा जानने, समझने की किसी ने कभी आवश्यकता तक नहीं समझी और ना ही मेरी पीड़ा से कोई विचलित ही हुआ। आज्ञा और अनुपालन, सदा इन्हीं दो शब्दों की प्रधानता रही है मेरे जीवन में।

गुरुदेव यह समझकर प्रसन्न हैं कि राम से मेरा मिलन पूर्ववत प्रसन्नता का द्योतक होगा। संभव है ऐसा होता भी, यदि राम कुश-लव के जन्म के पश्चात् एक बार भी उन्हें देखने आ गए होते तो कदाचित मेरी घायल अस्मिता या स्त्रीत्व... मातृत्व-बोध के गौरव में डाँवाँडोल हो गया होता। ऐसा नहीं हुआ। राम नहीं आए यहाँ और मेरा मातृ-गौरव भी शनैः शनैः दम तोड़ गया। अब गुरुदेव के समक्ष मैं क्या अकड़ दिखाऊँ, उन्होंने जो कर्तव्य का बोध कराया है वह है मेरे बालकों का भविष्य, उनका संपूर्ण परिचय। पिता के लिए उनका वर्षों की तृष्णा का समाधान...। पुनः मैं आज अपने मातृत्व के समक्ष द्वंद्वग्रस्त हूँ। अपने अंदर की स्त्री की पुकार सुनूँ या माँ की...?

अनभिज्ञ नहीं हूँ मैं इस तथ्य से। राम के यज्ञ का आमंत्रण मात्र महर्षि वाल्मीकि को आया होगा। यदि उसमें मेरा या मेरे पुत्रों का उल्लेख होता तो गुरुदेव इतना स्थित चित्त रहते? सर्वत्र हर्षोल्लास की आँधी न बह रही होती? वर्षों पिता के द्वार रही विवाहिता पुत्री का जामाता द्वारा बुलाए जाने पर भावातिरेक में जैसे कोई पिता बावरा हो उठे, क्या वे भी वैसे ही आश्रमवासियों से लेकर नंदन-कानन तक को पुकार-पुकारकर न कह रहे होते, "सीता को राम ने स्मरण किया है...जानकी को राम ने बुलाया है।'' तब वे वनदेवी कहना भी विस्मृत कर गए होते और ये भी भूल गए होते कि आश्रमवासी मुझे न तो राम की पत्नी के रूप में जानते हैं। न सीता के रूप में पहचानते हैं। मेरे सत्य रूप से वे सर्वथा अनभिज्ञ हैं। जिसका चिर-वांछित काम्य पूर्णता के कगार पर हो, वह क्या भाव-प्रवाह में अडिग रह सकता है?

परंतु ऐसा न होना ही दर्शा रहा...राम ने मुझे या मेरे पुत्रों को स्मरण नहीं किया है। आमंत्रित नहीं किया है। यह लालसा, कामना, मनोद्वेग और चिंता कि मेरा जीवन किस विधि सुखमय हो। मेरे पुत्रों को पिता का नाम, सुख-सान्निध्य तथा वंश परिचय प्राप्त हो। मात्र गुरुदेव का है। इस आश्रम में मेरी उपस्थिति से राम या उनके गुप्तचर अनभिज्ञ होंगे, यह सर्वथा असंभव है। पुनः उनकी यह अवहेलना...उपेक्षा...तिरस्कार? इसके पश्चात् भी बल दे रहे हैं महर्षि मुझे उस यज्ञ में चलने हेतु? स्मरण करा रहे हैं मुझे मेरा कर्तव्य और नैतिकता। जो क्षण मात्र के लिए कभी विस्मृत न हुई मुझे और राम जो सदैव अबोध, अध्यान रहे इस तथ्य से...उन्हीं के आश्रय में लौटने

को बाध्य कर रहे हैं। गुरुदेव को ज्ञात है, उनकी आज्ञा की अवज्ञा नहीं करेगी सीता। किंतु क्या उन्हें यह ज्ञात नहीं कि इसे स्वीकारना भी इतना सहज नहीं होगा मेरे लिए। स्वाभिमान के मूल्य पर समझौता...पुनः क्षत-विक्षत न कर डालेगा मुझे...क्या वे समझ नहीं रहे?

मेरी व्यथा, पीड़ा, तड़प, राम के परित्याग या राज्यनिर्वासन हेतु कभी नहीं रही। पीड़ा रही कि उनके लिए सदा प्रशंसनीय, सराहनीय रहा मेरा आचरण, कर्म और चरित्र, इतना अविश्वसनीय कैसे हो गया? जिन्हें मैंने मन प्राण से चाहा। जिनके चिंतन में सदा रत रही। जिनके मोह में यातनाओं के दुर्ग में भी सीप में मोती सम प्राण को सँजोए रखा। जिनके दर्शनों की अभिलाषा में चातक बने चक्षुओं को सप्रयास धुँधला होने से बचाए रखा। स्वयं से कभी उन्हें भिन्न नहीं माना। उस राम के हृदय में मेरे प्रति क्लेश युक्त इस विवर्त का जन्म कैसे हुआ? यदि उनके मन में भी मेरी तरह अभिन्नता का भाव होता...तो इस शंका के लिए क्या तनिक भी स्थान होता वहाँ? किसी मानव ने स्वयं पर ऐसी शंका की हो...ऐसा एक भी दृष्टांत दृष्टिगत नहीं है। किंतु यह शंका उत्पन्न हुई उनके मानस में। इस विवर्त का उदय हुआ। और यह शंका मात्र राम के हृदय की थी। आज मैं यह पूर्ण विश्वास से कह सकती हूँ। अयोध्या से पूर्व लंका में उनके मुख से निकले ज्वाला समान शंका के वे शब्द ही क्या इस अभियोग का आधार नहीं बने जिसे प्रथम उनके द्वारा आरोपित किया गया था मुझ पर। तत्पश्चात् मेरे वनवास या परित्याग का कारण बना?

धुँधलाए नेत्रों से देखती हूँ अपने चारों ओर...आश्रम की अपरिमित भीड़ में भी कितनी निस्संग हूँ मैं। जीवन पथ का कोई पथबंधु नहीं। कहने को तो सारे आश्रमवासी अपने हैं...परिवार हैं। समाज हैं। मेरा विशेष ध्यान रखते हैं। ये सहज, सरल, संवेदनशील लोग जिनकी आत्मीयता एवं स्नेह हर पल, हर क्षण साथ है... परंतु मैं ही कृपण निकली उन्हें अपनाने में। दोहरा जीवन जीती रही सभी को भ्रम में रखकर। छल करते। किंतु मेरी विवशता...मेरा सत्य परिचय, उनकी दृष्टि में उपहास और दया का पात्र न बना देता मुझे? उसके पश्चात् क्या मैं जीवित रहती? वे जिह्वा और श्रवण युक्त हैं। शब्द में भी दीन नहीं हैं। इसी से तो भयाक्रांत रही कि मेरे एक-एक शब्द...अनेकानेक उत्तर हेतु जिज्ञासु कर देंगे उन्हें। पुनः आज किस मुख से अपनी पीड़ा का बखान करूँ? स्वयं को उनके समक्ष विवस्त्र करूँ।

पर उन दुखों का क्या करूँ जो शूल बन बेध रहे मेरा मर्म। किससे कहूँ मन की बात, व्यथा...? इन मूक प्राणियों से...वनस्पतियों से...वृक्ष...पौधे...फूल, पत्तियों... तथा खग-विहँगों से? जिनके पास श्रवण है, समझ नहीं। जिह्वा है, शब्द नहीं। पीड़ा का प्रवाह विदीर्ण कर रहा हृदय...।

बारह वर्ष...वृहद अवधि व्यतीत हो गई इस वाल्मीकि आश्रम में रहते हुए। एक बार भी राम को मेरे गर्भवती होने का स्मरण नहीं आया? कहाँ हूँ? किस हाल में हूँ? जीवित भी हूँ? चिंता या उत्सुकता नहीं हुई...क्या हुआ मेरे गर्भ से? मेरी शुचिता पर अपवाद उठा था, रावण द्वारा अपहरण और लंका की अशोक वाटिका में वंदिनी स्वरूप वहाँ प्रवास हेतु। अग्नि की धधकती ज्वाला भी सक्षम नहीं हुई थी भस्म करने में मेरा वह कलंक किंतु राम तो इस तथ्य से भिज्ञ थे, मेरी कोख

में पल रहा अंश उन्हीं का है। फिर भी अपनी संतानों के प्रति निष्ठुर बने रहे। सुना था, मात्र पिता को छोड़, पुरुष का कोई रूप अहंकार शून्य नहीं होता। इसे अक्षरशः सत्य होते देख रही हूँ। एक पति और राजा का अहं था मेरा वनवास। त्याग। न्याय अन्याय का विचार किए बिना ही निष्ठुरता से विलग कर दिया उन्होंने मुझे अपने जीवन से। किंतु पिता के रूप में भी वे सहृदय कहाँ रहे? कभी सुधि तक लेने का प्रयास नहीं किया अपनी संतानों का?

श्रुतियाँ कहती हैं–पारिवारिक, सामाजिक तथा राष्ट्रीय तीनों सुख मानवधर्म की देन हैं। मानवता के अतिरिक्त मानव का अन्य कोई धर्म नहीं। मानव मात्र में जब यह भाव व्याप्तता है तो निश्चय ही पूर्णता को प्राप्त करता है, आस्था और आचरण के बीच का अंतर समाप्त हो जाता है, अहं का मिथ्या भाव भी कभी परेशान नहीं करता और यही वह क्षण होता है जिसे युग कहा जा सकता है जब समाज सुखी व संतुष्ट होता है।

परंतु तीनों को साधने के क्रम में तीनों ही असंतुलित हो गए राम के जीवन में...मेरे जीवन में। मेरे बालकों के जीवन में और कोशल वासियों के जीवन में भी क्या संतुलन का भाव या सुख रहा होगा...या होगा? सभी के जीवन में घोर अभाव। अपूर्णीय क्षति...अधूरापन। मनन-चिंतन के केंद्र में असंतुलन क्या नहीं व्यापा होगा?

हर युग का अपना मूल्य, माँग एवं परंपराएँ होती हैं। सत्य जड़वत नहीं होता। शाश्वत मूल्यों का आधार सत्य ही होता है परंतु सत्य की प्रतिष्ठा सत्य के पूर्वाग्रह से मुक्त निरूपण में होती है। मानती हूँ। समाज के सुचारु रूप से संचालन हेतु व्यवस्थाएँ परम आवश्यक हैं किंतु उसके निकष पर मात्र स्त्री को ही खरा उतरने की बाध्यता क्यों? बिना उसके मंतव्य को जाने, मनोभावों को समझे? ये कठोर व्यवस्थाएँ त्रस्त करती रही हैं मुझे। देह से विलग स्त्री एक व्यक्ति भी है, एक व्यक्तित्व भी है। इस तथ्य को समाज सदा गौण करता रहा है। वह मात्र उसे एक देह समझता है। क्रय-विक्रय की वस्तु। लेन-देन की वस्तु...। हरण, चोरी करने की वस्तु। बलात् उसे पाने की वस्तु। उसे त्यागने...दान...बलिदान देने की वस्तु। वस्तु... वस्तु...मात्र वस्तु...।

इस त्रेता युग में भी...सत्य का ही बोलबाला है जहाँ। ऐसा कुलगुरु वशिष्ठ कहा करते थे। गुरु वाल्मीकि का भी यही कथन है परंतु कैसा सत्य? क्या इसी सत्य का दृष्टांत नहीं हूँ मैं? अयोध्या की राजरानी सीता...अपवित्रता का मिथ्या लांछन झेलती। कुत्सित लोकापवाद की यंत्रणा भोगती। अरण्य वास के शापवश अभिशप्त आत्मा समान भटकती। राज्य में मिथ्या अपवाद उठा...। राम ने उसे स्वीकार कर लिया। उस अपवाद पर सत्य की मुहर लग गई। उसके पश्चात् किसी साक्ष्य या गवाह की आवश्यकता क्या होती...?

शतानंद जी कहते थे, "बुद्धि या विवेक उधार लेने की वस्तु नहीं है। क्षुद्र बुद्धि, क्षुद्र विचार वाला मनुष्य हर बात या वस्तु को उसी दृष्टि से देखता या विश्लेषित करता है।" कितनी सटीक है मेरे संदर्भ में उनकी यह उक्ति। लंका की अशोक वाटिका प्रवास से मेरी शुद्धता नष्ट हो गई। यह अपवाद क्षुद्रों ने प्रचारित किया।

प्रज्ञावान, विवेकवान राम द्वारा उसका समर्थन करना क्या उचित था? क्या मैं क्षुद्र, नीच, चरित्र भ्रष्ट संस्कारहीन, कुल-मर्यादा-विहीन स्त्री थी? मिथिला राजकुल, विदेह राजा जनक, महारानी सुनैना के सान्निध्य में पली, राजसी संस्कारों में पगी विदेह नंदिनी को इतना भी भान नहीं होता...राजरानी या राजपुत्री का आचरण सर्वमान्य, सर्व अनुकरणीय होता है?

क्षण मात्र को भी राम की प्रज्ञा में नहीं आया, उनका यह आचरण क्या जीवित रहने देगा मुझे? भिज्ञ थे वे, रावण वय में मेरे पिता से भी ज्येष्ठ था। राम से अधिक वय प्राप्त तो उसके पुत्र थे। उस वृद्ध रावण का कोई प्रलोभन क्या डिगा सकता था मुझे? घृणा हो आई स्वयं पर...। समाज की संकीर्ण मानसिकता पर। सोच पर। मेरे पिता मिथिलापति के पास क्या धन की न्यूनता थी? या विशाल कोसल राज लंका से क्षीणतर था? यदि होता भी तो मैं इतना क्षुद्र बुद्धि थी जो इन निर्जीव वस्तुओं के बदले अपना स्व, सर्वस्व और स्वाभिमान सहज न्योछावर कर देती? राम क्या नहीं जानते–स्त्री का तन या मन सवर्था उसके अधीन होता है। उसका काम्य पुरुष ही संपूर्ण प्राप्त करता है उसे। क्या वे भिज्ञ नहीं कि तन पर हुआ अतिक्रमण स्त्री को मन समर्पण करने हेतु बाध्य नहीं कर सकता?

क्षुब्ध हो उठा मन। अश्रुधार बह चले नेत्रों से। अतीत का एक-एक पल साकार हो उठा सम्मुख। पीड़ा का हहराता सागर हृदय मथने लगा। चहुँओर वेगवान बवंडर अपने भयानक अट्टहास में विलीन करने लगा मुझे। त्रेता युग और रामराज्य में ऐसे क्षुद्र बुद्धि जन? इससे परिष्कृत युग आगे आएगा...संदेह है। काल क्रमानुसार विचारों में भी स्खलन आता है, जैसे सतयुग से इस त्रेता युग में आया है।

मन भटक रहा है। नाना विध तर्क-वितर्क...। नाना विध विश्लेषण...। कोई तो तर्क जाए गुरुदेव के पक्ष में। मन की बोझिलता तनिक क्षीण हो। ऐसा नहीं हो पा रहा। सारे तर्क विपक्ष में खड़े हैं उनकी आज्ञा के। उनके कथन के। उनके मंतव्य के। अनामंत्रित पितागृह गई सती का दृष्टांत समक्ष है। कैसे घोर अनादार स्वरूप क्रोधाग्नि में भस्म करना पड़ा उन्हें स्वयं को? पितृगृह या मातृगृह...स्त्री के लिए सर्वाधिक सुखद स्थान जहाँ प्रथम नेत्र खुलते हैं उसके। प्रथम श्वासों का संचालन होता है। जड़-चेतन से स्नेह संबंध बँधता है। अनामंत्रित जाने पर वहाँ मान नहीं प्राप्त हुआ उन्हें। महर्षि वहाँ चलने हेतु उत्प्रेरित कर रहे हैं मुझे जहाँ से तिरस्कृत करके निर्वासित की गई हूँ मैं। क्या उन्हें मेरी स्थिति, मनोदशा, पीड़ा, दुविधा का तनिक भी भान नहीं? वे क्या समझ नहीं रहे हैं? समझेंगे भी कैसे। अंततः वे भी तो पुरुष ही हैं। कठोर सामाजिक विधि-विधान से स्वतंत्र। उसके तीक्ष्ण प्रश्नों के घेरे से बाहर। स्त्री की आस्था, सेवा, समर्पण, मनोदशा, स्वाभिमान, कामना एवं भावनाओं से नितांत अनजान...।

क्या सुन नहीं रहे हैं वे उस यज्ञ से लौटे, आतिथ्य, दान पाए तुष्ट, तृप्त ऋषि, महर्षि, मुनियों के उद्गार–गोमती तट पर आयोजित उस विशाल यज्ञ का बखान? सुंदर, सुघड़ व्यवस्था का गुणगान...? आगतों के विश्राम हेतु अलग-अलग व्यवस्थित शिविरों का। मनोरंजन हेतु सजे हाट-बाजारों का। भारत खंड और आर्यावर्त के विभिन्न क्षेत्रों से पधारे अतिथियों के हो रहे अनुपम स्वागत-सत्कार का। याचकों को मुक्त

हस्त दिए जा रहे दान का? अश्वमेध यज्ञ निमित्त उत्तम लक्षण युक्त भूमंडल भ्रमण हेतु छोड़े गए श्याम वर्ण अश्व का? कोई अतिथि क्षुधित व तृषित न लौटे...राम की उदारता का? और सर्वाधिक अद्‌भुत, उल्लेखनीय राम के पार्श्व में विराजमान सीता की स्वर्ण प्रतिमा का...?

इन चर्चाओं से क्या वे भिज्ञ नहीं हैं जो तीक्ष्ण–शूल सा छेद रही हैं मेरे मर्म को...? मैं सुन रही हूँ। सुनकर मेरे भावस्थल में उल्लास का स्पंदन क्या होता, यदि राम के प्रति कोई कोमल भाव शेष भी रहा हो तो...लगातार ध्वनित होतीं ये चर्चाएँ उन भावों को शुष्क बना रही हैं। वहाँ की गतिविधियाँ मात्र चर्चा नहीं हैं मेरे लिए वरन प्रहार है मेरी अस्मिता पर, स्त्रीत्व पर और मातृत्व पर भी। लग रहा, हर काल में भव्यता ही प्रभावी होती है जन मानस में।

यज्ञ में सभी तो पधारे हैं। लंका से राक्षस राज विभीषण। किष्किंधा से सपत्नीक वानर यूथपति सुग्रीव। रीक्षराज जांबवान। समाज के श्रेष्ठ जन। संबंधी, मित्र और भद्रजन। वंचित हूँ तो मात्र मैं। सीता, उनकी सहधर्मिणी...। सहचरी। परंतु मैं भी वंचित कहाँ हूँ? उपस्थित तो हूँ उस यज्ञ भूमि में राम के पार्श्व में स्वर्ण मूर्त्ति स्वरूप। देख रही हूँ। सभी विद्वत्‌जन...भद्रजन, ज्ञानी, कैसे खड़े होते हैं सर्वदा समर्थ के पक्ष में। मेरी स्वर्ण प्रतिमा देखकर किसी के मानस में यह प्रश्न नहीं उभर रहा है, "सीता के जीवित रहते इस प्रतिमा की आवश्यकता क्यों? वैदिक श्रुतियाँ पत्नी को पति की अभिन्न बतलाती हैं। पुनः मेरे जीवित होते मेरी स्वर्ण प्रतिमा का औचित्य क्या है? सभी मौन, सभी तटस्थ हैं। कोई नहीं पूछ रहा है राम से(कोई पूछेगा भी नहीं...। विश्व विजेता राम, चक्रवर्ती सम्राट राम। महान पराक्रमी राम के समक्ष एक टिमटिमाते तारे के लिए कोई सूर्य का सान्निध्य क्यों खोना चाहेगा?

मेरी अर्धांगिनी–अर्धअंग...शक्ति...संगी...बंधु...। राम का यह कथन, वचन भाव क्षण मात्र में सभी अलोप हो गए...। ज्ञात न था, अपवाद में इतनी शक्ति भी होती है? जब सचेतन हुई। संज्ञान में आया। इस अरण्य के बीहड़ में पड़ी थी निस्संग...। शत मन भारी लांछन का बोझ धारे तन पर...। मन पर...। विकट दारुण स्थिति में। प्रजा के प्रति राजा का कर्तव्य स्मरण रहा उन्हें, सहचरी के प्रति कोई कर्तव्य नहीं... किंतु किससे पूछती? राम सम्मुख कहाँ थे? समक्ष होते या अब भी यहाँ उपस्थित होते–निश्चय ही संकोच का त्यागकर पूछती, "जनक के पराक्रमी जामाता राम, विश्व विजेता राम, मर्यादा पुरुषोत्तम राम में, पति राम और पिता राम, कहीं शेष भी है या नहीं? यदि है तो वह अभिव्यक्त तो होता। वनवास काल में मेरे वियोग से आई वह व्याकुलता...भय की भेंट चढ़ गई क्या...?"

उत्तेजना...क्रोध...क्षुब्धता...तथा ग्लानि से आत्मा तक हाँफ गई, हाँफती रही है सदा यह चेतना के कोंच से। प्रश्नों की झड़ी वर्षा बूँदों के समान झरती रहते है निरंतर उसके मुख से। कितनी विकट स्थिति है...बाह्य परिस्थितियों से अलोप भी कर लूँ स्वयं को। चेतना से मुक्त कैसे होऊँ? कैसे धैर्य रखूँ? कितना धैर्य रखूँ? इतना धैर्यवान तो यह धरा भी नहीं। यह भी अधिक भार से विचलित, असंतुलित, अस्थिर हो उठती है। मैं कैसे स्थिर, संतुलित, अविचल हूँ अभी तक। आह...! इतना तिरस्कार...इतना अपमान...और ऐसा तटस्थ समाज? जो सत्य जानते हुए भी मौन

है। समाज का दायित्व क्या मात्र अपवाद प्रचारित करना है? उसके भुक्तभोगियों के मानसिक संताप का तटस्थता के साथ उपभोग करना है।

राम द्वारा उत्पन्न की गई स्थितियों का ही क्रूर उपहास नहीं है मेरा यह अरण्यवास? उस स्थिति की अपराधिनी मैं कहाँ थी? न दोषी थे मेरे गर्भ में पल रहे उनके अंश। तो पुनः उन अबोध बालकों के शैशव को शीत, ताप झेलने को विवश करना। अरण्य की विभीषिका का सामना करने तथा अभावों में जीने हेतु असहाय छोड़ देना। उनकी सुध न लेना...यह तो एक पिता का धर्म नहीं है? सारी स्थितियों से अवगत होते, समझते हुए भी गुरुदेव धर्म व नैतिकता का स्मरण करा रहे हैं मुझे। समझा रहे हैं मुझे। बालकों का भविष्य सम्मुख रख मेरे भावों पर प्रहार कर रहे हैं और मैं विचारों के मर्कट जाल में फँसी व्यथित हो रही हूँ। तिरस्कार ताप से दग्ध हो रही हूँ।

दृढ़ता से सारे रूपों की अंत्येष्टि कर मात्र माँ बनी रहना चाह रही किंतु मेरे भीतर की स्त्री ज्वलित नेत्रों से घूरती, अपने तीक्ष्ण प्रश्नों से क्षत कर रही है मुझे। पूछ रही, ''कैसे विस्मृत कर गई मैं अपना लज्जा युक्त अतीत। गोपन वर्तमान और अनिश्चित भविष्य?'' कह रही है, ''माँ स्त्री का मात्र एक रूप है। संपूर्ण स्त्री नहीं। यदि माँ बनने का उसे अवसर न भी प्राप्त हो तो भी वह स्त्री है।'' व्यंग्य कर रही, ''अबोधतावश पूर्व ही बहुत क्षति कर चुकी हो तुम स्त्री के मान-सम्मान का। अग्नि-परीक्षा देकर बहुत सुगम अस्त्र उपलब्ध करा चुकी हो पुरुष के हाथों में उसके स्वाभिमान को हनन करने का। उसके पश्चात् भी क्या विश्वास योग्य रहा तुम्हारा चरित्र?''

आह...अहल्या के मान को पुनः मर्यादित करने वाले राम, मेरी शुचिता के सत्य को यह किस असत्य पर आश्रित कर दिया आपने? किसके सम्मुख खोलूँ हृदय? किससे कहूँ इस जीवन की व्यर्थता, अव्यर्थता का औचित्य? वेदना की प्रचंड ज्वालामुखी उद्वेलित कर रही। किससे कहूँ कि जीवन पथ में जो भी प्राप्त हुआ, अनचाहे ही प्राप्त हुआ और उन प्राप्यों ने ही निर्दिष्ट किया मेरा होना...। मेरा अभीष्ट न राजपुत्री होने का था न राजरानी। पति रूप में राम भी अकल्पित पुरुष थे। हाँ, पति की संगी, सहचरी बन वनयात्रा की कामना अवश्य की थी। किंतु अपने हरण या रावण के मरण की कामना कहाँ आई मन में। दैववश सारे संयोग घटित होते चले गए। जो काम्य रहा वह भी और जो नहीं रहा वह भी। हाँ इसे दैव वश ही तो कहेंगे...गुरु वशिष्ठ की मानें तो, "हानि-लाभ, जीवन-मरण, यश-अपयश विधि हाथ।"

यश का तो ज्ञात नहीं, अपयश का पलड़ा ही भारी रहा जीवन में। समाज ही नहीं, स्वयं की संतानों से भी परिचय, पहचान गोपन रख जीना...क्या जीना होता है?

छल, छद्म, अनीति, आडंबर और मिथ्या जैसे शब्द हर काल में अपने अस्तित्व से अलग कहाँ हुए कभी। यदि ऐसा होता तो विश्वामित्र–राजा हरिश्चंद्र। वामन राजा बलि और रावण का छद्म क्योंकर मुझे परास्त करता। कोई याचक दान में किसी राजा का सर्वस्व माँग ले। कोई याचक किसी को बेघर कर दे। कोई विद्वान ब्राह्मण... याचक बन परस्त्री का हरण कर ले। स्त्री हेतु सुधन्वा जैसा कामांध पुरुष किसी राज्य की प्रजा को घोर यंत्रणा सहने पर विवश कर दे...। या किसी उन्नत कहे जाने वाले राज्य की प्रजा किसी स्त्री की अस्मिता पर घृणित लांछन लगा दे..। क्या इसे अनीति रहित काल की संज्ञा से विभूषित करेंगे?

क्षुब्ध हृदय-द्रवित हो उठा गुरुदेव के प्रति। लगा, विषाद मनुष्य को अनुदार तथा शब्द-कृपण कर देता है। उसके मानस को विचलित कर नकारात्मक सोच की ओर मोड़ देता है। राम के चरित्र पर रचित गुरुदेव के महाकाव्य 'रामायण' का अध्ययन नहीं किया है मैंने किंतु जहाँ तक बालकों से उसका गायन सुना है...महर्षि ने कहीं भी उतना दुर्बल साबित नहीं किया है मुझे। हाँ जो पीड़ा, ऐसे लांछन के बाद स्त्री के अंदर होती है उसे स्पष्ट करने में अवश्य विफल लगे। वे ही क्या कोई भी पुरुष संपूर्णता से नहीं दर्शा सकता स्त्री की मनोदशा। अत: उन्हें क्या दोष दूँ...उनकी आज्ञा से क्या क्षुब्ध होऊँ। उनकी आत्मीयता, स्नेह व कर्तव्य का ऋण क्या मेरा एक जन्म चुका पाएगा? उनके सम्मुख भी निश्चय ही घोर दुविधा की स्थिति रही होगी। इस निर्णय पर वे भी सहज नहीं पहुँचे होंगे। तभी तो इतने दिनों पश्चात् यज्ञ में जाने का निर्णय ले सके। आरंभ में ही वहाँ जा सकते थे वे। अवश्य ही उन्हें यज्ञ से पूर्व निमंत्रण प्राप्त हुआ होगा। पुन: इतने दिनों मौन कैसे रहे?

बारह वर्षों तक अपने पिता तुल्य सान्निध्य में रखने वाले। एक परित्यक्ता गर्भवती स्त्री की समुचित रक्षा, उसके युग्म शिशुओं का यथोचित पालन-पोषण, शिक्षा-दीक्षा, वरन अस्त्र-शस्त्र संचालन तक का ज्ञान देने वाले। अद्वितीय प्रतिभाशाली, संगीत और काव्य शास्त्र के मर्मज्ञ, शस्त्र विद्या के परम विशेषज्ञ, कुशल अचार्य महर्षि वाल्मीकि। उनके कथन में अवश्य मेरे पुत्रों के भविष्य का अलोक उत्कर्ष ही सर्वोपरि रहा होगा परंतु अपने अंतस् का मैं क्या करूँ जिसके शंका का निवारण लाख प्रयत्न के पश्चात् भी नहीं हो पा रहा और महर्षि का आदेश है कि उत्तरोत्तर उद्वेलित कर रहा। क्षण मात्र को भी अतीत, वर्तमान और भावी के बवंडर में फँसे जीवन व मन से कहाँ विस्मृत हो पा रहा राम का वह कठोर निर्णय। सभी तो हँस रहे हैं अमर्ष हास्य, "सत्य, सत्य की परिभाषा और सत्य के निर्णय का अधिकार मात्र एक को ही है, यह तो आने वाला काल ही बतलाएगा। इस काल में गढ़ा गया तथाकथित सत्य, कालजयी रहा या उसमें परिवर्तन भी आया? सत्य का एक स्वरूप! छद्म के अनेक रूप होते हैं। सत्य जो सदा असत्य पर आश्रित रहा है।"

परमपिता ब्रह्मा द्वारा दिव्य दृष्टि प्राप्त तथा ऋषि नारद के सुझाव व प्रेरणास्वरूप रचित 'रामायण' के सुखद इति हेतु प्रयासरत हैं गुरुदेव। अभी उसकी इति भावी के गर्भ में है। परंतु क्या वे भी उसका निष्पक्ष अंत लिख पाएँगे? बिना मोह कोई अभीष्ट अनुष्ठान, यज्ञ, तप, पूजा, पाठ, अर्घ्य या दान असंभव है। मोह प्रसिद्धि का, मान्यता का, अर्थ का, अमरत्व का तथा मोक्ष का। गुरुदेव को 'रामायण' की सुखद इति का मोह है। और मोह...जिसका दोनों पक्ष न्यायपूर्ण हो...सर्वथा असंभव है।

आनंदमयी, हर्षजनित इति के प्रतीक्षित हैं गुरुदेव परंतु समानांतर सृजित हो रही मेरी आत्माख्यान पूर्णता की ओर है। कुश-लव का प्रथम मर्मवेधी प्रश्न, "माँ, मेरे तात कौन हैं?" और विवशतावश मेरे मौन रह जाने की पीड़ा ने ही उत्प्रेरित किया यह गाथा लिपिबद्ध करने को। पीड़ा का प्रबल प्रवाह वेगवान जल स्रोत की भाँति ढूँढ़ ही लेता है अपना स्राव पथ...। रुदन...चीख...चीत्कार...आत्मोत्सर्ग या फिर सृजन का। मेरी पीड़ा शब्दों में स्रवित हो गाथा में विस्तार ले रही है। इति तो उसका भी शेष है...अब नहीं रहेगी।

अतीत के बीहड़ में पुनः चलना क्या इतना सहज है, सुख के किंचित बिंदुओं के सहारे? किंतु चलना तो होगा ही उन कंटकाकीर्ण पथों पर, वरन दबा न रह जाएगा सत्य मेरे हृदय में। उनका दबना अनेकानेक प्रश्नों की उत्पत्ति ही नहीं करेगा, आरोप वन आरोपित भी हो जाएगा मेरे अस्तित्व पर। समस्त अयोध्यावासी भिज्ञ हैं मेरे निर्वासन के हेतु से। मिथिला वासी भी अभिज्ञ नहीं होंगे। आश्रम में पधारे पिताजी लज्जित नहीं थे। माँ पीड़ित प्रताड़ित नहीं थीं मेरे कर्म से। उनके इस विश्वास ने ही आत्मबल से भर दिया था मुझे कि वे अपनी पुत्री को समझते हैं। मेरे कर्मों के प्रति आश्वस्त हैं। किंतु कुश-लव को कौन दिखाएगा मेरा शुक्ल पक्ष निष्पक्षता से? किसी और को मेरे जीवन, जीवन गत यातना या मृत्यु से कोई अभिप्राय हो न हो, कुश-लव को तो अवश्य होगा। मात्र मेरे द्वारा पालित-पोषित हैं वे। मैं उनका जीवन स्तंभ रही हूँ। उनके ध्यान भाव का केंद्र। मेरे भाव, मेरी ममता ही उनका बोध बनी है। अवश्य अवगत होना चाहेंगे वे मेरे त्याग और निर्वासन के कारणों से। वन में रहें या भवन में। उन्हें अवश्य व्यग्र करता रहेगा सदा मेरा निर्वासन तथा उनके स्वयं का निर्वासन भी...।

पुनर्पाठ;...इति...आरंभ...

2

अतीत स्मृतियों का वह अंबार है जिसमें से यथाक्रम कुछ भी चयन करना असंभव नहीं तो संभव भी नहीं...जीवन किंचित शब्दों की आख्यायिका या आख्यान नहीं होता। जन्म और मृत्यु भव चक्र है प्रकृति का। मात्र एक घटना। विशेष होता है जीवन-मृत्यु का मध्य भाग, जो कारक है स्थितियों के बीजारोपण का। स्थितियाँ उत्तम या अधम, दोनों बनती हैं इतिवृत्त, दृष्टांत और उदाहरण। जीवनपथ इतना सहज, सपाट नहीं होता कि उसपर भाव शब्द फिसलते चले जाएँ अबाध जलकणों की भाँति...। बिना उन स्थिति-परिस्थितियों से गुजरे आकलन संभव नहीं जीवन की सार्थकता और निरर्थकता का।

जीवन यात्रा के इस पड़ाव तक आते-आते इसका गहन अनुभव हो रहा है मुझे और यह अनुभव भी हो रहा है कि जीवन नाश, त्रास, चाह तथा अभिलाषा का प्रतिफलन है। परंतु मेरा उद्‌भव इनसे नितांत भिन्न था। न किसी की इच्छाओं में मेरी कामना थी, न याचना या प्रार्थना में। प्रथम मेरी उत्पत्ति हुई, उसके बाद चाह या लालसा जाग्रत हुई जनकराज सिरध्वज के हृदय में मुझे पुत्री स्वरूप पाने, अपनाने की। शायद मेरे रुदन स्वर ने उनके वात्सल्य हिम को पिघला दिया था। तभी तो हर्षित हो मिट्टी सनी मेरी देह को झट हाथों में उठाकर अपनी रानी सुनैना की गोद में डालते हुए बोले थे, “देवी, यह हमारी पुत्री है जानकी।” और इसका कारण बना था दुर्भिक्ष निवारण हेतु आयोजित अद्‌भुत हलेष्टि यज्ञ।

महाराज जनक द्वारा पुत्रीस्वरूप मेरा अंगीकरण किया जाना। मिथिला पाटमहिषी सुनैना की गोद में आश्रय प्राप्त होना। अमरावतीपुरी के समान ऐश्वर्य युक्त जनकपुर राजप्रासाद में लालन-पालन। जानकी, जनक नंदिनी, मैथिली, वैदेही, मिथिलेश कुमारी,

किशोरी एवं सिया नामों में निहित पिता, कुल, वंश तथा राज्य का परिचय जुड़ना...। हल के सिराउर द्वारा उत्पत्ति हेतु ऋषि नारद ने भौमी कन्या का नामकरण किया सीता। यह सब मात्र एक संयोग था इस जीव जगत में मेरी प्राप्ति का...

हलेष्टि यज्ञ...अति विलक्षण घटना थी आर्यावर्त या भरत खंड के लिए ही नहीं, बल्कि संपूर्ण विश्व के लिए भी। आर्यावर्त के उत्तर हिमवान से गंगा मध्य त्रिभुक्ति नामक भू-भाग निमि वंशीय राजर्षि सिरध्वज जनक के अधीन था। 'जनक' उपाधि अपने पूर्ववर्ती राजा मिथि के अति पराक्रमी पुत्र जनक के शौर्य स्वरूप धारण करते आए थे जनकपुर राजसिंहासन पर आरूढ़ होने वाले नरेश। मिथिला की संस्कृति, संस्कार और परंपरा के अति आग्रही नृपतियों हेतु यह उपाधि प्रिय ही नहीं वरन गौरव की भी प्रतीक थी।

शांत, शालीन, शत्रुहीन जनकराज के सुख-समृद्धि, धन-धान्य पूरित त्रिभुक्ति क्षेत्र पर कुछ काल से इंद्र के कोप स्वरूप शनैः-शनैः दुर्भिक्ष की छाया मंडराने लगी। अकाल के निराकरण हेतु ऋषियों तथा प्रजाजनों द्वारा किए जा रहे यज्ञ, जप, तप, पूजा-अर्चन, हवन अर्घ्य...इंद्र को मनाने की कोई भी युक्ति सफल नहीं हुई। पंद्रह नदियों से सिंचित, पल्लवित शस्य श्यामला भूमि सूर्य के ताप से तप्त हो दरकने लगी। मानो मिथिला की धमनियों का जल-रक्त भी सूख चुका था और तो और शरद ऋतु में धरा पर फैले धूल भी तुहिन-कण को भूल चुके थे। अन्न-जल के अभाव से चूक न जाए प्रजा का चारित्रिक गुण। भयाकुल हो उठे विदेह राज जनक। उन्हें ज्ञात था कि मानव जब अभावजनित कुकर्म की लिप्सा में अशिव पथ का पथिक हो जाए तो समस्त सृष्टि का प्रकुपित हो उठना असंभव नहीं होता। परिणामस्वरूप हर ओर रोग, शोक, संताप और विलाप छा जाता है और तब सदकर्म की क्षीण होती इच्छाशक्ति बिना अकाल व अभाव घेरा डाल देते हैं। इस तथ्य का भी गहन भान था उन्हें कि आर्य राष्ट्रनीति के अनुसार प्रजा और समष्टि का प्रतिनिधि माना जाता है राजा और प्रजा में उपजा हाहाकार राजा की विफलता का सूचक है। इस विप्लव की कल्पना मात्र ने विचलित व व्यग्र कर दिया था जनक को।

यज्ञ का विधान करते समय मिथिलेश्वर जनक के मानस में न तो पुत्र की कामना थी न ही पुत्री की। कामना प्रार्थना थी तो मात्र प्रजा के सुख-समृद्धि की। सूखी दरकती बंजर हो रही धरा हेतु वर्षा की। जीव-जंतुओं के प्राण रक्षा की।

राज्य हितैषी विद्वानों, ऋषि-महर्षियों ने चिंतन-मनन के पश्चात् दुर्भिक्ष निवारण हेतु हलेष्टि यज्ञ का विधान सम्मुख रखा। सुनिश्चित हुआ, यज्ञ-स्थल हेतु भूमि का चयन हो। नियत समय पर भूमि शोधनार्थ हल का संचालन राजर्षि जनक स्वयं संपन्न करें।

शुष्क तपती, दरकती धरती पर हल का संचालन...किसी नृपति के लिए सर्वथा वर्जित कर्म। कदाचित यह दु:साध्य दंड था एक राजा को उसकी अदूरदर्शिता, अव्यवस्था, आलस्य तथा वर्षा की वैकल्पिक व्यवस्था के अभाव के लिए। मानव, मानव है कोई महान शक्ति नहीं कि एक स्थान पर रहकर दो विपरीत दिशाओं को नाप सके, आँक सके या दो विपरीत स्थितियों को साध सके। रास-रंग, तर्क-वितर्क राजा के लिए चक्षु व मस्तिष्क के भोजन हैं, तनावमुक्ति के साधन हैं। किंतु ऋषि

कर्म? जो संपूर्ण जीवन पद्धति है, तप है, साधना है। तन और मन की। साम, दाम, दंड व भेद की नीति अपनाए बिना कोई राजा क्या संतुलित सुरक्षित रख सकता है अपना साम्राज्य? राजा को ऋषि कर्म और ऋषि को राज कर्म दोनों अवांछनीय हैं। हानिकार हैं। कर्म अपने स्थान से च्युत हो क्षीण हो जाता है या हीन। राजर्षि जनक का ध्यान दो खंडों में विभक्त होना ही कदाचित इस दुर्भिक्ष आगमन का कारण हो। ज्ञानीजनों का विश्लेषण और अभिमत था।

मास वैशाख शुक्ल नवमी। वार मंगल, नक्षत्र पुष्य, निर्दिष्ट स्थल राजधानी जनकपुर से बारह कोस पश्चिम पवित्र लक्ष्मणा गंगा का तट। पूर्व सुनिश्चित आयोजन हेतु वैशाख के ताप से दग्ध वातावरण में श्रेष्ठ जनों की अपूर्व उपस्थिति देख गद्‌गद थे जनकराज। न तो हल संचालन का कोई मलाल था उन्हें और न ही अपने परिश्रम पर अविश्वास। आकांक्षा थी तो मात्र इसका यथायोग्य फल प्राप्त हो उन्हें जिसके प्रति आश्वस्त नहीं हो पा रहा था उनका मन। इंद्र की अनुकंपा वर्षा बूँदों का स्पर्श...क्या इतना सहज प्राप्त हो सकेगा मिथिला क्षेत्र और वासियों को? यह आशंका व्यग्र कर रही थी।

यज्ञ, हवन पश्चात् स्वर्ण निर्मित हल में युग्म वृषभ जोतकर मिथिला नृपति द्वारा हल संचालन आरंभ हुआ। कुछ क्षणों बाद ही हल के सिराउर से उस तपती दरकती भूमि में जीव सहित उपस्थित मिट्टी का घट खंडित हुआ और हुआ मेरा प्रादुर्भाव...। जीव जगत की विलक्षण घटना...। फिर तो प्रारंभ हुई विलक्षणताओं की महादौड़...

"शिशुरूप में भूमि से प्राप्ति, विलक्षण।" याज्ञवल्क्य ने कहा।

"प्रथम रुदन स्वर के साथ ही घनघोर वृष्टि...विलक्षण!" कुलगुरु शतानंद का हर्षयुक्त कथन।

"रंग-रूप में अति विलक्षण...।" राजमहिषी सुनैना का गद्‌गद स्वर।

"जन कल्याणार्थ प्रकटी जन कल्याणी, सुलक्षणी, लक्ष्मी स्वरूपा है मेरी जानकी...।" जनक राज के उद्‌गार थे।

इतनी सारी विलक्षणताएँ किसी एक मानवी में? आर्यावर्त के इतिहास में कदाचित अपना उदाहरण स्वयं थी। समय पर वर्षा का होना। हरीतिमा आच्छादित वृक्ष-वल्लरियाँ...पौधे। जलीय जीवों से परिपूर्ण तड़ाग-सरोवर। अन्न, जल, फल सभी की प्रचुर उपस्थिति। पिताजी प्रायः कहा करते, ''संतति, मात्र अपने जनक-जननी की कामना पूर्ण करती है। मेरी सीता समस्त प्राणियों हेतु जीवनदायिनी वृष्टि लेकर उत्पन्न हुई अन्नपूर्णा है। कोई साधारण मानवी नहीं है यह।''

किंतु इस भूलोक, मर्त्यलोक में तो सदा मानव ही आते रहे हैं। इस रम्य भूमि को अपना क्रीड़ा-स्थल बनाते, मानव जनित सुख, संताप हर्ष-विषाद को भोगते, अपने कर्म व आचरणस्वरूप देवत्व एवं असुरत्व को प्राप्त करते रहे हैं।

मेरी जीवन यात्रा, गाथा...उसमें जो भी तूफान आया, सदा अपने पूरे जोर में आया। उस जोर में न तो अतीत का ध्यान रहा और न ही भविष्य का। मात्र वर्तमान सर्वोपरि हो उठा। प्रथम मेरा उद्‌भव ही। चेतना के जब चक्षु खुले, चेतनता को झकझोरता विशाल रहस्य मेरे सम्मुख आया...मैं विदेहराज सिरध्वज जनक की पालित

पुत्री हूँ। भूमि से उत्पन्न बालिका। तत्क्षण मन की कच्ची गीली सतह दरक-सी गई। बीसियों प्रश्नों के बौछार से असंतुलित हो उठा मानस। धरा से मेरा उद्‌भव हुआ परंतु इस तन को गढ़ने वाले कौन थे? मेरी सुडौल देह और नासिकाओं में सांसों का आरोह-अवरोह देने वाले कौन थे? मेरे अबोध मस्तिष्क में चेतनता का ज्वार भरने वाले कौन थे? और कौन थे वे मिट्‌टी के घट में मिट्‌टी बनाकर मुझे मिट्‌टी को सौंपने में जिनके हाथ तनिक भी नहीं थरथराए थे...। क्या मेरा यह निष्कलंक सुकोमल मुख, जिसे निहारते माता सुनैना के नेत्र कभी नहीं थकते, ये उनके अंदर ममता नहीं उत्पन्न कर सके थे...उद्वेलित नहीं कर सके थे उनके भावों को? क्या मैं इतनी अवांछित थी उनके लिए? क्यों...कैसे...तथा कौन जैसे शब्द के तीक्ष्ण आघातों से मेरे बालमन की कोमलता प्राय: क्षत-विक्षत होती रहती। उनके समाधान हेतु मेरा हृदय सदैव आकुल, व्याकुल व उद्वेलित रहा करता...यदि मैं जनकराज की पुत्री नहीं हूँ तो...

बवंडर में चिंदी की भाँति उड़ते ये प्रश्न मेरी चेतनता पर तब तक प्रहार करते रहे जब तक तत्त्वज्ञ आचार्य ने साकार और निराकार का भेद बताकर मेरी आशंकाओं को शांत तथा चित्त को स्थिर न कर दिया कि "अदृश्य, असाकार को हम मात्र स्मरण कर सकते हैं किंतु लाख प्रयत्न के पश्चात् भी उसके प्रति प्रेम या स्नेह का भाव नहीं उमड़ता हृदय में। इसीलिए तो हम अपने इष्टों को मूर्तरूप देकर उनसे निकटता का अनुभव करते हैं।"

उनका कथन मन को शांत करता, पुन: बाल मन की जिज्ञासा अकुलाने लगती। व्याकुल हो पूछना चाहती पिताजी से। माँ से। काकी जी से...। श्रद्धा काकी से। सखियों से...कुछ तो ज्ञात हो उनसे मेरा तिमिरमय अतीत। मेरे उत्पत्ति के रहस्य का कोई नन्हां-सा जुगनू तो पकड़ में आए मेरे। बड़ा कठिन अनुभव होता पूछना। ध्यान में लाना चाहती कोई आकार...कोई छवि...कुछ भी स्पष्ट नहीं उभरता...एक हल्का-सा बिंब भी नहीं। भाँति-भाँति के ऊधम मचाते विचारों और प्रश्नों के प्रहार से प्राय: थक जाया करती। पस्त हो जाती। किंतु नेत्रों के समक्ष कोई आकृति नहीं स्पष्ट होती उन अनजान, अदृश्य, असाकार की। उन अलक्षित के प्रति स्नेह या प्रेम भाव नहीं उमड़ता हृदय में। तब माँ सुनैना और पिता जनक के प्रति कृतज्ञता से भर आता हृदय, जिन्होंने उदारता से अपनी पहचान व परिचय के कवच से आवेष्टित कर दिया था मेरे अस्तित्व को। उनका प्रेम, स्नेह ही यथार्थ है। सत्य है। किसी और के विषय में चिंतन-मनन या ध्यान करना भी कृतघ्नता होगी उनके प्रति। भवन से सभा या कुटुंबी जन तक किसी के मुख से स्वयं के लिए अनाथ शब्द का संबोधन क्या सुना कभी मैंने? नहीं...कभी नहीं..। तो फिर उन अनदेखे के प्रति कैसा मोह...? प्रश्न लज्जित कर देता।

आचार्य यह भी कहते, ''अदेखा, अदृश्य पथ किसी लक्ष्य तक नहीं ले जाते मनुष्य को। लक्षित का अनुशरण करने से संतोष होता है। तोष ही परम प्राप्य है जीवन का। असंतोष सदा विभक्त कर देता है उसके भावों को नदी के तटों की भाँति...।'' और तोष के लिए अतीत को मानस के अतल तल में दबा दिया मैंने और साथ ही क्यों...कैसे...कौन जैसे प्रश्नों को भी।

इस भवन में मेरे आने के कुछ काल पश्चात् ही माँ सुनैना के गर्भ से उर्मिला का जन्म हुआ। वर्षों से संतान विहीन उनकी गोद भरी। हर्ष से विहँस उठा जनक राज भवन। इसके साथ ही माँ-पिताजी का विश्वास और पुष्ट हुआ—"सीता का शुभ लक्षण...। उसके पग इस भवन में क्या पड़े अपनी सहचरी ले आई वह और मुझे जननी बनने का सुख सौभाग्य दिया। आज युगल किलकारियों की गूँज से गुंजायमान हो रहा है भवन।" माँ कहतीं पुनः दोनों करबद्ध हो अपने इष्ट से प्रार्थना कर उठतीं, "हे दैव, रूप गुण के अनुरूप ही सुख सौभाग्य से भी पूर्ण करना मेरी सीता को।"

भावी का आभास शायद पहले ही हो जाता है आत्मीय जनों को। शब्दों, कार्यरूपों में उसकी पुनरावृत्ति होती रहती है पुनः पुनः। माँ का आंतरिक भय भी कुछ वैसा ही था। अनजाना, अनदेखा...परंतु आश्वस्ति रहित। इस मध्य काकी जी भी दो पुत्रियों मांडवी और श्रुतकीर्ति की जन्मदात्री बनीं। काका जी कुशध्वज के हर्ष की पराकाष्ठा न थी। और पूर्व की भाँति इन सभी सुख-सौभाग्य का सारा श्रेय भी मेरी ही झोली में आया। सभी के लाड़-दुलार का विशेष भागीदार बनती गई मैं।

भविष्य से अनभिज्ञ, काल पग के साथ अग्रसर था मेरा उत्थान। चार बहनें; परंतु पिताजी की सर्वाधिक प्रिय पुत्री थी मैं। वे सदा मुझे अपने साथ रखते। साथ राजसभा में ले जाते। अपने निकट ही आसन पर बैठते। क्षण मात्र के लिए भी मेरी विलगता सह्य नहीं थी उन्हें। पिताजी का यह अप्रतिम प्यार-दुलार, सुख सान्निध्य सदा आत्मबल का संचार करता मुझमें।

माँ-पिताजी, काका जी-काकी जी का स्नेह, प्रेम, सुख-स्पर्श से पोषित मेरा विकास होमकुंड में प्रज्वलित अग्निशिखा के समान उत्तरोत्तर वृद्धि पा रहा था। चारों बहनों की उपस्थिति ने बाल स्वर को लालायित सूने भवन को अपनी किलकारियों तथा तोतले बोलों से प्राणवान बना दिया था। शनैः-शनैः शैशावावस्था की किलकारियाँ शब्दों में परिवर्तित हुईं। शब्द प्रश्नों में। प्रश्न तर्कों में...। समय महान शिल्पकार है। अनगढ़ पाषाण भी उसके स्पर्श से रम्य रूप में ढल जाता है। मानव तो बहता ही है उसके स्पर्श आवेग में। न कभी समय की गति सुस्त होती है...न सृष्टि ही विश्राम करती है।

प्रज्ञावान आचार्य के सान्निध्य में भवन में ही विधिवत दीक्षा प्रारंभ हुई हमारी। अक्षर परिचय से अज्ञानता की धुंध ऐसे तिरोहित होने लगी जैसे सूर्य-रश्मियों से छँटता घोर तिमिर। और चेतना हजार चक्षु खोले बाह्य जगत के साक्षात्कार हेतु अकुला उठी। भवन के भीतर के चाक्षुष दृश्य सीमित लगने लगे। यह भवन विश्व नहीं है। भवन से परे का संसार जन, लोक, भू, भुवः, स्वः, महः, जनः, तपः, सत्य तथा अतल, सुतल, रसातल, पाताल, अपने जानने, समझने को व्यग्र करने लगे। वर्षा, प्रातः, संध्या, सूर्य-चंद्र का उदय होना जो एक प्राकृतिक क्रिया थी हमारी दृष्टि व समझ में। उसकी अनिवार्यता का गहन बोध कराया आचार्य ने—

"भूलोक में किसी भी ज्ञात, अज्ञात, देखा, अदेखा, स्पृश्य, अस्पृश्य से हम समान भाव से संबद्ध हैं। सभी का बराबर का योगदान है हमारे अस्तित्व में। जीवन में। होने में।"

"वह कैसे, गुरुदेव?" श्रुतकीर्ति ने प्रश्न किया।

“एक लघु दृष्टांत देखो–वर्ष में आगत छह ऋतुएँ प्रकृति की अनुपम देन हैं। तथा सृष्टि हेतु अति महत्त्वपूर्ण। यदि ये तनिक भी असंतुलित हो जाएँ तो घोर अनिष्ट हो जाएगा भूलोक का। अभाव हो जाएगा अन्न, जल, प्राकृतिक संपदा का।”

“छह ऋतुएँ...ज्ञात न था आचार्य प्रवर हमें।” चौंकते हुए मांडवी बोली।

“हाँ पुत्री! वसंत, ग्रीष्म, वर्षा, शरद, हेमंत तथा शिशिर। सभी का काल दो–दो मास का होता है। निरंतरता से निविष्ट कराती हैं ये भूलोक में अपनी उपस्थिति। किंतु त्रिभुक्ति क्षेत्र में मुख्यतः तीन ही ऋतुओं का आनंद प्राप्त होता है हमें। शीत, ताप और पावस का।”

“ग्रीष्म ऋतु किसी प्राणी को किस प्रकार आनंदित कर सकती है आचार्य? जबकि समस्त वातावरण ही नहीं यह भवन भी दग्ध रहता है उसके ताप से?” साश्चर्य उर्मिला ने पूछा।

आचार्य मुस्कुराए कदाचित उसकी तर्क क्षमता पर। पुनः बोले–

“दुख के गर्भ में ही सुख अलोप रहता है पुत्री उर्मिला! ग्रीष्म यदि चरम ताप पर न हो तो वारिद उत्पत्ति बाधित हो जाएगा। फिर घोर दुर्भिक्ष का सामना करना पड़ेगा धरा वासियों को। सृष्टि में विद्यमान गोचर–अगोचर सभी का समान महत्त्व है। इसका रहस्य धीरे–धीरे समझ में आएगा तुम लोगों को।”

3

भूतकाल के आधार स्तंभों पर ही वर्तमान का नाट्य मंच सजता है। नेपथ्य में निर्माण होता रहता है भावी का प्रहसन...। शब्दों द्वारा नित नए जगत एवं ब्रह्मांड का दर्शन करा रहे थे आचार्य प्रवर और हमारी बाल–सुलभ जिज्ञासाओं का समाधान भी करते चल रहे थे। कहते, “शब्द वह प्रकाश है जिसके द्वारा हम दृष्टि से परे हर उस वस्तु का भी साक्षात्कार करने में सक्षम होते हैं जो अदृश्य हैं। यदि वह दृष्टिगोचर हो भी जाए तो उसे मात्र एक दर्शक की भाँति ही देखेंगे... समझ नहीं पाएँगे।” प्राचार्य की सीख परिवेश को देखने, समझने की नई दृष्टि देती है हमें...

अब हर वह वस्तु पशु–पक्षी एवं नूतन जीव अपने पीछे भागने, जानने तथा समझने को उकसाते। जो प्रथम दिखाई देते या प्रथम जिस पर ध्यान केंद्रित होता या जो देखे हुए से भिन्न होते। ढेरों प्रश्न छोड़ जाते, जिसके समाधान हेतु हम काकी जी, माँ या फिर जो भी सेविकाएँ सम्मुख होतीं, पूछ बैठतीं। जिज्ञासाएँ या प्रश्न अधिक मेरे मस्तिष्क में कुलबुलाते, पूछती अधिक उर्मिला। जैसे उसे कोई गोपन दृष्टि प्राप्त हो मेरे मस्तिष्क में उगे प्रश्नों को पढ़ने की। प्रश्न पूछने की उतावली मुझे भी होती। सब कुछ जानने–समझने की जिज्ञासा उद्वेलित करती। आड़े आ जाता संकोच। मौन करा देता मेरे अधरों को। जिज्ञासाएँ, चिंतन–मनन में प्रायः मैं उलझकर रह जाती।

चंचल, चुलबुली उर्मिला। पिताजी, माँ और मेरी दुलारी, जिसे प्यार से मैं उर्मि कहती थी। अधिक समय तक एक स्थान पर टिके रहना कठिन था उसके लिए। अभी भवन में...। अभी भवन के पिछवाड़े उपवन में...। अभी उपवन स्थित मनोरम

सरोवर की सीढ़ियों पर। अभी कुईं पुष्प तोड़ने को मचल रही है। अभी पक्षियों की बोली का स्वांग कर रही है। उसके चुलबुलेपन में प्रायः उसका साथ देती श्रुतकीर्ति। वय में उर्मि से छोटी थी। उर्मि से बड़ी मांडवी थी। सबसे बड़ी थी मैं। बड़ी होने के नाते मेरा दायित्व भी अधिक है माँ, पिताजी तथा बहनों के प्रति...ऐसा मुझे अनुभव होता। यथा शक्ति उसके निर्वहन का प्रयास भी किया करती।

काकी जी कहतीं, "मांडवी का स्वभाव बिल्कुल सीता के समान शांत व शीतल है।" माँ निहाल हो जातीं। प्रसन्नता का अनुपात उनके अधरों पर उभरी मुस्कान से ज्ञात होता। पुनः दोनों उर्मिला तथा श्रुतकीर्ति के समान स्वभाव पर वार्ता करने लगतीं।

राजसभा में पिताजी प्रायः साथ ले जाया करते थे मुझे। अपने निकट ही आसन पर बैठाते। विशेषकर उन अवसरों पर जब शास्त्रार्थ का आयोजन होता। उसके लिए अक्सर बाहर से विद्वत्‌जन आते रहते थे। शास्त्रार्थ में ब्रह्मोध पर विमर्श होता। ब्रह्मोध एक प्रकार का प्रश्नोत्तर। प्रश्न-उत्तर जो परस्पर दोनों पक्ष तड़ातड़ पूछते और उत्तर दिया करते। इस प्रकार के कहने-बूझने को लोकभाषा में यक्ष प्रश्न (प्रहेलिका) कहा जाता। जिस गति से प्रश्न किया जाता, उत्तर भी उसी गति से देना अनिवार्य होता।

विदेहराज में भी उद्‌भट विद्वानों की कोई कमी नहीं थी। महर्षि गौतम, याज्ञवल्क्य, कुणाद, कपिल और शतानंद। राजपुरोहित अहल्या पुत्र शतानंद सुविज्ञ, सहृदय तथा उदार मना थे। शास्त्रार्थ में पराजित विद्वानों के साथ अब पूर्व की भाँति नृशंसता नहीं दोहराई जाती थी। सुना था, पूर्व के राजपुरोहित बंदी अपने साथ शास्त्रार्थ में पराजित होने वाले को जल में डुबोकर प्राण ले लिया करते थे। बंदी द्वारा विधान किए गए नृशंसता का आखेट अष्टावक्र के अभावग्रस्त पिता ऋषि कहोड भी बन चुके थे। गर्भवती पत्नी के आग्रह स्वरूप धन कमाने हेतु शास्त्रार्थ में भाग लेने पहुँचे थे जनकपुर। पराजय के पश्चात्‌ बंदी द्वारा जीवित जल समाधि दे दी गई थी उन्हें। पिता की मृत्यु का प्रतिकार अष्टावक्र ने बंदी को शास्त्रार्थ में पराजित कर चुकाया और बंदी का भी वही हश्र किया, जो उनके पिता का हुआ था।

विद्या व्यसनी, सतसंगी पिताजी को शास्त्र के गूढ़ तत्त्वों की विवेचना और परमार्थ चर्चा विशेष प्रिय थीं। ऐसे आयोजन को वे मन का आहार मानते थे। कहते—

"जिस प्रकार तन को भोजन की आवश्यकता होती है, मन-चित्त को भी उसी प्रकार विद्वत्ता का आहार आवश्यक है। विद्वानों की संगत में जहाँ देश-विदेश की जानकारी प्राप्त होती है, वहीं ज्ञानकोश समृद्ध होता है और तर्क क्षमता का भी विकास होता है, परंतु पराजयस्वरूप प्राण-दंड...? यह मुझे अभीष्ट न था। शास्त्रार्थ बुद्धि विकास का माध्यम होता है। कोई मल्ल-युद्ध नहीं।" किंतु यह सब पूर्वकाल की बातें थीं, जिसे सुनकर भी मस्तिष्क से निकालना क्या सहज संभव होता।

संगत का प्रभाव...कभी निष्फल नहीं जाता। वहीं से ऋषि, मुनि तथा विद्वानों के प्रति मेरे मन में आदर मान उत्पन्न हुआ। अब अंतःपुर में कम ही लगता मेरा मन। अधिकांश समय पिताजी के साथ राजसभा में व्यतीत होता था। ध्यानपूर्वक वहाँ हो रहे तर्क-वितर्क श्रवण करती। मेरे अंदर उद्वेलित बहुत सी जिज्ञासाओं का समाधान स्वतः हो जाया करता और ज्ञान का भंडार भी समृद्ध होता। मैं चाहती,

उर्मिला भी राजसभा में मेरे संग उपस्थित रहे। पिताजी के निकट बैठे, शास्त्रार्थ श्रवण करे...। कभी वह संग आती, परंतु शीघ्र ही उकता जाया करती। भाग खड़ी होती किसी बहाने बहनों, सखियों के समीप। तब पिताजी अर्थपूर्ण दृष्टि से देखते मेरी ओर और उनके अधर मुस्कुरा उठते।

शास्त्रार्थ के श्रवण और अक्षर से परिचय ने हमें अलौकिक दृष्टि प्रदान की। शनैः-शनैः अपने राज्य ही नहीं संपूर्ण भारतखंड और आर्यावर्त की संस्कृति, विधि-विधान, वेद-शास्त्र, भौगोलिक स्थिति तथा गौरवपूर्ण इतिवृत्त से अवगत हो रही थीं हम। हम चारों बहनें...अभिन्न सखा...सहेली...। एक-दूसरे की पूरक...।

विद्याध्ययन से निवृत्ति के पश्चात् क्रीड़ा के नित नए ढंग ढूँढ़े जाते। बहनों तथा सखियों द्वारा जुगत भिड़ाई जाती। कभी आँख-मिचौली खेलने का, कभी सरोवर में जल-क्रीड़ा का, कभी झूले पर ऊँची से ऊँची पेंगें लगाने का...तो कभी रंग-बिरंगी तितलियों को पकड़ने का, जिसमें असफल होना उदास करता, सफल होना भी उदास कर जाता मुझे। जीव-जंतु बंधन में रहें...इसका पक्षधर मैं नहीं थी, परंतु उनके परों का आकर्षण अवश्य अपनी ओर खींचता था मुझे।

उस दिन भी बहनों और सखियों के साथ कंदुक क्रीड़ा का कार्यक्रम बना। मेरे हाथ से उछली गेंद उस संदूक के नीचे जा फँसी जिसमें महादेव का विशाल पिनाक आजगव स्थित था। यह वही विराट धनुष था जिससे अपनी अर्धांगिनी सती के क्रोधाग्नि में दहन होने पर क्रोधित हो उन्होंने अपने ससुर दक्ष प्रजापति का शिरोच्छेद किया था और देवताओं को भी नष्ट करने पर उद्यत हो उठे थे तब शंकर के प्रचंड क्रोध से सहमे देवताओं ने नाना प्रकार से स्तुति कर उन्हें प्रसन्न किया और यज्ञ में उनका भाग देना भी सुनिश्चित किया था। शीघ्र प्रसन्न हो जाने वाले आशुतोष शिव प्रसन्न ही नहीं हुए वरन यह विराट धनुष भी देवों को दे दिए और देवताओं ने इसे हमारे पूर्वज महाराज देवरात के पास धरोहरस्वरूप रख दिया था। उस समय से अब तक यह निमिवंश की सुरक्षा में था।

गेंद का औचक संदूक के नीचे जाने पर बहनें तथा सखियाँ व्याकुल हो उठीं। किस प्रकार उस भारी संदूक को खिसकाया जाए? कैसे कंदुक बाहर निकले? अपनी-अपनी युक्ति भिड़ाने लगीं सभी।

"नंदू को बुला लाते हैं। वह हमारी सहायता करेगा संदूक हटाने में।" सुलेखा ने कहा

सुनंदा चिढ़ गई, "एक नंदू क्या दस नंदू उस संदूक को डिगा नहीं सकते। तुम्हें अच्छी सूझी नंदू का नाम। ज्ञात है तुम्हें इस बक्स को बारह व्यक्ति खींचते हैं?" सुलेखा मौन हो गई।

"दीदी, इतने वेग से गेंद उछालने की क्या आवश्यकता थी? समझ में नहीं आ रहा है क्या यत्न किया जाए इसे निकालने के लिए।" मांडवी उदास होती बोली।

"हाँ लाडली जी, हम लोगों से तो वह संदूक हटने से रहा।" कल्याणी का स्वर था।

"अब हम कैसे खेलेंगीं, दीदी?" मुझसे लिपटते हुए श्रुतकीर्ति ने भोलेपन से पूछा।

"तुम लोग हतोत्साह मत होओ, मैं प्रयास करती हूँ।"

मैंने उन्हें आश्वस्त किया और संशय ग्रस्त मन के साथ संदूक की ओर बढ़ी। विकट घड़ी है। मन ही मन शिव का स्मरण किया–हे देवाधिदेव महादेव, मेरी सहायता करना। हे माँ गिरिजा, सहाय होना...। माँ गिरिजा हमारी कुलदेवी थीं। बिना उनकी पूजा-अर्चना किए कोई शुभ कार्य प्रारंभ नहीं होता था हमारे कुल में।

बाएँ हाथ से वेग के साथ मैंने संदूक को धकेला...। वह सहजता से परे खिसक गया। हर्ष से हृदय खिल उठा। मैंने पुनः माँ गिरिजा का स्मरण किया और दाहिने हाथ से गेंद पकड़कर खींचना ही चाहती थी कि बहुत से व्यक्तियों की पदचाप सुनाई दी...। भय से सिहर उठा मेरा सर्वांग। कुछ समझ पाती कि तभी राजपुरोहित शतानंद, मंत्रीगण के साथ पिताजी सम्मुख खड़े थे। भय से काँप उठी मैं। वेग से धड़क उठा हृदय...। किस विधि भागूँ यहाँ से? क्या सोचेंगे वे लोग मेरी इस धृष्टता पर। परंतु किंकर्तव्यविमूढ़ सी बैठी रह गई सर झुकाए। नेत्रों में अश्रु छलक आए। किस सायत में यहाँ क्रीड़ा करने का विचार आया। क्या होगा अब? फफक ही पड़ती कि पिताजी का अचंभित स्वर कानों में पड़ा–

"आश्चर्य...घोर आश्चर्य...शतानंद जी देख रहे हैं यह कौतुक? मेरी लाडली का यह अप्रतिम पराक्रम...?"

"अद्‌भुत...असंभव कार्य किया है सीता ने।" मंत्री भद्रसेन का स्वर था।

"कहता था न मैं, मेरी सीता साक्षात पराशक्ति है, कोई साधारण मानवी नहीं।" पिताजी का हर्षित स्वर।

"हाँ महाराज, मैं स्वयं आश्चर्यचकित हूँ यह कौतुक देखकर। यह लीला किसी साधारण मानवी के वश की है भी नहीं। स्मरण करें दुर्भिक्ष का वह काल...जब धरा लावे की भाँति तप रही थी। वृक्ष-पौधे झुलसकर ठूँठ बन चुके थे। घास-फूस तक भस्म हो गए थे, ऐसे में सीता का भूमि से उद्‌भव...आश्चर्य ही तो था। कदाचित प्रकृति ने बीज रूप में आस स्वरूप सीता को हमारे सम्मुख किया था, कि सृष्टि में सब कुछ कभी समाप्त नहीं होता।" शतानंद जी का स्वर।

''क्या विस्मृत होना संभव है वह क्षण? दुख में सुख की फुहार...। निराशा में आस का संचार। नवजीवन की वह सायत? परंतु यह विलक्षण क्षण भी विस्मृत न हो जाए, अस्तु आप सभी श्रेष्ठ जनों के समक्ष मैं यह प्रण करता हूँ–जो कोई शिव के इस विशाल धनुष पर प्रत्यंचा चढ़ाएगा। वही सीता के वरण का अधिकारी होगा।"

"साधु...साधु...।" समवेत स्वर गूँजा...। पुनः सभी के जाने की आहट हुई।

पिताजी का उल्लासित स्वर...। उपस्थित जनों की जय ध्वनि...। मेरी विषम धड़कनें थोड़ा सम हुईं। भय और ग्लानि से नत सर थोड़ा उन्नत हुआ। पिताजी का क्रोधित होने के बदले प्रसन्न होना। उलझा गया मुझे। पराक्रम की उतनी समझ कहाँ थी तब। वय रहा होगा नौ या दस वर्ष। हाँ, भय अवश्य विचलित कर गया था मुझे।

दृष्टि घुमाकर बहनों, सखियों को ढूँढ़ना चाहा मैंने। सब की सब अदृश्य थीं। कदाचित पिताजी को देखकर भय वश भाग खड़ी हुई थीं मुझे अकेली छोड़कर। हत्‌बुद्धि-सी कुछ पल वहीं बैठी मैं उन लोगों की प्रतीक्षा करती रही। किधर जाऊँ...?

कहाँ गई होंगी वे...? पिताजी अवश्य माँ के कक्ष में गए होंगे। जाने क्या-क्या कह रहे होंगे वे माँ से मेरे इस कृत्य के विषय में। क्या सोच रही होंगी माँ। कुपित तो अवश्य होंगी मुझ पर। वर्जित किया था उन्होंने, "सिया, ऐसा कोई कार्य न करना जिससे तन को क्षति पहुँचे।"

सहमती हुई मैं काकी जी के कक्ष की ओर बढ़ी। कक्ष बिल्कुल सूना था। वहाँ न बहनें थीं, न सखियाँ। फिर वे गईं किधर? अवश्य वे उपवन में गई होंगी और क्रीड़ा कर ही रही होंगी मुझे अकेली छोड़कर। मैंने सोचा और झुंझला उठी... गेंद संदूक के नीचे लुढ़क गई इसमें मेरा क्या अपराध? संकट के समय सभी पीछे हट गईं। किसी से बात नहीं करूँगी अब। दु:ख से मेरे नेत्र भर आए।

काकी जी अपने कक्ष में नहीं थीं, यह अति शुभ था। वरन् औचक और अकेली यहाँ आने का कारण वे अवश्य पूछतीं। मांडवी, उर्मिला, श्रुतकीर्ति कहाँ हैं? पूछतीं... प्रश्न...प्रश्न...प्रश्न...। वहाँ से जाने का सहज अवसर मिल गया मुझे। कक्ष से निकल ही रही थी कि सेविका शीतला सम्मुख आ खड़ी हुई–

"लाडली जी, आप यहाँ हैं? कहाँ-कहाँ न ढूँढ़ा आपको। शीघ्र चलिए, बड़ी महारानी जी अपने कक्ष में स्मरण कर रही है आपको। छोटी महारानी जी भी वही हैं।" शीतला उतावली-सी बोली तो मेरूदंड में भय की ठंढी लहर पुन: कँपा गई मुझे। हकलाते हुए उससे पूछा–

"पिताजी भी वहीं हैं?"

"जी लाडली जी।"

ओह, अब क्या होगा? आज की मेरी यह धृष्टता कदाचित क्षम्य न हो तभी तो बहनें, सखियाँ सब अलोप हैं। क्या कहूँगी माँ से?

"क्या सोचने लगीं राजकुमारी जी? शीघ्रता कीजिए...मैं छोटी कुमारियों को ढूँढ़कर लाती हूँ।" शीतला चली गई।

झिझकती हुई मैं माँ के कक्ष में आई। पिताजी शैय्या पर विराजमान थे। तिर्यक दृष्टि से मैंने उनकी ओर देखा...उनके मुख पर क्रोध की हल्की आभा तक दृष्टिगत न हुई। वरन प्रसन्नता से दमक रहा था उनका मुखमंडल। अधरों पर मंद मुस्कान थी। मेरे मन को बल मिला।

"सीता, यहाँ आओ पुत्री!" आश्चर्य...घोर आश्चर्य...क्रोध के स्थान पर माँ के स्वर में वात्सल्य...! तत्क्षण मेरा भय तिरोहित हो गया। धीरे-धीरे चलती हुई मैं उनके समीप पहुँची। खींचकर उन्होंने मुझे हृदय से लगा लिया। उनके नेत्र छलक पड़े।

"ये क्या भद्रे, आपके नेत्रों में अश्रु? आज तो हमारी पुत्री ने वह अनहोनी कर दिखाई है जो अकेले किसी के वश की नहीं थी। मात्र अपने वाम हाथ से उस भारी संदूक को खिसका दिया जिसे खींचने हेतु बारह व्यक्तियों की आवश्यकता होती है। उसके अद्‌भुत कौशल ने ही तो अकस्मात मुझे उस प्रण के लिए प्रेरित किया था।"

"ये प्रसन्नता के अश्रु हैं आर्यपुत्र! अपनी पुत्री के विलक्षण कौशल से मैं भी हतप्रभ ही नहीं गौरवान्वित हूँ, किंतु आपके इस कठिन प्रण से आशंकित भी हूँ।"

"कैसी आशंका देवी! मेरे प्रण में कोई खोट है?"

"नहीं...नहीं महाराज, आपके प्रण में कोई खोट नहीं है। आपके समक्ष सीता के उत्कृष्ट भविष्य का शुभ ही रहा होगा। उससे समृद्ध, समर्थ वर का...किंतु उस विराट धनुष पर प्रत्यंचा चढ़ाने वाला ही सिया के वरण का अधिकारी होगा। बड़ा दुरूह अनुभव हो रहा है यह प्रण।" कहकर माँ ने मेरे कपोल पर चुंबन अंकित किया। अनुभव हुआ जैसे बहुत व्याकुल हैं वे अंदर से।

"आपने अपना कथन अधूरा क्यों छोड़ दिया देवी?" पिताजी ने आकुल स्वर में पूछा।

माँ कुछ क्षण मौन रहीं। पुनः बोली–

"दो प्रकार से भय उत्पन्न कर रहा है यह मेरे हृदय में। प्रथम, आप अपने वचन से डिगेंगे नहीं...और यदि किसी कारण वश उसे पूरा करने वाला कोई...।" माँ पुनः मौन हो गईं।

पिताजी बेचैन हो उठे–

"कहिए देवी...मौन क्यों हो गईं? प्रण पूरा करने वाला कोई...क्या?"

"मैं मात्र सीता की माँ ही नहीं, एक स्त्री भी हूँ आर्यपुत्र! जाने क्यों भावी से आशंकित हूँ। दैव करे मेरी आशंका निर्मूल हो।" अश्रु पोंछती हुई माँ बोलीं और पिताजी को कोई अवसर दिए बिना काकी जी से संबोधित हुईं–

"छोटी!"

''जी दीदी!''

"मेरी रानी बिटिया की बलैया लो! इसकी दीठ उतारो राई-अजवाइन से।"

"जी दीदी।"

"और हाँ...कुछ स्वर्ण मुद्राएँ इसके ऊपर वार कर याचकों में बाँट दो। सीता के जीवन का महत्त्वपूर्ण दिवस है आज।" माँ बोलीं। दुःख और प्रसन्नता के पलड़े किस प्रकार समान होते हैं। प्रथम बार अनुभव हुआ माँ की वार्ता से।

काकी जी थाल में स्वर्ण मुद्राएँ ले आईं। मुट्ठी में भरकर कई बार उन्हें मेरे सर के ऊपर न्योछा...पुनः सेविका संध्या को देते हुए बोलीं, "सभी आपस में बाँट लेना...।"

तभी शीतला मांडवी, उर्मिला तथा श्रुतकीर्ति को साथ लिए आ पहुँची।

"आओ पुत्रियो! इधर आओ, किधर चली गई थीं तुम लोग?" उन्हें देखते ही काकी जी बोलीं।

"हाँ पुत्रियो, तुम्हें आकर सुनाना चाहिए था वह शुभ समाचार। तुम्हीं तो सीता के उस अद्‌भुत पराक्रम की साक्षी हो।" माँ बोलीं तो औचक अनजाने गौरव का अनुभव हुआ मुझे। जैसे मैं बहुत विशिष्ट होऊँ और मेरा वह कार्य कोई महान पराक्रम हो। फिर उलझ गई...माँ के अश्रु और आशंका का क्या अर्थ था? किंतु कुछ भी समझ में नहीं आया उस समय...। मैंने जो कार्य सहज भाव से किया था, मेरे माँ-पिताजी ने ही उसे असामान्य और विलक्षण मान लिया। माँ की चिंता, पिताजी के प्रण में प्राण डालने वाला पात्र कब और कैसे मिलेगा...?

और इस प्रकार अनायास ही शिव का वह अप्रतिम, विशाल पिनाक जुड़ गया था मेरे जीवन से...मेरी नियति से!

4

समय ही वेग से नहीं भाग रहा था, हमारी कल्पनाओं व विचारों में भी उसी गति से परिवर्तन हो रहे थे। भाँति-भाँति की जिज्ञासाएँ मन में सर उभारतीं एवं हमारे अंतस् को उद्वेलित करतीं। जब वे अधिक व्याकुल करने लगतीं, उनके समाधान हेतु अवसर पाते ही हम माँ या काकी जी के कक्ष में जा धमकतीं। बातों के आरंभ के लिए कोई चर्चा छेड़ देतीं। वे ध्यान से श्रवण करतीं हमारी वार्ता। पुनः उन अविच्छिन्नता को केंद्रित करतीं। यथा संभव उनका उत्तर देतीं। समाधान बतलातीं। हमारी जिज्ञासाएँ शांत होतीं। साथ ही हमारा ज्ञान विस्तारित होता। पिताजी की सभा में मेरा जाना भी अब धीरे-धीरे कम होने लगा था। उसी अवसर पर जाना होता जब उनका आदेश होता या आगत विद्वानों के शास्त्रार्थ का अवसर होता।

सत्य का आवरण में रहना कभी अति सुखद होता है और उसका अनावृत्त होना कभी अति यातनादायक भी...

राजप्रासाद का वह कोई विशेष अवसर था जब प्रथम बार मनोवांछित वस्त्र पहनने के लिए हठ किया था मैंने। किंतु वह भी किसी बाल हठ की भाँति असफल रहा। आड़े आ गया अचंभित करता वह विचित्र बिंदु, जो मेरे ही तन से संबंधित था। वस्त्र, भोजन की मेरी पसंद बहनों से भिन्न थी। वस्त्र तो भिन्न-भिन्न रंगों के बनते थे। सभी के लिए, परंतु समान बनते। पुष्प अवश्य मैं अपनी रुचि का चुनती थी, वेणी में लगाने या कक्ष में सजाने हेतु। भीनी-भीनी मृदु सुगंध वाला पाटला, जो बहुत सारे रंगों में खिलते। जूही, रजनीगंधा या चमेली...जिनकी मधुर गंध मन-मस्तिष्क को प्रफुल्लित कर देती। शीतला को ज्ञात थी मेरी रुचि। उन्हें ही वह मेरे कक्ष में सजाती या मेरी वेणी के लिए माला तैयार करती। ऋतु में भी हम बहनों की रुचि भिन्न थी। किसी को शरद विशेष रुचिकर था तो किसी को शिशिर। मुझे वसंत प्रिय अनुभव होता, परंतु उससे अधिक वर्षा आह्लादित करती। कृष्ण नीरद युक्त आकाश...। पंक्तिबद्ध उड़ते शुभ्र बगुले...। रिमझिम पड़ती फुहार...या घोर वर्षा...। बौछारों से रक्षा करने हेतु पंखों में चोंच छिपाए नीड़ में बैठे विहंग को झरोखे पर खड़ी हो बड़े मनोयोग से देखा करती।

सम वय व सदा संग रहने के कारण केश सज्जा में सिद्धहस्त शीतला अवसर के अनुरूप मेरे लंबे बालों की वेणी बना केशोपाश में पीले पाटला की अधखिली कली टाँकने के पश्चात् सदा से कंचुकी बाँधती आई जाने आज क्यों हिचक गई—

"अब आप स्वयं कंचुकी बाँधा कीजिए लाडली जी।"

"क्यों? तुम्हीं बाँध दो ना।"

"आप बड़ी हो रही हैं। यह कार्य आप को स्वयं करना पड़ेगा अब।"

"परंतु क्यों? अभी तक तो तुम्हीं बाँधती रही हो।" मैंने सहजता से कहा।

"आप के शरीर में नारीत्व के लक्षण स्पष्ट दृष्टिगोचर हो रहे।"

"नारित्व के लक्षण...? कैसा लक्षण शीतला...?" मैंने आश्चर्य से पूछा।

"हठ नहीं करते सिया! आप अभी अबोध हैं। बाँध लीजिए न।" स्नेह से बोली वह। झटका-सा अनुभव हुआ मेरे बालमन को। ओह...तो मेरे बदन में आया यह

परिवर्तन नारीत्व का लक्षण है? अभी तक जिसके अनुभव मात्र से भयाक्रांत थी मैं...अब लज्जा का अनुभव हुआ। पीड़ा के साथ झुँझलाहट भी हुई स्वयं और समय की गति पर जो अपना चिह्न अंकित करता जा रहा था निःशब्द हमारे तन पर। मांडवी भी अब स्वयं बाँधेंगी अपनी कंचुकी। उसके बदन पर भी मेरी तरह ही नारीत्व...। दोनों के वय में कुछ ही काल का अंतराल है। माँ से पूर्व ही काकी जी को माँ बनने का सुख सौभाग्य प्राप्त हुआ था।

चारों बहनों का विकास समान रूप से हो रहा था। हमारे मन को सुखों से भिगोता मिथिला राज्य का उत्तराधिकारी मेरा भाई भानुमंत भी भवन में पग-पग चलने लगा था। हमें देख जाने क्यों अब माँ, काकी जी के मुख पर संतुष्टि के साथ कभी-कभी चिंता की रेखाएँ भी सघन हो उठतीं। विशेष चिंतित माँ ही दिखतीं। काकी जी या अपनी सखियों से वार्ता करते-करते औचक शांत हो जाया करतीं या उनके मुख से अकस्मात निकल जाता, "हे दैव, मेरी पुत्रियों को योग्य वर देना। इनका जीवन सुखमय करना।"

कदाचित हमारे भावी जीवन का अदृश्य भय उन्हें भयभीत करता...। वह तो बाद में अनुभव हुआ, आगत सुख या दुख अपने आगमन का आभास किसी न किसी भाँति मनुष्य को कराता रहता है।

गुरुजी ने आज एक अद्‌भुत कथा सुनाई, सावित्री-सत्यवान की। रूप, गुण व तेज से दीप्तमती मद्रदेश की राजकुमारी सावित्री के वरण हेतु कोई राजकुमार तैयार नहीं था। अंततः उनके पिता ने स्वयं वर ढूँढ़ने का प्रस्ताव उनके समक्ष रखा। पूरे आर्यावर्त में उनके देशाटन की व्यवस्था की तथा उन्हें आश्वस्त किया, "तुम्हारा इच्छित वर ही मेरा जामाता बनेगा। जिसके साथ तुम्हें जीवन व्यतीत करना है, उसके विचारों तथा आचरण को तुम स्वयं जानो, परखो। यही मेरी मंशा है।" पिता के आदेशस्वरूप निकल पड़ी सावित्री रथारूढ़ हो सैनिकों के साथ वर की खोज में। कई राज्यों, जनपदों से होते, राजकुमारों से मिलते। उन्हें जाँचते, परखते कई मास बीत गए। परंतु उनका इच्छित वर अभी तक सम्मुख नहीं आया था। एक दिन वन से गुजरते हुए औचक उनका साक्षात्कार एक वनवासी युवक सत्यवान से हुआ। ज्ञात हुआ पूर्व में वह शाल्व देश का राजकुमार था। पिता के दृष्टिहीन होने के पश्चात् उन्हें राज्य से निर्वासित होना पड़ा। नेत्रहीन माता-पिता के साथ वह वनजीवन व्यतीत कर रहा था। उस युवक की शालीनता तथा सौम्य व्यवहार ने सावित्री को बहुत प्रभावित किया। सत्यवान उसे सर्वथा योग्य जीवन साथी अनुभव हुए। कुछ दिनों वन में रहकर सत्यवान के आचरण को देख-परखकर वह मद्रदेश लौट आई और पिता के समक्ष अपनी इच्छा व्यक्त की। पुनः दोनों के माता-पिता की सहमति से उनका विवाह हो गया। आगे चलकर अपने पतिव्रत्य के बल पर सावित्री यम से अपने पति का प्राण वापस ले आई थीं।

सावित्री की कथा सुनकर मात्र आश्चर्य ही नहीं हुआ हमें, वरन गर्व की अनुभूति भी अधिकता से हुई अपने उन्नत आर्य संस्कृति तथा उदारमना आर्यावर्त के समाज पर। संपूर्ण पृथ्वी पर कदाचित ऐसा कोई देश न होगा जहाँ पुत्री के लिए पुत्र समान भाव हो। विचारों में ही नहीं, कार्यरूप में भी। ऐसी अद्‌भुत कथा माँ के श्रवण

योग्य है, उन्हें अवश्य सुनाना चाहिए। उर्मिला ने प्रस्ताव रखा। हमारे अंदर और भी प्रश्न कुलबुला उठे...अपने देश की उन्नत परंपरा, संस्कृति के विषय में अधिक से अधिक जानने की इच्छा बलवती हो उठी। व्याकुल करने लगी मुझे। जिनका उत्तर माँ या काकी जी ही दे सकती थीं। हमें ज्ञात था।

कक्ष में माँ अकेली नहीं थीं। ढेर सारी सखियों के मध्य बैठी वार्तालाप में लीन थीं। माँ की विदुषी सहचरियों को पूर्ववर्ती युग की बहुत सी कथाएँ ज्ञात थीं, जिसकी चर्चा, वे प्रायः किया करतीं। आज उनका भी प्रसंग वही बहुचर्चित सावित्री-सत्यवान कथा था। सावित्री के पातिव्रत से वे लोग भी प्रभावित लगीं। बहुत आदरपूर्वक ले रही थीं वे उनका नाम। उर्मिला और मैं निःशब्द बैठ गईं एक ओर। धैर्यपूर्वक चर्चा सुनने लगी। गुरुजी का कहा यहाँ भी अक्षरशः दुहराया जा रहा था।

"माँ! देवी सावित्री की भाँति क्या हम लोग भी अपना वर ढूँढ़ने जा सकती हैं?" औचक उर्मिला ने माँ से पूछा...मेरे ही मन की बात...। माँ के साथ उनकी सखियों ने विस्फारित नेत्रों से देखा उर्मि की ओर...मैं तो अचंभित थी ही पुनः आज उसने मुझे प्रश्न करने का अवसर नहीं दिया और वही पूछ बैठी थी जो मेरा प्रश्न था, जिज्ञासा थी...।

"बधाई हो सुनैना! तुम्हारी पुत्रियाँ रूपवती, गुणवती ही नहीं बुद्धिमती भी हैं। कितना गंभीर प्रश्न है उर्मिला का। मुग्ध हूँ मैं इसके विवेक पर।" काकी पुष्पलता उल्लसित स्वर में बोलीं।

"उर्मिला, सीता! मेरे समीप आओ पुत्रियो!" माँ ने पुकारा। अपने निकट बैठाकर हमारे सर पर स्नेह से हाथ फेरते हुए बोलीं–

"पुत्रियो, यदि ऐसा संभव होता तो तुम्हारे पिता और मैं स्वयं को धन्य समझते। सारे अंदेशे व चिंताओं से मुक्त हो जाते और तुम्हारे भविष्य से निश्चिंत भी। सहर्ष हम तुम्हें यह अवसर प्रदान करते। हमें ज्ञात है हमारी पुत्रियों का चयन कभी अनुचित नहीं होगा। किंतु काल बदल गया है। अब वह निष्कपट और निष्कंटक समय नहीं रहा जब कन्याएँ स्वच्छंद विचरण किया करती थीं सर्वत्र। समय परिवर्तन के साथ मानव में अच्छाई व बुराई का भी समावेश होता है। ज्ञान जहाँ सुख-समृद्धि का कारण होता है वहीं संताप का कारण भी होता है। मानव का जन्मगत स्वभाव है अच्छाई-बुराई। इसलिए ज्ञान का प्रयोग भी वह स्वभावगत अपने पक्ष-विपक्ष में करने लगता है। ज्ञान से जहाँ उसके अंदर त्याग एवं परोपकार की भावना जाग्रत होती है, वहीं लोभ, मोह तथा स्वार्थ भी मुखर होता है। यही चिंता का विषय बन जाता है एक राजा, अभिभावक व माता-पिता के लिए।" माँ बोलीं। उनके मुख से तीव्र उच्छ्वास निकला... जिसका अर्थ था हमारे स्वयं वर ढूँढ़ने के विचारों पर पूर्ण विराम लगना...।

आज जनक सभा का शास्त्रार्थ अति विशिष्ट है। पूर्व काल में गार्गी–याज्ञवल्क्य मध्य हुए बहुचर्चित शास्त्रार्थ के अनुरूप या उससे भिन्न होगा यह? जिज्ञासु हैं विद्वत्जन, श्रोता। अति विदुषी, ब्रह्मचारिणी, ब्रह्मज्ञानिनी सुलभा का पदार्पण हुआ है सभा में। तपोनिष्ट सुलभा मात्र पिताजी से शास्त्रार्थ हेतु आग्रही हैं। पिताजी अति हर्षित व उत्साहित हैं, "मात्र मुझसे शास्त्रार्थ? यह मेरा अहोभाग्य है। आज मेरा

ज्ञानकोश समृद्ध होगा। अभी तक मात्र विद्वत्जनों के मध्य हो रहे वाक्‌युद्ध, शास्त्र चर्चा या शास्त्रार्थ श्रवण करता रहा हूँ। ब्रह्मज्ञानिनी सुलभा ने विमर्श का सहभागी समझा मुझे।"

यथा समय शास्त्र-चर्चा आरंभ हुई। पिताजी विदुषी सुलभा से सादर उनका वंश परिचय, निवास परिचय पूछते हैं। विधिवत आरंभ है यह शास्त्रार्थ का।

मौन हैं विदुषी सुलभा। मात्र अधरों पर स्मित मुस्कान लिए। उनके तप प्रदीप्त मुखमंडल से विशेष प्रभावित लग रहे पिताजी। उनमें इतना धौर्य नहीं है प्रतीक्षा करने की...। सुलभा के मौन से अधैर्य हो। वे स्वयं अपना परिचय देने लगते हैं– राजकुल संबंधित नहीं। योग साधना संबंधित जिस हेतु वे विदेह कहे जाते हैं–

"मैं परम योगी महात्मा पंचशिख शिष्य जनक। यह गुरु की अतिशय कृपा ही है जिसने योग तथा साख्य शास्त्र के सभी रहस्य का उद्‌भेद करने में सक्षम हुआ मैं और मोक्ष के साधन कर्म, ज्ञान व उपासना से पूर्णत: अवगत हो सका। गुरुदेव मेरे राज्य त्याग से सहमत नहीं थे। उनका कथन था–गेरुआ वस्त्र, कमंडल तथा दंड धारणादि ये त्याग के मात्र बाह्य चिह्न हैं। मोक्ष का कारण नहीं। मोक्ष हेतु किसी वस्तु का त्याग या स्वीकार आवश्यक नहीं। ज्ञान ही मोक्ष का हेतु है। अत: गुरुदेव ने मुझे निष्काम कर्म की ओर उन्मुख किया। मैंने सिरोधार्य किया और निष्काम कर्म हेतु साधना की। अब इस सांसारिक जीवन में रहते हुए भी इससे नितांत अलिप्त तथा, अनासक्त हूँ मैं। मेरे कर्मबीज गुरु शिक्षा की ज्ञानाग्नि में भुनकर शक्ति-विहीन हो चुके हैं। अब किसी भी विधि उनमें पुन: अंकुरण हो, ऐसा असंभव है। मेरे समक्ष अब मिट्टी, पाषाण, स्वर्ण या रत्नादि एक समान हैं। प्रयत्न, नियम, राग-द्वेष, कामना, परिग्रह, दंभ, मान, स्नेहादि विषयों में मैं समभाव से स्थित रहता हूँ। राज्य वैभवादि मध्य रहकर भी इस अलिप्तता हेतु ही विदेह संज्ञा से विभूषित हूँ।"

प्रथमत: व्यक्त पिताजी के हार्दिक उद्‌गार ने विभोर कर दिया मुझे। उनका आत्म स्वीकार-विदेह होने का अर्थ, औचित्य, विश्लेषण, प्राप्ति की साधना श्रवण कर सभासद भी अचंभित थे। बहुत काल से यह प्रश्न मेरे मानस को उद्वेलित करता रहा था। जिज्ञासा सर उभारती रही थी मेरे समान उनके मानस में भी–एक राजा का राजर्षि उपाधि...संबोधन...अंतत: क्यों? परंतु इसका हेतु जानने, समझने या इसके समाधान के लिए कभी कोई प्रयास नहीं किया था मैंने तथा करना उचित भी नहीं अनुभव हुआ। कारण पिताजी के प्रति अति सम्मान, स्नेह, श्रद्धा, अति विश्वास...मेरा अवलंबन, संबल रहा था सदा। उनके विषय में किसी और से कुछ प्रश्न करना, ज्ञात करना, उनके मान को क्षीण करना होता जो मुझे स्वीकार नहीं था और राजर्षि उपाधि तो गर्व का द्योतक थी। संसार में कदाचित पिताजी प्रथम नृप थे, जिन्हें यह सम्मान प्राप्त था। राजा, गृहस्थ और ऋषि क्या यह अद्‌भुत दृष्टांत नहीं था स्वयं में?

पिताजी के आत्म-परिचय से ब्रह्मज्ञानिनी सुलभा के मुख पर न तो प्रसन्नता के भाव उभरे और न रोष, असंतोष के। संयत संतुलित शब्द पुष्प वृष्टि की भाँति झरने लगे उनके मुख से–

"ज्ञानी राजर्षि जनक! सुना है आपके सभा को सदा अनेकानेक ब्रह्मवादी सुशोभित करते रहे हैं, किंतु द्रष्टव्य है, अभी भी वाद द्वारा अपने मत की स्थापना और दूसरों

का मत खंडन करने की प्रवृत्ति का लोप नहीं हुआ है आपके हृदय से। यह तो अपूर्णता का परिचायक है, द्योतक है राजन! आत्मस्वरूप की उपलब्धि के अंतर कौन किसका खंडन करेगा। ऐसे विवेकी, साधुसेवी, नृपति को अपूर्ण नहीं रहना चाहिए। ऐसे योग्य नृपति के सुशासन में ही योग जीवन पद्धति की प्रस्थापना संभव है। नृपति को धारण-शिरोधार्य कर निर्भय रहते हुए अपनी साध में रत-निरत रहना चाहिए। लिप्त, लीन, समर्पित हुए बिना किसी भी साध्य की प्राप्ति असंभव है। चाहे वह तप हो या राजधर्म...।"

सारी सभा मंत्रविद्ध। मौन...अचंभित। सुन रही थी ब्रह्मज्ञानिनी का ब्रह्म ज्ञान व रहस्य...अनुत्तेजित। पिताजी भी सजग, सतर्क श्रवण शक्ति तीक्ष्ण किए सुन रहे स्वयं की व्याख्या, विश्लेषण...तथा राजर्षि और विदेह होने का नवीन अर्थ, औचित्य।

संन्यासिनी सुलभा के निरंतर प्रवहमान होते शब्द...

"स्वपक्ष समर्थन या परपक्ष खंडन की आपकी प्रवृत्ति से ज्ञात हो रहा है कि अभी भी आपका स्वपक्ष में आग्रह है। जहाँ एक ही आत्मतत्त्व है वहाँ 'स्व' और 'पर' कहाँ? पक्ष-विपक्ष कहाँ? आप उसी आत्मतत्त्व में स्थित हो इस आग्रह से उपरत हो जाएँ राजन!"

इतनी गूढ़ वार्ता? इतनी सुंदर विवेचना...? विश्लेषण...देह-विदेह का...? स्व तथा पर का? अभिभूत हूँ मैं। पिताजी भी अचंभित अवाक् हैं। वर्षों की उनकी मान्यता, धारणा तथा ज्ञान को धक्का-सा लगना विह्वल कर रहा है उन्हें। ज्ञान की भूख क्या तृप्त होती है कभी? ज्ञान-पिपासु यायावर बन छानते नहीं रहते सदा शब्द, भेद, अर्थ का महासागर? पिताजी भी यायावर ही हैं। ज्ञान-पिपासु यायावर। उसके पश्चात् देवी सुलभा ने वाक्य प्रस्तुति में शब्दों का प्रयोग। वाणी में नव दोष जो बुद्धि दोष उत्पत्ति कारक हैं। अठारह दोषों से रहित वाणी, अठारह गुणों युक्त वाणी तथा उच्चारण की श्रेष्ठता का ज्ञान कराया तथा काम, क्रोध, भय, लोभ, दैन्य, गर्व, लज्जा, दया और मान द्वारा प्रेरित वाक्य को त्याज्य बतलाया।

उस दिन सभा के अद्‌भुत, अपूर्व ज्ञान-वर्द्धक शास्त्रार्थ का गहरा प्रभाव पड़ा मुझ पर और अक्षय ज्ञान से परिपूर्ण कर दिया मेरे मानस कोश को। ब्रह्मवादिनी गार्गी का ज्ञान ज्ञात था...परंतु उन्हें श्रवण करने के सुअवसर, सुसौभाग्य से वंचित रही थी मैं। सत्संग, शास्त्रार्थ मानव मन को परिष्कृत करते हैं, उत्तम-अधम को व्याख्यायिक करते हैं। मानस के तिमिर का भेदन कर आलोक से आलोकित करते हैं। मानवोचित कर्म, धर्म का पथ प्रशस्त करते हैं। संसार के हर जड़ व चेतन के प्रति विश्वास करने की प्रेरणा देते हैं। नतमस्तक थी मैं ब्रह्मज्ञानिनी सुलभा के समक्ष। आभारी थी मैं पिताजी का ऐसे अवसर प्रदान करने हेतु।

वसंत ऋतु पूर्ण यौवन पर है। अंत:पुर के पृष्ठ भाग में स्थित उपवाटिका में शीत से सिमटे, सकुचाए वृक्ष, अपने शेष जीर्ण पत्रों और उत्पन्न नव किसलय संग वसंतागमन का स्वागत कर रहे हैं। आम्र, नीबू के वृक्ष बौरों से बोझिल हो रहे हैं। पूर्वानिल संग रची-बसी मादक मंजरी गंध विस्तारित हो रही चहुँ ओर, जिसका आकर्षण लुभा रहा है मधुप झुंडों को। कोयल की मधुर कूक से गूँज रहा है उपवन। चंपा, गेंदा, कामिनी के झुरमुटों पर रंग-बिरंगे फूल मुस्कुरा रहे हैं, भोली मुस्कान। अमलतास

अपनी असंख्य पीत वेणी लटकाए इठला रहा है। उसके वेणियों से झड़े पुष्प धरा पर शैय्या समान बिछ गए हैं।

बहनों, सखियों ने आज लुका-छिपी क्रीड़ा करने की ठानी। किसके नेत्र पर पट्टी बाँधी जाए। निर्णय नहीं हो पा रहा था। रानी तो बनना नहीं, बनना है चोर। जो सहज स्वीकार्य नहीं किसी को। निर्णय हेतु गणना अनिवार्य लगी। सभी को सीध में खड़ा किया गया। विषम संख्या वाली चोर होगी। जाने क्यों आज प्रात: से ही असहजता का अनुभव हो रहा था। तलपेट में रह-रहकर हो रही मद्धिम व्यथा आकुल कर रही थी। तनिक भी क्रीड़ा हेतु मन नहीं हो रहा किंतु बहनें क्या मानेंगी मेरी अस्वीकृति-नहीं मानेंगी। आगे मौन रह गई।

प्रथम प्रयास में उर्मिला विषम संख्या में निकल आई। मुलायम क्षौम वस्त्र की पट्टी बाँधी गई उसके नेत्रों पर। शीघ्रतापूर्वक स्वयं को अलोप करने भागी सभी यथा स्थान। चंचल चित्त उर्मिला शीघ्र पट्टी खिसकाकर ज्ञात कर लेती थी हमारा छिपने का स्थल। ज्ञात था सभी को। मैं दूर मालती कुंज में घुसकर हाँफती हुई खड़ी हो गई। वेग से भागने के कारण तलपेट की पीड़ा में उत्तरोत्तर बढ़ोत्तरी हो रही है।

पीड़ा सहन करती किसी भाँति लता-कुंज से निकलना ही चाह रही थी। घबड़ाई-सी सभी वहाँ आ पहुँचीं। शिप्रा चिंतित स्वर में बोली, "सीता, शीघ्र बाहर आइए इस कुंज से। विषैले जंतु भी हो सकते हैं यहाँ।"

"हमारे तो प्राण ही सूख गए थे आपको ओझल पाकर। उर्मिला तो रो पड़ी थीं।" सुनंदा ने कहा।

सत्य में उर्मिला के नेत्र जल-बिंदुओं से भरे थे। मुझसे विलग रहना पल भर भी सह्य नहीं था उसे। वय में किंचित् वर्षों का अंतराल था किंतु दोनों अभिन्न थीं। दो तन एक प्राण। पिछले मास ही उसे बारहवाँ वर्ष पूर्ण हुआ था। वर्षगाँठ के अवसर पर आयोजित पूजन के लिए रक्तवर्णी परिधान में सजी कितनी मनोहर लग रही थी वह। उपस्थित स्त्रियाँ उसके रूप-लावण्य पर मोहित थीं। एक ऋषि-पत्नी अपने उद्गार को रोक न सकीं, "रानी सुनैना, आपकी छोटी पुत्री जितनी चंचल है, उतनी ही सुंदर भी। सीता तो प्रशांत, शालीन हैं ही। दोनों का रूप नयनाभिराम है। बड़े मनोयोग से गढ़ा है इन्हें विधाता ने। वय के साथ अधिक निखार आता जा रहा है इन पर।"

"हाँ महारानी, मांडवी, श्रुतकीर्ति भी इनकी प्रतिच्छाया समान ही दिखती हैं। दैव-कृपावश अब सभी प्राप्त यौवना हैं। सीता तो पूर्ण वर्धमाना लग रही हैं।" दूसरी स्त्री का स्वर था।

"देवी, इन्हें अपने आशीष से आशीषें आप लोग। सीता का चौदहवाँ वर्ष आरंभ होगा इसी वैशाख मास में।" माँ का आनंद से भीगा स्वर था।

"माँ गिरिजा इन्हें सदा अपने आँचल की छाया दे, दु:ख, विषाद की छाया से भी दूर रखे। कितना धवल वर्ण है, नयन-नक्स भी तीक्ष्ण हैं। आकार भी उन्नत है। किसी दृष्टिकोण से कोई न्यूनता नहीं। साक्षात् भगवती सदृश्य है अपनी सीता। शेष तीनों बहनें भी प्रतिच्छाया ही हैं।" कहते हुए ऋषि-पत्नी ने हमारी बलैया लीं। माँ ने ढेर सारी स्वर्ण मुद्राएँ उन लोगों में बाँटीं।

शिप्रा मेरा हाथ पकड़कर बाहर खींच लाई। उर्मिला वेग से लिपट गई मुझसे। मानो वर्षों का विछोह हो हमारा। उसकी यही आत्मीयता, स्नेह का आवेग कभी-कभी चिंता से भर देता था मुझे। ज्ञात था उसे कि हमारा विछोह अवश्यंभावी है। अपनी नियति से भिज्ञ थीं हम कि हमें सदा यहाँ नहीं रहना है...नदी के तट की भाँति विभक्त हो जाना है एक दिन। पुनः उर्मिला का मन स्थिर कैसे रहेगा? मैंने उसे बाँहों में भींच लिया। हौले से उसके सर को सहलाया, "मेरी नन्ही गुड़िया। मेरी लाडली बहना, इतनी ही देर में तुम्हारी यह गति है?" मैं हँसी और मांडवी, श्रुतकीर्ति को भी बाँहों के घेरे में बाँध लिया जो चिंतित खड़ी थीं।

"हाँ लाडली जी, आपसे क्षण मात्र का विछोह भी इन्हें बरदाश्त नहीं। जब आप पतिगृह चली जाएँगी तब पुनः इनकी गति क्या होगी?" सुमन ने चुहल की।

"मैं इन्हें जाने दूँगी ससुराल तब न?" उर्मिला इठलाई।

"तो क्या आप भी जाएँगी इनके संग?" शिप्रा साश्चर्य बोली।

"हाँ, मैं जाऊँगी इनके संग, ये जहाँ भी जाएँगी।" कुपित होती हुई बोली उर्मिला।

सभी हँस पड़ीं खिलखिलाकर।

औचक सुमन मेरी ओर इंगित कर शिप्रा के कान में कुछ फुसफुसाई। शिप्रा ने मुझसे कक्ष में चलने का आग्रह किया। क्रीड़ा छोड़ शीघ्रतापूर्वक सभी लौट आईं भवन में।

पुनः मेरे जीवन में ऐसा मोड़ आया, जिसने पलभर में वंचित कर दिया मुझसे मेरा बालपन। भर दिया भय, जिज्ञासा और संकोच से मेरा मानस। अब मैं पूर्ण यौवन प्राप्त नवयौवना थी। अंतःपुर में विमला काकी को ज्ञात हुई मेरी स्थिति। विमला काकी से माँ तक पहुँची यह सूचना। प्रथम बार माँ की ओर देखने में मुझे विचित्र सी अनुभूति हुई। जाने यह कैसा संकोच था, कैसी लज्जा थी जो मेरी पलकों पर जबरन आश्रय ले चुकी थी।

सयानेपन के बोध से औचक जाने कहाँ दुबक गया मेरा हठ, अधिकार भाव और असमय उनका स्थान ले लिया धैर्य, परिपक्वता और गंभीरता ने। वैसे भी अगंभीर स्वभाव मेरा कभी नहीं रहा। अब विशेष हो गया था। असमय ओढ़ा हुआ सब कुछ...कभी-कभी विचित्र–सा अनुभव होता। हीनता के बोध जैसा जिसका वर्णन असंभव था। मौन रहना भी शून्य-सा अनुभव होता। सोचें ज्वार सी उठतीं मानस में। विमला काकी के सांत्वना शब्द श्रवण में निहित होते, "सभी बालिका की यह स्थिति होती है। यह उसके मातृत्व का द्योतक है। इसी से उसे जननी बनने का सुख सौभाग्य प्राप्त होता है।"

किंतु मैं तो भूमि से प्राप्त हुई थी पिताजी को? विषाद क्षण मात्र को उपजा हृदय में–पिताजी की पालित पुत्री हूँ मैं! माँ की कोख-जाई नहीं...पुनः शीघ्र लोप हो गया यह भाव...। ऐसा विचार भी मन में आना अन्याय होगा माँ-पिताजी के प्रति। मेरे लिए पराएपन की हल्की झलक भी दृष्टिगत नहीं हुई उनके नेत्रों में, कर्मों में या वाणी में। अनुभव न हुआ मैं उनकी कोख-जाई नहीं हूँ। पुनः यह तुच्छ विचार...!

कड़ाई से वरज दिया मैंने इस भाव को, झटक दिया मानस से। शून्यता के भाव अमूल्य उपादेय को भी हीन बना देते हैं। सोचा, मन हल्का हुआ।

"दीदी...कहाँ हो तुम?" उर्मिला की पुकार थी।

सारे विषाद जाने कहाँ तिरोहित हो गए। अधर मुस्कुरा उठे...मेरे आस-पास सब कुछ पूर्ण है...मैं भी पूर्ण हूँ...संपूर्णता-युक्त।

5

शील, सद्रूपता, सद्‌वृत्ति भी भय कारक हों...अवाक्, स्तंभित हूँ मैं माँ-पिताजी की बातों पर। आज सभा में किसी ज्योतिषाचार्य ने मेरी जन्म-पत्रिका का वाचन कर मेरी मनोवृत्तियों की व्याख्या की है। अति प्रसन्न मन पिताजी सुना रहे हैं माँ के समक्ष अपनी जिज्ञासा समाधान होने का वृत्तांत—

"सीता के अति शालीनता, सद्रूपता का कारक है उसके जन्म नक्षत्र पुष्य का प्रभाव। पुष्य प्रभावित जातक उदारमना अपने कर्तव्यों के प्रति अति सचेत सजग और अधिकारों के प्रति असचेत, असजग होते हैं। दूसरों को संताप न हो इस हेतु अपनी आंतरिक कामनाओं का शमन-दमन करते हैं। सभी सुखी हों यही अभीष्ट होता है उनका।"

सुनकर प्रसन्न नहीं होतीं माँ बल्कि उनकी आशंका और भय सघन हो उठता है। करुण स्वर में कहती हैं, "उसके जन्मकाल में ऋषि नारद का भी कुछ ऐसा ही मंतव्य था उसके विषय में। पुनः उसका स्मरण व्यग्र कर रहा है मुझे। मेरी रिक्त गोद की प्रथम संतान है सीता। इन्हीं बाँहों में खेलाया-सुलाया है मैंने उसे। उसके अधिक समीप रही हूँ मैं, आर्यपुत्र! इसलिए उसके सद्‌गुणों से भयाक्रांत हूँ। अति कर्तव्य-परायणता, शालीनता, व सद्रूपता कभी-कभी कष्टकारक ही नहीं बाधक भी सिद्ध होती है जीवन सुख में। आर्यावर्त के राजाओं की बहुसंख्य रानियों, उपरानियों तथा पटरानियों-युक्त हर्म्य चिंतित करता रहता है मुझे। अपने अधिकारों के प्रति उदासीन मेरी भोली सीता, क्या ऐसे में सहजता से जी पाएगी? अन्याय ही होगा उसके प्रति यदि ऐसा-वैसा घर-वर प्राप्त हुआ उसे।" माँ का स्वर नम हो आया है।

"चिंतित न हो कल्याणी, आपका दिया संस्कार हमारी पुत्रियों का जीवन पथ अवश्य प्रशस्त करेगा। धैर्यपूर्वक निष्पादित कर लेंगी वे अपनी जीवन यात्रा...। जहाँ जाएँगी, पिता व पति कुल की मर्यादा अक्षुण्ण रखेंगी। पुत्रियों का जन्म तथा प्रतिपालन हमारे वश में है। उनका कर्म ही भावी भव का लक्ष्य संधानक होगा। जो हमारे वश में है या जो हमारा दाय है, उसके प्रति सचेष्ट होइए...। जो हमारे वश में नहीं, उसका शोक-संताप मनाना व्यर्थ है। पुत्रियाँ परकुलवासिनी होती हैं। आप भी तो किसी की पुत्री ही हैं। पुनः यह मोह भय, संताप कैसा?" पिताजी हँसते हैं कदाचित् बोझिल वातावरण को सहज बनाने हेतु।

माँ सहज नहीं हो पातीं अपने आंतरिक भय, आशंका से। आर्द्र स्वर में कहती हैं—

"अति सौभाग्यवान हूँ मैं आप जैसा महात्मा, कर्तव्यनिष्ठ, उदारमना स्वामी पाकर। किंतु मेरी पुत्रियाँ क्या...?"

पिताजी का मौन चिंतनरत कर देता है मुझे। कितना अबोध होता है मानव अपनी आंतरिक प्रवृत्तियों से। रूप, कमनीयता, देह-सौष्ठव का ज्ञान, परिजनों के बखान से गौरव बोध कराते हैं सदा उसे। सजग, सतर्क हो उठता है वह इनके प्रति। उसके कार्य-व्यवहार, हाव-भाव में देह सौष्ठव और रूप की भाँति कुप्रवृत्तियाँ या सद्वृत्तियाँ भी लक्षित होती हैं। मुक्तकंठ से परिजनों द्वारा उसके सद्‌गुणों की चर्चा की जाती है किंतु अवगुणों की अनदेखी कर दी जाती है। उसका बचपना, उसकी अबोधता भरी समझ बढ़ावा देती है उसकी कुप्रवृत्तियों को। क्रोध, नृशंसता, क्रूरता को कार्य रूप में परिणत कर वह हर्ष अनुभव करता है। तब अपना अवगुण भी सद्‌गुण प्रतीत होता है उसे। धीरे-धीरे उसका यह वीभत्स प्रहसन बन जाता है। हठ बन जाता है। पुनः विरंचि सम गुरु का ज्ञान भी उसे अरुचिकर अनुभव होता है। किंतु सद्‌गुण भी भय, चिंता का कारण हो...ऐसा प्रथमतः श्रवण हुआ है। जिस भवी से अनुभवी माँ चिंतित हैं...मेरा चिंतन उससे रहित हो, यह असंभव है। मैंने सोचा किंतु मन किस विधि चिंतन विमुख हो?

कुशल शासक, सहृदय पिता जनक के सान्निध्य में अपने कन्या होने का आभास मात्र तक न हुआ कभी। भवन में विविध विषयों के शिक्षा प्रदाता आचार्य आते। शिक्षा-दीक्षा, अस्त्र-शस्त्र के कुशल ज्ञाता द्वारा अस्त्र-शस्त्र संचालन की विधिवत शिक्षा, अश्व संचालन, रथ संचालन का प्रशिक्षण निरंतरता से हो रहा था हमारा। अपने रथ संचालन को परखने हेतु हम बहनें प्रायः भ्रमण पर भी जाया करतीं अपने सुंदर नगर पथ पर। सुसज्जित झरोखों वाली अट्टालिकाएँ तथा दोनों ओर सघन नीम व पीपल वृक्ष वाले विस्तृत पथों से गुजरते हुए मन हर्ष से भर जाता।

राजप्रासाद से माँ, काकी जी के कक्ष, भवन की वीथियों, बाग, उपवाटिका, गिरिजा मंदिर तक निर्बाध गति से हिरणी के समान कुलाचें भरती रहतीं हम बहनें। पिताजी चाहते उनकी पुत्रियाँ जीवन के समस्त क्षेत्रों में पारंगत हों, ताकि उन्हें असफलता का दंश कभी दंशित न करे।

आचार्यों का विशेष अनुग्रह रहता मुझ पर। कहते, "शिष्य के ऊपर निर्भर करता है शिक्षक की सर्वश्रेष्ठ प्राप्ति। शिष्य यदि योग्य हो तो शिक्षा देने का आनंद द्विगुणित अनुभव होता है। इस दृष्टि से सीता सुयोग्य शिष्या है। समस्त विधाओं को शीघ्र ही आत्मसात कर लेना इसके मनोयोग से ग्रहण करने, समझने का संकेत है।"

आचार्यों के कथन से गद्‌गद हो उठते पिताजी। गर्व से देखते मेरी ओर। माँ की भाव विह्वलता उनके नेत्रों को अश्रुसिक्त कर देती। संतान का सुकृत्य कैसे गौरवान्वित करता है माता-पिता को। उनके भावों से लक्षित होता। यह मेरा सौभाग्य है। मेरा गौरव है...माता-पिता का सुख-सान्निध्य प्राप्त है मुझे। सोचकर भाव ज्वार प्रबल हो उठता हृदय में। नम हो आती आँखें। जीवन के हर मोड़ पर ऐसे आत्मीय संबंधों की आवश्यकता व महत्ता होती है। यह अधिकता से अनुभव होता। स्वजन मार्गदर्शक और संबल होते हैं जीवन पथ के।

परम विदुषी, वेद परायणा माँ, धर्म, नीति, आध्यात्म, वैदिक-स्मार्त क्रिया-कलाप तथा उसमें प्रयुक्त होने वाले मंत्रों...व्यवहारिक, नैतिक, राजधर्म तथा छात्रधर्म की शिक्षा ही नहीं देतीं हमें वरन अच्छी पत्नी, बहू और आदर्श माँ का दृष्टांत सम्मुख

रख उसी अनुरूप आचरण हेतु प्रेरणा भी देतीं। उनके एक-एक शब्दों को अपने मानस कोश में हम उसी प्रकार संरक्षित करतीं जैसे कोई श्रेष्ठि अपने अमूल्य रत्नों को संरक्षित करता है। माँ का संग-सान्निध्य हमें अत्यंत रुचिकर लगता। भावों को प्रस्फुटित होते नव किशलय की चाह...माँग...कामना...अभिलाषा क्या है? अज्ञानता व्यग्र करती। ऐसे में माँ की पौराणिक कथाओं से बल मिलता हमें। कथाएँ जो जीवन संघर्ष की होतीं—नल-दमयंती की भाँति। सफल गार्हस्थ्य की होतीं अत्रि-अनसूया की भाँति। पातिव्रत धर्म की होतीं सावित्री-सत्यवान की भाँति...।

मेरे युवा नेत्रों में भावी जीवन-साथी का स्वप्न, जिज्ञासाएँ सर उभारने लगीं। कैसे होंगे वे? किंतु कोई स्वरूप स्पष्ट कहाँ था मानस में जिसके सदृश्य चाह उभरती या बलवती होती। मात्र मेरी इच्छा का आकार बढ़ता जाता। उदारमना, बहुआयामी समझ वाला, जो समझ सके मेरे मर्म को। रूप से विशेष गुणयुक्त हों। पुरुषार्थ का होना अति अनिवार्य है। पुरुषार्थहीन पुरुष स्त्री से भी हीन है। राजपुरुष तो और नहीं। पुरुषार्थ के बिना वह राज्य, प्रजा या परिवार का मान रक्षा करने में सदा असमर्थ होगा। ऐश्वर्य और शौर्य के संयोग से ही राष्ट्र सबल होता है। ऐश्वर्यरहित शौर्य और शौर्यरहित ऐश्वर्य किसी काम का नहीं। शौर्य क्षत्रिय का अलंकार है। माँ कहतीं। किसी ग्रंथ में वर्णित दृष्टांत बताकर। पुनः कहतीं, ''बिदुषी बालाएँ पति रूप में सदा वीर पुरुषों की ही कामना करती हैं।'' परंतु मेरा मन प्रायः असमंजस में ग्रस्त हो जाता यह सब सोच-सोच कर...। इसकी औषधि क्या है? मैं स्वयं से प्रश्न करती।

''उत्सव...हर्ष...आनंद..!'' सदा मेरे मन को भाँपने वाली उर्मिला झट कह उठती...

विदेहराज में हर्ष के अवसर सदा उपस्थित रहते। उन्हें ढूँढ़ने या प्रतीक्षा करने की आवश्यकता कम ही होती थी। पर्व-त्योहार, उपनयन, यज्ञ-जाप, व्याह, ऋतु विशेष में मनाए जाने वाले उत्सव, महोत्सव। कृषि आरंभ का, मधुश्रावणी, शरत पूर्णिमा, भैया द्वितीया, दीप पर्व, छठ व्रत, होली व नवरात्र का उत्सव...। इन अवसरों पर आगत अतिथियों, ऋषिपत्नियों तथा संबंधी स्त्रियों से निनादित हो उठता था राजप्रासाद। क्रीड़ा का पर्याप्त अवसर प्रदान कर जाता था हम बहनों को। जनक भवन का लघु त्योहार भी वृहत् उत्सव-स्वरूप होता था।

सदा की भाँति इस वर्ष भी वर्षोत्सव हेतु वाटिका में पुष्पयुक्त कदंब, आम्र की डारों पर झूले लग गए थे। माँ, काकी जी, संबंधित स्त्रियों, आचार्य-पत्नियों एवं चारों बहनों हेतु पृथक-पृथक। चहुँदिश चंपा, चमेली, जूही, कामिनी, पाढर व रातरानी के भिन्न-भिन्न गंधयुक्त कुसुम वर्षाजल से नहाए धुले झूम रहे थे। वर्तुलाकार पुरइन के पत्रों से आच्छादित सरोवर के मध्य पीत वर्ण दलोंयुक्त कमल खिले थे। रिमझिम फुहारों संग पुरवा पवन के धृष्ट झोंके आते और...तन-मन भिगो जाते। ऐसे में झूले पर पेंगें लगाना अलौकिक आनंद से भर देता।

प्रतिवर्ष आने वाला यह पावस, इस वर्ष इतना मोहक, नयनाभिराम क्यों लग रहा है? वर्षा बूँदों की छुअन से क्यों सिहर रहा है मेरा तन-मन? नेत्रों में यह अबूझ-सा आकर्षण? मन में उठता सागर तरंगों सा भाव ज्वार? बहुत रम्य...नूतन-नूतन लग रही है यह वर्षा...पक्षी...पुष्पदल...मादक बयार और अपना आपा भी। पुष्प दलों को

छूने, सहलाने की इच्छा बलवती हो रही है। शुक-सारिका संग वार्ता करना प्रिय लग रहा है। विस्मित हूँ अपने इस आचरण पर। कामना पर। समझ नहीं पा रही हूँ अपने चित्त की चंचलता। कमलाकर की सुचिक्कन सीढ़ियों पर बैठी ध्यान केंद्रित करना चाहती हूँ। किंतु सारे यत्न निष्फल हो जाते हैं।

मेरा यह आचरण कदाचित उर्मिला को भी क्षुब्ध कर रहा है। तभी तो उपालंभ देती है, "हर समय जाने क्या देखती, सोचती रहती हो दीदी तुम! हम से अधिक तो तुम्हें ये पुष्प, पक्षी अधिक प्रिय हो गए हैं। सदा बाग, तड़ाग समीप रहना। किस धृष्टता का दंड दे रही हो हमें? भवन में ढूँढ़ती-ढूँढ़ती थक जाती हैं हम तुम्हें। दीदी मांडवी, और श्रुतकीर्ति भी दुखी हैं—कह रही थीं पूर्व की भाँति दीदी हमसे न वार्ता कर रही हैं न हमारे संग विहार कर रही हैं।" उर्मिला का नम स्वर हृदय चीर जाता है।

उसे बाँहों में भींच लेती हूँ। उसका उपालंभ निःशेष करने का यत्न करती हूँ—

"मेरी बावरी बहन, पक्षियों से मेरा मोह कोई नूतन तो नहीं? विशेषकर शुक-सारिका से, जो मनुष्यों की बोली बोलते-समझते हैं तथा उसी प्रकार बोलने का यत्न करते हैं। उनसे वार्ता करना भला लगता है मुझे। जाने क्या सुनने, ज्ञात करने को इच्छुक रहती हूँ उनसे।" कहते-कहते मेरी अबूझ कामना उदास कर देती है मुझे।

"आप अंतर्मुखी होती जा रही हैं सीता! यह सयानेपन की व्याधि है। आपके अंतर्मन में कहीं भावी पति का ध्यान तो नहीं प्रस्फुटित हो रहा?" कहकर सोमा हँस पड़ी।

झेंपी-सी मुस्कान उभरी मेरे अधरों पर। मिथ्या भाषण कहकर नकार नहीं सकी उसकी बातों को। किंतु अपने मनोभावों को व्यक्त करने में असमर्थ रही।

चारों बहनें झूले पर आ बैठीं। दासी झूले को बल देकर झुलाने लगी। झूला उन्नत होते ही पवन का सहलाता शीतल स्पर्श बहुत भला लग रहा था। मांडवी प्रेरित करती है—

''देखें दीदी कौन सबसे ऊँची पेंगें लगाता है?'' वह पूर्व की भाँति स्पर्धा करने को उत्सुक है।

मैं मुस्कुरा देती हूँ। दासी समझ जाती है मेरा इशारा...स्पर्धा आरंभ हो जाती है...।

वर्षा महोत्सव समापन पर है। माँ संबंधी जनों, आगत अतिथियों की विदाई में संलग्न हैं। सभी के लिए यथायोग्य क्षौम एवं कौषेय वस्त्र, उपहार, मिष्ठान आदि सँभाल रही हैं। अपने आतिथेय हेतु चहुँओर प्रसिद्ध है विदेहराज। अतिथि देवो भवः का निर्मल भाव-धारा आलोड़ित है यहाँ हर मानस में। पान, मखान, मिष्ठान युक्त सरस सुस्वादु भोजन। भाव-युक्त आतिथेय। अतिथि से पुनः-पुनः पधारने का हार्दिक आग्रह यही तो विशेषता है जनकराज और त्रिभुक्ति क्षेत्र की, जिसे अस्वीकारना असंभव है किसी के लिए।

काकी जी अतिथि और संबंधी स्त्रियों के संग बैठी वार्तारत हैं। आयोजन के अद्‌भुत आनंद से अभिभूत उसकी सफलता पर गद्‌गद हैं सभी। भिन्न-भिन्न प्रकार से व्याख्यायित कर रही हैं उत्सव को। हम बहनें क्लांत मुख, क्लांत हृदय लिए मौन हैं। आगत उत्सव-महोत्सव तक इनसे विछोह हो रहा है। पुनः आने की प्रतीक्षा...

प्रतीक्षा...प्रतीक्षा...सोच रही हूँ यह मानव मन भी कितना विचित्र है, कोलाहल से शांति की ओर पलायन चाहता है और शांति से कोलाहल का अवसर ढूँढ़ता है। तभी काकी जी का बोल उभरता है–

"श्रद्धेया जनो, विछोह हेतु मनोमालिन्य न करें आप लोग! संभव है शीघ्र ही जनक भवन में आप का पुनः आगमन हो। सीता स्वयंवर हेतु महाराज मन बना रहे हैं। अनुज कुशध्वज तथा मंत्रीगणों से आयोजन हेतु मंत्रणा हो रही है उनकी। सीता युवावस्था को प्राप्त हो चुकी हैं। पुत्रियों का उचित वय में ब्याह। यही तो परंपरा रही है जनक कुल की।" काकी जी के कथन ने मानो सुख की शीतल फुहारों से भिगो दिया सभी को। कमल दलों की भाँति खिल उठे उनके मुख मंडल। कोई कुछ पूछती, उसके पूर्व तत्क्षण मांडवी पूछ बैठी–

"स्वयंवर...? इसका क्या प्रयोजन है माँ?"

"स्वयंवर का तात्पर्य है, पति संयोग सुलभ कन्या को इच्छित वर के चयन का अवसर प्राप्त होना। आयोजन में देश-देश से पधारे आमंत्रित वधु के पाणिग्रहण के इच्छुक राजा, राजकुमारों के मध्य सर्वाभरणभूषिता कन्या सखियों संग वरमाल्य लिए जाती है। आगे-आगे चारण एक-एक राजा, राजकुमार के वंश-गोत्र, राज्य, समृद्धि, विद्वत्ता, बल, पराक्रम और योग्यता संबंधी परिचय प्रस्तुत करता है। अपने योग्य व मनोनुकूल वर समझ कन्या जिसके गले में वरमाला पहनाती है, उसी से विवाह होता है उसका वैदिक विधि-विधान से।"

"परंतु माँ, काका महाराज ने तो दीदी के ब्याह हेतु प्रण का विधान किया है, जो शिव के धनुष पर प्रत्यंचा चढ़ाकर सरसंधान करेगा, उसी के संग दीदी का परिणय होगा। फिर तो यह स्वयंवर कैसे हुआ? ऐसे में दीदी इच्छित वर कैसे प्राप्त करेंगी? वे तो उसी से ब्याह करने को बाध्य होंगी जो पण पूर्ण करेगा?"

अपनी जिज्ञासा, भय तथा समस्या मांडवी के मुख से सुन सजग, सतर्क हो गए मेरे कान। देखें क्या समाधान प्रस्तुत करती हैं काकी जी उसके प्रश्नों का। प्रश्नों में गोपन यह संशय माँ के मुख से भी श्रवण हुआ था कुछ काल पूर्व...तब से विचित्र-विचित्र स्थितियाँ उभरती रही थीं मेरे मानस में। ''जो कोई मानव, दानव अधेड़ या दुरात्मा राजा उस पिनाक पर प्रत्यंचा चढ़ा देगा...सीता के वरण का अधिकारी हो जाएगा। फिर तो वह सीता योग्य वर कहाँ हुआ? शक्ति और बुद्धि में तादात्म्य भी हो, आवश्यक नहीं।''

पिताजी के समक्ष माँ ने यही संशय प्रकट किया था उस दिन। जब पिताजी मेरे विवाह और विछोह से चिंतित, पीड़ित माँ से वार्तारत थे, "सीता विवाह वय प्राप्त कर चुकी है सुनैना। योग्य वर की चिंता संग उसके विछोह का स्मरण भी व्याकुल कर रहा है मुझे। कितना अभाव अनुभव होगा हमें उसका। सीता-रहित यह भवन तो प्राणहीन ही हो जाएगा। इसके पग-पग पर उसके बाल्यपन-जनित स्मृतियाँ रची-बसी हैं।"

पिताजी के चिंतित-द्रवित स्वर से कक्ष के द्वार पर ही ठिठक गए थे मेरे पग। प्रथम बार अपनी स्थिति का गहन आभास तथा अपने-पराए होने की अनुभूति हुई थी। इस भवन, भूमि, आँगन, उद्यान का एक-एक लता-कुंज, सरोवर, वृक्ष जहाँ क्षण मात्र

भी समय व्यतीत हुआ था मेरा, मोह बँधा था। क्या अब उन्हें छोड़ना पड़ेगा मुझे, मात्र किसी एक के लिए? माँ-पिताजी को भी? प्रकंपित हो गया मन सोचने मात्र से। अवसर आने पर क्या गति होगी? यह निष्ठुर नियति क्यों विधित की दैव ने स्त्रियों की? सदा वाल्यावस्था में ही क्यों नहीं रखा उन्हें? क्लांत हो उठा मन...।

"आप व्यर्थ चिंता कर रहे हैं आर्यपुत्र! सीता हेतु वर का अभाव है क्या इस भूमि पर?" माँ सहजता से बोली थीं।

"आप सत्य कह रही हैं देवी, मेरी लक्ष्मीस्वरूपा सीता हेतु कदापि वर का अभाव नहीं है इस धरा पर। इसके रूप, गुण की चर्चा पुष्पगंध की भाँति सर्वत्र विस्तारित हो रही...किंतु भद्रे, कदाचित् विस्मृत कर गई हैं आप मेरा वह प्रण...?"

"आह महाराज, कैसे स्मरण न रहा मुझे उस विकट प्रण का?" माँ का सारा हर्ष क्षण मात्र में हताशा में बदल गया था। मानो उफनते दूध पर किसी ने शीतल जल छिड़क दिया हो।

"स्वर में यह उदासी कैसी सुनैना? यदि आप वह दृश्य देखतीं तो आप भी यही प्रण कर बैठतीं।" पिताजी बोले।

माँ मौन रहीं...पुनः बोलीं—

"जो भी शिव के धनुष पर प्रत्यंचा चढ़ा देगा, उसी से सिया ब्याह दी जाएगी?" माँ का प्रकंपित आर्द्र स्वर...।

"आपके कहने का तात्पर्य क्या है देवी?" विस्मित स्वर में पिताजी ने पूछा।

"उस पण के स्मरण ने पुनःचिंता में संलग्न कर दिया मुझे महाराज, वर्षों से विस्मृत किए बैठी थी। किंतु मेरी सीता का भाग्य!"

"अब क्या यह संभव है देवी, प्रण का आधार तो सीता का हित ही था। आप को ज्ञात है हम क्षत्रियों को प्राणों से प्रिय होता है वचन। तूणीर से निकला तीर वापस भी आ जाए पर हमारा वचन विमुख होना असंभव है।" ग्लानि युक्त पिताजी का स्वर मेरे मर्म को वेध गया...माँ की शंका...'प्रण का लाभ कोई दुरात्मा, अधेड़ या बलशाली पुरुष पिनाक पर प्रत्यंचा चढ़ा देने मात्र से पा सकता है।' तथा अपने पालक का असमंजस सुन संताप हुआ। मेरे हित का आधार ही मेरे भावी का विषाद न बन जाए कहीं? चिंता का तप्त झोंका झुलसा गया था मुझे।

उस दिन के पश्चात् सदा प्रसन्नचित रहने वाली धैर्यशीला माँ का मुखमंडल कभी-कभी क्लांत हो उठता किंतु अपने मनोभावों को भाव या शब्दों द्वारा कभी प्रकट न होने देती थीं वे। आज मांडवी के मुख से मेरा ही प्रश्न मेरा ही संशय मेरा ही भय?

"तुम्हारी आशंका निर्मूल नहीं है मांडवी। स्वयंवर की श्रेणी से भिन्न है यह आयोजन किंतु यह योग्य वर के शौर्य, बल व कौशल सिद्धि का सशक्त माध्यम तो होगा ही।"

काकी जी बोलीं। स्तंभित रह गई मैं इसका औचित्य जानकर।

"माँ सभी स्त्री-पुरुष के लिए विवाह अनिवार्य है क्या?" श्रुतकीर्ति ने पूछा।

"हाँ, पुत्री, विवाह आध्यात्मिक विकास का एक साधन है। जीवधारी तन में काम की अवहेलना संभव नहीं। तो पुनः निःसारण का मार्ग सार्थक करना व सृष्टि

के चक्र को व्यवस्थित रखना ही विवाह का मुख्य उद्देश्य है। इस बंधन में बँधकर पति-पत्नी तन, मन और वचन से ही अनन्य नहीं होते। उनके जीवन का ध्येय स्वयं के मोक्ष या भोग मात्र ही नहीं होता। माता-पिता बनकर वे पालक बन जाते हैं। उनके हृदय में वात्सल्य का सागर हहराने लगता है, जो उनके अंदर के स्वार्थ, लोभ व मोह को दूर कर संवेदना, परमार्थ व त्याग की भावना भर देता है। हमारे यहाँ विवाह बंधन टूटने के लिए नहीं वरन लोक-परलोक बाँधने वाला माना गया है। विवाह, मानव जीवन में होने वाले सोलह संस्कारों में सबसे श्रेष्ठ...पवित्र व विकट है। यह महायज्ञ सदृश्य है, जिसका हवि है स्वार्थ। पवित्र अग्नि के समक्ष प्रारंभ इस बंधन को श्मशान की चिताग्नि से भी संभव नहीं इसे खंडित करना और त्याग द्वारा प्रेम की पवित्रता का संरक्षण इसे उत्तरोत्तर उन्नत स्थिति तक ले जाता है।"

किंतु विमला काकी तो कहती हैं, "स्त्री की परवशता का प्रमाण है उसे नितांत पराए हाथों में सौंप देना। कन्यादान और पाणिग्रहण यानि ब्याह कर। वह भी उपस्थित जन, अग्नि, अंतरिक्ष के सप्तऋषि गण और ध्रुवतारा की साक्षी में। इस सांसारिक रीति से बँधी स्त्री सदा से परवश रहती आई है। इस समाज में निस्संग स्त्री के जीवन की सार्थकता भी तो नहीं है।" सोचा काकी जी से बात करूँ इस विषय पर, परंतु मैं पूछती कि उसके पूर्व श्रुतकीर्ति का आश्चर्यचकित स्वर उभरा–

"इतने गूढ़ हेतु हैं ब्याह के? ज्ञात न था इसका अर्थ। क्या इसके लिए वय की भी वाध्यता है माँ?"

"अवश्य, सोलह वर्ष दैहिक परिपक्वता की पुष्ट अवस्था विधित है ब्याह हेतु। किसी कारणवश कम वय में विवाह हो भी जाए तो, ब्रह्मचर्य का पालन अनिवार्य है। सीता पति संयोग के योग्य हो गई हैं। अत: भ्राता महाराज स्वयंवर का आयोजन करने जा रहे हैं। सीता के विवाह के पश्चात्, तुम लोगों का भी विवाह वांछनीय होगा।" कहकर काकी जी हँसीं।

"आपका भी स्वयंवर हुआ था माँ?" भोली श्रुतकीर्ति तत्क्षण पूछ बैठी।

"नहीं, हमारा विवाह प्राजापत्य विधान से हुआ था।" माँ ने कहा।

"विवाह के अन्य प्रकार भी हैं माँ?" चौंककर मांडवी ने पूछा।

"हाँ पुत्री, विवाह के आठ प्रकार अनुमोदित हैं शास्त्र में।"

"आठ प्रकार, कौन-कौन से? और इनमें क्या विषमताएँ हैं या इनका औचित्य क्या है माँ?"

"ब्राह्म विवाह, दैव विवाह, आर्ष विवाह और प्रजापात्य विवाह...ये चार प्रकार आदर्श व स्तुत्य हैं। शेष चार–आसुर विवाह, गंधर्व विवाह, राक्षस विवाह तथा पैशाच विवाह आवश्यकतावश अनुमोदित हैं। इनके अनुमोदन के पीछे विद्वत्जनों को शारीरिक संयोग की पवित्रता और सामाजिक व्यवस्था की अक्षुण्णता का विचार रहा होगा। इन सभी प्रकारों में स्त्री-पुरुष के सभी संयोग रीतियों का समावेश है। अधम संज्ञा वाले संबंध भी वैवाहिक बंधन में परिणत हो मान्य हो जाते हैं जिससे सामाजिक सुश्रृंखला खंडित नहीं होती।"

"सभी द्वारा सहज व्यवहार में आने वाले व्याह पद्धति को हम प्रजापत्य भी कह सकते हैं और सर्वमान्य सर्व ऐच्छिक ब्राह्म विवाह भी। ब्राह्म विवाह, जिसका

उद्देश्य है गृहस्थ पालन के साथ मोक्ष की प्राप्ति। इसे आध्यात्मिक स्वरूप की संज्ञा भी दी जा सकती है। समुचित उपहार संग वय प्राप्त कन्या का सचरित्र, सुयोग्य विद्वान पुरुष को दान देना, जो कन्या के पिता या अभिभावक द्वारा आमंत्रित होता है। या विद्या वारिधि देव का प्रेम सहित प्राप्ति हेतु कन्या स्वयं तप करती है। इसमें कन्या का अभीष्ट होता है वर के गार्हस्थ में अंशी बनना या उससे बौद्धिक मैत्री की लालसा। सभी चैतन्य प्राणियों हेतु यह पद्धति आदर्श है। 'दैव विवाह' का चिंतन-मनन या उद्देश्य भिन्न है। इसमें आभूषण मंडित कन्या का हाथ उस याचक के हाथ में दिया जाता है जो यज्ञ में पौरोहित्य कर्म का समुचित संपादन करता है। अपने कर्म से अपने चरित्र को प्रमाणित करने वाला याचक प्राचीन काल में उन्नतिशील मान्य था। याचन सबसे आदरणीय धनावह कर्म था। ऐसे याचक किसी भी अभिभावक या कन्या का प्रथम प्रिय पात्र होता था। बौद्धिक मैत्री, आर्थिक स्वतंत्रता, गौरवपूर्ण सामाजिक स्थिति तीनों का समावेश है इस संबंध में। 'आर्ष विवाह', ऋषि शब्द का सूचक है। ऋषि महर्षिगण प्राय: गृहस्थ्य या वैवाहिक जीवन के प्रति प्राय: उदासीन रहते हैं। अपने बौद्धिक व्यापार हेतु उन्हें स्वतंत्र रहना अभीष्ट है। किंतु समाज की अपेक्षा सदा उनसे बुद्धिमान संतान की होती है जो सुसभ्य समाज हेतु वांछनीय होता है। किसी भी कन्या या उसके माता-पिता की चाह होना ऐसे वर हेतु उचित ही है। इसमें वर से कुछ पशु धन लेकर कन्या का दान करने का विधान सुनिश्चित है। पशुधन लेना इस बात का सूचक होता है कि ऋषि गृहस्थ जीवन हेतु सहमत हैं। ऐसे विवाह में पुत्रोत्पत्ति यदि न भी हो तो आर्ष स्वभाव या अप्रतिकूल साहचर्य में कोई दुविधा नहीं होती। 'चौथा प्राजापत्य' विवाह का मूल उद्देश्य ही है संतानोत्पत्ति। स्त्री-पुरुष का सम संयोग इसके संपादन काल की स्पष्ट आज्ञा है—पति-पत्नी स्वरूप संग रहकर धर्माचरण करने का। अर्थात् गार्हस्थ्य जीवन का उद्देश्य संतानोत्पादन, जिससे आश्रितों, आगतों, अभावग्रस्तों को भोजन, आश्रय पितृ तर्पण का कार्य संपन्न होता रहे तथा समाज और विभिन्न संस्थाओं की परंपरा बनी रहे।" काकी जी अबाध सुना रहीं विवाह के प्रकार...उसकी व्यवस्था...उद्देश्य व औचित्य...। सभी विवाहों का प्रकार विभिन्न होते हुए भी सामाजिक व्यवस्था की सुदृढ़ता सम्मुख रख संपादन करने का विधान बनाने वाले महान विद्वानों के चिंतन पर अचंभित हूँ मैं। बहनें और उपस्थित स्त्रियाँ भी।

"माँ शेष चार प्रकार के विवाहों का भी वर्णन कीजिए न।" श्रुतकीर्ति ने आग्रह किया।

"पुत्री, शेष चार प्रकारों के विवाह के लिए आज्ञा दिए जाने के पीछे कारण रहा होगा परिस्थितिवश मानव दुर्बलता से उपस्थित शारीरिक संबंध। किंतु उन्हें श्रेष्ठता की श्रेणी नहीं प्राप्त है। आसुर विवाह, वय प्राप्त कन्या के पिता या पालक को धन देकर उसे प्राप्त करना। कन्या की सहमति या अनिच्छा के पश्चात् भी। प्रणय मूलक या भाव प्रेरित संबंध को गांधर्व विवाह की उपाधि दी गई है। समाज की अनुमति प्राप्ति तक का धैर्य नहीं रखने वाले और शारीरिक संयोग को तत्पर स्त्री-पुरुष को भी समाज में मान्यता प्राप्त हो सके इस हेतु को इस पद्धति को स्वीकार किया गया होगा ताकि वैवाहिक पवित्रता, सामाजिक और वैयक्तिक शांति अक्षुण्ण रहे। सगे संबंधियों का वध कर रोती-कलपती विवश कन्या का हरण कर उससे संबंध

स्थापित करना, राक्षस विवाह की श्रेणी में रखा गया है। समाज द्वारा इस अत्याचार, अनाचार तथा अपराध को भी विवशतः स्वीकारना, कि विवश कन्या को समाज परिवार में सम्मान प्राप्त हो सके तथा उसकी संतान को समुचित सामाजिक अधिकार प्राप्त हो सके। यही मंशा रही होगी इस विवाह के पीछे। निम्नतर श्रेणी में आने वाला 'पैशाच विवाह' शयनावस्था में उन्माद प्राप्त या नशे द्वारा अचेतनावस्था में कन्या से संयोग करना पैशाचिक रति माना जाता है। यह संबंध सदा से अधम्य की संज्ञा में आते रहे हैं तो भी विधिपूर्वक विवाह अनुष्ठान पूर्ण करने के पश्चात् ऐसे बलात् कार्यों को भी सामाजिक सम्मति प्राप्त हो जाती है ताकि शारीरिक संयोग की शुचिता अक्षुण्ण बनी रहे।"

सभी अवाक् अचंभित स्तंभित वैवाहिक संस्कार की अनिवार्यता, पवित्रता की व्याख्या, वर्णन सुनकर।

"किंतु इनमें स्वयंवर का वर्णन अनुपस्थित है काकी जी, क्या यह अनुमोदित नहीं है विधान में?" उर्मिला का गूढ़ प्रश्न चौंका गया सभी को। इस ओर किसी का ध्यान नहीं गया था। अचंभित हो उठी मैं बहनों की बुद्धिमत्ता, तर्क-क्षमता, जिज्ञासा पर और काकी जी द्वारा उनके प्रश्नों के समाधान पर भी। कितना कुछ शेष रह जाता है बहुत कुछ अध्ययन, श्रवण और अवलोकन के पश्चात् भी। लगा, जीवन सदा अन्वेषी समान होता है..। यायावर आत्मा संग...?

"बिल्कुल है बिटिया, समय संग परिवर्तन हमारे देश, समाज की उन्नत वैचारिकता का द्योतक है। परिवर्तन हेतु सदा आग्रही रहे हैं हमारे पूर्वज-जन, विद्वत्जन। तभी तो विश्व में हमारी आर्य संस्कृति उन्नत मान्य है। संस्कार, संस्कृति हमारे कार्यों में भी लक्षित है मात्र ग्रंथों में नहीं। समाज की सोचों में आई उदारता, परिपक्वता, कि कन्याएँ योग्य वर का स्वयं चुनाव करें..., यही विचार हमें अग्रणी बनाता है संसार में।"

"किंतु स्वयंवर में शर्त? यह तो स्वयंवर के स्वरूप से भिन्न है।" मांडवी बोली।

"सीता का पराक्रम देख भाव-विह्वलतावश भ्राता महाराजा के हृदय में उससे विशेष पराक्रमी, धुनर्धर वर की कामना प्रबल हुई हो...तभी तो यह प्रण सम्मुख आया। इसमें भी किसी परिवर्तन का हेतु ही गोपन हो। राजा का कोई भी कृत्य परंपरा का आरंभ और अनुकरणीय होता है प्रजा हेतु। समय के संग परिवर्तित, परिष्कृत विचार वाला समाज ही उन्नत होता है, जो समाज समय के साथ कदम मिलाकर नहीं बढ़ता, अपने विचारों में तथा सोचों में उदारता नहीं लाता वह सरोवर के जल की भाँति एक स्थल पर ठहरे-ठहरे सड़ जाता है पुत्री।"

"परंतु सशर्त स्वयंवर में भय का हेतु भी आभासित है माँ।" पुनः मांडवी बोली, लगा अपने सारे उत्कंठित प्रश्नों को आज ही उड़ेल देगी वह काकी जी के समक्ष। हम बहनों के मध्य सदा से ही ये प्रश्न तर्क-वितर्क के रहे थे। आज उनका निश्चित समाधान काकी जी से ही संभव था या माँ से। ये दोनों अति विदुषी, उदारमना हैं। राजर्षि जनक कुल में किसी मूढ़मति स्त्री का समावेश क्या संभव था? शास्त्र मतानुसार किसी मधुर फल के वृक्ष में अमधुर फल की उत्पत्ति...ऐसी धारणा ही मूखर्तापूर्ण होगी। उसके फल कीड़ा युक्त हो जाएँ संभव है, उससे उनकी मधुरता

क्षीण कहाँ होगी। तभी तो मधुर फल (वंश)हेतु सुमधुर जड़ (जननी)पर बल देता रहा है हमारा समाज, सभ्यता के विकास के लिए।

"भय...कैसा भय मांडवी?" आश्चर्य से पूछा काकी जी ने।

"दीदी के ब्याह हेतु काका जी ने प्रण का विधान किया है। आजगव पर प्रत्यंचा संधान करने वाला ही वरेण्य होगा दीदी का। ऐसे में वे अपने इच्छित वर का चुनाव कैसे करेंगी? यह आयोजन स्वयंवर अनुरूप तो नहीं हुआ? वे तो उसी से ब्याह हेतु बाध्य होंगी, जो पिनाक पर प्रत्यंचा चढ़ाने का प्रण पूर्ण करेगा।"

"चिंतित क्यों हो पुत्री मांडवी, हमारी सीता का भाग्य इतना खोटा है क्या जो उसे अयोग्य वर प्राप्त हो...?"

उत्तर के साथ प्रतिप्रश्न भी कर बैठी काकी जी। भाग्य को मध्य में लाकर उन्होंने समस्त तर्कों को स्थगित कर दिया।

6

वैसे तो मिथिला नरेश का साधारण आयोजन भी विशिष्ट होता था। पर यह तो अति विशिष्ट आयोजन है, जनक राजनंदिनी जानकी का स्वयंवर। समस्त विदेह क्षेत्र में आनंद-लहरी प्रवाहित हो रही है। प्रथम समय ऐसा आयोजन हो रहा है मिथिला में। उत्सुकता, हर्ष, अवलोकन की अभिलाषा उद्वेलित कर रही है नगर जन को। अपने-अपने घरों को सजा-सँवार रहे हैं सभी। साफ-सफाई, रँगाई-पुताई। दीवारों पर फूल-पत्तियों के विभिन्न वर्णी रसों से भिन्न-भिन्न प्रकार की परंपरागत चित्रकारी अंकित कर रहे हैं। भित्तिचित्र उकेर रहे हैं।

नगर सज्जा भी अति मनोहर है। सुगंधित जल के छिड़काव से नम हैं राजपथ और वीथियाँ। पथों के दोनों किनारे गाड़े गए फल रहित व फल युक्त कदली थंब। द्वितलीय, त्रितलीय तल युक्त अट्टालिकाओं पर फहराती पताकाएँ। भवनों पर लटकती आलोक लड़ियाँ। स्वागत पट्टिकाएँ। द्वारों पर टंगे आम्र पत्रों के वंदनवार। द्वार के अग्रभाग में अंकित चावल-चूर्ण तथा गुलाल की रंगोली। चहुँओर निनादित दुंदुभि स्वर।

अनुपम अपूर्व है अतिथिगृह की सजावट। मानो कुशल सज्जाकारों ने अपना उत्कृष्ट कौशल उड़ेल दिया है इसे इंद्रभवन बनाने में। कक्ष की छत, दीवारों पर अद्भुत मन-भावन चित्रकारी। कौषेय चादर बिछी शैयाएँ। कक्ष मध्य अवस्थित पात्र में सजे ताजे रंग-बिरंगे गंधयुक्त पुष्प। रत्नों की शीतल आभा से आलोकित हो रहे हैं कक्ष, दालान। अतिथि भवन मध्य स्थित सरोवर में पुरईन पत्रों के बीच विहँसते कमल व नील पद्म। चारदीवारी से लगे सघन नीम, आम्रवृक्षों पर कूँजते भाँति-भाँति के विहंग। वृक्षों से लिपटी लता वल्लरियाँ। क्यारियों में पंक्तिबद्ध शोभा बिखेरते गंधयुक्त रक्त, श्वेत, पीत, वर्ण पाटला, गेंदा, जूही, चंपा, चमेली, रजनीगंधा के पौधे। आमंत्रित नृपतियों, संबंधीजनों और अतिथियों हेतु विश्राम की अति उत्तम व्यवस्था। नगर से लेकर भवन तक हर्ष वायु प्रवाह की भाँति बह रहा निरुद्ध।

''आयोजन की विशालता देख किसी वैवाहिक आयोजन का आभास हो रहा है।'' मांडवी के समक्ष मैंने अपनी शंका व्यक्त की। मांडवी हँसी–

"मेरी भोली बहना, यह विवाह का ही तो आयोजन हो रहा है। धनुष पर प्रत्यंचा चढ़ाने का प्रण पूर्ण होते ही विजेता के संग शीघ्र ही तुम्हारा विवाह भी संपन्न हो जाएगा।"

सहज प्रवाह में बहता मेरा मन औचक सहम उठा। मेरा भोला मन इसे मात्र एक आयोजन ही मान रहा था। अब मुझे इसी के अनुरूप तैयार करना होगा स्वयं को। किंतु क्या यह इतना सहज संभव है, होगा? कैसे स्वीकार्य होगा कि ये समस्त आयोजन मुझे इस भवन, इस स्थान, यहाँ के वासी से अब मेरा संबंध समाप्त होने वाला है। किसी और से संबद्ध हो अब मेरी पहचान भी परिवर्तित हो जाएगी। किसी नितांत अज्ञात व्यक्ति के संग बँध जाएगी मेरी जीवन डोर...। मन पूछ रहा है; अब लघु काल शेष है...शीघ्र ही सम्मुख होगा...तुम्हारा भावी जीवन साथी। जीवन पथ का सहचर...और उससे जुड़ेगी तुम्हारी पहचान...संसार की यही रीत है...।

लगा, कोई भी कार्य, जो विशेष गहन, गंभीर या दुरूह अनुभव होता है...समय आने पर कितना सहज बन जाता है स्त्री मानस के लिए। पर-घर जाने की वार्ता सुनते-सुनते कुछ तो पहले ही अभ्यस्त होने लगता है वह। शेष रीत का प्रवाह बहा ले जाता है उसे स्वत:। मैंने स्वयं को तैयार करना आरंभ किया।

स्वयंवर जैसे आयोजन का साहस सहज नहीं था मिथिला में मिथिलापति के लिए, जहाँ के वासियों में जीवनगत परंपराओं के प्रति भीषण आग्रह था और उनका निर्वाह भी होता रहा था गहनता से। पिताजी यदि इसे आयोजित करने हेतु बाध्य हुए तो उसमें बहुत से हेतु लक्षित थे। प्रथम विद्वानों की संगति, धर्म-संस्कृति, विधि-विधान पर सदा होने वाले विमर्श। मेरे द्वारा औचक परिणति पाया उस कार्य स्वरूप पिताजी के मुख से अति उल्लास वश निकले प्रण के वे शब्द, जिसने तैयार की थी इस आयोजन की पृष्ठभूमि और इसकी शीघ्रता में सहयोग दिया था पारिजात पुष्प गंध की भाँति विस्तारित होती मेरे रूप-गुण की चर्चा ने। जिससे आकृष्ट हो लोलुप मधुप झुंडों की भाँति नृपतियों के मुझे भार्या रूप में पाने के संवाद से आकुल हो उठे थे पिताजी। लाख प्रति संवाद भिजवाने के पश्चात् कि "स्वयंवर के आयोजन तक धैर्य रखें, नियत समय का आमंत्रण अवश्य प्राप्त होगा आप लोगों को।"

प्रस्ताव का वेग थमने का नाम नहीं ले रहा था और स्वयंवर के आयोजन में शीघ्रता करनी पड़ी उन्हें।

तैल्य धान्य के उबटन द्वारा कमनीय बनाया जा रहा है मेरा मुख, देह। आभरण हेतु रत्न जड़ित कौषेय वस्त्र। आभूषण, कानों में कर्ण वेष्ट, गले में शुभ्र हीरक-मानिक्य जड़ित निपक, मणिमाला। भाल पर रक्त तिलक, कमर में काँची। केशोपाश में चूड़ामणि। सहस्र पद्म केशों की आभा से दीप्त कर रही है पैरों में लगी महावर। हास्य-परिहास करती बहनें, सखियाँ। अति व्यस्तता मध्य मधुर हास्य बिखेरते माँ, काकी जी के युग्म अधर...। ऊहापोह के भँवर में ऊब-डूब करता मेरा मन। हर्ष का बेवजह उठता ज्वार...वजह के कठोर पाषाणों से टकराता, सर पटकता। सत्य कहा था आचार्य ने, "अदृश्य के प्रति कोई भाव उत्पन्न नहीं होता है मानस में, तभी तो हम मूर्त्त रूप की कामना करते हैं। किंतु हर्षित होने का प्रयास तो किया ही जा सकता है। हृदय में उपजते हर्ष के भाव का ज्वार लावा यह वय की सहज माँग है।"

"इतनी रूपमति मेरी दीदी को धनुष पर प्रत्यंचा चढ़ाकर कोई भी अरूप, अविवेकी, अविचारी मानव, दानव या अनार्य मात्र प्रण पूर्ण कर वरण कर लेगा।" मेरी ठुड्डी उठाते हुए उर्मिला ने हास्य किया। सभी बहनें, सखियाँ हँस पड़ीं। मैं मुस्कुरा भी न सकी। हास्य में व्यक्त उसकी शंका असत्य भी तो नहीं। मैं पितृवसा सीता स्वयंवर के अनुष्ठान के पश्चात् भी स्वेच्छा सम्मत कहाँ हूँ। वर का चयन मेरे वश में होता तो स्वरूप के अतिरिक्त चारण द्वारा वर्णित वंश, शौर्य, वय और पराक्रम भी आधार होता। यहाँ ये विशेषताएँ अमहत्त्वपूर्ण हैं। महत्त्वपूर्ण है वह पराक्रम जो प्रण हेतु संकल्पित है।

प्रातः सखियों के संग पूजन हेतु गिरिजा मंदिर गई थी, परंपरानुसार शुभकार्य से पूर्व गिरिजा से आशीष लेने। मार्ग में धीरे से फुसफुसाई थी मांडवी, "खूब चित्त लगाकर पूजा करना दीदी, तुम्हारे जीवन का विशिष्ट दिवस है आज। माँ से इच्छित वर का वरदान माँगना।।"

चौंक पड़ी थी मैं। इच्छित वर? कहाँ कोई छवि, कोई स्वरूप...है मेरे मन में? वह तो नितांत कबुर्र है अब तक। जब मानस में कोई स्वरूप ही नहीं हो चाह या अदृश्य कामना कैसे होती? सुना था हंस द्वारा रूप-गुण का बखान सुनकर राजा नल के प्रति अनुराग उत्पन्न हुआ था दमयंती के हृदय में। फलस्वरूप स्वयंवर सभा में देवताओं को अनदेखा कर उन्होंने नल का वरण किया था। यहाँ भवन में आने वाली संबंधी स्त्रियों से किसी राजा या राजकुमार के शौर्य, पराक्रम व प्रशंसा सुनकर भी दृढ़ता से वर्जती रही थी अपने भावों को। किसी के प्रति चिंतन-मनन या भाव की उत्पत्ति से लाभ भी क्या था। मेरा वर तो वही होगा जो पिताजी का प्रण पूर्ण करेगा। मन कहीं और तन कहीं और...विभक्त होकर मिथ्या संबंध, मिथ्या जीवन जीना अभीष्ट नहीं मुझे। संबंधों में सदा सद्वृत्ति का पक्षधर रहे मेरे मानस को यह स्वीकार भी कहाँ होता। संबंध को पूर्ण एकात्मकता काम्य है। मानसिक उद्वेलन भटकन, सदा अपूर्णता व असुरक्षा का अनुभव कराता है मनुष्य को। राग, अनुराग तथा सुख की अनुभूति से रिक्त कर देता है दांपत्य को।

इस समय जनकपुर समागत आर्यावर्त, भारतखंड व अन्य देशों के अगणित वीर भूपों से युक्त हैं जो अपने पराक्रम की अधिकता के कारण सर्वत्र विदित हैं। सजे-धजे निर्धारित समय से पूर्व आ विराजे हैं सभी और धनुर्यज्ञ में यश लुटाने के आकांक्षी हैं। कितने छद्मवेशी देव, दानव, दैत्य, विधाधरों से भी भरा पड़ा है यह नगर। सभी आगत अतिथि नगर की शोभा देख मंत्रमुग्ध हैं। हरीतिमा युक्त बाग, वाटिका। पद्म पुष्प युक्त ताल-पोखर। चौड़े सुचिक्कन राजपथ के दोनों ओर विभक्त वीथियाँ। उन वीथियों को समानांतर विभक्त करती कितनी ही उपवीथियाँ...सुंदर समुन्नत कई-कई खंडोंयुक्त भव्य अट्टालिकाएँ। विस्फारित नेत्रों से निहारते उनके मुख से अनायास निकल रहा है, "धन्य है इस राज्य के वास्तु-विशारद, जिन्होंने इस भव्य...व्यवस्थित नगर की कल्पना की तथा उसे आकार दिया।"

भवन की स्त्रियों के संग अलंकार-युक्त झरोखे में बैठी मैं। अपने कुलपूज्य देवाधिदेव महादेव और कुलदेवी गिरिराज नंदिनी गिरिजा का ध्यान किय...जीवन के इस अद्भुत क्षण को सहज तथा मंगलमय बनाने हेतु। जीवन निहित कोई भी

पग भविष्य के अदृश्य, अनजान तिमिरयुक्त स्थल पर रखना क्या इतना सुगम होता है?

धड़कनों पर बलात् काबू पाने का प्रयास करती नत दृष्टि से सभा-स्थल की ओर देखा। सभा के मध्य में निर्मित काष्ठ-वेदी पर रखा है शिव पिनाक। विशाल प्रांगण कौषेय चँदोवे से आच्छादित है। बहुमूल्य वस्त्राभूषणों से सुसज्जित स्वर्ण आसनों पर विराजमान नृपगण। परिधि में घूमती दृष्टि लौट आई। एक भी ऐसा मुख या व्यक्तित्व दृष्टिगत न हुआ जो मेरी धड़कनों को तीव्र कर दे। धड़कनें तीव्र हो रही थीं मात्र भय, लज्जा एवं संकोच से। कब, कौन शूरवीर विशाल पिनाक पर शिंजिनी संधान कर दे! तत्क्षण वरमाला लिए उसके समक्ष उपस्थित होना होगा मुझे। कैसे संभव होगा उनके मध्य जाना? इतने अज्ञात नृपतियों, अपने-परायों के मध्य? सोचें कचोके लगा रहीं मानस में...। तभी सभा मध्य खड़े कुलगुरु शतानंद का स्वर उन्नत हुआ, ''हे आर्यावर्त, भरत खंड के नृपगण...आप अति बुद्धिमती, सर्वगुण संपन्ना, प्रियदर्शिनी, जनक राजनंदिनी सीता के वरण हेतु यहाँ पधारे हैं। प्रण के अनुसार वह रहा काष्ठ-चत्वर पर रखा शिव धनुष आजगव ..। आप में से जो वीर उस धनुष पर शिंजिनी चढ़ाकर इस पर वाण का संधान करेगा वही राजनंदिनी जानकी के वरण का अधिकारी होगा। अतः हे आदरणीय गण, अपने शौर्य एवं सौभाग्य की परीक्षा करें।''

आरंभ का शंखनाद हुआ। दुंदुभि बजने लगी...।

उत्साह, उछाह से भरे परिणय प्रार्थी राजा उठते। दंभ से पिनाक के समीप जाते। सहजता से उसे उठाने का प्रयत्न करते। पुनः शक्ति लगाते। शिंजिनी का स्पर्श करते। हताशा से पिनाक तथा निराशा से झरोखे की ओर देखते। अपनी असमर्थता पर झेंपते। नत मस्तक हो अपने आसन तक लौट जाते। निरंतर यह गति देख हर्षोल्लास से दमकता हुआ पिता का मुख मलिन होने लगा। प्रत्येक नतमस्तक हो लौटे विषण्ण वीरों के साथ माँ के मुँह से सर्द उच्छ्वास निकलता। लज्जा से मेरा मस्तक झुक जाता। मैं माँ, काकी जी, संबंधी स्त्रियाँ, बहनों व सखियों से नजरें नहीं मिला पा रही थी। मानो अशक्त, असमर्थ, पुरुष मैं ही होऊँ। राजनंदिनी सीता क्या कौतुक नहीं बन रही सभास्थल में? संतोष था मात्र इतना मैं झरोखे में बैठी थी। यदि सभा मध्य उपस्थित होती तो क्या उस लज्जाजनक स्थिति का अंशी बन निश्चल रह सकती? माँ का वर्षों पूर्व का वह संशय क्या यही था? क्या भावी का पूर्वाभास उन्हें हो गया था जिससे वे भयग्रस्त थीं? जी में आया शीघ्र से शीघ्र यहाँ से भाग जाऊँ...ओझल हो जाऊँ सभी की दृष्टि से...माँ की उच्छ्वासों से...। पिताजी के विषण्ण मुद्रा से...।

माँ के अधर इस प्रकार काँप रहे थे मानो कुछ कहना चाह रहे हों पर शब्दाभाव से पीड़ित हों। मंत्रीगण, सभासद, पुरवासी, संबंधी जन भी अवाक् अचंभित? इतने नृप में एक भी कुशल धनुर्धर नहीं, सामर्थ्यवान नहीं। कुछ ही तो शेष रह गए हैं अपनी सामर्थ्य सिद्ध करने में। कुछ और सोचती-विचारती, पिताजी का संवाद आया, भवन में जाने का। मानो बंधन खुला पैरों का, नहीं मन का भी। इस विकट स्थिति से छुटकारा प्राप्त हुआ। तत्क्षण हम भवन लौट आईं। आते समय हास्य-परिहास,

चुहल करतीं बहनें, सखियाँ। लौटते समय नितांत चुप रहीं। मानो उनके हर्ष पर ओलापात हुआ हो। अपने हर्ष की अनुभूति का बयान करना असंभव लगा।

भवन लौटकर भी वस्त्राभूषण का भार हल्का नहीं हुआ। शेष बचे नृप में जाने कौन शिंजिनी चढ़ा दे धनुष पर। प्रतीक्षा अभी शेष थी। समय के साथ तीव्र से तीव्रतर होती उत्कंठा। जयध्वनि सुनने को आतुर कर्ण। न तो दुंदुभी का स्वर उभर रहा है न जयघोष का। अस्थिर चित्त लिए माँ कक्ष में टहलती रहीं। संग भवन की स्त्रियाँ भी। सभा-स्थल से संवाद आते रहे, "अभी तक प्रत्यंचा चढ़ाने को कौन कहे, पिनाक उठाने में भी सफल नहीं हुआ कोई नृपति। खिन्न चित्त महाराज निराशा के भँवर में डूब-उतरा रहे हैं।"

पुनः अनुचर आया। माँ के सुप्त नेत्र में आस के दीप भक से जल उठे–शायद शुभ संवाद लाया हो। शंका से शंकित हृदय शुभ संवाद और इतनी चुप्पी?

''नृपतियों के निराशाजनक प्रदर्शन से क्षुब्ध महाराज ने सभा समाप्ति की घोषणा कर दी है कि–

"आप लोग प्रत्यंचा चढ़ाने की आस छोड़ अपने राज्यों को लौट जाएँ। आज अनुभव हुआ यह पृथ्वी वीरों से हीन हो गई है। महाराज की तीक्ष्ण वाणी से सभी राजा शोर करने लगे। यह हमारा अपमान है। अनादार है। हम ऐसे ही नहीं लौटेंगे। सीता को हमारे सुपुर्द करो और यह पिनाक भी। सभी में अग्रणी संकाशय राज सुधन्वा थे।''

संवाद सुनाकर अनुचर लौट गया। भवन में विषाद की छाया फैल गई। अबूझ से विषाद ने सभी के अधरों को मौन करा दिया था। जैसे ही संध्या घिरी, पिताजी भवन लौटे। बलपूर्वक राजाओं को लौटा दिया गया था। हर ओर विचित्र सन्नाटा व्याप्त था। अशुभ मलीनता भरा। पिताजी अपने प्रण पर क्लांत व आयोजन की असफलता पर लज्जित थे। मेरी तो विचित्र स्थिति थी ही, स्वयंवर की दारुण परिणति पर। जैसे कायर, सामर्थ्यहीन मैं ही होऊँ। क्या होगी मेरी नियति? इससे पूर्व जनक राज का कोई आयोजन इस प्रकार असफल न रहा कभी। ग्लानि हुई...क्या मेरे जीवन की सारी घटनाएँ विलक्षण (कौतुकपूर्ण) ही होनी हैं? वस्त्राभूषण, आभरण उतार लज्जित अपने कक्ष में सिमटी रही। बहनों, सखियों का बहुविध मुझे बहलाने का किया जाने वाला प्रयास विफल रहा। मेरी सहजता क्या लौटती...सभी का हेतु तो मैं ही थी। मान-अपमान। हास्य...। रात्रि अति भयावह हो उठी। प्रातः की प्रतीक्षा भी नहीं थी। कामना हुई, प्रातः हो ही नहीं। पराजित योद्धा-सा मुख छिपा लेना चाहती थी मैं अँधेरे की गहन परतों में।

रात्रि बीती। प्रभात भी हुआ। किसी की चेतना से मलिनता कम नहीं हुई। सन्नाटा उसी प्रकार पैर पसारे लेटा रहा हर ओर। बहनें, सखियाँ निद्रा-निमग्न थीं। उद्विग्नता भरा मन लिए मैं कक्ष से बाहर आई। बाल-सूर्य अपनी रक्तिम रश्मियाँ बिखेरे आकाश मार्ग पर अग्रसर थे। वाटिका में सरोवर की सीढ़ी पर बैठ गई। जल-क्रीड़ा करती मछलियों पर ध्यान केंद्रित करने का प्रयास किया। क्या सहज है विचारों के आक्रमण से बचना? विचार उस घटना का जो आप के समूल मन प्राण से संबंधित हो। सफलता मिल भी जाती क्षण को...तभी संज्ञा शून्य पड़े भवन में औचक विचित्र कोलाहल व्याप्त गया। चकित-सी भाँपने का प्रयास किया मैंने। कुछ समझ न सकी। कोलाहल

उत्तरोत्तर बढ़ता जा रहा था। वेग से माँ के कक्ष की ओर बढ़ी। क्या कारण हो सकता है इस कोलाहल का?

कक्ष में मानो समस्त भवन उपस्थित था। सभी माँ को घेरे बैठी थीं। पिताजी अनुपस्थित थे। धक् से रह गया हृदय। कोई अनिष्ट तो घटित नहीं हुआ? नहीं... नहीं...ऐसा असंभव है। पिताजी पलायनवादी कदापि नहीं हैं। पुनः यह स्थिति कैसी? माँ के मुख से ठंडी उच्छ्वास क्यों निकल रही है? नेत्रों से धारा प्रवाह अश्रु पात क्यों हो रहे हैं? विकट ऊहापोह की स्थिति में धीरे से सहमी हुई बहनों के समीप बैठ गई। कुछ पूछना संभव न लगा।

औचक माँ की दृष्टि मुझ पर पड़ी। निकट बुलाकर मुझे अपने अंक में समेटती हुई वे जोर से सिसक पड़ीं।

"इतनी व्याकुल न हों दीदी! सब शांत हो जाएगा। सुख या दुख का वेग सदा एक–सा नहीं रहता। अधैर्य न हों।" काकी जी के सांत्वना भरे शब्द सुनाई पड़े। आश्वस्ति हुई। पिताजी सकुशल हैं। कोई और विपदा आई है जो भीषण है। अन्यथा इतनी धैर्यवान माँ की स्थिति ऐसी न होती।

"अधैर्य का हेतु है छोटी! मेरी सीता कोई निर्जीव वस्तु नहीं जिसे माँगने पर दे दूँ किसी को? मेरी भोली पुत्री सयानी भी नहीं हुई कि दुष्टों ने याचना आरंभ कर दी और आज नीच, कामुक सुधन्वा ने तो अति ही कर डाली जनकपुर पर आक्रमण करके। और निर्लज्जता तो देखो उसकी, संवाद भेजा है, 'शिव धनुष के संग सीता को भी सौंप दो, अन्यथा विध्वंस कर डालूँगा जनकपुर को।' मेरी अबोध बच्ची, निर्दोष प्रजा...। हा दैव, क्या यही दिन देखने के लिए पुत्री को जन्म देता है?" माँ बिलख पड़ीं...सामान्य स्त्री की भाँति।

"मिथिला नरेश क्या निर्बल हैं, जो उस कापुरुष की गीदड़ भभकी से डर जाएँगे? वे इस तुच्छ प्रस्ताव को कभी स्वीकार नहीं करेंगे। संताप तो इस बात का है कि रूप-गुण विद्या, बुद्धि भी हमें जड़ वस्तुओं से विलग न कर सकी। लेन–देन, क्रय-विक्रय की वस्तु ही रहीं सदा हम स्त्रियाँ। युद्ध विराम, राज्य संरक्षण, संपदा या राज्य के हेतु उपयोग होता रहा हमारा। युद्ध होते रहे। हो रहे हैं, होते रहेंगे हमारे व्यक्ति बनने तक।" क्षोभ से काकी जी का स्वर तीक्ष्ण हो उठा।

"राज्य या प्रजा के रक्षार्थ युद्ध करना सर्वथा न्याय संगत है राजा के लिए परंतु दुराचार हेतु किसी राज्य की प्रजा को यातना देना, यह न न्यायसंगत है न धर्म संगत। अन्याय है, अधर्म है, अपराध है।" माँ का क्षुब्ध स्वर था।

माँ की आशंका, भय, चिंता, समय परखने की दृष्टि कितनी सशक्त थी। उर्मिला के देशाटन हेतु जाने के प्रश्न पर कही गई उनकी वह उक्ति अब समझ में आई कि, "समय अब इतना निरापद नहीं रहा पुत्री!"। सुधन्वा का जनकपुर पर आक्रमण, मेरे हेतु? भय से काँप गई मैं। राजप्रासाद में जब सुरक्षित नहीं थी हम तो देशाटन पर जाने, वर ढूँढ़ने, परखने की इच्छा...यात्रा कहाँ निरापद होती। सतयुग को बीते कुछ काल ही तो हुए थे। मानव के विचारों में इतना विघटन?

सुख-सौभाग्य की तरंगों पर पेंग बढ़ाती मेरी चेतना को औचक लगी इस ठोकर से गहरा आघात लगा। क्या यह यथार्थ है? क्या आर्यावर्त के विधान में ऐसा संभव

है? क्या सुधन्वा की यह माँग उचित है? इस प्रकार छल, बल, किसी पिता या प्रजा को विवश कर प्राप्त की गई स्त्री क्या मान दे पाएगी कभी उस पुरुष को जिसके हाथ उसके अपनों के रक्त से रँगे हों। स्त्री क्या चेतनाहीन प्राणी है? प्रश्न उद्वेलित कर रहे थे। पिता प्राण-पण से प्रजा की रक्षार्थ तत्पर थे। अवयस्क मेरा भाई भानुमंत न युद्ध करने योग्य था न ही उसकी भीषणता से अवगत ही। क्रोध की अधिकता से लावे की भाँति खौल उठा मेरा रक्त—

''उस तुच्छ, स्त्री-लोलुप नृप का यह साहस...? क्या मैं कोई प्राणहीन वस्तु हूँ जिसके लिए पहले तो उसने पिताजी से याचना, प्रार्थना की और अब यह आक्रमण? माँ, मैं जाऊँगी उससे युद्ध करने। भानुमंत अभी अबोध है और पिताजी अकेले। अस्त्र-शस्त्र संचालन का मेरा इतना ज्ञान क्या निरर्थक जाएगा? आप मुझे रणक्षेत्र में जाने की अनुमति दीजिए...इस भरोसे के साथ कि आपकी पुत्री प्राण रहते रणभूमि से कभी पीठ नहीं दिखाएगी।'' कहते-कहते आवेश से मेरे नथुने फड़फड़ा उठे।

अश्रु पोंछती हुई माँ ने मेरे मुख की ओर देखा...सभी उपस्थित स्त्रियों संग...। कुछ क्षण वे मौन रहीं...जाने उनके मस्तिष्क में कौन-सा विचार चल रहा था और बिलंब के साथ मेरा रक्त खौल रहा था। "ज्ञात है मुझे शस्त्र-संचालन में तुम निपुण हो, विश्वास है युद्ध में विमुख न होओगी। किंतु युद्ध का हेतु भी तो तुम ही हो पुत्री! यदि भूलवश उनके हत्थे तुम चढ़ गईं तो जनक अधिपति का सारा पराक्रम, इज्जत व स्वाभिमान सभी की इति न हो जाएगी? उस अधम सुधन्वा की तो मनचाही आकांक्षा पूर्ण हो जाएगी बिन पुरुषार्थ किए ही।'' वर्जती हुई माँ बोलीं।

दहक ही तो पड़ा मेरा मन अपनी असहायता पर। अस्त्र-शस्त्र का समस्त ज्ञान शोभा की वस्तु मात्र रह जाने पर। युद्ध कौशल में दक्ष होते हुए भी हम बहनें पिता की सहायता नहीं कर सकतीं। आज प्रथमतः ग्लानि हो आई अपने स्त्री होने पर। भाँप गईं माँ मेरा मनोभाव।

"जय सदा सत्य की ही होती है पुत्री! विपत काल में स्त्रियों को बुद्धि, विवेक तथा संयम नहीं खोना चाहिए। वे पुरुषों का बल हैं। गृहस्थी रूपी रथ का सारथी। पुरुष सहजता से तभी शत्रु का शमन कर सकता है जब रथ का संचालन संतुलित हो।" माँ की गूढ़ बातें और आस्था से आत्मबल मिला, किंतु व्याकुलता बनी रही।

''किंतु कितनों के प्राणों की बलि लेने के बाद हुई विजय भी तो पराजय की श्रेणी में ही आएगी न माँ? अंततः उसने यह आक्रमण क्यों किया?'' हताश स्वर में मैंने पूछा।

''बहुत सरल उत्तर है इसका पुत्री सिया! जो पुरुष पुरुषार्थहीन होते हैं वे इस प्रकार के अधम कार्य में प्रवृत्त हो जाते हैं। जिसे वे पराक्रम से हासिल करने में असमर्थ होते हैं उसे लुटने, छीनने या किसी को पीड़ित प्रताड़ित कर प्राप्त करना चाहते हैं। धनुष यज्ञ में ये सारे राजा पराक्रमहीन साबित हुए। अतः सामूहिक आक्रमण के द्वारा वे हमें भयभीत कर तुम्हें प्राप्त करना चाहते हैं।'' काकी जी बोलीं।

समय बीतने के साथ अन्न-जल का भंडार क्षीण होने लगा। अन्य आवश्यक सामग्रियों का भी अभाव होने लगा था। अवश हो पिता ने देवों से सहायतार्थ आग्रह किया। अविलंब उन्हें सहायता प्राप्त हुई। पिताजी के हाथों सुधन्वा का नाश हुआ।

सांकाश्य पर पिताजी का अधिपत्य भी हो गया। काका जी सांकाश्य के सिंहासन पर आरूढ़ हुए और सपरिवार सांकाश्य चले गए।

काका जी का अभाव पिताजी को निस्संग बना गया और काकी जी का माँ को। मांडवी श्रुतकीर्ति का स्मरण उर्मि और मुझे व्याकुल कर देता। युद्ध की क्षति अवर्ण्य थी। बहुत कुछ नष्ट-ध्वस्त हुआ था। उजड़ा-बिखरा था। बाहर और अंदर भी। आस्था, विश्वास और हृदय के कोमल तेंतु भी। यदि उस दुराचारी की जय हो जाती? उसकी उपपत्नी बनी मैं उसके हर्म्य के किसी कोने में पड़ी होती। यदि पिताजी के जीवन पर कोई संकट आया होता तो इस राज्य क्षय की मैं अपराधिनी होती, जिसकी पूर्ति मेरे प्राणोत्सर्ग से भी संभव नहीं होती। गहनता से अनुभव हुआ हम स्त्रियों के सम्मुख मात्र दो ही मार्ग हैं—परिस्थितियों को स्वीकरना या आत्मोत्सर्ग। तीसरा मार्ग था ही नहीं विधान में न लौकिक स्तर पर।

शनैः-शनैः सामान्य हो रहा था सब कुछ...किंतु मात्र व्यावहारिक स्तर पर। आंतरिक स्तर पर नहीं। भय, चिंता, त्रासदी धूमिल हुई थी, समाप्त नहीं। युद्ध की जय में स्वयंवर की असफलता, राजाओं की कायरता, धृष्टता और आक्रमण की दबी-ढकी चर्चाएँ सहज होने की क्रिया पर प्रायः प्रहार करती रहतीं। कैशोर्य वय में ब्याह करने या भावी की प्राप्ति हेतु उदय होने वाले भाव मेरे हृदय में भी प्रस्फुटित हुए थे। शूर, वीर, धीर और विद्वान पुरुष की। उसका स्वरूप भले ही स्पष्ट नहीं था मस्तिष्क में। स्वयंवर पूर्व का भय व संकोच, आयोजन तक आते-आते मद्धम भी हुआ किंतु स्वयंवर की यह परिणति?

पुनः दूसरा तूफान भी उसी जोर, उसी तीव्रता का। लाख यत्न, हर्षोल्लास से आयोजित आयोजन में कुछ भी तो सफल नहीं हुआ। न आयोजन का ध्येय न पिताजी का प्रण। अपितु अपमान और लज्जा की चादर ओढ़ा गया था मिथिला नरेश के उज्ज्वल चरित्र पर तथा मुझ पर भी। युद्ध की त्रासदी, निर्दोष प्रजा का रक्तपात। पुर वासियों के उर में व्याप्त विषाद...मस्तिष्क में उठते प्रश्न...क्या जनक राजदुलारी चिर-कुमारी रह जाएँगी? इस क्षोभ ने भवन के प्राचीरों के भीतर ही समेट दिया था पिताजी को और कक्ष के भीतर मुझे।

7

अदृश्य, असाकार काल महान बलयुक्त है। हर प्रभाव को धूमिल कर देता है अपने पग-धूलि तले। यदि ऐसा नहीं हो तो शोक, संताप के महासमुद्र में निमग्न हो जाए यह सृष्टि।

बीते वर्ष भवन वासियों संग पुरवासियों ने भी युद्ध की अवर्ण्य विभीषिका झेली थी। अन्न-जल के अभाव का ही नहीं दग्ध करते भय तथा अपनों के खोने की भी। बड़ी संख्या में सैनिकों के क्षय ने उनकी चेतना को सुप्त कर दिया था। इससे पूर्व मिथिला वासियों ने क्रूरता, नृशंसता का ऐसा तांडव नहीं देखा था कभी। किसी राज्य पर अकारण आक्रमण...ऐसा क्रूर विचार भी राजर्षि जनक के मानस में नहीं आ सकता था। कार्यरूप देना तो कल्पना से भी परे था। सुधन्वा के आक्रमण से

पिताजी त्रस्त थे ही, विशेष लज्जित थे देवताओं के उपकार से। याचना की प्रकृति नहीं होते हुए प्रजाहितवश याचक बने थे। दाता से याचक बनना मृत्यु-तुल्य था उनके लिए। ''उपकार का भार धरा से भी भारी होता है।'' उनका कथन था।

युद्ध ने सभी का अंतस् ही क्षत-विक्षत नहीं किया था नगर का नाश-विनाश भी भरपूर किया था। दुष्टजनों को कदाचित सुंदरता से द्वेष होता है। शांत सरल चित्त मनुष्यों को हर युक्ति से अशांत और आक्रांत करना वे जानते हैं। सुधन्वा के निकृष्ट कृत्य में लोभी, कामी और अक्षम असमर्थ उन नृपतियों ने भी समूहबद्ध हो साथ-सहयोग दिया था जो धनुष यज्ञ में अपना पराक्रम सिद्ध करने में असफल रहे थे। लज्जित होने के बदले वे सभी समूह में आकर गीदड़ की भाँति हुआँ-हुआँ कर भय उत्पन्न करके कामना सिद्धि करने के यत्न में थे।

पिताजी के मौन मलिन मुख से आभास होता, अपने प्रण पर अपार ग्लानि अनुभव हो रही है उन्हें। पश्चात्ताप या संताप सार्वभौमिकता पर कम, कायरों की धृष्टता पर विशेष। अल्प समय के लिए वे राजसभा में जाते। पुनः अपने कक्ष में बंद हो जाते। सभी की उपस्थिति भी उस अव्यक्त सी उदासी को क्षीण नहीं कर पाती थी तैरती रहती थी वाष्प बूँदों की भाँति भवन में चहुँओर। राजा की विरक्ति के प्रभाव से राज्य, भवन अप्रभावित हो, ऐसा असंभव है। लोग हँसना भूल गए थे। वार्ता करना भूल गए थे। गाना भूल गए थे। मात्र मुखर थे, तो उनके नेत्र...।

स्थिति की गंभीरता ने राज्य हितैषी शतानंद, याज्ञवल्क्य, गौतम, कपिल, कुणाद व मंत्रीगणों को आकुल-व्याकुल कर दिया। यह विरक्ति नरेश और राज्यवासी; दोनों के हित में नहीं थी। युद्धोपरांत तो राजा का दायित्व और अधिक गंभीर हो जाता है सभी को सहेजने, समेटने तथा सँवारने का। सब कुछ सामान्य किस विधि हो? सभी के मृतप्राय देह-मन में किस भाँति उल्लास का संचार हो? चिंतन-मनन जारी था। यज्ञ...? हाँ, यज्ञ उत्सव नवजीवनदायी होता है। ऋषियों-मुनियों के मध्य एकमत से सहमति बनी।

फिर तो तिथि निर्धारण में तनिक भी विलंब नहीं हुआ। ऋषि, महर्षि सगे-संबंधियों को आमंत्रण भेजा जाने लगा। भवन में मची गहमा-गहमी ने पूर्व घटित घटना के कलुष को क्षीण कर दिया। सहजता लौटने लगी सभी की। उल्लास के प्रवाह में उदासी बह गई। अपराध बोध से उद्दीप्त मेरा मन कि पिताजी के अपमान, प्रजा की त्रासदी का हेतु मैं हूँ, धूमिल हो गया। यज्ञ-स्थल से उठती वेद-पाठ, भजन-कीर्तन, मंत्र और शंखध्वनियों ने नवजीवन, नव उल्लास भर दिया, वातावरण ही नहीं मानव मन में भी। विस्मित थी उत्सव आयोजन के औचित्य और मानव की अदम्य जिजीविषा पर। कैसे विषम परिस्थितियों को विस्मृत कर जीवित रहना जानता है वह। तभी तो युगों-युगों से अक्षुण्ण है उसका अस्तित्व इस धरा पर।

धैर्य का पर्याय थी उर्मिला। विगत वर्ष त्रासदी के क्षणों में अपने शब्दों से मेरी पीड़ा कम करने का प्रयास प्रायः करती रही थी—

"मात्र एक घटना से विचलित हो उठीं दीदी आप? युद्ध तो क्षत्रिय का धर्म-कर्म ही नहीं, स्वाभिमान भी है। शौर्य, वीर, पराक्रम-युक्त वर हर क्षत्राणी बाला का काम्य होता है। इनसे हीन पुरुष की कामना क्या कोई विदुषी कर सकती है? हम क्षत्राणियों की तो नियति है युद्ध की विभीषिका सहना। इसे हृदय पर इतना मत लो दीदी।"

उर्मिला की बातें हैरान करतीं। परेशान हो पूछती मैं, "क्या ऐसा युद्ध? एक स्त्री के लिए निरपराध लोगों की नृशंस हत्या? उसके परिजनों को यातना देना? यह सामान्य युद्ध नहीं है उर्मिला। कामोन्मत्त, कायरों का दिया संत्रास है। ग्लानि हो रही है मुझे कि इस सब का हेतु मैं हूँ।"

"युद्ध के तीन ही हेतु होते हैं दीदी। स्त्री, संपदा और धरा। संसार के सारे युद्ध इसी हेतु हुए हैं, हो रहे हैं, होते रहेंगे। सारे पुरुष कायर भी नहीं होते। इन तीनों के लोभवश कोई किसी राज्य पर आक्रमण करता है। दूसरा इनके रक्षार्थ अपना प्राण उत्सर्ग भी तो करता है। दोनों ही पुरुष होते हैं, समय एक को कायर दूसरे को वीर की उपाधि देता है।" बल मिलता उसके शब्दों से।

सांकाश्य से काका जी के संग काकी जी, मांडवी, श्रुतकीर्ति के आगमन से हमारी प्रसन्नता द्विगुणित हो गई थी। यज्ञ-स्थल के पल-पल की सूचनाएँ सेवक, सेविकाओं द्वारा अंतःपुर में आ रही थीं। कब वहाँ माँ की आवश्यकता है। कब कौन ऋषि कहाँ से पधार रहे हैं। कौन मुनि आए, किसकी निगरानी में अभी वेद पाठ हो रहा।

ऋषि, महर्षि, मुनियों मध्य महामुनि विश्वामित्र संग पधारे अयोध्या राज के दो राजकुमार विशेष चर्चित हो रहे हैं। सुंदर, सुकोमल, श्याम गात, अल्पभाषी, मृदुभाषी बड़े कुमार राम। धवल वर्ण, चंचल लोचन वाले तीक्ष्ण भाषी लघु कुमार लक्ष्मण। इतने कोमल गात, कम वय। कैसे किया होगा उन्होंने विशाल देह वाली यक्षिणी ताड़का और दुष्ट सुबाहु का वध? विस्मित है श्यामा। देख-सुनकर आ रही है यज्ञ-स्थल से उन्हें और उनकी चर्चाएँ।

"सिद्धाश्रम बक्सर में ऋषि-मुनियों द्वारा अनवरत किए जा रहे यज्ञ हवन को विध्वंस करने वाले आतताइयों का वध कर वे सिद्धाश्रम को निर्भय बनाकर आए हैं यहाँ। विश्वास नहीं होता। जानती हैं कुमारी, उनका अनामंत्रित यज्ञ में पधारने का कारण। गुरु इच्छा और स्वयं इच्छा है तथा शिव के विशाल पिनाक का अवलोकन भी।'' श्यामा का हर्षयुक्त स्वर...चौंका गया मुझे।

अभी तक श्यामा के उत्फुल्ल गात। हर्षित शब्द जिज्ञासा जगा रहे थे अंतस् में दोनों भाइयों के प्रति। धनुष अवलोकन की उनकी जिज्ञासा जानकर क्षोभ से भर उठी मैं। अतीत को पुनः अपने आकार में सम्मुख पाकर। तो हर ओर फैल गई है स्वयंवर विफलता की कथा? सुधन्वा के आक्रमण की कथा भी गोपन कहाँ होगी। प्रण के साथ सीता के दुर्भाग्य की कथा भी चर्चित हो रही होगी चहुँओर...?

संताप विषाद विस्मृत करने का आडंबर करने वाला मनुष्य कहाँ समझ पाता है कि समय की छाती पर उकेरी हुई लकीरें शीघ्र धूमिल नहीं हुआ करतीं। न यश की। न अपयश की। हर्ष, व्यस्तता का बहाना करना वश में है, उन लकीरों को ओझल करना नहीं। किसी कथा, उपहास, व्यंग्य या फिर अपवाद द्वारा वह पुनः सम्मुख आ ही जाती हैं उभरकर। इसी के साथ छिल जाते हैं सुसुप्त क्षत भी। व्यग्र हो उठी मैं। कितना बलपूर्वक अदृश्य किया था दुर्विचार, संताप, पश्चात्ताप को। शनैः-शनैः मन में उपजी प्रसन्नता, उल्लास, उत्साह शिथिल होने लगे। क्या यह व्यथा स्मृति कभी क्षीण नहीं हो पाएगी? प्रश्न उभरा मन में।

संध्या की स्याह चूनर बिछने लगी चहुँओर। प्रासाद के भीतर-बाहर सर्वत्र सुगंध युक्त सहस्त्र दीप गुच्छ प्रज्वलित हो उठे। मांडवी, उर्मिला, श्रुतकीर्ति श्यामा से ज्ञात-अज्ञात की चर्चा में तल्लीन थीं। धीरे से मैं उठी। माँ के कक्ष की ओर बढ़ गई। जाने क्यों अत्याधिक भीड़ की कामना हो आई अभी। सोचा, माँ घिरी होंगी सखी, सहेली, संबंधित स्त्रियों से। शायद वहाँ मन की उद्विग्नता कुछ शिथिल हो।

माँ का कक्ष भीड़ से शून्य था। मात्र पिताजी की उपस्थिति मुखर थी उनके शब्दों से। द्वार पर ही थम गए मेरे पग। यहाँ भी वही चर्चा–पिताजी कह रहे हैं माँ से–

"भद्रे सुनैना, कुछ काल पूर्व का अति चर्चित अयोध्या की कथा स्मरण होगी आपको। पुत्र प्राप्ति हेतु कोशल नरेश दशरथ का पुत्रेष्टि यज्ञ करना और यज्ञ हव्य से नरेश की तीनों पाटमहिषियों से चार पुत्रों की प्राप्ति? कोशल नरेश के चार पुत्रों में ज्येष्ठ कौशल्यानंदन राम तथा सुमित्रानंदन लक्ष्मण। मुनि विश्वामित्र के संग शिव पिनाक देखने की जिज्ञासावश यज्ञ में पधारे हैं।"

माँ मौन हैं। कदाचित पिताजी के कथन का सारांश समझने का प्रयास कर रही हैं। पिताजी प्रवाह में कह रहे हैं–

"श्याम वर्ण, मृदुभाषी, अहंकारहीन, ज्येष्ठ-श्रेष्ठों के प्रति नत स्वभाव वाले ज्येष्ठ दशरथ पुत्र राम मुझे अति प्रिय लगे सुनैना! और महर्षि विश्वामित्र के कथनानुसार महर्षि गौतम के त्याग-स्वरूप वर्षों से जड़वत बनी देवी अहल्या को इतने ही लघु वय में उन्होंने सृष्टि व समाज का विधान समझाकर पति से उनका मिलन ही नहीं वरन समाज में उनकी मर्यादा को पुनर्स्थापित कर कुटी के सीमित बंधन से मुक्त भी कराया हैं। माँ के पुन: सक्रिय होने और पति से मतभेद दूर होनं से शतानंद जी भी अति प्रसन्न हैं।'' किसी अमूल्य रत्न प्राप्ति के उल्लास से भरा है पिताजी का स्वर।

"आपके कथन का आशय मैं समझ नहीं पा रही हूँ आर्यपुत्र? बिना प्रण पूर्ण किए तो...? क्या अपने वचन को खंडित कर देंगे आप?" माँ का मौन प्रश्नों में मुखर हुआ।

"नहीं प्रिय...असंभव है यह मेरे लिए। अपना वचन मुझे प्राणों से बढ़कर प्रिय है। गौरव है मेरा। प्राण त्यागना वांछित है किंतु वचन भंग...कदापि नहीं। किंतु राम का पराक्रम, स्वभाव, शीलगुण तथा रम्य स्वरूप मन विचलित कर रहा है। वचन भंग करना यदि संभव होता तो ऐसे जामाता हेतु अवश्य कर देता मैं।"

"मेरा मस्तिष्क विचार-शून्य हो रहा है आर्यपुत्र। जाने सिया का भाग्य...।" माँ का थका स्वर, पिताजी के उल्लास को क्षीण न कर सका।

"एक बार स्वयं देख लो देवी, उस दिव्य रूप, अप्रतिम पराक्रम युक्त व्यक्तित्व को। अल्प वय में यक्षिणी ताड़का और आतताई राक्षस सुबाहू का वध कर बक्सर स्थित सिद्धाश्रम को निष्कंटक तथा ऋषि मुनियों को निर्भय बनाना या देवी अहल्या को पति से मिलाप करवाना...। प्रथम मुझे भी कौतुकपूर्ण लगा था यह सब सुनकर। किंतु यह सत्य है प्रिय।"

पिताजी का अति हर्षित स्वर। अचंभित-सी सुन रही मैं। सोच रही हूँ, इतना शीघ्र भी पुनर्जीवित हो सकती है कामना, उत्साह, उल्लास मनुष्य के हृदय में?

क्या स्वयंवर की विफलता से उपजा अपराधबोध है यह उनका कि सीता का चिर कौमार्य कहीं कलंक न बन जाए राजर्षि जनक के लिए।

"उद्देश्यहीन कार्य क्या आवश्यक है आर्यपुत्र?" माँ का मद्धिम स्वर उभरा। क्षणभर शांति रही। पुनः पिताजी का स्वर श्रवण हुआ–

"प्रातः यज्ञ की पुर्णाहुति के पश्चात् शिव पिनाक यज्ञ-स्थल पर जाएगा। मुनीवर विश्वामित्र का आदेश है।" पुनः नीरवता छा गई। ऐसे समय कक्ष में जाना मुझे अनुचित लगा।

उलझन, असमंजस तथा उद्वेग में घिरी मैं लौट आई अपने कक्ष में। यहाँ भी वही चर्चा। वही कामना। श्यामा बहनों के समक्ष कह रही है लय में–

"सत्य कहूँ छोटी कुमारी, ज्येष्ठ कुमार राम अपनी सीता हेतु अति सुयोग्य वर होंगे।"

सन्न रह गई उसकी उक्ति सुनकर मैं। क्या इतना रम्य रूप, लावण्य युक्त हैं राम? चहुँओर वही चर्चा व्याप्त है?

मेरी उपस्थिति का भान होते ही श्यामा बहाने से उठ खड़ी हुई और कक्ष से बाहर निकल गई। शायद आशंकित थी, कुछ अशोभनीय या अवांछनीय तो न कह बैठी वह।

"कहाँ चली गई थीं दीदी आप? सुना क्या कह रही है श्यामा?" उर्मिला उतावली-सी बोली।

मैं मौन रही।

"दीदी, जाने क्यों श्यामा की बातों से हृदय में शुभ संकेत का उदय हो रहा है जैसे पिताजी का प्रण पूर्ण होने के सन्निकट है किंतु तुम तो बतलाओ अपनी इच्छा?" उर्मिला बोली।

"पिताजी की चिंता दूर हो, यह मेरी भी कामना है उर्मिला, किंतु...?" कहते-कहते मैं अटक गई। इससे पूर्व भी वह कई बार उपालंभ दे चुकी थी–तुम तो बतलाती ही नहीं अपनी मंशा। ब्याह संबंध कराने वाली कितनी स्त्रियाँ आती हैं भवन भीतर देश-देश के राजा-राजकुमारों के रूप-गुण व पराक्रम का बखान करती हैं। किसी के रूप, गुण और पराक्रम ने तो आकर्षित किया होगा तुम्हें? कोई तो आकार-प्रकार होगा तुम्हारे हृदय में अपने भावी पति का। क्यों नहीं उजागर करतीं अपना मनोभाव?''

मैं हँसकर टाल दिया करती उसे।

"और तुम्हें सुंदर-सा वर प्राप्त हो यही न, ज्ञात होता है हमारी दीदी के मन में भी राम के प्रति वही भाव उमड़ रहे हैं?" उर्मिला हँसी। बहुत भली लगी उसकी हँसी। दीर्घावधि पश्चात् उसकी उत्फुल्लता, चंचलता लौटी थी। उसकी हँसी से मुझे भी तनिक सहजता का अनुभव हुआ।

''मेरी लाडली अनुजा, ऐसी धृष्टता के लिए मेरे जीवन में कोई स्थान भी है? समस्त स्थितियों से अवगत होते हुए पुनः ऐसी वार्ता क्यों कर रही हो तुम? हम आर्य कन्याओं को वर वरण हेतु स्वतंत्रता प्राप्त है। यह गर्व की बात है परंतु पिताजी का प्रण क्या भूल गईं?'' मैं बोली, तत्क्षण लगा यह मिथ्या भाषण है मेरा। पिताजी द्वारा सुना हुआ राम का पराक्रम, विनयशीलता की बातें उनकी ओर उन्मुख तो कर

ही दिया है। हृदय में प्रथम किसी के लिए उगा यह कोमल भाव...अद्‌भुत लग रहा है। पुलक से भर रहा पोर-पोर। समझ नहीं पा रही एक नितांत अनजान, अपरिचित व्यक्ति के प्रति यह कैसा आकर्षण है? कैसी आसक्ति है? द्वंद्व मचा है मस्तिष्क में।

''यह कैसी त्रासदी है, जिसके संग हमें समस्त जीवन व्यतीत करना है उसका निर्णय एक निर्जीव प्रण करेगा? और वह जो होगा जैसा भी होगा उसे स्वीकारना होगा हमें मात्र पराक्रम के बल पर। ऐसा विधान हम स्त्रियों के लिए ही क्यों दीदी?''

''इस प्रण पर कोई प्रश्नचिह्न मत खड़ा करो मेरी बहन, इसका अर्थ होगा पिता जी की नियत पर प्रश्नचिह्न खड़ा करना। क्या स्वप्न में भी वे हमारे अनिष्ट की कामना कर सकते हैं?''

''दीदी, यथार्थ से अज्ञात नहीं हूँ मैं, इसके पश्चात् भी जाने क्यों जीजा रूप में उन्हें पाने की मेरी इच्छा बलवती हो रही है। यह कैसा भाव है, संयोग है कह नहीं सकती किंतु तुम तो अपनी इच्छा प्रकट कर ही नहीं रही हो?''

''प्रिय उर्मिला! यदि वर वरण हेतु स्वतंत्र होती मैं तो यह द्वंद्व उत्पन्न ही नहीं होता हृदय में। पिताजी के स्नेह, दुलार का पलड़ा क्या इतना हल्का है जो हमारे स्वार्थ के पलड़े से ऊपर हो जाए? वे हमारे पालक हैं। शुभचिंतक हैं। उन्होंने अपना कर्तव्य निर्धारित किया है, हमें अपने कर्तव्य के प्रति सजग होना होगा। इच्छाओं का उत्पन्न होना मानव प्रकृति है मेरी लाडली, किंतु वैसी इच्छा पर अंकुश लगाना भी उसका धर्म है जिसकी पूर्णता से अपनों को चोट पहुँचे और जिस इच्छा पूर्ति की क्षीण-सी आस भी न हो उसे पल्लवित होने से पूर्व समाप्त कर देना ही हितकर होता है। मात्र स्वयं की आकांक्षाओं के प्रति सजगता व सचेष्टता मनुष्य को स्वार्थी बनाता है। हम संबंधों के मध्य जीते हैं तो हमारा भी कर्तव्य बनता है यथासाध्य हम उनके देय का प्रतिदान प्रस्तुत करें।'' कहते-कहते मेरा स्वर क्षीण पड़ गया। भूलवश भी मेरे द्वारा पिताजी को कोई कष्ट पहुँचे ऐसी कल्पना तक नहीं कर सकती थी मैं। उन्हीं का दिया मान-दुलार, स्नेह सम्मान से बल प्राप्त कर उन्हीं के परिचय व पहचान से कायम था यह मेरा अस्तित्व। उनसे भिन्न क्या कोई और परिचय है मेरा? मेरी भोली उर्मिला इस भावना से अछूती है। मेरे भाव-स्थल तक उसकी पहुँच कहाँ संभव है। वह नहीं समझ सकती मेरी मन:स्थिति तथा द्वंद्व। जिनका जीवन परिस्थितियों से ऊपर उठा या अनुकूल परिस्थितियाँ गढ़ता चलता है उन्हें उन अनगढ़ परिस्थितियों का भान क्योंकर होगा जिसका स्पर्श तक उन्हें कभी छुआ न हो...। वह तो अपने भावों के अनुरूप ही विचारेगी स्थितियों को।

''फिर भी दीदी, एक बार काका जी के सम्मुख कहो तो अपनी इच्छा...। वे बड़े विद्वान और विशाल हृदय पिता हैं और तुम उनकी अतिशय प्रिय पुत्री हो। कदाचित तुम्हारी यह चाह पूर्ण हो जाए।'' मांडवी बोली।

''यह क्या कह रही हो अनुजे मांडवी? अपनी तुच्छ इच्छा का पाषाण पिताजी को मारकर उन्हें आघात पहुँचाऊँ? उनके भाव को क्षत करूँ? ऐसा जीते जी कदापि संभव नहीं होगा मुझ से। वे मेरे शत्रु नहीं परम हितैषी हैं। हम क्यों विमर्श कर रही हैं इस विषय पर...जिसका कोई निकर्ष नहीं निकलेगा। तुम्हें ज्ञात नहीं कि हृदय में किसी पुरुष की छवि या स्मरण लिए पति के प्रति किसी स्त्री का सहजता से

समर्पण क्या संभव है? दो भागों में विभक्त हो (तन कहीं और मन कहीं) कोई स्त्री अपने पति के साथ छल ही तो करेगी।''

रात्रि बीती। प्रातः हुआ। दैनंदिनी व्यस्तता मध्य भी उपेक्षा न कर सकी सभी के मनोभावों संग स्वयं के मनोभाव का। विचित्र-सा पुलक हृदय में अनुभव हो रहा राम के स्मरण से। ऐसा क्या संभव है? शायद हँस से राजा नल के रूप, गुण, शौर्य तथा ऐश्वर्य की गाथा सुनकर ही उत्पन्न हुआ होगा दमयंती के मन में वह कोमल भाव जो स्मरणीय बना गया उनके समर्पण को। अभी वह मात्र कथा नहीं, सत्य अनुभव हुई।

सदा की भाँति बहनों, सखियों संग गिरिजा पूजन हेतु मंदिर गई। करुण भाव से उन्हें स्मरण किया, ''माँ गिरिजा, यह कैसी हलचल व्याप रही आज हृदय में? वह भी एक पराए पुरुष के लिए? माना वे पराक्रमी हैं, तथापि उनका स्मरण उचित नहीं। पति रूप में उनकी कामना भी अनुचित है। जो मुझे उद्वेलित कर रहा वह विचार व भाव अनुकूल नहीं तो पुनः यह मन इतना अधीर क्यों हो रहा, मोहाविष्ठ क्यों हो रहा उनके प्रति? आह माते, क्या यह मात्र संयोग है? अनामंत्रित राम का यहाँ आना। उनके रूप, गुण व पराक्रम की चर्चा का विस्तारित होना। कहीं यह विधि का कोई विधान तो नहीं? शंका, आशंका तथा भय ये समस्त मस्तिष्क के भाव हैं, हृदय तो मात्र राग-अनुराग जानता है। तो भी राम के प्रति हृदय में उत्पन्न यह भाव पाप है। वर रूप में मान्य नहीं होंगे राम बिना प्रण पूर्ण किए।'' अधरों पर प्रार्थना उभरी...

''सब कुशल करना माँ गिरिजा, भावी से मैं अनभिज्ञ हूँ, तुम नहीं। ऐसी विकट स्थिति तो धनुषयज्ञ (स्वयंवर) के समय भी नहीं हुई थी, जब देश-विदेश के भूपति पधारे थे यहाँ। क्षमा करना माँ अपनी इस अबोध पुत्री को। क्यों हो रहा है ऐसा मुझे ज्ञात नहीं। यदि यह गलत है तो मेरे हृदय से मिटा दो यह भाव...मिटा दो माँ!" नेत्र बंद कर मैंने कातर भाव से प्रार्थना की। अनुभव हुआ, वर मुद्रा में...मंद-मंद मुस्कुराती माँ सम्मुख खड़ी कह रही हैं—

"पाप का यह बोध मन से निकाल दो सीता! तुम्हारी कामना शीघ्र पूर्ण होने वाली है।" चौंक पड़ी मैं। नेत्र स्वतः खुल गए। देवी गिरिजा कहीं नहीं थीं। बहनें वार्तालाप में मग्न थीं।

हम भवन की ओर लौट पड़ीं। मार्ग में देखा...सेवक पिनाक का बक्स धकेलते हुए यज्ञ-स्थल की ओर जा रहे हैं। पुनः हृदय व्याकुल हो उठा। अपने कक्ष में आकर मैं अन्यमनस्क-सी खड़ी हो गई। पीछे से बहनें भी आ पहुँचीं—

''क्या हुआ दीदी, इतनी उदास क्यों हो उठीं?, ,

उर्मिला मेरी ठुड्डी उठाते हुए बोली। उसे कुछ कहती, इसके पूर्व ही वज्रपात के समान भयंकर शब्द गूँजा। धरा प्रकंपित हो उठी। मानो निकट ही कोई पर्वत फटा हो। तीव्र कोलाहल उभरा हर ओर। अचंभित हो हम एक-दूसरे का मुख ताकने लगीं—अब यह कैसी विपदा आई? असमय यह कैसा वज्रपात? स्वच्छ आकाश। न वारिद, न वर्षा, न आँधी, न बवंडर? भीषण स्वर से भयाक्रांत पक्षी समूह तीव्र कोलाहल करते वृक्षों से उड़े। विचित्र-सा वातावरण मन-प्राण को भयभीत करने वाला। विगत वर्ष की घटना से डरा-सहमा मन काँप उठा अनिष्ट की आशंका से।

वस्तुस्थिति ज्ञात करने हेतु किसी को भेजा जाता, तभी सेवकों का दल वेग से दौड़ता हुआ आया। प्रकंपित स्वर में एक ने कहा–

"महारानी जी की जय हो...शिव धनुष खंडित हो गया।" सुनकर भौचक रह गईं सभी।

"शिवधनुष खंडित हो गया, किंतु कैसे? अब यह अशुभ कैसा? हे दैव कुशल करना।'' अनिष्ट का भय कँपा गया माँ को। हम सभी को भी।

"कुमार राम ने उसे अपने सुदृढ़ हाथों में पकड़कर अधर में उठाया और ज्योंही प्रत्यंचा चढ़ाने लगे, वज्रपात-सा घोर शब्द करता वह दो खंड हो गया।" सेवक का हर्षित स्वर सुन विस्मय से सभी के नेत्र फैल गए इस अनहोनी पर। वर्षों का काम्य कार्य पल-भर में अपनी इति पर पहुँच गया? अविश्वसनीय लगा। पुनः स्थिति का बोध होते ही अश्रु बह चले माँ के नेत्रों से। मैं तो जैसे जड़वत् रह गई। वर्णन से परे थी मेरी मनोदशा। यह स्थिति कितनी देर और रहती तभी दुंदुभि और शंख ध्वनि गूँज उठी साथ ही जयघोष भी। सभी चैतन्य हुए। हर्ष का स्वरूप सोचते-समझते।

तभी राजपुरोहित शतानंद जी का अंतःपुर में प्रवेश करने की सूचना आई। शतानंद के संग कुछ मंत्रीगण भी थे। अविलंब शतानंद जी माँ से बोले–

"देवी सुनैना, ज्येष्ठ दशरथ नंदन राम ने धनुष भंग कर जनकपति तथा मिथिला का मान बढ़ाया है। यह अप्रत्याशित प्राप्त प्रसन्नता की घड़ी है। प्रण पूर्ण कर वे सीता वरण के अधिकारी हो गए हैं अतः जयमाल हेतु सीता को शीघ्र सभा-स्थल पर ले आइए आप। शीघ्रता कीजिए। यह सोचने-विचारने का अवसर नहीं है।" कहकर शतानंद मंत्रियों सहित लौट गए।

क्षणिक विलंब किए बिना मेरा श्रृंगार किया जाने लगा। पुनः वही पूर्व में की गई क्रियाएँ। यंत्र चलित-सी मैं तैयार होती रही। इतनी शीघ्रता से सब संपन्न हो रहा था कि कुछ चिंतन-मनन या अनुभव करने का भी अवसर नहीं मिल रहा था। बल्कि कौतुक, जिज्ञासा परिवर्तित होने लगी अबूझ भय में। यह अनुपम, अद्भुत क्षण जिसकी अभिलाषा सभी की थी किंतु इतनी तीव्रता से नहीं। बहनें, सखियाँ सजने-सँवरने लगीं। सभी को मेरे संग सभा-स्थल पर जाना था।

भवन की स्त्रियाँ मंगलाचार गाने लगीं। भिन्न-भिन्न सामग्रियों से पूर्ण थाल लिए सेविकाएँ आ खड़ी हुईं। शीघ्रता...शीघ्रता...का कोलाहल गूँजने लगा हर ओर...। हमारे भवन से बाहर आते ही। शंख ध्वँनि, दुंदुभि, बाजा-गाजा के स्वर से वातावरण गुंजायमान हो उठा। पग भारी लगे

सजी हुई आरती का थाल और रंग-बिरंगे गंधयुक्त पुष्प से सजा हुआ युग्म जयमाल का थाल लिये सखियाँ, ठिठोली करती बहनें। रत्नजड़ित आभूषण, रक्तवर्णी वस्त्र में सजी मैं नेत्र नत किए अग्रसर थी सभास्थल की ओर। सुख-सौभाग्य हेतु माँ गिरिजा से प्रार्थना करती। सर्वथा भिन्न स्थिति थी आज। घटना घट चुकी थी। मात्र जयमाल का विधान पूर्ण करना था मुझे। मेरा भावी अप्रत्याशित, अनपेक्षित सम्मुख खड़ा था।

यज्ञ-स्थल में प्रवेश करते ही मंद स्वर में बोली उर्मिला, "दीदी, पलकें उठाकर देखिए तो, आह...इतना दिव्य रूप? नीलमणि-सा रंग। सौम्य मुखाकृति। स्मित मुस्कान युक्त रक्ताभ अधर। कल्पना से परे स्वरूप। नेत्र उठाइए तो दीदी!"

हौले से पलकें उठीं मेरी। सहस्त्र नील पद्म आभा युक्त मुख मंडल। कानों में रत्न जड़ित कुंडल। मणिमालाओं से सुशोभित प्रशस्त वक्षस्थल। बाँहों में बाजूबंद। मंत्रविद्ध से देखते रह गए मेरे नेत्र अपलक। मानो सारी सृष्टि थम-सी गई हो। गतिहीन हो गई हो और सारी शक्ति मेरे नेत्रों में ही सिमट आई हो।

"आगे बढ़िए दीदी!" मांडवी के शब्द ने सजग किया। चौंकी मैं। पग आगे बढ़े। धीमे। मन तीव्र गति से चलायमान था। पग ने मन के वेग को अस्वीकार किया। अधैर्य मन कब का पहुँच गया था राम के समीप। पग मस्तिष्क के नियंत्रण में थे। श्रेष्ठ जनों की उपस्थिति सम्मुख थी। संकोच का बोझ पलकों पर आ पड़ा। राम की मन:स्थिति भी नियंत्रण से स्वतंत्र हो गई थी। तनी हुई पलकें अपलक निहार रही थीं मुझे। असमंजसपूर्ण हृदय से स्वर उभरा...पिताजी को दुरूह प्रण से मुक्त, पुरवासियों को हर्ष के सागर में डुबोने तथा माँ की चिंता का शमन करने वाले वीर, पराक्रमी रघुवंशी राम कोई आक्रांता नहीं हैं...श्रद्धा, अनुराग से भर उठा राम के प्रति हृदय। इस भूमि से गढ़ित मेरे अस्तित्व का जिसका मान बढ़ाया इन्होंने। मन उनके प्रति पूर्ण समर्पित। नेत्र चकोर। राम को निहारते नहीं थक रहे थे। राम की स्थिति भी सम थी। तत्क्षण राम के गले में वरमाला डाल दी मैंने।

यज्ञ-स्थल से हम गिरिजा मंदिर गए। माँ से आशीष माँगा जीवन-भर राम के अक्षुण्ण संग-साथ का। राम भी नमनवत थे। कृतज्ञ नेत्रों से मैंने माँ की ओर देखा। लगा, उनके अधर मुस्कुरा रहे हैं। हर्ष से समस्त गात पुलकित हो उठा। मेरी प्रार्थना स्वीकार हुई थी। क्षण मात्र को राम के नेत्रों से मेरे नेत्र टकराए। सिहर उठा मेरा सर्वांग। अलौकिक...अद्‌भुत अनुभूति...। क्या नेत्र भी बोलना जानते हैं? घोर आश्चर्य हुआ।

हम भवन में आए।।

अब तो सारी सृष्टि अलोप थी मानो मेरी दृष्टि से। मात्र राम ही राम थे उसके केंद्र बिंदु।

पिताजी का स्नेह निमंत्रण लेकर दूतों संग अहल्या नंदन शतानंद स्वयं गए अयोध्या। तीव्रगामी रथ से। यहाँ घटित घटना का वृत्तांत, वर्णन वे ही प्रस्तुत कर सकते थे अयोध्या अवनीद्र समक्ष प्रभावपूर्ण ढंग से। जनक राज का प्रण, अनायास विश्वामित्र के संग राम का जनकपुर यज्ञ में पदार्पण। शिवधनुष देखने की जिज्ञासा। प्रत्यंचा चढ़ाने के क्रम में धनुष का अनायास खंडित होना। विधानस्वरूप राम संग सीता का पाणिग्रहण।...

8

आजगव (शिव पिनाक) खंडन करने का प्रण कहाँ था पिताजी का। वह खंडित हो गया। राम मेरे वरेण्य हुए। वीर, पराक्रमी व कुशल धनुर्धर जामाता पाकर पिताजी के हर्ष का पारावार नहीं। हर्षाधिक्य से माँ के नेत्र क्षण में बिहँस रहे; क्षण में अश्रुसिक्त हो रहे। नगर, भवनवासी आनंदातिरेक से परस्पर गले मिल रहे। बधाइयाँ दे रहे। मंगल गान से मंगलमय हो रहा समस्त वातावरण किंतु मैं अभी सुहागन

नहीं थी। राम मात्र मेरे वरण के अधिकारी हुए थे। वर नहीं। मिथिला की परंपरानुसार माता-पिता द्वारा कन्यादान की विधि पूर्ण किए बिना या वर द्वारा सिंदूर दान की रीति की पूर्णता हुए बिना विधिसम्मत पति-पत्नी का संबंध मान्य नहीं होता और सिंदूर भी ससुराल का ही अभीष्ट है।

ये परंपराएँ वर्जना की उन्नत दीवार सदृश्य अवश्य थीं हमारे मध्य, किंतु इसने और अधिक अनुराग भड़का दिया था हमारे हृदय में। लघु से लघु अवसर भी परस्पर देखने, निहारने का व्यर्थ नहीं कर रहे थे राम और मैं। अल्पावधि में ही कितना अपना लगने लगे थे राम! मानो युग-युगांतर का संबंध हो हमारा। चातक पक्षी समान नियति हो गई थी हमारी। बड़ी विचित्र...अबूझ-सी।

वर्षों से सुसुप्त, गतिहीन भवन पुनः विहँसने लगा मंगल ध्वनि संग। भवन की साज-सज्जा। रँगाई-पुताई आरंभ हो गई। राम की उपस्थिति मात्र से प्राणवान हो उठा जनक राजप्रासाद। हास-परिहास करते भवन वासी। ऐसी हर्षमय आँधी में उर्मिला के मौन अधर, क्लांत मुख देख आकुल हो उठी मैं–

"तुम्हारा मुख इतना क्लांत क्यों हो रहा है प्रिय उर्मिला, क्या कोई विशेष हेतु है?" उसे आलिंगन में बाँधती हुई मैंने पूछा।

"दीदी! तुम अभिज्ञ तो नहीं हो मेरी स्थिति से, पुनः यह प्रश्न पूछने का क्या औचित्य है?" उसने उपालंभ भरे स्वर में कहा।

"मेरी लाडो, मैं नहीं समझ पा रही हर्ष के अवसर पर तुम्हारी इस मलिनता का आशय। सत्य कह रही हूँ मैं।" अपनी विवशता जाहिर की मैंने।

"अभी से तुम इतना विमुख हो गईं मुझसे, अयोध्या जाने के पश्चात् तो विस्मृत ही कर दोगी। मैं तो यहाँ नितांत निस्संग...अधूरी ही हो जाऊँगी तुम्हारे बिना। प्राणहीन देह समान। चैतन्यता के साथ ही सदा अपने निकट पाया है तुम्हें। तुम्हारे बिना रहने की कल्पना मात्र से...।" कहकर बिलख पड़ी वह। मेरे नेत्र भी सावन-भादों बन गए। राम को पाने का हर्ष...विछोह के विषाद में ज्वार बन उछालें लेने लगा। कैसी विषम स्थिति उत्पन्न हो गई है समक्ष। अकल्पनीय...अवर्णनीय...।

उर्मिला का कथन, उपालंभ असत्य नहीं था। अब मेरा चित्त सदा राम की ओर ही उन्मुख रहता। स्वयं आश्चर्यचकित थी अपने शुष्क हृदय में प्रस्फुटित अनुराग के कल-कल करते इस स्रोत पर। अकेले में भी परमानंद में डूबी अपनी चेतना पर। सदा राम ही का ध्यान...(चिंतन-मनन)। ऐसे में अकेली पड़ गई उर्मिला का दुख...। ग्लानि का अनुभव हुआ।

उर्मिला का सर कंधे पर टिका कर सहलाने लगी। मानो मूक सांत्वना दे रही होऊँ। अयोध्या की स्थिति अभी स्पष्ट कहाँ थी। ऊहापोह की स्थिति बनी हुई थी मानस में। राम के इस कार्य को किस रूप में ग्रहण किया जाता है वहाँ? क्या सर्वग्राह्य, सर्वमान्य होगा हमारा संबंध? परंतु विछोह के आभास मात्र से व्याकुल हो गई थीं हम।

मेरे अश्रुसिक्त नेत्र माँ को भी आकुल कर देते थे। डिगा देती उन्हें भी मेरे विछोह की कल्पना। धीरज रख समझातीं, "इतना अधीर नहीं होते पुत्री! सृष्टि का यही विधान है। पुत्री का बाल्यकाल, कैशोर्य ही थाती होती है माता-पिता तथा परिजनों

की, जिसे जीवन पर्यंत वे सँजोकर रखते हैं। विवाह पश्चात् पति का सुख, साहचर्य ही पूर्णता प्रदान करता है उन्हें। नवजीवन का स्वागत हर्ष से करो पुत्री!" और वे स्वयं बिलख पड़तीं।

अति व्यस्तता मध्य भी पिताजी, हर्ष-विषाद से विचलित माँ को धैर्य बँधाते, "यह स्थिति हर पुत्री के माता-पिता की होती है देवी, इसमें इतनी अधैर्यता कैसी?" और हँसने के प्रयास में वे स्वयं रो पड़ते।

अयोध्या से दूतों के संग लौटे पुरोहित शतानंद जी सुना रहे पिताजी को वहाँ का कर्णप्रिय संवाद, "राम का अद्‌भुत पराक्रम सुन यहाँ से विशेष हर्ष अयोध्या में हुआ है राजन! कौन माता-पिता, पुरवासी, परिजन या नृपति अपने पुत्र या राजकुमार के पराक्रम से हर्षित या गौरवान्वित नहीं होगा। अयोध्या नरेश महाराज दशरथ के आदेश पर तीव्रता से बारात की तैयारियाँ आरंभ कर दी गई हैं। मंगलगान से भवन गूँज उठा है। बारात यथाशीघ्र यहाँ आएगी। अयोध्या नरेश अति उत्सुक हैं अपनी पुत्रवधू तथा मिथिलापुरी के अवलोकन हेतु।"

सुखद संवाद से हर्ष का ज्वार भवन से नगर तक लहरों की भाँति बहने लगा। विवाह पूर्व का विधि-विधान आरंभ हो गया मेरा। जनक भवन की स्त्रियाँ दो पक्षों में विभक्त हो गईं। एक पक्ष राम का विधि-विधान संपन्न करने लगा, दूसरा मेरा। उबटन लगाना, लगन चढ़ाना, चुमावन करना, बलैया लेना, अंजुरी भरना, दोनों पक्षों की स्त्रियाँ परस्पर हँसी-ठिठोली, कटाक्ष भी करतीं स्वयं को वर-वधू पक्ष का मानकर। बड़ा सरस व जीवंत हो उठा भवन। उत्सव वास्तव में महान आनंददायी होता है, अनुभव हुआ। स्त्रियों द्वारा विधान का निर्वहन, उसमें निहित जीवन-जनित संदर्भ में धैर्य की सीख। हास-परिहास, अवर्ण्य थी स्थिति। बहनों, सखियों द्वारा राम के एक-एक क्रिया-कलाप का बखानकर उनके अधरों पर उभरी अर्थयुक्त मुस्कान... विभोर कर रही थी मुझे।

गंडकी नदी को पार कर बारात शीघ्र ही मिथिला आ पहुँची। भव्य बारात, अति भव्य बाराती। स्वर्ण हौदे युक्त हाथियों पर सवार। उत्तम अश्व जुते रथों पर सवार। पैदल...। दूल्हा बने कैकेयी नंदन भरत। सहबाला के परिधान से सुसज्जित सुमित्रा नंदन शत्रुघ्न विशेष कौतूहल के विषय थे पुर वासियों के लिए। भरत-शत्रुघ्न बिल्कुल राम-लक्ष्मण की प्रतिच्छाया। आकार-प्रकार, रंग-रूप का ऐसा अद्‌भुत साम्य? भौचक थे सभी। कभी वे राम को देखते, कभी दूल्हा का स्वरूप धारे भरत को। कभी लक्ष्मण का मुख निरखते...कभी शत्रुघ्न का। पुन: चकित हो दूसरे से पूछते, "विधाता का यह कैसा कौतुक है। कभी देखा है तुमने ऐसा कहीं?"

बारात लेकर आए अयोध्या पति चक्रवर्ती सम्राट दशरथ और प्रार्थी पिता जनक। दोनों की कामना, अभिलाषा पूर्णता की ओर थी। बाराती जनक नगरी की शोभा देख चकित थे। सुंदर भवन, सुरुचिपूर्ण ढंग से सुसज्जित आलोक की ऐसी अद्‌भुत व्यवस्था कि रात्रि में भी दिवस का आभास हो। बारातियों संग पुरवासियों का आश्चर्य अभी थमा भी नहीं था कि हर्ष की आँधी लिए राजसभा से एक और अनुपम संवाद आया—मांडवी, उर्मिला और श्रुतकीर्ति का ब्याह उसी लग्न, मुहूर्त में कुमार भरत, लक्ष्मण तथा शत्रुघ्न संग संपन्न होगा। यह परामर्श शतानंद जी तथा महर्षि वशिष्ठ

व विश्वामित्र का था। अयोध्या नरेश से निवेदन किया पिताजी ने। महाराज दशरथ सहर्ष प्रस्ताव मान गए थे।

बौरा ही तो गए भवन व नगर वासी प्रसन्नता के इस भीषण आवेग से। इस अप्रत्याशित, अनपेक्षित सूचना के हर्ष की अधिकता से रो पड़ीं काकी जी और माँ। परस्पर अंक में बाँधती, भर्राए स्वर में बोलीं माँ, "बधाई हो छोटी, बिन माँगे ही विधाता ने हमारा आँचल अनमोल रत्नों से भर दिया। इतनी भाग्यशाली पुत्रियों की माताएँ हैं हम?" इस होनी पर चकित थीं दोनों।

"हमसे अधिक सौभाग्यवान और कौन होगा इस पृथ्वी पर? जिसके द्वार ऐसे शूरवीर जमाता स्वयं चलकर आ खड़े हों। कल्पना से परे रूपवान, गुणवान, शौर्यवान। आज पुत्रियों की जन्मदात्री होने पर गर्व हो रहा है दीदी।"

"इस सुख, सौभाग्य का श्रेय स्वयं लेना उचित नहीं छोटी। यह हमारी पुत्रियों का और विशेषकर सीता का सौभाग्य है। उसी के कारण सौभाग्य का यह विलक्षण क्षण सम्मुख आया है। अब विलंब मत करो। मांडवी, उर्मिला, श्रुतकीर्ति का विधि-विधान भी यथाशीघ्र आरंभ करना है।"

"इतना शीघ्र, यह सब कैसे संभव होगा दीदी। यह कोई साधारण पूजा-पाठ नहीं। मेरे तो पग ही नहीं उठ रहे हैं।" काकी जी हर्ष के आवेग से रुआँसू हो आईं। माँ की स्थिति भी समान है। हर्ष के उद्यात तरंगों संग वियोग का भय भी व्याप्त था सभी के हृदय में।

ऐसी अद्‌भुत घटना। ऐसा अनुपम सुख-सौभाग्य। ऐसा संयोग। चर्चा का, हर्ष का विषय बन गया। माँ-काकी जी व्याकुल। दस दिनों का विधि-विधान एक दिन में? क्या-क्या किया जाए? क्या-क्या सहेजा जाए? दान-दहेज, वस्त्राभूषण, मंजूषा पिटारी। पुत्रियों के साथ जाने वाले असंख्य गृहस्थी के सामान।

सबसे विचित्र स्थिति हम बहनों की थी। सभी स्तंभित...सभी हतप्रभ। कोई किसी का उपहास नहीं कर रही, उपालंभ नहीं दे रही। कोई किसी के लिए उदास या व्यग्र नहीं होगी। औचक आया हर्ष का पल सबको आकुल-व्याकुल कर रहा था। उर्मिला के नेत्र लज्जा भार से नत हैं। मन ही मन मैं मुस्कुरा उठी उसकी दशा पर।

"मेरी बावरी अनुजे, देखा, कितनी शीघ्र पूर्ण हो गया तुम्हारा मनोरथ। तू मेरे ससुराल चल रही है बहन नहीं, देवरानी बनकर। अब तो तेरा उपालंभ समाप्त हो गया होगा?" मैंने परिहास किया।

"दीदी तुम भी न!" कहकर भाग खड़ी हुई वह लज्जा से।

"ऐसा सुख...चारों बहनों का साथ संग चिरकाल तक रहेगा। दैव, तू कितना दयालु है।" मेरा स्वर भर्रा उठा।

चार मंडप। चारों में दूल्हा बने चारों भाई संग वधुवेशिनी चारों बहनों के बैठते ही गुंजित हो उठी शंखध्वनि। मंगलाचार करती स्त्रियों के गीतों में मुखर हो उठा उनका उद्‌गार–

"आज सुनैना रानी के अँगनवा दूल्हा दुल्हनवा
एक दिस घूँघट पट डाले एक दिस मौरी लटकाए

सरसिज पर सरसिज की शोभनवा दूल्हा दुल्हनवा...
अँखिअन में काजल काली मुखवा में पान की लाली
कानों बीच कुंडल की शोभनवा दूल्हा दुल्हनवा..."

तत्क्षण झुंड से कोई स्त्री राम को लक्ष्य कर परिहास कर उठी–

"एहन सुंदर राम लला के जनि कोऊ परिअउ गारी हे
गोरे हैं पिता नृप दशरथ, गोरी कौशल्या महतारी हे
ताके राम कार क्यों भये लालन अर्थ विचारू हे...।"

गीत के बोल पर तिर्यक नेत्रों से राम ने मेरी ओर देखा। अर्थयुक्त मुस्कान तिर गई उनके अधरों पर। सिंदूरी हो उठा मेरा मुखमंडल लज्जा से।

नील पद्म सम राम-भरत। धवल वर्ण लक्ष्मण व शत्रुघ्न। परिहास का विषय यही था स्त्रियों के लिए। परिहास का कोई अवसर चूकना नहीं चाह रही थीं वे। मीठे बोल, मीठे स्वर में स्नेह पगी सरस गाली सुन सभी भाइयों के अधरों पर उभरी मोहक मुस्कान उनकी सुंदरता को द्विगुणित कर रही थी।

कच्चे हरित बाँस निर्मित चार मंडप। खर व कौषेय चँदवे का छाजन। मंडप के एक ओर बनी मिट्टी की वेदी। मंडप मध्य बाँस के निकट रखे गए जलपूरित मिट्टी के चित्रित कलश। कलश ऊपर अंकुरित जौ के सकोरे। उसके ऊपर प्रज्वलित चहुँमुख दीप। अक्षत, पान, सुपारी, रोली, दूर्वा, पुष्प सजी थाल। वेदी सम्मुख मिथिला की लाजा और अयोध्या से आई लाजा के पात्र रखे गए। हवनकुंड में मंत्रोच्चार द्वारा अग्नि प्रज्वलित की गई। दोनों ओर अयोध्या तथा मिथिला के विशिष्ट जन बैठे। दोनों समधी आमने-सामने विराजे। पुरोहित शतानंद और वशिष्ठ द्वारा दोनों पक्षों की पूर्व पीढ़ियों का बखान हुआ। तत्पश्चात् आरंभ हुआ स्वस्तिवाचन। दुंदुभि स्वर विस्तारित हुआ...। शंख ध्वनि गुंजित हुई।

गुरु वशिष्ठ चारों युग्म जोड़ियों की ओर उन्मुख हुए, "वत्स राम, भरत, लक्ष्मण, शत्रुघ्न...चारों सुभद्रे! आज का यह अवसर अति महत्त्वपूर्ण है तुम लोगों के जीवन का। वैवाहिक संस्कार का अर्थ है ब्रह्मचर्य अवस्था का त्याग व गृहस्थ आश्रम में प्रवेश। शास्त्र कहता है–ब्रह्मचर्य अवस्था में जगत के यथार्थ स्वरूप का उतार-चढ़ाव, माया-मोह का तात्विक ज्ञान संभव नहीं। अतः पति-पत्नी रूप में गृहस्थाश्रम में प्रविष्ट होकर साधनामय दांपत्य जीवन बिताने पर ही उस विवेक सूर्य का उदय होता है, जिसके आलोक में सार-असार, तत्त्व, अतत्त्व, शिव-अशिव का भ्रमरहित और निभ्रांत ज्ञान होता है। तत्पश्चात् पति-पत्नी साधक-साधिका स्वरूप ग्रह-परिग्रह का त्याग कर, अनासक्त, उन्मुक्त विदेह बन कर्तव्य कर्मों का पालन करते हुए परम धाम का गमन करते हैं।"

कन्यादान पूर्व पिताजी ने राम का पदक्षालन एवं पूजन किया। पुनः उनके हाथ में मेरा हाथ देते हुए आशीष दिया, "प्रिय राम, आपका सर्वथा कल्याण हो। मेरी पुत्री सीता सदैव आपकी प्रतिच्छाया समान आपके साथ रहेगी। अपने निर्मल आचरण से जैसे इसने जनककुल का मान बढ़ाया है, वैसे ही रघुकुल का भी मान बढ़ाएगी।" फिर जल, अक्षत राम के हाथ में सौंप दिए।

कन्यादान, महादान कहा जाता है मिथिला में। जामाता के पदक्षालन पूजन का

तात्पर्य दान लेने योग्य पात्र निर्दिष्ट करना होता है। इस विधान का साक्षी समाज और दोनों पक्षों के उपस्थित विशिष्ट जन व पुरोहित होते हैं। पिताजी के शब्दों को सुन मेरे नेत्र छलक उठे अश्रु से। विश्वास भरे उनके शब्द मेरे कर्म पथ को प्रशस्त करने हेतु पर्याप्त थे। इसके पश्चात् उन्होंने उर्मिला का हाथ विधिवत लक्ष्मण के हाथ में सौंपकर पटुका से अपने अश्रु पोंछते हुए अपने कक्ष में चले गए। काका जी भी उन्हीं विधानों द्वारा मांडवी का हाथ भरत और श्रुतकीर्ति का शत्रुघ्न के हाथों में सौंपकर पिताजी के अनुगामी बने।

मंत्रोच्चार के साथ अग्नि के फेरे हुए। दोनों कुलों के एकीकरणस्वरूप अनुज भानुमंत ने दोनों कुलों के लाजा को परस्पर मिश्रित किया। चारों वर-वधू खड़े हुए। पुनः लाजांजलि का हवन कुंड में संपादन किया। लाजा हवन के समय मैंने कुटुंबी जनों की मंगल कामना की। ऋषियों तथा अग्निदेव से प्रार्थना की दोनों कुल का परस्पर स्नेह, सौहार्द्र अक्षुण्ण रहे सदा, सर्वदा। कामना की पतिगृह में ध्रुवतारा सदृश्य मेरा स्थान अटल व स्थिर रहे। पाषाण पर पग रख पति संग दुर्गम पथों के अनुसरण का संकल्प लिया। तत्पश्चात् सप्तपदी विधान द्वारा हमें नव दंपती के साख्य भाव की दृढ़ता ज्ञात कराया गया। पवित्र वेदियों पर बैठाकर सिंदूर की विधि पूर्ण होते ही हम दांपत्य बंधन में बँध गए। पुरोहितों द्वारा शंख ध्वनि हुई। दुदुंभि बज उठी इसी के संग अरुण रश्मियाँ बिखेरते पूर्व क्षितिज में भास्कर मुस्कुराए। मानो वे भी यज्ञ का साक्षी बनने हेतु समय पूर्व ही शैया त्याग उठ आए हों।

विवाह संपन्न हुआ। बाराती जनवासा चले गए। हमें रनिवास ले जाया गया कोहबर का विधान पूर्ण करने हेतु। पूर्व से सुरुचिपूर्ण सजे कोहबर कक्ष में स्त्रियों ने कोहबर गान के साथ अंजुली भरावन की विधि मंगल गान करते हुए पूर्ण की। निद्रा हमारे नेत्रों पर शयन हेतु विराजमान हो गई। नेत्र झपक-झपक जाते, पुनः राम की उपस्थिति...संकोच से भर देती। स्त्रियाँ अपने हास्य गान द्वारा जनक कुल, जनक व माँ सुनैना की उत्तमता का बखान तथा अयोध्या, ससुरजी, सासु माँ लोगों को निम्नतम सिद्ध करने पर उद्यत लगीं।

कन्यादान संग यथाशक्ति सुवर्ण, रत्न, वस्त्रादि तथा गौएं दान का भी विधान था। नृपति पिताजी ने पुत्रियों की नव गृहस्थी हर्षमय रहे...हृदय खोलकर दान दहेज दिए। सुवर्ण हौदोंयुक्त हाथी। हजारों उत्तम श्रेणी के अश्व। स्वर्णाभूषण, रत्नाभूषण, रथ, गौएँ...तथा अस्त्र-शस्त्र सज्जित सेनाएँ...

जनवासा से संवाद आया—ससुर जी शीघ्र अयोध्या प्रस्थान करने को इच्छुक हैं। उनकी प्रसन्नता...मिथिला और अयोध्या का प्रीति संबंध सुदृढ़ हुआ। व्यग्रता वहाँ अधीरता से माताएँ अपने पुत्र तथा पुत्र-वधुओं की प्रतीक्षा कर रही होंगी। हर्ष का यह भार उनसे निस्संग सँभाले नहीं सँभल रहा है। अधिक अवधि तक राज्य को सूना छोड़ना उचित नहीं है। वैसे भी ज्यादा दिवस यहाँ रहकर वे पिताजी का कष्ट और नहीं बढ़ा सकते।

आगत श्रेष्ठजनों, ऋषि-महर्षियों संग वशिष्ठ भी पिताजी के आतिथ्य से गद्गद हैं। कह रहे हैं, "ऐसा अनुपम अतिथि-सत्कार आर्यावर्त के अन्य भू-भाग में दुर्लभ है। भोजन अधिक है या भाव; विभेद करना कठिन है।"

विवशत: पिताजी ने उनका प्रस्ताव स्वीकार किया। पुत्रियों के पिता के लिए विधान में कहाँ निर्मित है इन्कार के शब्द। संबंधों में माधुर्य बना रहे, यही कामना रख हृदय को पाषाण कर लिया उन्होंने।

विदा की विकट बेला। माँ बारंबार रुँधे स्वर में समझा रहीं हैं, "ज्येष्ठ होने के नाते तुम्हारे ऊपर ही अधिक दायित्व है पुत्री! तुम्हारे आचरण से हमारा मस्तक सदैव उन्नत रहे...यही प्रयत्न करना। माता-पिता का प्रेम स्नेह स्वत: अप्रयत्न व अप्रयास प्राप्त होता है पुत्रियों को। सास-ससुर, पति व ससुराल के स्वजनों का स्नेह प्रेम सप्रयास, सप्रयत्न सेवा तथा मृदुभाषण से। विश्वास है अपने यत्न से तुम शीघ्र ही सभी की प्रिय बन जाओगी।"

सारे शब्द, रुदन, चीत्कार व सिसकियों तले दबते रहे। वर्षों से बँधते धैर्य के बाँध हहराकर टूट पड़े...मात्र स्त्री के भाग्य में विछोह की यह दारुण व्यथा व अन्य पीड़ा क्यों लिखी है? उसकी नियति लिखते समय सौतेलेपन का यह व्यवहार क्यों किया विधाता ने? हृदय विदीर्ण हो रहा है।

अश्रुपूरित नेत्र। व्याकुल हृदय संग हमें डोलियों में बैठा दिया गया। सौम्या काकी कहतीं, "बेटी की विदाई पशु-पक्षी तक को रुला देती है।"

रो रहे थे शुक, मैना तक व्यग्रता से पंख फड़फड़ा रहे थे पिंजड़े में। भवन वासी तो मनुष्य थे। भावाभिव्यक्ति में सिद्धहस्त। डोलियों को भवन से राजपथ तक आने में ही पहरों लगे। नर-नारियों का ठाठें मारता सैलाब भर नयन देखने हेतु व स्पर्श करने को आतुर था हमें। कुशल कहारों ने यत्नपूर्वक डोलियाँ निकालीं। भर दृष्टि मैंने पितृगृह की ओर देखा–इन्हीं वीथियों में मेरा बालपन, अल्हड़पन, माँ-पिताजी का निस्वार्थ स्नेह-दुलार छूट रहा था और छूट रही थी वह पुण्यभूमि भी जिसने मेरा अस्तित्व गढ़ा था।

नगर से निकलते ही बाराती ठहर गए। डोलियों संग चलते विह्वल पिताजी को ससुर जी ने आग्रहपूर्वक आगे जाने से रोक दिया, "आप लौट जाएँ विदेहराज, आपकी पुत्रियाँ अब मेरी पुत्रियाँ हैं। बधुएँ नहीं। आपका अद्‌भुत स्वागत-सत्कार जीवन-पर्यंत स्मरण रहेगा हमें।"

"किंतु महाराज?" पिताजी का स्वर भर्रा उठा। सर्वस्व लुटाए व्यक्ति की भाँति व्यग्र थे वे।

"आपकी स्थिति से अनभिज्ञ नहीं मैं। मैं भी पुत्री का पिता हूँ। आप चिंता त्याग दें। आप ने अपना दायित्व पूर्ण किया अब मुझे निर्वहन करने दें।"

हमें बहुविध आशीष देकर पिताजी लौट गए।

यात्रा अग्रसर रही।

एक स्थान पर विशाल पर्कटि वृक्ष की छाया में डोलियाँ रखी गईं जहाँ सुंदर स्वच्छ सरोवर स्थित था। ज्ञात हुआ जनकपुर से कुछ ही कोस पश्चिम में स्थित है यह स्थल। सरोवर के समीप पहुँचकर हम बहनों ने दंतधावन किया, स्वच्छ जल से आचमन किया। जलपान, विश्राम की व्यवस्था थी। हेमंत के सर्द लघु दिन। ससुरजी ने शीघ्र प्रस्थान का आदेश दिया।

पड़ाव डालते, ठहरते, विश्राम करते, दल बढ़ता रहा अयोध्या की ओर। डोलियाँ

रखी जातीं। हम बहनों को वार्तालाप का अवसर मिल जाता। माँ–पिताजी के बिना सभी की यह प्रथम यात्रा थी। हृदय में भय, कौतूहल, हर्ष, विषाद, विछोह की व्यथा उमड़ रही थी। कैसी होगी अयोध्या? कैसी होंगी हमारी सासें? भवनवासी? सभी साथ थीं। भय का प्रभाव तनिक क्षीण था, कौतूहल का भाव अधिक था।

आज की यात्रा आरंभ ही हुई थी कि अचानक कुछ अनहोनी का आभास हुआ। पक्षीगण पंख फड़फड़ाते तीव्र गति से भागने लगे हमारे सरों के ऊपर से। धूल कण गुबार के रूप में लक्षित हुए। तत्क्षण हमारी डोलियाँ रख दी गईं। श्रेष्ठ जन और चारों भाई हाथियों तथा रथ से उतर पड़े।

''यह कैसा संकट है गुरुदेव? यह गर्जना। विचित्र ध्वनि। डरे–सहमे भागते पशु–पक्षी? धर्म, उद्देश्य या यात्रा निर्विघ्न पूर्ण हो जाए, शायद यह विधि के विधान में नहीं है। तीन दिनों की वृहत् अयोध्या यात्रा भी निर्विघ्न नहीं रही। दूसरे दिन की यात्रा के आरंभिक काल में ही यह कैसी आपदा आने वाली है?'' ससुर जी का व्याकुल स्वर गूँजा...गुरु वशिष्ठ अभी कुछ कहते...

तभी पिता के प्रतिशोधस्वरूप सारी पृथ्वी को क्षत्रियविहीन करने को दृढ़ संकल्पित जमदग्नि कुमार परशुराम क्रोध से काँपते महेंद्र पर्वत से आ पहुँचे...। ऋषि समान जटा–जूट, वस्त्र। कंधे पर विशाल धनुष। तीक्ष्ण वाणों से भरे तूणीर। हाथ में परशु। विशाल शरीर, न ऋषि न राजा। वृद्ध ससुर जी का कोमल हृदय उनसे भिज्ञ होते हुए भी सहम गया। उनका इस प्रकार अनामंत्रित यहाँ आना निरुद्देश्य नहीं हो सकता। किसी अनिष्ट की आशंका जनकपुर से निकलते ही हुई थी उन्हें। सर से कर्कश स्वर करते उड़ते पक्षी समूह को देखकर। तब कुलगुरु वशिष्ठ ने आश्वस्त किया था...''उन कर्कश ध्वनि कर उड़ते खग–विहंगों संग हमारे दाईं दिशा में चल रहे मृग समूह भी तो हैं राजन! कोई संकट आया भी तो निर्विघ्न टल जाएगा आप चिंतित न हों।''

अब यह भारी संकट? ससुर जी संग गुरु वशिष्ठ अर्घ्य ले स्वागत के लिए बढ़े उनकी ओर किंतु उनकी अवहेलना कर वे राम के सम्मुख जा खड़े हुए और कटाक्ष करते हुए बोले, "राम! तुम्हारा धृष्टतापूर्ण पराकर्म सुनकर मैं महेंद्र पर्वत से सीधे यहाँ आ रहा हूँ। क्षत्रिय होकर भी तुम अस्त्र–शस्त्र व धनुष का महत्त्व नहीं जान रहे..आश्चर्य है? जनक प्रण पूर्ण करने हेतु तुमने जिस शिव धनुष को खंडित किया है वह और मेरे कंधे पर टिका यह विष्णु का धनुष स्वयं विश्वकर्मा द्वारा निर्मित है, जिसे समस्त विश्व सम्मान की दृष्टि से देखता है। देवताओं ने त्रिपुरासुर वध के लिए उसे शिव को दिया था। शिव ने उससे त्रिपुरासुर का ही वध नहीं किया अपितु अपने ससुर दक्ष का शिरोच्छेद भी उसी से किया था। उस धनुष को खंडित करने की धृष्टता तुमने कैसे की? लो यह विष्णु का दुर्धर्ष धनुष, जिससे उन्होंने शत्रुनगरी पर विजय प्राप्त की थी। उसके पश्चात् इसे उन्होंने ऋचिक मुनि को धरोहरस्वरूप दिया था। मुनि ऋचिक ने इस दिव्य धनुष को मेरे पिता जमदग्नि को दिया। जो अब मेरे अधिकार में है तथा इसी से मैंने बारंबार अपने पितृहंता क्षत्रिय का नाश किया है। अतः तुम इस धनुष पर वाण का संधान करो, नहीं तो मुझसे द्वंद्वयुद्ध के लिए तैयार हो जाओ।"

परशुराम के क्रोधपूर्ण संवाद के मध्य श्वसुर जी महाराज भय से सूखे पत्ते की भाँति काँपते रहे। वशिष्ठ तथा अन्य श्रेष्ठ जन भी भय से आक्रांत दिखे। मैं तो चकित-सी देखती रही यह अकल्पनीय दृश्य...ऐसी स्थिति भी आ सकती है, इसका तो गुमान तक नहीं था मुझे। लक्ष्मण क्रोध से तिलमिला उठे। कभी राम की ओर देखते कभी परशुराम की ओर...क्रोध से रक्ताभ हो आए उनके नेत्रों की ऐसी स्थिति थी मानो राम का एक इशारा अग्नि चिन्गारी बन भस्म कर देगा परशुराम को किंतु राम स्थिरचित्त खड़े रहे...। उनके अधरों पर उभरी स्मित मुस्कान ने क्रोधाग्नि में घी का काम किया...विफर गए परशुराम–

"यह कुटिल मुस्कान क्यों मुस्कुरा रहा है राम! धनुष पर सर संधान कर बल का परिचय दो वरना द्वंद्वयुद्ध करो।"

धीरे पग राम आगे बढ़े। उनके हाथ से धनुष-बाण ले लिए। सहजता से उस पर सर संधान करते हुए बोले–

"महर्षे, धनुष पर सर संधान करना बाल्यकाल की क्रीड़ा है मेरी। किंतु श्रेष्ठ जनों के समक्ष उसके कौशल का अकारण प्रदर्शन...ऐसा दंभी नहीं हूँ मैं। संकोच वश मैं मौन था। आप तिरस्कार करते रहे। तपस्वी और गुरु विश्वामित्र से संबंध के नाते मेरे पूज्य हैं आप। अतः प्राण संहारक इस वाण को आप पर नहीं छोड़ सकता तो क्यों न इससे आपके अहं और तपोवल से प्राप्त शीघ्र आवागमन की शक्ति को क्षीण कर दूं? क्योंकि यह दिव्य वैष्णव वाण जो शत्रुओं पर विजय दिलानेवाला है कभी निष्फल नहीं जाता।"

परशुराम ने विस्फारित नेत्रों से राम की ओर देखा...कुछ क्षण अनिश्चय की स्थिति में खड़े रहे। पुनः कोमल स्वर में बोले, "अद्भुत...अलौकिक...अविश्वसनीय... इस धनुष पर सर का संधान करना...वह भी इतनी सहजता से? कुछ और ही संकेत है यह...।" पुनः कुछ पल मौन रहकर सर्द निःश्वास लेते हुए बोले, "राम! जब मैंने यह पृथ्वी कश्यप को दान की थी उन्होंने आज्ञा दी–मैं उनके राज्य में निवास न करूँ। उसके बाद मैंने इस खंड पर कभी रात्रि निवास नहीं किया। महेंद्र पर्वत पर निवास करता हूँ। यह दिव्य वाण व्यर्थ नहीं जाएगा अतः आप मेरे शीघ्र गमन की शक्ति को छोड़कर पुण्यलोक को नष्ट कर दें...। भूमिसुता जानकी योग्य वर आप ही हैं रघुनंदन! प्रण का आधार ऐसे ही नहीं बना शिव पिनाक। आप का कल्याण हो...अब आप लोग हर्षपूर्वक प्रस्थान करें। मैं महेंद्र पर्वत पर जा रहा हूँ...।" कहकर तेजहीन परशुराम जिस गति से आए थे उसी गति से प्रस्थान कर गए। उनके जाते ही स्तब्ध स्पंदनहीन समूह में जैसे प्राण का संचार हुआ। लक्ष्मण की दशा देखने योग्य थी। राम का तनिक भी इशारा होता, लड़ पड़ते वे ऋषि से। राम के प्रति उनका यह स्नेह उद्गार देख मन हर्ष से गद्गद हो गया।

संकट की घड़ी टली। अविलंब यहाँ से कूच का आदेश हुआ ससुरजी का। डोलियों को घेरे में लिए सेनाएँ चलने लगीं। राम का पराक्रम, दृढ़ता, सौम्यता, अहंकार-रहित व्यक्तित्व यही छवि तो थी मेरे मानस में। दैव ने उसे साकार कर दिया था।

अयोध्या नगरी की समीपता, जनकपुर से दूरी बढ़ा रहा था। कोसों का ही नहीं ध्यान का भी। मानव मन कितना बड़ा संन्यासी है। एक से जुड़कर दूसरे से टूटने

का दुख बहुत देर तक नहीं मनाता। ससुर जी के स्नेहसिक्त व्यवहार से आश्वस्ति पाकर सासों के प्रति चिंतन में व्यस्त हो गया था मन।

9

नगरों के परिचित कोलाहल से अनुभव हुआ अयोध्या सन्निकट है। रेशमी ओहार तनिक हटाकर मैंने बाहर झाँका। डोली राजपथ पर अग्रसर थी। सुंदर भव्य नगर। सुरुचि पूर्ण ढंग से सजा हुआ। तोरण सजे द्वार। भित्तिचित्रों से अंकित दीवारें। उन्नत अट्टालिकाओं पर फहरातीं सूर्य चिह्न वाली वैजयंती। भिन्न-भिन्न प्रकार के बजते वाद्य। समूहबद्ध खड़े उत्सुक नेत्रों से डोलियों को निहारते नगरवासी। सुरक्षा प्रहरी के घेरा मध्य धीरे-धीरे बढ़ते रहे कहार।

डोलियाँ अंत:पुर के द्वार पर रख दी गईं। द्वार के दोनों ओर जल पूरित चित्र खचित मंगल कलश स्थित थे। बहुमूल्य वस्त्राभूषणों से सुसज्जित, मंगलगान करतीं स्त्रियाँ, पान, सुपारी, रोली व पुष्प युक्त थाल लिए सेविकाएँ स्वागत के लिए खड़ी थीं।

''प्रथम आप आगे बढ़ें बड़ी महारानी।'' किसी ने कहा। भव्य परिधान, अति भव्य व्यक्तित्व। मुख पर अतिशय हर्ष। नेत्रों से छलकता उल्लास। बड़ी महारानी कौशल्या मेरे राम की जननी आगे बढ़ीं...। श्रद्धा से स्वत: मेरा मस्तक नत हो गया।

मंगलाचार होने लगा। दीप प्रज्वलित थाल से आरती उतारी गई। सिंदूर से माँग भरी गई। परीछन हुआ। तीनों सास और अन्य स्त्रियों द्वारा यह क्रिया दोहराई गई। चारों भाइयों का भी परीछन हुआ। उनके पट्टक से हमारी ओढ़नी की गाँठ बाँध हमें कोहबर कक्ष में ले जाया गया।

कोहबर की विधि। देव पूजन, श्रेष्ठजनों और तीनों सासों का पादबंदन। ढेरों आशीष पाकर हृदय हर्षित हो उठा। विधि-विधान संपन्न हुआ। मांडवी को छोटी माँ कैकेयी के भवन में। उर्मिला-श्रुतकीर्ति को मझली माँ सुमित्रा के और मुझे बड़ी माँ कौशल्या के भवन में ले जाया गया।

मणि कंचन निर्मित कनक भवन। ज्येष्ठ रघुकुल वधू कौशल्या का वास स्थान। उसी में व्यवस्था थी मेरे वासर गृह की। फूल शैया की रात्रि। रात्रि का दूसरा पहर ढल रहा था। यात्रा की थकान। कई रात्रि का जागरण। बीहड़ में तंबुओं का विश्राम। रात्रि शयन। निश्चिंतता कहाँ थी जो निद्रा आती। अब वह बोझिल बना रही थी पलकों को। किंतु इच्छित शयन...कहाँ संभव था। अब मैं बधू थी। कन्या नहीं। कर्म, कर्तव्य व दायित्व सब बदल गया था।

कौषेय पट्ट बिछी शैया। भीनी-भीनी गंध बिखेरते बिखरे रंग-बिरंगे पुष्प। माचा के चहुँओर लटकी रजनीगंधा, मोतिया की लड़ियाँ। मणि के मधुर आलोक से आलोकित था समस्त कक्ष। कक्ष में निस्संग बैठी थी मैं। लज्जा, संकोच, जिज्ञासा में उलझी। राम की प्रतीक्षारत, आहट पर कान लगाए। राम से प्रथम मिलन का आह्लादित करता हर्ष। वैसे तो कितने दिवस हो गए थे हमारा विवाह हुए। धनुष भंग। बारात आगमन। ब्याह, विदाई, यात्रा और यह रात्रि। राम को मात्र देखते, हृदयंगम करते। संवादहीन दिन बीते थे हृदय में अनुराग की प्रबलता, नेत्रों में अनगिनत स्वप्न लिए।

हेमंत ऋतु में भी स्वेद कण उभर आए मुख पर। धड़कनें तीव्र हो उठीं। प्रतीक्षा और भय। कैसा भाव जाग्रत है हृदय में? इस क्षण की अतिशय प्रतीक्षा होते हुए भी जब क्षण आया भावी का भय व्याप्त हो गया...क्या मेरी यह प्रतीक्षा सदा सफलीभूत होगी? क्या हर रात्रि राम का आगमन मेरे शयन कक्ष में होगा? कहीं यह प्रतीक्षा धीरे-धीरे दिनों, महीनों, वर्षों में परिवर्तित तो नहीं हो जाएगी। राजकुल की यह नियति सभी पत्नियों के हिस्से थी। क्या राम को हर्म्य के हर कक्ष का अंशी होते देख सहन होगा मुझे? यह कैसा सुख-सौभाग्य जो अंशों में विभक्त हो जाएगा?

द्वार खुला। राम अंदर आए। शैया से उतरकर मैं पाद वंदना को नत हुई। बाजुओं में थाम उन्होंने हृदय से लगा लिया...आह सिहर उठा मेरा पोर-पोर। अनुपम सुख...। ऐसा अप्रतिम होता है काम्य पुरुष का स्पर्श? युगों जितना वृहत् हो जाए यह क्षण। कामना हुई।

युग क्या मात्र कुछ घड़ी ही बीती थी कि द्वार पर थाप पड़ी। परिचारिका ने माँ कौशल्या के आने की सूचना दी। तत्क्षण हम विलग गए। राम शैया पर बैठ गए। मैं नतशीश खड़ी रही।

सासु माँ कक्ष में आईं। उन्हें शैया पर बैठाकर राम उनके निकट बैठ गए। सासु माँ ने मुझे समीप बुलाया और राम के पार्श्व में बिठा दिया–

"फूल शैया की रात्रि और यहाँ मेरी उपस्थिति। मेरी आकुलता तुम्हें चकित तो अवश्य कर रही होगी पुत्री? किंतु कैसे कहूँ चातक-सी अपनी स्थिति जिसे स्वाति सुख के बूँद की अधिकता से प्रतीक्षा रहती है। विषाद का तो बाहुल्य रहा जीवन में किंतु हर्ष सदा रुक-रुककर प्राप्त हुआ...। अंतहीन प्रतीक्षा के पश्चात् राम का जन्म हुआ। सार्थक हुआ मेरा स्त्रीत्व। कदाचित माँ की लालसा-प्रतीक्षाएँ कभी समाप्त नहीं होतीं। संतान की चाह, उसे पराक्रमी देखने की कामना। उसका विवाह पुनः पौत्र-पौत्री की प्रतीक्षा...।" कहते-कहते उनका गला अवरुद्ध हो गया।

"अतीत का स्मरण नहीं करते माँ! वर्तमान ही महत्त्वपूर्ण है। उसी का उत्सव मनाएँ। आपके सम्मुख हैं हम। समझिए दु:ख पराया ऋण था, चुक गया। अब कभी विषाद की छाया तक नहीं पड़ेगी आप पर।" राम बोले।

माँ आश्वस्त दिखीं। मुझसे संबोधित हुईं, "विदेह नंदिनी, तुम्हें ज्ञान देने की आवश्यकता नहीं है। स्त्री धर्म की शिक्षा देने में विदुषी सुनैना ने कमी नहीं की होगी। पति-पत्नी मात्र संबंधों की डोर में ही नहीं बँधते, तन-मन के साथ उनके सुख-दु:ख, हर्ष-विषाद भी साझा हो जाते हैं। आर्य नारियों का अस्तित्व पति की छत्रछाया में पूर्ण होता है। पति से इतर कुछ नहीं होता हमारा। दांपत्य मध्य कभी 'मैं' शब्द आने मत देना। वहाँ तो वायु का भी प्रवेश वर्जित है। पुनः अहं की समाई कहाँ? परस्पर आदर, मान-सम्मान सफल-सुखद दांपत्य की कुंजी है। दु:ख की छाया भी हमारे द्वार आए ऐसा अवसर मत आने देना कभी पुत्री!"

उनका हाथ पकड़कर मैंने उन्हें आश्वस्त किया, "ऐसा ही होगा माँ, मेरी ओर से कभी ऐसा अवसर उपस्थित नहीं होगा जिससे आप को किसी प्रकार का संताप हो।'' राम ने भी उन्हें मौन आश्वस्ति दी।

"सदा सुखी रहो मेरे बच्चो। रघुकुल की विमल कीर्ति का मान बढ़ाओ।" तत्क्षण कुछ स्मरण आया उन्हें, "भावनाओं के ज्वार में मूल बात तो विस्मृत ही कर गई। राम, आज तुम्हारे जीवन की विशिष्ट रात्रि है। संगिनी को उपहार देने की परंपरा का निर्वाह करो। उन पेटिकाओं में रत्न जड़ित आभूषण हैं। सीता को दे देना।" दासियों द्वारा लाई गई पेटिकाओं की ओर इंगित कर वे बोलीं। हमारे मस्तक को चूमा और आशीषती हुई चली गईं।

उनके जाते ही पुनः राम ने अपने अंक में भींच लिया मुझे—राम अधीर लगे। नेत्रों में विशिष्ट चंचलता...मानो वे ही बोल रहे हों उनके हृदय की बात। नैनों की भाषा से अब उतनी अनभिज्ञ भी नहीं थी मैं, किंतु कोई प्रत्युत्तर नहीं दे पा रहे थे मेरे नेत्र। मात्र झुक जाते लज्जा से। ऐसा अनुपम संबंध होता है पति-पत्नी का? इतना सुखद अनुभव? सारा संसार विस्मृत हो जाए परस्पर सान्निध्य में? चकित थी।

बाँहों में थामे हुए ही राम झरोखे तक ले आए मुझे। पट खोला। वृक्षों पर अलस चाँदनी पसरी हुई थी। हल्की पीली। कुहासे में लिपटी, ठिठुरती हुई। पछिया का शीतल झोंका आया और मेरे संपूर्ण बदन को सिहरा गया। परंतु रम्य दृश्य और राम के स्पर्श के समक्ष उसकी अनुभूति गौण लगी।

"प्रिय, क्या उपहार चाहिए तुम्हें?"

मैं मौन रही। कहना चाहा, जो सुख मिल रहा है आपके स्पर्श का, निकटता का, उसके आगे तो वासव का वैभव भी तुच्छ होगा। परंतु अधर बंद रहे।

"कुछ तो कहो सीते?" राम का प्रेमाग्रह।

"आपको पाने के बाद अब कोई कामना शेष नहीं रही। आपके समक्ष ये निर्जीव रत्न तुच्छ हैं राम!" स्वर भर्रा गया मेरा।

"किंतु मेरी कामना है तुम्हें उपहार दूँ।" राम मुस्कुराए।

लज्जा से और सिमट गई मैं।

"मेरा उपहार अवश्य स्वीकार्य होगा तुम्हें, मुझे आशा है।" गूढ़ बातें। मंद मुस्कान से और मोहक हो उठा उनका मुख। उपहार पाने की न ललक थी मुझे न कामना। जो बिन माँगे मिला था उसे ही दैव बनाए रखें। दैव से मन ही मन प्रार्थना की।

"सीते, एक पत्नीव्रत रहने का वचन दे रहा हूँ तुम्हें उपहारस्वरूप। स्वीकार्य है?"

एक पत्नीव्रत का संकल्प? स्तब्ध रह गई मैं। नेत्र अश्रुसिक्त हो आए हर्ष से। ऐसा अनुपम उपहार...? संसार में कदाचित ही किसी पत्नी को मिला होगा पति से। गर्व हो आया राम पर। अपने भाग्य पर। क्षण मात्र में सारे भय तिरोहित हो गए। अब हर रात्रि राम को देख सकूँगी अपने कक्ष में। प्रतीक्षा समाप्त हो गई आरंभ होने से पूर्व ही।

फिर तो मितभाषी कहे जाने वाली मेरी जिह्वा राम के सान्निध्य में वाचाल हो उठी। राम के हृदय में तो मानो बातों का भंडार ही अलोक था। विद्याध्ययन काल से लेकर विश्वामित्र संग बक्सर के सिद्धाश्रम गमन। ताड़का, सुबाहू वध तक का वृत्तांत अनवरत सुनाते रहे।

"गुरु विश्वामित्र संग सिद्धाश्रम न जाता तो जनकपुर की यात्रा संभव न थी। तब तुम भी मुझे प्राप्त नहीं होतीं। यह संयोग मात्र ही था। क्षण मात्र अपने नेत्रों

से ओझल न होने देने वाले पिताजी वशिष्ठ जी के समझाने पर सिद्धाश्रम जाने देने को सहमत हुए। उस समय तनिक भी ज्ञात न था कि यह यात्रा सुख-सौभाग्य का अक्षय कोष लेकर आएगी मेरे जीवन में। प्रथम राजधानी से दूर गंगा पार सिद्धाश्रम जाना। आतताई असुरों का वध हमारे हाथों होना। यह वही पौराणिक पावन सिद्धाश्रम था जहाँ पूर्व में महात्मा वामन भी तप रत रहे थे जिन्हें विशेष सिद्धि प्राप्त थी। वामन-दानवीर राजा बलि की प्रसिद्ध कथा तो सुनी ही होगी तुमने प्रिय? वही राजा बलि जिनसे तीन डग भूमि दान माँगी थी और तीन डग में ही उनका सारा राज्य नाप लिया था। उस आश्रम में अनेक सिद्ध महात्माओं, ऋषि व तपस्वियों के तप और ध्यान में ये तीनों असुर विघ्न डाला करते, यज्ञों में बाधा उत्पन्न करते। दो का वध हमारे हाथों हुआ। तीसरा असुर मारीच भाग गया दक्षिण की ओर। हम अयोध्या लौटने ही वाले थे तभी जनकराज का निमंत्रण मिला गुरुदेव को। उन्होंने हमें भी जनकपुर चलने को प्रेरित किया–

"'वत्स राम, लक्ष्मण! मेरे संग तुम लोग भी चलो। बहुत ही सुंदर नगर है विदेहराज की राजधानी जनकपुर। नगर भ्रमण भी कर लेना और साथ ही उस अद्‌भुत शिव पिनाक को भी देख लेना। पुनः कब शुभ अवसर प्राप्त हो शिव धनुष अवलोकन का।'"

मैं मंत्रविद्ध सुनती रही उनका उद्‌गार। इतने दिनों जनकपुर का मौन चिंतन-मनन, भाव अब मुखर था उनके शब्दों में। उनके मुख से सुना एक-एक वृत्तांत तथा दृश्य नया अर्थ दे रहे थे मेरे चाक्षुष व अचाक्षुष दृश्यों को।

"मिथिला की यात्रा कई अर्थों में अद्‌भुत और सुखद रही प्रिय! यात्रा पथ में प्रथम विश्वामित्र ने ऋषि गौतम भार्या अहल्या के दर्शन करवाए। अपनी दुर्बलतावश देवी अहल्या ने इंद्र को समर्पित हो अपने पत्नी धर्म का क्षय किया था। उनके इस आचरण से क्षुब्ध हो महर्षि गौतम ने उन्हें त्याग का दंड दिया। पति द्वारा परित्यक्त देवी ने सामाजिकता ही नहीं जीने की इच्छा भी त्याग कर कुटी तक ही सीमित कर लिया था स्वयं को। ऐसी लांछना जड़ हो जाने पर विवश न करे किसी स्त्री को, क्या यह संभव है? उन्हें साग्रह ग्लानि के गर्त से निकलने, सामाजिक बनने पर बल दिया मैंने। साथ ही ऋषि गौतम से निवेदन किया अतीत को विस्मृत कर उन्हें प्रतिष्ठा देने...अपनाने हेतु। तोष हुआ। ऋषि और देवी अहल्या दोनों ने मेरे आग्रह का मान रखा। परिस्थितियाँ किसी के भी विचलन का कारण हो सकती हैं। मानव मानवोचित गुण-अवगुणों से पूर्ण होता है। उसकी प्रवृत्तियाँ कभी भी प्रबल हो दुर्बल बनने पर विवश कर सकती हैं उसे। इसका यह अर्थ कदापि नहीं कि उसे इतना बड़ा दंड दिया जाए। उससे जीने का हेतु छीन लिया जाए।"

राम कह रहे थे। अचंभित-सी सुन रही थी मैं। इतने परिपक्व और परिष्कृत विचार? श्रेष्ठ गण जब किसी व्यक्ति की बातों का अनुमोदन, समर्थन या मान्यता दें तो निश्चय ही वह व्यक्ति या उसके विचार सर्वमान्य योग्य होंगे। सत्य लगी यह उक्ति राम के संदर्भ में।

देवराज इंद्र व देवी अहल्या का प्रसंग मिथिला क्षेत्र के लिए कौतुक-जनक था। उसके पक्ष-विपक्ष में अभी तक विमर्श होते रहे थे। शतानंद माता अहल्या।

ब्रह्मा की अति स्वरूपवती मानस पुत्री अहल्या। गौतम-पत्नी अहल्या...और कालवश वासव भोग्या अहल्या की कथा क्या विस्मृत होने योग्य थी? इस प्रसंग को सकारात्मक दृष्टि प्रदान करने वाले राम निसंदेह स्त्री के मान-सम्मान के पक्षधर हैं। तभी तो सौत वेदना से मुक्ति दिलाने हेतु अभयदान दिया मुझे उन्होंने एक पत्नीव्रत का संकल्प लेकर। राग हो आया राम पर। अभिमान हुआ स्वयं के सौभाग्य पर। राम मात्र मेरे रहेंगे सदा...सर्वदा। अविभक्त...अविभाजित।

"मिथिला क्षेत्र अति सुंदर, अन्न-जल पूरित हरीतिमा-युक्त है सीते। वहाँ की ऋतु, लोकाचार, परंपरा का अद्‌भुत वर्णन था स्त्रियों के गान में। विशेषत: कोहबर गीत में। मीठी भाषा...मधुर स्वर...अक्षरश: स्मरण है मुझे वह गीत।"

"आपको वे गीत स्मरण हैं?" साश्चर्य पूछा मैंने।

"हाँ प्रिय! बहुत ध्यान से देखा-सुना था मैंने वहाँ का समस्त विधि-विधान और गान।"

"आप उपहास कर रहे हैं राम।"

"उपहास नहीं, सत्य कह रहा हूँ सीते...सुनोगी कोहबर गान के बोल?"

मैं उनका मुँह ताकने लगी...

राम मुस्कुराए...बोले—''सुनो...

एहन छाड़ि ससुराल कहमा जइहों सरकार
दूल्हा बसि रहियो मिथिला नगरिया में
रघुवर आयो पूस मास जिअरा अति हुल्लास
अब साजू सब साज ससुररिया में

"कहो स्मरण है न?"

मैं मंत्रमुग्ध, अचंभित थी उनकी स्मरण शक्ति पर। राम के स्वर में गीत की मिठास द्विगुणित हो गई थी।

"अद्‌भुत था प्रिय उन गीतों का भाव। प्रेम, अनुराग, आग्रह, अद्‌भुत तो स्वयं विदेह राज भी हैं—विदेह यानि अलिप्त। कोई राजा अलिप्त रहकर राजकार्य करे। महान है। प्रबल भाग्यवान हूँ मैं। विदेह राज जैसा ससुर अपूर्व सहधर्मिणी तुमको पाकर।"

पुन: वे भवनवासियों एवं तीनों माताओं के गुण-स्वभाव सविस्तार बताते रहे। कितना अद्‌भुत, अपूर्व, अनुरागमय क्षण था। परस्पर सान्निध्य में पूरी आयु शेष हो जाए। यह रात्रि बीते ही नहीं। किंतु सदैव चलायमान काल के पग कभी रुके हैं किसी की कामना, इच्छा, अनिच्छा पर? भोर का संदेशा ले पक्षी कलरव करने लगे। शैया से उठकर राम संध्योपासना हेतु चले गए। दासियाँ मुझे भी स्नान-ध्यान के लिए ले गईं।

भोजनादि से निवृत्त हो चारों बहनें इकट्ठी हुईं। वाटिका में चहुँ ओर हेमंत की मधुर पीली धूप फैली थी। सभी के नेत्र रक्ताभ थे और पलकें बोझिल। झेंपी-झेंपी-सी सभी ने वार्ता आरंभ की...जिसमें प्रथम रात्रि के अनुभव की कोई चर्चा नहीं थी। बड़ी कौशल से सभी छुपा लिया अपने उद्‌गार। मैं ज्येष्ठ...किस प्रकार कोई प्रसंग छेड़ती...मात्र इधर-उधर की बातें होती रहीं। बातों के क्रम में एक बात छिपा गई मैं। राम के एक पत्नीव्रत का वह अनुपम उपहार। यदि उनके पतियों द्वारा ऐसा वचन प्राप्त न हुआ होगा तो संताप होगा उन्हें सुनकर।

"जिस वार्ता से किसी को दु:ख हो उसे उजागर करना उचित नहीं होता।" माँ की सीख थी।

इसी मध्य भवन में अति उत्साह से विधि-विधान संपन्न करती अति सुघड़, सुंदर स्त्री का ननद के रूप में परिचय पाकर आश्चर्यचकित रह गई मैं। अभी तक तो यही संज्ञान में आया था कि ससुरजी को तीनों पत्नियों से कोई संतान नहीं प्राप्त होने के पश्चात् उन्हें पुत्रेष्टि यज्ञ का अनुष्ठान करना पड़ा था जिससे चारों पुत्रों की प्राप्ति हुई थी किंतु किसी पुत्री का वर्णन तक नहीं आया था किसी प्रसंग में। अब ज्ञात हुआ अग्रजा शांता बड़ी सासु माँ कौशल्या की प्रथम संतान थीं जिसे वचन के अनुसार ससुरजी ने अपने निसंतान घनिष्ठ मित्र अंगनरेश लोमपाद को गोद दे दिया था। जिनका ब्याह अंगराज ने महर्षि ऋषिशृंग से किया था जो महान वेदर्षि भी थे। और ससुरजी के पुत्रेष्टि यज्ञ का सफल अनुष्ठान उन्होंने ही संपन्न किया था। लगा कन्या संतान की गणना उत्तराधिकारी कौन कहे, संतान के रूप में भी अपनी उपस्थिति जतलाने की आश्रित होती है। जब तक वे भवन में रहीं हम बहनें एक ज्येष्ठ व श्रेष्ठ ननद का समुचित आदर देती रहीं उन्हें। अंतत: वे मेरे राम की अग्रजा थीं जो संयोगवश राजा लोमपाद को गोद चली गई थीं परंतु थीं तो वे इसी वंश की राजकुमारी...।

शांता जीजी चली गईं अपने पीछे उद्वेलित करते ढेर सारे प्रश्नों को छोड़कर। वे किन परिस्थितियों में अंगराज की शरणागत हुईं यह जिज्ञासा उद्वेलित करने लगी। हेतु जानने के लिए एक दिन बड़ी माँ की पादसेवा करते हुए सुअवसर जान विनम्रता से मैंने निवेदन किया–

''माँ, अग्रजा शांता को गोद देना सहज संभव नहीं रहा होगा आप के लिए?''

''पुत्री सीता, एक माँ के लिए अपनी इकलौती प्रथम या कितनी संतानों में से किसी एक से भी विलग होना क्या सहज संभव है? शांता तो मेरे मातृत्व में खिली प्रथम कली थी परंतु युवा काल में ही दोनों मित्र वचनबद्ध हो गए थे कि ''किसी एक को भी संतान की प्राप्ति न होने पर दूसरा अपनी संतान उसे दे देगा। अब वचन की उस वेदी पर शांता को वलि तो चढ़ना ही था।''

''और यदि प्रथम संतान पुत्र होता क्या तो भी?''

''कदाचित हाँ पुत्री! इस संसार में संबंधों की डोर में बँधने का अर्थ मात्र स्वयं के सुखों के लिए जीना नहीं होता, इसमें सभी के प्रति कर्तव्य का निर्वहन भी डोर की महत्ता को पुष्ट करता है। माँ के रूप में मुझे दुख तो अवश्य हुआ था स्वयं से उसे विलग करते हुए किंतु पत्नी के रूप में पति के वचनों के प्रति भी मेरा दायित्व था। सो हृदय पर पत्थर रख लिया मैंने।'' कहते-कहते उनके नेत्र अश्रुसिक्त हो आए। लगा, उनका हृदय जीजी शांता के लिए अभी रिक्त ही है। कदाचित इसीलिए विद्वत्जन कहते हैं, ''भावुकता में वचन देना न्यायसंगत नहीं होता।''

अनुराग में पगे समय को तो जैसे पंख लग गए थे राम के सुखद सान्निध्य, सासु माँ के हर्ष की छाया में किंतु औचक स्मरण हो आती माँ सुनैना की उदास आँखें। हर पल ढूँढ़ रही होंगी वे हमें। हमारे बचपन की स्मृतियाँ सहेजे विलख पड़ती होंगी माँ। छिपकर पाटुका से अपने अश्रु पोंछ लेते होंगे पिताजी। हमारी चर्चा

कर व्याकुल हो जाते होंगे भवनवासी। पुष्प पौधों के निकट जाकर ठिठक जाती होगी शीतला। आह...कैसे होंगी माँ-पिताजी? सुख के प्रवाह में दुख के ये अवरोध कण...। ज्ञात हुआ इस मध्य पिताजी का बुलावा आया था। ससुर जी ने अस्वीकार कर दिया। बोले थे-भर नेत्र अभी देखा भी नहीं मैंने बहुओं को। अवसर आने पर भेज देंगे उन्हें जनकपुर।

मोह की प्रबल संरचना...सासु माँ का मोह हर पल मुझे अपने सन्निकट रखना। मुख निहारते नहीं थकना। उनका वश चलता तो नेत्रों में बंद कर लेतीं मुझे।

मेरी स्थिति भी इससे भिन्न कहाँ थी। आकांक्षा राम को छिपा लूँ पलकों बीच। क्षण मात्र भी ओझल न होने दूँ। लगा, अल्पावधि में ही मेरे लिए सासु माँ की और राम के लिए मेरी यह दशा थी। तो मेरे माँ-पिताजी की क्या स्थिति हो रही होगी हमारे लिए? हमारा एक-एक क्रिया-कलाप हँसा-रुला जाता होगा उन्हें। भवन हमारे खिलखिलाहटों से सूना होगा। पिताजी तो सच में विदेह हो गए होंगे? किंतु ये बातें भी निसंगता में ही स्मरण आतीं। किसी की उपस्थिति में ओझल हो जातीं। इतना मान-सम्मान, प्रेम-स्नेह? अद्‌भुत अनुभव था।

आर्य भरत मामा युधाजित के साथ केकय देश चले गए हैं। संग शत्रुघ्न भी गए हैं। लक्ष्मण के बिना राम का जी नहीं लगता। शत्रुघ्न भी भरत के सहचर हैं। केकय युवराज का आना पूर्व में ही हुआ था। नाना का बुलावा भरत के लिए लेकर। हमारे ब्याह के आयोजन-वश रुकना पड़ा उन्हें। दौहित्र को देखने की कामना वृद्ध नाना की थी। ससुर जी इन्कार न कर सके।

मांडवी, श्रुतकीर्ति का भरत, शत्रुघ्न से विछोह। दोनों का क्लांत होना स्वाभाविक था। कुछ ही काल तो हुए थे संग साथ के। हर संभव प्रयास करती मैं और उर्मिला, दोनों को प्रसन्न रखने की किंतु हम भरत-शत्रुघ्न न थीं। उनकी उदासीनता, पीड़ा, मुख और व्यवहार में लक्षित होतीं। ससुर जी के अधिक वय होने के कारण राम-लक्ष्मण उनकी सेवा में तत्पर रहते और राजकार्य का संचालन भी करते। राम की कार्य-कुशलता, आत्मीय व्यवहार, विधि-विधान में निपुणता से राजसभा से लेकर प्रजा तक प्रसन्न और संतुष्ट थी। भवनवासियों के तो वे नेत्र के मानो पुतली ही थे।

दिवस राज कार्य में व्यतीत कर रात्रि समय मेरे पास राम की उपस्थिति। राजसभा का हाल सुनाना। नीतिगत बातें। व्यावहारिक ज्ञान। कितने परिपक्व हो गए हैं राम इतने ही वय में। अचरज होता। जितने काल राम राज सभा में होते। मैं माताओं की सेवा में होती। उनका अनुभव सुनती। आशीर्वचन बटोरती। अपनी सेवा कार्यों हेतु माता-पिता के लिए सम्मानजनक शब्द सुनती। अपने सुघड़ व्यवहार के लिए उनकी शिक्षा, संस्कार की सराहना सुनती। गर्व हो आता माँ-पिताजी पर...।

ससुर जी की चिरवांछित अभिलाषा राम युवराज बनें। उनकी इच्छा सर्वमान्य हुई सभा में। वशिष्ठ द्वारा लग्न मुहूर्त भी सोच लिया गया। दीर्घावधि तक ऐसा शुभ लग्न मुहूर्त नहीं था। माँ कौशल्या भाव-विभोर हैं। एक भी इच्छा दमित न रह जाए। वाद्य...गान...सदावर्त तथा दीन-दुखियों को नूतन वस्त्र आदि की व्यवस्था में तत्क्षण जुट गई हैं वे।

मैं विस्मित। इतना शीघ्र राम अयोध्या के युवराज बनेंगे, और मैं राजरानी? राम से जुड़ने के बाद तो मानो हर्ष की वृष्टि ही हो रही थी मुझ पर दिनानुदिन।

"माँ की प्रसन्नता स्वाभाविक ही है राम। आप को युवराज देखने की चिर-कामना पूर्ण हो रही है उनकी। उनके हृदय का उद्गार ही मुखर है दान सदावर्त में।"

"किंतु मुझे तनिक भी प्रसन्नता का अनुभव नहीं हो रहा...यह प्रसन्नता अधूरी लग रही है मुझे सीते!" राम बोले।

चौंक पड़ी मैं।

"ऐसा क्यों आर्यपुत्र?"

"भरत-शत्रुघ्न की अनुपस्थिति में यह विशिष्ट आयोजन क्या आनंददायी होगा?"

"आप सत्य कह रहे हैं, उनके बिना बड़ा सूना-सूना अनुभव होगा। पिताजी महाराज के समक्ष उनके बुलाने का प्रस्ताव नहीं रखा आपने?"

"बारंबार उनसे और गुरु वशिष्ठ से आग्रह किया मैंने कि आयोजन को भरत-शत्रुघ्न के आने तक स्थगित कर दीजिए किंतु गुरुदेव मुहूर्त टालने को सहमत नहीं हैं। इतना शुभ लग्न-मुहूर्त दीर्घकाल तक नहीं है। किसी दुस्वप्न के भयवश पिताजी शीघ्र संपन्न करने को इच्छुक हैं यह कार्य। केकय देश दूर है। शीघ्र संदेश जाने तथा उनके आने की व्यवस्था संभव नहीं है।" उनका कहना है।

''किंतु मुझे तनिक भी नहीं सुहा रहा। बहुत अधूरा-अधूरा अनुभव हो रहा...प्रिय भरत और शत्रुघ्न के बिना जीवन का इतना विशेष आयोजन क्या हर्षित करेगा हृदय को?''

"सब दैव कृपा है आर्यपुत्र! आप मन मलिन न करें। हमारे हर्ष के सहयात्री वे न होंगे तो कैसे भला अनुभव होगा। पतियों की अनुपस्थिति से वैसे भी मांडवी, श्रुतकीर्ति उदास हैं, अब और अधिक व्याकुल हो जाएँगी। ऐसे मंगल कार्य क्या किसी को हर्षदायी अनुभव होगा?"

10

राम का राज्याभिषेक...। रघुवंश के पराक्रमी इतिवृत्त में एक और नाम। राजा राम। स्नान-ध्यान से निवृत्त हो सुसज्जित राम की प्रतीक्षा में थी। बहनों, परिचारिकाओं का हठ, "राम आज युवराज बनेंगे, आप महारानी। उसके अनुरूप श्रृंगार भी तो वांछित है।" मेरी वर्जना पर कहाँ ध्यान दिया उन्होंने। रत्नाभूषण, स्वर्ण तारों से खचित रेशमी वस्त्र। वेणी में सुगंधित पुष्पों का गजरा। माँग में चूड़ामणि। अनुभव हुआ। ये साज-श्रृंगार प्रसन्नता को द्विगुणित ही नहीं करते, विशिष्टता का आभास भी कराते हैं। किंतु अब ये असहज कर रहे थे। पहरों हो गए थे राम को गए।

समय का बीतना व्यग्र कर रहा था मन को। राम आएँगे। तत्क्षण हमें राजसभा में जाना होगा। मुहूर्त प्रातः का ही था। समय पर राम तैयार भी हो गए थे। सुमंत्र ससुर जी का संवाद लेकर आ गए। छोटी माँ के भवन से। प्रायः उन्हीं के भवन में ससुर जी का रात्रि वास होता। यह निरंतरता छोटी माँ के आने से आरंभ हुआ

निर्बाध चला आ रहा था। ससुर जी की वे प्रिय रानी थीं। राम छोटी माँ की बड़ाई करते नहीं थकते थे, "बहुत ममतालु हैं मेरी छोटी माँ। महान विदुषी और वीरांगना भी। चारों भाइयों पर समभाव स्नेह है उनका। उन्हीं के सान्निध्य में बाल्यकाल बीता हमारा। उसी भवन में क्रीड़ा करते हुए बड़े हुए हम।"

दीर्घा में राम की पगध्वनि उभरी। प्रफुल्लित हो उठे गात-गात। सैकड़ों पगध्वनियों में इसे पहचान सकते थे मेरे कर्ण। संग अन्य पगध्वनियाँ भी थीं। राम आज अकेले हो भी कैसे सकते हैं? कुछ पलों पश्चात् इस राज्य के युवराज होंगे वे। मैंने वस्त्रों को व्यवस्थित किया। आते ही कहेंगे, "सीते, चलो राजसभा चलते हैं।"

राम कक्ष में आए। संग प्रतिच्छाया लक्ष्मण भी थे। शेष द्वार पर ही ठहर गए। किंतु यह क्या? वे तो मौन हैं। लक्ष्मण भी। धड़क उठा हृदय...राम की प्रकृति शीतल है...किंतु लक्ष्मण क्यों चुप हैं...वह भी हर्ष के इस अवसर पर? व्याकुल हो उठी मैं। राम की ओर देखा। निरुत्साह, मलिन मुख। अघटित की आशंका सहमा गई मुझे। पूछना चाहा। "नेत्रों में उदासी, मुख पर यह मलिनता क्यों? इतने ही लघुकाल में यह परिवर्तन कैसा?" उनका मुख निहारते ही तो बीते थे इतने दिवस। उनकी एक-एक भंगिमा से परिचित थी मैं।

"आर्य, सब कुशल तो है?" मात्र इतना ही पूछ सकी।

"कुछ कुशल नहीं है सीते, सब समाप्त हो गया।" राम का मद्धिम स्वर चौंका गया मुझे।

"क्या समाप्त हो गया नाथ?"

"पिताजी ने छोटी माँ के भवन में स्मरण किया था। उन्होंने मुझे वनवास की आज्ञा दी है।" सहज भाव। संतुलित शब्द।

तो राम मुझे मूर्ख बना रहे हैं। जब भी अवसर मिलता, चारों भाई मिथिला की परंपराओं को इंगित कर हम बहनों का उपहास किया करते। सहज होते हुए मैं बोली–

"अच्छा परिहास कर रहे हैं मुझसे। राज्याभिषेक के शुभ अवसर पर यह अशुभ शब्द। आज के अवसर का तो ध्यान कीजिए।" कहकर मैं हँसी। परंतु दोनों भाइयों के मुख का भाव यथावत रहा। हल्की मुस्कान तक न थिरकी अधरों पर। मेरी चिंता गहन हो उठी।

"यह परिहास नहीं, सत्य है सीता!" क्षण मात्र को अचंभित रह गई मैं। पुनः स्वयं को सहेजा।

"परंतु क्यों राम, किस अपराधस्वरूप अरण्य वास का यह कठिन दंड मिल रहा है आपको?" अनायास मेरे मुख से निकल पड़ा। यह क्यों, कब तथा कहाँ जैसे प्रश्न असंगत होते हुए भी अपने मनोभावों को रोक नहीं पाई मैं।

"मुझे स्वयं ज्ञात नहीं अपना अपराध।" राम पलकें झुकाए हुए ही बोले।

"तो फिर औचक यह आज्ञा?"

"पूर्व काल में पिताजी ने छोटी माँ को दो वर दिए थे। मेरे अभिषेक की बात ज्ञात होते ही उन्होंने पिताजी को उस वर का स्मरण कराया और उन्हें पूर्ण करने का वचन ले लिया।"

"किंतु उनके वर से आपके वनवास का क्या संबंध है राम?"

"है प्रिय, वर स्वरूप उन्होंने तात भरत के लिए अयोध्या का राज सिंहासन तथा मेरा चौदह वर्षों के लिए वनवास माँगा है। पिताजी अवश अवस्था में हैं। उनके सम्मुख कोई और मार्ग नहीं था। उनके वचन का मान रखने हेतु मुझे वन जाना ही होगा। मैंने अपना कर्तव्य निश्चित कर लिया है। आज ही वन के लिए प्रस्थान करूँगा।"

"परंतु आर्यपुत्र...?" मेरा स्वर भर्रा उठा। कंठ अवरुद्ध हो गए भावातिरेक से...।

"चित्त स्थिर करो सीते, चिंतित मत होओ। धैर्य से मेरी बात सुनो। आज के पश्चात् मेरे कर्तव्यों का निर्वहन तुम्हें ही करना है। पिताजी के प्रति तनिक भी मनोमालिन्य मत करना। परिस्थितिवश वे विवश हैं। मेरी वृद्धा माँ का शोक-संताप तुम्हीं क्षीण कर सकती हो। अन्य माताएँ, जिनका प्रेम-स्नेह सदा प्राप्त हुआ है मुझे; उन्हें भी धैर्य बँधाना। भरत-शत्रुघ्न यहाँ की स्थिति से अनभिज्ञ हैं। उनके प्रति तुम्हारे स्नेह में तनिक भी न्यूनता न आने पाए, ध्यान रखना। यह भी ध्यान रखना, अब वे अयोध्या के राजा हैं और राजा के प्रतिकूल कोई भी आचरण उसके कोप का भागी बनाता है मनुष्य को। वह चाहे तो अहित करने वाले को त्याग या दंड भी दे सकता है। चाहे वह कितना भी प्रिय व्यक्ति क्यों न हो।"

राम का अकंपित स्वर। नीतिगत बातें। इस कठिन समय में भी। चकित ही नहीं कर रही थीं वरन खटक भी रही थीं मानस में। पूछने की इच्छा हुई, "राजा के विरुद्ध किस आचरण का प्रतिफल है आप का यह कठोर दंड? स्वप्न में भी क्या आपने राज्य अहित का विचार किया कभी?'' पूछा नहीं।

स्थिति अति नाजुक थी। तर्क-वितर्क का अवसर नहीं था। अरण्य गमन हेतु राम पूर्णरूपेण तैयार थे। उन्हें अपने पथ से डिगाना असंभव था।

पर मैं क्यों व्याकुल, विचलित हो रही हूँ? तत्क्षण मस्तिष्क में कौंधा। क्यों पूछ रहीं हूँ कुछ। क्या मैं राम से भिन्न हूँ? उन्होंने अपना कर्तव्य निश्चित कर लिया। मुझे भी अपना धर्म निश्चित करना है। जहाँ राम होंगे मेरे लिए भी वहीं अयोध्या होगा। उनके बिना यह भवन भी किसी कंटकाकीर्ण अरण्य से कम होगा क्या?

"राम! मैं भी चलूँगी आपके संग।" मैंने सहज स्वर में कहा। चकित हो उठे राम। गहन दृष्टि से मेरी ओर देखा–

"वनवास की आज्ञा मुझे मिली है सीते! तुम्हें कष्ट हो, यह सहन न होगा मुझे।"

"यह कैसा तर्क है तात, सुख में अंशीदार और दुःख में निस्संगता? दांपत्य में ऐसा विधान तो नहीं है। सुख-दुःख, रोग-शोक, हानि-लाभ, यज्ञ-दान में हम समान भाव से भागीदार होंगे। यह मात्र पुस्तक की बातें नहीं हैं। सप्तपदी के वचन हैं, जिसे अग्नि समक्ष हमने दिया है परस्पर। ससुर जी ने अपने वचन का निर्वाह किया। आप पिता के वचन का निर्वाह करने जा रहे हैं तो मुझे भी अपने वचन का निर्वाह करने दीजिए। अर्धांगिनी हूँ मैं आपकी, आपके हर कर्मों का अंशी। पिता-भाई, पुत्र-बंधु या पुत्री अपने कर्मों का फल भोगते हैं। मात्र पत्नी ही पति के भाग्य का अनुसरण करती है राम!" मेरा स्वर भर्रा उठा।

किंतु राम नहीं माने मेरी बात। वन्य जीवन की कठिनाइयाँ गिनाने लगे–हिंसक जीव-जंतुओं का भय दिखाने लगे। अन्न-जल का अभाव बतलाने लगे। कुश-कंटक युक्त मार्ग की कठिनाइयों का बखान करने लगे। आँधी-तूफान के जोर। पेड़ों के

घर्षण से होने वाले दावानल की स्थिति...पर्णकुटी की अपर्याप्त सुरक्षा। शैयाविहीन शयन। भवन के प्रकाश के विपरीत असह्य घोर अंधकार रात्रि का भय दिखाकर डिगाने लगे मेरा संकल्प। सिद्धाश्रम का दृष्टांत प्रस्तुत कर लक्ष्मण को भी साझी बना रहे हैं किंतु उन्हें मेरे मर्मस्थल तक की पहुँच नहीं हो रही जहाँ व्याकुलता का ज्वार उठ रहा है। चौदह वर्षों का विछोह...इतनी अवधि तक क्या मेरे प्राण शेष रहेंगे तन में? वे मुझे अपना हठ त्यागने पर बल दे रहे हैं।

राम की बातें सुन अधैर्य हो रो पड़ी मैं। किस विधि अपना हृदय दिखाऊँ...ताकि मेरे संताप का भरोसा हो उन्हें। छटपटा उठी मैं–

"राम, आप जो वन्य जीवन की कठिनाइयाँ दर्शा रहे हैं, यह आपका स्नेह है। वन्य के हिंसक जीव-जंतु आपके होते मेरा कोई अहित कर सकें, क्या यह संभव है? किंतु आपका वियोग अवश्य मेरा अहित कर देगा। सुख में पति के पीछे, दुःख में आगे चलना आर्यावर्त की स्त्रियों का धर्म है। यह शिक्षा हमें अपनी माँ से मिली है। आप देखेंगे–वन में भी मैं पितृगृह सा आनंद अनुभव करूँगी। फल, मूल का भोजन, पत्तों की शैया, नदी-सरोवर का जल सेवन कर आपके संग मैं सहस्त्रों वर्ष वन में व्यतीत कर लूँगी किंतु आपके बिना तो स्वर्ग भी अरुचिकर होगा मुझे। वैसे भी एक प्रकांड ज्योतिषी ने मेरी हस्तरेखा देखकर कहा था, कुछ काल तक मुझे अरण्य वास करना अवश्यंभावी है। तो क्यों न यह विधान भी पूर्ण हो ही जाए।"

मैं निरंतर बोले जा रही थी। विधि का विधान। शायद मेरे अंदर का भय वाचाल बना रहा था मुझे कि मेरे तर्क व हठ पर कुपित हो राम मुझे छोड़कर प्रस्थान न कर जाएँ।

नाना विध मेरी याचना तर्क उद्‌गार पर भी वे मुझे संग ले जाने को सहमत नहीं हुए। मेरे निरंतर प्रवाहित हो रहे अश्रुओं का भी उन पर प्रभाव नहीं दिखा। व्याकुल हो उठी मैं। कौन सा यत्न करूँ? क्या करूँ, कैसे अपने दुःखों का अनुपात दर्शाऊँ। जितना दृष्टांत स्मरण था सभी का बखान आरंभ किया। सत्यवान संग सुखपूर्वक वन में वास करती सावित्री का। नल संग अरण्य में रही दमयंती का। लक्ष्मण की उपस्थिति भी लज्जा में नहीं डाल रही थी मुझे। राम का समझाना, उपदेश देना, माँ-पिताजी की सेवा से विद्या, पुत्र एवं स्वर्ग की प्राप्ति का होना। सहन नहीं हो रहा था मेरे कानों को। ये सारे प्रलोभन निष्प्रभावी हो रहे थे मुझ पर। वे समझ क्यों नहीं रहे थे मेरा स्वर्ग, धन-धान्य, गोलोक, ब्रह्मलोक या देवलोक वहीं होगा जहाँ वे रहेंगे।

उनके सीने पर सर रख मैं बिलख पड़ी, "मैं आपके संग अवश्य चलूँगी राम!"

राम ने अर्थपूर्ण दृष्टि से मेरी ओर देखा। गंभीर स्वर में बोले–

"वन जाने का तुम्हारा यह निश्चय इस कुल के सर्वथा अनुकूल है सीते! शोक न करो। जाओ शीघ्र वन गमन की तैयारी करो। अवश्य चलोगी तुम मेरे संग दंडकारण्य। जाने से पूर्व मेरी और अपनी विलास की सभी वस्तुएँ याचकों में बाँट दो। शीघ्रता करो। तब तक मैं माँ से अंतिम विदा लेकर आता हूँ। वे अधीर हो रही होंगी।"

"मैं भी चल रही हूँ उनके कक्ष में। बिना उनकी आज्ञा के अनुचित होगा मेरा वन जाना।" पुनः भावपूर्ण नेत्रों से राम ने देखा मेरी ओर।

मैंने तत्क्षण सेविका को बुलाकर सभी वस्तुओं को इंगित कर उन्हें याचकों में बाँट देने को कहा। चौदह वर्षों पश्चात् का पल किस स्वरूप में सम्मुख आएगा...? उसके लिए कुछ भी सँजोकर रखने का कोई अर्थ कहाँ था।

राम संग मैं और लक्ष्मण बड़ी माँ कौशल्या के कक्ष की ओर बढ़े। चलते-चलते पीछे मुड़कर लक्ष्मण की ओर देखा। उनके मुख पर नाना प्रकार के भाव आ-जा रहे थे।

11

अदृष्ट का चमत्कारी पटल। क्षण-क्षण परिवर्तित होते दृश्य...अभी सुख का मंच सजा था। अभी संताप का। सारे वाद्य मौन हैं। विधि-विधान की सामग्रियाँ उपेक्षित-सी बिखरी हुई हैं यत्र-तत्र। भयावह नीरवता व्याप्त है सर्वत्र...मानो भवन जन-शून्य हो। शायद यह संवाद हर ओर विस्तारित हो गया है। तूफान से पूर्व की नीरवता...। समझ से पूर्व की नीरवता...। जड़ हो जाने की स्थिति की नीरवता...। इस नीरवता की परिणति क्या होगी...यह निर्णय भवन या राज्यवासियों का होगा या राजाज्ञा के समक्ष उठा हुआ ज्वार पुनः समा जाएगा सागर के गर्भ में। बिना तट से टकराए?

मस्तिष्क में द्वंद्व चल रहा है सत्य-असत्य, होनी-अनहोनी का। क्या पग भी हर्ष-विषाद की भाषा समझते हैं? भौचक हूँ अपने भारी हो आए पग पर। हर्ष का क्षण होता तो पुष्प की भाँति उठ रहे होते ये। हम बड़ी माँ के कक्ष की ओर बढ़े। शांतचित्त हैं राम। चोटिल नाग की भाँति फुफकारते लक्ष्मण-राम वनगमन को दैव का विधान बतला रहे हैं और लक्ष्मण इसे पुरुषार्थ का क्षय बताने में संलग्न हैं। उनके शब्दों में व्यंग्य भी घुल आया है–

"कुटिल चाल चलने वालों पर आप को संदेह क्यों नहीं हो रहा भैया! इसमें दैव का न तो दोष है न हाथ। वह तो स्वयं सामर्थ्यहीन है। आप सरल हैं तात! सरल हृदय व्यक्ति की दृष्टि भी सरल सहज होती है। परख नहीं पाता वह कुटिलों की गति। दैव के ऊपर सारा हेतु डालकर पराजित हो बैठ जाता है। समझ नहीं पाता है ऐसे लोगों का पाखंड जो दूसरों को हानि या ठगने हेतु धर्म का सहारा लेते हैं। यदि दैव की इच्छा होती तो पूर्व में ही यह सब घटित हो गया होता।"

"तुम्हारा अभिप्राय क्या है, लक्ष्मण?" अचंभित हो राम बोले।

"क्षमा करें भैया! आप को संताप देने या पिताजी को अपशब्द कहने की न मेरी इच्छा है न सामर्थ्य। परिस्थितियों के साक्ष्य स्वरूप कह रहा हूँ। वर की मिथ्या कल्पना रचकर आपके अभिषेक में अड़चन डाला गया है और आप उसे धर्म मान दैव का विधान मान रहे हैं। कायर या पराक्रमहीन दैव का सहारा लेते हैं।" रोष से बोले लक्ष्मण।

राम धैर्य से सुनते रहे। पुनः बोले–

"बिन विचारे शीघ्र ही कुछ भी कह देना विज्ञजनों का काम नहीं। सब कुछ कहाँ होता है मनुष्य के हाथ में। अनहोनी का आक्रमण सर्वप्रथम बुद्धि पर ही होता

है। ममतामयी छोटी माँ, विदुषी, सुविज्ञ, वीरांगना, राजधर्म से अनभिज्ञ हैं क्या? ज्येष्ठ पुत्र के समक्ष अनुज राज्याधिकारी बने, न यह धर्म संगत है न राज्य-सम्मत। पुन: वे इस आपत्तिपूर्ण कार्य हेतु हठकर रही हैं। इसे क्रियान्वित करने को उद्यत हैं तो अवश्य ही इसमें अदृश्य की गूढ़ मंशा है तात।" शांत स्वर में राम बोले। लक्ष्मण मौन हो गए किंतु शांत नहीं हुए।

ज्ञात हुआ। ससुर जी के कक्ष से निकलकर पहले राम बड़ी माँ के पास गए थे। वनगमन का संवाद दहला गया था माँ को। रोष भरे शब्दों में उन्होंने प्रतिकार किया था पति के इस अधर्म संगत आज्ञा का। अति भावुकता में दिए गए इस वचन का और अति निष्ठुरता से किए गए अपने ही पुत्र पर प्रहार का कि ऐसा अन्याय कैसे किया उन्होंने अपने पुत्र के साथ? मान-मर्यादा, कुल, वंश, धर्म-अधर्म तक का विचार नहीं रहा उन्हें। तुम वन नहीं जाओगे राम। यह मेरी आज्ञा है।

राम का कथन था, "यह मात्र पिताजी की नहीं, छोटी माँ कैकेयी की आज्ञा भी है।'' स्तंभित रह गई थीं वे यह सुनकर कि कैकेयी इतना निष्ठुर कैसे हो गई? भरत राजा हों यह उन्हें कहाँ अस्वीकार होता किंतु राम को यह वनवास का दंड क्यों?"

काफी तर्क-वितर्क हुआ था उनके मध्य। उनके अचेत होने के पश्चात् ही राम मेरे कक्ष में आए थे।

कक्ष के द्वार पर ही थम गए हमारे पग। बड़ी माँ अभी भी निश्चेष्ट पड़ी थीं भूमि पर। बंद नेत्रों से अश्रु प्रवाहित हो रहे थे। बंद अधर खुलते...सर्द उच्छ्वास निकलता। पुन: अधर बंद हो जाते। उन्हें घेरे में लिए बैठी स्त्रियाँ नाना विधि सांत्वना का फाहा रख आघात कम करने का प्रयत्न कर रही थीं। भिन्न-भिन्न दृष्टांत प्रस्तुत कर पीड़ा कम कर रही थीं। नीति नियंता का उपालंभ दे रही थीं। स्त्रियों के साथ उसके सौतेले व्यवहार पर कि स्त्रियों को ही संसार का शोक क्यों झेलना पड़ता है। पुत्र शोक, पति शोक, बंध्या होने का शोक, सौत का शोक...शोक...शोक! और सारा हर्ष व गौरव पुरुषों के भाग्य में?

राम अलिप्त से सुनते रहे सब कुछ।

"उठिए माँ, अंतिम विदा हेतु आया हूँ। आशीष दीजिए।" राम का स्पर्श...जैसे विद्युत का आघात हो। तड़पकर उठ बैठीं वे।

"पिता समान तुम भी निष्ठुर हो गए राम! क्षण मात्र के लिए भी यह विचार नहीं आया तुम्हें कि तुम्हारे बिना इस जीवन का न अर्थ रह जाएगा न आवश्यकता। धर्म-नीति का मर्म जानते हो तुम। यदि धर्म का पालन ही करना चाहते हो तो यहीं रहकर मेरी सेवा करो। यही कर्तव्य है तुम्हारा।" माँ के कातर स्वर से लक्ष्मण के अंदर खदबदाती ज्वालामुखी फूट पड़ी–

"बड़ी माँ, आप ही समझाइए इन्हें। पिताजी को अपने आचरण तक का भान नहीं कि उनका यह कृत्य कितना निंदनीय होगा संसार में। निरपराध पुत्र को वनवास का आदेश। मैं कहता हूँ यह बात सर्वत्र फैले, उससे पूर्व ही भैया इस राज्य को अपने अधीन कर लें। मैं रक्षा करूँगा। किसमें सामर्थ्य है युद्ध करने का? मानव रहित हो जाएगी यह अयोध्या। किस तर्क, बल पर न्यायत: इन्हें प्राप्त राज्य को

पिताजी छोटी माँ को दे रहे हैं?" लक्ष्मण का क्रोध पराकाष्ठा पर था। किंतु असत्य नहीं लगा उनका यह तर्क।

"तात, यह मेरे प्रति तुम्हारा अगाध स्नेह है जो रोष में ढल रहा है। बल, बुद्धि या पराक्रमहीन नहीं हूँ मैं। माँ तो ममतावश सत्य और सम के प्रति मेरा अभिप्राय नहीं समझ रहीं। पिताजी ने अपने वचन का मान रखा है। मैं उनका पुत्र हूँ। उनके वचन का मान रखना मेरा धर्म है। अतः मात्र धर्म का अवलंबन करने वाले ओछे विचार को त्याग दो।" फिर वे माँ को संबोधित हुए–

"माँ, आज्ञा दीजिए। वन गमन में विलंब हो रहा है।" राम संयत मगर दृढ़ स्वर में बोले।

अधैर्य हो उठीं वे। पहली बार मेरी ओर उन्होंने देखा। न जाने किस आशय-वश, किंतु मेरे रक्ताभ नेत्र और सूजी हुई पलकें देख विचलित हो गईं–शुष्क स्वर में बोलीं–

"तुम सारे रघुवंशी एक से हो राम! स्वयं का कहा मनवाने और दूसरों की न मानने वाले। अति सदा सुखदाई नहीं होती राम! अति उदारता, अति कर्तव्य-परायणता, अति सहनशीलता, अति सिद्धांतवादिता। यह अति शब्द प्रायः निस्संग कर देता है मनुष्य को और उसके इस अतिवादिता के हवन कुंड में समिधा बनते हैं उसके अपने ही। मनुष्य के सर चढ़ा वंश का यह निर्जीव गौरव प्रथम उसे अपना रक्षक बनाता है, पुनः सजीव को त्रास देता है।" कहकर वे फफक पड़ीं।

कक्ष में मौन पसर गया। मात्र हिचकियाँ...सिसकियाँ ही प्रतिध्वनित थीं। कुछ क्षण पश्चात् पुनः वे मुखर हुईं–

"तुम भी एक पुरुष ही हो राम। कैसे समझोगे एक स्त्री और माँ की पीड़ा। कितनी व्यथाएँ भरी हुई हैं इस हृदय में। उन्हें विस्मृत करने का बहाना थे तुम। सीता का आना, पौत्र-पौत्रियों की प्रतीक्षा...इस बहाने को दूर कर पुनः उसी निस्संगता में धकेलने को उद्यत हो मुझे। आज फिर ठठाकर हँस रही है मेरी नियति मुझ पर। यह हर उस अवसर पर इसी भाँति हँसी है अमर्ष हास्य, जब-जब इस अंतःपुर में महाराज की नई पत्नियों का पदार्पण हुआ है। मैं और एकाकी होती गई हूँ। किसी रनिवास के अकेलेपन की भयावहता का अनुमान तुम पुरुषों को क्योंकर होगा। आह दैव...वर्षों पश्चात् पाए इकलौते पुत्र के सान्निध्य से भी आज वंचित किया जा रहा है मुझे। वह भी पति द्वारा भावुकता में दिए गए वचनों के कारण, और विडंबना तो देखो, पति परायणता के विधान तले दबे पुनः आज चुप्पी ओढ़ लेना होगा मुझे, परंतु पुत्र राम! काल जब इस युग का इतिहास रचेगा...तो इतना उदार कदापि नहीं होगा जितना तुम हो।"

पुनः उन्होंने अपने अश्रु पोंछे। स्वयं को सहेजा-समेटा–

"राम, पिता की आज्ञा पालन हेतु इतने ही दृढ़ हो तो सीता भी तुम्हारे संग जाएगी यह मेरी आज्ञा है। तुम्हारी कर्तव्य-परायणता की वेदी पर सीता की कामनाएँ, अभिलाषाएँ बलि चढ़ें या तुम्हारे वियोग में वह इस अंतःपुर में अभिशप्त आत्मा की भाँति भटके, यह मुझे कदापि सह्य नहीं।"

"किंतु माँ...सीता तो...।"

"कोई किंतु-परंतु नहीं राम, मेरी आज्ञा का पालन करना भी तुम्हारा धर्म है। अब वनगमन की तैयारी करो।" बिल्कुल सहज एवं तटस्थ स्वर था उनका। रोना, तड़पना, बिलखना सब बंद।

राम मुड़ते उसी क्षण मझली माँ कक्ष में आईं। आते ही राम से बोलीं–

"अचंभित हूँ पुत्र राम, विधि के इस छलना विधान पर। राज्याभिषेक की प्रसन्नता मध्य विषाद का यह भीषण प्रहार। होनी कितनी सहजता से अपना काम कर गई। पिता के आदेश-वश तुम वन गमन हेतु तत्पर हो तो लक्ष्मण भी जाएँगे तुम्हारे संग।"

राम के अधर हिले। शब्द निकलते, उसके पूर्व ही मझली माँ पुनः बोलीं–

"अस्वीकार की कोई गुंजाइश नहीं है राम! शब्द मेरे हैं, मंशा उन्हीं की है। माँ हूँ मैं उनकी। ज्ञात है, सह नहीं पाएँगे लक्ष्मण तुम्हारा विछोह। उनके अधर बंद हैं पर हाहाकार मचा है उनके हृदय में।"

मझली माँ का सहज किंतु दृढ़ स्वर सुनकर मैं चकित रह गई। ऐसी होती हैं आर्य नारियाँ? ऐसा है उनका निर्मल आचरण। आस्था, विश्वास, संस्कार। वर्षों के पश्चात् प्राप्त पुत्र को भाई की सेवा में भेजते क्षण मात्र को भी कंपित नहीं हुआ उनका स्वर...हृदय...! इच्छा हुई उनके चरणों में गिरकर धन्य कर लूँ स्वयं को। संयम रखा। इस करुण घड़ी में भी समय विचित्र-विचित्र करवटें लेता चौंका रहा था।

माँ कौशल्या ने सभी के ललाट पर रोली का तिलक लगाया। आशीषती हुई बोलीं–

"पुत्र, तुम्हारा मनोरथ सफल हो। हर्षपूर्वक प्रस्थान करो।" पुनः बारी-बारी हमें हृदय से लगाकर विदा दी। उनकी पद-वंदना कर हम कक्ष से बाहर आए।

अंत:पुर में भयंकर हाहाकार व्याप्त था। स्त्रियों का रुदन...चीख-चीत्कार। ससुर जी व छोटी माँ को उपालंभ देना। भाँति-भाँति से विमाता के इस कठोर कर्म को कोसना। राम धीर-गंभीर बने सुनते रहे। लक्ष्मण अवश्य विचलित थे। मैं हतप्रभ...लगा, संसार की महान घटना कदाचित इसी प्रकार घटित होती है बिना आहट या आभास दिए।

12

विदा का क्षण। मानो हृदय निचोड़कर बाहर निकाल रहा हो कोई। जनकपुर से आते समय भोगा था इस क्षण को किंतु वह इतना हृदय-विदारक नहीं था। विछोह और मिलन के दुख-सुख का मिश्रण था। सुख का अधिक्य। हम शीघ्रता से बाहर निकले। चूके तो निकलना कठिन होगा।

द्वार पर ही सर झुकाए उर्मिला, मांडवी, श्रुतकीर्ति खड़ी थीं। इस दारुण घटना ने उन्हें भी भौचक कर दिया था। लक्ष्मण के वन गमन की बात ज्ञात हो गई थी उन्हें। इसके बाद भी उर्मिला शांत थी। उसका मुख थोड़ा भी क्लांत नहीं था। नन्ही चुलबुली उर्मि की धीरता देखकर मेरा हृदय विदीर्ण हो गया। मन को समझाया, उसे आस है मझली माँ सहमत कर लेंगी लखन को उसे संग ले जाने पर। यदि ऐसा नहीं हुआ तो?

झपटकर मैं उर्मिला की ओर बढ़ी। उसे अंकवार में भींचकर सिसक पड़ी। बचपन से साथ पली-बढ़ी, खेली। सदा सहचरी रही उर्मिला कितनी अकेली हो जाएगी।

ये कैसी नियति नीयत की विधि ने हम बहनों की। युग्म जीवन का सुख भोगते कुछ ही काल तो बीते थे। ये विछोह का दारुण दु:ख। हठकर मैंने राम का संग-साथ पा लिया। उनके दु:ख-सुख की अनुगामिनी बनने का सौभाग्य। भोली उर्मिला, कैसे सहेगी पति के विछोह का संताप? अश्रु प्रवाह तीव्र हो गए। राम भाँप गए मेरे मनोभाव, संयत स्वर में मुझे धीरज बँधाया।

"संयम रखो सीते, स्वयं व्याकुल हो रही हो और उर्मिला को भी रुला रही हो।"

मैं सचेत हुई। उर्मिला की पीठ थपथपायी। मानो मूक सांत्वना दे रही होऊँ उसे।

मझली माँ के चरण छूकर राम ने विदा माँगी।

"प्रिय राम, जब सब निश्चित हो ही गया है और वन गमन के लिए तुम दृढ़ प्रतिज्ञ हो तो मेरा आशीर्वाद सदैव तुम्हारे साथ है। सतत् धर्म पथ पर अग्रसर रहो। यशस्वी भव।" पुन: वे लक्ष्मण की ओर उन्मुख हुईं, "तात लक्ष्मण, तुम्हें राम का अनुगामी बनने को इच्छुक जान गर्व से मेरे गात पुलकित हो उठे। तुम न भी इच्छुक होते तब भी मैं आज्ञा देती राम संग जाने की। जब जा ही रहे हो तो उर्मिला को भी ले जाओ। सीता की सेवा में तत्पर रहेगी यह। इस विकट घड़ी में इस बेचारी को किसके सहारे छोड़ रहे हो।"

मझली माँ की बातों से अधीर हो रो पड़ीं हम चारों बहनें।

"आपका कथन उचित है माते, परंतु उर्मिला का साथ जाना उचित न होगा मेरे लिए। भैया पिताजी की आज्ञा से जा रहे हैं। वन गमन का कारण उनके समक्ष है धर्म पालन। भाभी पति धर्म निर्वहन हेतु जा रही हैं। मैं सेवक, दांपत्य के दायित्व में उलझ गया तो सेवा में त्रुटि आ जाएगी। आप ऐसी कोई आज्ञा न दें जो मुझे सेवाधर्म से च्युत करे। उर्मिला संस्कारी, विदुषी और समझदार हैं। राजधर्म का ज्ञान है इन्हें। मेरे धर्म पथ की बाधा बनना मान्य न होगा इन्हें।" लक्ष्मण बोले।

मझली माँ के नेत्रों से अश्रु की अविरल धारा बह चली। माँ से क्षमा याचना कर, उन्हें सांत्वना दे, लक्ष्मण उर्मिला के निकट आए।

"इन अश्रुओं को पोंछ लो उर्मिला। ये मेरे सेवाधर्म की महत्ता को हीन कर देंगे।"

आह...कितने कठोर शब्द हैं। चोट भी पड़े और आह भी न निकले...।

''मैं अपने सेवाधर्म के निर्वाह हेतु जा रहा हूँ। भैया-भाभी के संग। तुम अपने पतिधर्म और पुत्रवधू धर्म का निर्वहन करना। मेरे आचरण हेतु यदि तुम्हें क्षणिक भी पश्चात्ताप हुआ या अश्रु बहे तो समझना मेरी सेवा व्यर्थ हो गई। चौदह वर्ष इन अश्रुओं को अपने नेत्रों में मत आने देना प्रिय! बड़े सौभाग्य से यह अवसर आया है जीवन में। मनुष्य के समक्ष यदि कोई ध्येय हो, तो समय व्यतीत होने का भान नहीं होता। बड़ी माँ और मझली माँ की जिम्मेवारी तुम्हें सौंप रहा हूँ। अवधि समाप्ति उपरांत लौटूँ तो तुम्हारे आचरण से मेरा मस्तक उन्नत हो। हम दोनों के सम्मुख ध्येय हैं। देखना ये वर्ष छोटे हो जाएँगे। धर्म का मार्ग सदा तुष्टिदायक होता है और अधर्म का मार्ग दंश देता है। मुस्कुराकर विदा दो उर्मिले, तुम्हारी यही मुस्कान मेरा कर्तव्य-पथ प्रशस्त करेगी। ध्येय से कभी भटकने नहीं देगी मुझे।''

लक्ष्मण की गूढ़ बातों ने उर्मिला के अधरों को स्मित मुस्कान से पूर्ण कर दिया। तत्क्षण नेत्र शुष्क हो गए उसके। आश्चर्य नहीं हुआ मुझे उर्मिला के इस संयम

पर। माँ-पिताजी की दी हुई शिक्षा व्यर्थ होना असंभव था। किंतु असंयमित विह्वल प्रस्तर प्रतिमा सी खड़ी मांडवी, श्रुतकीर्ति के समक्ष उत्पन्न असंमजस की स्थिति से अभिज्ञ न थी मैं। मात्र उनकी आँखें ही बोल रही थीं अश्रुओं की भाषा। उनकी विवशता...वे तो न कोई निर्णय लेने में सक्षम थीं न ही घटित घटना में उनकी कोई सहमति थी; फिर इस होनी के अपराध बोध ने उन्हें नत मस्तक कर दिया था। हम आर्य नारियाँ पति से कहाँ विभक्त हो देखती हैं स्वयं को। मैंने दोनों को आलिंगन-बद्ध कर मौन सांत्वना दी।

मझली माँ और बहनों से विदा ले हम छोटी माँ के भवन की ओर चल पड़े। कितनी उदार व महान हैं मझली माँ। लक्ष्मण भी राम के संग जाएँगे अरण्य। सदा उनके सहचर, अनुचर रहे हैं। अब इस विपत काल में क्या वे महल में रहेंगे? और उर्मिला का धैर्य तथा मुस्कान...क्या ऐसी होती हैं आर्य नारियाँ...? मन भारहीन लगा। उर्मिला सह लेगी लक्ष्मण का विछोह। कठिन तो होगा उसके लिए परंतु असह्य नहीं। धैर्य की सीख बाल्यकाल से ही मिलती रही है हमें। कोमल हृदय का एक भाग सदा इसे सहने हेतु तत्पर रहता है।

आज्ञाकर्त्ता ससुर जी से विदा लेना है। छोटी माँ से विदा लेने का कोई औचित्य नहीं। इन समस्त स्थितियों का कारक वही हैं। अधर्म-संगत कार्य क्यों किया उन्होंने? विदुषी होते हुए भी ऐसा विपरीत आचरण? ऐसे कितने क्यों कचोके लगाते रहे मानस में। किंतु समय कहाँ है किसी से कुछ ज्ञात करने का। मार्ग के दोनों ओर ठठ के ठठ शोकाकुल खड़े भवनवासी। रोते-बिलखते। ससुरजी और छोटी माँ को उपालंभ देते–

"हा विधाता, सरल, सहज, धर्मानुरागी को ही सहना पड़ता है सत्य का आघात।"

''पिता का वचन मिथ्या न हो जाए इसी हेतु वन को जा रहे हैं राम।''

''ऐसा धर्मात्मा पुत्र...आज किस गति को प्राप्त हुआ?"

"जिस सीता को पंछी की दृष्टि से भी ओझल रखती थीं बड़ी महारानी, उसे आज पैदल चलते मनुष्य देख रहे हैं।"

"कुपात्र तथा गुणहीन पुत्र को भी त्यागना कठिन होता है पिता के लिए। जिनके गुणों पर संसार मोहित है उसे महाराज ने वनवास कैसे दे दिया?"

परिजनों की वेदना-युक्त बातें विदीर्ण कर रही हैं हृदय को। उन्हें रोते-बिलखते देखकर भी अविचल, अलिप्त हैं राम। मुस्कुरा कर सभी को अभिवादन कर रहे हैं। तिर्यक दृष्टि से मैं देखती हूँ लक्ष्मण की ओर। वे अविचल नहीं हैं। क्रोध की अधिकता से फड़क रहे हैं उनके नथुने। रक्ताभ हो रहा है उनका मुखमंडल। नेत्र तने हुए हैं। मैं भी अविचल कहाँ हूँ। छोटी माँ के प्रति मलिन हो रहा है मन। उनके इस अन्याय युक्त कृत्य पर भर्त्सना उपज रही है मानस में। कदाचित राम प्रात: छोटी माँ के भवन से लौटते हुए इन स्थितियों का सामना कर चुके हैं। इसलिए इतने संयमित हैं।

घटित स्थितियों का विश्लेषण करती मैं व्यथित हो रही और भयभीत भी। अभी ससुरजी और छोटी माँ का सामना होगा। राम उनकी आज्ञा से वन जा रहे हैं। लक्ष्मण और मैं उनकी अनुमति प्राप्त करने में सफल होंगे क्या? यदि वे असहमत हुए तो?

माँ भिज्ञ है स्त्री की पीड़ा से, इसीलिए मुझे जाने दे रही हैं। वरन एक नेत्र फूटने के पश्चात् कोई अपना दूसरा नेत्र भी फोड़ता है? उनके जीवन की यातना सुन विह्वल हूँ। सक्षम पति के होते हुए भी विछोह की दारुण यंत्रणा भोगने पर अभिशप्त हैं वे। तभी तो मुझे रोकने के बनिस्बत जाने देने पर बल दिया उन्होंने। माँ–पुत्र का तर्क–वितर्क। आश्चर्य नहीं हुआ जब पहले ही राम सहमति दे चुके थे मुझे संग चलने के लिए तब पुन: यह सब क्यों? मौन का एक कारण और भी था। बिना माँ की इच्छा या सहमति आदेश के राम का मुझे संग ले जाना कठिन था और दूसरा कारण था उनके हृदय के गह्वर में गोपन वह यातना जो अपने चंगुल में जकड़े रखा था उनके अतीत, वर्तमान को। जिसकी वेदना की भीषणता को वे अचेतनवश बखान रही थीं। उसे रिसने देना था हमें अन्यथा वे नाड़ीव्रण बन प्राणघाती सिद्ध होते। और उन स्थितियों से हमें अवगत भी होना था। ज्ञात था हमें, बाँटने से दुख का प्रभाव निश्चय ही क्षीण हो जाता है। हतप्रभ से दोनों भाई भी सुन रहे थे उनकी त्रासदी। कदाचित लक्ष्मण को अपनी माँ सुमित्रा की स्थिति का ध्यान हो आया था। माँ सुमित्रा भी ससुर जी की दूसरी पटरानी थीं। जब प्रथम पटरानी उपेक्षा के इतने गहरे गर्त में धकेल दी गई थीं तो माँ सुमित्रा का हाल उनसे अलग भला क्या होता।

13

समय की गति और जीवन की विचित्रता किस स्वरूप में कब सम्मुख आ जाए, समझने में असमर्थ है मानव। माँ कौशल्या की दयनीय स्थिति। लक्ष्मण का स्थितियों को अस्वीकार कर क्षुब्ध होना। राम की तटस्था तथा मेरे मन में असमंजस की स्थिति...विचार...प्रश्न...जिज्ञासा...। इस समय की ही देन तो थी।

ससुरजी के कक्ष के बाहर हम ठहर गए। पीछे आते परिजन भी ठिठक गए। सुमंत्र हमारे आने की सूचना देने अंदर गए। उद्विग्न मन, द्विविधाग्रस्त मस्तिष्क। ससुर जी मेरा जाना स्थगित न कर दें। वे इस राज्य के नृपति हैं। उनकी स्वीकृति बिना मेरा वन जाना क्या संभव होगा? हठ कर सकूँ उनसे, इतनी उद्दंडता नहीं है मुझमें। राम निस्संग वन जाएँ, यह भी सह्य नहीं। मन ही मन इष्टों का स्मरण किया, कोई बाधा उत्पन्न न हो मेरी यात्रा में। लक्ष्मण की ओर देखा।

वे भी उद्विग्न, असहज लगे। दोनों की ऊहापोह समान थी। यदि पिताजी प्रश्न कर बैठें, "वनवास मात्र राम के लिए माँगा गया है, तुम्हारे जाने का क्या प्रयोजन है तात? लक्ष्मण के सम्मुख भी वही बाध्यता थी। पिता और राजाज्ञा की अवज्ञा कैसे संभव होगी?"

सुमंत्र कक्ष से बाहर आए–

''किंचित क्षण आप लोगों को यहीं प्रतीक्षा करनी होगी। सभी रानियों के समक्ष महाराज मिलना चाहे रहे हैं राम से।" कहकर तीव्र गति से वे अंत:पुर की ओर बढ़ गए।

यह क्या, सभी रानियों के समक्ष राम से मिलना? जैसे सभी की उपस्थिति के बल से कैकेयी की महत्त्वाकांक्षा व हठ का शमन करना चाह रहे हैं वे? अनुभव

हुआ...मनुष्य अपने अनुचित निर्णय को उचित ठहराने के लिए दूसरे के बल व पराक्रम का आकांक्षी होता..। परंतु कैकेयी के हठ का शमन होना संभव है क्या? स्वार्थ की पट्टी बाँधे वे दृढ़ प्रतिज्ञ हैं अपनी चाहत क्रियान्वित करने को। सभी से अस्पृश्य, मात्र अपनी सत्ता में मग्न।

सभी माताएँ रोती-बिलखती आईं। उनके साथ ही हम कक्ष में गए। ससुर जी की विचित्र स्थिति थी। कभी वे चेतन होते। मुख से हाय राम निकलता। पुनः मूर्च्छित हो शैया पर गिर जाते। इतना अवश...इतना दीन...। चक्रवर्ती अयोध्या नरेश दशरथ की दशा? विश्वास-वश दिया गया वचन ऐसा उल्टा वार भी करेगा उन पर। विचार से भी परे होगा उनके। सशक्त मनुष्य विवश होता है तो बहुत निरीह लगता है और उनकी दशा कुछ वैसी ही लगी मुझे।

ससुर जी का मूर्च्छित होना, माताओं की सिसकी। भवनवासियों की चीत्कार सह्य नहीं हुआ राम से। यहाँ ठहरने का अब कोई औचित्य भी न था। जितना विलंब होगा और पीड़ा बढ़ती जाएगी सभी की।

"पिताजी, आज्ञा दीजिए। इस प्रकार अधैर्य होना शोभा नहीं देता है आपको। वचनबद्धता रघुवंशियों की आन है। आपने अपना वचन पूर्ण किया। वनगमन हेतु मैं तत्पर हूँ। मेरे संग सीता और लक्ष्मण भी जा रहे हैं। फिर यह संताप कैसा? सहज होइए आप। चौदह वर्ष बीतते देर नहीं लगेगी।" राम शांत एवं संयत स्वर में उनसे बोले।

"प्रिय राम, कभी कल्याण के लिए दिया गया वचन, आज कुल्हाड़ी बन मेरे ही वंश-वृक्ष को काट रहा है और मैं निमित्त मात्र रह गया हूँ प्रहार करने वाले का। लज्जित हूँ अपने पुत्रों के समक्ष। मैं अयोध्या नरेश दशरथ, कितना परवश हूँ। समय ने बौना बना दिया है। पराए से तो सतर्क हुआ जा सकता है—अपनों पर किया गया विश्वास विध्वंस कारक सिद्ध हुआ पुत्र! वर हेतु वचन लेकर कैकेयी ने छल किया मेरे साथ।" मद्धिम स्वर में ससुर जी ने कहा।

"ऐसे ही अवसर अनुभव देते हैं मनुष्य को। अतीत को विस्मृत करें। मुझे राज्य, सुख, भोग की कोई कामना नहीं है। सभी नृपतियों के पास राज्य, सुख तथा ऐश्वर्य की प्रचुरता होती है किंतु हमारा कर्म, निति तथा आचरण ही हमें विलग करता परस्पर। आप सत्य पर अडिग रहें, हम कर्तव्य पथ पर...। वन्य जीवन का अनुभव है हमें। तनिक भी संताप न होगा वहाँ। आप चिंता न करें।'' राम सहज भाव से बोले।

"राम संग अन्न, धन, खजाना, दास-दासी सभी जाएँगे। वन में भी राम राजपुत्र के समान वास करेंगे।" ससुर जी सुमंत्र से बोले। तत्क्षण छोटी माँ की भर्त्सना सुनाई दी—

"तब वन गमन का क्या औचित्य रह जाएगा महाराज, और यह धनहीन राज्य लेकर भरत क्या करेंगे।"

कैकेयी की तीक्ष्ण बातों पर ससुरजी मौन रह गए परंतु मंत्री सिद्धार्थ से सहन नहीं हुआ। उन्होंने उपालंभ दिया—

"समय बड़ा क्रूर है, क्षमा नहीं करता कभी किसी को। अकारण आप ने राम के राज्याभिषेक में विघ्न डाला है। लोकोपवाद से डरो रानी कैकेयी...। तुम पूर्वकाल में घटित राजा सगर-पुत्र असमंजस का उदाहरण दे रही हो जिसे पिता द्वारा राज्य

निर्वासन का दंड मिला था! उस लंपट, दुराचारी का, जो मार्ग चलते बालकों को उठाकर सरयू में फेंक दिया करता था। यह उसका क्रूर मनोरंजन था। ऐसा एक भी अवगुण ज्ञात हो राम का तो बताओ। इन्हें भी दंडित किया जाएगा।"

ध्येय की दिशा मुड़ती देख राम सजग हुए–

"आप लोग व्यर्थ उलझ रहे हैं। दोषारोपण कर रहे हैं परस्पर। वनवासी को किसी धन–संपदा की आवश्यकता नहीं होती। मात्र एक खांची, फावड़ा की आवश्यकता है, संभव हो तो मँगवा दें।"

छोटी माँ प्रसन्न हो उठीं। तत्क्षण अंदर गईं। वल्कल वस्त्र लिए लौटीं। वल्कल देख लक्ष्मण का कथन सत्य लगा, 'अकस्मात कुछ भी नहीं घटा है। पूर्व से ही यह मंशा थी उनकी।'

राजसी वस्त्र उतारकर राम ने वल्कल धारण किया। लक्ष्मण ने भी राम का अनुसरण किया। मैंने भी दो वस्त्र लिये और उन्हें अपने वस्त्रों पर लपेट लिया।

अधैर्य हो सभी बिलख पड़े। वशिष्ठ जी का धैर्य चुक गया। सरोष बोले–

"मूर्ख महारानी, तुम्हारा यह मर्यादाहीन और अशोभनीय आचरण इस कुल के पारंपरिक आचरण के सर्वथा विपरीत है। क्या तुम्हें ज्ञात नहीं? भरत रघुवंशी हैं; अन्यायत: प्राप्त इस राज्य को वे कदापि स्वीकार नहीं करेंगे। वस्तुत: हित की जगह भरत का बड़ा अहित किया है तुमने। तनिक भी लज्जा शेष है तुममें तो जानकी का वल्कल उतारकर उसे उत्तम वस्त्राभूषण दो। तुमने मात्र राम का वनवास माँगा है, जानकी और लक्ष्मण का नहीं। यह तुम्हारी कुलवधू है।"

बात बिगड़ती देख राम व्याकुल हो बोले, "पिताजी, सुख को कोई नादान भी अपने द्वार से नहीं भगाता। समय या संयोगवश जो हुआ उसे विस्मृत कर ग्लानि का त्याग कीजिए। भरत–शत्रुघ्न यहाँ नहीं हैं। राज्य के प्रति आपकी यह शिथिलता बाह्य आक्रमण का हेतु न बन जाए। अत: सहज सचेष्ट होइए। मेरी भोली वृद्धा माँ से मेरा वियोग सहन नहीं होगा। उनका समुचित ध्यान रखेंगे। कहीं वे कोई अनिष्ट न कर बैठें। हमें अब विदा दीजिए...विलंब हो रहा है।"

चहुँओर रोने, कलपने, विलाप करने का करुण स्वर सुनाई देने लगा। उत्तरोत्तर बढ़ता परिजनों का जमघट। निश्चय समाचार फैल गया होगा पूरे राज्य में। बाहर पुरवासियों का समूह इकट्ठा न होगा असंभव है।

"हमें शीघ्र चल देना चाहिए लक्ष्मण! लोगों के कुछ सोचने, विचारने से पूर्व नगर की सीमा पार करना अभीष्ट होगा।" राम बोले।

विघ्न का उत्पन्न होना देख चुके थे वे। पुन: कोई बाधा न आ आए...। कोई भी बाधा आए, इससे विकट तो कदापि न होगा। मैंने सोचा।

ससुर जी का प्रलाप जारी था। पूर्व जन्मों के पाप–पुण्य का ब्यौरा। अपने कर्मों की परिणति। क्या–क्या स्मरण कर इस स्थिति का हेतु ठहरा रहे थे वे। राम अकुला उठे। शीघ्र चलने का संकेत किया। हम चलने को उद्यत हुए। पुन: ससुर जी सजग हो पलंग से उतरने की आतुरता में गिर पड़े और मूर्च्छित हो गए।

हम कक्ष से निकल आए। माँ पीछे आईं। मुझे अंक में बाँधती आर्द्र स्वर में बोलीं, "सीता, पति द्वारा सम्मानित होते हुए भी संकट काल में जो स्त्री पति का

अनादर, अपमान करती है वह असती कहलाती है। पुत्री, वनवास की कठिनाइयों से घबड़ाकर तुम कभी राम का अनादर मत करना।"

"आप निश्चिंत रहें माँ। पतिधर्म का मर्म ज्ञात है मुझे। पिता, बंधु, पुत्र सभी परिमित सुख प्रदाता हैं। पति अपरिमित सुख दाता। कोई मूर्ख स्त्री ही पति का अपमान करना चाहेगी।"

राम ने माँ को ढाढ़स बँधाया। माताओं को नमन कर क्षमा याचना की। आदरणीय जनों का चरण स्पर्श किया। मझली माँ सभी को आशीष देती लक्ष्मण के सम्मुख आईं–

"प्रिय पुत्र लक्ष्मण! मानव का जीवन बीत जाता है किंतु सेवा का ऐसा सुअवसर नहीं आता। भाग्यवान हो तुम कि राम-सीता की सेवा का अवसर प्राप्त हुआ तुम्हें। सदा इनकी आज्ञा के अधीन रहना। अब वन को प्रस्थान करो।"

मझली माँ की ओजपूर्ण बातें माँ सुनैना का स्मरण करा गया, 'हम स्त्रियाँ कोमल सहृदय होती हैं किंतु समय आने पर लौह की भाँति कठोर भी हो जाती हैं। जिन्हें तिलक लगाकर रणभूमि में भेजती हैं वे हमारे प्राणों के आधार होते हैं। पति हों, पुत्र हों या भ्राता।'

रथ तैयार था। हम बैठ गए। थमे तूफान में जैसे पुनः गति आ जाए। चीत्कार का भीषण स्वर उभरा...किंतु हमारे पग नहीं थमे।

रथ राजमार्ग पर आया। हर ओर नरमुंडों की बाढ़...रथ के आस-पास। आगे-पीछे सर्वत्र अश्रुपूरित मुख। रक्ताभ नेत्र। सारथी से अनुरोध करते हुए–

"धीरे-धीरे रथ चलाओ भैया।"

"अश्व की लगाम खींचो।"

"हमारे कुँवर राम को भर नेत्र देखने दो।"

"महारानी सीता को देखने दो।"

"कुमार लक्ष्मण को देखने दो।''

"जाने इनका सुंदर मुख पुनः कब देखना हो भाग्य में...।"

सुमंत्र ने अश्वों की लगाम खींच उन्हें धीरे-धीरे चलने दिया।

नगर छूटने लगा। प्रथम बार इतने विस्तार से देख रही थी अयोध्या को। ऐसा मनोरम नगर देख भी रही थी तो कब, जब विलग हो रही थी इससे। नगरवासी भी राजकुल वधू को कब देख रहे थे जब वह सामान्य स्त्री की भाँति क्लांत मुख, शृंगार-विहीन, वल्कल धारण कर राज्य-निकाला पर जा रही थी।

नगर पीछे छूट गया। राम स्थिर बैठे रहे। एक बार भी पलटकर नहीं देखा भवन की ओर। मात्र सीध में ताकते रहे। लक्ष्मण मुड़-मुड़ अवश्य देख रहे थे उस भूमि को, जहाँ खेलते-कूदते उनका शैशव, कैशोर्य पुनः यौवन को प्राप्त हुआ था। सभी मौन थे। मात्र रथ के घर्र-घर्र का स्वर उभर रहा था परिवेश में। मुझे आभास था पहियों से अधिक वेग से चल रहा है सभी के मानस में विचारों का झंझावात।

नगर बहुत पीछे रह गया था। किंतु उड़ती धूल दृष्टिगोचर थी। शायद नगरवासी अभी पूर्णतः लौटे नहीं थे। आस की डोर थामे भागे आ रहे थे रथ के पीछे...इस आस या संकल्प के साथ कि राम को लौटा लेंगे।

कच्चे रास्ते पर धचके खाता रथ दक्षिण की ओर अग्रसर था। प्रातः औचक घटित घटनाएँ बाढ़ की भाँति अपने वेग में स्वतः बहा ले जा रही थी। औचक आई विपदा ने जैसे संज्ञाशून्य कर दिया था। रुदन, चीत्कार, स्वीकार, अस्वीकार, विदा...। इस अफरा-तफरी ने कुछ भी सोचने-विचारने का अवसर कहाँ दिया था। मात्र एक ही गति...एक ही निर्णय...एक ही निश्चय...एक ही संकल्प...। जिस विधि भी हो, राम संग वन गमन।

एक रथ। चार सवार। सभी मौन। औरों के मस्तिष्क में क्या बवंडर मचा था, आभास था, ज्ञात नहीं। मैं बवंडर में पूर्णरूपेण घिरी चक्कर खा रही थी। वन्य-जीवन का रंचमात्र भी अनुभव नहीं था मुझे। दोनों भाइयों को आंशिक अनुभव था किंतु अब यह दीर्घकालीन प्रवास था। गृहस्थी में तीनों अनुभवहीन थे। यह तो वैसे ही था जैसे तरण के अनुभव बिना सागर में छलाँग लगाना। चौदह वर्ष। वर्ष में आने वाली प्रमुख ऋतुएँ वर्षा, शरद, ग्रीष्म से न बचाव की व्यवस्था न योजना ही थी हमारे पास। वेग से भागता चला जा रहा था रथ। उससे भी विशेष वेग से भागती सोचें...।

अभी स्वयं को समय के प्रवाह में छोड़ना ही श्रेयस्कर होगा। जब समय ने ऐसा अवसर दिया है तो उसे सहन करना भी वही सिखाएगा...। जहाँ ठहरेंगे, वही विश्राम होगा। जहाँ रात्रि होगी, वहीं प्रभात होगा। भावी अपने वश में कहाँ है। यदि होता तो भवन में नहीं होते हम। वन्य जीव-जंतुओं का भय तो बिल्कुल नहीं है। सुबाहु वध के पश्चात् प्रसन्न होकर मुनि विश्वामित्र ने अनेक महान अस्त्र व दिव्यास्त्र दिए थे राम को। शूर, वीर, पराक्रमी राम-लक्ष्मण संग वन का प्रवास भी सुखद ही होगा। मैंने सोचा।

निरंतर चलता रथ तमसा नदी के तट पर आ पहुँचा। सूर्य आकाश पथ पर तीव्रता से अस्ताचल की ओर अग्रसर थे। घने वृक्षों की शृंखला एवं मनोरम तट देख राम ने रथ रोकने का आदेश दिया। सुमंत्र अश्वों को खोलकर नर्म हरी दूर्वा की ओर ले गए। हम लोग शीतल बालुका पर बैठ गए। थकन से अंग-अंग पिरा रहा था। दूर-दूर तक न कोई कुटी थी, न गाँव। सूर्य का पीताभ आलोक विस्तारित था अभी। थोड़ी ही देर में सूर्य विश्राम हेतु चले जाएँगे। अंधकार पसर जाएगा सर्वत्र तो कैसा अनुभव होगा? भोजन, शयन की व्यवस्था क्या होगी? सभी क्षुधित, तृषित हैं। तृष्णा तो तमसा का जल शांत कर देगा। क्षुधा...? कल रात्रि से राम और मैं उपवास पर हैं और प्रातः से लक्ष्मण तथा सुमंत्र और यह नितांत निर्जन तट? सोचों को खंडित करता राम का स्वर उभरा—

"तात लक्ष्मण, पिताजी के लिए मन आकुल हो रहा है। अधिक वय में हमारे बिछोह से गहरा आघात पहुँचा होगा उन्हें। संभव है शीघ्र न सँभल पाएँ वे। भरत-शत्रुघ्न वहाँ होते तो कुछ आश्वस्ति होती। हर संभव प्रयास से वे उन्हें सँभाल लेते। तुम भी वहाँ नहीं हो। तुम्हारे रहने से कुछ तो संबल अनुभव होता उन्हें। किंतु मेरे संग तुम्हारा आना भी असंगत नहीं वरन् सीता को अकेली छोड़कर मैं कैसे कोई व्यवस्था करता?"

पूरी यात्रा की चुप्पी अभी मुखर हुई राम की। भला लगा उनका उद्गार। अपने आत्मीय जनों के लिए कोई व्यक्ति चिंतित, विचलित न हो तो वह पाषाण हृदय

ही होगा। लक्ष्मण अचंभित-सा उनका मुख ताकने लगे। इतना शीघ्र भला कोई विस्मृत कर सकता है अपना अपमान, अनादर? किंतु क्षमाशील स्वभाव वाले रान सहज थे।

सूर्य का क्षीण पीताभ प्रकाश भी तीव्रता से अंधकार के आँचल में सिमटने लगा। कलरव करते पंक्तिबद्ध पक्षी नीड़ की ओर लौटने लगे। सुमंत्र ने अश्वों को लाकर वृक्ष की जड़ से बाँध दिया और राम से बोले, "आप लोग संध्योपासना से निवृत्त हो जाएँ, मैं विश्राम योग्य स्थल ठीक करता हूँ तथा भोजन की व्यवस्था भी।"

"मैं मात्र जल ग्रहण करूँगा आज।" तत्क्षण राम बोले।

राम मात्र जल ग्रहण करेंगे और मैं भोजन करूँ? यह असंभव है।

"काका, मैं भी मात्र जल ही ग्रहण करूँगी। आप स्वयं और आर्य लक्ष्मण हेतु भोजन की व्यवस्था कर लीजिए।" मैंने कहा। लक्ष्मण के नेत्र भीग उठे। परंतु अधर मौन रहे।

देखते ही देखते घोर अंधकार फैल गया चहुँओर। अंधकार जो भवन में भी भयकारक होता था। इस बीहड़ में पराकाष्ठा पर था। सघन विशाल वट वृक्ष तले सुमंत्र ने सूखी पत्तियों की शैया बिछा दी। उस पर पटुका डाल राम लेट गए। कुछ देर में उन्हें निंद्रा आ गई। मैंने लक्ष्मण को सोने के लिए कहा।

"आप विश्राम कीजिए भाभी, थकी होंगी। मैं बैठूँगा। इस निर्जन वन क्षेत्र में कब किधर से कोई हिंसक जीव-जंतु निकल आए और आप लोगों को क्षति पहुँचा दे।" लक्ष्मण बोले और सुमंत्र के निकट चले गए जो सूखी पत्तियों को इकत्र कर अलाव जलाने का यत्न कर रहे थे।

लक्ष्मण का उद्‌गार मन को छू गया। सजग, सचेष्ट रहने वाले राम के निश्चिंत शयन का रहस्य समझ में आ गया मेरे। लक्ष्मण के रहते उन्हें चिंता करने की आवश्यकता क्या है। करना चाहेंगे भी तो क्या लक्ष्मण करने देंगे? उन पर आई समस्त विपदाओं को वे झेल सकते हैं अपने ऊपर।

कुछ दूरी पर लक्ष्मण, सुमंत्र अलाव प्रज्वलित किए बैठे वार्तालाप कर रहे थे। यह अग्नि आलोक कदाचित बाह्य ही नहीं अंतर्मन को भी उजास दे रहा है। वर्तमान की चिंताओं से मुक्त रखने में क्षणिक सहायक भी हो। जीव-जंतुओं से रक्षा के साथ निद्रा को भी दूर रख सके। इसी हेतु युग-युगांतर से ऋषि-मुनि अंधकार के पाश से बचने के लिए इसकी समीपता के इच्छुक रहे हैं। किंतु यह अग्नि उजास अभी मुझे उलझन में डाल रहा है। मेरे शयन में बाधक बन मेरी सहजता पर प्रहार कर रहा है। अरण्य की प्रथम रात्रि। राजभवन के सुरक्षित प्रकोष्ठ से नितांत भिन्न स्थिति। वट वृक्ष के नीचे। पत्तों की शैया...। उलझन या पीड़ा यह नहीं कि शयन हेतु पत्तों की शैया है। उलझन है काका सुमंत्र तथा लक्ष्मण समक्ष मेरा शयन करना क्या अशिष्टता नहीं होगी। मन चिंता से भले ही विचलित है। अपनों के बिछोह की पीड़ा से व्याकुल है। आने वाले समय के विकराल स्वरूप से आकुल है किंतु तन थकन की अनुभूति से मुक्त नहीं है। राम को निश्चिंत सोते देख अचंभित भी हूँ...क्या ये इन समस्त चिंताओं से मुक्त हैं? क्या इन चिंताओं की गहनता इन्हें इस प्रकार निंद्रा के पाश में बँधने दे रही? लाख लक्ष्मण की उपस्थिति के पश्चात् भी? मन दो खंडों में विभक्त हो तर्क-वितर्क कर रहा है। पलकों पर निद्रा अपनी उपस्थिति जतला रही है, पुनः सुधि जाती रही।

जाने कौन-सा पहर है। जोरों के कोलाहल से मेरी निद्रा उचट गई। चौंककर उठ बैठी मैं...क्या हुआ? अब यह कैसी विपदा आई? राम भी उठ गए। चारों ओर लोगों का समूह खड़ा दिखा। हे दैव, कहीं ये वनवासी तो नहीं? इस समय यहाँ इनके आने का उद्देश्य क्या हो सकता है? प्रथम बार हल्के भय का अनुभव हुआ। लगा हम अरण्य में हैं भवन में नहीं और यहाँ औचक कुछ भी होना असंभव नहीं है। मैंने प्रश्नभरी दृष्टि से राम की ओर देखा। अचंभित वे भी लगे। तभी सुमंत्र समीप आए—

"कुमार, ये सभी अयोध्यावासी हैं। रथ के पीछे चलते हुए ये यहाँ तक आए हैं। कह रहे हैं हम राम की प्रजा हैं, वे जहाँ भी रहेंगे हम भी वहीं निवास करेंगे। निवेदन कर रहे हैं आपसे कि आप उनका यह अधिकार न छीनें।"

राम के नेत्र अश्रुसिक्त हो आए। भर्राए स्वर में बोले, "इतना स्नेह...इतनी आत्मीयता...इतना विश्वास...एक राजकुमार के लिए? अभी तो कुछ भी सुख मेरा उन्हें प्राप्त नहीं हुआ है तो क्षुधित-तृषित पैदल चलकर वे यहाँ तक आ पहुँचे? किंतु मेरी विवशता...कुछ भी व्यवस्था नहीं है उनके भोजन हेतु हमारे पास, सिवा तमसा के जल के।"

राम उनके समीप गए। स्नेह से बोले—

"अभी आप लोग थके हुए हैं। भोजनादि की भी यहाँ कोई व्यवस्था नहीं। गहन रात्रि के कारण फल-मूल की व्यवस्था कर पाना भी कठिन है। अभी जल ग्रहण कर आप लोग विश्राम कीजिए। प्रातः जैसा उचित होगा, किया जाएगा।"

राम के स्नेहसिक्त शब्दों से सभी संतुष्ट दिखे। आस के जुगनूँ झिलमिला उठे उनके नेत्रों में। दोनों ओर अपनी जय मान मद्धिम स्वर में राम का जयघोष किया और सहज हो पृथ्वी पर यत्र-तत्र लेट गए और शीघ्र ही बेसुध हो गए।

भोर की उजास अभी अपने पलकें खोल रही थी। राम उठे, सोए पुरवासियों की ओर आत्मीयता से देखा। लक्ष्मण से बोले—

"इन्हें देखो तो तात! कैसे सुधविहीन भूमि पर पड़े हैं यत्र-तत्र। जितना परिश्रम और यत्न हमें लौटाने हेतु कर रहे हैं ये। इससे अनुभव हो रहा है, अपना प्राण त्याग देंगे परंतु निश्चय नहीं छोड़ेंगे। इनके जागने से पूर्व ही हमें यहाँ से निकल जाना होगा। अपने दुःखों में इन्हें अंशी बनाना अन्याय होगा।"

"आप उचित कह रहे हैं भैया। मैं सुमंत्र को रथ तैयार करने को कहता हूँ।"

हमारे बैठते ही रथ चल पड़ा शीघ्र गति से। राम के कहे अनुसार प्रथम उत्तर दिशा में मुड़ा। तमसा पार कर पुनः दक्षिण की ओर बढ़ गया ताकि पुरवासियों को रथ की दिशा का ज्ञान न हो।

प्रातः होने से पूर्व ही हम तमसा से अधिक दूर निकल आए। जल का स्रोत देख सुमंत्र ने रथ रोक दिया। स्नानादि से निवृत्त हो हम पुनः चल पड़े यात्रा पर। भिन्न-भिन्न ग्रामों, नगरों से होकर। खेतों में हरे-भरे लहलहाते अन्न के पौधे। फूलों से आच्छादित वृक्ष...पौधे...। न्यून जलवाली वेदश्रुति नदी। उसे पार करता रथ निरंतर बढ़ता रहा दक्षिण की ओर...।

गोमती...स्पंदिका मध्य की धन्य-धान्यपूर्ण भूमि। राम रथ से उतरे। हमें भी उतरने को बोले।

"यह हरीतिमायुक्त भू भाग अपने कोसल की दक्षिणी सीमा है प्रिय! हमारे पूर्वज महाराज मनु ने इसे इक्ष्वाकु के अधिकार में दिया था।" पुनः वे अयोध्या की दिशा में मुख कर उसे नमन किए। उनकी आँखें सजल हो आईं। मेरी और लक्ष्मण के नेत्र भी भींग गए। अपनी भूमि से विलग होने में...किसी पाषाण को ही पीड़ा का अनुभव नहीं होगा। भाव-भूमि से अलग हो कोई नादान ही हर्ष से जी सकता है।

14

वन-उपवन, गाँव-गँवई पार करता रथ देव नदी गंगा के तट पर पहुँचा।

"सगर कुलवंशी राजा भगीरथ के दृढ़ संकल्प और अथक प्रयत्न से ही प्रशस्त हुआ इनका मार्ग पृथ्वी पर। शैवालविहीन, शीतल सदानीरा, मोक्षदायिनी, पाप नाशिनी गंगा। पूजनीय, वंदनीय मानव हित के हेतु ही धरा पर उतरीं। निकट ही श्रृंगवेरपुर नगर है। मेरे अति प्रिय मित्र निषाद गुह का राज्य। शिक्षा काल से ही हमारी प्रगाढ़ मित्रता है।" राम बोले।

मुझे आश्चर्य नहीं हुआ एक निषाद से उनकी मित्रता पर। राम के हृदय की विशालता का उदाहरण अनुज भरत हेतु राज्य त्याग के रूप में देख चुकी थी मैं। वे परम त्यागी, सहज सरल हृदय महामानव हैं।

इंगुदिका के सघन वृक्ष समूह निकट रथ रुका।

"आर्य सुमंत्र, आज का रात्रि विश्राम यहीं होगा। आप घोड़ों को खोलकर दूर्वा की ओर जाने दीजिए। वे भी चारा-पानी खाकर आराम करेंगे।'' राम बोले।

''जी रघुनंदन।''

घोड़ों को चरने के लिए छोड़कर सुमंत्र राम के निकट आए।

"राम! आज दूसरा दिन है आप लोगों के उपवास का। मैं भोजन, शयन की व्यवस्था करता हूँ। आप लोग गंगा के पावन जल से आचमन आदि कर निवृत्त हो लें।" सुमंत्र बोले और नगर की ओर बढ़ गए।

"आर्य पुत्र, आपने अपने मित्र निषादराज गुह को संवाद नहीं दिया अपने आगमन का?" मैंने पूछा।

"आर्य, विषाद काल में प्रगाढ़ से प्रगाढ़ संबंध भी बोझ समान प्रतीत होता है। आत्मीयता बनी रहे इसके लिए अंतराल आवश्यक है।" राम बोले। गूढ़ वाक्य।

किंतु यह क्या? निषादराज गुह तो बंधु-बांधवों सहित आ पहुँचे। कोई भी नृप अपने नगर के निकट हो रही हलचलों से अनभिज्ञ कैसे हो सकता है भला? निषाद राम से गले मिले। तत्पश्चात् पीड़ित स्वर में बोले, "मित्र, यह खूब भली परीक्षा है आपकी, मेरे इतने निकट होकर भी यह संवादहीनता अंततः क्यों? पीड़ा से विदीर्ण हो रहा है मेरा हृदय। आपने इस योग्य भी न समझा मुझे कि अपना संताप साझा करते। श्रृंगवेरपुर आपका ही राज्य है। विषाद काल में ही अपनों की पहचान होती है। इस कसौटी पर भी क्या मुझे मिथ्या साबित करने की ठान बैठे हैं?"

"तुम बैठो तो मित्र!" राम हँसे।

निषादराज ने अपने परिजनों से कुछ कहा। पुनः राम के समीप पृथ्वी पर बैठ गए। चकित थी मैं दोनों की सहजता, सरलता व विनम्रता देख। ऐसी होती है मित्रता। एक का सुख दूसरे का हर्ष और एक का संताप दूसरे की पीड़ा..।

भिन्न-भिन्न प्रकार के पकवान, दिव्य मिष्ठान, फल-मूल एवं पेय पदार्थों से भरे स्वर्ण कलश निषाद के अनुचरों ने धरा साफ कर चुन दिए हैं। निषादराज गुह राम से रुँधे स्वर में कह रहे हैं, "मित्र राम, विषाद के समय में भी हर्ष की अनुभूति होती है...इसका अनुभव हो रहा है मुझे। आप भ्राता भरत हेतु राज्य का त्याग कर वन यात्रा पर हैं। इस वल्कल वस्त्र में आपको देखकर जो अपार विषाद उपजा था मेरे हृदय में वह आपके सान्निध्य सुख से हर्ष में परिवर्तित हो गया है। अब आप इसे मेरा स्वार्थ कहें या मोह...परंतु मैं तो इस क्षण को अपना सौभाग्य मान रहा हूँ। अन्यथा गुरुगृह के पश्चात् क्या आपका यह अमूल्य सान्निध्य सौभाग्य प्राप्त होता मुझे?"

राम मुस्कुराते हैं। निषाद गुह का हाथ थाम आत्मीयता से कहते हैं–

"प्रिय मित्र गुह, मेरा सौभाग्य भी कुछ कम नहीं जो तुम्हारे जैसे आत्मीय मित्र से भेंट का अवसर मिला। वह मनुष्य बड़ भागी होता है जिसके चाहने वालों की संख्या उसकी संपत्ति से विशेष होती है। परिश्रम कर संपत्ति अर्जित की जा सकती है, मित्र नहीं। सच्चा मित्र सौभाग्य से मिलता है।" राम का स्वर भी भर्रा गया है।

मैं मौन बैठी सोच रही...राम राजपुत्र होकर भी एक निषाद पुत्र के कितने समीप हैं। कितनी आत्मीयता है दोनों में...कितने उदार हैं मेरे राम, जिनके हृदय में वर्ग, वर्ण-भेद नाममात्र को भी नहीं।

"मित्र, इन व्यंजनों की कोई आवश्यकता नहीं थी। तापस वेष, तापसी भोजन। यहीं वन प्रवास में मेरा संकल्प है। आज रात्रि में मात्र जल ग्रहण करूँगा। लक्ष्मण, सीता भोजन करेंगे तो कर सकते हैं।" राम विनम्रता से उनका आग्रह टाल जाते हैं।

"नहीं भैया, मैं भी तो आपके ही पथ का सहयात्री हूँ। पुनः मेरे हेतु यह आदेश क्यों?" लक्ष्मण कहते हैं और मैं...क्या राम नहीं जानते उनके भोजन किए बिना अन्न का दाना भी क्या जा सकता है मेरे मुख में? फिर यह कौन सी युक्ति हुई उनकी। क्या वे सब की मंशा की थाह ले रहे हैं? स्पष्ट क्यों नहीं कह रहे गुह से इन राजसी व्यंजनों की कोई आवश्यकता नहीं यहाँ। मैं राम की ओर देखती हूँ।

"निषादराज, जानकी भी राजसी व्यंजन का भोजन नहीं कर पाएँगी। आप ऐसा करें–मात्र घोड़ों के लिए थोड़े चने एवं घास मँगवा दें और यह सारी सामग्री लौटा दें।" तत्क्षण राम कहते हैं। मैं गद्‌गद हो जाती हूँ। राम नेत्र की भाषा भी खूब समझते हैं।

निषादराज सारी परिस्थितियाँ समझ गए। मात्र घोड़ों के भोजन सामग्री छोड़ शेष वस्तुएँ ले जाने को कहा अपने अनुचरों से। गुह के बंधुओं से मिलने के पश्चात् राम ने साग्रह लौटा दिया उन्हें। निषादराज हठपूर्वक रह गए।

"मेरी भूमि पर पधारे हैं आप। इस बीहड़ में आपको छोड़ मैं भवन में रहूँ। असंभव है। मैं यही रहूँगा आपके सान्निध्य में।" व्यथित स्वर में गुह बोले।

"मित्र, आप क्षुधित होंगे। आप तो भोजन कर लीजिए।" राम गुह से बोले। वे इन्कार करते उससे पूर्व ही लक्ष्मण कदली के पत्तों पर सुमंत्र द्वारा लाए कंद-मूल,

फल ले आए उनके सम्मुख। गुह ने विनम्रता से राम को भोजन करने का आग्रह किया। दोनों मित्र भोजन करने लगे। संग लक्ष्मण भी। सुमंत्र जल लाने चले गए। मैं दोनों मित्रों को संग भोजन करते देखती रही। राम के स्वभाव, आत्मीयता, उदारता और मित्रता का चरम रूप लक्षित था।

"आप विश्राम करें राम! मैं लक्ष्मण, सुमंत्र के समीप जाता हूँ" कहकर गुह चले गए।

थके हुए राम आज भी पत्तियों की शैया पर लेट गए और पुनः सो गए। आज भी मुझे शयन में असहजता का अनुभव हुआ। निकट जल रहे अलाव का आलोक। गुह की उपस्थिति। प्रयत्न के पश्चात् भी निद्रा नहीं आई। तीनों की वार्ताएँ श्रवण होती रहीं–

"तात लक्ष्मण, तुम भी थके हो शयन करो। सखा राम और जनक नंदिनी की रक्षा का दायित्व मेरा है। यहाँ की स्थितियों से मैं विशेष अवगत हूँ। तुम निश्चिंत रहो। राम मेरे अतिशय प्रिय हैं।"

"निषादराज आप तात समान हैं। आप पर तनिक भी संशय नहीं है मुझे। किंतु भैया-भाभी पृथ्वी पर सो रहे हैं। मैं भी शयन करूँ ऐसा कोई भी सुख अभीष्ट नहीं मुझे।" लक्ष्मण का कंठ अवरुद्ध हो गया।

और मेरे नेत्र छलक पड़े। मेरे नन्हे लक्ष्मण राजकुँवर से सेवक? सिसक पड़ती मैं यदि भय न होता राम जाग जाएँगे मेरे रुदन पर। विचलित हो उठेंगे मेरी सहजता ही प्रेरित करेगी उन्हें आगे बढ़ने हेतु। अभी तो आरंभ है। असहज अनुभव तो होगा ही। मानव जीवन सदा सामान्य कहाँ होता है। जन्म से मृत्यु तक अनेकानेक उतार-चढ़ाव आते रहते हैं। सभी आरोह-अवरोह असहजता से सहजता की ओर ले जाते हैं ज्वार की तरह...। प्रकृति का विधान चौंकाता है। विचलित करता है। पुनः सब समान हो जाता है। कंद-मूल का भोजन। पत्तों की शैया पर शयन का तनिक भी दुःख नहीं मुझे। मेरे समीप राम हैं। यह सुख तो राजभवन की कौषेय शैया भी नहीं देती इनके विछोह में। किंतु उर्मिला! आह मेरी नन्ही बहन...। क्या बीत रही होगी उस पर? कैसे व्यतीत होंगे ये दिन लक्ष्मण के वियोग में? अनगिनत रातें...। नाग बने शैया पर? हृदय विदीर्ण होने लगा दोनों की स्थिति पर।

"तात लक्ष्मण, भाई के लिए तुम्हारा यह अनुराग...। अभिभूत हूँ मैं। धन्य हैं तुम्हारी जन्मदात्री।" गुह का स्वर था।

"तात निषादराज, यहाँ भैया-भाभी की चिंता। उनके पुष्प से कोमल गात और यह पत्तों की शैया? और वहाँ अयोध्या में वृद्ध पिता, माताओं की चिंता। किसी की स्थिति अच्छी नहीं थी। धड़का-सा रह रहा है हृदय में, लौटने के पश्चात् क्या दर्शन हो सकेंगे उनका?" लक्ष्मण बोले तो गुह के साथ सुमंत्र के सिसकने का स्वर आया। उसके पश्चात् निद्रा क्या आती।

भोर की लालिमा फैले इसके पूर्व ही राम को जगाना है। प्रातः होने से पहले गंगा पार जाना होगा। राम ने कहा था। मैंने धीरे-धीरे उनकी पाद सेवा आरंभ की। उनींदी आँखों से उन्होंने मेरी ओर देखा...उनके अधरों पर स्मित मुस्कान खिल उठी। निहाल हो गई मैं। कितना सुख है इस सेवा में। कितनी संतुष्टि है इस मुस्कान में।

"राम, यात्रा की व्यवस्था करनी है।" मैंने स्मरण दिलाया। पुनः उनके अधर मुस्कुराए।

राम गुह, सुमंत्र और लक्ष्मण से गंगा पार जाने की व्यवस्था पर विमर्श करने लगे। यात्रा में अभी तक छोटी-छोटी नदियाँ ही मिली थीं। गंगा महानदी। चौड़े पाट, गहन जलराशि वाली। इसके पार जाने के लिए विशेष व्यवस्था किए जाने की आवश्यकता थी। निषादराज चले गए।

कुछ पहर पश्चात् निषाद लौटे। राम से बोले–

"सखे, आप लोगों को पार ले जाने हेतु विशाल नौका उपस्थित है। कामना थी कुछ दिनों आप यहीं विश्राम करते...आपके सान्निध्य में धन्य होता या मैं भी आपके संग चलता। किंतु आपके कर्तव्य पथ में बाधा बनूँ ऐसी धृष्टता नहीं कर सकता मैं। आदेश करिए और क्या उपस्थित करूँ।"

"इस नौका से अधिक कुछ की आवश्यकता नहीं अभी सिवा तुम्हारे स्नेह के। तुमने मेरा मनोरथ सिद्ध कर दिया।" भावुक हो राम ने निषादराज को अंक में बाँध लिया।

राम ने सुमंत्र को अयोध्या लौट जाने को कहा। रथ की आवश्यकता समाप्त हो गई थी। आगे की यात्रा पैदल ही करनी थी। सुमंत्र व्याकुल हो रो पड़े। अयोध्या लौटने पर सहमत नहीं थे वे।

बहुविधि समझाकर ससुर जी के प्रति सजग व सचेत रहने को कहकर राम ने उन्हें अयोध्या जाने पर विवश किया। राम को यह भय भी था, सुमंत्र को निस्संग लौटता देख ससुरजी हाहाकार कर उठेंगे। इस वय में यह संताप उनसे सहन न हुआ तो अनर्थ हो जाएगा। उनको धैर्य बँधाने के लिए सुमंत्र का आश्वासन उपयुक्त होगा। बहुत दबाव देने पर सुमंत्र जाने पर सहमत हुए। रोते हुए घोड़ों को रथ में जोता और उत्तर दिशा की ओर चल पड़े।

सुमंत्र के जाने के पश्चात् निषादराज से राम बोले–

"प्रिय मित्र, अब मैं विधिवत वनवास के नियमों का पालन करना चाहता हूँ। अपने केशों को जटा रूप देना चाहता हूँ।"

गुह मौन रहे...मेरा हृदय फटने लगा। राम के सुंदर काले घुँघराले लंबे केश...। जो उनके मुख की शोभा द्विगुणित कर रहे थे...उन्हें जटा रूप देना।

"सीता-लक्ष्मण तुम लोगों की क्या राय है?" राम ने पूछा।

अब असमंजस की घड़ी मेरी थी।

"जैसा आप उचित समझें राम।" तत्क्षण मेरे मुख से निकल पड़ा।

सर हिलाकर लक्ष्मण ने भी अपनी सहमति जता दी। उदासी तो उनके मुख पर भी फैल गई थी।

"सखे...जटा बनाने हेतु वट का दूध मँगवा दो।"

दूध लगाकर राम ने अपने केशों की जटाएँ बनाईं। लक्ष्मण ने भी उनका अनुसरण किया। वल्कल वस्त्र में जटा बनाने के पश्चात् दोनों ऋषि सदृश्य लगने लगे। अधिक सौम्य। अधिक सुंदर...।

दोनों भाइयों ने कवच धारण किए। तरकश व तलवार कंधे से लटकाया। धनुष लेकर तैयार हो गए।

"मित्र गुह, विदा दो...और तुम भी अपने राजप्रासाद में लौटो। राजधर्म है सेना, खजाना, राजभवन तथा राज्य पर विशेष ध्यान देना। अब जाओ, हनें भी विलंब हो रहा है।" राम का एक निषाद से इतना आत्मीय लगाव का साक्षी बन भाव-विभोर थी मैं। राम का हृदय वास्तव में बहुत विशाल था। उसमें जाति-पाँति, निम्न शब्द हेतु स्थान न था। तभी तो इतना प्रिय थे वे सभी के। इतना कष्ट सहने के पश्चात् भी भरत और छोटी माँ के लिए उनके मन में तनिक भी मलिनता नहीं आई थी।

हम लोग तीर पर बँधी नौका की ओर बढ़े-

"नौका पर प्रथम धीरे से तुम चढ़ो लक्ष्मण।" राम बोले।

पुनः सहारा देकर उन्होंने मुझे चढ़ाया। फिर स्वयं चढ़े। सभी ने गंगा का जल छूकर उन्हें प्रणाम किया। नौका मझधार में पहुँची। झुककर मैंने चुल्लू में जल उठाया... माथे से लगाया और मन ही मन प्रार्थना की, "माँ गंगे! मेरे पति और देवर पिता के आशय पालन हेतु वन यात्रा पर निकले हैं। चौदह वर्षों के पश्चात् जब मैं सकुशल इनके साथ लौटूँगी, पुनः आपकी अर्चना करूँगी।" आँखें मूँदे बारंबार मैं राम व लक्ष्मण की कुशलता हेतु प्रार्थना करती रही।

नौका दक्षिणी तट पर लग गई। उतरने के पश्चात् राम ने उसे लौटने का आदेश दिया। वहाँ से गहन वन आरंभ हो गया था। राम ने आगे लक्ष्मण को चलने को कहा। पीछे मुझे सबसे पीछे वे चलने लगे। गर्व हो आया स्वयं पर। दो सिंहों के मध्य चलती स्वयं को देख। दो दिनों में अयोध्या बहुत पीछे छूट गई थी वैसे ही दु:खों का अनुभव भी क्षीण हो रहा था। मार्ग कर्तव्य का हो या न्याय का, कठिन होते हुए भी संतुष्टिदायक होता है। राम के त्याग के सुखों से निहित पत्तों की शैया भी कितनी सुखदाई लग रही है। अधिकार लेने या सब कुछ त्याग देने में बड़ा अंतर है। लेने से स्वयं को सुख मिलता है। त्यागने से दूसरे सुखी होते हैं। कितने प्राणी हैं इस संसार में जो दूसरों का हित सोचते हैं? मैंने पीछे मुड़कर देखा। सुंदर सुकोनल राजकुँवर अब तापस वेष में...मनोहर स्वरूप। मेरे राम संसार के प्रथम, व्यक्ति हैं, जिन्होंने भाई के लिए अपना सर्वस्व त्याग किया। राज्य का त्याग ही नहीं पिता आज्ञा पालन हेतु क्षणमात्र भी नहीं हिचके वनवास पर निकल पड़ने से। मुस्कान उभर आई मेरे अधरों पर।

15

तट से दक्षिण की ओर हमारी यात्रा जारी थी। असमतल पगडंडियाँ...कच्चे रास्ते। छोटे-छोटे ग्राम। बस्तियाँ। कोई दोराहा, तिराहा मिलता। लक्ष्मण आगे बढ़कर किसी ग्रामीण या राही से रास्ता पूछते। उनका प्रश्न सुन भौचक हो वे हमारी ओर देखते। हमारा वय तथा परिधान प्रायः उनके कौतूहल का विषय होता। बहुत से प्रश्न पूछने लगते वे लक्ष्मण से। एक-दो बातें बतला कर लक्ष्मण शीघ्र लौट आते हमारे पास और तत्क्षण हम आगे बढ़ जाते। लगता, उनके कौतूहल का विषय अधिक मैं हूँ। वल्कल वस्त्र, माँग में रत्न-जड़ित चूड़ामणि। आगे-पीछे चलते अल्पवय तपस्वी द्वय। धनुष-तूणीर युक्त चौड़े स्कंध। सब कुछ असामान्य, अलौकिक। कौतुक युक्त। ऐसे में जिज्ञासा कैसे नहीं जाग्रत होती उनके हृदय में।

एक घने वट वृक्ष तले विश्राम हेतु हम ठहरे। लकड़ी के सहारे वहाँ गिरी सूखी पत्तियों को लक्ष्मण ने एक ओर हटाया। रहने योग्य स्थान स्वच्छ हो गया।

"भैया, मैं वन से शयन योग्य बड़े पत्ते और फल-मूल लेकर आता हूँ। संध्या होने पर परेशानी होगी। तब तक आप लोग विश्राम करें।" लक्ष्मण बोले।

"जाओ तात परंतु शीघ्र आ जाना।" राम ने कहा।

लक्ष्मण के जाने के बाद हम सूखी पत्तियों पर बैठ गए। राम मेरे निकट खिसक आए और धीरे से बोले, "सीते, मेरे मन में एक विचार आया है इसके लिए तुम से विमर्श करना आवश्यक है।"

चकित दृष्टि से मैंने यात्रा से क्लांत राम के मुख की ओर ध्यान से देखा–

"कैसा विचार आर्यपुत्र, जिसमें मेरे विमर्श की जरूरत है?"

"यह कार्य बिना तुम्हारी इच्छा या सहमति के सफल नहीं होगा प्रिय! यदि मेरे विचार से तुम्हें तनिक भी असहमति हो तो निसंकोच कह देना। तुम्हारा उद्‌गार मुझे प्रिय लगेगा।"

"पहले आप अपना विचार तो बतलाइए। मेरी उत्सुकता बलवती हो रही है राम।"

"मैं सोच रहा हूँ वनवास काल तक क्यों न हम ब्रह्मचर्य का पालन करें। वन-वन भटक रहे हैं। भटकेंगे। अनिश्चित जीवन, अनिश्चित पथ, ऐसे में हमारी संतान इस भूमि पर आँखें खोले, यह उचित नहीं होगा। वरन घोर अन्याय होगा उसके साथ। मेरे विचार से तुम सहमत हो सीते?"

स्तब्ध रह गई मैं। पहले एक पत्नीव्रत का संकल्प। अब यह चौदह वर्षों तक का ब्रह्मचर्य? लगा, राम पराक्रमी ही नहीं तन-मन पर संयम रखने वाले परिपक्व पुरुष हैं, स्वेच्छाचारी राजकुमार नहीं। उनका यह अद्‌भुत प्रस्ताव मुग्ध कर गया मुझे। यह विचार तो वनवास की प्रथम रात्रि से ही मेरे मानस में उदित हुआ था। भय था मेरा यह प्रस्ताव कहीं राम के हृदय को आहत न कर दे। आज उनके मुख से अपनी इच्छा सुनकर गर्व हो आया स्वयं पर...अपने भाग्य पर।

"यह तो मेरे मन का ही उद्‌गार है राम! अपनी भावी संतानों के लिए ही नहीं, लक्ष्मण के सम्मुख भी हमारी आसक्ति अनुचित ही है।" हर्षित हो मैं बोली। राम पुरुष होकर साध सकते हैं अपने मनोभावों को। स्त्री को तो जन्म-जन्मांतर से तन-मन साधने का अभ्यास होता है।

राम के मुख पर संतुष्टि झलकी। मानो कोई विराट बोझ उतर गया हो हृदय से। बोझ तो मेरे मन का भी हल्का हो गया था। राम का संग-साथ चौबीसों पहर का था। लक्ष्मण नवविवाहित उर्मिला से विलग। यह त्याग नहीं, हमारा कर्तव्य भी था।

राम माताओं और पिताजी के विषय में वार्ता करने लगे।

''सीते, संताप अकेला कहाँ आता है। संग कठिनाई, अभाव, चिंताएँ भी लाता है। निस्संग संताप से भयग्रस्त हो सकता है मनुष्य?''

"सब कुछ समय पर छोड़ दीजिए तात, जब कुछ भी हमारे वश में नहीं तो पुनः यह संताप कैसा? जिस हेतु वन आए हैं, उसी के प्रति समर्पित रहिए। सभी का शीघ्र ही अभ्यास हो जाएगा हमें।"

लक्ष्मण आवश्यक सामग्री ले आए। फल-मूल और पत्तों का गट्ठर। स्वेदकणों से भरा पुष्ठ धवल शरीर। मेरे ह्रदय में वेदना का अनुभव हुआ। एक राजकुमार का भाई-भाभी की सेवा में ऐसी तत्परता...मानो जन्म-जन्मांतर के सेवक हों किंतु राम कोई कार्य करें यह भी तो उन्हें सहन नहीं था। विवश सी देखती रही मैं उन्हें।

यात्रा में वृक्ष के नीचे भी शीघ्र ही गहरी निद्रा आ जा रही थी। लगा नींद का परिश्रम से अनुनाश्रय संबंध हो जैसे। राजप्रासाद का बँधा-बँधाया कार्यक्रम। अभाव से पूर्णतः अनजान तथा संरक्षित जीवन मध्य कभी-कभी विचार आता, राज्य में सभी के पास सुख का समान साधन नहीं होगा। किस प्रकार व्यतीत होते होंगे उनके दिन? अभी उन अभावों को निकट से देखकर। उनका हिस्सा बनकर लग रहा था कितना सीमित सोच व विचार हो जाता है अंतर वासिनियों का। उन्नत प्राचीरों में कैद दिखने वाले आकाश के उस टुकड़े तक ही सीमित जो उसके आँगन या झरोखों से दृष्टिगत होता है। समय के ऋणी थे हम। साधारण व्यक्ति की भाँति जीने की सीख दे रहा था वह हमें। अभाव हमें वस्तु ही नहीं जीवन का मूल्य भी समझा रहे थे। हमारी सोच, अपेक्षाएँ परिवर्तित हो रही थीं। अब जब राम वनवास से लौटेंगे तो प्रजा के प्रति अधिक संवेदनशील, अधिक कर्तव्यपरायण और अधिक सजग होंगे।

पक्षियों के कलरव ने सबेरा होने का संदेश दिया। हर प्रातः ऐसा ही हो रहा था। मेरी आँखें खुलीं। राम बैठे हुए थे। यह देख मैं लज्जित हो गई। राम के पश्चात् जगना ग्लानि से भर दिया। प्रातः प्रथम मैं ही जग जाती थी। आज यह कैसी निद्रा आई? दैनिक कार्यों से निवृत्त हो शीघ्र चल पड़े आगे की यात्रा पर। सामान-स्वरूप कपड़ों की मात्र एक पोटली थी हमारे पास। आगे गंगा-यमुना का संगम है। बीहड़ होकर जाना होगा वहाँ। लक्ष्मण पता कर आए थे।

संध्या होने से पूर्व हम संगम पर पहुँच गए। तीन पावन नदियों—गंगा, यमुना, सरस्वती—का संगम। त्रिवेणी और प्रयागराज कहा जाता था जिसे। दूर से ही प्रज्वलित ज्वाला और धूम की चिह्न वाली ध्वजा दृष्टिगोचर हुई।

"लक्ष्मण, ज्ञात हो रहा है मुनिवर भारद्वाज यहीं हैं आजकल।"

"जी भैया! फहराता ध्वज तो ऐसा ही आभास दे रहा है।"

मुनि भारद्वाज शिष्यों के मध्य आसन पर विराजमान थे। हमने उनकी पाद-वंदना की। राम ने उन्हें सविस्तार अपना परिचय दिया तथा अपने आगमन का हेतु बतलाया।

"तुम्हारे आने की प्रतीक्षा ही कर रहा था वत्स! अयोध्या का सारा वृत्तांत ज्ञात हुआ मुझे। अचंभित था राजा दशरथ तो स्वयं महान प्रतापी और ज्ञानी हैं। उनसे यह घोर अन्याय कैसे हो गया?"

"मुनिवर, प्रतिकूल समय के बहकावे से ज्ञानी भी बच नहीं पाते। अभी हम उसी प्रतिकूल स्थितियों के आखेट हैं।" कुछ न कहकर भी राम सब कुछ कह गए। न किसी पर दोषारोपण किया न किसी की भर्त्सना की। कितने वाक्पटु हैं राम? अद्‌भुत संतुलन। आचार व्यवहार ही नहीं वाणी में भी। उनके विराट व्यक्तित्व का एक-एक पक्ष शनैः-शनैः उजागर हो रहा था मेरे समक्ष।

दीर्घ-निश्वास लेकर मुनि बोले—

"पंचतत्त्वों से संरचित है यह काया। पंचतत्त्व में विलीन हो जाने वाली। मृत्युभुवन में सब नश्वर है। न जीवन की उत्पत्ति में जीव की सहमति है, न नष्ट होने में। चक्र है सृष्टि का यह। हाथ में है मात्र कर्म-धर्म। कर्म-सत्कर्म और कुकर्म। धर्म...नीति, अनीति, असत्य, अविचार, कुविचार। दोनों यश-अपयश दाता हैं। किंतु यश चिरायु होता है और अपयश क्षणभंगुर।" मुनि के गूढ़ वचन महान अनुभवदायक लगे।

''वत्स राम, प्रयाग की इसी रम्य भूमि पर आप लोग शेष दिवस व्यतीत करें, यह मेरी आकांक्षा है।'' भारद्वाज बोले। राम ने विनम्रता से उनका प्रस्ताव अस्वीकार कर दिया।

''एक-दो दिवस की बात नहीं है श्रद्धेय, चौदह वर्षों का आतिथ्य भार आप पर? और पर्व-त्यौहारों पर संगम पर होने वाले कोलाहल...। वास हेतु कोई ऐसा उपयुक्त स्थल बताएँ जो मनोरम और शांत हो।''

"यहाँ से थोड़ी ही दूरी पर चित्रकूट पर्वत उत्तम स्थल है निवास योग्य। वहाँ निर्भय, निर्विघ्न निवास किया जा सकता है।" मुनि ने बतलाया।

रात्रि निवास के बाद प्रातः उनसे विदा ले हम चित्रकूट की ओर अग्रसर हो गए।

यमुना में कोई नौका दृष्टिगत न हुई। दोनों भाई सूखी मोटी लकड़ियाँ ढूँढ़ लाए और मजबूत लताओं से बेड़े का निर्माण करने लगे–

''प्रिय लक्ष्मण, आगे भी बेड़ा या पर्णकुटी निर्माण हेतु लकड़ियों की आवश्यकता होगी। मेरा आग्रह है, हरे वृक्ष या टहनियों को हानि मत पहुँचाना। जहाँ तक संभव हो सूखी लकडियों का चयन करना। हरे पेड़-पौधों की क्षति अरण्य को बीहड़ में परिवर्तित कर देती है जिसका पर्यावरण पर बहुत ही बुरा प्रभाव पड़ता है। तथा मानव भी उससे अप्रभावित नहीं रहता। प्रकृति को संतुलित बनाए रखने में वृक्षों का बहुत बड़ा योगदान होता है। ये जल को शोधकर संचित कर लेते हैं जिससे धरा की नमी कायम रहती है। इनकी जड़ें मिट्टी को जकड़कर रखती हैं तथा भूस्खलन नहीं होने देतीं।'' लक्ष्मण को सजग करते हुए राम बोले।

बेड़ा तैयार हो गया। कुछ पलाश पत्रों को उस पर डालकर लक्ष्मण ने बैठने का स्थान बनाया। पुनः उसपर सामान रखे गए। धीरे से हम नौका पर चढ़े। संतुलन बनाते हुए बैठ गए। लकड़ी के पतवार से दोनों भाई उसे खेने लगे।

जीवन भी बेड़े की भाँति ही है। संसार सागर में हिचकोले खाता। शक्ति और संतुलन के पतवार से ही सहजतापूर्वक पार किया जा सकता है इसे। औचक यह विचार मस्तिष्क में कौंधा। ऐसे विचारों का उदय अधिकता से हो रहा है इधर मस्तिष्क में। शायद शोक, संताप, विपदा, अभाव ही दर्शन भाव जाग्रत करते हैं मानव मन में। पथ की कठिनाइयाँ दंड हैं जीवन का। साधारण प्रजा की भाँति राज्य में ही रहने का दंड भी तो दिया जा सकता था राम को। राजा भरत ही होते...फिर यह वनवास का कठोर दंड क्यों?

यमुना के दक्षिणी तट पर उतरकर हम आगे बढ़े। पुनः उसी क्रमानुसार लक्ष्मण आगे। मध्य में मैं। पीछे राम। सजग, सतर्क। रास्ते में कोई सुंदर पुष्प दिखता। राम उसे तोड़कर मुझे देते तथा अज्ञात फूल, फल, लता या अद्भुत पक्षियों के विषय

में पूछे गए मेरे प्रश्नों का उत्तर भी देते। राम संग घोर वन यात्रा भी कितनी आनंददायक थी। लगा सबसे बड़ा दुःख, धन-संपत्ति का नहीं अपनों से बिछोह का होता है।

संध्या घिरी। हम पुनः एक वृक्ष की छाया में ठहर गए। तीनों राजभवनवासी थे। पैदल चलने के अनभ्यासी। निरंतर चलने के पश्चात् भी कुछ ही कोस चल पाते। और वेग से चलकर कहीं पहुँचना भी तो नहीं था। यात्रा और विश्राम मानो दो ही अभीष्ट रह गए थे जीवन के। शतानंद कहते, "गति ही जीवन है।" किंतु निरुदेश्य गति तो उबाऊ हो जाएगी। उसमें कोई उद्देश्य, कोई लक्ष्य तो हो। विगत चार दिवस चार रात्रि से वही चर्चा। वही लक्ष्यहीन यात्रा। चलना, ठहराना, कंद-मूल भोजन, विश्राम और शयन। पक्षी की भाँति इन क्रियाओं के लिए संघर्ष की आवश्यकता भी नहीं थी। सुनिश्चित न था स्थायी पड़ाव कहाँ होगा। वनवासी या तपस्वियों का भी स्थायी स्थल होता है। आश्रम व कुटीरें होती हैं। अभी तक जीवन मात्र समय के पग से चलायमान था। आगत का कुछ पता नहीं। यह सोच, यह अपेक्षाएँ मात्र मेरी थीं जो निरंतर मस्तिष्क में चल रही थीं। राम, लक्ष्मण की इच्छा, अपेक्षा से अज्ञात थी मैं। मौन यात्रा में संवाद उतना ही होता जितने की आवश्यकता होती। मुझे तुष्टि नहीं मिलती। दोनों भाइयों से पूर्व की भाँति सहज व्यवहार की अपेक्षा होती। कहना चाहती, 'उदास या मौन होने से समय शीघ्र नहीं बीतेगा या हँसने से ठहर नहीं जाएगा।'

सुलक्षणा काकी कहा करतीं, ''पूर्ण जीवन एक कक्ष या छोटे से रसोईघर के आस-पास ही बिता देने वाली स्त्रियों के कार्य में उम्र भी बाधा नहीं बनती पुत्री। वे सदा पूर्णता की आकांक्षी होती हैं। निरुद्देश्य या निष्क्रिय जीवन स्त्रियों को पसंद नहीं। रसोई, शिशुओं का लालन-पालन। पति के कार्यों में हाथ बँटाना तथा विचार-विमर्श में भी सदा तत्पर रहती हैं। यहाँ तक कि दादी, नानी की उम्र में भी बालकों के लालन-पालन से लेकर उन्हें सीख देने तक में जुटी रहती हैं...उनका दायित्व तो कभी समाप्त ही नहीं होता...। वे इससे विमुख नहीं होना चाहतीं। इसलिए उन्हें सूनेपन का अनुभव नहीं होता।''

कितना सटीक था उनका कथन...दोनों भाई को कंद-मूल भोजन करते देख पीड़ा होती। निश्चित आश्रय हो तो रसोई की व्यवस्था करूँ। वनवासी मात्र कंद-मूल का ही तो सेवन नहीं करते होंगे। अन्न का सेवन भी करते होंगे। मिथिला में चावल विशेष भोजन था। चिपटान्न और दही भी। इसका विशेष स्मरण कर चारों भाई प्रायः उपहास करते हम बहनों से। औचक हो आए इस स्मरण से अधर मुस्कुरा उठे।

16

विन्ध्य पर्वत श्रृंखला में स्थित चित्रकूट। हरीतिमा आच्छादित स्फटिक पर्वत। पर्वतों से स्खलित प्रवाहित झरने। नीचे धारा रूप कल-कल करती मंदाकिनी। आम्र, जामुन, कदंब, अनार, अमरूद, आँवला, नीम तथा अन्य अपिरिचित, अनाम वृक्ष, पौधों, लताकुंज नीड़ों में निनाद करते अनेक पक्षी समूह। धरा से फूटते जल स्रोत। भजन-कीर्तन की मधुर स्वर-लहरी। हवन कुंडों से विस्तारित होते सुगंधित

धूम्र वलय...पावन, नम वातावरण। हर ओर पर्णकुटीरें। ऋषि-मुनियों की उपस्थिति से संपूर्ण क्षेत्र प्राणवान। रम्य।

मुनि भारद्वाज का कथन सत्य अनुभव हो रहा है कि "सौभाग्य से ही किसी नृपति, भूपति को प्रकृति से साक्षात्कार या सान्निध्य का सुअवसर प्राप्त होता है। राज्य का गुरुत्तर दायित्व उससे अन्य अनुपम सुख या अनुभव छीन लेते हैं। वनगमन या अरण्य वास से तनिक भी संताप न करना वत्स! प्रकृति अपने सान्निध्य में अपने वात्सल्य से अलौकिक आनंद भर देती है मानव मन-मस्तिष्क में। वन्य जीवन का अनुभव, अभाव, त्रास को समीपता से देखकर तथा अनुभव कर तुम उनके प्रति अधिक सजग, सतर्क, संवेदनशील होओगे।"

ऋषि, मुनि प्रकृति के मर्म के ज्ञाता हैं। प्रकृति-प्रदत्त प्रभाव ही इन्हें त्यागी, संवेदनशील, जीवों के प्रति उदार, जड़-चेतन संरक्षण हेतु तत्पर बनाता है। सांसारिक मोह, माया से अलिप्त, प्रकृति और धरा के साधक इन महात्माओं को ज्ञात हैं, जब तक नदियाँ जल प्लावित हैं, वन-संपदा अक्षुण्ण हैं, भूवासी भी सुख-समृद्धि-युक्त रहेंगे।

अभी तक यात्रा नीरस, ध्येयहीन थी। अब रम्य लगने लगी। संध्या घिर आई। चहुँओर अंधकार का आधिपत्य स्थापित हो गया। मात्र कुटी आलोकित है मद्धिम आलोक से। थकन से पस्त राम भूमि पर बिछे पत्र-शैया पर लेटे हुए हैं पर कर्तव्यबोध सोने नहीं दे रहा है मुझे। मेरी निद्रा में संकोच असहजता उत्पन्न कर रही है। राम का क्लांत मुख, सूजे हुए पग दुःख के अथाह भँवर में डुबो रहे हैं। धीरे से सप्रयास, राम की निद्रा उचट न जाए, उनकी पाद सेवा करती हूँ। यह विरल सुख भवन में प्राप्त होना क्या संभव था। सेवकों के समूह के मध्य? राम तनिक कुनमुनाते हैं...पुनः सो जाते हैं गहरी नींद में।

मन तो लक्ष्मण के भी पग सेवा का हो रहा है। प्रिय लक्ष्मण कभी स्वीकार नहीं करेंगे मेरा यह आग्रह। ज्ञात है मुझे। दूर निसंग बैठे लक्ष्मण पर ममता से भर जाता है हृदय। अश्रुसिक्त हो उठते हैं नेत्र। पीड़ा विह्वल कर जाती है। ऐसे कैसे बीतेंगे अरण्य के चौदह वर्ष? मुझे असहजता अनुभव हो रही है, किंतु संताप नहीं है। मेरा संसार तो वही है जहाँ मेरे राम हैं। लक्ष्मण के मन का संसार शून्य है। उनका भाव, प्रेम, सुख सभी तो सुदूर अयोध्या भवन में पाषाण बनी बैठी होगी। किसी तमिस्त्र कोने में। पति-वियुक्ता उर्मिला...। उसके भाव तो तरल भी नहीं बन सकते। कैसा कठोर वचन पाश में बाँध दिया उसे लक्ष्मण ने। स्वयं भी पाषाण बने बैठे हैं। उसे भी पाषाणी बना दिया।

राम ऋषि तपस्वियों से मिलते। अपने उद्देश्य से उन्हें अवगत कराते। वास योग्य भूमि पर विमर्श करते। सहयोग माँगते। लौटकर भेंटवार्ता का सार बतलाते मुझे। ज्ञात हुआ इन दिनों महर्षि वाल्मीकि का आवास भी यह रम्य भूमि चित्रकूट बना हुआ है। उनके प्रिय निवास स्थानों में अग्रगण्य है चित्रकूट। राम उनसे मिल आए हैं। मुझे भी उनके दर्शन सान्निध्य का लाभ शीघ्र प्राप्त होगा। कह रहे।

अंततः वास योग्य भूमि हमें मिल ही गई। कामदगिरि पर्वत की गोद में। शीघ्र पर्णकुटी निर्माण हेतु तत्पर हो उठे लक्ष्मण। वहाँ आने-जाने वाले कुछ अरण्यवासी

लक्ष्मण के साथ सहयोग को सहर्ष सहमत हो गए। वर्षा से अप्रभावी, कुटी निर्माण योग्य सूखे शाल काष्ठ। छाजन के लिए बाँस, पलाश पत्र अरण्य से शीघ्र लेकर आ गए वे लोग और अपना अनुभव सहज प्रदान करने लगे, कुटी निर्माण कार्य में।

सभी के सहयोग, श्रम, प्रयत्न ने निष्प्राण काष्ठ, बाँस, पलाश पत्रों को प्राणवान कुटीर में निर्मित कर दिया। मुग्ध हो देखती रह गई मैं अपना आश्रय स्थल। हमारी यात्रा का ठहराव। कुटी के चहुँओर स्थित फलदार वृक्ष। समीप ही मंदाकिनी की स्वच्छ शीतल जलधारा। इस स्थायी आश्रय में आकर विशेष आश्वस्ति का अनुभव हुआ मुझे। राम-लक्ष्मण के मनोभावों से अज्ञात थी मैं। वे पुरुष हैं कहीं भी स्नान, ध्यान या शयन कर लेते हैं। विरल ही उन्हें विश्राम करते देखा था अभी तक। कभी किसी खटका-वश नींद उचट जाती तो उन्हें जागते, टहलते...या टोह लेते देखती। उस समय उनके हाथ में धनुष-बाण अवश्य होता। बीहड़ तक यह सब सामान्य लगा। हिंस्र वन्य-जीवों से हमारी सुरक्षा हेतु सजग हैं। अभी ग्लानि हुई। इसके पीछे उर्मिला से वियोग की पीड़ा अवश्य है। राम ने क्यों नहीं कठोरता से उन्हें वरज दिया अयोध्या में ही। संग आने हेतु सहमति क्यों दी, मैं उनकी चिर सहयात्री थी। वचन दिया था आपद-विपद में संग-साथ का। लक्ष्मण वचनबद्ध कहाँ थे? उर्मिला शापित कहाँ थी? ऐसे क्या कभी विस्मृत हो पाएगा हमारा अपराधबोध? मैं राम संग आती। मेरा तो संसार ही उनके निकट था। लक्ष्मण दास नहीं हैं सेवा कार्य हेतु प्रतिबद्ध, भ्राता हैं। राम के प्रति यह उद्दाम प्रेम। मेरे प्रति स्नेह। कैसे चुका पाएँगे हम इनका ऋण? किस विधि ताप हरूँ इनके हृदय का? क्या यत्न करूँ...यह पीड़ा निकले उनके अंतस् से। मेरा नन्हा लक्ष्मण...कराह उठा हृदय। पर विवशता, अपने मर्म तक पहुँचने देने को कहाँ सहमत थे वे। न रात्रि जागरण का हेतु बताने को। मात्र एक ही बात कहते, 'आप लोग सुखपूर्वक सोइए। यह वन प्रांत है, हमारा राजप्रासाद नहीं।' बात उपहास में उड़ा देते। उन्हें कहाँ ज्ञात था—हमारा सुख भी अयोध्या के राजप्रासाद में ही छूट गया है। वे उर्मिला के वियोग में व्यथित हैं, हम उनकी व्यथा में अपना सुख त्याग चुके हैं।

"प्रिय लक्ष्मण, सबेरे-सबेरे यह क्या कर रहे हो?"

"भाभी, चौदह वर्षों तक रहना है यहाँ हमें। सोचा फूल-फलों के पौधे लगा दूँ। फल-फूल भी प्राप्त होंगे और उन पर बैठने वाले पक्षियों की मीठी बोली से आपका मन भी बहलेगा।" वे हँसते हुए बोले।

"सीते, कहाँ हो?" राम की पुकार गूँजी।

चित्रकूट का कामदगिरी पर्वत। रम्य वातावरण। सुखपूर्वक व्यतीत हो रहे थे दिन। कितने दिन? इसकी गणना का कोई औचित्य न था। स्मरण रहता तो मात्र प्रातः और संध्या। सभी ने समय का संकेत समझ लिया था। सभी सहज हो रहे थे।

उन्नत स्फटिक पर्वत। विविध लताओं, वृक्षों से आच्छादित। कलरव करते पक्षी। निरंतर प्रवाहित मंदाकिनी का तट। राम संग स्फटिक शिला पर बैठी मैं अपलक निहार रही रम्य दृश्य...

"वन या पथ के कष्टों से तुम्हें वेदना तो नहीं हो रही प्रिय! अपने हृदय का उद्‌गार तुम कभी व्यक्त नहीं करोगी। ज्ञात है मुझे। ग्लानि होती है तुम्हें वन आने

की सहमति देकर। अन्याय तो नहीं हुआ मुझसे?" राम बोले तो स्तब्ध रह गई मैं...। क्या बीते दिनों में मेरे किसी आचरण से ऐसा आभास हुआ है उन्हें कि मैं व्यथित हूँ? मेरी यह प्रसन्नता, प्रफुल्लता आडंबरजनित है? मेरा तो संसार ही सम्मुख है मेरे। पुनः राम के मानस में यह संशय का उदय कैसे हुआ? यदि सत्य में ऐसा हुआ है। अपने सुखों को व्यक्त करने में अशक्त रही हूँ मैं, तो यह एक पत्नी का धर्म कदापि नहीं है। ग्लानि हो आई अपनी अंतर्मुखी प्रकृति पर।

"ऐसा क्यों पूछ रहे हैं राम?"

"यूँ ही, तुम लोगों संग चौदह वर्ष सुखपूर्वक व्यतीत कर सका तो कुल धर्म को बढ़ाने वाला होगा वह सुख।"

यह 'तो' शब्द का क्या तात्पर्य? पूछना चाहा। मेरे मनोभावों को राम भाँप गए और तत्क्षण प्रसंग को मोड़ दिया–

"सीते, वो देखो सारस और हंसों का जल किलोल। कितना मनभावन है। संत मुनि जन कैसे गोते लगा रहे हैं मंदाकिनी के निर्मल जल में। चलो हम भी संग स्नान करते हैं।" वे बालक की भाँति हठ करने लगे।

''यह कैसी लालसा जगी आज आपके मन में आर्य? इतने लोगों के सम्मुख स्नान कैसे कर सकती हूँ मैं? खूब प्रातः निर्जन तट देख स्नान करती रही हूँ। इस समय और आप के साथ? कैसा कौतुक सूझा आपको?"

"संकोच कैसा सीते, समझो तट निर्जन है। मात्र हम ही उपस्थित हैं।" कहकर वे हँसे। उनकी चुहल सुनकर हर्ष हुआ। लगा, राम ने पूर्णरूपेण अपनी नियति स्वीकार ली है। अभी तक अवसाद की छाया व्याप्त थी उनके मुख पर। माँ गिरिजा, इसी प्रकार हँसते, चुहल करते बीत जाएँ ये वर्ष। मेरे अधरों पर प्रार्थना उभरी।

तत्क्षण दूर विचित्र कोलाहल उभरा। आकाश में धूल कण उड़ते दिखे साथ ही हाथियों की चिंघाड़ भी उभरी...। चौंक पड़े हम। क्या है यह सब? शांत प्रदेश में ऐसा भीषण कोलाहल...? कदाचित कोई नृप आखेट हेतु आ रहा हो। किंतु आखेट का कोई चिह्न नहीं लग रहा है। राम ने लक्ष्मण को पुकारा–

"तात लक्ष्मण, ज्ञात तो करो कैसा कोलाहल है यह?"

लक्ष्मण एक ऊँचे वृक्ष पर चढ़ गए। चहुँओर दृष्टिपात कर शीघ्र उतर आए–

"बहुत बड़ा दल आता दिख रहा है उत्तर दिशा से। भैया, निश्चय ही यह कैकेयी पुत्र भरत है। युवराज पद पाकर भी उसे संतुष्टि नहीं हुई, सदा के लिए कोसल पर आधिपत्य हो इसी मंशा से हमारे वध हेतु आ रहा है यहाँ। गुप्तचरों से अवश्य उसे ज्ञात हो गया होगा हम यहाँ हैं।" लक्ष्मण सरोष बोले।

"नहीं वत्स, भरत की मनोवृत्ति से मैं खूब अवगत हूँ। उनकी प्रकृति ऐसी नहीं है। पुनः ध्यान से देखो।" राम ने उन्हें आश्वस्त करते हुए कहा।

लक्ष्मण उन्नत चट्टान पर चढ़ गए...उस ओर दृष्टिपात कर पुनः उतरकर समक्ष आए। क्रोध से मुख तमतमा रहा था उनका।

"यह अयोध्या की सेना ही है भैया। कोविदार चिह्न-युक्त ध्वज लिए। कोई संशय नहीं तात, हमें भी धनुष-बाण सँभाल लेना युक्तिसंगत होगा। इसी भरत हेतु आप राज्य से वंचित हुए और वन का कष्ट झेल रहे हैं। वह यहाँ भी आ पहुँचा।

राज्य लोभी कैकेयी आज अपने पुत्र को मृत देखेगी। उसकी मृत्यु के पश्चात् आप निष्कंटक अयोध्या पर राज्य करेंगे। उसका वध कर मैं भी अपने अस्त्र से उऋण हो जाऊँगा।" क्रोध की अधिकता से वे हाँफने लगे।

"लक्ष्मण मेरे भाई, क्रोधावस्था में लिया गया निर्णय कभी-कभी पश्चात्ताप का हेतु भी बन जाता है। शांत हो जाओ। पहले उनके आने का ध्येय तो ज्ञात हो। पुनः जैसा उचित हो, करना। यदि युद्ध के विचार से वे आ रहे हैं तो वीरोचित उत्तर दिया जाएगा उन्हें। अपनी ओर से कोई पहल नहीं करनी हमें। अधर्म से इंद्र का राज्य भी अमान्य है मुझे। भरत साधु स्वभाव के हैं। वे हमारे अहित का विचार भी नहीं कर सकते। उन्हें कटु वचन नहीं कहोगे तात।" राम ने संयत स्वर में लक्ष्मण से कहा।

हम कुटी की ओर बढ़े। लक्ष्मण पीछे मुड़-मुड़कर देखते रहे। संशय तो मेरे हृदय में भी सर उभार रहा था। विशाल कोसल राज्य। विशाल चतुरंगिणी सैन्य बल के स्वामी भरत। सैन्य बल का महत्त्व सदा से रहा है। राज्य-विस्तार, राज्य की सुरक्षा, बल प्रदर्शन और शत्रु शमन के लिए। चारों में कौन सा ध्येय है भरत का? राम, लक्ष्मण के बाहुबल का विश्वास है मुझे किंतु ये मात्र दो...।

कुटी में नीरवता व्याप्त थी। लक्ष्मण ही उद्विग्नतावश द्वार तक जाते। लौट आते। भित्ति पर टँगे धनुष-तूणीर की ओर देखते। हाथ मलते। राम शांत, विचारों में तल्लीन थे। मेरी स्थिति न राम की तरह संयत थी न लक्ष्मण की तरह व्यग्र। भावी का अब कौन-सा अदृश्य अध्याय खुलने वाला है? असमंजस में थी।

विचारों का उमड़ता-घुमड़ता बवंडर महर्षि वशिष्ठ और गुहराज निषाद के आने से औचक थम गया। किंकर्तव्यविमूढ़ रह गए हम उन्हें अपने समक्ष देखकर। पुनः चेतन हुए। उनकी पाद वंदना की। राम गुह राज से गले मिले। राम के कुछ पूछने से पूर्व ही वशिष्ठ बोले–

"राम, आपकी तीनों माताएँ और भरत-शत्रुघ्न शीघ्र ही पहुँचने वाले हैं।"

"सब कुशल तो हैं गुरुदेव?"

"कुछ भी कुशल नहीं है वत्स! महाराज नहीं रहे अब।"

"क्या कहा आपने, पिताजी हमें छोड़कर चले गए? या विधाता...राज्य से निर्वासित कर तुष्टि नहीं हुई तुझे...कि अब पिता की छाया से भी वंचित कर दिया। ये कैसा अघटित घट रहा है मेरे जीवन में? सुख के बदले शोकों की आँधी?" आपने तो शुभ लग्न, मुहूर्त सोचा था अभिषेक हेतु। कैसा शुभ लग्न मुहूर्त साबित हुआ यह गुरुदेव? इससे भी त्रासद होगा कोई मुहूर्त? सारे बिखर गए बवंडर में तिनके की भाँति।''

''धैर्य रखिए मित्र, बड़ी अबूझ होती है यह करम गति! मनुष्य उसी का सदुपयोग-दुरुपयोग कर सकता है जो उसके वश में है। जो वश में नहीं उसके लिए हर्ष, विषाद कैसा? आप तो बुद्धिवंत हैं। आप ही अधीर होंगे तो भ्राताओं सहित माताओं को कौन धैर्य बँधाएगा?" राम के स्कंध थपथपाते हुए गुह राज बोले।

"विधि के इस विधान का साक्षी बन सभी भौचक हैं। व्याकुल हैं। किंतु यह समय व्याकुल होने का नहीं है। तुम्हें दुःख है परोक्ष में हुए पिता की मृत्यु का, उनकी सेवा न कर पाने का परंतु भरत-शत्रुघ्न के हृदय में शोक की अनेक कीलें

धँसी हुई हैं। उनके परोक्ष में तुम्हारा वनगमन, पिता की मृत्यु। देवी कैकेयी के कृत्य से लगा कलंक। सँभालो स्वयं को वत्स!" वशिष्ठ ने सांत्वना दी।

तीनों माताएँ कुटी में आईं। अभावजनित कुटी की दशा ओझल न रही उनकी दृष्टि से। भोगों से वंचित हमारा जीवन उन्हें द्रवित कर गया। बड़ी माँ फूट-फूटकर रो पड़ीं। राम ने उनके चरण छुए और हृदय से लग गए। उनकी स्वेद कणों युक्त पीठ पर हाथ फेरने लगीं वे। उनके नेत्रों से अश्रु प्रवाहित थे। बार-बार राम का मुख छू रही थीं। सर पर हाथ फेर रही थीं। बड़ा हृदय-विदारक दृश्य था।

मझली माँ ने उन्हें सँभाला, "ये क्या दीदी, स्वयं रो रही हैं बच्चों को भी रुला रही हैं? आपको तो धैर्य रखना होगा।"

सभी की जड़ता दूर हुई। मैंने चरण छुए। उठाकर उन्होंने हृदय से लगा लिया। अस्फुट स्वर में आशीषने लगीं। बारी-बारी सभी को प्रणाम कर उन्हें आसन पर बैठाया।

माताओं के श्वेत वस्त्र, आभरण, आभूषणहीन मुख परिलक्षित कर अपार वेदना हुई। दोनों भाई अवाक् से निहार रहे थे उन्हें। इस रूप में उन्हें देखेंगे, इसकी कल्पना भी नहीं थी। क्लांत मुख। निस्तेज नेत्र। अनुपम सुंदरता की देवी छोटी माँ विशेष उदास थीं। शोक, क्षोभ के सघन बादल छाए थे उनके मुख मंडल पर। स्पंदनहीन नतमस्तक बैठी थीं एक ओर। महर्षि की वार्ता से अनुमान लगाना कठिन नहीं था कि क्या बीती होगी उन पर। पूर्ण बातें अभी ज्ञात नहीं थीं। भरत-शत्रुघ्न की प्रतीक्षा थी।

बड़ी माँ ने मुझे अपने निकट बैठाया। द्रवित स्वर में बोलीं, "पद्मपुष्प सा खिला मुख, इतना क्लांत? इतने ही दिवस में इसकी आभा लुप्त हो गई पुत्री! चौदह वर्षों के ये क्रूर ऋतु और क्या प्रभाव डालेंगे? अपराधिनी हूँ मैं तेरी। महारानी की विवशता थी राजाज्ञा मानने की। सास के रूप में कैसे चूक गई? सुख के बदले बीहड़ में भेज दिया तुम्हें झुलसने को। मेरी बुद्धि पर पर्दा पड़ गया था। समझ न सकी मान-सरोवर का हंस, इस दक्षिण के ताप से कुम्हला न जाएगी। सब कुछ इतनी शीघ्रता से घटित हुआ। सोचने-समझने का अवसर ही नहीं मिला।"

जिसे जो मिला, वही संताप की धारा बहाने लगी। लक्ष्मण को गले लगाकर मझली माँ समझाती रहीं। नेत्र से अश्रु प्रवाहमान थे। किंतु शब्द संतुलित। भाव संयमित।

महर्षि संक्षेप में यात्रा का वृत्तांत व आगमन का ध्येय बतला रहे थे। यहाँ तक सहज पहुँचने का सहयोग श्रेय गुह राज निषाद को दे रहे थे।

हल्का कोलाहल उभरा। भरत-शत्रुघ्न भीतर आए। संग सुमंत्र और मंत्रीगण भी। आते ही भरत राम के चरणों पर गिर पड़े। सम रूप। सम वेष। क्षीण शरीर। क्लांत मुख। बहुत कठिनाई से पहचान में आए। उठाकर राम ने हृदय से लगा लिया।

"तात, तुम्हारा जीवन ही सफल रहा। पितृऋण चुका दिया तुमने। तुम दोनों ने पारलौकिक कृत्य में सम्मिलित हो उनका अंतिम संस्कार किया। पिताजी नहीं रहे अब तो वनवास अवधि की पूर्णता के पश्चात् भी अयोध्या जाने का उत्साह नहीं रहा मन में।" राम सिसक पड़े।

"राम, यह शोक अब जीवन-भर रहेगा। आप ज्येष्ठ पुत्र हैं। उन्हें जलांजलि देना अभीष्ट है अभी।" वशिष्ठ बोले।

राम सचेत हुए। राम-लक्ष्मण के साथ मैं मंदाकिनी की ओर चल पड़ी। स्नान के पश्चात् तिल, जल लेकर दक्षिणाभिमुख हो राम ने पिता के नाम जलांजलि दी, "मेरा अर्पित किया यह निर्मल जल आप की आत्मा को अक्षय रूप में प्राप्त हो।" पश्चात् हमने भी उस क्रिया को दोहराया। पुनः सभी कुटी में लौट आए।

सभी की सिसकियाँ तीव्र हो गईं हमें देखकर। लगा सारी प्रकृति जैसे विलाप कर रही हो अभी।

17

संध्योपासना से निवृत्त हो सभी साथ बैठे। सुमंत्र, गुह राज भोजन की व्यवस्था में संलग्न थे। निषादराज वन की व्यवस्था से परिचित हैं। कोई कमी नहीं हो सकती थी उनके रहते।

"प्रिय भरत, अभी राज्य सूना है। ऐसे में यह वल्कल धारण कर यहाँ आने का क्या ध्येय है तुम्हारा?" स्नेहसिक्त स्वर में राम ने पूछा।

"अपने अपराध के निवारण हेतु आया हूँ आपकी शरण में। ज्येष्ठ पुत्र होने के नाते न्यायतः राज्य के अधिकारी आप ही हैं। मेरी माँ ने छलपूर्वक पिताजी को विवश कर आपके वनवास का वचन माँग लिया। परिणामस्वरूप उन्हें वैधव्य का दंड मिला। किंतु मेरे सर तो कलंक रह ही गया कि माँ के षड्यंत्र में पुत्र की मंशा न रही होगी। यह संभव नहीं। माँ के इस कृत्य का पर्वत-सा बोझ धारे मैं जी नहीं सकता। इससे मुझे मुक्ति दिलाइए तात!" कहकर भरत बिलख पड़े।

"बार-बार छोटी माँ की निंदा मत करो वत्स, माता-पिता को अधिकार होता है अपनी संतान पर और उनकी आज्ञा का पालन करना संतान का धर्म होता है। हम पुत्र थे पिताजी के। उनकी आज्ञा का उल्लंघन कर पाप का भागी क्योंकर बनते? अब पिताजी नहीं रहे। उनका आदेश अमिट हो गया। हमें अरण्य में ही वास करना है चौदह वर्ष। राज्य की रक्षा हेतु तुम शीघ्र लौट जाओ।"

"मैं अकेले अयोध्या लौटूँ ऐसा संभव नहीं। मेरे कारण आप वन की भीषण त्रासदी सहें। मैं राज-सुख भोगूँ? ऐसा आप सोच भी कैसे सकते हैं। या तो आप अयोध्या चलें या मुझे यहाँ रहने की अनुमति दें। लांछित मुख लेकर अयोध्या कदापि नहीं जाऊँगा।" भरत के विनय में हठ भी घुल आया था।

राम छोटी माँ के समीप गए। विनयपूर्वक बोले–

"छोटी माँ, स्वयं को दोषी मत समझिए। मेरे मन में आपके लिए रंचमात्र भी कलुष नहीं है। विधि का कोई विधान था यह। आप मात्र हेतु बनीं। अपने को सँभालिए। भरत को राज्य कार्य में आप के कुशल मार्गदर्शन की आवश्यकता है। आप विदुषी ही नहीं महान वीरांगना भी हैं। आपकी वीरता का वृत्तांत सर्वविदित है। भरत को समझाइए, वे हठ न करें। प्रजा का ध्यान रखना आवश्यक है। अभी वह अधीर हो रही होगी विपदा के इस निरंतर क्रूर आक्रमण पर।"

"भैया, मैं ननिहाल में था इसलिए ऐसा अघटित घटित हुआ। माँ का यह पाप मुझे मान्य नहीं है। धर्म के बंधन में न बँधा होता तो इन्हें अवश्य कठोर दंड देता।

आप माताओं और श्रेष्ठ जनों का कहा मान लीजिए। अयोध्या लौट चलिए।" अधीर हो भरत पुनः रोने लगे।

दोनों भाइयों में परस्पर तर्क-वितर्क होने लगा। दोनों राज्य को कंदुक की भाँति एक-दूसरे के पक्ष में उछालने लगे न्याय तथा धर्म की दुहाई देकर। राज्य लेने को कौन कहे, वहाँ लौटने तक को सहमत नहीं थे दोनों। तभी सूचना आई जनकपुर से माँ-पिताजी पधार रहे हैं। उनके संग परिजन तथा ऋषि-मुनि-गण भी आ रहे हैं।

"पुत्री, जाओ माँ-पिताजी को सादर ले आओ।'' बड़ी माँ बोलीं। ''क्या मुख दिखाऊँगी उन्हें। महारानी तथा सास होते हुए भी अपनी फूल सी सुकुमार कुलवधू को सँभालकर न रख सकी। उसे वन का दारुण दुख भोगने को छोड़ दिया।" विह्वल हो बड़ी माँ सिसकने लगीं। उन्हें व्याकुल छोड़कर मैं कुटी से बाहर निकली।

पिताजी के पाद बंदन किए। माँ के चरणों पर झुकी। उन्होंने मुझे उठाकर छाती से लगा लिया। लाख रोकने का प्रयास करने के पश्चात् भी नेत्र भर आए मेरे।

"अधीर मत हो पुत्री! तुम्हारे वन आने से हम दुःखी नहीं हैं बल्कि गौरवान्वित हैं। कितने माता-पिता हमारी तरह भाग्यशाली होंगे इस पृथ्वी पर जिनकी पुत्री राजमहल का सुख त्याग पति के अनुशरण हेतु वन गमन का रास्ता चुनेगी? पुत्री के सत्कर्म से ही माँ-पिता को सुयश मिलता है। उसके अच्छे आचरण हेतु कहा जाता है, 'कैसा सुंदर संस्कार दिया है इसे इसकी माँ ने।' बुरे आचरण पर उपालंभ भी माता-पिता की झोली में ही आता है। धर्म के पथ पर चलने वाली पुत्री पाकर हम धन्य हैं सीते! अंततः हो भी क्यों नहीं जिस की उत्पत्ति ही लोक कल्याणार्थ हुई हो वह अधर्म का पक्ष कैसे ले सकती है। अपने नेत्र पोंछ लो पुत्री अन्यथा तुम्हारी सासें स्वयं को हमारा अपराधी अनुभव करेंगी। ऐसा कोई भी संकेत उन्हें नहीं मिलना चाहिए कि माता-पिता के सम्मुख तुम दुर्बल पड़ी हो।"

हम साथ ही कुटी में आए। सभी भाइयों ने पिताजी के चरण स्पर्श किए। उन्हें ले जाकर महर्षि वशिष्ठ तथा श्रेष्ठ जनों के समीप आसन पर बैठाया।

माँ ने बड़ी माँ को अँकवार में भर लिया। दोनों की आँखें भर आईं...पुनः बारी-बारी दोनों माताओं से मिलीं वे। बड़ी माँ निरंतर बिलखती रहीं...अस्फुट स्वर में अपनी विवशता का बयान कर। मैंने विनती की उन्हें स्वयं को सँभालने हेतु। माँ बोलीं–

"उन्हें मत रोको जानकी! बह जाने दो इनके संताप को आँसुओं में। वरन घाव बन जाएगा इनके हृदय में। एक साथ इतनी विपदाओं का आक्रमण लाख प्रयत्न के पश्चात् सब्र करना कठिन है। कोई भी मानव पाषाण नहीं होता कि निरंतर ओला प्रहार से विचलित न हो। अपनी सामर्थ्य के अनुसार ही दुःख संताप सहन कर सकता है वह।"

गुणवान, शांत, सौम्य, बड़ी माँ की सखी, सहचरी मझली माँ आरंभ से ही संयमित, संतुलित थीं। मृदु स्वर में बोलीं, "हमारे वंश को क्षमा कर दीजिए आप लोग। जिस हर्ष से आपने हमें अपनी पुत्रियाँ सौंपी थीं, हम उन्हें सँभालकर न रख सके।"

"आप तनिक संताप न करें महारानी सुमित्रा! भावी पर किसी का वश नहीं होता। सीता को आशीष दीजिए आप लोग। वन की दुरूहता सहन कर सके वह।" माँ बोलीं और छोटी माँ के समीप गईं। उन्हें अंक में भर लिया। छोटी माँ की हिचकियाँ तीव्र हो गईं। बड़ा ही दारुण था उनका रुदन। भौचक हो देखने लगे सभी छोटी

माँ का यह रूप...जो उनकी कल्पना तक में न था। कहाँ वह क्रूर, कठोर मुद्रा...अपने हठ पर कुछ भी कर गुजरने पर उद्यत..और कहाँ यह रुदन...?

"अपने बच्चों को डँसने वाली मैं ही नागिन हूँ। मेरी भर्त्सना करिए समधन जी। मेरा अपराध अक्षम्य है। दैव ने अविलंब मेरे पापों का दंड दे दिया। पति इहलोक छोड़ गए। पुत्र विमुख हो गया और मैं पाषाण-हृदया फिर भी जीवित हूँ।"

"आप न भी वचन लेतीं तब भी विधि के विधानवश किसी हेतु उन्हें अरण्य वास करना ही पड़ता। धैर्य धारण करिए आप। सहज होइए।" माँ ने अपने शीतल वचन से उनके हृदय के धधकते संताप को शांत करने का प्रयास किया। गर्व हो आया माँ पर। कितना महान व्यक्तित्व है उनका। पुनः स्वयं पर भी गर्व हुआ। हम भी तो उन्हीं की अंशी हैं। उन्हीं की सीख संस्कार जिससे बल मिला मुझे राम के अनुशरण का। उर्मिला का स्मरण हो आया। मेरी नन्ही गुड़िया ने अश्रु की एक बूँद तक न आने दी अपने नेत्रों में विदा के समय। कैसे सह गई लक्ष्मण का वियोग। धैर्यवान सुनैना की पुत्रियाँ होने का सौभाग्य प्राप्त था हमें।

बड़ी माँ का संताप, पश्चात्ताप रह-रहकर उद्वेलित कर रहा था उन्हें। पिताजी के सम्मुख विशेष लज्जित थीं वे।

"विदेहराज, कितने उत्साह और हर्ष से लाए थे महाराज अपनी बहुओं को। राजप्रासाद में जल तरंग-सा गूँजता इनके नुपूर का स्वर मन को हर्ष से तरंगित कर देता था। एक झटके में ही बिखर गए सारे घुँघरू। मौन हो गए नुपूर। मेरे इक्ष्वाकु वंश पर यह कलंक लगना था। ऐसी दारुण व विलक्षण घटना आर्यावर्त के इतिवृत्त में भी पढ़ने-सुनने को नहीं मिली। राज्याभिषेक की घड़ी किसी युवराज के लिए वनवास का दंड बनी हो...परंतु ऐसा घटित हुआ। वह भी महान इक्ष्वाकु वंश में। जहाँ किसी राजा ने मिथ्या भाषण तक नहीं किया था कभी। सत्य मानिए महाराज! मेरे पति ने राम के वनवास का वचन दिया था सीता का नहीं। मेरी बच्ची सीता पत्नीधर्म का मर्म जानती है। अतः पति की सहचरी बन वन में रहने का निश्चय उसके स्वयं का था। मेरा तो हत्भाग्य आधे से अधिक वय संतान की प्रतीक्षा में कटा अब शेष इनके आने की प्रतीक्षा में कटेगी।" कहते-कहते उनका कंठ रुद्ध हो गया।

"राजमाता कौशल्या, आप इतना अधीर मत होइए, सीता हमारी पुत्री थी। आपकी बहू राम की सहधर्मिणी है। उसे पत्नी धर्म का निर्वाह करते देख मैं गद्गद हूँ। जिस प्रकार मेरी पुत्रियों में शील, संस्कार व धैर्य भरा है उसी प्रकार आपके चारों पुत्र भी पराक्रमी तथा संस्कारवान हैं। भाई के लिए राम का राज्य त्याग यह उदाहरण युगों-युगों तक आर्यावर्त में बना रहेगा। मनुष्य का अच्छा कर्म कभी धूमिल नहीं होता, उसकी मृत्यु-पर्यंत भी नहीं। उसी प्रकार बुरा कर्म भी धूमिल नहीं होता। दैव को जब कोई महान कार्य करवाना होता है, तो इसी प्रकार उस कर्म योग्य पात्र का चुनाव करते हैं। अन्यथा सम चलता जीवन कभी उदाहरण नहीं बनता। अपने मन से यह धारणा निकाल दीजिए कि राम-सीता तथा लक्ष्मण के वन आने से हम दुःखी हैं। उनके कर्म व भावनाओं को हीन कर हमें लज्जित मत कीजिए।"

सभी से मिलते, वार्तालाप करते परस्पर ढाढ़स बँधाते समझाते-बुझाते संध्या घिर आई। संध्योपासना हेतु माँ-पिताजी अपने शिविर में चले गए। सभी के लिए

अलग शिविर लग गए थे। कुटी से जाने के लिए न भरत सहमत थे न शत्रुघ्न। चारों भाइयों ने साथ ही संध्योपासना की। भोजन पश्चात् कुशा की चटाई पर लेटकर परस्पर वार्ता करने लगे।

मैं बड़ी माँ के शिविर की ओर बढ़ी। चहुँओर बिखरी धवल कौमुदी। प्रथम बार ज्ञात हुआ शुक्ल पक्ष है। पूर्व की रातों में चिंता, थकन ने किसी और ओर ध्यान ही नहीं देने दिया था। निशाकर रात्रि सदा से मुझे प्रिय थी। जनकपुर में प्रायः चाँदनी में उप-वाटिका में निकल जाया करती थी। विशेषकर चैत्र मास से आश्विन पूर्णिमा तक का शुक्ल पक्ष बहुत ही मनोहर होता। चैत्र मास में आम, नीबू, महुआ पर लगे बौर की गंध मन-मस्तिष्क को प्रफुल्लित कर देती। पहरों वाटिका में टहलती प्रकृति की इस अनुपम देन व रूप छटा का साक्षात्कार कर आनंदित होती। कभी-कभी उर्मिला के टोकने पर सजग होती। शैया पर मेरी अनुपस्थिति उसकी निद्रा भंग कर देती तब प्रायः वह उपालंभ देती–

"आपको पक्षियों के साथ धवल चाँदनी भी प्रिय है...जाने क्या विशेषता है इसमें? जानती हैं, शैया पर आपकी अनुपस्थिति के आभास मात्र से मेरी नींद उचट जाती है।" मैं हँस पड़ती।

"मेरी लाडो, शैया पर मेरे न होने से तुम्हारी नींद खुल जाती है। मेरे ससुराल चले जाने के पश्चात् क्या होगा?"

"मैं भी आपके साथ चलूँगी। आपके बिना रहने की तो मैं कल्पना भी नहीं कर सकती।'' वह उदास हो जाया करती। उसकी ठुड्डी पकड़कर लाड़ करते हुए मैं उपहास करती, "तो तू मेरे पति की उपपत्नी बनकर साथ चलेगी?" पुनः दोनों हँस पड़तीं।

पति की उपपत्नी तो नहीं, देवरानी बनकर आई वह मेरे साथ। ऐसा सुखद संयोग वियोग में इस प्रकार परिवर्तित हो जाएगा किसको ज्ञात था। कहाँ छोड़ आई मैं अपनी लाडो को। उर्मिला.. तुम्हारे बिना यह धवल रात्रि भी शूल चुभा रही है अंतस् में। मैं राम के समीप हूँ। वन भी राजप्रासाद प्रतीत हो रहा। लक्ष्मण के बिना राजप्रासाद भी तुम्हारे लिए बीहड़ वन प्रांत बन गया होगा। तुम्हारा स्वभाव ज्ञात है मुझे।

वेग से चलती हुई मैं माँ के शिविर में आई। वे अभी सोई नहीं थीं। सो भी कैसे सकती थीं। उनके मस्तिष्क में भी वही द्वंद्व व्याप्त होगा जो सभी के मस्तिष्क में हो रहा है। राम अयोध्या लौटने को सहमत होंगे? क्या भरत का अनुनय व माताओं की इच्छा पूर्ण होगी? इन प्रश्नों का उत्तर किसी के पास नहीं है सिवा राम के।

मैं उनके पैरों के पास बैठ गई। हौले-हौले पाद सेवा करने लगी। मन पीड़ा से द्रवित हो उठा। इस वय में कुछ भी नहीं है इनके पास। न पुत्र, न वधू, न सुख और न शांति...। रुलाई फूटने को हुई। स्वयं को संयत किया। उन्हें और पीड़ा पहुँचाना उचित न था।

"कौन..., कौन है?" मेरा स्पर्श पा वे शैया पर उठ बैठीं।

"माँ, मैं हूँ। आपकी पुत्री सीता।"

"ओह...तभी तो कहूँ, इतना कोमल, स्नेहिल स्पर्श और किसका हो सकता है तुम्हारे सिवा। इतनी प्रगाढ़ रात्रि में यहाँ आने का कोई विशेष प्रयोजन है पुत्री?"

"मात्र आपकी सेवा और सान्निध्य की लालसा। अब पुन: यह अवसर कब प्राप्त हो। वैसे भी चारों भाई वार्तालाप में तल्लीन हैं।"

"मेरे पैरों में तनिक भी पीड़ा नहीं हो रही है पुत्री। व्यथा तो हृदय में हो रही है, जिससे मुक्ति पाने का कोई उपाय संभव नहीं दिख रहा। अच्छा छोड़ो इन बातों को। बहुत काल हो गए, तुमसे वार्ता किए। तुम्हारे आने के पश्चात् हमारी जिह्वा ही नहीं पूरा भवन ही जैसे गूँगा हो गया। शब्द मानो स्वर खो दिए हों।" माँ का कंपित स्वर मेरा हृदय चीर गया।

"अधीर मत होइए माँ, दैव इतने निष्ठुर नहीं, वे अवश्य कुछ अच्छा करेंगे।" मैंने उन्हें ढाढ़स बँधाया। यह जानते हुए भी कि विगत दिनों में जो भी हुआ है यह दैव की निष्ठुरता की पराकाष्ठा है और अभी भी आगत का मुझे कोई ज्ञान नहीं। हाँ आभास मात्र अवश्य है कि किसी के मनोनुकूल कुछ नहीं होगा। राम का स्वभाव ज्ञात है मुझे। न वे पिता की आज्ञा का उल्लंघन करेंगे और न ही उनके वचन को मिथ्या होने देंगे।

मेरे ढाढ़स बँधाने पर माँ थोड़ा आश्वस्त लगीं। इधर-उधर की वार्ता के पश्चात् मैंने अपने मस्तिष्क में उमड़ते प्रश्नों को पूछा, जिसका समाधान मात्र उनसे ही संभव था—

"माँ, आप तो भवन की प्रथम पाट्टमहिषी हैं। वहाँ के विषय में गहन ज्ञान होगा आपको?"

"हाँ सीता, उस भवन की प्रथम वधू मैं ही हूँ। मेरे आगमन के पश्चात् उस भवन ने प्रसन्नता कम, संताप अधिक देखा है। महाराज के अन्य विवाहों के साथ-साथ उसे सदा यह आस बँधती रही...अब वहाँ किलकारी गूँजेगी...परंतु दिवस बीतने के संग पुन: उदासी की धुंध नहला जाती उसे। भवन की आस और उदासियों की साक्षी रही हूँ मैं। कहो क्या जानना चाहती हो उसके विषय में?"

"कुछ प्रश्न विशेष अकुलाते रहे हैं मुझे माते!"

"पूछो पुत्री, ज्ञात होगा तो अवश्य उत्तर दूँगी।"

"छोटी माँ कैकेयी राजधर्म से इतना अनभिज्ञ तो नहीं होंगी। ममतावश वे आर्य भरत के लिए राज्य माँग लेतीं किंतु राम के लिए वनवास का यह कठोर दंड क्यों? सुना है, राम उनके सर्वाधिक प्रिय थे। फिर कौन सी ऐसी स्थिति उत्पन्न हुई जो वे इतनी निर्मम बन गईं राम के प्रति। उन्हें स्त्री-जनित आचरण का भी ध्यान नहीं रहा। इसका कोई कारण यदि दोनों भाइयों को ज्ञात भी होगा तो भी वे मौन रहना श्रेयस्कर समझेंगे। अत: मेरी शंका का निवारण आप ही करिए।"

माँ किसी ऊहापोह में दिखीं। उनके मुख पर कई प्रकार के भाव आ-जा रहे थे। मुझे कोई शीघ्रता नहीं थी। कुटी समीप थी और चारों भाई भी शीघ्र शयन करने वाले नहीं थे।

"पुत्री, क्या उत्तर दूँ तुम्हारे प्रश्नों का। किसी के हृदय की बात ज्ञात करना क्या इतना सहज है? अनुमानत: इसके कई कारण लक्षित हो रहे हैं मुझे। कुछ परिस्थिति जनित दोष, कुछ विवेक के असंतुलन से उपजा रोष भी संभव है। ऐसा नहीं है कि कैकेयी अज्ञानी, अशिक्षित, अविवेकी हैं; किंतु कभी-कभी रोष, लोभ, मोह व स्वार्थ मनुष्य के नेत्रों पर अज्ञानता का पर्दा डाल देता है, जिससे उसका समस्त

गुण, विचार, चिंतन तथा ओजस्विता ढक जाती है और संसार में वह निंदा का पात्र बन जाता है। उसके स्वार्थ के हवन में प्रथम स्वाहा होता है स्वयं उसका सुख, सौभाग्य और यश। ऐसा हुआ भी है कैकेयी के साथ। यश गया, ममता गई और सुख सौभाग्य रूठ गया उनसे। मनुष्य जब अतिशय मोहपाश में जकड़ जाए तो उसका विनाश अवश्यंभावी होता है सीता! सूक्ति कहती है–यह विनाश मात्र धन-संपत्ति या राज्य का ही नहीं होता...वरन उसके मानवीय मूल्य, करुणा व जीवन-भर के संचित यशों का भी होता है जिसके बिना उसका होना पशुवत सिद्ध होता है।"

माँ क्षणमात्र हेतु चुप हो गईं। मैं तो मौन साधे सुन ही रही थी उनकी उक्ति। किंतु निष्कर्ष पर पहुँच नहीं पा रही थी। पुन: वे बोलीं–

"यह भी संभव है पुत्री, स्वर्गीय महाराज के भावावेग में दिए गए वचन से बँधी आस, उस आस के टूटने तथा अवहेलनास्वरूप एक स्त्री के अस्तित्व पर पहुँचे आघात से उपजा असंतोष और प्रतिशोध है यह जिसे भुगतना पड़ रहा है उनकी संतानों को।"

"यह आस, अवहेलना तथा प्रतिशोध...क्या कह रही हैं माँ आप? मैं समझ नहीं पाई। तनिक स्पष्ट कीजिए। व्यग्र हो रही हूँ मैं सुनने हेतु।"

"देवासुर संग्राम की घटना तुम्हें ज्ञात ही होगी? अद्‌भुत घटना थी वह, जिसने हमें कैकेयी का चिर ऋणी बना दिया था। युद्ध में शत्रु के वाणों से बिंधे महाराज मूर्च्छित हो गिर पड़े थे। उस समय पूर्ण रात्रि कैकेयी ने उनकी रक्षा की। यत्नपूर्वक उन्हें जीवित रखा। वे प्राय: महाराज संग युद्धों में भाग लिया करती थीं। स्वस्थ, सचेत होने पर महाराज को अपने जीवित रहने का कारण ज्ञात हुआ। कैकेयी की इस निपुणता व सजगता पर प्रसन्न हो उन्होंने उनसे वर माँगने का आग्रह किया। कैकेयी ने उदारतापूर्वक उसे महाराज पर उधार रहने दिया कि अवसर आने पर माँग लेंगी।"

"किंतु माते, इसमें आस, अवहेलना या प्रतिशोध का तो कोई हेतु दृष्टिगत नहीं हो रहा है?" मैंने साश्चर्य पूछा।

"हेतु है पुत्री, उससे भी पूर्व की घटित घटना के बारे में बताती हूँ। सुमित्रा और मुझसे जब कोई भी उत्तराधिकारी प्राप्त न हुआ इस राज्य को तो महाराज निराश व व्याकुल रहने लगे। उनका दूसरा पण बीत रहा था और अभी तक विशाल कोसल राज्य का सिंहासन अपने उत्तराधिकारी युवराज से वंचित था। प्रजा, परिजन सहित गुरुजन भी आकुल-व्याकुल थे। उसी समय रूपवती, गुणवती, वीरांगना आनव नरेश केकय की पुत्री राजकुमारी कैकेयी के विषय में महाराज को ज्ञात हुआ। तत्क्षण वे केकय राज्य जा पहुँचे। केकय नरेश से उन्होंने उनकी पुत्री का हाथ माँगा। केकय राज ने महाराज का आग्रह अस्वीकार कर दिया। वे अपनी इतनी गुणों-संपन्न युवा पुत्री का हाथ एक अधेड़ पुरुष के हाथ में कैसे दे सकते हैं, जिनकी पूर्व से ही दो-दो पटरानियाँ हों। नियमत: प्रथम पटरानी का पुत्र ही गद्दी का उत्तराधिकारी होगा। पुन: उनके नवासे का क्या भविष्य होगा? तब महाराज ने केकय नरेश को वचन दिया था कि उनकी पुत्री से उत्पन्न हुआ पुत्र ही अयोध्या का युवराज पद सुशोभित करेगा। उस समय महाराज को यह गुमान भी न रहा होगा कि मैं और सुमित्रा इस

राज्य को उत्तराधिकारी दे सकती हैं। भावी से अज्ञात हम भी आश्वस्त थीं। अच्छा ही है नयोढ़ा महारानी कैकेयी ही इस राज्य को उत्तराधिकारी प्रदान करें। हम ने हृदय को ढाढ़स बँधा लिया था परंतु होनी को कुछ और ही मंजूर था। आनव जाति की स्त्री स्वाधीनता से परिचित मंथरा कैकेयी के संग ही आई थी। उसे सब ज्ञात था। उसके द्वारा ही हमारे संज्ञान में भी आई थीं ये बातें। मंथरा को मानवों के कुल मर्यादा, पुरुष प्रधानता तथा स्त्री दासत्व से घोर घृणा थी। यह यदा-कदा उसके व्यवहार से लक्षित होता था। संभव है उसी ने पुनः कैकेयी को उस वचन का स्मरण कराया हो?"

"परंतु यह तो सामान्य-सी बात है। इसमें इतना निष्ठुर बनने का कोई कारण लक्षित नहीं हो रहा है, ना ही स्त्री के अस्तित्व पर आघात वाला कोई बिंदु ही दिख रहा है?"

"तनिक गहनता से पूर्व घटित घटनाओं पर दृष्टिपात करो पुत्री! राम के अभिषेक का लगन सोचा गया। हर ओर मंगल गान हो रहा था। दुंदुभि के स्वर विस्तारित हो रहे थे। मेरे भवन में सदावर्त बँट रहा था। नगर की सजावट हो रही थी। वंदनवार लगाए जा रहे थे। मार्गों पर सुगंधित जल का छिड़काव किया जा रहा था और कैकेयी को इन सब बातों की भनक तक नहीं थी। जब कि महाराज नित्य उसके ही कक्ष में शयन कर रहे थे। उस पर भरत-शत्रुघ्न की अनुपस्थिति। ये कारण क्या कम थे कैकेयी के मानस पर प्रतिकूल प्रभाव डालने के लिए? यदि महाराज ने स्वयं उन्हें राम के अभिषेक के संबंध में बता दिया होता तो कदापि यह इतने बड़े बवंडर का रूप धारण न करता। मैं भिज्ञ हूँ कैकेयी के स्वभाव से। अभी भी कह सकती हूँ-भरत से अधिक प्रिय उन्हें राम हैं। क्या कारण आर्य विधान के इस अन्याय पर वह भी हतप्रभ हो कि राम को ही युवराज पद क्यों दिया जा रहा है। महाराज ने तो उसके पिता को वचन दिया था उसके ही पुत्र को युवराज पद पर आसीन करेंगे। महाराज द्वारा इस बात को गोपन रखना ही उसके अहं पर कुठाराघात कर गया। शायद उसने इसे महाराज का कपट समझ लिया।" कहकर माँ ने दीर्घ निश्वास लिया। इस निश्वास में सभी कुछ तो समाहित था। स्त्री के उर का दंश। पुरुष के अहं का मूल्य।

शतानंद जी कहा करते थे, "मिथ्या बातों की नींव पर बना भवन देखने में चाहे जितना आकर्षक अनुभव हो किंतु एक जरा से कंपन पर वह भरभराकर गिर जाता है।"

माँ उदास हो उठीं। मैं निर्णय नहीं कर पा रही थी इस समस्त विधान में किसका दोष अधिक है, स्वर्गीय ससुर जी का या अपने वर को मनवाने के लिए कठोरता से हठ करती छोटी माँ का? या फिर उन परिस्थितियों का, जो एक साथ झंझावात मचाने पर कटिबद्ध थीं।

"पुत्री, इस भूलोक में मानव नितांत अकेला कहाँ होता है, संबंधों के संजाल उसे जकड़े होते हैं स्वयं में। यह बड़ों का किया कर्म ही है जिसका फल भोगना पड़ रहा है राम को। संग प्रिय लक्ष्मण और संबंधों के पाश में बँधी तुम्हें भी। इसे मैं संयोग नहीं अन्याय ही कहूँगी। इसके पश्चात् भी अपने ससुर के प्रति अपने मन में कोई मलिनता मत रखना। वे जैसे भी थे तुम्हारे पिता तुल्य थे पुत्री।" कहकर माँ फफक पड़ीं। मेरा हृदय भी भर आया।

बहुविधि मैंने उन्हें समझा-बुझाकर शांत किया। आश्वासन दिया कि सभी पूर्व की भाँति ही मेरे आदरणीय रहेंगे और आगे कुछ पूछना स्थगित कर उठना ही चाहती थी कि औचक मस्तिष्क में कौंधा–

"माँ, उर्मिला, मांडवी व श्रुतकीर्ति को क्यों नहीं लाईं अपने संग? सभी तो आए हैं यहाँ।"

"जिस समय भरत यहाँ आने की योजना बना रहे थे, उन्हें भी आने को कहा गया था। मांडवी, श्रुतकीर्ति का कथन था–'हम लोग यहीं रहकर उनका स्वागत करेंगी।' परंतु उर्मिला का उद्‌गार दूसरा था, "आप ज्येष्ठ जनों के साथ भैया भरत और शत्रुघ्न उन्हें लाने जा ही रहे हैं तो मेरे जाने का कोई औचित्य नहीं है। वे लोग आ जाएँगे तो अतिशय हर्ष होगा मुझे। यदि नहीं आए तो आर्य लक्ष्मण के सम्मुख जाकर उन्हें दुर्बल नहीं करना चाहती मैं। वे सदा भ्राता राम और दीदी सीता की सेवा में संलग्न रहें, यही मेरी कामना है।' धन्य है तुम्हारी माँ, जिन्होंने इतने सुंदर संस्कार दिए अपनी पुत्रियों को। सत्कर्म जीवित अवस्था में मनुष्य को मान-सम्मान का भागी बनाता है और मरणोपरांत संसार के लिए उदाहरण। जीव की मृत्यु होती है पुत्री, कर्मों की नहीं। वे तो युग-युगांतर तक अनुकरणीय व निंदनीय बने रहते हैं। इतने लघु वय में उर्मिला के इतने गूढ़ वचन?"

माँ बोलीं तो गर्व हो आया अपनी माँ सुनैना पर। गर्व तो इन पर भी हुआ। इनके पुत्र भी त्याग, धैर्य व पराक्रम की प्रतिमूर्ति हैं। भाई हेतु इतना सहज राज्य का त्याग कर सकता है कोई? और दूसरे भाई को देखिए। राज्य को तुच्छ समझ भाई को मनाने चला आया। भाई की सेवा के लिए कोई अपनी नव व्याहता को त्याग देता है। सभी माताओं के प्रति श्रद्धा से नत हो गया मस्तक।

माँ के शिविर से निकली। चहुँओर नीरवता व्याप्त थी। थोड़ी दूर स्थित शिविर के सम्मुख प्रज्वलित अलाव की लौ में कुछ छायाएँ हिलती-डोलती दिखीं। कदाचित वे रक्षकों के शिविर थे। आकाश पर द्वादशी या त्रयोदशी का चंद्रमा अपनी चंद्रिका बिखेरता धीरे-धीरे आकाश मार्ग पर बढ़ रहा था।

मैं कुटी में आई। चारों भाई अभी भी जाग रहे थे। दीर्घावधि से बिछड़े भाइयों के वार्तालाप में विघ्न डालना उचित न लगा। दबे पग मैं दूसरे खंड की ओर बढ़ गई।

18

किसी पक्षी के कर्कश स्वर से खुल गए मेरे नेत्र। शैया से उठकर शयन खंड की ओर गई। चारों भाई कुश की शैया पर निद्रा में निमग्न थे। भरत के सौम्य कोमल मुख पर चिंता की हल्की रेखाएँ स्पष्ट थीं। चारों भाइयों को एक साथ देखकर मन प्रसन्नता से पुलक उठा। तत्क्षण अधरों पर प्रार्थना उभरी–हे दैव, इनमें सदा यही प्रेम-स्नेह बना रहे। उन्हें उसी अवस्था में छोड़ मैं लौट पड़ी।

आज का सबेरा बहुत निर्णायक है। राम भरत का आग्रह मानते हैं या भरत राम का आदेश। सबके हृदय उद्वेलित हैं। सबकी आँखों में आस है। मात्र पिताजी तटस्थ दिख रहे हैं। उनके विचार व स्वभाव से मैं भिज्ञ हूँ। धर्मात्मा के साथ-साथ

वे नीतिवान भी हैं। इस बिंदु पर उनसे विचार जानने का अवसर नहीं मिला है। परंतु उनके साथ मेरे अमूल्य वर्ष बीते हैं। जो भी परिपक्वता, क्षमा, सेवा परायणता मेरे विचारों में है उन्हीं की देन है। जब भी शयन कक्ष में आते, उर्मिला तथा मुझे अवश्य बुला लेते। दिन-भर राज्यसभा में घटित घटनाओं से अवगत कराते। न्याय, अन्याय, नीति व अनीति की बातें बतलाते। हमारे विचारों को भी प्राथमिकता से श्रवण करते। यथासंभव हमारी जिज्ञासाओं का समाधान करते। पुत्री, बहू, पत्नी तथा महारानी के कर्तव्यों को गहनता से समझाते। अतः मैं भी उन्हें गहनता से समझती हूँ।

निकट ही पपीहा पिहका। प्रातः होने की सूचना देता। सजग हुई मैं। सभी के जगने से पूर्व मुझे स्नान ध्यानादि से निवृत्त होना आवश्यक है। माताओं के लिए पूजा की सामग्री इकत्रित करनी है। आस-पास पुष्प की कमी नहीं है। उनकी सेवा का अवसर बहुत दिनों के पश्चात् मिला है।

"स्नान, ध्यान, संध्योपासना से निवृत्त हो माताएँ, पिताजी, माँ, महर्षि वशिष्ठ निषादराज गुह, गुरुजन, मंत्रीगण व सुमंत्र सभी पर्णकुटी के सम्मुख बिछे कुशासन पर आसन ग्रहण कर चुके हैं। वार्तालाप आरंभ हो गया है। महर्षि जाबालि नाना भाँति के धर्म-संगत तर्कों का दृष्टांत देकर राम को समझा रहे हैं कि ''पिता जीव के जन्म में निमित्त मात्र होता है। महाराज को जहाँ जाना था, चले गए। आप व्यर्थ कष्ट भोग रहे हैं। मेरे विचार में इस लोक के सिवा दूसरा कोई और लोक नहीं है जहाँ हमारे द्वारा किए गए कार्यों के बल पर स्थान प्राप्त होगा। यह मिथ्या आडंबर है, भ्रम है राम! आप अयोध्या लौट जाइए और राज्य ग्रहण कीजिए।"

ऋषि जाबाली की बातें राम को अरुचिकर लगीं। कटु स्वर में प्रतिकार किया उन्होंने-

"श्रद्धेय, इस चर्चा के पीछे छिपी आपकी मंशा मुझे ज्ञात नहीं। संभव है इनमें मेरी भलाई या हित निहित हो। परंतु ये बात स्वीकार करने योग्य कदापि नहीं है। जिस मनुष्य के अंदर धर्म या मर्यादा का विचार नहीं, वह दुराचार में प्रवृत्त हो जाता है। आप अधर्म को धर्म का बाना पहनाकर सत्य साबित कर रहे हैं। आपका कहा मान मैं धर्मच्युत हो जाऊँ तो कौन सुसंस्कृत मनुष्य मुझे भला समझेगा। ऐसे तो सभी स्वेच्छाचारी हो जाएँगे। और राजाओं के आचरण अनुरूप ही प्रजा भी आचरण करने लगेगी। पहले सत्य का संकल्प पश्चात् लोभ, मोह करूँ। आपका तर्क आचरण करने योग्य नहीं। आप घोर नास्तिकता की बातें कर रहे हैं।"

राम के मुख से श्रेष्ठ जन के प्रति कटु शब्दों का व्यवहार बार प्रथम सुना मैंने। वे तो छोटों तथा सेवक-सेविकाओं तक से भी कभी ऊँचे स्वर में बात नहीं करते थे। कदाचित ऋषि की धर्म विरुद्ध बातों से वे उद्वेलित हो गए थे। राम की बातों पर महर्षि कुपित नहीं हुए। संयत स्वर में बोले-

"न तो मैं नास्तिक हूँ, न ही धर्म विरोधी। किसी प्रकार आपको अयोध्या लौटाने के ध्येय से ही मैंने ऐसा कहा और वे उठकर चले गए।"

कुछ देर तक मौन पसरा रहा। वशिष्ठ बोले, "राम, पिता मनुष्य शरीर की उत्पत्ति कारक है और आचार्य ज्ञानदाता। अतः दोनों गुरु की संज्ञा पाते हैं। मैं महाराज तथा तुम्हारा भी आचार्य हूँ। मेरी बात मानने से तुम सज्जनों के पथ का त्याग करने वाले

नहीं समझे जाओगे। माताओं, श्रेष्ठजनों, मंत्रीगणों की बात तुम्हें नहीं टालनी चाहिए। भरत तुम से याचना कर रहे हैं। इनकी बात मान लो।"

अंतत: राम किसी का तर्क, अनुनय-विनय, याचना नहीं माने। उपस्थित जन उदास हो गए। माताओं का मुख क्लांत हो उठा। क्षीण सी आस भी विलीन होने लगी। सभी के मुख से ठंडी सी आह निकल गई।

बहुत देर से तर्क-वितर्क सुनते-सुनते अचानक भरत उद्वेलित हो उठे। सुमंत्र से बोले–

"काका, कुटी के बाहर कुशा बिछा दीजिए। भैया जब तक जाने के लिए सहमत नहीं हो जाते तब तक अन्न-जल का त्याग कर मैं वहीं बैठूँगा।"

अचंभित हो सुमंत्र राम का मुख ताकने लगे। सुमंत्र के आचरण पर भरत को दुख हुआ। वे उठे। स्वयं वेदी पर चटाई बिछाई और बैठ गए।

भरत का प्रेमाग्रह अब हठ बन गया था। राम चिंतित हो उठे। सत्य में कहीं भरत अन्न-जल न त्याग दें। वे भाई उन्हीं के हैं। अत: राम ने उन्हें समझाया।

भरत उनकी बात मान उठ गए। परंतु सहज वे अब भी नहीं थे। दृढ़ और क्षुब्ध स्वर में बोले–

"न तो मैंने पिताजी से कभी राज्य का आवेदन किया था न ही माँ से ऐसा कुकृत्य करने को कहा था। फिर भी यदि चौदह वर्षों तक वन में रहने की बाध्यता है तो भैया भाभी और लक्ष्मण संग अयोध्या लौट जाएँ। निश्चित अवधि तक मैं रहूँगा वन में।" सभी का मुख विस्मय से खुला रह गया।

पिताजी के मुख से निकला, "साधु...साधु...भाइयों का परस्पर सुख हेतु ऐसा विलक्षण त्याग...? ऐसा अभी तक आर्यावर्त्त में न सुना गया, न देखा गया। राज्य के लिए प्राय: भाइयों के मध्य युद्ध होते सुना है किंतु राज्य न लेने हेतु ऐसा दृष्टांत...। धन्य है इनकी माँएँ जिन्होंने इतने ज्ञानवान, नीतिवान पुत्रों को जन्म दिया। संसार रहते तक आर्यावर्त्तवासी सदा यही कहेंगे।"

सभी के नेत्र भर आए। माँएँ व्याकुल हो उठीं। उनकी तो चहुँओर हार ही थी। वन में राम रहें या भरत। उपस्थित मुनीजन चकित थे। संन्यासी वे हैं और संन्यास धर्म का अनुपम दृष्टांत प्रस्तुत कर रहे हैं राम और भरत। राम कह रहे हैं राज्य भरत के संचालन-संरक्षण में रहे। भरत कह रहे हैं राज्य पर न्यायत: ज्येष्ठ पुत्र का अधिकार होता है। वह आप का है। इतने विशाल राज्य की रक्षा करने में मैं असमर्थ हूँ। उसके पालन का भार आप किसी और को सौंप दीजिए।

भरत फूट-फूटकर रो रहे हैं एक नन्हे असहाय बालक की भाँति। राम के नेत्र भी भीगे हैं। वे गुरु वशिष्ठ का कथन दुहरा रहे हैं, जिसे उन्होंने भरत के जन्म के समय ससुर महाराज से कहा था, "विश्व का भरण-पोषण करने वाले होंगे भरत।'' तात अपने नाम को सार्थक करो। यह बात कभी भूलकर भी अपने मन में न लाना कि तुम राज्य की रक्षा करने में असमर्थ हो। अब हठ का त्याग कर अयोध्या लौटने की तैयारी करो।''

राम के दृढ़ निश्चय पर भरत कुछ क्षण मौन रहे। पुन: बोले–

"भैया! इंद्र का साम्राज्य भी ठुकरा देता, परंतु कोसल आप का राज्य है; अत:

मैं सेवक बनकर उसकी रक्षा करूँगा किंतु उसके लिए भी कोई आधार तो चाहिए ही। आप अपनी पादुका स्मरणस्वरूप प्रदान करें। चौदह वर्षों तक राज्य का भार इन्हीं पर रहेगा। परंतु यदि चौदह वर्षों उपरांत एक दिवस का भी विलंब हुआ आपके आने में तो मैं अपने प्राण त्याग दूँगा।"

अवर्ण्य था यह दृश्य। शब्दों से परे। कथन से परे। मेरे नेत्र अश्रुकण से धुँधला गए। सभी के सघन होते संताप के मध्य निर्णय पूर्व का ही निश्चित रहा। राम लक्ष्मण और मेरे संग वन में रहेंगे। शेष सभी अयोध्या प्रस्थान करेंगे।

संध्या गहन हो गई थी। प्रातः जाना निश्चित हुआ। एक रात्रि और राम के सान्निध्य का अवसर कोई त्यागना नहीं चाह रहा था। दो दिनों से सभी के हृदय में छिड़ा आस-निराश का द्वंद्व समाप्त हो गया था। प्रसन्नता क्या होती किसी को, मन की भाँति पल भी बोझिल हो उठे। पीड़ा द्विगुणित हो गई। शायद सभी को यहाँ आना व्यर्थ अनुभव हो रहा था। कुछ दिनों के वियोग के पश्चात् मिलन और पुनः वियोग...दुख भार द्विगुणित कर देता है। अनुभव हुआ।

प्रातः सभी लौट जाएँगे विरह वेदना हृदय में लिए। आस का जुगनू पलकों में सजाए मेरी नन्ही उर्मिला लक्ष्मण के दर्शन की प्रतीक्षित होगी। उन्हें नहीं देख क्या बीतेगी उस पर। विरह का धैर्य बाँध लिया था उसने पुनः मध्य में यह आस का उदय और पुनः अस्त...कैसे सँभालेगी वह इस आघात को। पीड़ा से फटने लगा मेरा हृदय यह सोचकर।

सभी पर समान भाव से टूटा था पीड़ा का यह पहाड़। माताओं को पुत्रों का वियोग और भय भी कि राम-लक्ष्मण के लौटने तक क्या वे जीवित रहेंगी? दोनों भाइयों को असमय पिता मृत्यु का संताप। लक्ष्मण को नवव्याहता सहधर्मिणी उर्मिला का विछोह और भरत की बातों से आभास हुआ विरह का यह दुःख उन्हें और मांडवी को भी डँसेगा। वह भी निकट रहकर। नन्हें शत्रुघ्न तथा श्रुतकीर्ति भी इस संताप से अक्षुण्ण रह पाएँगे...संशय था। दुःखों की यह ज्वाला सभी को झुलसाती रहेगी, वन से लेकर भवन तक। या दैव, यह कैसा विधान रचा तूने कोशल राज्य और रघुवंश की नियति में?

मेरे माता-पिता तो अचंभित स्तंभित से थे जैसे वाक् ही खो गया हो उनका। उनके सभी जामाता व पुत्रियाँ किसी न किसी विधि अरण्य वास को अभिशप्त थीं। हर्ष-उत्साहहीन भवन किसी अरण्य से कम होगा? सभी के नेत्र रक्ताभ...मुख मलिन हो गए। अन्न-जल ग्रहण करने की सुधि नहीं थी। ऐसी पीड़ा या विषाद का अनुभव तो अयोध्या से प्रस्थान के समय भी नहीं हुआ था।

सभी अपने शिविरों में चले गए। राम तीनों भाइयों संग विश्राम करने लगे। प्रातः से बैठे-बैठे थक गए थे सभी। मैं क्या विश्राम करती। हृदय विह्वल, उद्विग्न मस्तिष्क। मैं माँ के शिविर में आई। मनुष्य कितना भी ज्ञानी हो जाए, वह पाषाण नहीं हो सकता जब तक उसके अंदर जीवात्मा है। रोग-शोक, हर्ष-विषाद व्यापेगा ही उसे। उसे सहन करने का सामर्थ्य किसी में अधिक तथा किसी में कम होता है।

माँ-पिताजी वार्तालाप में तल्लीन थे। मेरे प्रवेश करते ही औचक दोनों मौन हो गए। आभास हुआ। वार्ता की केंद्र बिंदु मैं ही थी। कोई और ज्वलंत विषय था

भी नहीं इसके सिवा। मैंने मुस्कुराने का प्रयास किया। सफल न हो सकी। अश्रु छलकते इसके पूर्व ही उन्हें नेत्रों में रोक लिया।

"आओ पुत्री, बैठो।" पिताजी का स्नेहिल स्वर था। चुपचाप मैं दोनों के समीप बैठ गई।

"तुम्हारे वन गमन के समय हम अयोध्या में नहीं थे। उस दुःख का उस तरह आभास न हो सका। यहाँ की स्थिति देख...।'' माँ बोलीं। और व्यग्र हो रो पड़ीं। प्रथम बार उनके नेत्र में अश्रु लक्षित हुए। लगा अभी तक ये कदाचित इसलिए संयत थीं कि राम लौट जाएँगे अयोध्या। परंतु ऐसा नहीं होना...आस का टूटना अधीर बना रहा था उन्हें। मानव मन भी कितना विचित्र है! आस-निराश की कच्ची डोर के सहारे पेंगें बढ़ाता रहता है जीवन-भर। उसका टूटना तोड़ देता है उसे और जुड़ना प्राणवान बना देता है।

"पुत्री, चौदह वर्ष इन बीहड़ों में व्यतीत करना कैसे संभव होगा?" वे व्यथीत स्वर में बोलीं। यह माँ का स्वर है? चौंक पड़ी मैं।

वे इतनी व्यथित कैसे हो गईं...मेरे अश्रु से तो माँ को यह अनुमान नहीं हुआ कि मुझे बीहड़ का दुःख संतप्त कर रहा है? ग्लानि हो आई अपनी भावुकता पर...संयमित होती बोली–

"मैं अकेली कहाँ हूँ माँ? जिसके संग राम जैसे सहज, संवेदनशील पति और लक्ष्मण जैसा सजग, सचेष्ट व चिंता करनेवाला देवर हो वह निःसंग हो भी कैसे सकता है? राम की उपस्थिति भवन, सुख, हर्ष प्रदाता है। वे जहाँ हैं वहीं मेरा संसार है। इतने दिवस में अब वन भी रास आने लगा है। रामविहीन भवन भी किसी वन से कम लगता मुझे?'' कहते-कहते औचक ठहर गई। यही उक्ति तो उर्मिला पर भी...? तुरंत माँ की आँखों से आँसू पोंछे।

''मेरे लिए यह चिंता कैसी माँ? राम का सत्कर्म हमें ऊसर में भी हरीतिमा का आभास कराएगा। यश का भागी बनाएगा। उर्मिला हेतु सजग, सचेष्ट रहें आप। अपनी व्यथा तो वह अश्रु में भी नहीं बहा सकती। ज्ञात है, कितनी सयानी हो गई है अपनी नन्ही उर्मिला? बड़ी माँ से यहाँ आते समय क्या बोली थी, 'यदि वे लोग आ गए तो यह अयोध्या का सौभाग्य होगा अन्यथा वहाँ जाकर मैं तात लक्ष्मण को सेवा भाव से विचलित नहीं करना चाहती।'" सुनकर माँ फफक पड़ीं। पिताजी शांत भाव से बोले–

"पुत्री, ज्ञात था मेरी शिक्षा-दीक्षा कभी निष्फल नहीं हो सकती। गर्व से कह सकता हूँ। इस संसार में मुझसे अधिक सौभाग्यवान पिता कौन होगा। तुम चारों बहनों का यह त्याग तप युग-युगांतर तक अमर रहेगा। खूब प्रसन्न रहो पुत्री।"

"महाराज! कितनी सयानी हो गई हैं हमारी पुत्रियाँ?" अश्रु पोंछती माँ बोलीं और मेरा मस्तक चूम लिया।

"आप लोगों से विनती है! कभी-कभी अयोध्या अवश्य जाइएगा...विशेषकर उर्मिला व मांडवी के लिए। दोनों के विरह का हेतु विधाता ने हमें बनाया है। आप को देखकर क्षणिक ही सही, वे अपना संताप विस्मृत कर जाएँगी।"

"ऐसा ही होगा पुत्री। तुम प्रसन्न रहना।"

रात्रि गहराने लगी। माँ-पिताजी से बिदा लेकर मैं सासों के शिविर की ओर बढ़ गई। पैर थकन से भारी हो रहे थे। मन बोझिल, शरीर अशक्त। लगा विदा का क्षण बल क्षीण कर देता है और मिलन का द्विगुणित।

सभी चले गए। उजाड़ शिविर...वीरान क्षेत्र...। सभी के आने से बसी मायावी नगरी का मात्र अवशेष रह गया था। पर्णकुटी भी बहुत उदास लग रही थी। कालावधि से धूमिल पड़ी अयोध्या की यादें पुनः हरित हो गई थीं। वनवास का अभाव, कष्ट सब कुछ रुचिकर लगने लगा था। पृथ्वी पर शयन, नदी में स्नान। चूल्हे पर भोजन बनाना। वनवासियों संग वार्तालाप उनका साथ-सहयोग। सभी के आने से बलपूर्वक दबाया गया मोह पुनर्जाग्रत हो गया। विशेषकर ससुरजी का अभाव। स्वयं प्रायश्चित्त करते-करते हमें अपने अभाव की पीड़ा दे गए थे।

लक्ष्मण प्रातः से शांत थे। जाने कब मंदाकिनी की ओर निकल गए। राम भी कुटी में नहीं थे। ऐसे में कुटी की उदासी और गहन हो उठी। लगा अभी कोई समीप होता। बाहर की उदासी व अंदर की पीड़ा घनीभूत हो चक्की के पाटों की तरह पीसने लगी मुझे। किस प्रकार निकालूँ इस पीड़ा को हृदय से। यह कुटी इतनी उदास पहले कभी नहीं लगी न खिन्नता का भाव ही इतना उपजा था हमारे हृदय में वनवास आने के बाद। दोनों भाई आ जाएँ तो यह सन्नाटा टूटे। जी कुछ हल्का हो। शायद उदासी, सन्नाटे का बोध हल्का करने के लिए ही वे लोग भीड़ की ओर निकले हैं। हर मनुष्य अपने अंतर्द्वंद्वों से अपनी-अपनी तरह से जूझता है।

बड़ी संख्या में वनवासी कुटी के सम्मुख खड़े थे। हमारी कुशलता ज्ञात करने को आकुल। सैनिकों के शिविरों ने उन्हें भयाक्रांत कर दिया था। बड़े भोले निश्छल लोग थे ये कोल, भील, किरात, निषाद वनवासी। सदियों से प्रकृति की गोद में वास करते। प्रकृति की भाँति ही उदार। निस्वार्थ भाव से किसी को अपना लेना। जुड़ जाना। यह सब नया अनुभव था मेरे लिए। मैंने वस्तुस्थिति बतलाकर उन्हें आश्वस्त किया। सभी चले गए। लगा कितना बड़ा समाज बन गया है यहाँ हमारा। इन्हीं के मध्य हमें चौदह वर्ष व्यतीत करना है। सुख-दु:ख बाँटना है।

संध्या ढले राम लौटे। मैं संध्योपासना की तैयारी कर रही थी। वे कुटी के बाहर ही खड़े हो गए। और समय होता, आते ही पुकार उठते, "सीते-सीते...कहाँ हो?" चाक्षुष हर दृश्य, वस्तु में सम्मिलित कर लेते मुझे। अपनों से पुनः विछोह की पीड़ा कदाचित उन्हें मूक बना रही थी। पीड़ा तो मुझे भी बोझिल कर रही थी। किससे कहूँ अपने हृदय का उद्‌गार। राम से कुछ कहकर उनके हृदय का बोझ और बढ़ाना क्या उचित होगा?

सहज सामान्य दिखने वाले दोनों भाइयों का मस्तिष्क क्या भाव-शून्य होगा? क्या निरंतर चलता द्वंद्व उन्हें भी पस्त नहीं कर रहा होगा? मानव मन सहज स्वीकार कर लेता है क्या किन्हीं परिस्थितियों को? राम अनुभव नहीं कर रहे होंगे यह दारुण स्थिति? इस स्थिति की कल्पना भी रही होगी अयोध्या से चलते समय उनके मानस में? भावी मात्र भँवर में डाल देता है मनुष्य को। उसमें डूबना, उबरना, पार निकलना स्वयं के सामर्थ्य पर निर्भर करता है। यही तो पराक्रम है मनुष्य का। सोचकर मन में धीर हुआ। मात्र मेरे मन को। राम के हृदय प्रदेश तक मेरी पहुँच नहीं हो पा

रही है। कुछ पूछने का अर्थ है, उनकी पीड़ा को बढ़ा देना। किंतु अवसाद की यह छाया कितने दिनों सहज जीवन जीने देगा हमें?

असहज मन से ही राम ने संध्योपासना की। कुटी के समक्ष कुशासन पर बैठ गए। उनकी आँखें लक्ष्मण के लिए व्यग्र थीं।

"संध्या ढल रही है, लक्ष्मण कहाँ गए सीते?" उनका चिंतित स्वर।

"ज्ञात नहीं आर्य, आप चिंतित न हों, वे आते ही होंगे।" मैंने उन्हें आश्वस्त करते हुए कहा।

"आज कुछ विशेष उमस का अनुभव नहीं हो रहा है?"

"हाँ राम, वृक्ष के पत्ते तक स्थिर हैं। आकाश भी श्याम घन आच्छादित है। रह-रहकर विद्युत प्रकाश कौंध रहा है। आँधी, वृष्टि का प्रबल योग लग रहा है।"

"लक्ष्मण को कुटी में आ जाना चाहिए सीते, वन-प्रांतर में आपदाओं का जोर विशेष होता है। नगर या भवन-सी सुरक्षा का साधन यहाँ उपलब्ध कहाँ।" राम बोले। तभी लक्ष्मण आते दिखे।

"ऐसी स्थिति में देर तक बाहर रहना उचित नहीं वत्स! देखो तुम्हारे आते ही वायु का वेग तीव्र हो गया, शीघ्र कुटी के भीतर चलो।"

लक्ष्मण के साथ राम भी कुटी में आ गए। तीव्र वायु वेग के साथ ही वर्षा आरंभ हो गई। वायु वेग से टकराते वृक्षों की डरावनी ध्वनि। मेघ गर्जना और बिजली की कौंध सहमाने लगी मुझे। वर्षा ऋतु अतिशय प्रिय थी मुझे। अपने कक्ष के झरोखे से मैं आनंद लिया करती इसका जनकपुर में। परंतु अरण्य की यह वर्षा भयाक्रांत कर रही थी। राम से कह भी तो नहीं सकती थी अपना भय। तत्क्षण कह उठेंगे, 'समझाया था तुम्हें, अरण्य की स्थिति सहज नहीं होती। यह तो आरंभ ही है, चौदह वर्षों में और कितने अधिक कठिन और भयावह स्थितियाँ आएँगी।'

सत्य भी था। कुछ ही काल तो बीते थे अभी। चौदह वर्षा, ग्रीष्म और शरद् ऋतु आनी शेष थी अपने वेग के साथ। इनसे तादात्म्य बैठाकर ही सहज जीवन जीया जा सकता है।

वर्षा तीव्र से तीव्रतर होती जा रही थी। पवन उन्मत्त हाथी जैसा चिंघाड़-चिंघाड़कर थर्रा रहा था अरण्य को। बौछारों से कुटी के अंदर पानी भरने लगा, छाजन से भी पानी टपकने लगा। पानी टपकने के स्थान पर मैं बर्तन रखती ज। रही थी। लक्ष्मण वस्त्रों तथा चटाइयों को बचाने में लगे थे। ऐसी होती है वन जीवन की कठिनाई? आभास हुआ। राम को इसका अनुभव था इसी हेतु वरज रहे थे मुझे यहाँ आने से। मैं अनुभवहीन थी। वन जीवन सहज-सरल लगा था। असहज था भी तो इसकी आलोचना या अभिव्यक्ति मेरे लिए उचित नहीं थी। मैं यहाँ हठपूर्वक आई थी। अपनी व्यग्रता व्यक्त करने का अर्थ था अपनी दुर्बलता दिखाना..और राम की पीड़ा में बढ़ोत्तरी करना। रहना तो था इसी वन में पूर्ण अवधि तक। मात्र मैं ही नहीं सभी राजभवन वासी ही थे। तो फिर कठिनाइयों तथा अभावों का क्या रोना। मैंने सोचा असहजता को बलपूर्वक हृदय के गह्वर में बंद कर दिया। परिस्थितियों के अनुकूल ढलने में थोड़ा समय लगेगा। असंभव न होगा।

"भैया! कुटी के अंदर मिट्टी डालकर सतह ऊँची करनी पड़ेगी। छाजन पर भी चौड़े पलाश के पत्ते डालने होंगे। प्रातः मैं सब की व्यवस्था करता हूँ। पानी कुछ अधिक ही गिर रहा है अंदर।" लक्ष्मण बोले।

"इन सबकी अब कोई आवश्यकता नहीं है तात! कल हम चित्रकूट को छोड़ रहे हैं। यहाँ रहकर छोटी माँ के वचन का निर्वाह संभव नहीं होगा। अयोध्यावासियों के संज्ञान में आ गया है यह स्थान। सुगमता से वे यहाँ पहुँच जाएँगे। मैंने ऋषि-मुनियों से परामर्श किया है। उनका भी सुझाव है दण्डकारण्य उपयुक्त रहेगा आवास हेतु।"

"जैसा आप उचित समझें।" लक्ष्मण बोले।

वर्षा के थमने के पश्चात् भी वातावरण असहज, अशांत था। कुटी में भी भोजन सामग्री का अभाव था। अन्न, फल, मूल, कंद कुछ भी शेष न था। जलावन की लकड़ियाँ, चूल्हा सभी भीग गए थे। सूखी लकड़ियाँ मिलना असंभव था। प्रातः सभी के जाने के पश्चात् भोजन करने की इच्छा नहीं हुई थी किसी की। मात्र जल ही ग्रहण किया था सभी ने। विरह वेदना से मुक्ति हेतु ही कदाचित दोनों भाई कुटी से बाहर चले गए थे। ढूँढ़ने पर भी जब कुछ नहीं मिला तो सयाने लक्ष्मण समझ गए सारी दारुण स्थिति।

"भाभी, घड़े में जल होना चाहिए। भैया को प्यास लगी होगी।"

जल ही ग्रहण किया गया। सूखी धरती देख चटाई बिछाकर राम लेट गए। लक्ष्मण भी लेटे। मेरी आँखों में नींद का अभाव था। कल हमें यह स्थान भी त्यागना होगा। चार दिन तीन रातों की निरंतर यात्रा के पश्चात् लगा था अब यह रमणीक स्थल हमारा स्थायी पड़ाव होगा। उत्साह से इसकी भित्ति पर लेपन किया। चित्र उकेरा था। यहाँ के वन, जाति से आत्मिक लगाव सा हो गया था। कितने चाव से लक्ष्मण ने इसके आगे फल व फूलों के पौधे लगाए थे। अब पुनः यात्रा...मानो जीवन का अर्थ ही मात्र यात्रा रह गया हो। भावी में कैसा स्थान मिले। कैसे लोग हों वहाँ कैसी स्थिति हो या सदा भटकना पड़े। अब यह विचार भी व्यर्थ था। अरण्य, अरण्य है लोग स्थिति या वातावरण इसी के मध्य सुख शांति अनुभव करना है। इच्छित यहाँ कुछ पाना व्यर्थ की लालसा होगी।

प्रातः ही सब कुछ सँभाल लिया मैंने। अधिक तो कुछ था नहीं। कुछ वस्त्र, अस्त्र-शस्त्र और कुछ बर्तन। शेष तो यहीं छोड़ जाना था। सँभालने में लक्ष्मण ने सहयोग किया। ऋषियों ने कहा था यहाँ से थोड़ी ही दूरी पर महर्षि अत्रि का आश्रम है। सर्व प्रथम हमें वहीं जाना है। उनके आशीर्वाद लेने के पश्चात् आगे का कार्यक्रम निश्चित होना था।

हम कुटी से बाहर आए। राम शांत भाव से आगे बढ़ गए। मैं ठिठक गई। मुड़ी, आत्मीय नेत्रों से कुटी को देखा। झुककर भूमि को नमन किया, पुनः उनके पीछे बढ़ गई। मेरे नेत्र भर आए। माँ कहा करती थीं—भवन हो या कुटी, घर स्त्रियों से होता है। संपूर्ण जीवन उसी में व्यतीत होने के कारण वे उससे संपूर्णता से जुड़ती हैं। पुरुष के लिए घर की मात्र उतनी ही आवश्यकता होती है जितना समय वह उसका उपभोग करता है।

राम ने एक बार मुड़कर भी कुटी को नहीं देखा। लक्ष्मण मुड़े भी तो मात्र यह देखने हेतु कि मैं पीछे आ रही हूँ या नहीं। मेरे तो पैर उठना ही नहीं चाह रहे थे...जाने क्यों?

19

राम से जुड़ने के बाद न मेरा कर्म पथ अलग रह गया था न भाग्य पथ। एक ही पथ के यात्री होने के नाते सांझा हो गया था दोनों का सुख-दुःख और हर्ष-विषाद। वन गमन की आज्ञा ने हिला दिया था हमें समूल। न हम ऋषि-तपस्वी थे, न ही संत-संन्यासी जो तन-मन से अरण्य वास को संकल्पित होते हैं। हम तो नितांत सांसारिक थे; इन अनुभवों से वंचित। अतः हिलते मूल के साथ डाँवाँडोल होती रही थी हमारी मनःस्थिति अपने वर्तमान और भविष्य के लिए। जब तक आर्य भरत ने उस मूल में आस की मिट्टी डालकर आश्वस्त नहीं कर दिया कि हमारी जड़ अस्थायी नहीं है। जड़ तो स्थायी हो गई थी किंतु उसे वायु प्रहार से अभी दो-चार होना शेष था। नियति जिस डोर को उँगलियों में लपेटे घुमा रही थी चहुँओर उस नियति को स्वीकार कर जैसे ही हम अविचलन की स्थिति में आते पुनः विचलन का कोई न कोई कारण सम्मुख आ खड़ा होता। पहले से भी विकराल आकार-प्रकार में। लगा दांपत्य जीवन कंटक रहित मात्र सुगम पथ नहीं है परंतु जब पति-पत्नी एक मन-प्राण हों, उनका वैचारिक तालमेल हो तो वह पथ भी अति सुगम बन जाता है।

चित्रकूट से प्रस्थान के पूर्व ही हम स्नान-ध्यान से निवृत्त हो लिए। राम का सुझाव था, "स्नान, आचमन का उचित स्थान जाने कहाँ प्राप्त हो। पथ नितांत अनजान है। आश्रम की दिशा ज्ञात है, परंतु उसकी दूरी नहीं। जाने कितना समय लगे वहाँ पहुँचने में, अतः फल मूल तो ग्रहण कर सकेंगे पथ में।"

यात्रा आरंभ हुई। चित्रकूट के ढेरों स्मरण सहयात्री बन गए। ऋषि-पत्नियों का साहचर्य, सीख व आत्मीयता। वनवासी स्त्रियों का साथ-सहयोग। सोचा था इन्हीं लोगों के सान्निध्य में सहजता से व्यतीत हो जाएँगे चौदह वर्ष। किंतु अपना सोचा कहाँ होता है किसी का। कहाँ हो रहा था हमारा भी। जाने विधि की क्या मंशा थी, अपने निकष पर कसने हेतु क्यों चयन किया था हमारा। चित्रकूट के शिविर में उस रात माँ कौशल्या के समक्ष अपना यह संशय व्यक्त किया था मैंने कि 'शुभवार, लग्न, नक्षत्र में किया गया कार्य सर्वथा सफलीभूत होता है, ऐसा विद्वत्-जनों का कथन है। तो फिर महर्षि वशिष्ठ द्वारा विचारित लग्न वार इतना निष्ठुर कैसे हो गया जो राजा बनते-बनते राम वनवासी और ससुर जी परलोकवासी हो गए। किस त्रुटि ने इन विपत्तियों को आमंत्रण दिया, माँ?"

चकित हो उन्होंने देखा था मेरी ओर। मानो मैंने उनकी मनःस्थिति को ही बयान कर दिया हो।

"यह प्रश्न तो मुझे भी अकुलाता रहा है पुत्री! किंतु हम वशिष्ठ जैसे ज्ञानी या विद्वान तो नहीं हैं न? शायद तुमने भरत के प्रश्नों का उत्तर देते हुए गुरु वशिष्ठ को नहीं सुना?"

"बिना प्रयोजन बड़ों के समक्ष जाना या उनकी वार्ता सुनना स्त्रियों के धर्म के विरुद्ध है माँ! इसलिए वहाँ जाना उचित नहीं था मेरा।"

''वशिष्ठ जी व्याकुल भरत को सांत्वना देते हुए बोले थे–अदृष्ट बड़ा शक्तिशाली है वत्स भरत, जिसे हम भावी भी संबोधित करते हैं। हमारे हाथ में उसने मात्र कर्म दिया है। शेष हानि-लाभ, जीवन-मृत्यु और यश-अपयश स्वयं के हाथों में रखा है। फिर तो जो अपने वश में नहीं, उसके लिए रोना, बिसूरना या आकुल होना किस काम का?"

स्मरण कर आह निकल गई मुख से। तभी राम का हर्षित स्वर श्रवण हुआ–

"सीते, वो देखो धवल उन्नत पर्वत। हम अत्रि आश्रम पहुँचने ही वाले हैं।" राम का इशारा उन्नत स्फटिक पर्वत की ओर था।

चित्रकूट से यात्रा निरंतर दक्षिण दिशा में हो रही थी। अब थकान का अनुभव होने लगा था। धूप तीव्र हो गई थी। वातावरण में उमस भी बढ़ गई थी। उस पर रास्ते कुश-काँटे, वनदूब युक्त असमतल थे।

"राम, क्यों न थोड़ी देर विश्राम कर लिया जाए?" एक सघन वटवृक्ष देख मैंने आग्रह किया।

"भाभी, थोड़ा धैर्य रखिए। कदाचित हम आश्रम के सन्निकट हैं।" लक्ष्मण बोले। अधिकांश सामानों को उठाए चल रहे लक्ष्मण का शरीर परिश्रम के स्वेदकणों से भर गया था। पीड़ा से मेरा हृदय फटने लगा...किंतु कोई भी वस्तु उन्होंने हमें उठाने ही नहीं दी थी। मात्र धनुष-तूणीर के सिवा। राम से बोले थे, "यह धनुष-तूणीर भी आपको नहीं उठाने देता भैया...किंतु अस्त्र-शस्त्र विहीन क्षत्रिय का स्कंध शोभा नहीं देता।"

आह लक्ष्मण! इतना त्याग, धैर्य और इतना सेवा भाव? बहनों के संग-संग स्वयं के सौभाग्य पर गर्व हो आया मुझे। कितने कुलीन, संस्कारवान और त्यागी पति प्राप्त हुए हैं हमें। मानो चार तन एक प्राण हों।

लक्ष्य प्राप्ति के पश्चात् जैसे समस्त परिश्रम गौण हो जाता है, ऋषि आश्रम पहुँचकर कुछ वैसी ही आश्वस्ति का अनुभव हुआ। महर्षि अत्रि आश्रम पर ही विद्यमान थे। हमें देख अति हर्षित हुए–

"आओ राम, लक्ष्मण, पुत्री जानकी! अंदर आ जाओ।" उनके मुख से अपना नाम सुनकर अचरज नहीं हुआ। ऋषि महर्षि सर्वकालिक तथा सर्वज्ञानी होते हैं। ज्ञात-अज्ञात को जानने वाले। हाँ, हर्ष अवश्य अनुभव हुआ उनकी आत्मीयता से। बिना प्रयत्न ही सभी का प्रेम-स्नेह प्राप्त हो रहा था हमें।

उनकी पाद वंदना कर मैं बैठने ही वाली थी कि उन्होंने भीतरी खंड में जाने का आदेश दिया–

''पुत्री, तुम भीतर अनसूया के पास जाओ।''

अंदर कुशासन पर विराजमान श्वेत बाल, शुभ्रवसना सौम्य आकृति को देख स्वतः मेरे कर बद्ध हो गए। चरण वंदना को झुकी। मेरे सर पर उनका हाथ आ पड़ा साथ ही सदा सुखी रहने का आशीष भी। पुनः उन्होंने अपने निकट बैठा लिया। ध्यान से मेरा मुख निहारती हुई बोलीं–

"ऋषि-महर्षियों द्वारा भरत खंड के चहुँदिश का समाचार प्रायः प्राप्त होता रहता है। तुम्हारे विलक्षण प्रादुर्भाव तथा जनकपुर एवं अयोध्या में हो रहे हलचलों से भी भिज्ञ हूँ मैं। प्रथम तुम्हारा उद्‌भव...पृथ्वी पर ऐसा दृष्टांत मिलना दुर्लभ है। मिथिला का दुर्भिक्ष सदैव के लिए समाप्त होना। जनकराज को संतति की अभिलाषा का पूर्ण होना। अद्‌भुत घटना है किंतु यह राम का अकारण वनवास, उसमें सहभागिनी बन तुम्हारा पति संग आना। भावी का कोई हेतु ही गोपन हो। जानकी, मानव जीवन में उथल-पुथल आना अस्वाभाविक नहीं परंतु इतना बड़ा विपर्यय न इतिहास में वर्णित है न श्रुति में ही आया है। वनागमन का तनिक भी संताप मन में न लाना पुत्री! हम स्त्रियों के धैर्य की परीक्षा आपत काल में ही होती है।

"मैं दुःखी कहाँ हूँ माते! राम संग क्या कोई दुःख व्याप्त सकता है मुझे? मैं केवल वर्तमान में नहीं जीती, वर्तमान को भी जीती हूँ। उनके बिना तो अयोध्या का भवन भी मेरे लिए किसी अरण्य से कम नहीं होता।"

"हाँ पुत्री, काल बहुत बड़ा परीक्षक है। राम यदि राजा हो भी जाते तो बहुत कुशल नृपति होते। प्रजा वत्सल होते। परंतु समय के पटल पर उनका यश उस तरह प्रकाशमान नहीं होता, जैसे आज है। त्याग मानव का सबसे उत्तम गुण है। त्याग ही उसे महान बनाता है। भाई के लिए राम के त्याग का यह यश रहते संसार तक धूमिल नहीं होगा, देखना और उसमें लक्ष्मण का भ्रातृ-प्रेम तथा तुम्हारा पति का अनुगमन करना अनुपम उदाहरण प्रस्तुत करेगा विश्व में। बड़भागी हो पुत्री सीता! इतने ही वय में परीक्षा की यह विकट याचना सम्मुख है तुम्हारे। किंतु विश्वास है धैर्यपूर्वक इन्हें उत्तीर्ण कर लोगी तुम। धरा पुत्री हो। तुम्हारा यह तप, त्याग पातिव्रत युग युगांतर तक भरत खंड की नारियों हेतु अनुकरणीय रहेगा। उनके समक्ष दृष्टांत प्रस्तुत करेगा। तुम चाहती तो राजभवन में रहकर राज वैभव का भोग कर सकती थीं। तुमने पतिपथ का अनुसरण किया। अरण्य की कठिनाई भी न डिगा सकी तुम्हारे निश्चय को। निश्चय ही दृढ़ निश्चयी हो तुम। सुनने में आया था कैकेयी ने बलात वनवास दिया था तुम्हें परंतु तुम्हारा उत्साह, उल्लास, हर्ष तो यह जतला रहा है कि तुम्हें किसी ने आदेश नहीं दिया होगा। इस मार्ग का चुनाव तुमने स्वयं किया होगा ताकि पति को अपना सुख, सान्निध्य दे सको।"

"आपकी विमल कीर्ति तथा साधना की सुगंध चहुँओर विस्तारित है माते, जनकपुर से चित्रकूट तक। आपके पातिव्रत, तप, त्याग की चर्चाएँ सदा आपके दर्शनों हेतु उकसाती रही हैं। अभिलषित करती रही हैं। इतना शीघ्र यह संयोग सम्मुख होगा, विश्वास नहीं हो रहा है। आशीर्वाद दीजिए माँ; यह धैर्य सदा विद्यमान रहे मेरे मन-प्राण में। अपने कर्तव्य पथ से कभी विमुख या च्युत न होऊँ।"

"मेरा आशीष सदा तुम्हारे संग है पुत्री! तुम्हारे जैसी पति अनुगामिनी नारियों के कर्तव्यबोध पर ही तो यह वसुधा स्थिर है। इतने लघु वय में इतनी परिपक्वता। तुम्हारा मन पति में स्थिर है। शुभ सूचक है। पति से विलग पत्नी की कोई गति नहीं। उसका संसार, साज-सौंदर्य तथा अभिमान पति ही है। तुम साधारण राजपुत्री थोड़े ही हो जो किंचित दुःख के झोंके तुम्हें विचलित कर दे। तुम आयोनिजा हो...वीर्य शुल्का हो। यही परिचय अधिक है तुम्हारे असाधारण होने के लिए। पति नगर में

रहे या वन में, जिसे वह प्रिय है उसे ही पातिव्रत की संज्ञा दी जाती है। पति प्रेमी स्त्री ही उत्तम संतानों की जननी बनती है। वात्सल्यपूर्ण उनका लालन-पालन करती है। इसी से सभ्य, सुसंस्कृत, संस्कारवान समाज का निर्माण होता है। पति विमुख नारी अपनी संतानों से कभी प्रेम नहीं कर सकती।"

गूढ़ शिक्षाप्रद बातें साध्वी अनसूया के मुख से सुनकर अत्यंत भला लगा। विशेषकर ऐसे समय में जब हम दिशाहीन विहंग की भाँति भटक रहे थे अरण्य के अनंत विस्तार में। उनकी बातों से बल मिला।

"माते, आप इस देश की स्त्रियों में उत्तम स्थान रखती हैं। सती शिरोमणि हैं। मेरे पति यदि व्याधिग्रस्त होते...अनार्य होते, तो भी मैं बिना किसी दुविधा के इनकी सेवा करती। ये तो परम गुणी, धर्मात्मा पुरुष हैं।" मैंने विनम्र शब्दों में कहा। माँ कहीं इसे मेरा बड़बोलापन न मान लें।

"तुम्हारी युक्तिसंगत बातों से अत्यधिक हर्ष हुआ। आश्वस्ति भी हुई शेष अवधि भी तुम इसी सहजता से व्यतीत कर लोगी। पुत्री जानकी, प्रार्थना की किसी भी सूक्ति में स्त्रियों के हित की बातें नहीं हैं। उन्हें सदा अपने सद्कर्म, सद्विचार, सद्आचरण तथा सेवा द्वारा अपना स्थान निश्चित करना होता है। चाहे वह गृहस्थी हो, पति का हृदय हो या फिर संसार हो। किसी भी क्षेत्र में उन्हें आगे बढ़ने हेतु न कोई बल या प्रेरणा देता है...न अपना समय। अपने बल के वेग पर वे आगे बढ़ भी जाएँ, तो मान्यता देने और विश्वास करना अग्रहणीय होता है इस पुरुष समाज द्वारा। हमारा कर्म, चेष्टा या व्यवहार-बर्ताव पुरुषों द्वारा परिभाषित होते हैं। जो उनके विचार में सही है। सत्य है। पावन है या अभिप्रमाणित है वही सत्य है उनके लिए। किंतु पीड़ा तो यहाँ यह है कि उनके स्वयं के विचार भी द्विपक्षीय होते हैं। एक गणिका की जो चेष्टा, हाव-भाव, व्यवहार उन्हें लुभाता है, तुष्ट करता है, भला प्रतीत होता है; वही चेष्टा पत्नी द्वारा हो तो वह भद्दा, अश्लील अमर्यादित अनुभव होता है उन्हें। तुष्ट, तृप्त होने का कोई भी अवसर नहीं देना चाहते वे स्त्रियों को। हाँ अपने कर्मों, कार्यों पर गौरवान्वित होने का अवसर अवश्य देते हैं। क्योंकि सबसे सन्निकट पत्नी, पुत्री, माँ रूप में वही होती हैं। उसका हर्ष, गौरव उन्हें ऊर्जस्वित करता है। उन्हें महान होने का अनुभव कराता है जबकि उनके किसी भी कार्य सिद्धि को स्त्री का बड़ा अप्रतिम योगदान होता है। त्याग होता है। किंतु स्त्री के गृहस्थी से लेकर रचनात्मक कार्यों तक में पुरुष का आंशिक सहयोग हो तो हो त्याग या समर्पण कदापि नहीं होता। अत: हम स्त्रियाँ पुत्रियों के भावी हेतु अपने अनुभवजनित संशय से सदा आशंकित रहती हैं और भयाक्रांत भी। इसलिए उन्हें सदा सत्कर्म के पथ पर चलने की शिक्षा देती हैं ताकि वे इस धरा पर अपना पूर्ण वय व्यतीत कर सकें। उनकी महत्त्वाकांक्षाओं का दमन-शमन कर धैर्य धारण की सीख देती हैं ताकि उनकी उड़ान काल न बन जाए उनके लिए। पुत्रियों को जन्म देते समय कहाँ ज्ञात होता है हमें उनका भाग्य। उनकी नियति।" देवी अनसूया के मुख से निकला सर्द उच्छ्वास उनके अंतस् की पीड़ा को व्यक्त कर गया।

"माते! आपकी यह उक्ति अनुभवजनित है वरन इस शीतल उच्छ्वास का कोई अर्थ नहीं होता। क्या मैं आपकी पीड़ा की अंशी बनने का सौभाग्य प्राप्त कर सकती

हूँ? मेरी यह जिज्ञासा, उत्सुकता अपना भावी पथ सँवारने का यत्न मात्र है। उचित समझें तो मेरी जिज्ञासा का निवारण करें।" मैंने विनती की। कुछ क्षण वे विचार-मुद्रा में मौन रहीं। पुनः बोलीं–

"मेरी एकमात्र पुत्री आत्रेयी अकारण सदा अपने पति के कठोर व्यवहार और तिरस्कार का आखेट बनती रही। उसके पति अग्निपुत्र अंगिरा अपने नाम-स्वरूप ही प्रचंड क्रोधी थे। आत्रेयी के पुत्र आंगिरा भी माँ के साथ हो रहे पिता के दुर्व्यवहार से क्षुब्ध थे। उनके निवेदन व प्रार्थना कि–माँ के साथ अपने व्यवहार में वे सकारात्मक परिवर्तन लाएँ। अंगिरा पर कभी कोई प्रभाव नहीं हुआ। आत्रेयी ने अपने श्वसुर अग्नि से भी पति को शांत करने का निवेदन किया। उन्हें उनकी क्षमताओं का स्मरण कराया–आप जठराग्नि द्वारा समस्त प्राणियों का पोषण करते हैं। प्रलय काल में संपूर्ण जगत को आत्मसात कर लेते हैं तथा समस्त दोषों को भस्म करने में सक्षम, समर्थ हैं। निरपराध व अकारण ही आपके पुत्र मुझे प्रताड़ित और तिरस्कारित करते रहते हैं। आप उन्हें शांत करें। अब मात्र मैं उनकी पत्नी ही नहीं बड़े हो रहे पुत्रों की माता भी हूँ। उनके समक्ष पति के दुर्व्यवहार से आत्मग्लानि अनुभव होती है। किंतु ऐसा नहीं हुआ। अंगिरा को शांत करने के सारे प्रयत्न विफल रहे। अंततः तिरस्कार के ताप से दग्ध हो मेरी पुत्री आत्रेयी परुषी नदी के गर्भ में अंतर्धान हो गई।" कहते-कहते अनसूया के नेत्र भर आए और झर-झर अश्रुजल बह चले। तत्क्षण दारुण स्थिति का उन्हें आभास हुआ। उन्होंने स्वयं को संयमित किया। सामान्य बनने का प्रयास किया।

"पति के क्रोध ताप का आखेट सदा पत्नी ही हुआ करती है पुत्री! पत्नी का स्थान प्राप्ति हेतु उसे अनेकानेक साधना व तप से गुजरना पड़ता है। पुरुष की साधना, एवं तप सदा स्वयं के मोक्ष, प्रसिद्धि एवं प्रशांति हेतु होती है। स्त्री की साधना एवं तप गार्हस्थ्य शांति, समष्ठि सुख, परिवार, प्रजा और समाज हेतु। सर्वे भवंतु सुखिनः, सर्वे सन्तु निरामयाः सर्वे भद्राणि पश्यंतु, मा कश्चिद् दुःख भाग्भवेत्।।"

इन अनुभवों से सर्वथा अनभिज्ञ मैं उनका मुख ताकती रही...कुछ और सुनने की जिज्ञासा लिए।

"प्राचीर वेष्ठित राजप्रासाद मध्य लालन-पालन सुरक्षित व संरक्षित जीवन देता है तथा अरण्य का अति कठोर, कष्टप्रद जीवन सदा सजग, सचेत व सतर्क रहने की माँग करता है पुत्री जानकी! विपदा बड़ी छलना है, वह सदैव आहटरहित चाल से आती है, नगाड़ा पीटकर कभी नहीं आती। राम का अरण्य वास विपदा का आरंभ हो सकता है...दैव करे यह उसका अंत भी हो? अब छोड़ो इन बातों को। अदृश्य पर किसका वश चला है। यह कहो क्या करूँ मैं तुम्हारे लिए?"

"यह कैसी बातें कर रही हैं आप माते? अपना स्नेहाशीष देकर ही मेरा प्रिय कर दिया आपने। आपकी यह अनुपम सीख ने औचक मुझे सयानी बना दिया है किंतु आपके अंतिम वाक्य ने आशंकित भी कर दिया हृदय को। आप जैसी ब्रह्मवादिनी के मुख से मिथ्या या अकारण नहीं निकल सकते कोई शब्द...। क्या विपदा का कोई और स्वरूप भी सम्मुख आने की संभावना है माते...जो सम्मुख है उससे भी विकराल?" धड़कते हृदय पर वश करते हुए मैंने पूछा।

"तुम लोग यहीं क्यों नहीं वास करते? अरण्य वास हेतु बहुत उपयुक्त स्थान है यह।" मेरे प्रश्न को गौण कर उन्होंने अपना प्रस्ताव सम्मुख रख दिया।

"चित्रकूट राम को भी अति प्रिय अनुभव हुआ था वास हेतु, किंतु भरत के आगमन से वे शंकित हो उठे। अयोध्यावासी यहाँ आने से स्वयं को रोक नहीं सकेंगे। नाहक वे अपना समय तथा हमारी साधना व्यर्थ कर देंगे। अत: हम गहन आरण्य की ओर बढ़ रहे हैं।" मैंने राम की मंशा व्यक्त की।

"आवश्यकता ही है तो सजग रहना पुत्री! कठिन बाधा से घबड़ाना नहीं। तुम्हारी पतिनिष्ठा, सेवा से अनजान नहीं मैं। संभव हो तो महर्षि अगस्त्य के समीप ही निवास का प्रयास करना। अगस्त्य पत्नी विदर्भ नरेश-सुता लोपामुद्रा भी परम साध्वी हैं। राजोचित सुखभोग में पली लोपामुद्रा भी पति-इच्छा से पिता द्वारा दिया गया रत्न- जड़ित वस्त्राभूषण क्षणमात्र में त्याग वल्कल धारण कर चल पड़ी थीं पति पथ पर। उनके इस आचरण ने पति का मन मोह लिया। अंत में महर्षि अगस्त्य ने पत्नी को सुखी करने हेतु राजा इल्वल से धन प्राप्त कर उनका मनोरथ पूर्ण किया। पति-पत्नी का यही संबंध दृष्टांत योग्य होता है पुत्री! एक का मनोभाव दूसरे को ज्ञात हो। परस्पर दोनों उसका समादर करें। मान करें। तो अहं, रोष, क्षोभ हेतु स्थान कहाँ रह जाएगा उनके मध्य। ऐसा होने पर गृहस्थी आनंदपूर्वक चलती है। गृहस्थ हेतु यह दूपण नहीं भूषण है। देवगुरु वृहस्पति कहते हैं—पति नपुंसक, दुर्दशाग्रस्त, रोगी, वृद्ध, सुखी अथवा दुखी ही क्यों न हो; स्त्री को उसका त्याग नहीं करना चाहिए।"

'तो क्या इन सारी व्याधियों से युक्त स्त्री पति द्वारा त्याज्य है?' प्रश्न प्रबल हो मुख से बाहर आना चाहा। बलात् रोक दिया मैंने उसे अंदर ही। वृद्धा विदुषी समक्ष यह धृष्टता? क्या संभव है मुझसे...।

"आपके अनुभव मृदु वचनों का अतिशय लाभ पाकर धन्य हुई माते। मानसिक बल समृद्ध हुआ मेरा। आप द्वारा इंगित बातों, कारणों पर ध्यान दूँगी। आपके अनुभव का लाभ उठाऊँगी भावी पथ प्रवास में।"

"मेरा प्रश्न तो निरुत्तरित ही रह गया पुत्री...क्या दूँ तुम्हें?"

"माते...पति रूप में राम हैं मेरे संग। भ्राता रूप में परम सहयोगी लक्ष्मण हैं। अब मातास्वरूप आप प्राप्त हो गईं। इसके पश्चात् भी कुछ शून्य, शेष रह जाएगा जीवन में?" कहकर मैं हँसी।

"जनक नंदिनी, तुमने मेरी प्रसन्नता द्विगुणित कर दी। तुम्हें सांसारिक कोई भी मोह माया नहीं बाँध सकती। परंतु जब माँ कहा है तो उसके कर्तव्य निर्वहन का भी अवसर दो।" कहकर वे उठीं। कुटी के दूसरे खंड में चली गईं।

मैं इस वृद्ध दंपति के विषय में सोचने लगी। इनके नाम से परिचित थी। इन के यश और सेवा भाव से भी। वनवासियों के पीने के लिए अपने तपोबल से इन्होंने यहाँ स्वच्छ (माल्यवती) मंदाकिनी की धारा प्रवाहित की थी। आश्रम में आते समय पर्वत से गिरती मंदाकिनी का उद्गम दृष्टिगोचर हुआ था। तपोबल या शक्तिबल...कोई दैवी नहीं होता। मनुष्य की सेवा और उदारता से सैकड़ों प्राणी उठ खड़े होते हैं उसके बताए मार्ग को प्रसस्त करने हेतु। मुझे लगा था।

वे लौटीं। उनके हाथ में एक पोटली थी। मेरे समीप बैठकर उन्होंने पोटली को खोला। वात्सल्यपूर्ण स्वर में बोलीं–

"पुत्री! सुहागन स्त्रियों को शृंगार के प्रति उदासीन रहना उचित प्रतीत नहीं होता। ये दिव्य हार, आभूषण, वस्त्र, अंगराग व बढ़िया अनुलेपन हैं। इनके प्रयोग से तुम्हारे अंगों की शोभा होगी। नित्यप्रति इनके प्रयोग के पश्चात् भी कोई हानि नहीं होगी। ये दिव्य वस्त्र कभी मलिन नहीं होंगे। ये तुम्हारे काम आएँगे। ये वस्त्राभूषण मात्र तन को ही सुशोभित नहीं करते मन को भी प्रफुल्लित करते हैं और हम बड़ों का यह दायित्व है कि हम उन्हें प्रसन्न व प्रफुल्लित देखें...श्रुतियाँ कहती हैं, स्त्री प्रेमपात्र पुत्री है, स्नेहमयी भगिनी है, कर्तव्यशीला पत्नी है और भविष्य के नागरिकों की जननी है।"

"परंतु माँ?" मैंने इंकार करना चाहा। उनके ओज के समक्ष शब्द कंठ में ही दब गए।

वे मेरी दुविधा को भाँप गईं। कोमल स्वर में बोलीं–

''इनसे तुम्हारे वन प्रवास में कोई क्षति नहीं होगी। यह मेरा आशीष है। अंततः संकोच न करो। इन्हें अभी धारण करो पुत्री ताकि तुम्हें साभरण देखकर नेत्र तृप्त कर सकूँ।"

उनकी आज्ञा की अवहेलना न कर सकी। वस्त्राभूषणों को धारण किया। केशों को सँवारकर वेणी बनाई। वे मेरी बलैया लेने लगीं। पुनः उन्होंने जनकपुर, पिताजी व अंत में मेरे विवाह के बारे में कौतूहल से पूछा। संक्षेप में मैंने सारा प्रसंग कह सुनाया। वे सुनती रहीं, पुनः बोलीं, ''सीते, अधिक विलंब हो गया है। संध्या घिर आई है। जाओ राम की सेवा करो।"

मैंने उनके चरण छुए। बाहर आई। दोनों भाई ऋषि अत्रि समीप बैठे उनकी वार्ता श्रवण करने में तल्लीन थे। कदाचित वार्ता का यह अंतिम अंश था जो मेरे कानों में पड़ा, 'मनुष्यों के लिए पत्नी धर्म, अर्थ एवं काम की सिद्धि का कारण है। वर्ण के किसी भी कोटि का मनुष्य क्यों न हो पत्नी के अभाव में वह कर्मानुष्ठान के योग्य नहीं रहता। जैसे पत्नी के लिए पति का त्याग अनुचित है उसी प्रकार पुरुषों के लिए भी पत्नी का त्याग सर्वथा अनुचित है। चाहे वह स्वयं भ्रष्ट हो गई हो, छल द्वारा बहकाई गई हो, जिसके साथ बलात्कार किया गया है या जो निद्रित अवस्था में भोगी गई हो, ऐसी स्त्री भी त्याज्य नहीं है। वह पुनः रजोदर्शन पश्चात् पूर्वतुल्य पवित्र व ग्रहणीय है।' औचक उनकी दृष्टि मुझ पर पड़ी। वार्ता भंग हो गई। उन्होंने राम को विश्राम का आदेश दिया। उनसे विदा लेकर हम दूसरे खंड में आए।

मुझे इस रूप में देखकर राम अचंभित हो उठे। मैंने देवी अनसूया से प्राप्त इन उपहारों के संबंध में बतलाया। उन्हें प्रसन्नता हुई। वे भी पूर्व में ऋषि अत्रि से हुए वार्तालाप को सुनाने लगे।

प्रातः स्नान ध्यान से निवृत्ति के पश्चात् हम ऋषि से विदा माँगने पहुँचे। वहाँ उपस्थित वनवासी मुनि-तपस्वी राम के सम्मुख अपनी त्रासदी बतलाने लगे–

"इस वन के रास्ते में राक्षस प्रायः उपद्रव मचाया करते हैं। इस मार्ग पर जंगली जानवरों की बहुतायत है। कंद-मूल के लिए आते-जाते ऋषि-मुनियों को इनके

हाथों अपने प्राण गंवाने पड़ते हैं। राम, तुम इन बाधाओं से हमें मुक्ति दिलाओ। इसी मार्ग से तुम्हें भी दुर्गम वन में जाना है।"

दोनो भाई गंभीरता से उनकी बातें सुनते रहे। पुनः उन्हें आश्वस्त किया तथा सभी को प्रणाम कर हम लोग आगे बढ़े।

मुनियों का भय निरर्थक नहीं था। दंडकारण्य के दुर्गम वन प्रांत से साक्षात्कार तो अब हो रहा था। धीरे-धीरे वन अधिक सघन होता जा रहा था। ऊँचे-ऊँचे सघन वृक्ष, पौधे, जंगली लताओं से अच्छादित अनदेखे फूल-फलों के वृक्ष फलों से लदे हुए। अपने करुण सुकोमल व कर्कस कलरव से लुभाते और सहमाते भिन्न-भिन्न प्रकार के ज्ञात-अज्ञात पक्षी। भागते-दौड़ते वन्य जीव। मोटी पूँछ वाली गिलहरियाँ बाँकी चितवन से निहारतीं चपलता से वृक्षों पर चढ़ने की अपनी कला-कौशल दर्शा रहीं...। कहीं-कहीं इतने सघन वृक्ष कि दिन में भी संध्या होने का भ्रम हो। पगडंडियाँ नहीं बनी होती तो भटकने की अपार संभावनाएँ थीं। जहाँ पगडंडियाँ पत्तों एवं बाँसों-पौधों से ढक गई थीं वहाँ अकस्मात मिला कोई वनवासी हमारा मार्ग दर्शन कर देता। कोई-कोई तो साथ चलकर रास्ते को पार कर देता।

यात्रा निरंतर अग्रसर थी। रात्रि किसी ऋषि-मुनि के आश्रम पर कटती। प्रातः नई यात्रा का संदेश लेकर पुनः आ पहुँचता। हम स्नान-ध्यान से निवृत्त हो कंद-मूल भोजन करते। अपने आतिथेय के प्रति आभार प्रकट करते। उनसे आगे का मार्ग व पड़ाव की जानकारी प्राप्त करते। आशीर्वाद लेकर चल पड़ते पुनः एक अनजान रास्ते पर अनभिज्ञ स्थल की ओर। स्थायी निवास की पृष्ठभूमि कहाँ बनेगी, अभी अदृश्य था। उस अदृश्य की खोज की मुझे अधिकता से प्रतीक्षा थी। राम का उद्देश्य मेरे विचारों से परे था। हम चित्रकूट से बहुत दूर निकल आए थे परंतु राम कहीं ठहरने को उत्सुक नहीं लग रहे थे। जाने उन्हें किस स्थल की तलाश थी।

महर्षि अत्रि चलते समय मुनि अगस्त्य के आश्रम की चर्चा कर रहे थे। कदाचित वही लक्ष्य हो उनका। चित्रकूट से अत्रि आश्रम। वहाँ से हमारी यात्रा निरंतर आग्नेय कोण में अग्रसर थी। कितने पड़ाव आए। छोटी-छोटी नदियाँ...जलस्रोत आए, वनवासियों के दस-बीस कुटीर, झोपड़ियों वाले ग्राम मिले। किंतु क्षणिक विराम पश्चात् यात्रा जारी रही। ऋषि अत्रि ने विशेष सतर्क किया था, आगे का वनप्रांत इतना निर्भय नहीं है।

वन की विहंगमता से चकित, अचंभित वृक्ष व पुष्पों का अवलोकन करते संध्या होने से पूर्व हम ऋषि सुतीक्ष्ण के आश्रम पर पहुँच गए। वे हमारी प्रतीक्षा करते मिले। तापस वेष में राज्य त्यागी राम अपने त्याग ही नहीं वर्ण, कुल की श्रेष्ठता व गुण-स्वभाव के कारण स्वतः ऋषि-मुनि व वनवासियों के सम्मान के पात्र बन गए थे। उस पर मेरी उपस्थिति विशेष कौतूहल जगा रही थी। यह सब देखकर सर गर्व से उन्नत हो जाता मेरा। राम न तपस्वी थे न ऋषि; परंतु त्याग ने उन्हें सभी के आदर व प्रेम का पात्र बना दिया था।

मुनि सुतीक्ष्ण हमारे आगमन से अतीव प्रसन्न हुए। यथोचित आतिथ्य किया। उनके आदेशानुसार रात्रि विश्राम हमें वहीं करना था। भोजन विश्राम के पश्चात् तपस्वियों का एक लघु समूह राम के पास आया–

"सिद्धाश्रम में यक्षिणी ताड़का, राक्षस सुबाहु तथा मारीच से विश्वामित्र व अन्य तपस्वियों को निर्भय करने वाले रघुनंदन! उद्दंड राक्षसों के उत्पात से आप हमें भी त्राण दिलाइए। इनका नाश करना हमारे लिए असंभव नहीं किंतु हमने जीव मात्र को दंड देना छोड़ दिया है। क्रोध, रोष व इंद्रियों को साधने का प्रयत्न किया है। तप ही हमारा सर्वस्व है।'' समवेत स्वर में राम के सम्मुख उन्होंने अपनी त्रासदी का बखान किया।

"मुनिवर आप लोग मुझसे निवेदन न करें। मैं आपका आज्ञापालक हूँ। राक्षसों द्वारा जो आप लोगों को त्रास मिल रहा है, यथाशक्ति उसके निवारण का प्रयत्न करूँगा मैं। आप लोगों से शत्रुता रखने वाले राक्षसों का अवश्य संहार करूँगा। आप निश्चिंत रहें।" पुनः उन लोगों में वार्ता होती रही। सभी के चले जाने के पश्चात् औचक लक्ष्मण राम से संबोधित हुए–

''भैया, अभी तक देखने में नहीं आया, वन्यजातियाँ महर्षियों द्वारा किए जा रहे यज्ञ, तप व हवन का विरुद्ध करती हों? किंतु इन राक्षसों को इस पर क्या आपत्ति है, जो ये हर प्रकार से उसमें अवरोध उत्पन्न कर रहे या यथाशक्ति उसे विध्वंस करने का प्रयास होता है उनका?''

''प्रिय लक्ष्मण, ये वन्यजातियाँ उतनी कृपण विचारों वाली नहीं हैं। यज्ञ की महत्ता को न सही उससे होने वाले लाभों यथा, होमाग्नि से निकलते धूम से वनप्रांत के विषैले कीटाणुओं से मुक्ति...प्रज्वलित अग्नि की ज्वाला से हिंसक वन्य जीवों का आस-पास न फटकना..कमोवेश ये भी उसका भागी बनते हैं किंतु रक्ष जाती को लगता है इन यज्ञों की महत्ता का तनिक भी ज्ञान नहीं है या संभव है, आर्य जाति और वैदिक कार्यों से उन्हें घोर वैर हो। तभी तो यज्ञ विध्वंस करने हेतु वे उन-उन सामग्रियों का उपयोग करते हैं जो यज्ञ में निषेध हैं। जैसे मांस, मदिरा, रक्त हवन कुंड में डालना...यज्ञाग्नि को बुझा देना...। यज्ञ सामग्रियों को बिखेरकर पैरों से मसल देना। संभव है पूजा-अर्चना की पद्धति हर जाति में भिन्न हो..किंतु उससे घृणा करना, यह तो मानवता के विरुद्ध है किंतु यह विडंबना ही है मनुष्य जब समूहबद्ध हो जाता है, उसे अपनी ही जीवन पद्धति सर्वश्रेष्ठ लगने लगती है। दूसरों का कार्य, कर्म या पद्धति उसे ग्राह्य नहीं होती। अपनी श्रेष्ठता स्थापित करने हेतु वह दूसरों को भी अपना विचार मानने पर बल देता है, भय उत्पन्न करता है...यही संघर्ष का कारण बनता है...।''

तभी तो यात्रा में कहीं किसी आश्रम में विश्राम के समय कीट, पतंगों ने हमें हानि नहीं पहुँचाई या हिंसक जीवों के दर्शन नहीं हुए। जबकि वन में, पथ में वे बहुतायत से दिख रहे थे, कदाचित इसी हेतु ये तपस्वी गण निशंक हो जनकल्याणार्थ तप में लीन रहते हैं? मैंने सोचा...

हमने रात्रि विश्राम किया। प्रातः नित्यक्रिया से निवृत्त हो पुनः वही प्रक्रिया। अपने आतिथेय व आश्रय के प्रति ऋषि का आभार प्रकट करना। अगले पड़ाव का मार्ग पूछना। विदा माँगना और चल पड़ना अज्ञात पथ व दिशा की ओर।

"ऋषिवर! हम दंडकारण्य देखने को उत्कंठित हैं। आज्ञा दीजिए।" राम बोले।

"आप लोग अवश्य जाइए। दंडकारण्य और उसमें स्थित आश्रमों का अवलोकन कर पुनः यहाँ आ जाइएगा।"

"जी ऋषिवर, समय पर निर्भर है कि आगे बढ़ने का आदेश है अदृष्ट का या पुनः वापसी का।" राम बोले। ऋषि के चरण स्पर्श कर हम लोग ऋषि अगस्त्य के आश्रम की दिशा में बढ़े।

यात्रा के क्रम में प्रथम बार यह अनुभव हुआ, राम के अंदर कहीं अहंकार का उदय हो रहा है। यह भी अनुभव हुआ कि पुरुषों के हृदय में अहं का कोई बंद कोना अवश्य होता है जो अवसर पाकर खुलता और विस्तारित होने लगता है। कारण धन, बाहुबल या प्रशंसा। वनागमन के आरंभ से वर्षों से तप रत महर्षियों, ऋषियों, मुनियों तथा श्रेष्ठजनों द्वारा त्याग और आज्ञापालक के रूप में प्रशंसा सुन-सुनकर कदाचित यह भाव उत्पन्न हुआ हो उनके भीतर। उनके अंदर उदय होने वाले अहं से भयाक्रांत हो उठी मैं। अहंकार अकारण दुःख का कारण बनता है। इसे घटित होते देखा था मैंने जनकपुर में। बाहुबल के अहंवश ही सांकाश्य का राजा सुधन्वा जनकपुर को महीनों तक घेरे रहा। अंततः नाश को प्राप्त हुआ। उसके इस अहं-युक्त लोभ से दोनों राज्यों की प्रजा कितना त्रस्त रही। युद्ध सदा पुरुषों के अहं का परिणाम होते हैं। इसका दंड भोगना पड़ता है स्त्रियों को। युद्ध की बलि चढ़ता है उसका पति, पुत्र। दोनों स्थिति में अनाथ या श्रीहीन होती हैं वे ही। आज ऋषि-मुनियों के रक्षार्थ राक्षसों के संहार का संकल्प कर राम भी क्या उसी अहं के वश में नहीं होते जा रहे हैं?

देवी अनसूया ने कहा था, 'स्त्री मात्र पति की भोग्या या उसकी संतानों की जननी ही नहीं होती। समय पर नीति-निपुण और हितैषी मंत्री की भाँति परामर्श देना भी उसका दायित्व होता है। पति के सत्कर्म का फल उसकी पत्नी के हिस्से में आए न आए, बुरे कर्मों का दंड अवश्य भोगना पड़ता है उसे। इसलिए पति को तनिक भी विचलित होते देख उसे सचेष्ट करना पत्नी का महत्त्वपूर्ण दायित्व है।'

मेरे मन-मस्तिष्क में यह चिंतन मेरे पग के साथ अधिक उद्वेलित होता जा रहा था। सुना था काम से उत्पन्न तीन दोष मनुष्य को प्राप्त होते हैं। मिथ्या भाषण, परस्त्री संसर्ग और बिना वैर क्रूरता का वर्ताव। मिथ्याभाषी राम हैं नहीं। परस्त्री की अभिलाषा उनके हृदय में कदापि नहीं उत्पन्न हो सकती। उनके दृढ़ निश्चयी स्वभाव की मैं साक्षी हूँ। रघुवंशियों को अपना वचन प्राण से अधिक प्रिय है और वासर गृह में उन्होंने एक पत्नीव्रत का संकल्प उपहार में दिया है मुझे। किंतु तीसरा; यही तो भय उत्पन्न कर रहा है मेरे हृदय में। पथ की कुछ और घटनाएँ भी अपने समाधान की आकांक्षी हैं व उचित अवसर की प्रतीक्षित भी।

एक वृक्ष के नीचे हम विश्राम हेतु ठहरे। लक्ष्मण आवश्यक कार्यवश कहीं चले गए। मैंने राम के सम्मुख अपने भय को व्यक्त किया-

"राम, आप सुविज्ञ, संयमी, धर्मानुरागी और दृढ़ प्रतिज्ञ हैं। आग्रह है मेरे कथन को सीख नहीं, स्नेहवश उपजा भय मानेंगे। यह अकारण, बिना वैर-भाव के राक्षसों के वध का आपका संकल्प? देशकाल और धर्म का विचार किए बिना? आपने निषादराज से कहा था हमें तापस वेष में रहना है, राजस नहीं। पुनः निरपराध लोगों की हिंसा की बात...? विनती है, लक्ष्मण से विचार-विमर्श के पश्चात् ही कोई नीति निश्चित करें, तो उचित होगा।" निःसंकोच अपना उद्गार मैंने कह सुनाया।

"सीते! मेरा अहित तुम्हारे विचार में भी आना असंभव है। ज्ञात है मुझे। किंतु औचक संकट सम्मुख आने पर किसी के रक्षार्थ ही क्षत्रिय अस्त्र उठाते हैं। तुम्हारे समक्ष ही मुनियों ने अपनी व्यथा प्रकट की थी। ये बलशाली, उद्दंड राक्षस उन्हें शांति से तप नहीं करने दे रहे हैं। हवन-कुंड में मांस-रक्त डालकर यज्ञ विध्वंस कर दे रहे। तपस्वियों की त्रासदी और पीड़ा से द्रवित होकर ही यह प्रतिज्ञा मैंने की है। अब प्राण रहते इसे मिथ्या नहीं कर सकता। तुम भिज्ञ हो...सत्य सदा से अभीष्ट रहा है मुझे। सत्य हेतु मैं स्वयं का ही नहीं तुम्हारा और लक्ष्मण का भी त्याग कर सकता हूँ।" राम का तटस्थ तथा स्पष्ट स्वर...हृदय के भीतर कुछ दरक-सा गया। सुना था निर्जीव सत्य जब सजीव पर प्रभावी हो जाए तो वह अहंकार को और प्रज्वलित कर देता है। अब उसका अधिकता से अनुभव हो रहा था।

राम के प्रति हृदय में अपार स्नेह, अपरिमित आदर था। वहाँ अब भय और संशय फन काढ़ उठा। सत्य के हठ की परिणति द्रष्टव्य थी हमारे ही सूर्यवंशी राजा हरिश्चंद्र के रूप में। यह सत्य का ही कठोर दंड था जिसने उन्हें राजा से रंक ही नहीं बनाया वरन श्वपच-गृह-चाकरी करने की त्रासदी भी भोगनी पड़ी उन्हें। उनकी रानी शैव्या को वनिक के घर दासी का कार्य करना पड़ा। कथा रूप में यह वृत्तांत भले ही अप्रभावी लगे। भोगने वाले का अनुभव निश्चित ही अत्रासद नहीं होगा।

राम से क्या तर्क करती मैं। अज्ञानी से तर्क करना संभव है। ज्ञानी कहाँ सुनते हैं किसी की। सुन भी लें तो कहाँ गुनते हैं। हठ विवेक को गौण करता है और अविवेक में किए गए कार्य का प्रतिकार शत्रुता ही हो सकती है, मित्रता नहीं।

लक्ष्मण आते दिखे। वार्ता को स्थगित करना उचित लगा। मेरे मुख पर अवसाद की किंचित् आभा भी उन्हें चिंतातुर कर देगी। सैकड़ों प्रश्न करने लगेंगे।

"यात्रा से पीड़ा तो नहीं हो रही है भाभी?"

"भूख तो नहीं लगी है?"

"किसी जंतु ने तो नहीं काट लिया?"

"अस्वस्थ तो नहीं हैं?"

अनेक प्रश्न...। झूठा उतर...मुझसे संभव कहाँ होगा।

यात्रा पुनः प्रारंभ हुई। बदले क्रमानुसार...आगे राम, मैं उनके पीछे...मेरे पीछे लक्ष्मण। ऊँचे-नीचे हरियाली-युक्त पर्वत। वक्र पगडंडियाँ...पर्वतों से गिरती-दुग्ध धारा की भाँति प्रपात...अनेक छोटी-छोटी नदियाँ। अत्यंत मनोरम दृश्य देखते हम बढ़ते रहे आग्नेय कोण में। समभूमि और पीपल वृक्ष की खोज में। अगस्त्य मुनि के बड़े भ्राता के आश्रम पर विश्राम कर वहाँ से दक्षिण दिशा में जाना होगा। मुनि अगस्त्य का आश्रम लक्ष्य था हमारा।

आग्नेय कोण में यात्रा जारी थी...

20

घोर सघन, दूर-दूर तक अनंत विस्तारित अविरल वन प्रांत दंडकारण्य। अनेकानेक प्रकार के फल व लताओं से लिपटे रंग-बिरंगें अनदेखे-अनजाने गंध विस्तारित

करते पुष्पों के वृक्ष...पौधे...। मंत्रविद्ध-सी टकटकी लगाए निहार रहे हैं हम इस नयनाभिराम सौंदर्य को... न नेत्र थक रहे न मन तृप्त हो रहा...। यत्र-तत्र विभिन्न वन्य जातियों यथा ऋक्ष, गृद्ध, किरात, शबर, वानर व अन्य की छोटी-छोटी बस्तियाँ... ग्राम। तो यही है राम से सुना सुदूर दक्षिण-पूर्व का वह प्रक्षेत्र दंडकारण्य? कैसे भिज्ञ थे इससे राम? वनवास की आज्ञा प्राप्त होते ही प्रथम इसी स्थल का ध्यान क्यों आया उन्हें? सुनती आई थी–जप-तप, वास या वानप्रस्थ हेतु विज्ञ जन देवभूमि हिमशैल के शांत, शीतल, सुरम्य सान्निध्य का चयन करते हैं किंतु राम ने तत्क्षण कहा था, 'हमें दंडकारण्य चलना है।'

यही अरण्य क्यों? विस्मृत प्रश्न मुखर हो उत्तरापेक्षी हो उठे। चित्रकूट में करुण स्थिति मध्य माँ कौशल्या से ये प्रश्न शेष रह गए थे पूछना। तत्पश्चात् यात्रा की भागम-भाग में उपयुक्त अवसर का नितांत अभाव रहा कि राम से पूछती इसका अभिप्राय। कभी अवसर मिला भी तो लक्ष्मण समीप रहे...कभी प्रश्न ही विस्मृत हो गए।

अभी अनुकूल अवसर था इन आकुल करते प्रश्नों के निस्सार का। लक्ष्मण कंद-मूल लाने चले गए थे। साग्रह मैं राम से बोली–

"राम! अयोध्या के राजभवन से ही कुछ प्रश्न उद्वेलित करते रहे हैं मुझे। आपसे उनके समाधान की अपेक्षा है। अनुमति हो तो पूछूँ?"

"पूछो सीते, जो राजप्रासाद से लेकर यहाँ तक तुम्हारे मानस में अपनी उपस्थिति बनाए हुए हैं तो अवश्य ही वे महत्त्वपूर्ण प्रश्न होंगे।'' चकित हो राम बोले।

"आपके वनवास की अवधि चौदह वर्ष ही क्यों? आजीवन भी हो सकती थी? क्या यह छोटी माँ की करुणा थी? तथा वन प्रवास हेतु तत्क्षण आपने इसी अरण्य का चयन क्यों किया?"

मेरा प्रश्न सुन राम के अधरों पर स्मित मुस्कान उभरी–

"तुम्हारे प्रश्न में ही उनके उत्तर निहित है भद्रे!"

"आपके कथन का आशय मैं समझी नहीं आर्य पुत्र?" आश्चर्य से मैंने पूछा।

"न तो छोटी माँ का मेरे लिए वनवास माँगना अकारण था और ना ही वनवास की अविध को चौदह वर्षों की सीमा में निर्धारित करना मेरे प्रति उनकी करुणा। राजवंशी नीतिगत निर्णय हृदय से नहीं मस्तिष्क से लेते हैं प्रिय! विधि-सम्मत चौदह वर्षों की अवधि तक अज्ञात रहने वाला व्यक्ति स्वत: अपने वास एवं संपत्ति से च्युत हो जाता है। जीवन जनित उसके समस्त अधिकार समाप्त हो जाते हैं। अत: छोटी माँ की यह मंशा ज्ञात होते ही तत्क्षण अपना भावी समझ गया था मैं। पिता जी ही अभिज्ञ रहे उनकी आज्ञा में अलोक इस गूढ़ अर्थ से। परंतु राज का त्याग कर मैंने राजवंशियों की इस धारणा को उलट दिया था। साधु स्वभाव वाले अनुज भरत के स्नेह के वशीभूत हो। पिताजी के वचन का मान रखने तथा छोटी माँ की असीमित, अवर्ण्य ममता से उऋण होने के लिए मैंने राज्य छोड़ा था। विश्वास था मुझे, अपने मृदुल स्वभाव से भरत राज्य वासियों का मन मोह लेंगे। मेरा अभाव उन्हें प्रतीत नहीं होने देंगे। मेरे सहज राज्य त्याग से क्षुब्ध प्रिय लक्ष्मण का उस समय आक्रोशित होना भी व्यर्थ नहीं था। वे तो विधि और राजसम्मत बातें ही कर रहे

थे...किंतु उनकी बातों को महत्त्व न देकर मैंने उनके आक्रोश एवं उत्तेजना को क्षीण किया था। राज्य की विसात पर सभी की चालें न्यायसंगत ही थीं मात्र मोह के वशीभूत हुई छोटी माँ के सिवा।"

"और वास हेतु इसी अरण्य का चयन क्यों?"

"बक्सर प्रवास में सदा यहाँ आने-जाने वाले ऋषि-महर्षियों द्वारा इस अरण्य की विस्तृत ख्याति ज्ञात हुई थी। वन-संपदा से समृद्ध विस्तारित इस कानन में विभिन्न वन्य जातियों का निवास है किंतु आधिपत्य के अभाव में सभी स्वतंत्र, स्वच्छंद, असंगठित, बिखरी हुई हैं। सभी के भिन्न आचार-व्यवहार, नीति-नियम एवं वेश-भूषा है। असमानता का सूचक। स्वयं को दूसरों से उत्तम सिद्ध करने हेतु बात-बेबात लड़ने-भिड़ने पर उद्यत हो उठना उनका स्वभाव है। किंतु दीन-हीन और बेबस हैं वे। निवास हेतु हमें कोई स्थल अभीष्ट था। और इससे उपयुक्त कोई और स्थान संभव नहीं था। तनिक उस भयावह स्थिति की कल्पना करो सीते, वनवास की अवधि समाप्ति के पश्चात् अयोध्या में कहाँ कोई स्थान होता हमारे लिए, यदि भरत युवराज पद नहीं ठुकराते? और दूसरा था मुनि एवं तपस्वियों को उद्दंड राक्षसों से त्राण दिलाना जिसका सहज अवसर आ गया था सम्मुख।"

''इनके विषय में आपको पूर्व से ही ज्ञान था?'' चकित हो मैंने पूछा।

''हाँ प्रिय! बक्सर प्रवास में ऐसे विचार व चिंताएँ महर्षि एवं तपस्वियों से सुनने को मिले थे। उसी रक्ष संस्कृति का वाहक बनकर ही तो सिद्धाश्रम में आई थी ताड़का। उन्हें ज्ञात है, जब तक वैदिक या आर्ष संस्कुति प्रकाशवान है राक्षसी प्रवृत्ति को स्थापित करना असंभव है। इसलिए मुनि-तपस्वियों के यज्ञों को विध्वंस करना, हवन-कुंड की पवित्रता नष्ट करना उनका ध्येय बन गया है। ऐसा ज्ञात होता है, उनकी संस्कृति में कुछ भी वैचारिक नहीं है। आक्रमण व लूट-मार पर आधारित है।''

अति दूरदर्शी राम की ओर मैंने अनुराग से देखा। गर्व हो आया उनकी इस विलक्षण बुद्धि-विवेक पर। राम मेरे हैं, सदा सर्वदा मेरे ही रहेंगे। हृदय गद्गद हो आया। अधर मुस्कुरा उठे। एकनिष्ठ, संयमी, धीर, गंभीर, पराक्रमी एवं अति मृदु-भाषी राम। क्यों न होते वे सभी के प्रिय पात्र। भवन से अरण्य तक जन-जन के संगी, साथी, मित्र, सखा, सहचर व सहयोगी। मेरे तो जीवन के आधार ही हैं। बल्कि सूर्य समान...जिनके चहुँओर धरा सी घूमती मैं। उन्हीं के शौर्य, ऊर्जा से ऊर्जस्वित दीप्त...शोभित...।

अरण्य की वन्य जातियाँ आधिपत्य, नियम-विहीन होने से स्वच्छंद...स्वतंत्र अवश्य थीं पर असंगठित होने के कारण बाहुबली राक्षसों द्वारा पीड़ित प्रताड़ित भी थीं। आग्नेय कोण में स्थित जनस्थानवासी क्रूर राक्षसों के उत्पात, अत्याचार से वहाँ स्थित ऋषि-मुनि भी अक्षुण्ण नहीं थे। उनके यज्ञ-तप में विघ्न डालना, हवन-कुंडों में मांस-मदिरा डाल देना, प्रज्वलित अग्नि को जल या रुधिर से बुझा देना, वन्य-जातियों की झोपड़ी उजाड़ना, उनकी पुत्रियों, स्त्रियों को बलात् उठा ले जाना, उनके साथ अभद्र व्यवहार करना, बिना वैर-भाव उन्हें घोर यातना देना, कुछ कहने पर अमर्ष हास्य करना...उनकी क्रूर-क्रीड़ा थी।

गहन कृष्ण वर्ण। मोटी नासिका। मोटे अधर। रक्ताभ नेत्र। अधोवस्त्र में लिपटे डरावने आकार वाले ये राक्षस अपनी उपस्थिति से सदा आक्रांत करते रहते मानव या जीवों को। उनकी देह में अपार शक्ति थी...परंतु उनमें विवेक का अभाव था।

"ये अविवेकी राक्षस सहज सामान्य भी रहें तब भी डरावने प्रतीत होते हैं।" एक दिन मैंने राम से कहा। वे मुस्कुराए।

"अत्यधिक ताप वश ये अधैर्य प्रकृति के हो गए हैं। अतिशय ताप से मनुष्य क्या पशु-पक्षी तक व्याकुल हो रहे हैं यहाँ। देख नहीं रहीं वृक्ष तक अप्रभावी नहीं हैं। इन्हें देख ऐसा अनुभव हो रहा है जैसे अग्नि से इन्हें झुलसा दिया गया हो। ऐसे में इनसे शांत, सभ्य व्यवहार की आशा करना व्यर्थ है प्रिय! वातावरण का गहन प्रभाव पड़ता है वहाँ के वासियों पर। खान-पान, रहन-सहन वेश-भूषा तथा उनके आचरण पर।"

कोल, भील, निषाद, गृद्ध, शबर, किरात, रीक्ष जैसी अनगिनत प्रजातियाँ जो जाने कब से इस अरण्य की शरणागत थीं, उनकी दारुण स्थिति, करुण आख्यान से द्रवित हो राम ने उन्हें उनकी स्थिति पर न छोड़ने का संकल्प लिया और उनके मध्य ही निवास करने का निश्चय किया। इस वास में तपस्वियों की रक्षा का ध्येय भी था—उनका कथन था, "इन तपस्वियों की रक्षा करना मेरा कर्तव्य है सीते! शोधन के पश्चात् ही किए गए यज्ञ की सार्थकता है। अशुद्ध स्थान, अशुद्ध वस्तुओं से किया गया यज्ञ विपरीत फल प्रदान करता है। शोधित सामग्री पत्र एवं समिधा से उठता सुगंधित धूम वातावरण को शुद्ध करता है। अतः क्षत्रिय होने के नाते इन उद्‌दंड राक्षसों से यज्ञ की शुद्धता अक्षुण्ण रखना मेरा धर्म है।"

किंतु विस्तारित दंडकारण्य में एक स्थान पर अधिक अवधि तक रहना संभव न था। पूरा प्रक्षेत्रवासी अशांत, अभावजनित, व्याधियुक्त तथा राक्षसों के भय से भयाक्रांत थे। कभी किसी क्षेत्र से किसी के व्याधिग्रस्त होने का समाचार प्राप्त होता। तत्क्षण राम सहायतार्थ पहुँच जाते वहाँ। कभी किसी बस्ती, ग्राम या आश्रम से त्रासदी का संवाद मिलता, निवारण हेतु दोनों भाई तत्काल चल पड़ते। गहन अरण्य या बीहड़ों तक जा-जाकर वे सहायता करते सभी की। सांत्वना देते। समझाते। वैर-भाव का त्याग कर एकजुटता पर बल देते। संगठित होने का लाभ बतलाते। और तुष्ट-संतुष्ट हो लौटते। ताप से तप्त। श्रम से थके। स्वेद बिंदुओं-युक्त देह लिए। किंतु अभाव, असुरक्षा में जी रही वन्य जातियों के प्रति दुःख से संतप्त होता उनका हृदय।

एक दिन राम मार्मिक स्वर में बोले, "इन निर्बल, अधिकारों के प्रति असचेत, भयाक्रांत वनवासियों को साक्षर, सबल, आत्मनिर्भर तथा निर्भय बनाने में अपनी कला-कौशल का प्रयोग करना है हमें। यह राक्षसों का आक्रमण है जो इन्हें हीन बना रहा है। स्त्रियों की अस्मिता तथा संस्कृति पर आघात से कोई भी जाति मर्माहत हो उठती है। इन्हें इस हीन भावना से मुक्त करना है। हम तो निभा ही रहे हैं यथा-शक्ति अपना कर्तव्य। तुम्हारा विशेष दायित्व होगा इनकी पुत्रियों, स्त्रियों को सुशिक्षित, कला निपुण तथा आत्मबोध कराने का। इस श्रम से जहाँ तुम्हें तुष्टि का अनुभव होगा वहीं समय का सार्थक सदुपयोग भी होगा। देखना प्रिय, तब समय व्यतीत होने का किंचित् मात्र भी भान नहीं होगा तुम्हें। ना हीं व्यर्थता का आभास ही।

तुम्हारे सद्प्रयास से, नवआलोक से आलोकित हो स्वयं का साक्षात्कार कर पाएँगी ये वनवासिनें। इन्हें अपनी आर्य संस्कृति से पुष्ट करो। सौभाग्य ने यह विरल अवसर दिया है हमें। इनकी संस्कृति का अवलोकन करो। आत्मसात करो। इनकी प्राकृतिक संस्कारों से अवगत हो अपना ज्ञान कोश समृद्ध करो सीते!"

व्यर्थ व्यतीत होते समय के उद्वेलन से उद्वेलित मेरे हृदय को अवर्ण्य शांति मिली। निरुद्देश्य भला कैसे बीतेंगे दिवस? भोजन बनाना। शयन करना या भ्रमण करते रहना...क्या मात्र यही उद्देश्य है मानव जीवन का? व्यर्थता का बोध कराता यह भाव लोप हो गया मेरे मानस से। दोनों भाइयों ने अपना लक्ष्य निर्धारित कर लिया था अरण्यवासियों को नव जीवन देने का। मेरे सम्मुख भी अब महान लक्ष्य है। सार्थक लगा वन आना। हम तीनों का उदेश्य या दिनचर्या-सी बन गई दूर-सुदूर गहन वन प्रांतर में जाने की। प्रथम उनके जीने के तौर-तरीके का अध्ययन आवश्यक लगा। जहाँ तक सहज पहुँच होती मैं राम का साथ, सहयोग करती। अगम कोनों तक पहुँचने में असमर्थ होती तो महर्षि के आश्रम के सन्निकट ही उन्हें बुलवा लेती।

''आर्य राम! शीघ्र चलिए, बड़ा भारी विपल्व उत्पन्न हो गया है शबर और किरातों के मध्य।'' एक वनवासी खड़ा राम से आग्रह कर रहा है।

''लक्ष्मण, सीता...शीघ्र चलो...।'' कहकर राम अपना तूणीर कंधे से लटकाते हैं और धनुष उठाकर चल पड़ते हैं। लक्ष्मण और मैं उनका अनुशरण करते हैं। वनवासी मार्ग बतलाता आगे चल रहा है।

''ज्ञात होता है यह दंडक वन का मध्य भाग है जहाँ शबरों का बाहुल्य लग रहा...।'' राम पूछते हैं।

''हाँ आर्य, जहाँ जिस जाति की बहुतायत है वहाँ उसी के विधि-विधान का अनुपालन करना अनिवार्य है परंतु आज एक किरात युवक ने शबर कन्या का वरण करने की धृष्टता की है। शबर इसे अपना घोर अपमान मान रहे...और किरातों के विनाश का संकल्प ले रहे हैं..।'' वनवासी ने कहा।

''कैसी विडंबना है यह.., एक ही सृष्टि से उत्पन्न मानव स्वयं को उत्तम और दूसरे को अधम मानने लगता है। समूह व समाज में रहने के पश्चात् भी एक-दूसरे के प्रति इतना अनुदार, असहिष्णु तथा आक्रामक कैसे हो उठता है? सोचकर अचंभा होता है लक्ष्मण!'' राम कहते हैं।

''भैया, मुझे ऐसा लगता है किसी भी विधि-विधान को बनाने वालों ने सदा उसके उन्नत पक्ष को ही दृष्टि में रखकर बनाया होगा। परंतु कालांतर में जो समिष्टि के हित में बना वह विधि-विधान व्यष्टि ने स्वयं के हित में साध लिया और वह बलवान बनता गया। यह अति बल का आना ही उसे उच्छृंखल व उद्दंड बना गया। तभी तो आज दंडकवन वासी सदा भय के साए में जी रहे हैं। बिखरे हुए रहकर स्वयं को उत्तम बताकर...दूसरों को हीन समझकर। नासमझी में वे आक्रांता राक्षसों का हित ही कर रहे हैं।''

''सत्य कह रहे हो तात लक्ष्मण!''

राम उत्तेजित शबर समूह को संबोधित कर रहे हैं, ''बंधुओ, दुख हो रहा है आप के इस सोच और आचरण पर। इस संकीर्ण मानसिकता के साथ न तो आपका

भला होगा और न विकास। मनुष्य का संपूर्ण विकास तभी संभव है जब वह सौहार्दपूर्ण वातावरण में पल्लवित, पुष्पित हो। यानि भय रहित वातावरण में। भय तथा असुरक्षा का बोध उसे अपने गिर्द ही जकड़कर रख देता है, खूँटे से बँधे पशु की तरह। और एक परिधि तक ही सीमित रहकर न उसका मानसिक विकास हो पाता है, न वह संकारात्मक सोच पाता है। नकारात्मक सोच से कभी संवेदना उत्पन्न नहीं होती मानव के भीतर, जो उसे मानवता से ओत-प्रोत करती है। उसके अंदर की क्रूरता व कठोरता को नष्ट करती है। तब एक सभ्य व सुसंस्कृत समाज का उदय होता है। जहाँ मिल-जुलकर जीने और मिल-बाँटकर खाने की प्रकृति उत्पन्न होती है।''

उत्तेजित समूह स्तब्ध-सा सुन रहा राम का वक्तव्य...। यह उत्तम लक्षण लग रहा...इस समाज का। सभ्य बनने का प्रथम गुण तो धैर्य से दूसरे को सुनना ही होता है...जो इनके अंदर अभी लोप नहीं हुआ है। राम पुनः बोले, ''संगियों, श्रेष्ठ व विद्वत्‌जनों द्वारा संरचित कोई परंपरा सदा सत्य और उत्थान को पक्ष में रखकर की जाती है। आप लोग स्वयं को वर्गों में वर्णों में, बाँटकर कि हम शबर हैं, किरात हैं, गृद्ध हैं, रिक्ष हैं, निषाद हैं स्वयं की क्षति तो कर ही रहे हैं, बलशाली राक्षसों को आक्रमण हेतु आमंत्रित भी कर रहे हैं। यह क्यों नहीं समझ रहे कि इन वर्गों, वर्णों से प्रथम आप मनुष्य हैं। धरती के अलग-अलग क्षेत्रों में रहने के कारण पहचान हेतु रखा गया यह समूहों का नाम है। इससे न तो उत्तमता प्रमाणित होती है न अधमता। कोई भी अपने विधि-विधान पर अमल करने के लिए स्वतंत्र है। किंतु बलात आप दूसरे को उस पर अमल करने के लिए विवश नहीं कर सकते और ना ही इस बात के लिए उसे अधम कह सकते हैं। आप उत्तम हैं यह भ्रम मन से निकाल दीजिए। क्यों नहीं समझ रहे आप लोग, कि आप के इस घोर त्रास का कारण आपका असंगठित, अशिक्षित तथा अभावग्रस्त होना ही है जिससे आप राक्षसों का शिकार बन रहे हैं। इस अकूत वन संपदा...कंद, मूल, फल और जल वाले अरण्य में रहकर भी न तो इनका महत्त्व समझ रहे और न स्वयं का।अर्थ व बल का होना मनुष्य के अंदर दृढ़ता पैदा करता है। दोनों का सदुपयोग कर मानव समाज को सक्षम व सुसंस्कृत बना सकता है। यदि वह उसका दुरुपयोग कर अभावग्रस्त लोगों का दमन करने लगे तब अभावग्रस्त समाज का संगठित होना आवश्यक हो जाता है। अपनी अस्मिता को अक्षुण्ण रखने हेतु आक्रांताओं का विरोध करना संगठन के बिना संभव नहीं होता।'' राम बोले।

''आर्य राम, आपके विचार अति उत्तम हैं। आप हमारा मार्गदर्शन करें। आपको आश्वस्त करते हैं, आज से आपके विचारों के अनुकूल ही आचरण करेंगे हम।'' समवेत स्वर में वे बोले। हमने आश्वस्ति की सांस ली।

ऐसी सभा राम हर वन्यजातियों के ग्रामों में कर रहे हैं। चौदह वर्षों की लंबी अवधि सुगमता से व्यतीत करने का हेतु प्राप्त हो गया है उन्हें। मैं भी पीछे नहीं रहती...यथासाध्य उनकी स्त्रियों, बालिकाओं को शिक्षण में प्रवृत्त करने का प्रयत्न करती। अभी हमारे रहने का कोई निश्चित न निवास है न कुटी हीं। परंतु उसका अभाव मुझे त्रस्त नहीं कर रहा वरन इनके अभाव पर कभी-कभी सोचती हूँ...मैं भी कितना अनभिज्ञ रह जाती यदि वनागमन का यह अवसर प्राप्त नहीं हुआ होता।

राजप्रासाद का बँधा-बँधाया, पूर्णतः संरक्षित व अभावों से अज्ञात जीवन क्या भिज्ञ होने देता विश्वजनित इस व्यवहार से? अभी उसे अति निकट से देख कर, उसका अंशी बनकर बोध होता, कितना सीमित सोच व विचार हो जाता है अंत:पुरवासिनियों का। उन्नत प्राचीरों में कैद दिखनेवाले आकाश के उस टुकडे तक ही सीमित जो उन्हें आँगन के या झरोखे से दृष्टिगत होता है।

समस्त दंडक वन का ओर-छोर नापते, खँगालते, यत्र-तत्र निवास करते, सभी के दुख-सुख-हर्ष-विषाद में अंशी बनते, अपने लक्ष्य का संधान करते, उनके जीवन, सोच को नवीन लीक पर लाते, कैसे व्यतीत हो गए आठ-नौ वर्ष। ज्ञान ही नहीं हुआ।

जिस समय किसी दिशा से सहायता हेतु गुहार होती, राम अविलंब वहाँ जा पहुँचते। और उक्त स्थल पर शांति स्थापित कर ही लौटते। बारी-बारी से हम तपस्वियों के आश्रम पर भी जाते। कहीं दो मास...कहीं छह मास...कहीं वर्ष-भर...। इन वर्षों में राम ने उन्हें निर्भय ही नहीं किया, निर्भयता के साथ जीने का संबल और सीख भी दिया। प्रथम बार वे किसी को सम्मान देना सीख रहे थे और सम्मान पाना भी। राम की एक पुकार पर वे प्राण-पण से दौड़े चले आते। उन पर प्राण तक न्योछावर करने को तत्पर रहते। सामाजिकता तथा सहयोग से रहने का अर्थ वे जान गए थे। राम के आत्मीय व्यवहार, मृदु स्वभाव से मानो उनका अघोषित आधिपत्य हो गया था पूरे प्रक्षेत्र और प्रक्षेत्रवासियों पर। राम ने उन्हें कृषि करने की विधि बतलाई। राम प्रायः कहा करते, "मुझे अपने पूर्वजों पर अपार गौरव है कि वे ही संसार के प्रथम कृषक थे। कृषि योग्य भूमि की खोज में ही उन्होंने भरत खंड के उस भू-भाग पर आधिपत्य किया जो सप्त सिन्धु क्षेत्र प्रसिद्ध है और मात्र आखेटक रहे...कंद, मूल, फल व वन्य जीवों का मांस भक्षण करने वाले वनवासी सहर्ष कृषिकार्य में संलग्न हो गए।" वन संस्कृति और उभरती नई कृषि संस्कृति के संघर्ष का यह निर्णायक काल था, जिसके मार्गदर्शक बने थे राम। किंतु इस संघर्ष में उनकी भूमिका साथी, सहयोगी की थी, जिसे हृदय से स्वीकार किया था वनवासियों ने। राम आक्रांता के रूप में वहाँ सक्रिय नहीं थे।

इतने वर्षों वनवासी स्त्रियों के साथ-सान्निध्य में रहकर, उनका आचार-व्यवहार देखकर अद्‌भुत अनुभव हुआ मुझे। ये स्त्रियाँ भले ही अक्षर ज्ञान से अनभिज्ञ थीं, संसार के नए चलन से अनभिज्ञ थीं, किंतु व्यावहारिक ज्ञान प्रचुर मात्रा में था इनमें। वे परिवार की प्रमुख मानी जाती थीं। वर के चुनाव में उन्हें स्वतंत्रता प्राप्त थी। समाज में एक सामर्थ्यवान व्यक्ति की योग्यता रखती थीं। पुरुषों के कार्यों में यथा-योग्य भागीदारी का निर्वाह करती थीं। वनौषधियों से प्रसव पीड़ा को क्षीण करने के गुण जानती थीं वे। और अब अक्षर ज्ञान ने उन्हें नई दृष्टि दे दी थी। अब वे अधिक परिपक्व, अधिक समझदार हो गई थीं।

किंतु निरंतर एक स्थान से दूसरे स्थान तक आते-जाते, उनकी समस्याओं का निवारण करते, आतिथ्य ग्रहण करते..., इस यायावरी से अब थकान-सी होने लगी थी मुझे। दोनों भाइयों को ऋषि विश्वामित्र द्वारा प्राप्त मंत्र वला-अतिवला से थकान का अनुभव नहीं होता। मैं थक जाती थी। सोचती कि अपनी स्थायी कुटी होती। जहाँ सहजता से निरुद्ध विश्राम करती मैं।

राम मेरे मनोभावों को भाँप जाते। समझाते, "सत्कर्म कभी व्यर्थ नहीं जाता सीते! यहाँ वास करने, यहाँ के वासियों के दुःखों में सम्मिलित होने से आत्मिक तुष्टि हो रही है मुझे। अभी से पूर्व उन्हें यह तक ज्ञात नहीं था कि वे सभ्य मानव जाति में से ही एक हैं, कोई बनैले जीव-जंतु नहीं, जिसका आखेट कोई भी अपने मनोनुकूल जब चाहे तब कर लें। अब वे यह समझ गए हैं। उन्हें निर्भय देख अपार हर्ष होता है मुझे। कुछ दिनों में हम यहाँ से चले चलेंगे। शेष वर्ष एक स्थान पर रहकर व्यतीत करेंगे।"

और आज वह दिवस सम्मुख था। हमारी यात्रा प्रारंभ हो गई। ऋषि सुतीक्ष्ण से आज्ञा लेकर ऋषि अगस्त्य के आश्रम की ओर। प्रथम रात्रि हमारा विश्राम अगस्त्य के लघु भ्राता के आश्रम पर हुआ। प्रातः पुनः हम दक्षिण की ओर अग्रसर हो गए। धीरे-धीरे वन, वातावरण रमणीक होता जा रहा था। वन्य जीवों में भी आक्रामकता लक्षित नहीं हो रही थी। अचानक राम बोले, "लक्ष्मण, लक्ष्य कर रहे हो, परिवर्तित परिस्थितियों को? कदाचित हम मुनि अगस्त्य के आश्रम के सन्निकट हैं?"

"जी भैया, जो विशिष्टता बतलाई थी गुरु विश्वामित्र ने कि–मुनि अगस्त्य के दक्षिण जाने से वनवासियों ने वैर-भाव छोड़ दिए हैं, जीव-जंतु भी शांत रहते हैं, अगस्त्य भी सज्जनों के हित हेतु सदा तत्पर रहते हैं, वैसा ही कुछ आभास हो रहा है।"

"यही सोचकर अवधि पूर्ण होने तक यहाँ निवास करने का निश्चय किया है मैंने। यहाँ का वातावरण, वायु अत्यंत अनुकूल अनुभव हो रही है। तुम्हारा क्या विचार है सीते?"

"आपने ऐसा विचार किया है तो उचित ही होगा।" मैंने सहजता से कहा।

महर्षि अगस्त्य अपने आश्रम में ही हमारी प्रतीक्षारत मिले। उनके चरण स्पर्श करके हम यथा स्थान बैठ गए। शिष्य जलपात्र, कंद-मूल ले आए। अभी महर्षि से वार्ता संभव न थी अतः भोजनोपरांत मुनि की आज्ञानुसार आश्रम के एक खंड में हम विश्राम हेतु चले गए। संध्या का समय उन्होंने वार्तालाप हेतु रखा था।

सांध्य ध्यान से निवृत्त हो हम ऋषि के समक्ष उपस्थित हुए। राम से मिलकर वे हर्षित लगे–

"वत्स राम! भरत खंड का एक-एक संवाद सदा प्राप्त होता रहता है मुझे। तुम्हारा त्याग, तुम्हारी अप्रतिम विनयशीलता, लक्ष्मण का भ्रातृ प्रेम तथा जनक नंदिनी का तुम्हारे प्रति अनुराग विलक्षण है तात। पति प्रेम व कर्तव्य-वश जानकी अरण्य का कष्ट सहने चली आई हैं। हर संभव प्रयत्न करना यह प्रसन्न और तुष्ट रह सकें।" महर्षि अगस्त्य बोले।

"हमारे कार्यों से आपको संतोष हुआ मान्यवर, यह जानकर हम धन्य हुए। आप कोई ऐसा स्थल बतलाएँ जो आपके सन्निकट भी हो और जहाँ कुटी का निर्माण कर हम शेष वनवास काल तक सुखपूर्वक निवास कर सकें।" राम बोले।

"क्यों नहीं तात! यदि तुम सन्निकट निवास करोगे तो मुझे प्रसन्नता ही होगी। यहाँ से थोड़ी ही दूर विशाल गोदावरी तट पर पंचवटी नामक रम्य वन है जो वास हेतु अति उत्तम है तथा फल-मूल, स्वच्छ सुमधुर जल से परिपूर्ण भी। आप वहाँ कुटी निर्माण करें और सुखपूर्वक वास करें किंतु दशरथनंदन, वन को कभी निष्कंटक

नहीं समझिए। भरत खंड का यह दक्षिण दिशा है अत: विश्वकर्मा निर्मित कुछ अस्त्र-शस्त्र व दिव्य धनुष, ब्रह्मा का अमोघ वाण, इंद्र के वाणों से कभी शून्य न होने वाले दो तूणीर यहाँ रखे हुए हैं। इन अस्त्रों का मेरे लिए अब कोई प्रयोजन नहीं। ये आप के काम आएँगे। इनसे आप वनवासियों तथा तपस्वियों को निर्भयता प्रदान कीजिए।" महर्षि बोले।

सहज सरल-दिखने वाले राम का व्यक्तित्व कभी-कभी अबूझ हो जाता मेरे लिए। कब क्या सोचेंगे। क्या करेंगे। क्या कहेंगे सहज ज्ञात नहीं होता। लक्ष्मण भी उतने ही सरल हैं। मेरी तरह दो और दो को चार समझने वाले। जो उनके अंदर होता वही जिह्वा पर भी होता। कभी-कभी राम के दिए गए औचक किसी आदेश पर वे अचंभित हो मेरी ओर देखते किंतु हम दोनों ही आदेश के उद्देश्य से अनभिज्ञ होते। तब हम नाव के यात्रियों की भाँति राम को नाविक मान स्वयं को मझधार में छोड़ देते, इस आश्वस्ति के साथ कि उनका निर्णय असत्य एवं निरर्थक कदापि नहीं होगा।

और आज भी हमने स्वयं को उनके निर्णय के सहारे छोड़ दिया था। पंचवटी में स्थायी निवास। अपनी कुटी। निश्चिंतता के साथ व्यतीत होता जीवन का भाव जहाँ मन को हर्षित कर रहा था वहीं विशिष्ट अस्त्र-शस्त्रों का प्रयोजन मेरी समझ से परे था। वैसे दोनों भाइयों के स्कंध धनुष-तूणीर से शोभित थे तापस वेष में भी। इतने वर्षों इसी के सहारे निर्विघ्न कट गए थे। लघु आवश्यकताएँ उन्हीं से पूरी होती रही थीं। मुनि अगस्त्य का उदारता के साथ उन अमोघ अस्त्रों को प्रदान करना.. .राम का उन्हें सहज स्वीकार। लगा ऋषि-महर्षि को मात्र आशीर्वाद देना चाहिए। अस्त्र-शस्त्र नहीं। अस्त्र-शस्त्रयुक्त मानव क्षणिक उत्तेजना में भी उनका प्रयोग कर बैठता है। राम संयमी हैं। धैर्यवान हैं किंतु राक्षसों के वध हेतु कृत-संकल्पित भी तो हैं। भय का कारण यही है मेरा। सुबोल की आवश्यकता है शेष दिवस शांति से व्यतीत करना है तो। व्यर्थ का रक्तपात अशांत ही करेगा सभी को। मेरा आंतरिक भय पुन: चिंता को उकसाने लगा। भवन से अरण्य और ऋषि-मुनियों तक को उनसे बँधी अपेक्षाएँ। उन्हें पूर्ण करने हेतु राम का संकल्पित होना...चिंता थी तो मात्र यही। दुर्बल, विवश मनुष्यों की ये अपेक्षाएँ क्या सहज पूर्ण हो जाएँगी? क्या उसे पूर्ण करने के लिए अपनी समस्त शक्ति उपयोग करने वाले का कोमल तंतु छिन्न-भिन्न नहीं होगा...?

मुझे लगा राम भी उन्हीं में से हैं। सबकी अपेक्षा पर खरा उतरने...सबकी अपूर्णता को पूर्ण करने वाले...। सदाशय, विनम्र, आज्ञाकारी, त्यागी, पराक्रमी पिता-माँ, भाई, गुरु और अब इस वन-प्रांतर के वासियों के लिए भी मात्र दाता। मैं सहधर्मिनी हूँ। वन की कितनी विपदाएँ, कष्ट असह्य होने के पश्चात् भी कभी उनसे कुछ नहीं कहा। अपने दु:खों को प्रदर्शित कर उनके हृदय का बोझ बढ़ाना उचित नहीं लगा। वे दूसरों का संताप हरते और उनका क्लांत मुख, दुर्बल देह देख घोर संताप होता मुझे।

"सीते...वो देखो अद्‌भुत रंगों वाला पक्षी...कितना प्यारा लग रहा है। इसका स्वर भी बहुत मधुर है...।"

मैंने राम की उँगली की सीध में देखा। बहुत ही सुंदर पक्षी था। गहरे रक्त, नीले और पीत वर्णयुक्त पंखों वाला। इतना मनोहर रंग...? प्रकृति के इस विविध रंग-संयोजन पर आश्चर्य हुआ...होता रहा था। यत्नपूर्वक ऐसा रंग बनाने में कदाचित

मानव भी सक्षम न हो। कलरव करते भिन्न-भिन्न प्रकार के खग-विहंगों को देख मन कुछ हल्का हुआ।

रमणीक भू-भाग। फूल-फलों से लदे वृक्ष। गहरे हरे रंग वाले। उनका अवलोकन, उन पर विमर्श करते हम बढ़ते रहे। औचक एक भयानक आकृति आ खड़ी हुई समक्ष... कृष्ण वर्ण। धवल लंबे बाल। धवल भौंहें। झुर्रियोंयुक्त मुख। मैं डरी नहीं। इस क्षेत्र में इस प्रकार की आकृतियाँ देखने का अभ्यस्त हो गई थी मैं। किंतु राम अवश्य अचकचा गए उसके व्यवहार पर। लक्ष्मण धनुष पर सर संधान करने लगे। छोड़ भी देते वाण। तभी उस आकृति के अधर हिले। कंपित स्वर निकला–

"वत्स राम, लक्ष्मण! भयभीत न हों मुझ वयोवृद्ध से।"

"महोदय, आप कौन हैं और इस प्रकार हमारा पथ अवरुद्ध करने का आपका ध्येय क्या है?"

"मैं गृद्धराज जटायु, तुम्हारे पिता महाराज दशरथ का मित्र हूँ। पंचवटी के समीप गृद्धकूट पर्वत हमारा वास स्थान है। यह पूरा प्रक्षेत्र मेरे अधीन है। तुम्हारा वनवास, मित्र दशरथ का परलोक गमन सुनकर हार्दिक संताप हुआ था। यहाँ तुम्हारे आगमन का समाचार सुन वृद्धावस्था के पश्चात् भी तुमसे मिलने का लोभ संवरण न कर सका।"

हम लोगों ने बारी-बारी उनके चरण छुए। यहाँ आने का आभार व्यक्त किया। दोनों भाइयों को हृदय से लगाते हुए वे बोले, "ज्ञात हुआ पंचवटी में निवास हेतु आए हो। मन प्रसन्न हुआ तुम लोगों का अमूल्य सान्निध्य साहचर्य प्राप्त होगा। यह स्थल है तो स्वच्छ, रम्य किंतु अब यह उतना निरापद नहीं रहा। दिनानुदिन राक्षसों का उत्पात यहाँ बढ़ता जा रहा है। किंतु तुम लोगों को चिंता करने की आवश्यकता नहीं है। हम हैं न रक्षा हेतु। मेरे बड़े भ्राता संपाति सदा तुम्हारी रक्षा में तत्पर रहेंगे।"

"कृपया आप हमें निवास योग्य स्थान बतलाएँ।" राम सहज भाव से बोले– किंतु जटायु का आंतरिक भय मुझे हिला गया। क्या हम जहाँ से आए हैं वहीं नहीं वास कर सकते? राम से पूछना चाहा। राम ने अवसर नहीं दिया पूछने का। उन्हें अपने पराक्रम पर विश्वास था। विश्वास तो उनसे अधिक मुझे था उनके पराक्रम पर। भय था उन्हें कोई क्षति न पहुँचे।

"यहाँ के चप्पे-चप्पे से अवगत हूँ मैं। आओ मेरे साथ...।"

मनोरम, स्वच्छ शांत स्थल तक लाकर हमें छोड़ पुनः आने को कहकर जटायु चले गए। उनके आने से हृदय में अपार बल का अनुभव हुआ। इस निर्जन वन प्रांत में कोई अपना तो है। यह अनुभव ही सशक्त करता रहेगा...।

21

उत्तुंग पर्वत शिखरों के मध्य, वृक्ष एवं लता वल्लरियों से आच्छादित समतल नम भूमि। मृदुल वातावरण। सन्निकट निरंतर प्रवाहित विस्तृत पाट वाली गोदावरी का विस्तारित होता कल-कल निनाद। अनुभवी वयोवृद्ध गृद्धराज जटायु द्वारा इंगित स्थल वास हेतु सर्वथा उपयुक्त लगा।

भूमि की समस्या का समाधान होते ही कुटी के निर्माण का उत्साह व्याप्त गया मन में। अब न भविष्य अनिश्चित था, न पथ और न लक्ष्य। मात्र समयावधि विकराल थी, परंतु उसे लघु अनुभव करने, सरस व अर्थपूर्ण बनाने का पूर्व में भी प्रयत्न किया था हमने। ऋषि-तपस्वी को निशंक, निर्भय बनाने वनवासियों को सजग, समर्थ, स्वाभिमान-युक्त बनाने तथा उनकी स्त्रियों को अपनी अर्थवत्ता का बोध कराने में। वे सक्षम, समर्थ, संगठित हुए। उन्होंने स्वयं को पहचाना। वन संपदा को अक्षुण्ण रखते हुए कृषि संस्कृति की ओर उन्मुख हुए। ऋषि, तपस्वी भी निर्भय, निःशंक हो तपलीन रहने लगे। यहाँ भी कुछ वैसा ही यत्न करेंगे हम। मैंने सोचा। समय को लघु करने की युक्ति सम्मुख आते ही अयोध्या का ध्यान प्रबल हो आया।

यह सब विचारते हुए आभास मात्र भी न था कि काल का प्रकोप पुनः अति प्रचंड रूप में आक्रमण करेगा, जो हमारे विश्वास की जड़ को इस बुरी तरह से हिला देगा कि कोई भी यत्न, प्रयत्न उसे समतल बनाने का सफल नहीं होगा और एक जन्म भी कम पड़ जाएगा उसे पुनः रोपित करने में।

"लक्ष्मण, चलो कुटी निर्माण हेतु सामग्री ले आते हैं।" राम के स्वर ने सजग किया। विचारों का संसार छिन्न-भिन्न हो गया। अच्छा लगा उस संजाल से निकलना। सोचे शंका-रहित कभी नहीं होती है।

''भैया, क्यों न मिट्‌टी की कुटीर का निर्माण किया जाए। वनवास की शेष अवाधि हमें यहीं व्यतीत करनी है। इस हेतु मिट्‌टी की दीवार सर्वथा उत्तम रहेगी। यहाँ शीत का प्रकोप विशेष नहीं है किंतु ताप, वृष्टि और बवंडर आदि का भय तो है ही। मिट्‌टी की दीवारें इनके वेग से कम प्रभावित करेंगी हमें।" लक्ष्मण ने अपनी इच्छा प्रकट की।

राम हँसते हुए बोले, "और तुम्हें वृष्टि से रक्षा हेतु वस्त्र-विछावन यत्र-तत्र नहीं हटाना पड़ेगा?"

राम का उपहास भला लगा मुझे और लक्ष्मण को भी। वे भी मुस्कुरा दिए।

"भैया आप भाभी के समीप ही ठहरें। मैं देखता हूँ कुटी निर्माण की सामग्रियाँ कहाँ प्राप्त होंगी।" कहकर लक्ष्मण वन की ओर चले गए। हम गोदावरी का शीतल जल पान कर एक सघन वट वृक्ष तले आ बैठे।

थोड़ी देर पश्चात् ही लक्ष्मण कुछ वनवासियों के संग आते दिखे।

"भैया! ये लोग निकट ही स्थित ग्राम के हैं। कुटी का निर्माण करने में कुशल हैं। हमें सहयोग करने हेतु सहर्ष चले आए हैं मेरी वर्जना को अस्वीकार कर। कह रहे—आप लोग वीर पराक्रमी हैं। हमें ज्ञात है समीप के अरण्य में वनवासियों का आपने बहुत भला किया है। राक्षसों के उत्पात से हम भी घोर त्रस्त हैं। आपके सान्निध्य में हमें भी भय से त्राण मिलेगा। अतः हमें भी यथा संभव सहयोग करने दीजिए।"

लक्ष्मण ने उनके आशय से अवगत कराया।

"जैसी तुम्हारी इच्छा वत्स।" राम ने सहमति व्यक्त की।

"आप और भाभी भोजन कर यहीं विश्राम कीजिए। कुटी निर्माण में समय लगेगा।" कहकर लक्ष्मण वनवासियों संग सघन वन की ओर चले गए।

गोदावरी के शीतल, शैवाल रहित स्वच्छ जल में स्नान करने से यात्रा की थकान शीघ्र दूर हो गई। दंडक वन में यत्र-तत्र मिली नदियों में गोदावरी विशाल नद के समान थी। महर्षि अगस्त्य ने कहा था, "विंध्य के उत्तर में जितनी महत्ता देवनदी गंगा की है उससे किंचित भी कम महत्ता नहीं है दक्षिण में गोदावरी की।"

चकित थी मैं इसका गहन जल-प्रवाह देख...

''पर्वत राज हिमवान की देन है सतत प्रवाहित गंगा, किंतु प्राकृतिक जलस्त्रोत वाली गोदावरी कैसे सघन जल-पूरित रहती है आर्यपुत्र?'' मैंने राम से पूछा।

''कुशावर्त में सह्याद्रि पर्वत शृंखला स्थित ब्रह्मगिरि इसका उद्‍गम स्थल है प्रिय! पश्चिमी भरत खंड में होने वाली वर्षा के जल का लाभ इसे प्राप्त होता है।''

ताड़, खजूर, शाल, कदंब, कटहल, आम्र, अशोक, केवड़ा, चंदन, शीशम व शमी वृक्षों के झुरमुट के मध्य चलते हुए हम कुटी निर्माण स्थल पर आए। वहाँ मिट्टी का ढेर व वनवासियों को कार्य में जुटे देख सुखद आश्चर्य हुआ। कुछ जन मिट्टी को जल से गूँध रहे थे। कुछ जन कुटी का आधार बनाने में प्रयत्नशील थे। कुछ क्षण मुग्ध-सी उनके इस कार्य को निहारती रही मैं...।

संध्या गहराते ही घनघोर अंधकार व्याप गया चहुँओर। इस तिमिर के अब अभ्यस्त हो गए थे हम। लगा मानव स्वभाव भी प्रकृति सदृश्य ही सर्वकालिक होता है। किसी भी स्थल, वातावरण या वायु से तादात्म्य स्थापित करना कठिन नहीं होता उसके लिए। हमने रात्रि का भोजन किया। वटवृक्ष तले लेट गए। लक्ष्मण भी एक ओर विश्राम करने लगे। वनप्रवास की प्रथम रात्रि से चित्रकूट पहुँचने के पश्चात् पुनः आज हम वृक्ष तले शयन कर रहे थे। मध्यावधि में ऋषि-तपस्वियों के आश्रम या कुटीरों में आश्रय मिलता रहा था।

घोर अरण्य की अंध रात्रि...वृक्षों पर अपने जलते-बुझते प्रकाश फैलाकर अठखेलियाँ करते असंख्य जुगनू...नीरवता को भंग करता झींगुरों का स्वर। वनचरों की कूक...आश्चर्य होता देख कर। प्रकृति ने कितने रूप धारे हैं मानव मन को लुभाने तथा उसके बोझिल जीवन को सहज बनाने के लिए। मैंने सोचा। तभी निकट ही शृंगालों का समवेत स्वर उभरा...ओं...ओं...ओं...अजीब शोकाकुल विलाप...। वियावान रात्रि अत्यधिक भयावह हो उठी। धीरे से मैं राम के निकट खिसक आई बिना उन्हें आभास दिए कि मैं भयभीत हूँ। अन्यथा वे हो...हो...कर हँस पड़ते मेरे इस अकारण भय पर। कितनी बार हँसे भी थे पूर्व में। जाने क्यों सिंहनादों से अधिक शृंगालों का विलाप भयाक्रांत कर देता मुझे।

प्रातः गोदावरी से स्नान कर जल लिए लौटी। अवाक् रह गई यह देखकर, समय से पूर्व ही वनवासी कुटी निर्माण में संलग्न हैं। लक्ष्मण उन्हें आवश्यक निर्देश दे रहे हैं। उनसे उनका मंतव्य पूछ रहे हैं कि कहाँ क्या निर्मित होगा या होना उचित रहेगा? मन द्रवित हो आया इन सरल-चित्त निश्छल जनों की आत्मीयता, स्नेह और समर्पण पर...। भद्रजनों में यह उदारता क्या संभव है?

कुछ प्रहर बीते होंगे। कुछ युवा व अधेड़ स्त्रियाँ भी आ पहुँचीं और बिना कुछ कहे पुरुषों के कार्य में सहयोग करने लगीं। स्वच्छंद प्रकृति के सान्निध्य में वास करने वाली स्वतंत्र स्वभाव वाली तथा पुरुष समानधर्मी इन स्त्रियों का व्यवहार

अद्‌भुत रूप से उदार लगा। अभाव के मध्य भी हर्षित रहने वाली ये सहर्ष श्रमदान कर रही थीं। नितांत अनजान व्यक्ति के लिए। बिना लोभ, स्वार्थ के...।

मिट्टी की दीवारों पर बाँसों को आड़े-तिरछे रखा गया। उन पर शमी की डालियाँ फैला दी गईं। उन्हें रस्सियों से बाँधा गया। सरकंडे बिछाए गए। पुनः पलाश पत्रों का छाजन बनाया गया। छाजन ऐसा सघन कि वर्षा के जल की एक बूँद भी उसका छेदन न कर सके। फिर स्त्रियों ने कुटी के भीतर की मिट्टी को समतल कर जल द्वारा लेपन किया और तुष्ट मन चली गईं।

कुटी का निर्माण और रमणीयता देख राम बहुत हर्षित हुए। लक्ष्मण को हृदय से लगाते हुए भाव भीने शब्दों में बोले–

"तुम्हें अनुज रूप में पाकर मैं धन्य हूँ तात! तुम्हारे बिना कितना निस्संग अनुभव होता यहाँ। अरण्य में भी राजा के समान ही रखा तुमने मुझे। सामान्य व साधारण होने का आभास मात्र नहीं होने दिया। न भोजन की चिंता, न शयन तथा सुरक्षा की। भवन के समान यहाँ भी आश्वस्त रहा स्वयं तथा सीता के प्रति। इतना सुख...? शब्द नहीं हैं इसके वर्णन हेतु।"

राम के नेत्र और स्वर नम हो आए। मेरे नेत्र भी भीग उठे।

"आपसे मैं भिन्न हूँ क्या भैया? ऐसी बातें भाव को क्षीण करती हैं।" लक्ष्मण भर्राए स्वर में बोले।

राम मौन हो गए।

अभी तक का समय यात्रा, सेवा कार्य, यहाँ-वहाँ भटकना, वन्य-जातियों को शिक्षित करना, सबल करना। उन्हें आत्म-साक्षात्कार को प्रेरित करना रहा था। अब अपनी कुटी थी। स्थायी निवास था। अब इसे सजाना, सँवारना था। असधे हाथों भोजन बनाना। भोजन सामग्री की व्यवस्था की चिंता, जिसकी पूर्ति कुछ लक्ष्मण करते और कुछ वनवासी जन। सत्य ही तो कह रहे थे राम। कितना अकेला अनुभव करते हम यदि लक्ष्मण संग नहीं होते। तत्क्षण अपने क्षुद्र विचार पर ग्लानि हो आई। क्यों मात्र अपने सुख-स्वार्थ के प्रति सजग हूँ। लक्ष्मण का सुख...उर्मिला का दुख कैसे विस्मृत कर गई?

"देवी सीता, आपकी वेणी सज्जा हेतु वन कुसुम का गजरा लाई हूँ। हमारे इधर की स्त्रियों की वेणी कभी गजरा-शून्य नहीं होती। केशोपाश में गजरा टांकना मंगल सूचक होता है। इससे चित्त प्रसन्न तो होता ही है स्त्री पति-प्रिया भी होती है।" एक युवा स्त्री सम्मुख खड़ी थी। उसके कृष्ण मुख को धवल दंत पंक्तियाँ मोहक बना रही थीं। मैंने तिर्यक नेत्रों से राम की ओर देखा...। मेरा मनोभाव लक्ष्य कर राम भी मुस्कुरा उठे।

"क्या नाम है तुम्हारा?" मैंने मुस्कुराते हुए उस युवती से पूछा।

"सुमुखी...।" उसने सरल हास्य के साथ उत्तर दिया।

"बड़ा प्यारा नाम है। किंतु इतना कष्ट क्यों किया तुमने मेरे लिए?" मैंने आत्मीयता से पूछा, जिससे उसके हृदय को ठेस नहीं पहुँचे।

"कष्ट नहीं, इसमें मेरा स्वार्थ है देवी! नित्य मैं गजरा ले आऊँगी। आपका केश विन्यास एवं कुटी भी व्यवस्थित करूँगी...आप मात्र..।" चौंक पड़ी मैं उसकी बातों पर...अंततः इसको मेरे प्रति इतनी आत्मीयता क्यों है?

"हाँ...हाँ...कहो न, रुक क्यों गईं?"

"आप हमें ये चित्रकारी सिखा दें।" उसने दीवारों की ओर इंगित किया।

"ये भित्तिचित्र तुम्हें रुचिकर लगे?"

"जी, विशेष...। फूल-पत्तियों के रसों का ऐसा अद्‌भुत प्रयोग। रंगों का इतना सुंदर संयोजन...कहाँ ज्ञात है हमें?"

"अवश्य सिखाऊँगी तुम्हें।" मैंने कहा। वह प्रसन्न हो गई।

हठपूर्वक उसने मेरा केश विन्यास किया। जूड़े में छत्तेदार गजरा टाँका और अवाक्-सी मेरी ओर देखती हुई बोली–

"आप तो देवी तुल्य लग रही हैं। इतनी रूपवान कहाँ होती हैं इधर की स्त्रियाँ? दैव भी उन्हें रंग-रूप देने में कृपण हो जाते हैं जैसे।"

उसकी बातों पर राम ने अर्थ पूर्ण दृष्टि से मेरी ओर देखा...। मैं झेंप गईं। जाने कैसा दिख रहा है मेरा मुख। बीते वर्षों में राम के नेत्र ही रहे हैं मेरा दर्पण। साज-सज्जा की आवश्यकता ही नहीं अनुभव हुई कभी।

उसके जाने के पश्चात् राम मेरे समीप आए। मेरी हथेली को अपने हाथ में लेकर धीरे से बोले–

"सीते, ब्रह्मचर्य का संकल्प लेकर मैंने अन्याय तो नहीं किया तुम्हारे साथ?"

अचंभित रह गई मैं राम की बातें सुनकर। यह भ्रांति उत्पन्न कैसे हुई उनके मानस में? क्या मेरा कोई हाव-भाव या व्यवहार दुर्बल लगा उन्हें...? तत्क्षण स्मरण हुआ, कहीं उस युवती का परिहास तो व्यथित नहीं कर गया उन्हें? उस भोली सरल-हृदया को हमारी मनोभूमि तक पहुँच कहाँ...। आह राम, ऐसा सोचकर ही आपने हीन बना दिया मुझे। मेरा हृदय दुख गया।

"ब्रह्मचर्य का संकल्प मात्र आपने नहीं...हम दोनों ने मिलकर लिया था। आपके मन में यह ग्लानि का भाव उत्पन्न कैसे हुआ आर्यपुत्र? मुझे समझने में अवश्य आप से भूल हुई है।" मैंने व्यथित स्वर में कहा।

"ऐसा मुझे अनुभव हुआ। तुम अन्यथा मत लो प्रिय! तुम्हारी ओर से तो ऐसा हल्का सा संकेत मात्र भी लक्षित नहीं हुआ कभी। वरन मेरे संकल्प को पुष्ट करने में सदा तुम्हारी सहभागिता रही।"

"मैं दुखी हूँ, ऐसा आपके विचार में भी नहीं आना चाहिए राम! हम संग हैं। परस्पर देखकर, बातें कर, तृप्त हो जाते हैं। परिपूर्णता का अनुभव होता है। तनिक सोचिए तो मेरी अनुजा उर्मिला के विषय में। उसके संकल्प और धैर्य के विषय में। उसकी प्रतीक्षा के विषय में, जिसमें लक्ष्मण को देखने की लालसा वलवती हो रही होगी। तात लक्ष्मण के धीरज के विषय में, जिनका मुख कभी क्लांत नहीं दिखा हमें। उन दोनों के समक्ष हमारा व्रत, संकल्प कितना तुच्छ है?" कहते-कहते व्याकुलता से मेरे नेत्र भर आए, कंठ अवरुद्ध हो गया।

"तुम्हारे उद्‌गार ने मेरे हृदय को भारमुक्त कर दिया सीते!" राम बोले। किंतु मेरे मन का भार कम नहीं हुआ। मेरे नेत्र बरसते रहे अनवरत...। लक्ष्मण की मूक जिह्वा, शुष्क नेत्र सदा मुझे अपराध बोध से भर देते। उनसे कुछ पूछना, कहना कहाँ संभव था जिन्होंने अपने हृदय के गह्वर में कठोरता से छुपा रखे थे अपने उद्‌गार।

बाह्य तौर पर लगता वे पुतला सदृश्य सक्रिय हों परंतु उनकी गहराई और ऊँचाई दोनों असीम थीं।

राम के समक्ष अपनी यह दुर्बलता अनुचित लगी। तत्क्षण मैंने अपने अश्रु पोंछ लिए। मेरा अधिक देर तक मौन रहना उन्हें असह्य होता। अतः राम से अनुमति लेकर नदी की ओर चल पड़ी जल लाने। मार्ग में ही लक्ष्मण मिल गए। मुझ पर दृष्टि पड़ते ही उनकी पुतलियाँ स्थिर रह गईं। सकुचा उठी मैं। बड़ा विचित्र लगा उनका यह भाव। आज औचक क्या हो गया उन्हें? भर नेत्र कभी मेरी ओर न देखने वाले लक्ष्मण की यह कैसी धृष्टता? उद्वेलन बढ़ता गया। तभी लक्ष्मण का स्वर सुनाई दिया–

"भाभी, अपने जुड़े से यह गजरा निकाल दीजिए।"

चौंक पड़ी मैं–

"किंतु क्यों वत्स, क्या त्रुटि है इसमें?"

"क्या आप नहीं चाहतीं उर्मिला मुझे विस्मृत हो?" वे बोले और कुटी की ओर बढ़ गए। उनका आहत...आर्द्र स्वर, मेरे हृदय को चीरता चला गया।

सन्न रह गई मैं। मेरे इस रूप ने आज दोनों भाइयों के भावों को आहत किया था। राम का पश्चात्ताप मुखर हुआ था और लक्ष्मण की व्यथा। वेणी या जूड़े में गजरा टाँकना उर्मिला को अति प्रिय था। हम दोनों युग्म नहीं थीं किंतु दोनों के स्वरूप में अद्भुत साम्य था। आते समय भी उर्मिला की वेणी में गजरा शोभित था। कदाचित उसका वही रूप बस गया था लक्ष्मण के नेत्रों में। इसी हेतु वे व्यथित हो उठे थे। लगा, मानव, मानव होता है काष्ठ नहीं। वह बलपूर्वक अपनी इच्छा-आकांक्षाओं का दमन तो कर सकता है, उसे समाप्त नहीं कर सकता और उसमें यह संवेदना शेष भी नहीं होनी चाहिए वरन वह नृशंस हो जाएगा।

तत्क्षण मैंने गजरा निकाला। पेड़ की एक डाली में लटका दिया तथा उसे कोटिशः धन्यवाद कहा। यह उसी की महिमा थी जिसने अनायास लक्ष्मण की भावभूमि तक पहुँचाने...उनका उद्‌गार मुखर करने में सहायक बनी थी, वरन इतने वर्षों में क्या खोल पाए थे वे अपना हृदय पट? जीते नहीं रहे थे पाषाण सदृश्य हमारे समक्ष? हर्ष हुआ...उनके हृदय के वीवर से कुछ तो व्यथा स्रावित हुई। पाषाण से मानव तो बने। सुख हो या संताप, वह यदि लबालब हो जाए तो उसे प्रवाहित हो जाने देने में ही शांति का अनुभव होता है।

पंचवटी में हमारा समय सुखपूर्वक व्यतीत होने लगा। कितनी ऋतुएँ आईं-गईं। वर्षा...ग्रीष्म...शरद...हेमंत...। सभी अपने समय पर तथा वेग से। हम उनका उत्सव मनाते रहे। प्रकृति के साथ हृदय और आत्मा का समन्वय सर्वदा तुष्ट-संतुष्ट करता मुझे और मेरे होने के भाव को विलुप्त कर देता। वर्षा वेग से रक्षा हेतु अब पुष्ट दीवारों वाली कुटी थी पहर-भर रात्रि शेष रहते मैं गोदावरी में स्नान हेतु पहुँच जाती। उसकी निर्मल शीतल धारा में प्रातः होने तक खड़ी रहती पुनः पूर्वाभिमुख हो आद्र वस्त्र ही सूर्य को अर्घ्य देती उसके पश्चात् कलश में जल लेकर कुटी लौटती। कभी-कभी सोचती–यथार्थ जीवन का यह अप्रतिम सुख व अनुभव ससुरजी के वनगमन की आज्ञा से ही संभव हुआ...वरन भवनवासी के भाग्य में संसार का यह यथार्थ सदा अलोप ही हुआ करता है।

उस दिवस के पश्चात्...मादार या वन्य कुसुम...के आभूषणों से राम प्राय: मेरी देह-सज्जा करते। कानों में कर्णफूल, ग्रीवा में कंठमाल, बाँहों में बाजूबंद, केशों-पाश में नागिन समान लिपटा गजरा। उनके गहन गंभीर व्यक्तित्व में अलोक एक उद्दात प्रेमी मुझे आकंठ प्रेम भाव में डुबो देता। आत्मा तक ऊब-डूब करने लगती उस भाव प्रवाह में। मन मान-अभिमान से भर जाता। प्रेम वारिधि समक्ष देह सत्ता विद्रोह पर उद्यत हो, संभव न था। वह निषेधाज्ञा-वश बंदी या दमित-शमित नहीं थी वरन प्रेम परिपूर्ण आत्मा की सहचरी थी। अनुभव होता, आत्मा का तोष किस भाँति देह को भी पूर्ण तोषयुक्त कर देता है, तब वह प्रेम-जनित, सहृद मन के संग चलने वाली मात्र अनुचरी होती है। प्रेम का यह अप्रतिम रूप राम से मिलन के पूर्व क्या मेरी कल्पना में भी था? इस प्रेम पर तो शत-जन्म अपना न्योछावर करूँ तो भी कम है। सोचती, किंतु राम के पार्श्व विमुख होते ही वेणी से गजरा निकालकर मात्र एक लघु लड़ी लटका लेती जूड़े में, जिससे राम को किंचित भी मेरी मंशा का भान न हो। यदि पूछ बैठे, "प्राय: गजरा क्यों उतार देती हो सीते?" क्या उत्तर दूँगी उन्हें? क्या लक्ष्मण की पीड़ा या, मन:स्थिति का बखान कर पाऊँगी उनसे? या अपनी वेदना का; जो लक्ष्मण की व्यथा से उत्पन्न हुई है।

मास-दिवस व्यतीत होते रहे। दिवस इतने स्वच्छ एवं पारदर्शी थे कि निशा स्वयं भगवती निशा हो अवतरित होती थी। गोदावरी तो युग-युगीन तक इसकी साक्षी रहेगी ही। राम संग-साथ थे। प्रेम का संसार जीवंत था हमारे चहुँओर। अपने सहचर अरण्यवासियों के प्रति कर्तव्य था सार्थक जीवन का लक्ष्य। निरर्थक कहाँ व्यतीत होता हमारा समय जो मन विप्लव पर उद्यत होता या तन की चाहना सर उभारती। मन संतृप्त हो तो देह बोध या चाह स्वत: गौण हो जाती है। बीते वर्षों में इसका अधिकता से अनुभव हुआ था मुझे। तीन व्यक्ति...लक्ष्मण, राम और मैं। सभी तो देह सत्ता को विस्मृत कर गए थे। जो सुख नितांत निज का है हम उसी का तो बलिदान कर सकते हैं। अपनी चाह...कामना...लालसा...या भोगलिप्सा का। हमने करने का प्रयास किया। हम सफल भी हुए थे। हमारे भीतर देह बोध की अधीरता कभी नहीं जन्मी...यह दृढ़तापूर्वक कह सकती हूँ।

वैसे भी राम कभी भी लक्ष्मण को अकेला नहीं छोड़ते थे। विशेषकर संध्या या मध्य दिवस में। न वार्ता में...न अतीत की सुखद स्मृतियों में...। न चाक्षुस दृश्यों में...। न हास-परिहास में। भावी योजनाओं या तर्क-वितर्क में उलझाए रहते सदा उन्हें। कितने परिपक्व तथा दूरदर्शी हैं मेरे राम! अपने बड़प्पन के बोध से परिपूर्ण। समय का मर्म समझने वाले। हर्ष से भर उठता हृदय।

जैसे-जैसे वर्षों की गिनती कम हो रही थी उसकी गणना हेतु उँगलियाँ व्याकुल रहतीं। यहाँ की भूमि कुटी एवं वासियों की स्मृति, आत्मीयता संग रहेगी और सहयोग विश्वास भी। यदि कभी कोई ग्रंथ लिखने का अवसर मिला। इनकी जीवन पद्धति, सजगता, स्वतंत्रता, संघर्ष की अद्भुत क्षमता, रीति-रिवाजों का वर्णन प्रमुखता से उद्धृत होगा उसमें।

कुटी के समीप बैठी सुमुखी आकुल हो विलाप कर रही।

"क्या हुआ सुमुखी...क्यों इतना व्याकुल हो बहन?" मैं बेचैन हो उठी। इतना

हँसमुख...चंचल युवती का इस प्रकार बिलखना किसी भारी आपदा का सूचक लग रहा था।

"देवी सीता, मेरा नन्हा प्यारा सा भतीजा प्रेतबाधा से ग्रस्त हो गया है। न अन्न खा रहा, न नेत्र खोल रहा। गुणी की खोज में भटक-भटककर थक गई हूँ।" सिसकती हुई वह बोली।

"परंतु गुणी को क्यों ढूँढ़ रही हो, वैद्य के पास जाना चाहिए तुम्हें।"

"मेरे भ्रातृज पर अशुभ प्रेतों ने सवारी गाँठ रखी है देवी! किसी ने दुष्टतावश ऐसा कर दिया है। ओझा-गुणी ही ठीक कर सकता है उसे।" सुमुखी ने सिसकते हुए कहा।

"किसी की कुदृष्टि या प्रेत छाया...मन का भ्रम है सुमुखी। वह अवश्य किसी व्याधि से ग्रस्त होगा। चलो, मैं देखती हूँ।" मैंने उसे सांत्वना देते हुए कहा।

"नहीं-नहीं देवी, वह बड़ा प्यारा बालक है, इसी से किसी ने उसके ऊपर प्रेत छोड़ दिया है। ओझा नहीं मिला तो उसकी मृत्यु निश्चित है।" वह पुनः बिलख पड़ी।

"भोली सुमुखी तनिक सोचो तो, क्या ऋषि, महर्षियों के बालक-बालिका स्वरूपवान नहीं होते। उन पर कहाँ किसी की कुदृष्टि का प्रभाव होता है? हाँ व्याधि ग्रस्त वे भी होते हैं, तो वैद्य से उनकी चिकित्सा करवाते हैं। यह प्रेत-भूत, कुदृष्टि अज्ञानता का द्योतक है। अवश्य वह व्याधिग्रस्त है।" मैंने कहा।

मैं उसके साथ उसकी झोपड़ी तक गई। बालक व्याधिग्रस्त ही लगा। उसकी देह सूखकर आधी हो गई थी। दुर्बलता से उसके नेत्र नहीं खुल रहे थे।

"सुमुखी, कदाचित इस की आँतों में कृमि का प्रकोप है। शीघ्र वैद्य को बुला लाओ। भूत-प्रेत कुदृष्टि का भ्रम पालना उचित नहीं। इस भ्रम में बालक को अधिक क्षति पहुँच सकती है।" मैंने उसे समझाया। वह मान गई। ऐसे गलत समझ वाले लोगों की न्यूनता नहीं थी इस अरण्य में। इन वर्षों में अधिकाधिक बार ऐसे अवसर आए थे सम्मुख किंतु हर्ष था ये हमारी बातें मान जाया करते थे। कदाचित आस्था या विश्वास-वश, जो हमारे प्रति इनके हृदय में उत्पन्न हुआ था।

गोदावरी तट पर हिमवान क्षेत्र से अयोध्या होकर लौटे एक तपस्वी से राम की भेंट हुई। उनसे अयोध्या का जो संवाद मिला वह सुखद कदापि नहीं था।

"भरत भवन व भोग का त्याग कर नंदीग्राम में वास कर रहे हैं। कोशल का विशाल राज्य माली बिन फुलवारी समान उदास है लक्ष्मण!" कहते-कहते राम विह्वल हो रो पड़े।

लक्ष्मण भी व्यग्र हो उठे। भर्राए स्वर में माताओं व परिवार की चिंता व्यक्त की। पुनः बोले-

"भरत ने तो यह लोकोक्ति भी मिथ्या सिद्ध कर दी भ्राता, कि संतान माता का गुण अधिक ग्रहण करती है।" न चाहते हुए भी कैकेयी के लिए उनका क्षोभ मुखर हो उठा। किंतु दुःख के इस क्षण में भी राम को छोटी माँ की भर्त्सना सहन नहीं हुई।

"मात्र भरत की बातें करो वत्स! उनकी आत्मीयता बहुत स्मरण आ रही है। भाग-दौड़ की व्यस्तता के मध्य उन स्मरणों को निष्ठुरता से विस्मृत करता रहा था।

भरत की दशा सुनकर हृदय आकुल हो उठा है। जाने कब वह दिन आएगा, जब हम अपने अनुजों से मिलेंगे। ये दिवस लघु क्यों नहीं हो रहे लक्ष्मण?" पीड़ित स्वर में राम बोले और बालक की भाँति फूट-फूटकर रो पड़े।

हमारे नेत्र भी बरसने लगे। हृदय विदीर्ण होने लगा। हम से अधिक त्रासदी तो मेरी बहनें भोग रही हैं। वनवास के कठिन काल में राम तो मेरे संग हैं। बीहड़ता के अनुकूल हमने सहमति से ब्रह्मचर्य का व्रत लिया है। किंतु अयोध्या के राज-प्रासाद में रहकर भी मांडवी का पति के विरह में समय काटना! उर्मिला का निसंग जीवन। छोटी श्रुतकीर्ति...विश्वास है मुझे, शत्रुघ्न भी अपने भाइयों का अनुशरण कर रहे होंगे। उन्होंने भी त्याग रखा होगा अपने सुखों को। हे दैव! ये किसका शाप लगा हमारे इक्ष्वाकु कुल को...। गृहस्थ जीवन में रहकर भी उसके सभी बालक वनवास की यातना भोग रहे हैं। इस भयावह स्थिति की रंच मात्र भी कल्पना रही होगी छोटी माँ के मानस में राम का वनवास माँगते समय? या वन गमन का निर्णय लेते समय राम को ही इसका आभास रहा होगा? फिर भी वन के कष्टों के मध्य हमें तोष तो है पिता की आज्ञा पालन का। छोटी माँ के वचन का मान रखने का। किंतु मेरी बहनें...जो वैराग का जीवन जी रही हैं; वर्षों का बीता पल क्या कभी लौटेगा उनका? इस वय के राग-अनुराग मृत न हो गए रहेंगे उनके? तब यह संताप छोटी माँ को ग्लानि बोध से क्या कभी मुक्त कर पाएगा?

विवाह के पश्चात् कितना हर्षित थी उर्मिला–कहती थी, "हमारा अब कभी वियोग नहीं होगा। संसार की सबसे सौभाग्यशाली बहनें हैं हम।" किंतु हुआ क्या? कोई वन, कोई भवन में बिखरी पड़ी हैं मानसिक यातना झेलती हुई और सभी के संताप का भार उठाए जनकपुर में माँ–पिताजी के हृदय कितने विचलित हो रहे होंगे? सुख छूकर भी गुजरता होगा उनका चौखट? उनके अधर सदा बुदबुदाते नहीं होंगे हमारे शुभ हेतु?

"सीते, स्नान-ध्यान नहीं करना है आज?" राम का स्वर अतीत से वर्तमान में लौटा लाया। सजग हुई मैं अतीत का ध्यान दुखी ही अधिक करेगा। दुखी हृदय हर्ष नहीं बाँट सकता। माँ कहतीं, ''स्त्रियों को अपना हर्ष विभक्त करना चाहिए, संताप नहीं।'' बाल्यकाल से ही मिली यह सीख...ही स्त्री के अंदर वैराग भाव को जन्म देता है। तभी तो वे अपने मनोभावों पर अंकुश लगाना सीख जाती हैं। हृदय में बसा दो समानांतर संसार-मायका और ससुराल में तादात्म्य बिठाए जी लेती हैं सहजता से। उनका संयम ही है जो मायके के सुखों का बखान कर कभी ससुराल वालों को हीन नहीं करता। मायके के चिंता भाव को भी हृदय के गह्वर में दबा लेती हैं। क्या ऐसा सहज संभव है? दो ध्रुवों पर चेतना के संग जीना? नहीं, किंतु विषाद को दर्शाकर राम-लक्ष्मण को पीड़ित करना...उचित नहीं। मैंने मन को ढाढ़स बँधाया।

अयोध्या का संवाद मानो जेठ का गर्म झोंका समान था। झुलसा गया हमें समूल। दीर्घावधि तक दहकते रहे हम उस ताप में। सभी चुप-चुप, जैसे मौन व्रत का संकल्प ले रखा हो। मौन नीरवता से भी अधिक भयावह होता है...अनुभव हुआ। बाह्य नीरवता शांति दायक भी हो तो भीतर की नीरवता क्षीण करती जाती है जीवन शक्ति...।

पुनः मुनि, तपस्वियों का आगमन। उनके आतिथ्य की व्यस्तता से तनिक क्षीण हुआ हमारा विषाद। परंतु पूर्णतः समाप्त नहीं हुआ। अब अयोध्या की चर्चा होती,

किंतु लौटने की होती। सभी से मिलाप की व्याकुलता की होती। प्रत्येक संध्या एक दिवस बीतने का हर्ष देती...प्रत्येक प्रात: हमें लौटने के और निकट खिसका देता।

लक्ष्मण हेमंत ऋतु का आद्यांत वर्णन करते रहे—हिम के गहन परतों युक्त हिमवान का। पत्तों-विहीन ठूँठ खड़े वृक्ष...पौधों का। दानों से पुष्ट धान की सुनहरी बालियों का। नवान्न से पूजित देव, पितरों का। सर्द जल में गलते कुईं-पुष्पों का। चंद्रमा समान सूर्य के मधुर हो रहे स्वरूप का। प्रिय लगतीं स्वर्णाभ मीठी सूर्य रश्मियों का, अग्नि का और लंबी रात्रि का और दीर्घ होते जाने का...। साश्चर्य सुन रही हूँ मैं उनका प्रफुल्लित स्वर...देख रही हूँ प्रसन्न मुख। शब्द-शब्द मानो हेमंत के कुहासे में डूबा है। अंतत: क्यों न स्मरण हो उन्हें यह ऋतु। इसी ऋतु में ही तो पाया था हमने अपना प्रिय। परंतु दुर्भाग्य...उर्मिला इसी ऋतु के कुहासे में लिपटी रह गई अयोध्या के राजभवन में। लक्ष्मण यहाँ वन में। तभी तो उसका एक-एक पक्ष गहनता से स्मरण है उन्हें।

किंतु जनकपुर या अयोध्या के समान यहाँ ठंड कहाँ। उससे बहुत क्षीण है। जनकपुर तो बिल्कुल हिमवान की गोद में है, उसके प्रभाव से अत्यधिक प्रभावी। इस अरण्य में यदि वैसा पाला पड़ जाए तो वस्त्र और काष्ठ भी कम पड़ जाएँ।

रात्रि में जोरों का चक्रवात आया था। हेमंत ऋतु में चक्रवात? ज्ञात हुआ, सागर अधिक दूर नहीं है यहाँ से। ऐसे विक्षोभों से यह क्षेत्र प्राय: प्रभावित होता रहता है। पिछले तीन दिनों से लघु अंतराल पर वर्षा होती रही थी। आज आकाश तनिक स्वच्छ हुआ था और सर्दी भी क्षीण हुई थी। भोजनोपरांत कुटी के बाहर हम धूप में कुशासन पर बैठे वार्तालाप करने लगे। कुटी के चहुँओर लगे फूलों-फलों के पौधे अब किशोर हो गए थे। कुछ फूलने-फलने भी लगे थे। किसी-किसी वृक्ष पर तो पत्तियों से अधिक फूल विहँस रहे थे। नन्हे-नन्हे पक्षी अपनी पतली लंबी चोंच से परागकण भरते पुन: फुदककर दूसरे फूल की ओर बढ़ जाते। मोहक पंखों वाली तितलियाँ, मधुप गण भी पराग लेने में व्यस्त थे। ये दृश्य मेरी निस्संगता की सखा थे। राम-लक्ष्मण की अनुपस्थिति में मनोयोग से मैं निहारा करती थी इन्हें। अभी तो दोनों भाई उपस्थित थे।

"अब तो कुछ ही अवधि शेष है हमारे लौटने को भाभी! प्रेम से सिंचित आपके ये पौधे सब यहीं रह जाएँगे और ये प्रिय पक्षी भी, जो हमारे प्रदेश में नहीं मिलते। पुन: कैसे देख पाएँगी आप इन्हें?" लक्ष्मण हास्य करते बोले। मेरा पक्षी प्रेम और प्राकृतिक दृश्यों के प्रति आसक्ति उन्हें ज्ञात था।

"क्यों न हम कुछ पक्षियों को ले चलें अयोध्या? तुम इन्हें पकड़ने का प्रयास करो लक्ष्मण। अभी से इन्हें पिंजड़े में रखेंगे तो ये उसके अभ्यस्त हो जाएँगे। फिर सीता वहाँ इनके लिए उदास नहीं होगी।" तत्क्षण राम बोले तो लक्ष्मण मुस्कुरा उठे और मैं डर गई—

"नहीं...नहीं...ऐसा अनर्थ मत करिए राम! किसी भी जीव को पिंजड़े में रखे जाने का दंड देना उचित नहीं है। सभी के लिए उनकी मिट्टी, जल, वायु और वातावरण की अनुकूलता आवश्यक है। उन्मुक्तता ही इनका जीवन है। मात्र अपने सुख हेतु इन्हें इनके परिवेश से विलगता का दंड कदापि नहीं दे सकते हम।" घबराते

हुए मैंने कहा। दोनों भाई हँस पड़े...उन्मुक्त हँसी..। मैं समझ गई राम उपहास कर रहे थे। बहुत दिनों के पश्चात् इन्हें खुलकर हँसते देख मेरा मस्तिष्क भारमुक्त हो गया।

फिर तो लक्ष्मण कोई प्रसंग सुनाते। राम हँस पड़ते। राम कुछ स्मरण कराते, लक्ष्मण खिलखिला उठते। पुनः स्मरण करने का रुख जनकपुर की ओर मुड़ गया। वहाँ के भिन्न-भिन्न प्रसंगों को स्मरण करके वे मुझे चिढ़ाने लगे...खिलखिलाने लगे। दोनों की मन:स्थिति आज हास-परिहास की बनी हुई थी। वतावरण हल्का हो गया था।

"भैया, उमस बढ़ गई है। ऐसे में संध्या घिरने पर विषैले जंतुओं का भय अधिक हो जाता है। वन से मैं आवश्यक सामग्री लेकर आता हूँ।" लक्ष्मण बोले और अस्त्र लेने कुटी में चले गए।

कुछ ही क्षणोपरांत एक विशालकाय स्त्री आकृति आती दिखी। निकट आने पर वह अति विचित्र व भयावह लगी। लंबी-चौड़ी बेडौल काया। तांबई वर्ण। तीक्ष्ण नासिका। बड़ी-बड़ी रक्ताभ आँखें। मोटे लटके से अधर। शरीर के अधोभाग में लिपटी गहरे हरे रंग का घाघरा। ऊर्ध्वभाग में बँधी रक्त वर्ण कंचुकी। उत्तरीय-विहीन स्कंध। यहाँ आस-पास की रहने वाली नहीं लग रही है यह। अरण्य वास में विभिन्न रंग, रूप, विचित्र वेश-भूषा वाली स्त्रियों को देखने का अवसर मिला था। यह नितांत भिन्न थी उनसे। कदाचित दूर किसी ग्राम की होगी। किसी विशेष प्रयोजनवश या सहायता हेतु आई है राम के समीप। उससे संबंधित विचित्र-विचित्र तर्क उठ रहे थे मानस में। अभी किसी निर्णय पर पहुँचती इसके पूर्व वह बेधड़क राम के सम्मुख आ खड़ी हुई। उसने ध्यान से हमारी ओर देखा। उसका मुख कठोर हो उठा। कड़क स्वर में बोली—

"सिर पर जटा-जूट, देह पर गौरिक वस्त्र...। वेश तो तापस का है परंतु साथ में स्त्री और इस धनुष-बाण का क्या प्रयोजन है? इस क्षेत्र के नहीं जान पड़ते तुम। पुनः राक्षसों के प्रक्षेत्र में क्या कर रहे हो?"

राम ने सहज भाव से अपना परिचय तथा यहाँ का प्रवास करने का आशय कह सुनाया। परिचय, प्रयोजन ज्ञात होते ही उसके मुख का भाव परिवर्तित हो गया। अधरों पर मुस्कान उभर आई जिसने उसे और भद्दा बना दिया। विनम्र स्वर में बोली—

"मैं ऋषि विश्रवा तथा प्रतिष्ठित रक्ष वंश राजकन्या शूर्पणखा हूँ। लंकापति रावण, कुंभकर्ण तथा विभीषण जैसे अति प्रतापी भाइयों की बहन। यहाँ से सटे जनस्थान में मेरा वास है। जनस्थान के रक्षक खर एवं दूषण भी मेरे भ्राता समान हैं।"

वह किंचित पल ठहरी। पुनः राम को आपादमस्तक ध्यान से देखा—उसके नेत्रों में विलक्षण-सी चमक उभरी, "राम, तुम्हारा मनोहर स्वरूप तुम्हें पति रूप में पाने की मेरी कामना को प्रबल कर रहा है। तुम भी पत्नी भाव से मुझे स्वीकार करो। चलो गंधर्व विवाह संपन्न कर इस विशाल मनोरम अरण्य में हम अनुपम सुखों का उपभोग करें।" इठलाती हुई वह बोली। सहज भाव से कहे गए उसके आसक्तिपूर्ण शब्दों ने विस्मित कर दिया मुझे। चकित तो राम भी लगे। मानो उसने प्रणय निवेदन नहीं किसी सरल क्रीड़ा का प्रस्ताव रखा हो उनके सम्मुख। इतना ओछा...बचकाना प्रस्ताव। इस परिपक्व वय में? राम भी स्तंभित से कुछ पल मौन रह गए। पुनः स्वर को सहज बनाते हुए बोले—

"सुंदरी, मेरे वर्ण में स्त्रियाँ परिचितों के समक्ष भी संकोच का व्यवहार करती हैं। अपने पति संग वार्तालाप में भी संयमित और मर्यादित रहती हैं। अपरिचितों के सम्मुख इस प्रकार आतुर कामासक्ति को प्रदर्शित नहीं करतीं अत: तुम्हारा यह व्यवहार अचंभित कर रहा है मुझे।''

तमक उठी वह, "राम, तुम्हारे यहाँ की स्त्रियाँ लगाती होंगी अपने मनोभावों पर अंकुश। मैं राक्षसी हूँ, मुझे ढोंग में विश्वास नहीं। अत: प्रथम तुम मेरा आग्रह स्वीकार करो तत्पश्चात् जैसा कहोगे मैं मानूँगी।"

"देखो, मेरे पार्श्व में मेरी पत्नी सीता बैठी है। तुम इसकी सौत बनो न इसे स्वीकार होगा और न तुम्हें रुचिकर लगेगा। उधर कुटी द्वार पर सुंदर, सुशील, पराक्रमी मेरे लघु भ्राता लक्ष्मण खड़े हैं। वे अकेले हैं। उनसे तुम आग्रह करो, संभव है तुमसे विवाह हेतु वे सहमत हो जाएँ।" राम बोले।

चौंक पड़ी मैं। यह क्या कह गए राम? इस लज्जाहीन बला को क्यों भेज रहे हैं लक्ष्मण के पास। सत्य कहकर कि लक्ष्मण को भी पत्नी है उसे यहाँ से भगा क्यों नहीं दिया उन्होंने। राम का यह व्यवहार अरुचिकर लगा मुझे। उस राक्षसी को तो लगना ही था। उसने कठोर नेत्रों से मेरी ओर देखा और लक्ष्मण की ओर बढ़ गई। जब तक मैं उसे रोक पाती। राम के अधरों पर शोख मुस्कान थिरक उठी।

"लक्ष्मण तुम भार्या-विहीन हो, रूपवान और पराक्रमी भी। क्यों न हम परिणय बंधन में बँधकर इस रम्य वन में विहार करें?" शूर्पणखा ने लक्ष्मण के समक्ष जाकर पुन: निर्लज्ज भाव से कहा।

एक ही स्थान पर दो-दो पुरुषों के समक्ष आसक्ति का प्रदर्शन...। पुन: अचंभित कर गया मुझे। कैसी निर्लज्ज संस्कारहीन स्त्री है ये! न इसे देश, काल का भान है, न अपने वय, मान-सम्मान और नैतिकता का बोध ही है। मैंने राम की ओर देखा। उनके होठों पर हास्य खेल रहा था। आज आरंभ से ही दोनों भाइयों का मन हास-परिहास का बना हुआ था। शायद अयोध्या लौटने की अवधि सन्निकट जान राम से उसे रोकने को कहती, उसके पूर्व ही लक्ष्मण का स्वर सुनाई पड़ा-

"सुलक्षणे, एक नितांत अनजान पुरुष के समक्ष तुम्हारा यह प्रणय निवेदन, मेरी समझ में नहीं आ रहा। मैं तो अपने बड़े भैया राम का सेवक हूँ। उनके अधीन हूँ। मुझसे ब्याह कर उनकी दासी क्यों बनना चाह रही हो? उन्हीं की भार्या बनो। वे सक्षम, सामर्थ्यवान हैं। अधिक सुखी रहोगी।"

और हास्य में ही उन्होंने गेंद को पुन: राम के पाले में उछाल दिया मानो दोनों के मध्य कंदुक-क्रीड़ा हो रही हो और शूर्पणखा कोई गेंद हो।

किंतु वह तो क्षत नागिन सी फुफकार उठी। दोनों के व्यवहार से उसका स्त्रीत्व चोटिल हो उठा था। उसके भद्दे मोटे नथुने रोष की अधिकता से फड़क उठे। वेग से वह मेरी ओर बढ़ी। क्रोध से बोली-

"राम! इसी स्त्री के कारण तुम मेरा तिरस्कार कर रहे हो न? लो मैं इसे अभी समाप्त किए देती हूँ। इसके नहीं रहने पर तुम्हारी अस्वीकृति भी समाप्त हो जाएगी। फिर हम लोग आनंदपूर्वक यहाँ रहेंगे।"

उसे अपनी ओर झपटते देख भय से मेरी चीख निकल गई। मैंने दृढ़ता से राम का हाथ पकड़ लिया।

मेरा हाथ छुड़ाकर राम झट उठ खड़े हुए। तत्परता से उसे बीच में ही रोकते हुए उन्होंने विह्वल हो लक्ष्मण को पुकारा, "लक्ष्मण...शीघ्र आओ यहाँ...इस नृशंस, निर्लज्ज राक्षसी का रूप विकृत कर दो...। शीघ्रता करो अन्यथा यह सीता को घायल कर डालेगी।"

राम की आकुल पुकार सुन फल लाने हेतु हाथ में थमे क्षुर (बड़ी छुरी) लिए तत्क्षण लक्ष्मण हमारे निकट आए और उसकी नाक एवं कान क्षत कर दिए।

निमिष मात्र में घटित हो गया यह सब...। जब तक मैं कुछ समझती, सँभलती, लक्ष्मण को बर्जती। भय...आवेश और रोष की आँधी में सब छिन्न-भिन्न हो गया था। राम का धैर्य...सहिष्णुता...मर्यादा तथा लक्ष्मण का ज्ञान...। सत्य कहते हैं–ज्ञानियों की धैर्य की परीक्षा हर पल होती है। किंतु यहाँ तो भावावेश के प्रबल प्रवाह ने अक्षुण्ण नहीं छोड़ा था...सदियों से अर्जित रघुकुल का मान...यश..।

हतप्रभ सी रह गई मैं इस घटना पर। नाक-कान क्षत होते ही शूर्पणखा का मुख मंडल रक्तरंजित और वीभत्स हो उठा था। चिल्लाती हुई वह वेग से उधर ही दौड़ पड़ी जिधर से आई थी।

क्षोभ से भर उठा मेरा मन...। विचलित हो उठी इस घटना पर–

"यह क्या अनर्थ कर बैठे...लक्ष्मण तुम? किसी स्त्री पर अस्त्र का व्यवहार... रघुवंशियों के मान के विपरीत है। कैसे असंयमी हो गए तात और राम आप भी...उसकी धृष्टता पर मार-पीटकर छोड़ देते। उसका रूप विकृत करने की क्या आवश्यकता थी?"

"शांत हो जाओ सीते...यदि उसे तत्क्षण रोका नहीं जाता तो वह तुम्हें चोट पहुँचा बैठती। कितनी क्रूर स्त्री थी वह... क्या तुमने नहीं देखा उसका वह उद्दंड व्यवहार? तुम्हें समाप्त करने की नीयत से उसे झपटते देख मैं आक्रोशित हो उठा था। उस समय उसके साथ नरमी बरतने का अर्थ होता तुम्हें घायल या मृत देखना। इस अरण्य में ऐसी निर्लज्ज स्त्री पहली बार देखने को मिली है मुझे।" राम सद्यः-घटित घटना के प्रभाव से अभी भी मुक्त नहीं हुए थे। मुझे दंडकवन में कहे किरात कन्या गोपा के बोल स्मरण हो आए कि हमारे तन पर भले ही वस्त्र कम हैं किंतु मन और व्यवहार से हम स्वतंत्र हैं देवी! स्वतंत्र हैं...स्वच्छंद नहीं। विवाह का विधान हमारे वर्ण में भी है किंतु जीवन साथी का चयन युवक-युवतियाँ स्वयं करती हैं। उन पर माता-पिता का अनुचित दबाव नहीं होता। हाँ बलातकर्म का कोई स्थान नहीं है हमारे समाज में। बलातकर्म करने वाला अपराधी माना जाता है और वह कठोर दंड का भागी बनता है तथा समाज से वहिष्कृत भी। हमारे यहाँ न पुरुष उत्तम है न स्त्री अधम। तो शूर्पणखा का वह असभ्य आचरण, अमर्यादित व्यवहार? उसके व्यवहार से राम-लक्ष्मण का असंयमी हो उठना। उसका रूप विकृत कर देना...।"

"आप सत्य कह रहे हैं रघुनंदन! कितनी फूहड़ता थी उसके हाव-भाव में, शब्दों में? यहाँ की वन्य जाति की स्त्रियाँ कितनी शिष्ट, शालीन व परिश्रमी हैं। घोर अभाव में जीते हुए भी कर्म पर भरोसा करने वाली। मुझे यह घटना सहज सामान्य नहीं लग रही है आर्यपुत्र! औचक उस राक्षसी का यहाँ आना। आपसे प्रणय

निवेदन करना। आप जैसे संयमी बंधुओं का उत्तेजित हो उस पर हाथ उठाना...। जाने क्या अशुभ छिपा है इसमें। सुना है कामातुर स्त्री, पुरुष द्वारा ठुकराए जाने पर लावे की भाँति दहक उठती है अपमान से। आप लोगों के तिरस्कार से अवश्य उसके स्त्रीत्व को आघात पहुँचा होगा। जाने क्या अनिष्ट करेगी वह। मुझे नहीं लगता वह चैन से बैठेगी।" भय ने सिहरा दिया मेरा सर्वांग।

"यह राक्षस कन्या थी भाभी! निश्चित ही इसकी संस्कृति में व्यभिचार निंदनीय नहीं होगा वरन इतनी धृष्टता कभी नहीं करती वह।" लक्ष्मण अभी भी आक्रोशित थे।

"व्याकुलता त्याग दो प्रिय! होनी पर ग्लानि या पश्चात्ताप करने का अवसर नहीं है यह।'' राम बोले और लक्ष्मण की ओर उन्मुख हुए—इस घटना को साधारण समझकर असावधान होना उचित नहीं होगा। विशेष सतर्क रहने की आवश्यकता है। जाने यह कैसा अशुभ संकेत है, जिसने हमारे जीवन को अशांत कर दिया। कितना सहज चल रहा था सब कुछ।" धीरे से बोले राम। उनके मद्धिम स्वर ने उनके अंतर्मन की उथल-पुथल व चिंता का आभास करा दिया। मेरा भय भी चिंता में बदल गया। उसकी बातों से पता चला था वह साधारण राक्षसी नहीं है बल्कि किसी प्रतापी लंकाधिपति की बहन है। सन्निकट स्थित जनस्थान के रक्षक खर और दूषण उसके भ्राता समान हैं। जनस्थान के रक्षक निर्बल हों यह असंभव है। राम-लक्ष्मण के बल-कौशल पर मुझे तनिक भी संदेह न था किंतु इस वन प्रदेश में किसी प्रकार का उपद्रव भी हमें अभीष्ट न था। हम तो एक-दिन, एक-एक पल गिन रहे थे अयोध्या लौटने के। अपनों से मिलने के। बीच में ही यह व्यवधान...।

इसमें राम का भी क्या दोष...? यह स्थिति राम के साथ उत्पन्न होती तो क्या मैं संयमित रहती? प्रिय के अनिष्ट की कल्पना मात्र प्रेमी को विचलित कर देती है। दृष्टांत थी चित्रकूट प्रवास की वह घटना। मंदाकिनी तट के स्फटिक शिला पर बैठे राम अपने चाक्षुस दृश्यों में मुझे भागी बना रहे थे, तभी एक काक उड़ता हुआ आया और अपने तीक्ष्ण चोंच से मेरा दायाँ पग जख्मी कर दिया। रक्त की धार बह चली मेरे पग से। उसकी इस धृष्टता पर कुपित हो राम उसे वध करने पर उद्यत हो गए और मेरे लाख समझाने के पश्चात् भी अपने वाण से उसका एक नेत्र फोड़ दिया था। वही दृश्य पुनः यहाँ उपस्थित देख अवश्य वे व्याकुल हो उठे होंगे। मेरे प्रति उनके इस अति अनुराग ने ही असंयमित कर दिया होगा उन्हें।

किसी प्रकार रात्रि कटी। सभी असहज व उद्विग्न रहे। प्रातः भी लक्ष्मण आवश्यक सामग्री लाने वन में नहीं गए। बीती घटना का प्रभाव तनिक भी क्षीण नहीं हो रहा था हमारे मस्तिष्क से। चिंतन-मनन में लिप्त थे तभी कुछ वनवासी दौड़ते हुए हमारी कुटी के समीप आए और हाँफते हुए बोले, "जनस्थान का और दूषण के कुछ अनुचर इधर ही आ रहे हैं। उनके आगे राक्षसी शूर्पणखा भी है। सभी क्रोध से फुफकार रहे हैं कि आप लोगों ने उनके महाराज की बहन को विरूपित कर अपमानित किया है, इसका प्रतिकार वे अवश्य लेंगे।"

सुनते ही लक्ष्मण ने झट धनुष पर वाण चढ़ा लिए। रोष से बोले, "रघुवंशी अकारण किसी स्त्री पर हाथ नहीं उठाते। उसकी धृष्टता ही ऐसी थी कि अनायास मेरा हाथ उठ गया। यदि उसे रोका नहीं जाता तो वह भाभी को क्षति पहुँचा देती।

उसकी जगह किसी पुरुष ने ऐसी धृष्टता की होती तो अभी तक वह पृथ्वी पर मृत पड़ा होता। स्त्री थी इसीलिए अभी तक...।"

"बीती बातों को जाने दीजिए, आगत स्थिति के लिए तैयार रहिए। राक्षसों का यह उन्मादी समूह बिना युद्ध किए मानने वाला नहीं। ये राक्षस कभी नीतिगत युद्ध नहीं करते सदा छल, छद्म से काम लेते हैं। आप देवी सीता को हमारे संग जाने दीजिए। हमारी कुटी में ये सुरक्षित रहेंगी।" एक वृद्ध वनवासी बोला।

"आपके उद्‌गार का आभार। आप लोग सीता की चिंता न करें। वे अपना बचाव करने में सक्षम हैं। अभी तक इस वन में हमने एक तापस की भाँति जीवन व्यतीत किया है किंतु हैं तो हम क्षत्रिय ही। आप लोग अपना और अपने परिवार की सुरक्षा कीजिए। क्रोध में ये मूढ़ राक्षस कहीं आप के ग्राम पर ही आक्रमण न कर बैठें।" राम ने उन्हें आश्वस्त किया।

"आर्य राम, हम तो इनके अत्याचार के अभ्यस्त हैं। आप लोग इतने कोमल हैं, कैसे सामना कर पाएँगे इनका?" चिंतित स्वर में एक वनवासी बोला।

"निश्चिंत हो आप लोग लौट जाइए और सतर्क रहिए। हमारे पास आधुनिक अस्त्र-शस्त्र हैं। कोई भी आशंका हो तो हमें सूचित कीजिए।"

राम के कहने पर वनवासी लौट गए।

"सीते, तुम कुटी में ही रहो। वे लोग निकट आ गए हैं। राम ने मुझे सचेत किया और अस्त्र-शस्त्र लेकर लक्ष्मण के संग बाहर निकल गए।"

मैं चिंता के भँवर में ऊब-डूब करने लगी। क्षण मात्र में हमारी प्रसन्नता में कैसा उद्विग्नकारी उथल-पुथल उत्पन्न हो गईं। जाने विधि कौन सा खेल खेल रही है हमारे साथ! जब भी मन में प्रसन्नता का ज्वार उठता है, तत्क्षण कोई अनिष्टकारी घटना सम्मुख आ जाती है और वह संताप की सुनामी में परिवर्तित हो जाती है। चंद लोगों का यह समूह आरंभ हो सकता है क्या अंत भी होगा?

दोनों भाई कुटी में आए। ज्ञात हुआ, वृक्ष की ओट से सैनिकों को कुटी दिखाकर शूर्पणखा छिप गई थी। किंतु राम-लक्ष्मण के अमोघ अस्त्रों के सम्मुख चंद राक्षस कब तक जीवित रहते। सभी को धराशायी होते देख शूर्पणखा भाग खड़ी हुई थी।

यह न महान योद्धा से लड़ा गया युद्ध था न कोई महान विजय थी, प्रसन्नता क्या होती इससे। दोनों भाई आनेवाली विपत्ति का अनुमान लगाने में जुट गए। बोझिल मन से हमने सांध्य वंदना की। भोजन करने की इच्छा नहीं हुई किसी की। कुछ ही दूरी पर क्षत-विक्षत शव बिखरे पड़े थे। उन्हें ले जाने वाला कोई नहीं था। इस पवित्र वातावरण में जहाँ कभी खग-विहंगों की कूज गूँजती रहती थी, अभी विचित्र सा सन्नाटा व्याप्त था। राम मौन थे। लक्ष्मण एक ओर बैठे व्यस्त रहने हेतु अस्त्र-शस्त्र सँभाल रहे थे। औचक राम बोले–

"लक्ष्मण आज रात्रि विशेष सतर्क रहने की आवश्यकता है। इन उद्‌दंड राक्षसों का क्या भरोसा पुनः रात्रि में भी आक्रमण कर बैठेंगे। युद्ध की नीतिगत बातें इनकी समझ से परे हैं।"

"भैया आप लोग निश्चिंत होकर विश्राम कीजिए। मैं जा रहा हूँ। यदि किसी ने यहाँ आने की धृष्टता की वह जीवित नहीं लौटेगा।" लक्ष्मण बोले।

निद्रा को भी समय-कुसमय का भान होता है। उसे न आना था, न आई, किंतु वैसी कोई घटना भी घटित नहीं हुई जिसकी सभी को आशंका थी। नित्य क्रिया से निवृत्त हो स्नान ध्यान के पश्चात् राम बोले, "तात लक्ष्मण, मेरी दाईं भुजा फड़क रही है। भारी युद्ध होगा यह तो निश्चित है किंतु पराजय हमारी नहीं होगी यह भी तय है।"

"वो कैसे भैया?"

"तुम प्रसन्न दिख रहे हो। सुना है युद्ध के लिए उद्यत योद्धा यदि चिंतित हो जाए तो वह अवश्य दुर्बल हो जाता है और मृत्यु की भेंट चढ़ जाता है। अच्छा छोड़ो इन बातों को। तुम भाभी के साथ आवश्यक अस्त्र लेकर उस पर्वत की गुफा में चले जाओ।"

"परंतु भैया, आप अकेले रहेंगे यहाँ? ज्ञात नहीं कि कितनी संख्या में वे आक्रमण करेंगे।" लक्ष्मण चिंतातुर होकर बोले।

"मेरी चिंता मत करो वत्स, संख्या में वे चाहे जितने होंगे। मैं सक्षम हूँ उनसे निबटने में। थोड़ा कंद-मूल अवश्य रख लेना तुम साथ में।" राम का कथन अभी समाप्त भी नहीं हुआ था कि दूर से रथ की खड़खड़ाहट सुनाई दी। उड़ते गुबार की सघनता से बहुत से सैनिकों के होने का अनुमान हुआ। विचित्र स्वर में उनका कोलाहल उभरा। तत्क्षण मुझे संग ले लक्ष्मण गुफा की ओर बढ़ गए। राम के आदेश की अवहेलना करना उनके वश में नहीं था किंतु ग्लानि का भाव स्पष्ट उभर आया था, उनके मुख मंडल पर। राम को निस्संग छोड़ने और शत्रुओं का सामना न कर पाने के कारण। मेरा हृदय वेग से धड़क रहा था। राम अकेले रह गए थे...।

प्रात: से संध्या होने को आई। समय के इस अंतराल में हम चिंता, आशंका के वशीभूत रहे। बाहर का कोई समाचार ज्ञात नहीं हो पा रहा था। व्याकुल हो बाहर निकलना ही चाहते थे तभी जय ध्वनि सुनाई दी।

"यह तो वनवासियों का स्वर ज्ञात होता है?" मैंने लक्ष्मण से पूछा।

"आपका अनुमान सत्य है भाभी। मैं अभी देखकर आता हूँ।" लक्ष्मण जाने को उद्यत हुए।

"मैं भी चलूँगी साथ।"

"नहीं...नहीं, आप यहीं ठहरिए। स्थिति का आकलन कर मैं शीघ्र आ रहा हूँ।"

आपत्ति से बचाव हेतु मुझे कृपाण देकर वे शीघ्र बाहर चले गए। सुना था विपदा अकेली नहीं आती। देख रही थी इस सत्य को। न कोई आहट, न अनुमान, न आकार। औचक आ खड़ी हो रही थी सम्मुख। और छिन्न-भिन्न कर रही थी हमारा निश्चय, शांति, आराम। किसी भी स्थिति में जीने का हमारा संकल्प।

लक्ष्मण शीघ्र लौट आए। मुझे साथ लेकर कुटी की ओर बढ़े। राम खर-दूषण समेत असंख्य राक्षसों का वध कर कुटी में आ गए थे। वृक्ष की ओट में छिपे वनवासी स्त्री-पुरुष राम का जयघोष करते कुटी के समीप आ गए। राम ने खर-दूषण का वध कर उन्हें आतंक-मुक्त किया था। मुक्तकंठ से वे राम के युद्ध कौशल और वीरता की प्रशंसा कर रहे थे। स्त्रियाँ अधिक ही मुखर थीं। राक्षसों द्वारा किए गए

उत्पात जनित अधिक यातना वे ही भोगती रही थीं। अब वे निःशंक भ्रमण करेंगी। संध्या गहराने लगी। राम ने उन्हें समझा-बुझाकर लौटा दिया।

जनस्थान उपद्रवी राक्षसों से मुक्त हुआ था। किंतु हम निरापद नहीं थे। शूर्पणखा ने किसी लंकापति रावण का भी वर्णन किया था जो उसका भाई था। लंका यानि किसी लंका नगर का नृप। अपने अधिनायक खर-दूषण तथाअसंख्य राक्षसों के वध के पश्चात् क्या वह शांत बैठेगा? विपत्ति का क्या आकार होगा अब। अज्ञात था। राम-लक्ष्मण विशेष चौकन्ने थे।

किंचित काल तक सब सामान्य रहा। हम भी सामान्य रहने और हाल में घटित घटना को विस्मृत करने का प्रयास कर रहे थे। किंतु असावधान नहीं थे। वन के किसी भी कोने में हल्की सी खड़खड़ाहट होती वनवासी भी दौड़े चले आते सतर्क करने। वे भी सतर्क थे। हमसे आत्मीय जुड़ाव हो गया था उन्हें। उनका विश्वास था राम सदा के लिए आतंक से उन्हें मुक्ति दिलाएँगे। यह भी कामना करते कि हम सर्वदा यहीं रह जाएँ...।

22

ग्रीष्म के भीषण ताप से कुटी के समीप के पौधे मुर्झा गए थे। कुछ दूर सदाबहार पीत कनेर पर पुष्प थे। वर्षा आने तक इस क्षेत्र में फूलों का अभाव हो जाता। ताप होता भी तो दहका देने वाला। ताड़, खजूर के वृक्ष तक झुलसकर काले हो जाते।

आम्र, अशोक के सघन वृक्षों से होती मैं कनेर के वृक्ष तक पहुँची। पुष्प तोड़ना ही चाहती थी कि औचक मेरी दृष्टि एक स्वर्णिम मृग पर पड़ी...। अद्‌भुत, अनोखा, विलक्षण मृग? अपलक निहारती रह गई उसकी सुंदरता। उसे पालने, हर क्षण देखते रहने की इच्छा जाग्रत हुई मन में। तत्क्षण दौड़कर मैं कुटी समीप आई और दोनों भाइयों को बुलाकर ले गई।

"राम! वह देखिए कितना सुंदर मृग है। ऐसा अद्‌भुत, सुनहरा मृग मैंने कहीं नहीं देखा। आप उसे ले आइए। मैं पालना चाहती हूँ। उसे अयोध्या भी ले चलेंगे। भवन में इससे मन बहलाऊँगी। अंतःपुर की शोभा बढ़ाएगा यह। सभी आश्चर्यचकित रह जाएँगे इसे देखकर। ऐसा सुनहरा मृग किसी ने नहीं देखा होगा।"

उतावली-सी मैं अनवरत अविराम बोलती रही। राम ध्यान से निहारते रहे मेरा मुख। लक्ष्मण भी खड़े रहे निःशब्द। शायद वन्य जीव की उन्मुक्तता वाली मेरी बात का स्मरण कर आश्चर्यचकित थे दोनों। किंतु मृग पाने के उत्साह और आवेश में मैंने उधर अधिक ध्यान नहीं दिया। मनुहार करती बोली, "राम, कृपया वह मृग ला दीजिए। देखिए वह भाग जाएगा। शीघ्रता कीजिए। आजतक अरण्यवास में मैंने आप से कभी कुछ नहीं माँगा। मृग लाकर मेरी मनोकामना पूर्ण कीजिए आर्यपुत्र!"

मेरा बचकाना हठ उन्हें उलझन में डाल रहा था शायद। उनके मुख के भाव पल-पल बदल रहे थे। मैंने पुनः बाध्य किया–

"स्वामी, वह भाग जाएगा। शीघ्रता कीजिए न। जिस विधि हो वह मृग मुझे चाहिए।" मेरी बातों का उत्तर दिए बिना राम लक्ष्मण की ओर मुड़े।

"लक्ष्मण, मैं मृग पकड़ने जा रहा हूँ। ये जीव अति चंचल होते हैं। शीघ्र पकड़ में आए, न आए। सारे कार्य छोड़कर तुम कुटी में ही रहोगे। सीता को निस्संग नहीं छोड़ोगे। अब तुम लोग कुटी में जाओ।" राम बोले और मृग की ओर बढ़ गए।

"आप निश्चिंत रहें भैया। मैं कहीं नहीं जाऊँगा। वैसे भी एक मृग पकड़ने में आपको समय ही कितना लगेगा।" लक्ष्मण बोले।

राम ने उनकी बात सुनी या नहीं। वे आगे बढ़ गए थे बिना मेरी ओर देखे। राम का मेरी ओर बिन देखे आगे बढ़ जाना जाने कैसा भाव जाग्रत कर गया मेरे हृदय में।

हम कुटी में आ तो गए किंतु द्वार पर ही खड़ी रही मैं। राम शीघ्र आ जाएँगे। किंतु यह क्या मृग छलाँगें मारता भागने लगा। राम उसके पीछे बढ़ते गए...पुनः दोनों नेत्रों से ओझल हो गए। राम के ओझल होते ही वेग से धड़क उठा मेरा हृदय। जी में आया, पुकारकर रोक लूँ उन्हें। अंदेशा था, उन तक मेरा स्वर पहुँच भी पाएगा। मन में जाने कैसी अनुभूति हुई। जी भर आया...।

तभी राम की कातर पुकार उभरी, "सीते...लक्ष्मण...सीते...लक्ष्मण।"

भय से विचलित हो उठी मैं। किसी संकट में तो नहीं फँस गए राम? उनके मुख से ऐसा कातर स्वर...कभी सुना नहीं। चिल्लाकर मैंने लक्ष्मण को बुलाया। व्याकुल हो बोली–

"लक्ष्मण, राम पुकार रहे हैं तुम्हें। शायद किसी विपत्ति में हैं वे। शीघ्र जाइए, देखिए कहाँ और कैसे हैं। अपना धनुष-बाण भी ले लीजिए। विलंब मत कीजिए।" एक ही साँस में कह गई। लक्ष्मण धीर-गंभीर, अचल, अविचल खड़े रहे। किंचित नहीं हिले। उनका यह व्यवहार उत्तेजित कर गया मुझे। तीक्ष्ण शब्दों में मैं बोली–

"आप जा क्यों नहीं रहे तात? आपने उनकी कातर पुकार सुनी नहीं क्या? कहाँ गया आपका भाई से प्रेम। क्या हो गया है आज आपको? मैं बेचैन हो रही हूँ और आप शांत खड़े हैं।"

लक्ष्मण का वही मौन। वही अचलता। रोष और क्षोभ से उबल पड़ी मैं।

"आपके मन में कोई खोट तो उत्पन्न नहीं हो गया लक्ष्मण? कहीं आपकी कुदृष्टि तो नहीं है मुझ पर? आज मेरी आज्ञा का उल्लंघन क्यों कर रहे आप?"

"आह भाभी, यह क्या कह रही हैं आप। मेरी कुदृष्टि आप पर? इतना अधम बना दिया मुझे। कोई और कुबोल बोल लेतीं। मेरी आत्मा साक्षी है, न आपकी भक्ति न भैया के प्रति प्रेम ही कम हुआ है मेरे हृदय में। भैया की आज्ञा है आपकी रक्षा करूँ। उनकी आज्ञा की अवज्ञा कैसे करूँ? कृपया मुझे यहाँ से जाने को मत कहिए।" मेरे तीक्ष्ण वचनों पर भी वे विनम्रतापूर्वक बोले। रोष हो आया मुझे। कठोर हो गई मैं।

"अभी तुम नियम की बातें न करो लक्ष्मण! वे संकट में हैं। शीघ्र जाओ उनके पास। मेरा जी घबड़ा रहा...जाओ...लक्ष्मण...जाओ।"

मेरी बातों के प्रभाव से अस्पृश्य वे अटल खड़े रहे। मेरी व्याकुलता बढ़ गई। जाने इतना अमर्षी कैसे बन गई मैं।

"लाओ यह धनुष-बाण दो मुझे। मैं जाती हूँ। संकट में पड़े पति की सुरक्षा का दायित्व भी पत्नी का धर्म है। उनका जीवन मात्र उनका कहाँ है, वह मेरा है।"

मैंने बलात् उनसे धनुष-बाण ले लिया। चलने को उद्यत हुई। लक्ष्मण सम्मुख आ खड़े हुए–

"मेरे जीवन का उद्देश्य और संकल्प आप दोनों की सेवा करना है भैया की आज्ञा थी कि आप के निकट ही रहूँ। आप आज्ञा कर रही हैं जाने की। उनके आदेश का उल्लंघन करना पड़ रहा है। भैया को कुछ नहीं हुआ है यह मेरा दृढ़ विश्वास है। जाने दैव की क्या मंशा है।'' लक्ष्मण हताश स्वर में बोले। पुनः मेरी ओर उन्मुख हुए। ''मैं जा रहा हूँ भाभी किंतु एक विनती है आप से। हमारे आने तक कुटी का द्वार बंद कर आप भीतर ही रहेंगी।'' कहते-कहते उनका स्वर आर्द्र हो आया। वे चले गए। उनके जाते ही अज्ञात भय ने ग्रस्त कर लिया मेरा मन-मस्तिक।

तत्क्षण मैं कुटी के भीतर आई। द्वार बंद किया और कपाट से पीठ टेक खड़ी हो गई। नेत्र स्वतः बंद हो गए। अधरों पर प्रार्थना के शब्द उभरने लगे, "माँ गिरिजा, जाने यह कैसी विपदा है। इस आसन्न विपत्ति से त्राण दिलाओ माँ। आशीष दो माँ राम का हँसता मुख देखूँ...।"

तभी बाहर किसी का स्वर सुनाई दिया, "भिक्षा दो माँ...भिक्षा दो...।"

कोई याचक होगा, जी में आया उसकी याचना की अवहेलना कर दूँ। किंतु जो स्थिति सम्मुख थी उसमें किसी याचक के कुबोल से डर लगा। अभी उसके शुभाशीष की अत्याधिक आवश्यकता है। संभव है उसके आशीष शब्दों से ही यह विषम स्थिति टल जाए। अस्थिर मनःस्थिति में मैंने डलिया में किंचित कंद-मूल-फल रखकर बाहर आई।

उन्नत कद, वलिष्ठ शरीर का याचक गैरिक वस्त्र तथा त्रिपुंड, चंदनयुक्त भाल लिए सम्मुख खड़ा था। अचंभा हुआ, ऐसे साधु-संत या याचक इस अरण्य में दृष्टिगोचर नहीं हुए कभी। कदाचित ये कहीं सुदूर प्रांत या अरण्य के वासी हों। सादर मैंने फलों का डलिया उनकी ओर बढ़ाया। फलयुक्त डलिए की ओर उसने उपेक्षा से देखा। उसके अधरों पर कुटिल मुस्कान उभर आई।

"सुंदरी, मैं कोई साधु या भिक्षुक नहीं। लंकापति दशग्रीव रावण हूँ। तुम्हें इस अरण्य के कष्टों से त्राण दिलाने आया हूँ। तुम वन नहीं, लंका की पटरानी योग्य हो।"

धधक ही तो उठा मेरा सर्वांग उस छद्मवेषी के धृष्ट आचरण पर। उसे कटु बोल बोलती तत्क्षण अपने नितांत अकेली होने का बोध हुआ। मैं कुटी की ओर भागी...। कहाँ अवसर मिला। बाज की भाँति झपटकर पकड़ ली उसने मेरी बाँह। जैसे लौह शिकंजा हो। मुक्ति हेतु मैं छटपटाई, तड़पी, चीखी। छटपटाना विफल होता रहा। तभी जाने किधर से एक विमान आकर रुका। मेरी भुजा थामे हुए वह विमान की ओर बढ़ा। सहायता हेतु मैं पुनः जोर से चिल्ला उठी...राम...कहाँ हैं आप? लक्ष्मण...कहाँ हैं? बचाइए...रक्षा कीजिए...परंतु सब व्यर्थ। मुझे पकड़े हुए वह शीघ्रता से विमान पर सवार हुआ और तीव्र गति से विमान आगे बढ़ने लगा...।

सोच के सौवें भाग में ही घटित हो गया यह सब कुछ। विमान निरंतर बढ़ता रहा अज्ञात दिशा में। मुक्ति हेतु छटपटाती, तड़पती, चीखती, चिल्लाती रही मैं यथा शक्ति...

''कोई तो सुने मेरी करुण पुकार...।''

''कोई तो मुक्त कराए मुझे इस दुष्ट के चंगुल से।''

''कहाँ हैं राम आप...?''

''तात लक्ष्मण कहाँ हैं आप। क्यों नहीं सुन रहे मेरी आर्त पुकार...?''

शायद मेरी आर्त पुकार गृद्धराज जटायु के कानों तक पहुँच गई। तीव्र गति से वे सम्मुख आए और वस्तुस्थिति का भान होते ही रावण पर टूट पड़े। वे निशस्त्र थे। मुष्टिका का प्रहार करने लगे रावण पर साथ ही उसे दुत्कार भी रहे थे।

"कायर, कापुरुष, एक परस्त्री का हरण कर ले जा रहा है! इतनी निकृष्टता पर उद्यत हो उठा है। तेरी यह मंशा सफल नहीं होने दूँगा मैं। अपनी पुत्रवधू सम सीता को तुम्हारे चंगुल से अवश्य मुक्त करूँगा।''

वृद्ध होने के बावजूद वे शक्तिशाली थे। उनके मुष्टिका प्रहार से रावण पीड़ा से बिलबिला उठा। उसकी पकड़ थोड़ी ढीली हुई। मैं विमान से कूद पड़ी और भागी कुटी की ओर। उस दुष्ट ने काका जटायु को तलवार से घायल कर दिया। आघात गहरा था। जटायु तत्क्षण धरा पर गिर पड़े। उसने झपटकर पुनः मुझे दबोच लिया और विमान पर बैठ विमान शीघ्रता से बढ़ाने का आदेश दिया।

यथाशक्ति उसके चंगुल से मुक्ति का संघर्ष। चीखना, चिल्लाना, छटपटाना सब व्यर्थ होता देख अपनी दारुण स्थिति व विवशता का भान हुआ मुझे। इस अधम के चंगुल से मुक्ति असंभव जान। मस्तिष्क को संतुलित किया बचाव का कोई अन्य मार्ग...कोई जुगत सूझ जाए जिससे राम मुझे खोज सकें। तत्क्षण मस्तिष्क में कुछ कौंधा। एक-एक कर अपने बदन के आभूषणों को नीचे फेंकने लगी। कुछ आभूषणों को अपने अंग वस्त्र के अर्ध भाग में बाँधकर पहाड़ी पर खड़े कुछ लोगों की ओर उछाल दिया। मेरे इस प्रयास से संयोगवश मेरी खोज में यदि राम इधर आएँ तो मेरे जाने की दिशा का ज्ञान तो होगा उन्हें। नन्ही सी आशा जगी व्याकुलता बीच। थोड़ी आश्वस्ति हुई।

जाने किस ओर भाग रहा था विमान। वन कानन, नदी, पर्वत होता हुआ। तीव्र गति से बढ़ता रहा वह। पुनः विशाल जलराशि, अछोर, अनंत पाटों वाले समुद्र से होकर गुजरा। दहाड़ें मारते समुद्र का यह विकराल स्वरूप देख और समय होता तो भयाक्रांत हो जाती मैं परंतु अभी प्राण का भय कहाँ था। रावण के वलिष्ठ भुजा से मुक्ति हेतु संघर्ष करते-करते निढाल हो गई थी मैं। यदि उसका शिकंजा थोड़ा भी शिथिल होता...छलाँग लगा देती सागर में...यह दुष्ट तो उसका भी अवसर नहीं दे रहा था। वह तनिक भी असावधान नहीं था।

बुझते दीप की भाँति मुक्ति के प्रयास हेतु एक बार मैंने वेग से झटका दिया उसे। उसका बंधन तनिक ढीला हुआ। सागर में कूदती...। तत्क्षण अधम ने पुनः पकड़ लिया। उसके पंजे का शिकंजा और कस गया मेरी भुजा पर। अंतिम प्रयास। अंतिम निर्णय सभी निष्फल हो गए।

विमान जहाँ ठहरा वह हरे-भरे अशोक वृक्षों से आच्छादित सघन लघु वन जैसा अनुभव हुआ। अशोक वृक्ष के अलावा अन्य अनेक प्रकार के फूल व फलदार वृक्ष भी दृष्टिगत थे। एक भव्य महल का पृष्ठ भाग दिखाई दिया। विमान से खींचते हुए उसने मुझे वहीं धरा पर धकेल दिया और ताली बजाई। जाने कहाँ से काली, बलिष्ठ, भयानक रूप वाली स्त्रियाँ शीघ्र वहाँ आ पहुँचीं। उन्हें आदेश देते हुए उसने कहा–

"यह सीता है, इसे हर्म्य में ले जाओ और सुनो, इस की रक्षा (पहरा) ध्यान से करना। मेरी आज्ञा, अनुमति के बिना इससे कोई नहीं मिल पाए। इसे किसी भी वस्तु की आवश्यकता हो तो तुरंत उपस्थित करना इसके समक्ष।"

फिर उसने मेरी ओर ध्यान से देखा और कोमल स्वर में बोला–

"चारुस्मिते, शूर्पणखा ने ईर्ष्या, क्रोधवश या तुम्हारे पति-देवर से अपने अपमान का बदला लेने हेतु तुम्हारे स्वरूप का जो बखान किया था तो मुझे अतिशयोक्ति-पूर्ण लगा था। तुम तो उससे कई गुणा रूपवान और कमनीय हो। मैं मोहाविष्ट हूँ तुम्हारे इस रूप पर। लंका की पटरानी ही नहीं इसके अपार वैभव की स्वामिनी योग्य हो तुम। अतीत को विस्मृत करो। यहाँ से निकलना अब असंभव है तुम्हारा। समुद्र वेष्टि मेरे राज्य में देव, मानव यक्ष, गंधर्व, नाग किसी की पहुँच नहीं। ना ही बल-पराक्रम में ही मेरे समान है कोई तीनों लोक में। अतः सहज मन से मेरी रानी बन जाओ। सुखपूर्वक इस राज्य का उपभोग करो। अत्यंत आसक्ति के पश्चात् भी बिना तुम्हारी इच्छा के स्पर्श नहीं करूँगा तुम्हें। तुम्हारी सहमति की प्रतीक्षा रहेगी। सोच-विचार लो मेरे प्रस्ताव पर। शीघ्र ही पुनः आऊँगा मैं।"

हजारों अग्नि शिखाएँ धधक उठीं अंतस् में। अभी तक मेरी दृष्टि में यह मात्र शूर्पणखा का भाई था। एक राक्षस राजा। जो अपनी बहन के अपमान का बदला लेने के लिए मुझे बलात् उठा लाया था। किंतु अधेड़ से भी अधिक वय में यह नितांत लंपट, दुराचारी लगा। तभी तो पूरे रास्ते मेरी भर्त्सना, दुत्कार का इस पर तनिक भी प्रभाव नहीं हुआ था। अपने चौर कर्म को भी किस प्रकार वीरता की संज्ञा दे रहा है यह दुष्ट! मैंने उसे पुनः धिक्कारा।

"ओछा ही नहीं कापुरुष भी है तू। छल से बलात हरण कर लाई स्त्री के सम्मुख अपने कपट को पराक्रम कह रहा है अधम! अपनी पुत्री से भी छोटे वय की स्त्री से प्रणय निवेदन करते हुए तुझे तनिक भी लज्जा का अनुभव नहीं हो रहा। तेरे इस कुकृत्य का दंड मेरे पति राम अवश्य देंगे तुझे। तेरा यह अति सुरक्षित गढ़ शीघ्र विध्वंस हो जाएगा। रही तेरे इस तुच्छ प्रस्ताव को स्वीकारने की बात तो यह विचार भी कैसे आया तेरे मस्तिष्क में कि तेरे भय और प्रलोभनवश इस अधम कृत्य हेतु सहमत हो जाऊँगी मैं। मेरे पति के तलवे के बराबर भी नहीं है तू। न रूप-रंग, न वैभव, न पराक्रम में। और रहा मेरे स्पर्श का प्रश्न, तो सुन दशकंधर! बिना मेरी इच्छा के अपनी कुत्सित मंशा से मुझे छू भी नहीं सकता तू...चाहे कितना भी यत्न कर ले।"

मेरे कठोर शब्दों के प्रहार से आहत हो तिलमिला उठा वह, किंतु स्वर की मधुरता कायम रखते हुए बोला, "मधुरेक्षणे, हठ न करो। मेरा प्रस्ताव मानने में ही तुम्हारी भलाई है। तुम्हारी हाँ की प्रतीक्षा है मुझे। अस्वीकार सुनने का मैं आदी नहीं हूँ।" उसके स्वर की मधुरता में दंभ घुल आया था। पुनः राक्षसियों की ओर उन्मुख हो बोला, "इस हठी स्त्री का अहंकार दूर करो तुम लोग। स्मरण रखना, पहरे में कोई चूक न होने पाए।" फिर कुछ राक्षसियों को दूर ले जाकर जाने क्या-क्या समझाता रहा उन्हें और चला गया।

उसके जाते ही अपनी स्थिति का गहनता से बोध हुआ मुझे। भहराकर एक अशोक वृक्ष के नीचे बैठ गई। घटित घटना तीव्रता से नेत्रों के समक्ष घूमने लगी।

यह यथार्थ है या कोई स्वप्न? कुछ पहर पूर्व कहाँ थी मैं, अभी कहाँ हूँ। स्थान ही नहीं, सोचों से भी परे दूर। इस दुर्गति की क्या लेशमात्र कल्पना भी थी मानस में? आह...मेरे तुच्छ और लोभ और हठ ने कितना अनर्थ कर डाला हमारा। कितने घोर संकट में फँस गए सभी। मैं मूढ़मति कैसे हठ कर बैठी उस मायावी स्वर्ण मृग हेतु? कैसे क्षीण हो गया मेरा विवेक, तनिक भी ध्यान नहीं गया कपट की ओर? कैसे समझ नहीं पाई वर्षों से हूँ इस अरण्य में, ऐसा अदेखा, विलक्षण मृग इस क्षेत्र में कहाँ से आया? हठपूर्वक राम को उसे पकड़ने को भेज दिया। तत्पश्चात् लक्ष्मण को कठोर और निर्लज्ज वचनों से क्षत किया। किस विधि शमन करूँ अपनी व्यथा का? पश्चात्ताप का? कुटी में पहुँचे राम वहाँ मुझे न पाकर कितने चिंतित होंगे। मेरी अनुपस्थिति उन्हें अज्ञात अनहोनी की आशंका से भयभीत कर रही होगी। व्याकुल हो ढूँढ़ रहे होंगे वे मेरे लुप्त होने का संकेत। सोचकर मेरा हृदय विदीर्ण होने लगा। नेत्र बरस पड़े। झर...झर...।

तत्क्षण कोलाहल करती कुछ राक्षसियाँ निकट आईं। सभी के हाथों में थाल थे। थाल से वस्त्र हटाकर एक ने क्षौम वस्त्र निकाला। मेरी ओर बढ़ाते हुए बोली, "महाराज लंकेश्वर का आदेश है आप अपना मलिन वस्त्र उतारकर इस बहुमूल्य रक्तवर्णी कौषेय वस्त्र को धारण करिए। उठिए स्नानादि से निवृत्त हो थालों में भिन्न-भिन्न प्रकार के राजसी व्यंजन हैं, भोजन करिए। स्पष्ट लक्षित हो रहा है कि आप क्षुधित हैं। हमारे महाराज दशग्रीव के राज्य में मनुष्य क्या जीव-जंतु तक क्षुधित नहीं रहते...आप पर तो उनकी विशेष कृपा है।"

और आरंभ हो गई उनकी साम, दाम, दंड और भेद की नीति। रावण के पराक्रम की बात। दयालुता की बात। स्वर्ण निर्मित अपार वैभव-युक्त अजेय दुर्ग लंकापुरी की बात। यहाँ की समृद्धि, रत्नों के भंडार तथा विश्व का एकमात्र विमान पुष्पक का यहाँ होने की बात। रावण का छहों शास्त्र, चारों वेद के महापंडित...होने की बात।

रोष, क्षोभ की अधिकता से व्यथित हो उठा मन। मूर्ख राक्षस कैसे नाना विध क्षुद्र प्रलोभन दे रहा है रत्नों के अंबार पर क्रीड़ा करती बड़ी हुई मुझ जनक नंदिनी को? रत्नों के प्रकाश से प्रकाशित होते अयोध्या भवनवासिनी राजरानी सीता को? अचंभित थी विपत्ति-काल में सामान्य जनों का क्षुद्र दृष्टिकोण देख। यह तथाकथित प्रकांड विद्वान भी स्त्री के भाव स्थल तक पहुँचने में असमर्थ क्षुद्र बुद्धि साधारण पुरुष ही साबित हुआ, जिसकी मानसिकता होती है निर्जीव पत्थरों के प्रलोभन से स्त्री को वश में करना।

इन कुबुद्धि राक्षसियों को कठोरता से समझाना होगा मुझे अन्यथा ये और प्रबलता से राजाज्ञा मनवाने पर विवश करेंगी–

"ये सारी सामग्री शीघ्र यहाँ से ले जाओ तुम लोग। न मैं क्षुधित हूँ न तृषित। इस मलिन वस्त्र से भी मुझे किंचित कष्ट नहीं हो रहा है। जब तक मेरे पति यहाँ नहीं आ जाते, मुझे चैन नहीं प्राप्त होगा।" मेरा कथन सुन आचार प्रतिबंध से मुक्त राक्षसियाँ अट्टहास कर उठीं। मानो मेरा कथन बचकाना और तथ्य से परे हो।

एक राक्षसी व्यंग्य से बोली, "हे सुकमलिका, सुन तनिक...ठाठें मारता अनंत समुद्र बीच इस सुरक्षित द्वीप में इन्हें अपने पति के आने की प्रतीक्षा है। जहाँ न

स्थल न आकाश मार्ग से कोई आ सकता है। समुद्र के रास्ते आने का तो प्रश्न ही नहीं।" कहकर वह हँसी। विचित्र हँसी। मेरी विवशता, मेरा दुःख, उन्हें सुनते रहने की थी। लगा, यही तो दंड है मेरे लोभ का, हठ का...स्वार्थ का और कटु वचन का, जिससे राम-लक्ष्मण के मर्म को कष्ट पहुँचाया था मैंने।

कैसी अशुभ सायत थी। कैसा अमंगलकारी संयोग था जिसने हरण कर लिया था मेरा विवेक। असंभव सुनहरे मृग को पालने का शौक प्रबल हुआ था मन में। कैसे पहचान न सकी छल-कपट को। विषम स्थितियों पर ध्यान नहीं किया। आगत का इशारा समझने में कैसे अक्षम रही। कुछ काल पूर्व ही तो घटित हुई थीं कितनी घटनाएँ...जिसे कभी किसी जीव का बंधन में होना अभीष्ट न रहा...कैसे मचल उठी मैं उस मृग के लिए। कैसे न समझ पाई राम के नेत्रों की अर्थपूर्ण भाषा। राम भी क्यों मौन रह गए मेरे हठ पर? क्यों नहीं डाँटा मुझे? मेरे नादान हठ पर सहज चले गए मृग के पीछे। संभव था उनकी डाँट-फटकार पर मुझे पीड़ा होती कुछ दिनों किंतु यह दारुण स्थिति तो न होती मेरी।

आह...कैसे इतना निष्ठुर वचन कह सकी प्रिय लक्ष्मण को? मेरे कुबोल से निकले बेबसी के उनके अश्रु से भी द्रवित नहीं हुआ मेरा हृदय। उनके मुख के करुण भाव भी नहीं सचेत कर सके मुझे। क्या यह मेरे विनाश का पूर्व नियोजित विधान ही था? पुत्र समान देवर पर लांछन लगाते भी जिह्वा कट नहीं गई मेरी। किस प्रकार ज्ञात होगी दोनों भाइयों को मेरी स्थिति? घायल वृद्ध जटायु के प्राण राम को समस्त स्थितियों से अवगत कराने तक क्या उनके शरीर में अटके रहेंगे? मेरा भाग्य प्रबल होगा तो संभवतः ऐसा संभव हो जाए। वे आभूषण भी मेरी स्थिति का द्योतक हो सकते हैं यदि राम वहाँ तक पहुँचेंगे। हा राम! जाने क्या गति होने वाली है मेरी? इस पराई भूमि, कामासक्त राक्षस की अधीनता में कब तक बचे रहेंगे मेरे प्राण? पुनः देख भी पाऊँगी आपको या नहीं?

"उठिए देवी, रात्रि अधिक हो गई है, महल में चलिए। शैया पर विश्राम कीजिए।" नम्र स्वर आत्मीयतापूर्ण शब्द सम्मुख उभरे। नेत्र उठाकर देखा। एक युवा राक्षसी खड़ी थी।

"कहीं नहीं जाना मुझे। पराए महल में जाने से अच्छा मृत्यु का वरण समझूँगी।"

"रोष मत कीजिए देवी! वृक्ष तले विषैले जंतु आपको हानि पहुँचा सकते हैं। यहाँ प्रकाश की उचित व्यवस्था भी नहीं। भवन से आते क्षीण प्रकाश में रात व्यतीत करना कठिन होगा।"

तुम्हें मेरी इतनी चिंता क्यों हो रही है? अपने अन्नदाता की शत्रु पर यह दया क्यों? यह भी प्रपंच का कोई अंग तो नहीं? पूछना चाहा। इच्छा नहीं हुई। पूछकर भी क्या होना है। जीव-जंतु क्या हानि पहुँचाएँगे इतनी सतर्क प्रहरियों के रहते। वे क्या मरने देंगी मुझे? मेरी मृत्यु का अर्थ होगा उनकी मृत्यु। मैंने सोचा।

"महल में तो मैं किसी विधि नहीं जाऊँगी, संभव हो तो एक चटाई ले आओ।"

वह तुरंत चटाई ले आई। एक सघन अशोक वृक्ष तले धरती स्वच्छ कर उसे बिछाती हुई बोली—

''देवी सीता! मेरा नाम सुभगा है। आपकी सेवा में मैं तैनात हूँ। मुझे चिंता हो रही...भूमि पर क्यों शयन करना चाह रही हैं आप?"

"यह तुम नहीं समझोगी। कुछ ज्ञात भी तो नहीं तुम्हें मेरे विषय में।"

"मात्र इतना ज्ञात है कि आपके पति और देवर ने महाराज लंकेश की बहन शूर्पणखा का रूप विकृत कर उनका घोर अपमान किया था, जिसके फलस्वरूप आपके पति का मान मर्दन करने हेतु वे आप को उठा लाए हैं।"

बेचारी सुभगा अपने पालक की मात्र जिह्वा या बाजू ये दासियाँ राज भवन की समस्त योजना या मंतव्यों से भिज्ञ कहाँ होती हैं। उसके कहे को दुहराने और क्रिया रूप देने वाली इस बेवश दासी पर रोष करना अनुचित होगा, जिसका व्यवहार अनुचित नहीं है मेरे साथ।

चटाई पर लेट गई मैं। घोर द्वंद्व छिड़े मस्तिष्क के समक्ष निद्रा भी लौट जाती रही पलकों के द्वार से। इस संताप का कोई अंत दिख नहीं रहा था। आस की न कोई किरण न कोई सिरा। समस्त रात्रि निकट ही कहीं दहाड़ता रहा सागर...अपने पुरजोर में। कदाचित यह वाटिका प्राचीरों से आवेष्टित है तभी तो समुद्र प्राचीरों पर प्रहार कर लौट जा रहा...क्यों नहीं वह अपनी सीमाओं का अतिक्रमण कर बढ़ आता यहाँ? क्यों नहीं समेट लेता अपनी गोद में मुझे? तब न जीवनोत्सर्ग का पाप लगता, न जीवित रहकर इस दुष्ट का त्रास सहना पड़ता।

पूर्व क्षितिज पर अपनी अरुणिमा बिखेरते सूर्य आकाश मार्ग पर अग्रसर हुए। पक्षी कलरव करने लगे। साथ ही पूजा की घंटी संग शिव स्त्रोत का पाठ सुनाई दिया। प्रभावशाली स्वर में। सोई राक्षसियाँ हड़बड़ाकर उठ बैठीं। मैं आश्चर्यचकित... शिवस्त्रोत का पाठ...यहाँ?

"लंकेश्वर दशानन, शिव के परम भक्त हैं। भगवान शिव की इस प्रिय स्तुति को मात्र वे ही गाते हैं।" मुझे भौचक देख सुभगा बोली। तो और आश्चर्य हुआ। शिव के भक्त इस नृपति को हरण जैसे कुकृत्य करते तनिक भी भय नहीं लगा? ब्याह हेतु कन्याओं का हरण आर्यावर्त में सुना था किंतु पराई स्त्री का हरण करना नहीं। यह दृष्टांत भी प्रस्तुत हुआ तो मेरे ही साथ। आर्यावर्त की प्रथम विलक्षण घटना...मेरे जीवन से संलग्न होती एक और विलक्षणता। क्या रहते संसार तक उदाहरण नहीं बनेगा मेरा यह लोभ? मात्र एक कथित स्वर्ण मृग का मोह...। जो मेरी इस दुर्दशा का कारण बना। किंतु क्या मृग का हठ और कुटी से बाहर आना ही हरण का हेतु था? अरण्य मध्य राम-लक्ष्मण की अनुपस्थिति में सदा निस्संग ही तो रही जब वे वन्य जातियों के ग्रामों या आश्रमों में चले जाते थे। कुटी कोई प्राचीर आवेष्टित भवन तो नहीं थी जिसके द्वार लौह के होते हैं। पर्णकुटी का द्वार तोड़ते क्या विलंब होता मेरे हरण को संकल्पित इस वलिष्ठ रावण को।

अनुभव हुआ, भय, आवेग, अविवेकपूर्ण निर्णय से उत्पन्न स्थिति शत्रु ही उत्पन्न करती है, मित्र नहीं। यह स्थिति अकस्मात उत्पन्न हुई थी शूर्पणखा के आसक्ति स्वरूप प्रणय याचना और मेरे ऊपर किए गए उसके आक्रमण से। मेरी रक्षा में लक्ष्मण ने उसका रूप विद्रूप किया...। उसके प्रतिकारस्वरूप भी उन्हीं प्रवृत्तियों का प्रयोग हुआ। उसके पश्चात् जो कुछ हुआ उसकी ही तो परिणति है मेरी यहाँ उपस्थिति।

"देवी उठिए, नित्यकर्म से निवृत्त हो अन्न-जल ग्रहण कीजिए। क्षीण देह में आत्माबल भी क्षीण हो जाता है।" सुभगा ने आग्रह किया। उसके आत्मीय बोल।

परिस्थितियों की गहनता और राम से मिलन की आस। सभी की माँग एक लगी। प्राण को अक्षुण्ण रखना। परंतु किस विधि?

नित्यकर्म से निवृत्त हो अन्यमनस्क बैठी थी। तभी एक राक्षसी ने सूचना दी, "थोड़ी देर में महाराज पधार रहे हैं।"

भय की ठंडी लहर सिहरा गई मुझे आपादमस्तक। नत मस्तक हो सचेत हो गई। यह अधर्मी क्यों आ रहा है अब यहाँ? यातना का कौन सा अस्त्र प्रयोग करेगा मेरे ऊपर? अपने कामासक्त शब्दों का पुनः प्रहार करेगा? मेरे स्त्रीत्व और अस्मिता को अपमानित करेगा। भगवान आशुतोष, माँ गिरिजा सहाय हो। परवश हूँ मैं यहाँ। नेत्र बंद कर मैंने प्रार्थना की।

"सुंदरी...सुमुखी सीता! क्या निश्चय किया तुमने? अपनी मुक्ति की क्षीण आशा भी मत रखना मन में। बिना मेरी अनुमति यहाँ से निकलना संभव नहीं। वैसे भी मूर्खतावश उस राज्य त्यागी पति के साहचर्य की अभिलाषी क्यों हो जो भिखारिन बनाकर तुम्हें वन-वन भटका रहा था। लंका की राजरानी बनो। यहाँ के अकूत वैभव का उपभोग करो प्रिय! वह कापुरुष वनवासी न तो तुम्हारी रक्षा करेगा न मेरा मुकाबला।" कहकर वह हँसा...अमर्ष हास्य...।

कानों से प्रवेश करते उसके जलते शब्द हृदय को दहका गए। बलपूर्वक नेत्र बंद किए बैठी रही। शायद मेरा उत्तर न पाकर वह चला जाए। मेरी बेवशी वहाँ से उठकर भागती भी तो कहाँ। ये वलिष्ठ राक्षसियाँ भागने भी कहाँ देंगी।

"तुम्हें विश्वास नहीं हो रहा है मेरी बातों का। चलो स्वयं देखो रत्नों-जड़ित मेरा कांचन भवन।"

संज्ञा शून्य-सी बैठी रही मैं अविचल। धृष्टतापूर्वक वह आगे बढ़ा। ओह, यह दुष्ट पुनः मुझे पकड़ लेगा। भयवश तत्क्षण मैं उठ खड़ी हुई। तभी राक्षसियाँ आस-पास जुट आईं और मुझे बलात् अपने घेरे में लिए आगे बढ़ने को विवश करने लगीं।

बलपूर्वक वह स्वयं भवन दिखाने लगा। भव्य भवन, बहुमूल्य रत्नों जड़ित स्तंभ। मणि कांचन युक्त दीवारें। सीढ़ियाँ, हाथीदाँत और सोने के जालीदार झरोखे। भवन का कोना-कोना आलोकित करता रत्नों का अंबार...।

"सुंदरी, ये सारे वैभव और मैं सदा तुम्हारे अधीन रहेंगे। बत्तीस करोड़ राक्षस तथा मेरी रानियों की स्वामिनी तुम्हीं होगी। मात्र तुम हाँ कर दो...!"

सुलग ही तो उठी मैं। वश जाता रहा जिह्वा से—

"मूर्ख, इन निर्जीव पत्थरों का प्रलोभन दे रहा है तू मुझे! इन पाषाण खंडों का? राम जैसे अमूल्य रत्न हो जिसके पास, इन पत्थरों का लोभ क्या दुर्बल करेगा उसे? कापुरुष मेरे पति नहीं, तू है। चौर कर्म करने वाला। इस धृष्टता का दंड तो तुझे अवश्य मिलेगा। मैं आर्य नारी और राम की पत्नी हूँ। चेतन रहते मेरी देह को तू छू नहीं सकता, अचेतन में भले ही इसे काट डाले। जो स्वयं जीवित रहना नहीं चाहता, उसे प्रलोभन या भय क्या दिखा रहा है?"

मेरे निर्भीक कठोर शब्दों ने उसे तिलमिला दिया। उसका धैर्य चुक गया। रोष-युक्त शब्दों में फुफकार उठा, "हठी स्त्री, किंचित मास की अवधि दे रहा हूँ तुझे। यदि तब भी मेरी बात पर सहमत नहीं हुई तो अवश्य मृत्यु का ही वरण करेगी।"

पुनः राक्षसियों से मुझे अशोक वाटिका ले जाने और कठिन पहरा देने को कहकर वह क्रोध से धरा को मसलते हुए भवन के भीतर चला गया।

अशोक वृक्ष की छाँव में आकर परम शांति का अनुभव हुआ। निश्चित अवधि के अक्षयदान से आशा और भय दोनों का उदय हुआ मन में। आशा, राम के आने की। भय, जीवित रहूँ तो राम की होकर। इस मध्य अवश्य राम मेरी खोज कर लेंगे। मुझे ले जाएँगे वरन जीवन का अंत होगा। दोनों स्थितियाँ स्वीकार हैं। मात्र इसके कि उसके प्रस्ताव से सहमत हो उसकी पटरानी बनूँ। उसकी अंकशायिनी बनूँ...। अचंभित तो उसके इस आचरण पर थी कि वह मेरी सहमति का प्रतीक्षित था। बलप्रयोग पर उद्यत नहीं।

मानव के वश में जो होता है, वह उसी का प्रयोग करता है। मेरे वश में था मात्र इस देह को गलाना-सुखाना। मैंने इसे क्रियान्वित करना आरंभ किया। अन्न-जल का त्याग कर।

"सीता, अन्न-जल का त्याग मात्र दुर्बल करेगा तुम्हें, समस्या का समाधान नहीं। भोजन करो। स्वस्थ मन-मस्तिष्क से विचारो। स्थितियों पर दृष्टिपात ही नहीं इससे साक्षात्कार की युक्ति का भी चिंतन-मनन करो।" नया और आत्मीय स्वर चौंका गया...। देखा..सम्मुख अधेड़ सौम्य मुख वाली एक राक्षसी खड़ी थी। मन ही मन मैं हँसी। छल के कितने रूप प्रस्तुत करेगा यह दुष्ट। प्रलोभन और भय का प्रभाव न होते देख करुणा का प्रयोग कर रहा है पापी। स्वयं जैसा नादान है। मुझे भी नादान ही समझ रहा है।

"आप कौन हैं और मुझ अपरिचित स्त्री के साथ यह सहानुभूति का व्यवहार किसलिए?"

"मैं पारिचारिका प्रमुख त्रिजटा हूँ और एक स्त्री भी। अब अपना हितैषी ही समझो।''

''किंतु क्यों?''

''क्योंकि तुम हमारी शत्रु नहीं हो। लंकेश्वर बलपूर्वक तुम्हारा हरण कर लाए हैं और इस कुकृत्य हेतु वे स्वयं तथा अपने राज्य के शत्रु बन बैठे हैं। तुम्हारा आचार-व्यवहार, पति के लिए तुम्हारी, छटपटाहट, तड़प ने विशेष द्रवित किया है मुझे। बहुत भिन्न हो तुम अन्य कन्याओं से...। तुम्हारी ओर रक्षराज के आकृष्ट होने का यही हेतु पर्याप्त है। यह एक मायावी राक्षसी के बोल नहीं, एक स्त्री की पीड़ा है। विश्वास करो, तुम्हारे आचरण से विस्मित और निर्भयता से प्रफुल्लित हूँ मैं। स्वयं को यहाँ अकेला या असहाय मत समझो। मैं सदा तुम्हारे संग-साथ हूँ। आश्चर्य तो यह है, छहों शास्त्र, चारों वेद के ज्ञाता पुलस्त्य कुलभूषण, प्रकांड विद्वान, शिव के अनन्य भक्त लंकेश्वर परस्त्री के हरण का यह जघन्य अपराध कैसे कर सके। आधी लंका और महाराज के आधे सभासदों के मानस को भी घोर उद्वेलित कर रहा है यह प्रश्न। महारानी मंदोदरी तो विशेष विषाद में ऊब-डूब कर रही हैं कि महाराज का यह कृत्य मंगल सूचक कदापि नहीं है।''

मैं मौन रही। छल किस-किस रूप में सम्मुख आ रहा है। इस पराए देश में किसी पर सहज भरोसा कैसे हो?

"संशय और भय त्याग दो सीता। भय स्त्री को दुर्बल करता है। अपने मनोबल को क्षीण मत होने दो। इसी के बल पर सामना कर पाओगी परिस्थितियों का। यह पंचवटी का रम्य अरण्य नहीं है जानकी! बाहुबली राक्षस राज दशानन की अशोक वाटिका है। अरण्य के हिंस्र जीव मनुष्य से भले तो अवश्य होते हैं। वे भक्षण करते हैं। दीन-हीन तो नहीं बनाते स्त्री को।"

त्रिजटा की अति गूढ़ बातें चौंका गईं मुझे। उसके अस्पष्ट शब्दों में कितने भाव, भय, आशंका स्पष्ट थी।। भान हुआ, सत्य में यह अरण्य का स्वतंत्र वातावरण नहीं, जहाँ अभी तक मैं हर्षित मन निःशंक विचरण करती रही थी। यह तो परतंत्र का पिंजड़ा है। सींखचारहित परंतु अत्यंत सुरक्षित कटोरे के समान चहुँओर समुद्र वेष्टित। कोई द्वार निरापद नहीं जिस से निकलना संभव हो। सजग प्रहरियों का हर पहर पहरा। भूल से भी किसी खंदक में गिरे तो विशाल पालित मगरों का ग्रास बनना निश्चित। यह प्रहरी राक्षसियों द्वारा किया गया बयान था। प्राण का भय त्याग चुकी थी मैं, किंतु इसे राम से मिलन तक अक्षुण्ण रखना होगा। वह मेरा है भी कहाँ? राम का है। यदि मैं निष्प्राण हो गई तो राम भी दुर्बल हो जाएँगे। तब इस आतताई रावण से मेरे अपमान और त्रासदी का बदला कैसे चुका पाएँगे। औचक मस्तिष्क में कुछ कौंधा।

प्राणोत्सर्ग में सफल नहीं हो सकती। इस ममतामयी त्रिजटा की छत्रछाया में रावण के बल प्रयोग से अवश्य बच सकती हूँ। निश्चय ही यह दैव प्रेरणावश यहाँ आई है। वलिष्ठ, सहृदय व हितैषी। क्यों न इससे आत्मीय संबंध बनाया जाए। लगा विपत्ति काल में मानस स्वयं के बचाव में अधिक सक्रिय हो उठता है। कदाचित ऐसे ही क्षण के लिए साम, दाम, दंड और भेद नामक कूटनीति का विधान किया होगा शास्त्रकारों ने।

"आपका वय और सहृदयता मुझे माँ कहने पर विवश कर रही है। आपको अरुचिकर प्रतीत न हो तो क्या मैं आपको माँ कह सकती हूँ?"

"तुम्हारे मुख से माँ शब्द का संबोधन सुनकर मन गद्‌गद हो गया पुत्री, घोर संकट और संताप की घड़ी में भी तुम्हारा संयम और संस्कार चकित कर रहा है मुझे। सहर्ष मुझे माँ कहो जानकी, भला लगेगा।" त्रिजटा बोली। हर्ष की अधिकता से स्वर भर्रा उठा उनका...।

''पुत्री सीता! प्रतिदिन तुम उसी वस्त्र को स्वच्छ करती हो। सुखाती हो पुनः धारण करती हो। जब तक वस्त्र सूख नहीं जाते उतरीय लपेटे लताकुंज में बैठी रहती हो बदन को समेटे। देखकर मेरा हृदय व्यथित हो जाता है। माना तुम लंकेश्वर का दिया वस्त्र नहीं धारण कर सकतीं। मेरा वस्त्र धारण करने में तुम्हें आपत्ति नहीं होनी चाहिए?''

''माते, यहाँ का अन्न-जल इसलिए ग्रहण कर रही कि राम के दर्शन तक जीवित रखने के ये माध्यम हैं (और रावण के विनाश तक भी...यह नहीं कहा) रहा वस्त्र, तो एक से भी मेरा तन ढक ही रहा है। यहाँ के ताप से ये क्षण मात्र में सूख जाते हैं। तब तक प्रकृति मेरी लज्जा की रक्षा करती है। वैसे भी इस निर्जन में कोई इस ओर आता नहीं। यह प्राकृतिक झरना पर्वतों और सघन वृक्ष व लताओं

से घिरा है। उत्तरीय पहनने से मैं पूर्णतः निवस्त्र कहाँ होती हूँ। अधोवस्त्र सूखने के पश्चात् इसे भी स्वच्छ कर लेती हूँ। आप तनिक भी दुखी न हों।'' मैंने त्रिजटा को आश्वस्त किया। वे मलिन मुख लिए चली गईं।

निश्चित अवधि की शर्त के बाद भी उसने आना कहाँ छोड़ा अशोक वाटिका में। हर तीसरे-चौथे दिन आता। वही राग अलापता, वही प्रलोभन देता। डराता। धमकाता। प्रणय निवेदन करता। मैं मौन रहती। मात्र राम के आने की आस लिए। प्रतीक्षा थी उन्हें देखने की। मोह था उनका। यही प्रेरित कर रहे थे सारे त्रास सहने को...रावण के कुबोल...वर्षा की तेज बौछार। धूप की उमस। गर्मी का प्रकोप भी विचलित नहीं कर रहे थे...सोचती, मेरे राम भी कहाँ चैन से होंगे। ये समस्त त्रासदी भ्राता लक्ष्मण संग वे भी भोग रहे होंगे जहाँ भी होंगे वरन इससे भी अधिक...मेरी अज्ञात स्थिति उन्हें पल-पल सहमा रही होगी।

कभी अंतरंग क्षणों में कहा गया उनका वाक्य, 'हम दो शरीर एक प्राण हैं प्रिय। यदि तुम्हें किसी भी प्रकार की पीड़ा होगी, तो तड़पूँगा मैं। अतः प्रसन्न रहा करो।' उनके ये शब्द संबल बँधाते और व्याकुल भी कर देते मुझे।

"टूटकर बरसने के बाद आकाश स्वच्छ हो गया था। किंतु पूर्णतः नहीं। कहीं-कहीं मेघ छौने विचित्र आकृति बनाते परस्पर आँख-मिचौली खेल रहे थे। धीरे-धीरे मैं अपनी निस्संगता के साझीदार बने सरोबर के निकट आई। ढेरों कमल, नील पद्म पुष्पित-दलयुक्त विकसित थे उसमें।

महाराज पौलस्त्य वैश्रवण दशग्रीव प्रति दिवस पद्म पुष्प चढ़ाते हैं अपने आराध्य शिव को। त्रिजटा ने कहा था तथा उसके जन्म संबंधी बातें भी कि कैसे लोकपाल महाराज कुबेर से लंका छीनने हेतु इसके नाना सुमाली ने अपनी पुत्री कैकसी को आर्य महर्षि पुलस्त्य नंदन विश्रवा के सम्मुख प्रणय याचना के लिए भेजा था, उसी का प्रतिफल हैं रावण, कुंभकर्ण, विभीषण व शूर्पणखा। आश्चर्य तो यह था आर्य पिता और दैत्य माता का पुत्र यह रक्ष संस्कृति का संस्थापक और पोषक कैसे बन गया? क्या इसलिए कि आर्यों में विवाह-मर्यादा दृढ़बद्धमूल है? परस्त्री या परपुरुष गमन बहिष्कृत कर्म है जो अक्षम्य है। पारिवारिक, सामाजिक प्रतिबद्धता उनकी जीवन पद्धति है। यहाँ तो नरमांस भक्षण भी निषेध नहीं है... चहुँमुखी उच्छृंखलता से युक्त हैं ये राक्षस गण...जैसा निकृष्ट भोजन...वैसा ही उन्मुक्त आचार-व्यवहार...।

पर यह नीलपद्म मेरा आराध्य ही था। राम सदृश्य। सीढ़ियों पर उतरकर मैंने एक विकसित पद्म को अपनी ओर खींचा। तोड़ा...अनुभव हुआ जैसे राम के हाथ का स्पर्श है। आह राम...कहाँ हैं आप? किस हाल में हैं? कैसे संज्ञान होगा आपको, मैं यहाँ हूँ? इस दुष्ट के कारागार में बंदिनी बनी आपकी राह देखती।

"सावधान...महाराज लंकेश पधार रहे हैं।" एक राक्षसी का ऊँचा स्वर गूँजा। धीरे से मैंने पद्म को सरोबर में रखा और अशोक के नीचे आ बैठी। दोनों घुटनों के बीच सर तथा हथेलियों से कानों को बंद किए। उसकी अवज्ञा करने और बातों को सुनने से बचने हेतु एक यही बचाव तो वश में था मेरा। मेरे बंद कानों में भी नूपुर के मद्धिम स्वर निनादित हो उठे...। स्वर तनिक दूरी पर ठहर गए। अचंभा

हुआ, आज यह कौन स्त्री आई है...? राक्षसियों को कभी नूपुर धारण करते नहीं देखा था मैंने...तत्क्षण रावण का स्वर सुनाई दिया।

"मुख छिपा, कानों को बंद कर अपने को अदृश्य कर लेना चाहती हो सीता? प्रिय, मेरी आसक्ति को पहचानो। भयभीत होने का कोई कारण नहीं मुझसे। घोर पीड़ा होती है तुम्हारी यह स्थिति देखकर। खुले बाल, मलिन बसन, पृथ्वी पर शयन, ऋतु की मार सहना और उपवास। यह सब छोड़ दो। असीम वैभव-युक्त लंका की स्वामिनी बनने वाली हो। उस वनवासी की आशा व्यर्थ है। संदेह है वह अभी तक जीवित भी होगा या नहीं। जीवित भी होगा तो मुझ से युद्ध की छोड़ो, वह इस लंकापुरी तक भी नहीं पहुँच सकता है। तप, बल, पराक्रम, तेज, यश में वह मेरे पासंग बराबर भी नहीं। तुम मेरी भार्या बन जाओ। शायद तुम्हें ज्ञात नहीं, स्त्री हरण, उनसे बलात्कार राक्षसों का स्वधर्म है। परंतु सुभगे, तुम्हारी इच्छा के विरुद्ध स्पर्श तक नहीं करूँगा तुम्हारा। तुम भी मुझे अधैर्य मत करो...।"

इतना विनीत, विनम्र स्वर? वह मेघ गर्जना कहाँ गई? यह भी इसके कपट का अंश तो नहीं या वह नूपुर का स्वर ही तो इस विनम्रता का कारण नहीं। तो यह किसी स्त्री को सम्मान भी देता है? कौन है यह स्त्री? मौन क्यों है? न रावण को दुत्कार रही है, न मेरी भर्त्सना ही कर रही है। उधर देखना उचित न लगा। किंतु रावण के शब्द ने मौन भी नहीं रहने दिया। तीक्ष्ण स्वर में बोली

"सुना है, धर्म के महान ज्ञाता हो। प्रजापालक राजा भी हो। फिर तुम्हें इतना भी ज्ञात नहीं, पराई स्त्री न्यायत: किसी और की पत्नी नहीं बन सकती। तुम दंभ से कह रहे हो परस्त्री हरण, बलप्रयोग तुम्हारा धर्म है तो हम आर्य नारियों के लिए एक पति का व्रत ही धर्म है। प्राण देकर भी आर्य स्त्रियाँ अपने सतीत्व को अक्षुण्ण रखती आई हैं। इस लंका में क्या एक भी सदाचारी पुरुष नहीं है, जो तुम्हारी उल्टी बुद्धि को ठीक कर सके? अपनी पत्नी से असंतुष्ट, चंचलाचित्त पुरुष सदा निंदा का पात्र होता है। रही मेरी इच्छा और सहमति तो सुनो राक्षसराज, कोई सिंहनी किसी सियार की कामना कभी नहीं करती। अपने वय को देखो और शर्म करो।"

मेरे तिरस्कार के शब्द जैसे तलवार का सघन वार। क्रोध से तड़प उठा वह–

''मूर्ख स्त्री, मेरे अनुनय, विनय, मान, मनुहार को मेरी दुर्बलता समझ रही है। तिरस्कार करती जा रही है। मैं चाहूँ तो इसी समय तुम्हें यमलोक पहुँचा सकता हूँ। स्मरण रख, दो मास की अवधि मध्य यदि तुमने मेरी भार्या बनना स्वीकार नहीं किया तो तुम्हारे शरीर के टुकड़े-टुकड़े कर दूँगा।'' और चोटिल नाग की भाँति फुफकारता पैर पटकता चला गया वह। पीछे मधुर नूपुर स्वर भी। उसके जाते ही त्रिजटा मेरे समीप खिसक आई। मद्धम स्वर में बोली–

"भय मत करो पुत्री, कामासक्त पुरुष के प्रिय का प्रिय भी प्रेम का पात्र हो जाता है। राम से अतिशय शत्रुता होने पर भी तुम्हारे वध हेतु संकल्पित लंकेश्वर के रोष को तुम्हारे प्रति उनकी आसक्ति ही स्नेह व अनुराग में परिवर्तित कर रही है। वे कभी तुम्हारा वध नहीं करेंगे।"

तड़प उठी मैं–

"नहीं..मेरे लिए रावण की कामासक्ति से प्रिय है उसकी शत्रुता...वह क्यों वध नहीं कर देता मेरा? जीवित रहने की साध ही किसे है माँ?" वितृष्णा से अश्रु छलक आए मेरे नेत्रों में।

23

परतंत्र, परवश पिंजड़े में वास की स्थिति कितना त्रासद हो सकती है जब जीवित रहने या प्राणोत्सर्ग का कोई साधन लक्षित या उपस्थित न हो। इसका गहन अनुभव हो रहा है मुझे। राक्षसियों का धमकाना...प्रलोभन देना। उस दुरात्मा के गुण, पराक्रम का वर्णन करना। आग्रह, निवेदन करना और मेरी विवशता...चाहकर भी उनके अनर्गल प्रलाप सुनने से वंचित नहीं कर पाती स्वयं को। रावण की आसक्ति की बातें सुन स्वयं से ही वितृष्णा सी अनुभव होती है मुझे। अपने जीवित रहने पर क्षुब्ध हो उठती हूँ। धिक्कारती हूँ अपने प्राण को, इतनी यातनाओं के पश्चात् अभी तक वह मेरे तन में स्थित क्यों है?

नैतिकता, पतिव्रत, समर्पण और निष्ठा जैसे शब्दों से सर्वथा अनभिज्ञ ये स्वेच्छा-चारिणी राक्षसियाँ मेरी मनोभूमि तक पहुँचने में समर्थ कहाँ थीं। इनसे वाद-विवाद करना ग्लानि से भर देता मुझे। ऐसे में हर पल, हर क्षण राम का प्रेम स्मरण हो आता। उनका मोह व्यग्र करता रहता। हृदय तड़प उठता उनके दर्श, सान्निध्य के लिए। नेत्र झर-झर बरस पड़ते। किंतु राक्षसियों के मध्य होड़ लगी रहती। कौन अपनी चतुराई, व्यवहार और प्रपंच द्वारा मुझे सहमत करती है रावण के प्रति समर्पण हेतु। पद, पुरस्कार का लोभ अभावग्रस्त इन सेविकाओं हेतु अधिक था। अनुभव होता, विद्वान से अज्ञानी तक ने यही वर्चस्व तो स्थापित कर रखा है संसार में। प्रलोभन से दमित द्वारा दमित का ही नाश, त्रास करवाना। सोचकर अचंभित होती पर सोचों को दुत्कारती नहीं। ये सोचें ही थीं जो मुझे व्यस्त रखतीं। उनकी गहनता में डूबकर ही इस स्थिति को विस्मृत करना संभव था।

त्रिजटा डपट रही हैं राक्षसियों को। अपने किसी स्वप्न का उदाहरण दे उन्हें भयाक्रांत कर रही हैं–

"मूर्खो, क्यों त्रस्त कर रही हो सीता को? इसे त्रास देने से न लंकेश का भला होगा और न लंका का। प्रात: मैंने भयानक स्वप्न देखा है। इसके पति और देवर श्वेत वस्त्रों में सज्जित लंका आए हैं तथा इसे लेकर पुष्पक विमान से उत्तर की ओर चले गए हैं। और बंधु-बांधव समेत लंकेश रक्त-वसन धारण किए दक्षिण दिशा में जा रहे हैं। ध्वस्त बिखरी लंकापुरी में हर ओर रुदन-चीत्कार मचा है। भोर का स्वप्न मिथ्या नहीं होता।"

त्रिजटा की बातें सुन भीरु राक्षसियाँ भय से तत्क्षण इधर-उधर बिखर गईं।

"आपने स्वप्न की काल्पनिक बातें उन्हें भयभीत करने और मुझे त्रास से उबारने हेतु ही न कही हैं उनसे? मैं स्वयं जीवित रहने को इच्छुक नहीं हूँ। इनकी ओछी और रावण की कामासक्त बातें सहने की सामर्थ्य नहीं है मुझ में। प्राणोत्सर्ग का कोई और हेतु यहाँ लक्षित नहीं हो रहा है। आपका बहुत उपकार होगा, कृपया आप

अग्नि की व्यवस्था कर दीजिए। शरीर का दाह, मन के इस दाह से क्षीण तो होगा माँ!" मैं बिलख पड़ी।

"अधैर्य मत हो पुत्री! मैंने सत्य में ऐसा स्वप्न देखा है। मिथ्या नहीं कह रही मैं। भगवान शिव करें, मेरा यह स्वप्न सत्य हो जाए।"

"कुछ भी हो माँ, अब क्षण मात्र भी जीवित रहना अभीष्ट नहीं मुझे। मेरी आस भी क्षीण होती जा रही। संभव है राम को ज्ञात ही न हुआ हो मेरे हरण की दिशा और यह स्थान। संभव है राम उस पर्वत तक पहुँचे ही नहीं हों जहाँ मैंने अपना आभूषण गिराया था। संभव है राम के आने तक आर्य जटायु परलोक गमन कर गए हों। दया कर तनिक अग्नि की व्यवस्था कर दीजिए ताकि अपने शरीर को भस्म कर सकूँ।"

"प्रातः से ही क्षुधित हो पुत्री, प्रथम भोजन लेकर आती हूँ। भोजन कर लो, उसके पश्चात् जैसा उचित अनुभव होगा मैं प्राणपण से तुम्हें सहयोग करूँगी।" कहकर त्रिजटा भवन की ओर चली गई। यह ममतामयी स्त्री कदापि मेरी मृत्यु का समर्थन नहीं करेगी। शुभ अवसर जान मैंने अंग वस्त्र का फंदा बनाया और अशोक की डाली में उसे फँसाने का प्रयत्न करने लगी।

तत्क्षण अशोक वृक्ष से मेरे निकट कुछ गिरा। अनुभव हुआ मेरी पीड़ा से द्रवित हो अशोक ने तो नहीं कुछ गिराया है, जिससे मेरे दु:खों का शमन हो। झपटकर उसे उठाया...स्तंभित रह गई...। इस भीषण वीराने में मेरे राम की मुद्रिका...? किस विधि आई यहाँ? कौन लाया इसे यहाँ? भौचक हो वृक्ष की ओर देखा, क्या स्वयं राम यहाँ कहीं उपस्थित हैं और अलोक रहकर मुझे सता रहे हैं? मैंने मुद्रिका को नेत्रों से लगाया। कातर स्वर में बोली, "मेरे राम की मुद्रिका का दर्शन कराने वाले कृपालु कौन हैं आप?"

मुझे भौचक करता तत्क्षण एक पुरुष वृक्ष से कूदा और मेरे सम्मुख आ खड़ा हुआ। तांबई रंग, पिचके हनु वाला। इस रंग-रूप का पुरुष अरण्य से लेकर इस भूमि पर दृष्टिगत नहीं हुआ था अभी तक मुझे।

''देवी, निसंदेह आप प्रभु राम की भार्या सीता हैं। कल से ही लंका के एक-एक भवन, झोपड़ी छान रहा हूँ आपकी खोज में। अभी उस राक्षसी से आपका संवाद सुन कुछ ढाढ़स हुआ किंतु आपकी वेश-भूषा से असमंजस में था, अत: निश्चित करने हेतु प्रथम मुद्रिका गिराई मैंने।

शंकित हो उठी मैं। कहीं यह भी रावण द्वारा रचित कोई माया तो नहीं है? ये मायावी राक्षस भेष परिवर्तित करने में दक्ष हैं। बिना याचना किए अपने हृदय का उद्गार उजागर करना उचित न होगा इसके समक्ष।

"कौन हैं आप? आर्य राम को कैसे जानते हैं? उनसे आपकी भेंट कहाँ हुई? अभी वे कहाँ हैं?" शीघ्रता में कितने सारे प्रश्न कर बैठी उनसे।

"देवी, मैं वानर श्रेष्ठ केशरी व अंजनी पुत्र हनुमान, किष्किंधा नरेश सुग्रीव का अनुचर हूँ। किष्किंधा में ही ऋष्यमुख पर्वत निकट दोनों भाइयों से हमारी भेंट हुई। आपकी खोज में व्याकुलता से भटकते हुए वे वहाँ तक पहुँचे थे। उसी पर्वत पर आपने अपना आभूषण गिराया था। जो महाराज सुग्रीव के पास था वही महाराज

सुग्रीव तथा प्रभु राम की मित्रता का हेतु बना। भरोसा रखें मैं कोई मायावी राक्षस नहीं। यह मुद्रिका रघुनंदन की ही है।" सुनकर मेरा मन पुलक उठा।

"ओह...तो आप महर्षि गौतम-देवी अहल्या के नवासे और मेरे कुल पुरोहित शतानंद के भांजे हैं?"

"हाँ देवी, आपका अनुमान बिल्कुल सत्य है।"

मेरा हृदय द्रवित हो उठा। गला भर आया। अनुभव हुआ, निकट जनों की उपस्थिति कितनी संबलता प्रदान करती है अपरिचितता के वातावरण तथा अपरिचित प्रदेश में।

"अब आप तनिक भी संताप न करें। आपकी स्थिति ज्ञात होते ही राम किंचित विलंब न करेंगे यहाँ आने में। महीनों से महाराज सुग्रीव की कई सैन्य टुकड़ियाँ आपकी खोज में यत्र-तत्र भटक रही हैं। मेरा अहोभाग्य, आप के दर्शन हुए।"

पुनः हनुमान राम से भेंट, मेरे लिए उनकी व्याकुलता, मेरी खोज में उनके भटकने का वृत्तांत सुनाते रहे...। मेरे नेत्र बरसते रहे...मुख अश्रुओं से भीगता रहा। हृदय व्यग्र होता रहा।

''वत्स, इस असीम जलपूरित सागर को तुमने जय कैसे किया? सुना है यह कई योजन विस्तारित है।'' मैंने अपना आश्चर्य व्यक्त किया।

''हाँ देवी, है तो यह बहुत ही विस्तारित किंतु अजेय नहीं है। यह बात आपकी खोज में दक्षिणी दिशा में निकले वानर यूथों से सेतुबंध में गृद्धराज जटायु के बड़े भ्राता संपाती ने बताई तथा हमारा ढाढ़स बँधाते हुए यह भी कहा कि हम इसे पार कर सकते हैं यदि तरण विद्या में निपुण हैं तो। क्योंकि सेतुबंध से गृद्धकूट पर्वत श्रृंखला सागर तल से त्रिकूट पर्वत तक फैला है जिस पर यह लंकापुरी स्थित है और इसके मध्य-मध्य में अनेक लघु द्वीप उभरे हुए हैं जिनमें अधिकांश निर्जन हैं तथा किसी-किसी पर वास भी है मनुष्यों का। तब हमारे वृद्ध रीक्षराज जामवंत ने मुझे प्रेरित किया कि मैं इसे तैरकर पार कर सकता हूँ। उनकी प्रेरणा से ही यह संभव हुआ।''

''हनुमान, यह वही गृद्धराज काका जटायु तो नहीं जिनका संरक्षण हमें पंचवटी में प्राप्त था?''

''हाँ देवी, वही गृद्धराज जटायु जो आपकी रक्षा करते हुए घायल हो गए थे...किंतु प्रभु राम के वहाँ पहुँचने तक अपनी सांसों को बचाए रखे थे। उन्हें मात्र इतना कह पाए...दक्षिण दिशा..और परमधाम को चले गए।''

''तो क्या वे आदरणीय अब नहीं रहे? आह...मेरा दुभाग्य, उनकी मृत्यु का हेतु मैं बनी।''

''शोक न करें देवी, किसी भी वीर का यह हश्र तो गौरव पूर्ण होता है। शोकाकुल होकर उस महत्ता को क्षीण न करें। एक अपहर्ता से आपकी रक्षा करते हुए उन्होंने वीरगति प्राप्त की है। और रघुनंदन की गोद में प्राण ही नहीं त्यागे हैं उनका दाहसंस्कार भी उन्हीं के हाथों हुआ है। ऐसा प्रभु राम से ज्ञात हुआ और उन्हीं द्वारा इंगित दिशा में आपकी खोज करते वे किष्किंधा तक पहुँचे थे। यदि उनकी सांसें लंका या रावण कहने तक रुक जातीं तो इतनी अवधि व्यर्थ न होती आपकी खोज में।''

"वानर श्रेष्ठ, यह मेरी नियति है, किंतु तुम्हारी बुद्धि, विवेक और शक्ति से ही संभव हुआ इस दुर्गम प्रदेश में तुम्हारा प्रवेश। सागर की असीम जलराशि, क्रूर

राक्षसों का भय भी बाधा नहीं बना मार्ग का। तुम्हारी श्रद्धा, समर्पण से वात्सल्य का भाव जाग्रत हो रहा मन में तुम्हारे प्रति। तुम मेरे पुत्रवत हो।"

"आह माते, पुत्र कहकर तो धन्य ही कर दिया मुझे। इतना मान...?" हनुमान के नेत्र भर आए।

"प्रिय हनुमान, राम-लक्ष्मण सकुशल तो हैं न?"

"आप से विलग उनके चित्त में कुछ है ही नहीं। किष्किंधा में प्रस्त्रवण पर्वत पर रह रहे हैं। फल-फूल, सुंदर पक्षी तक उन्हें व्याकुल कर देते हैं। शायद आपका स्मरण हो आता है उन्हें और लाख प्रयत्न के पश्चात् अश्रुसिक्त हो उठते हैं उनके नयन। किंतु अब सब कुशल हो जाएगा।"

"वे किस विधि पहुँचेंगे यहाँ? यह दुष्ट रावण क्या सहज प्रवेश करने देगा उन्हें अपने गढ़ में, या सहज मुझे लौटाएगा उनके पास? दो मास की अवधि निश्चित की है मेरे जीवन की। यदि कुछ पल का भी विलंब हो जाता तुम्हें मुद्रिका गिराने में तो मेरा प्राणांत हो गया होता।"

"आप उनकी चिंता न करें। उनके साथ रीछ, वानरों की विशाल सैन्य के साथ ही किष्किंधा नरेश सुग्रीव स्वयं तत्पर हैं उनके सहयोग हेतु। अब वे निस्संग नहीं हैं। नल-नील जैसे वास्तु-विशारद हैं...कोई न कोई युक्ति तो सोची ही जाएगी यहाँ आने की। नहों तो ऐसा कीजिए। आप मेरी पीठ पर बैठ जाइए। प्रभु राम के पास अभी पहुँचा देता हूँ आपको। इस समुद्र को पार करना कठिन नहीं है मेरे लिए।"

हनुमान का प्रस्ताव हर्षित कर गया मुझे। क्या अपने राम को इतना शीघ्र देख पाऊँगी मैं? ऐसा मेरा सौभाग्य है? या यह कोई मिथ्या स्वप्न तो नहीं? तत्क्षण बिहँसते नेत्र में शंका की धुंध घिर आई।

"किंतु तुम्हारा आकार तो बहुत दुर्बल लग रहा?"

"अभी आपकी शंका का निवारण किए दे रहा हूँ माते।" मेरी मंशा समझ हनुमान हँसे और ओढ़े हुए अंगवस्त्र को हटाकर अपने बदन को फुलाने लगे...विकसित होती उनकी मांसपेशियों को देख उनकी अपार शाक्ति का सहज अनुमान हो गया मुझे। उन्हें बीच में ही रोकते हुए बोली।

"स्वयं को रोक लो हनुमान, कोई शंका नहीं रही तुम्हारे पराक्रम पर। राम के दर्शन की लालसा तो व्यग्रकर रही है मुझे किंतु अभी यहाँ तुम्हारे साथ चोरी से जाना युक्तिसंगत नहीं होगा। प्रथम तो ये राक्षस इतनी आसानी से क्या मुझे जाने देंगे? वे अवश्य तुम पर शस्त्र प्रहार करेंगे। तुम निशस्त्र उनसे युद्ध करोगे या मेरी रक्षा...? और जिसने मुझे इस त्रास में डाला है उससे अपने अपमान का बदला लिए बिना यहाँ से जाना मान्य नहीं। मेरा अपहरण कर अपमानित करने वाले रावण का विनाश कर राम सम्मानपूर्वक मुझे यहाँ से ले जाएँ। यह मेरा मान तथा उनके योग्य पराक्रम होगा। यदि मैं यहाँ से चली गई तो रावण वध का हेतु ही समाप्त हो जाएगा राम का जो मुझे स्वीकार नहीं। तुम जाओ। यहाँ का संवाद शीघ्र रघुनंदन को दो, ताकि उनके संतप्त मन को शांति प्राप्त हो। प्रिय लक्ष्मण की चिंता दूर हो"

"ऐसा नीतिपूर्ण विचार आप के सिवा किसी और का हो ही नहीं सकता माते!

बिल्कुल आर्य नारी के अनुरूप। आपकी एक-एक पावन चेष्टाओं का साक्षी हूँ मैं। श्रीराम मेरे मुख से सारा वृत्तांत सुनेंगे तो अतिशय हर्षित होंगे। उनकी आश्वस्ति हेतु अपनी कोई पहचान दे दीजिए।"

मात्र एक चूड़ामणि पास रह गया था आभूषणों को गिराते समय। उस घोर संकट काल में भी विस्मृत नहीं हुआ था कि यह मेरे सुहाग का चिह्न है। राम के जीवित होते स्वयं से विलग नहीं कर सकती इसे। अतः बचा गई थी।

"प्रिय आंजनेय! यह चूड़ामणि लो। इसे देखते ही राम को मेरा स्मरण हो आएगा। उन्हें कहना–रावण के बंदीगृह में घोर अपमानपूर्ण जीवन व्यतीत कर रही है उनकी सीता। शीघ्र ही वे सुधि लें मेरी। यह भी कहना, उन्हीं के मोह में एक-एक दुस्सह पल काट जीवित हूँ। अब जाओ। मेरा स्नेहाशीष तुम्हारे साथ है। राम के प्रति तुम्हारी यह आस्था व भक्ति रहते संसार तक बनी रहे।"

प्रणाम कर हनुमान वाटिका से चले गए।

राम तक हनुमान के पहुँचने के क्षणों का अनुमान करने लगी मैं। कब ये वहाँ पहुँचेंगे? संवाद देंगे? राम की व्याकुल आँखें मेरी खोज में गए वानरों का पथ निहार रही होंगी। इधर मेरी चिंता। उधर वनवास की पूर्ण हो रही अवधि की चिंता। एक दिन भी अयोध्या जाने में विलंब होने का अर्थ होगा भरत के जीवन के साथ अनर्थ। आह मेरे राम...यह दुस्सह पीड़ा कैसे सह रहे होंगे आप? हम साथ थे तो अरण्य भी स्वर्ग सदृश्य था। अभी दुःखों का पहाड़ हृदय पर लिए पृथक-पृथक जीने पर विवश हैं। हृदय फटने लगा विधि के इस विधान पर।

हनुमान सम्मुख थे। राम के विषय में सुनकर सुख मिल रहा था। मानो राम मेरे सम्मुख हों। हनुमान के जाते ही पुनः वही उदासी, वही व्याकुलता। किंतु एक आश्वस्ति भी हुई। हनुमान किष्किंधा पहुँचेंगे। मुझे जीवित जान मेरे राम के दुःखों का अंत हो जाएगा। वे शीघ्रातिशीघ्र लंका आने का यत्न करेंगे। किंतु किस प्रकार? हनुमान के कथानुसार रीछ, वानरों की विशाल सेनाएँ होंगी। इतने लोगों के आने की क्या व्यवस्था होगी? व्यवस्था में ही दो मास लग गए तो? फिर तो उनका सारा यत्न, परिश्रम व्यर्थ हो जाएगा। प्राण रहते रावण का प्रस्ताव मैं स्वीकार करूँगी नहीं। अस्वीकार करने पर वह जीवित नहीं छोड़ेगा मुझे।

संध्योपासना से निवृत्त हो बैठी ही थी। भारी कोलाहल उभरा। वाटिका के इस भाग में भी भागम-भाग व हंगामा मच गया। सहम उठी मैं। कैसी आपदा आई अब? पहरे की राक्षसियाँ भी व्यग्र थीं। अपने घर-परिवार हेतु। सागर से उठतीं प्रचंड आँधियाँ तट पर बसे उनके घरों के साथ नगर को भी भारी क्षति पहुँचाती रही थीं। अधिकांश के पति जलीय जंतुओं के व्यवसायी हैं। सागर में गए होंगे...सभी की एक ही चिंता। चिंतारत तो मैं भी थी। अशोक वृक्ष के तने से टेक लगाकर बैठ गई। क्या बिगाड़ लेगी अब कोई आपदा-विपदा मेरी। प्राण का भय समाप्त हो जाने पर कितना निर्भय हो जाता है मनुष्य, अनुभव हुआ।

"सारी लंका जल गई। हर ओर चीख-पुकार मची है। झोपड़ी से लेकर महल तक क्षति पहुँची है।" स्वर उभरा। घबड़ाई हुई रात्रि पहरेवाली राक्षसियाँ भागती कोलाहल करती आईं। उनके संग त्रिजटा भी...।

"सीता...आह पुत्री, मुझे तुम्हारी ही चिंता थी। भागी आई घर से। यहाँ की स्थिति और तुम्हें सकुशल देख आश्वस्ति हुई।" निकट बैठती हुई त्रिजटा बोली–

''सारी लंका जल गई?''

''तो हम लोग कहाँ हैं? यह वाटिका और वह भवन तो पूर्ववत ही है? व्यर्थ सब चीख–चिल्ला रही हैं। लगी होगी कहीं आग।''

त्रिजटा ने भयभीत राक्षसियों को काम पर भेजा। फुसफुसाती हुई बोली, "पुत्री! ज्ञात हुआ है उत्तर से श्रीराम का कोई दूत आया है। उसी ने यह भयानक ऊधम मचाया है लंका में। राज वन में फलों के वृक्षों को उखाड़ फेंका। पकड़ने गए सैनिकों पर वृक्षों से प्रहार किया। अंत में राजकुमार अक्षय को भी उसने मृत्यु के घाट उतार दिया है। सैनिकों की सहायता से कुमार इंद्रजीत उसे पकड़कर राजसभा में ले आए। महाराज को भी उसने आपके हरण हेतु घोर भर्त्सना की। क्रोध में महाराज ने उसे मार डालने की आज्ञा दे दी। छोटे महाराज ने दूत वध को निषेध बताया और परामर्श दिया–इसकी देह में कपड़ा लपेटकर आग लगा देने का। आग लगते ही वह उछल–कूद मचाता घरों–भवनों पर भागने लगा। पुनः समुद्र में कूद गया।"

ओह तो मेरे हनुमान की यह गति हुई? जाने वे जीवित भी हैं या...? इतनी सहजता से क्या मृत्यु वरण कर सकती है उन्हें? किंतु यदि ऐसा हो गया हो तो? मेरा दुर्भाग्य...क्षणिक हर्ष के बाद पुनः विषाद। हनुमान के साथ ही मेरे होने का चिह्न भी समाप्त हो जाएगा। राम जान भी न पाएँगे कि मैं कहाँ हूँ।

"नहीं–नहीं...ऐसा संभव नहीं...वे अति बलवान व बुद्धिमान हैं। सागर लाँघ जाने वाला उसमें कैसे डूब सकता है भला।" मेरे मुख से अस्फुट स्वर निकला...

"तो वह तुम से मिलकर गया है पुत्री? यथार्थ में वह राम का ही दूत था?"

"हाँ माँ, आप का स्वप्न सत्य हुआ। वे रामदूत हनुमान हैं। मेरी खोज में आए हैं यहाँ।"

सुनकर त्रिजटा हर्षित हो गई।

"मैंने कहा था न पुत्री, भोर का स्वप्न कभी मिथ्या नहीं होता।"

"किंतु माँ...कैसे ज्ञात होगी उसकी स्थिति?"

"पुत्री, इस विशाल सागर को लाँघकर आने वाले का यह तुच्छ आग क्या बिगाड़ सकती है। किंतु उसने आग लगाने वालों को अच्छा पाठ पढ़ाया है। लंकेश्वर को भी अपनी करनी पर अवश्य पश्चात्ताप हो रहा होगा।"

"उसे कोई पश्चात्ताप नहीं होगा। बहुत अहंकारी है वह। अहंकार में चूर मनुष्य को किसी भी क्षति का अनुभव नहीं होता।"

"बिल्कुल सत्य कह रही हो तुम। महारानी मंदोदरी का उनसे अनुनय, विनय, आग्रह, अनुरोध, पुत्रों के प्राणों की दुहाई देना कि तुम्हें राम के पास पहुँचा दें। सब व्यर्थ हो रहा...महारानी की बातों का प्रभाव होता, तो अभी तक तुम राम के पास होतीं। लगता है इसके कृत्य से राक्षस जाति का विनाश निश्चित है और इस सब का कारण है वह शूर्पणखा।'' क्षुब्ध स्वर में त्रिजटा बोली।

''किंतु माते, शूर्पणखा क्यों चाहेगी लंका का विनाश हो? वह तो यहाँ की राजकुमारी है?'' मैंने साश्चर्य पूछा

"रक्षराजकुल की अहंकारी स्वभाव तथा स्वच्छंद जीवन जीने की आकांक्षी शूर्पणखा जिसका असल नाम (वज्रमणि) है को तीन-तीन पराक्रमी भाइयों के लाड़-प्यार ने विशेष हठी बना दिया। तभी तो वह महाराज दशानन से विमुख हो कालिकेय जाति के प्रधान अश्मपति विद्युज्जिह्व से ब्याह रचा बैठी जिससे रक्ष जाति को आरंभ से ही घोर वैर था। महाराज रावण को तो उसे एक नजर देखना भी सह्य नहीं था। किंतु महाराज व महारानी के लाख समझाने-बुझाने के पष्चात भी वह कहाँ मानी थी उनका आग्रह। महाराज की इच्छा थी उसका ब्याह राक्षस योद्धा प्रजंघ के साथ हो। उन्होंने उसे बहुत ऊँच-नीच समझाया। यहाँ तक बोले थे कि राक्षसी परंपरा अनुसार तुम प्रजंघ के साथ कुछ दिवस कहीं वास करो। जीवन-जनित ऊँच-नीच का अनुभव करो। सांसारिक ज्ञान का साक्षात्कार करो। संभव है तुम्हें प्रजंघ से आत्मिक लगाव हो जाए किंतु उसने अपना हठ नहीं छोड़ा और विद्युज्जिह्व के संग अश्मपुरी चली गई। उसका यह आचरण महाराज को इतना असह्य प्रतीत हुआ कि दूसरे ही दिन छोटे महाराज कुंभकर्ण के साथ उन्होंने अश्मद्वीप पर आक्रमण कर दिया। कालिकेयों के साथ घनघोर युद्ध हुआ। युद्ध में विद्युज्जिह्व हताहत हुआ और शूर्पणखा विधवा हो गई। अपने इस कर्म के प्रायश्चितस्वरूप महाराज ने उसे दक्षिण भारत में रक्ष उपनिवेश खोलने हेतु भेज दिया जहाँ पूर्व से ही उनके मौसेरे भाई खर एवं दूषण रक्ष संस्कृति के विस्तार में संलग्न थे, परंतु तुम्हारे वाले प्रकरण से ऐसा आभास होता है कि लाख उनके प्रलोभन और भुलावे के बाद भी वह अपने पतिहंता भाई रावण को हृदय से क्षमा नहीं कर सकी थी वरन तुम्हारे देवर द्वारा नाक-कान क्षत किए जाने पर इतना बवाल खड़ा न करती महाराज के समक्ष। प्रतिशोध लेने हेतु उन्हें इतना नहीं उकसाती। उनके पुरुषार्थ को इतना नहीं ललकारती।"

"माते त्रिजटा, शूर्पणखा के नाक-कान क्षत होने में उसका ही दोष था। मेरे देवर व पति ने तो मेरी रक्षा हेतु ही उस पर वार किया था। यदि उस समय वे उसे नहीं रोकते तो जाने क्या अनिष्ट कर बैठती वह मेरे साथ। इतना होने के बाद भी वह चुप कहाँ बैठी थी। जाने कहाँ से सैकड़ों राक्षसों की जमात लेकर पहुँच गई थी हमारी कुटी समीप। उसकी नीयत स्वच्छ कहाँ थी। विवश होकर राम को उन सैनिकों से युद्ध करना पड़ा था। पुनः-पुनः हमारे संग छद्म युद्ध इसी की ओर से हुआ न जाने वहाँ इतने राक्षस क्षण मात्र में कहाँ से जुट गए थे।"

"उस क्षेत्र पर महाराज दशकंध की दृष्टि पूर्व से ही थी पुत्री! उन्हें ज्ञात था वहाँ देवों और आर्यों का उत्तम संगठन है। उनके द्वारा नियुक्त लोकपाल व दिक्पाल देवभूमि और आर्य प्रदेशों की रक्षा में तत्पर हैं। देवों तथा आर्यों के मजबूत संगठन को उखाड़ फेंकने के लिए महाराज ने योजना बनाई तथा वहाँ सांस्कृतिक और राजनीतिक दोनों प्रकार के विपल्व का सूत्रपात किया। उसमें उनके भाई कुंभकर्ण तथा पुत्र मेघनाद का भरपूर समर्थन रहा। सभी से विचार विमर्श के बाद उन्होंने सेतुबंध (रामेश्वर) के निकट मंदराचल की समुद्रमग्न पर्वत शृंखला के सहारे भारत से संबंध स्थापित किया और सैकड़ों की संख्या में छद्म वेषधारी राक्षसों को भारत के विभिन्न प्रदेशों में भेजा था। दक्षिण भारत के संपूर्ण तट को सुरक्षित करने हेतु वहाँ खर व दूषण को तैनात किया। शूर्पणखा ने भी वहाँ स्थान-स्थान

पर सैनिक उपनिवेश स्थापित किए हैं। महाराज रावण रक्ष संस्कृति के विस्तार के लिए कटिबद्ध हैं।''

''रक्ष संस्कृति...?''

''हाँ पुत्री, आर्य पिता तथा दैंत्य माता के पुत्र महाराज पौलस्त्य वैश्रवण रावण की सोच अपार दूरदर्शी है। राज्य से च्युत, बहिष्कृत दानव, दैत्य, यक्ष, मानव तथा अन्य अनेक जातियों को विधि व बंधनमुक्त रक्ष संस्कृति से जोड़ा जाए। ऐसा उनकी मंशा है। इसी को बल देने के लिए जनस्थान से लेकर सारे आर्यावर्त में उनके द्वारा भेजे गए राक्षस गण बिखरे पड़े हैं जो किसी भी अनुशासन से मुक्त हैं। शूर्पणखा तो उनकी प्रिय अनुजा ही ठहरी।''

''तो भी माते, कोई स्त्री इतनी निर्लज्ज कैसे हो सकती है जो दो-दो पुरुषों समक्ष अपनी कामुकता का प्रदर्शन इतनी सहजता से कर सके? मैं तो उसके उस अश्लील हाव-भाव पर चकित थी, जो किसी राजकुल क्या सामान्य वनजाति की स्त्रियों को भी करते नहीं देखा था।''

''पुत्री सीता, हमारे रक्ष धर्म में स्त्रियाँ भी बहुत स्वतंत्र व स्वच्छंद हैं। किसी भी आचार व्यवहार में वे पुरुषों से समानता का भाव रखती हैं। कोई भी पुरुष उनके लिए पराया नहीं होता। किसी के साथ वे सहवास कर सकती हैं। पुरुषों के लिए भी स्त्रियों का हरण व बलात्कार अमान्य नहीं है। आश्चर्य तो यह है कि हरण के पश्चात भी तुम्हारे साथ महाराज बल प्रयोग पर उद्यत नहीं हुए। यह कैसे संभव हुआ, मैं समझ नहीं पा रही...? कारण जो भी रहा हो या है अच्छा ही है। तुम्हारी आर्य संस्कृति का तो मैं नहीं जानती। मात्र तुम्हारे आचरण, पति के लिए तुम्हारी व्याकुलता, देवर के लिए तुम्हारी चिंता या परपुरुष के प्रति तुम्हारी विरक्ति से यह अनुमान लगा रही हूँ कि वहाँ की स्त्रियाँ एक पतिनिष्ठ होती हैं। इस परदेश में तथा घोर यातना की स्थिति मध्य भी तुम्हारी चारित्रिक दृढ़ता देख आर्य संस्कृति के प्रति श्रद्धा उत्पन्न हो रही है हृदय में। रक्ष स्त्रियाँ लाख स्वतंत्र व स्वच्छंद हैं परंतु यह स्थिति उन्हें भयभीत भी तो करती है अपने जीवन की सुरक्षा के प्रति। पुरुषों के उन्मुक्त आचरण उन्हें डाँवाँडोल भी तो करते हैं अपनी स्थिति के प्रति क्योंकि परिवार के अधिक निकट वे ही होती हैं। संतानों की जिम्मेवारी उन्हीं पर होती है और यह भी सत्य है कि पुरुषों को सदा युवा व मांसल स्त्रियाँ ही आकर्षित करती हैं। ऐसे में प्रौढ़ा या अधेड़ अवस्था प्राप्त स्त्रियों का हश्र भी तो बुरा होता है, क्योंकि लाख समानता के पश्चात् परिवार व समाज में पुरुषों का ही तो वर्चस्व है।''

त्रिजटा बोली। तो लगा इस असुरक्षा बोध से आर्य स्त्रियाँ भी कहाँ अक्षुण्ण हैं। अभय हैं। वहाँ भी तो पुरुषों के लिए सब न्याय संगत है। स्त्रियों के लिए ही विधि-विधान कठोर है। भाग्यशाली हूँ मैं जो राम ने एक पत्नी व्रत का संकल्प लेकर मुझे अभय दान दिया है। वरन क्या पतिकुल या श्वसुर कुल के अंतःपुर में नहीं देखा है मैंने पति सुख व सान्निध्य को तरसती हतभागी स्त्रियों को।

''ज्ञात हुआ है, मेघनाद की पत्नी सुलोचना बड़ी पतिनिष्ठ स्त्री है। तो रक्ष संस्कृति में ऐसा कैसे संभव हुआ माते?''

''राजकुमारी सुलोचना ही क्यों, राजमहिषी मंदोदरी भी अपने पूर्ण जीवन काल में कभी भी परपुरुष की ओर उन्मुख नहीं हुईं। साक्षी हूँ मैं अंत:पुर की समस्त गतिविधियों की। दोनों ही रक्षेतर कुल की कन्याएँ हैं। अपनी संस्कृति, संस्कार की पोषक व परिचायक...रक्षपति लंकेश्वर के संरक्षण में आने मात्र से कोई अपनी मानसिकता पूर्णत: नहीं बदल सकता...यही सिद्ध किया है इन लोगों ने पुत्री सीता!''

वार्ता मुड़ गई थी दूसरी दिशा में। पुन: हनुमान की चिंता हो आई। हनुमान किसी संकट में हैं, विश्वास नहीं हो रहा था किंतु शंका भी दहला रही थी। माँ गिरिजा, हनुमान की रक्षा करना। अधर बुदबुदा उठे। संताप की घड़ी में सदा शक्ति-दायिनी वही तो थीं।

निद्रा भंग हुई। कालिमा युक्त आकाश। चहुँओर व्याप्त घोर नीरवता...। कोलाहल पश्चात् की यह नीरवता भी भयावह लगी। रात्रि का तीसरा पहर था शायद। राक्षसियाँ यत्र-तत्र बेसुध-सी पड़ी थीं। लंका में आने के बाद प्राय: ऐसी कामना होती रही है मेरी कि नींद इतनी लंबी हो जाए कि राम के आने के पश्चात् ही टूटे...या टूटे ही नहीं। निरर्थक दिवस और रात्रि का कोई औचित्य भी तो नहीं मेरे लिए।

औचक कानों में मद्धम स्वर पड़ा, ''माते...!''

अरे, यह तो हनुमान का स्वर है? अचकचाकर मैंने चहुँओर देखा...तभी अशोक की डाल हिली। धीरे-धीरे हनुमान मेरे निकट आए।

''ओह...हनुमान, तुम्हारे विषय में भिन्न-भिन्न प्रकार की बातें सुनकर तो मेरे प्राण ही सूख गए थे। कहाँ थे तुम अभी तक? कुशल तो हो? ज्ञात हुआ तुम्हारे बदन में आग लगवा दी थी उस दुष्ट ने।'' हर्ष में प्रश्नों की बौछार ही कर डाली उन पर।

''सत्य सुना आपने। उन लोगों की मंशा मुझे दाह करने की थी। दहन हो गई लंका। शंका थी उसकी लपटें आप तक न पहुँची हों। इसलिए घबड़ाकर चला आया। अब आज्ञा दीजिए। आपको त्रास देने वाले को थोड़ा त्रास करना आवश्यक था।''

हनुमान चले गए। पुन: मन क्लांत हो उठा।

''देवी सीता, चिंतित मत होइए जब इतना समय सकुशल बीत गया, आगे भी जो होगा कुशल ही होगा।'' एक युवा राक्षसी सम्मुख खड़ी थी। इसे सदा पहरा करते देखा था। शांतिपूर्वक किंतु सजगता से। कदाचित मेरे एक-एक क्रिया-कलाप पर गहनता से दृष्टि रखने हेतु तैनात है। रावण की विशेष सेविका होगी। सोचती।

''क्या नाम है तुम्हारा?''

''मेरा नाम सरमा है, सुभगा के साथ ही आपके पहरे पर हूँ।''

''किंतु आज से पूर्व तुमने कभी वार्ता नहीं की?''

''कितनी बार इच्छा बलवती हुई, आपके निकट बैठने, वार्ता करने और कुछ विशेष जानने की आर्यावर्त से संबंधित किंतु राक्षसियों का भय होता। अत: दूर से ही देखती, सुनती रहती आपकी बातें। अब मुझे किसी का भय नहीं है।''

''वह क्यों, सरमा?''

''इस अति सुरक्षित गढ़ में राम का दूत कैसे आ गया? सभी भयभीत हैं।''

''सभी...?''

"हाँ, भवन से लेकर आम जन तक चर्चा छिड़ी है आपके हरण के पक्ष-विपक्ष में। लंकेश्वर के गण्यमान्य जन, छोटे महाराज विभीषण नाना-विधि समझा रहे हैं कि ससम्मान वे आपको राम के पास भेज दें। महाराज तनिक भी ध्यान नहीं दे रहे हैं किसी की बातों पर। विशिष्ट जनों में इस बात से घोर क्षोभ व्याप्त है। वही राक्षसियों के लिए आपका आचरण आश्चर्य का विषय बना हुआ है कि आर्यावर्त की स्त्रियाँ सारा जीवन मात्र एक पुरुष के साथ बिता देती हैं? आप लंकेश के बल, पराक्रम, अक्षय वैभव को तनिक भी महत्त्व नहीं दे रहीं। पति के लिए क्षुधित रहकर देह सुखा रही हैं। महाराज की पटरानी बनने से अच्छा समझती हैं प्राणोत्सर्ग। सत्य में देवी सीता, आस्था, समर्पण, प्रेम, पतिव्रत, धर्म, शुचिता, नैतिकता...इन शब्दों का व्यावहारिक ज्ञान नहीं था हमें। हरण, बलात्कार, परस्त्री गमन, पुनर्विवाह, किसी के संग रहना। यहाँ सहज व्यवहार है। कुकृत्य नहीं। यह नैतिकता बल से उपजी निर्भयता है, जो लंकेश्वर के समक्ष ही उनकी कटु भर्तस्ना कर रही हैं आप। आपके पतिव्रत धर्म के संकल्प ने अंत:पुर से लेकर समस्त राक्षस जाति को हिला दिया है। उस अनुपम भूमि आर्यावर्त को देखने की प्रबल कामना हो रही है उनकी, जहाँ की नारियाँ प्रेम, समर्पण नैतिक बल और संकल्प की इतनी धनी होती हैं। यहाँ पुरुष और स्त्री मात्र एक का ही होकर रहे। इसका यहाँ कोई विशेष नियम है न उसे व्यवहार में लाने का धैर्य ही।" सरमा बोली।

मन में तोष हुआ। नैतिकता पर चर्चा छिड़ने का अर्थ है...कुछ नैतिकता शेष है अभी इनमें। यह चर्चा ही मेरे आस-पास सुरक्षित घेरे का निर्माण करेगी। रावण मेरा वध भले ही करवा दे, बलात कुछ करने की सोचेगा भी नहीं।

त्रिजटा के बाद ये दोनों युवा राक्षसियाँ काम की सिद्ध हो सकती हैं। थोड़ी आत्मीयता, स्नेह देने की आवश्यकता है इन्हें। फिर तो अंत:पुर, राजसभा में होने वाली वार्ताओं का ज्ञान सहज होता रहेगा मुझे। जितना आकांक्षी ये हैं मेरे सन्निध्य की, उससे अधिक मुझे आवश्यकता है इनकी। मैंने अपनी मंशा को कार्य रूप दिया। दोनों मेरी अंतरंग बन गईं।

24

हनुमान को गए कितने दिवस बीत गए। इस मध्य उनके आने और ऊधम मचाने से बौखलाए रावण का प्रकोप और बढ़ गया मुझ पर। प्राय: उसका आना, नाना विध प्रलोभन देना पुन: धमकाना...किंतु राक्षसियाँ शांत थीं। शायद भावी का आभास भयभीत कर रहा था उन्हें कि जिसका दूत इतना बलशाली हो, वह स्वयं कैसा प्रतापी, पराक्रमी होगा? अवश्य कुछ अनिष्ट होने वाला है। इसी सोचवश उनका प्रयास होता जिस विधि हो, मुझे प्रसन्न रख सकें। प्रलोभन, धमकाना विस्मृत हो गया था उन्हें। मैं तटस्थ थी। कहीं यह भी कपट का कोई रूप ही न हो उनका।

अकेला मन मस्तिष्क में भ्रम, वहम हेतु व्यापक स्थान होता है और चिंताएँ तो साँसों की सहगामिनी बन जाती हैं। हर पहर यही चिंता, इस अभेद लंका में

कैसे आ पाएँगे राम? बिना क्षति पहुँचाए यह दुष्ट क्या यहाँ प्रवेश करने देगा उन्हें? राम के बल, पराक्रम पर तनिक भी संदेह नहीं है मुझे। समय-समय पर उसका प्रमाण भी लक्षित हुआ है। शिव धनुष का खंडन। परशुराम संवाद या जनस्थान में खर-दूषण का वध। बहुविधि मन को समझाती। फिर भी आकुलता बनी रहती। कान व्यग्र रहते उनके आगमन का संवाद सुनने को।

''आज महाराज ने आपात बैठक बुलाई थी विशेष मंत्रणा हेतु। मंत्रणा क्या, वह तो अपने कुतर्कों द्वारा स्वयं के कृत्य को, युक्तिसंगत ठहराने का यत्न था उनका। सभासद व गण्यमान्य जन उद्वेलित हो गए थे उनके इस दंभ और व्यवहार से। किंतु उन्हें किसी की परवाह ही नहीं। ऐसा अनुभव होता है।'' त्रिजटा ने कहा।

परिणामस्वरूप सुरक्षा व्यवस्था और कड़ी हो गई मेरी। राक्षसियों की संख्या में और अतिरिक्त वृद्धि भी। अब रात्रि में भी वे पूरी नींद नहीं सोतीं। किंतु चीखना, चिल्लाना सब बंद था अब।

विचित्र है यहाँ का मौसम। तीसरा पहर ढलते ही वातावरण में उमस बढ़ जाती। अशोक वृक्ष तले तीक्ष्ण धूप से रक्षा अवश्य होती किंतु उमस से कहीं भी राहत नहीं मिलती। श्वांस घुटने जैसा अनुभव होता और शीतल वायु की चाह बढ़ जाती। जो अधिकांशतः चाह ही रहती। सोचती ऐसे वातावरण में शीतल प्रकृति का मानव भी हिंस्त्र हो जाए तो आश्चर्य न होगा।

सरमा, सुभगा भोजन लेकर आईं। अन्य राक्षसियों को उन्होंने ठंडा जल लाने और सुस्ता लेने को कहा। वे चली गईं। दोनों मेरे निकट आ बैठीं। यह संकेत था कि वे कुछ कहना चाहती हैं। तीनों त्रिजटा, सरमा, सुभगा को कोई गुप्त बात कहनी होती मुझसे तब वे इसी प्रकार बहाने से राक्षसियों को इधर-उधर भेज देतीं। उनके समक्ष कठोरता का ही व्यवहार करतीं मेरे साथ। पीछे भवन, अंत:पुर और राजसभा की गतिविधियों से मुझे अवगत करातीं।

"देवी सीता, एक सुखद संवाद है।"

चौंक पड़ी मैं। सुखद संवाद! इतने दिनों बाद यह शब्द प्रथम बार श्रवण हुआ मेरे कानों को। व्यग्र हो गई मैं।

"कैसा संवाद सरमा, शीघ्र कहो। मेरी व्याकुलता बढ़ रही है।"

"प्रथम आप वचन दें, इसके प्रतिदानस्वरूप हमें जो भी अभीष्ट होगा, आप पूर्ण करेंगी।"

"अभी मेरी स्थिति एक याचक से भी हीन है, ऐसे में मैं क्या प्रतिदान दे सकती हूँ?" मैं दु:खी हो गई। अनुभव हुआ, दाता जब दीन बन जाए, उससे अच्छा है उसकी मृत्यु।

"आपकी स्थिति अब ऐसी नहीं रहेगी। श्रीराम, लक्ष्मण किष्किंधा नरेश सुग्रीव के विशाल वानरी सेना के साथ सागर के उत्तरी तट पर पहुँच गए हैं तथा अतिशीघ्र लंका में प्रवेश करने का प्रयास कर रहे हैं।"

"ओह सरमा, इतना कर्णप्रिय संवाद? इसके बदले मेरे प्राण माँग लो। जो तनिक हिचकिचाऊँ देने में। यही संवाद सुनने हेतु आकुल थी।" हर्ष से थरथरा उठे मेरे अधर। नेत्रों में वारिद गहन हो उठे।

"प्राण भी आपके कहाँ हैं देवी, वह भी श्रीराम की धरोहर हैं। इतनी यातना, कष्ट, अपमान, त्रास किस के मोह में सहन कर रही हैं आप। क्या हम भिज्ञ नहीं हैं? हमें तो कुछ और अभीष्ट है।'' सुभगा लाड़ से बोली। गहरी आत्मीयता युक्त यह लाड़ मन को छू गया।

"जो इच्छा हो माँगो, ना नहीं कहूँगी अब। राम सागर तट तक आ गए तो यहाँ भी अवश्य पहुँचेंगे। जीवित रही तो वचन अवश्य पूर्ण करूँगी। वरन इस जिह्वा संग स्वयं विदा हो जाऊँगी इस संसार से, तब तुम्हारे समक्ष लज्जित नहीं होना पड़ेगा। किंतु यह सब तुम्हें ज्ञात कैसे हुआ?"

"मंत्रणा कक्ष के द्वारपाल हैं मेरे पति। बीती रात्रि विशेष मंत्रणा हुई थी महाराज की। भीषण तर्क-वितर्क हुआ सभासदों, संबंधियों के बीच। महाराज तर्क प्रस्तुत कर रहे थे कि आपका हरण बहन शूर्पणखा के अपमान के प्रतिशोध स्वरूप किया गया। कोई भी सक्षम समर्थ भाई अपनी बहन का तिरस्कार सहन कर ले, वह कापुरुष ही होगा। यदि वह असमर्थ भी होगा तो भी यथाशक्ति प्रतिकार अवश्य करेगा। समर्थ होते हुए भी वह मौन रह जाए तो धिक्कार है उसके पुरुषार्थ पर। उस वनवासी राम के समक्ष शूर्पणखा के गंधर्व विवाह का प्रस्ताव क्या अनुचित था? गंधर्व विवाह संसार के सभी जातियों में नैतिक है। शूर्पणखा राक्षस कन्या है, राजपुत्री भी। राक्षस राजा होने के नाते राज्य, मान या अपनी संस्कृति की रक्षा करना क्या अनुचित है? कहाँ अयोध्या से सुदूर जनस्थान। यहाँ तक दोनों भाइयों का आना क्या निरुद्देश्य है? वनवास तो विंध्य पर्वतों में भी काटा जा सकता था तथा हिमवान के सान्निध्य में भी। उनका स्पष्ट उद्देश्य है हमारी राक्षसी संस्कृति को नष्ट करना। दंडक वन से लेकर जनस्थान तक अधिपत्य कायम करना। आरंभ से ही हम दानवों से आर्यों की शत्रुता रही है। इसका प्रमाण है किष्किंधा नरेश बालि का वध। बालि मेरा मित्र और दानवी संस्कृति का पोषक भी था। वह महान पराक्रमी योद्धा इसके अधीन कदापि नहीं रहता। दंडक वन के बिखरे असंगठित जनजातियों को अपनी लुभावनी बातों से अधीन कर लिया है इन लोगों ने। खर-दूषण के वध के पश्चात् जनस्थान भी अनुकूल हो गया है इसके। उसके मनोबल तथा मानमर्दन हेतु ही उसकी पत्नी का हरण किया मैंने ताकि वह यहाँ तक आए और मैं उसका वध करूँ। उसके पश्चात् ही हमारी संस्कृति अक्षुण्ण रह पाएगी।"

छोटे महाराज विभीषण लाख शूर्पणखा की कपट की बात कहते रहे। उसके द्वारा अपनी संस्कृति संस्कार के फूहड़ प्रदर्शन पर रोष व्यक्त करते रहे। इतनी धृष्टता के पश्चात् भी शूर्पणखा को दोनों भाइयों द्वारा जीवित छोड़ दिए जाने पर उनकी नैतिकता का दृष्टांत देते रहे; परंतु महाराज उनकी एक नहीं माने। उल्टे उन्हें दुत्कारते हुए बोले, "कैसा मूर्ख भाई है तू, उस वनवासी राम से तो सीख भाई के लिए त्याग। उसके छोटे भाई लक्ष्मण से सीख कष्टों में भाई का साथ देना। तू तो मेरे ही कर्मों पर उँगली उठा रहा है। नैतिकता की सीख दे रहा है।" पुन: रोषवश उन्होंने छोटे महाराज को देश-निकाला दे दिया। सुना है छोटे महाराज उत्तर की ओर जाते देखे गए हैं। कदाचित श्रीराम के पास।''

सुनकर अतीव हर्ष हुआ। पिताजी कहा करते थे–कुशल शासक वही होता है जो सदैव अपने मंत्रियों से विचार-विमर्श कर कदम आगे बढ़ाए। शासकीय निर्णय

की घोषण करे। मात्र अपने मन की करना, सभासदों एवं श्रेष्ठजनों की अवहेलना करना। उसे निस्संग बना देता है। राज्यसभा में बैठे उसके समस्त हितैषी तन से तो वहाँ उपस्थित होते हैं मन से नहीं। उसे सुनने का धैर्य, समझने का गुण तथा निर्णय लेने की क्षमता अपरिहार्य है। इसमें तो सफल राजा का एक भी गुण दृष्टिगोचर नहीं हो रहा है। विभीषण उसका सगा भाई ही नहीं राज्यमंत्री भी है। राज्य के बाह्य व आंतरिक स्थितियों का गहन ज्ञाता। यदि वह सत्य में राम के समीप गया है तो इस अभेद लंका के प्राचीरों को लाँघना कहाँ कठिन होगा राम के लिए। विभीषण के सहयोग से लंका के प्राचीरों को खोखली करेंगे वे। यहाँ अपने तीक्ष्ण शब्दों से मैं रावण का मनोबल क्षीण करती रहूँगी। उसके ही अनुचरों से उसका गोपन ज्ञात कर। मन में कुटिल हास्य प्रस्फुटित हुआ। सायास अधरों तक नहीं आने दिया उसे मैंने।

सारी स्थितियों से लगा रावण पंडित, विद्वान ही नहीं महान कूटनीतिज्ञ भी है। मुझसे सदैव अनुनय-विनय करना। बलप्रयोग न करना नीति का ही अंग है। ज्ञात है उसे यदि उसने बल प्रयोग किया तो तत्क्षण मैं प्राणोत्सर्ग कर लूँगी। तब न वह राम के कोप से अक्षुण रहेगा न प्रजा के। सभासद भी ऐसी स्थिति में उसका साथ नहीं देंगे। तो क्यों न वह मुझे सहमत कर ले। यदि मैं उसके पक्ष में हो गई तो राम का मानसिक बल स्वतः क्षीण हो जाएगा तथा प्रजा के साथ सभासदों की सहानुभूति भी प्राप्त होगी। उसे ज्ञात है, आर्य संस्कृति में पत्नी पति की सहचरी, सहगामिनी ही नहीं शक्ति भी होती है।

गद्गद स्वर में सरमा से मैं बोली, "इतना हर्षदायक संवाद...तुम्हारे इस स्नेह व अनुग्रह से अभिभूत हूँ सरमा। अब अपनी कामना कहो।"

"देवी, आर्यावर्त के उस भूमि को अवलोकन हेतु हम उत्कंठित हैं जहाँ आप जैसी तन से कोमल और मन से अति दृढ़ स्त्रियाँ होती हैं, जिन्हें संसार का कोई भी प्रलोभन डिगा नहीं सकता।"

सरमा का काम्य सुन मैं मौन हो गई। जहाँ स्वयं का अयोध्या जाना अनिश्चित है...उसकी लालसा की पूर्ति का वचन कैसे दूँ...।

"आप चिंता न करें देवी सीता, विजय श्रीराम को ही मिलेगी। हमारा दृढ़ विश्वास है।''

''यदि ऐसा संयोग हुआ तो अवश्य ले चलूँगी तुम लोगों को। माँ त्रिजटा की इच्छा हुई तो उन्हें भी।"

दोनों प्रसन्न हो गई।

"किंतु स्मरण रहे, पल-पल का समाचार देना न भूलना। उन संवाद हेतु मेरे कान सदा प्रतीक्षारत रहेंगे।" मैंने कोमलता से कहा। कूटनीति की यही माँग भी थी।

"हम आपकी अपेक्षा पर खरी उतरेंगी। वचन देती हैं।"

"वचन! यह शब्द क्यों प्रयोग किया तुमने?" मैंने सहज पूछा।

"सुना है आर्यावर्त में अपने वचन पर प्राण तक न्योछावर कर देते हैं लोग। परिवार, समाज और अपनी अस्मिता का अधिक मान करती हैं स्त्रियाँ। वन के घोर कष्टों में भी पति के प्रति थोड़ा भी मनोमालिन्य नहीं आपका। इतना धैर्य, समर्पण का भाव नहीं है यहाँ की स्त्रियों में। पुरुष भी उतने धैर्यवान और त्यागी नहीं होते

कि भाई के लिए राज्य त्याग दें। भाई का सहचर बन वन चले आएँ। हमारे ही महाराज ने अपने बड़े भ्राता कुबेर को लंका छोड़ने पर विवश कर दिया था और स्वयं राजा बन बैठे। यहाँ के लोगों का स्वभाव भी अमधुर होता है तथा उग्र, दंभी, निष्क्रिय भी। अधिकांश कार्य स्त्रियाँ ही सँभालती हैं। हम इससे बाहर का संसार देखने को इच्छुक हैं।"

"दैव की इच्छा हुई तो तुम्हारी यह साध अवश्य पूर्ण होगी।"

मैंने उसकी और अपनी इच्छा दैव के हवाले कर दिया...। स्थितियों से जूझने की क्षमता के पश्चात् भी कार्यसिद्धि में संशय व्याप्त रहे मन में। दैव का ही स्मरण कर स्थिर चित्त हो जाता है...मानव की यह प्रवृत्ति कितनी लचीली है...हर परिस्थितयों में अपने आत्मबल को अक्षुण्ण रखने की...। आश्चर्य हुआ सोचकर!

25

पक्ष हिंसा का हो या अहिंसा का। कारण सत्य हो या असत्य। युद्ध दोनों पक्षों को विचलित, व्याकुल, संतप्त करता है। स्वभावगत शांतिप्रिय मनुष्य की वह कौन सी आसुरी प्रवृत्तियाँ जाग्रत होती हैं जो विनाश का हेतु बनती हैं। लोभ, मोह, स्वार्थ या अहंकार? विनम्रता तो कदापि नहीं।

राम की विनम्रता वन गमन की हेतु बनी। यदि वे छोटी माँ की आज्ञा की अवज्ञा कर देते। वन नहीं आते। कैकेयी युद्ध हेतु उद्धत हो जातीं। तो दोनों ही स्थितियों में हानि हमारी ही होती अपने स्वजनों के खोने की। संताप होता अहं का। भाई हेतु राज्य का त्याग। वन का कष्ट। कंद-मूल भोजन। पृथ्वी पर शयन भी अपार संतुष्टि दायक रही त्याग की संतुष्टि में हमारे लिए। त्याग निश्चय ही भोग से महान है।

राम की विशाल सेना समुद्र लाँघने का प्रयत्न कर रही है। हाहाकार मचा है लंकावासियों में। द्वंद्व से तो मैं भी जूझ रही होनी-अनहोनी के। कभी विश्वास दृढ़ हो रहा है कि राम अवश्य विजयी होंगे। ऋषि-महर्षियों द्वारा प्राप्त महान अस्त्र-शस्त्र, अक्षय तूणीर, अमोघ अस्त्र, ब्रह्मास्त्र और जन समर्थन...वानरों, रीछों का समूह और अब विभीषण यानि राक्षसों का भी उनके पक्ष में होना है। अब तक तो वे रावण की दुर्बलताओं से भी अवगत हो गए होंगे...। पुनः विश्वास डगमगा जाता। अभेद लंका, क्रूर राक्षसों के गढ़ में प्रवेश कर पाना क्या इतना सहज होगा? अपने घर में निर्बल भी बलवान होता है। यहाँ तो सारे शक्तिवान ही हैं। त्रिजटा ने कहा था—शक्ति का पुजारी, अजय, इंद्रजीत कहलाने वाला रावण के ज्येष्ठ पुत्र मेघनाद पर विजय पाना कठिन है। अधिक सोने, कुछ काल जागने वाला रावण का भाई कुंभकर्ण भी अकेले ही युद्ध की स्थिति निश्चित करने में सक्षम है। किंतु उनके साथ जनसमर्थन कम हो रहा है। समुद्र वेष्टित, प्राकृतिक रूप से अति सुरक्षित दुर्ग में जल मार्ग से आना निरापद नहीं। परकोटों पर तैनात चौकस प्रहरी अपने वाणों से जल समाधि दे देते हैं शत्रुओं को। विशाल दुर्ग में द्वार भी मात्र चार ही हैं। जिनकी रक्षा सावधानी से की जाती है। चहुँओर ठंडे जल की खाई। खाई में पालित विशाल मगर। पार करने के लिए काष्ठ के सेतु। यहाँ आने का और कोई अवलंब नहीं। हनुमान द्वारा

ध्वस्त किए गए परकोटे और यंत्रों की भी तत्काल मरम्मत हो गई है। सहस्त्रों हाथियों का सामूहिक प्रहार भी नहीं हिला सकता द्वार को। विशेष तौर पर उत्तरी द्वार तो और अधिक पुष्ट है।

इतनी चौकसी? दुर्गम दुर्ग। कैसे पहुँचेंगे राम यहाँ। विशाल सेना के साथ? अकेले भी होते तो भी छिपकर आना उन्हें अभीष्ट न होता। फिर क्या होगा? अधैर्य हो रो पड़ी।

''फिर रो रही हो?'' त्रिजटा का खीझ भरा स्वर था। वह निकट बैठ गई–

"क्या तुम्हें श्रीराम के पराक्रम, पुरुषार्थ पर भरोसा नहीं? क्या लौटने के लिए ही इतने उद्यम से पहुँचे हैं वे यहाँ? सबकुछ तो शुभ ही हो रहा। छोटे महाराज विभीषण का उनसे मिलना साधारण नहीं समझो। उनका पक्ष अधिक पुष्ट हुआ है। रोना, बिसूरना छोड़ो। स्नान-ध्यान करो। दु:ख के वारिद छँट रहे हैं अब।'' लगा दु:ख में अपनों का साथ अधिक संबल देता है। वरन निसंगावस्था में सोचें कोंच-कोंचकर क्षत ही कर दे।

मेरी आत्मीयता और सुबोल से सरमा, सुभगा और त्रिजटा द्वारा राम, रावण दोनों पक्षों के संवाद मिलने लगे अनवरत। अंत:पुर में मची खलबलियों का भी। रावण की सेविकाओं का उसी के विरूद्ध प्रयोग अनैतिक नहीं लगा मुझे। न तो मेरा हरण नैतिक था, न यह युद्ध। जब राज्य का मंत्री और राजकुमार ही राजद्रोह कर राम के पक्ष में चला गया हो...और जब जीवन दाँव पर लगा हो...तब नीति का सहारा अनैतिक कहाँ होता है...?

अब दिन निकलता तो जैसे समाप्त होने का नाम ही नहीं लेता। रातें काली भयावनी लंबी लगतीं। अनिद्रा की स्थिति में मन अधिक व्याकुल होता। राम का संवाद जानने, सुनने की चिंता। यह स्थिति अधिक दारुण, त्रासद थी। मन टँगा रहता हर पहर संशय के काँटे पर। आगे क्या होगा? जो होना है हो क्यों नहीं रहा है। सरमा का पति आएगा संवाद सुनाएगा। तभी तो वह आएगी संवाद कहने। अपने आकुल मन को ढाढ़स बँधाती प्राय: शब्द अप्रभावी हो जाते। आकुलता के वेग के समक्ष...।

सरमा धीरे-धीरे कानों के निकट फुसफुसा रही है, "लंका में चहुँओर भयानक उथल-पुथल हो रहा है, ज्वार-भाटे से अधिक। राम की छावनी में सागर पर सेतु के निर्माण संबंधी उद्यम किया जा रहा है। महाराज विभीषण दुर्ग और महाराज की दुर्बलताओं से अवगत करा ही रहे हैं श्रीराम को, साथ ही लंका प्रवेश का उपाय भी ज्ञात करा रहे हैं। उनके सहयोग से अति प्रसन्न हुए राम ने उन्हें लंका का भावी महाराज घोषित कर स्वयं उनका विधिवत अभिषेक भी कर दिया है। यहाँ राजसभा में महाराज लंकेश अभिषेक के संवाद पर प्रथम व्यंग्य करते बोले, ''एक याचक ने दूसरे याचक को लंका का नृपति घोषित कर दिया।'' किंतु नाना माल्यवान द्वारा उसकी गहनता का बोध कराते ही कि ''हँसो मत वत्स, कूटनीतिज्ञ राम ने यह सारा आडंबर लंका की प्रजा में फूट डालने हेतु ही किया है। आधी प्रजा के मन में यह भाव अवश्य जाग्रत हुआ होगा, यदि रावण के पक्ष में नहीं रहेंगे तो उनके प्राण बच भी सकते हैं। राम से अधिक घातक अब विभीषण है इस राज्य और तुम्हारे लिए। दंभ का त्याग कर युद्ध की व्यवस्था करो।" वे मौन हो गए।

कितने परिपक्व हो गए हैं मेरे राम। इतनी गहन कूटनीति? साम, दाम, दंड, भेद को समझने, प्रयोग करने वाले? मन का उद्वेग शिथिल हुआ। विश्राम की इच्छा हो आई। लेटना ही चाहती थी कि तभी सेविका ने सूचना दी...''महारानी मंदोदरी आ रही हैं।''

चौंक पड़ी मैं। मंदोदरी आ रही हैं? अवश्य ही इसमें रावण की कोई कुटिल नीति होगी या वह मंदोदरी का सहारा ले मुझे प्रलोभित करने आ रहा है? हर्ष क्षण मात्र में विलोप हो गया। वितृष्णा उभर आई। यह अधम क्यों आता है बार-बार उन्हीं कामासक्त बातों को दुहराने? और मेरी विवशता, न यहाँ से भाग सकती हूँ, न सुनने से बच सकती हूँ। मुख घुमा लिया मैंने।

कुछ लोगों का पदचाप उभरा। समीप आकर ठिठक गया। सुकोमल स्वर सुनाई दिया–

"इधर मुख करो सीता, मैं मंदोदरी, तुमसे मिलने आई हूँ।" चकित रह गई मैं। तो क्या यह अकेली आई हैं? रावण संग होता तो वही दहाड़ रहा होता। यदि ये निस्संग आई हैं तो इनकी मंशा क्या है? कहीं दबाव बनाना तो नहीं, कि रावण की बात मान लूँ? उसकी भार्या बन जाऊँ? यही होगी मंशा तभी तो लंका की महारानी नहीं मात्र मंदोदरी कहकर परिचय दिया है। वे लंकेश्वरी हैं। खूब ज्ञात है उन्हें, मेरा रावण की भार्या बनते ही सभी कुछ अपने पक्ष में हो जाएगा। प्रजा, सभासद और वह कुकृत्य भी। और इतने उद्यम के पश्चात् राम लज्जित मुख लेकर या तो लौट जाएँगे या प्राणोत्सर्ग कर लेंगे। सारी समस्याओं का इतना सहज समाधान! मन ही मन मैं हँसी। इन्हें ज्ञात नहीं, मैं लंका, भवन और राजसभा की सारी स्थितियों से अवगत हूँ। बालिका की भाँति बहला लेगी मुझे।

तत्क्षण मैंने उनकी ओर मुख घुमा लिया।

"आह इतना रूप...इस स्थिति में भी इतना लावण्य? इस रूप पर तो कोई भी पुरुष विचलित हो जाएगा। अपनी विधवा बहन शूर्पणखा से अपार स्नेह और उसके अपमान के प्रतिकार हेतु ही लंकेश्वर तुम्हारा हरण करने पर उद्यत हुए थे किंतु तुम्हारे इस रूप की भूमिका न रही होगी उसमें, यह असंभव है।"

भभक ही तो पड़ी मैं ज्वाला की तरह। जिह्वा असंतुलित हो उठी, देश, काल व स्थिति को विस्मृत कर–

"लंका की राजरानी के मुख से ऐसा स्तरहीन शब्द...? आशा न थी सुनने की। आपने तो सारी स्त्री जाति को ही निर्वस्त्र कर डाला। स्त्री का रूप क्या मात्र पुरुषों की कामुकता बढ़ाने हेतु होता है? जहाँ उम्र का भी विचार न हो? पत्नी मात्र पति की अंकशायिनी ही नहीं होती महारानी, मंदोदरी! उसके अच्छे-बुरे का ज्ञान कराने वाली माँ भी होती है। परामर्श देने वाली मित्र भी है। उसकी हाँ में हाँ मिलाने वाली दासी नहीं। आश्चर्य है, आप तो पति के कुकृत्य को भी नैतिकता का आवरण दे रही हैं।"

मेरी तीक्ष्ण बातों पर भी वे उत्तेजित नहीं हुईं। सहज स्वर में बोलीं–

"मैं अबोध नहीं हूँ सीता! अपने दायित्व का गहन बोध है मुझे। मैंने वे सारे यत्न किए जिससे मेरा राज्य, प्रजा, परिवार अक्षुण्ण रहे। अक्षत रहे। अभय रहे। किंतु

मेरा मान, मनुहार अनुनय-विनय सब व्यर्थ रहे। समझ नहीं पा रही हूँ कैसा विचित्र संयोग आया है। इतने विद्वान लंकेश्वर की भी मति भ्रमित हो गई है। किसी की कुछ सुन ही नहीं रहे हैं।"

"मेरे पास आने का आपका प्रयोजन क्या है महारानी?"

"यदि तुम चाहो तो यह युद्ध टल सकता है। दोनों पक्षों के निर्दोष लोगों का रक्त बहने से बच सकता है। अस्त्र-शस्त्र को न चक्षु होते हैं न ज्ञान जिससे अपने-पराए का बोध हो सके उन्हें।" अल्प शब्दों में गूढ़-गहन वक्तव्य। उनकी नीति कुछ स्पष्ट हुई। आश्चर्य नहीं हुआ मुझे। प्रौढ़ा महारानी का अनुभव गहन लगा, किंतु अभी नीति स्पष्ट हुई थी ध्येय नहीं।

"आपके कथन का तात्पर्य क्या है लंकेश्वरी? स्पष्ट कहिए।"

"तुम अपने पति को संवाद भेजो, वे महाराज से संधि कर लें। इसी में दोनों पक्षों की भलाई है। बहन के उकसावे में उन्होंने तुम्हारा हरण अवश्य किया किंतु उसके पश्चात् कोई दुर्व्यवहार नहीं किया उन्होंने तुम्हारे साथ। कई बार तुम्हारे द्वारा अनादृत होने पर भी तुम्हारा वध नहीं किया। यदि वे बलात पर उद्यत हो जाते तो क्या कठिन था उनके लिए। अब तक तुम्हें ज्ञात हो ही गया होगा कितने शौर्यवान, संस्कारवान और धैर्यवान हैं वे?"

अब लगा, यह लंका की पटरानी की नीति का स्वर है। हमारे लिए कम, अपने स्वजनों के लिए अधिक चिंतित। आज से पूर्व ऐसी स्थिति नहीं उपस्थित हुई थी उनके सम्मुख। इस अति सुरक्षित दुर्ग में पति के विजय का महाआनंद ही उठाया था उन्होंने। जो चिंता उन्हें खींच लाई थी वह थी इस गढ़ के विनाश की। बाह्य व्यक्ति द्वारा पति के बल, घमंड नाश की। प्रजा के समक्ष लज्जित होने की। ये पति-परायणा स्त्री लगीं। उनके प्रति मन में न रोष उपजा न सहानुभूति ही। आश्चर्य अवश्य हुआ।

"महारानी मंदोदरी, इतनी अनुभवी, विदुषी राजरानी होते हुए भी इतनी अज्ञानी कैसे हो सकती हैं आप राजविधि से कि कोई आक्रमणकारी राजा आक्रांत के समक्ष संधि का प्रस्ताव कदापि नहीं भेजता। राम के आक्रमण का हेतु यहाँ उपस्थित है मेरे रूप में। संधि का प्रस्ताव आपके पति भेज सकते हैं राम के समक्ष...राम नहीं। और यह जो प्रस्ताव लेकर आप मेरे पास आई हैं, क्या यह आपके पति के संज्ञान में है?"

"नहीं।"

"घोर आश्चर्य...जो पत्नी पति को परस्त्री हरण से नहीं रोक सकती, वह इतना बड़ा निर्णय कैसे ले सकती है?'' न चाहते हुए भी कटु वचन निकल ही गया मेरे मुख से।

"कोई भी पत्नी अपने पति को कुकृत्य करने से नहीं रोक सकती सीता! यह बात तुम्हारी समझ में तब आएगी जब तुम्हारे पति राजा बनेंगे। उनके हर्म्य में रानी, उपरानियों की भीड़ होगी। पत्नी पति को अच्छे-बुरे की सीख दे, क्या यह संभव है? हमारी राक्षसी संस्कृति को छोड़ो, जो पुरुषों की नैतिकता के मामले में स्वच्छंद हैं। तुम्हारी आर्य संस्कृति क्या इन घटनाओं से अक्षुण्ण है? मिथिला पर सुधन्वा

के आक्रमण किए जाने का हेतु क्या था? वहाँ के राजाओं के अंतःपुर में सैकड़ों स्त्रियों की उपस्थिति क्या है? लंकेश्वर मेरे पति हैं। बंधु-बांधवों के कल्याण की चिंता ही यहाँ खींच लाई है मुझे।"

लगा मेरे शब्दों ने गहन चोट की थी उनके मर्म पर। मयदानव सुता, अति विदुषी मंदोदरी अबोध नहीं, विवश लगीं। दंभी पति से। एक वंदिनी के समक्ष उनका आना यह आंतरिक चिंता ही थी उनकी।

"राजमहिषी मंदोदरी, मेरे पति क्षत्रिय श्रेष्ठ, पुरुष श्रेष्ठ हैं, शायद आपको ज्ञात नहीं एक वचन, एक नारी के प्रति संकल्पित हैं वे। उन्हें अपना वचन प्राण से भी प्रिय है। विद्वान ब्राह्मण होते हुए भी आपके पति अपने कर्म के कारण ब्रह्मत्व से डिग गए। मेरे राम कदापि नहीं डिग सकते। हर्म्य की त्रासदी से आजीवन अनभिज्ञ अप्रभावित रहूँगी मैं। परंतु विनाश किसी राज्य, परिवार या वंश का। कभी अभीष्ट न रहा हम आर्य नारियों का। सदा पूर्णता की आकांक्षी रही हैं हम। घर-परिवार, राज्य, प्रजा, सुख-शांति, चर-अचर सभी की। यह युद्ध अब निश्चित है महारानी। बहुत विलंब हो चुका। होनी को कौन टाल सकता है।" सहजता से बोली मैं। कटु शब्दों को बरज दिया। वे भी स्त्री हैं। विवश, असहाय पुत्रों, स्वजनों के प्राण रक्षा के लिए भयाक्रांत।

कुछ क्षण मौन रहने के पश्चात् दीर्घ निःश्वास लेते हुए वे उठीं। बोलीं, "वय छोटा है किंतु बुद्धि विवेक से परिपूर्ण हो। पुनः परिस्थितियों को ध्यान में रखते हुए विचार अवश्य करना। अभी बहुत विलंब नहीं हुआ है।"

वे चली गईं मुझे दुविधा में उलझा कर। लगा पति, पुत्र, बंधु-बांधवों की चिंता हम स्त्रियों की नियति है। मंदोदरी का भय अनुचित नहीं है। निष्प्राण अस्त्र-शस्त्र को सत्य में अपने-पराए का ज्ञान कहाँ होता है। फिर यह भी निश्चित नहीं जय किसकी होगी। संशय दोनों ओर है। युद्ध मात्र दो राजाओं के अहंकार, महत्त्वाकांक्षा, लोभ का नहीं होता। हजारों माँओं की ममता, पत्नियों के नैतिक संघर्ष, अनाथ बच्चों के भावी का भी होता है।

26

सागर पर सेतु का निर्माण। योद्धाओं सहित अभेद्य लंका में राम का प्रवेश ही युद्ध की ललकार थी रावण को। वानरी सेनाओं का गगनभेदी कोलाहल विचलित करने हेतु विशेष था लंकावासियों को। युद्ध अवश्यंभावी जान जाने क्यों सहम उठा मन। युद्ध की विभीषिका भोगी थी मैंने जनकपुर में। विजय उपरांत भी दीर्घावधि तक क्लांत रहे थे पिता निर्दोष प्रजा की क्षय पर। किसी एक की कुत्सित मंशा, लोभ, स्वार्थ युद्ध का हवन कुंड बन हवि लेता है हजारों निर्दोषों का। रावण ने भी वही धृष्टता की थी मेरा अपहरण कर।

छिट-पुट मिलते संवादों से आश्वस्ति के साथ चिंता भी बढ़ जाती और विशेष जानने-सुनने की। उन्नत परकोटों वाली इस वाटिका में यह संभव भी कहाँ थी। साधन थी मात्र तीन राक्षसियाँ जो प्राण दाँव पर लगाकर, राज्य से द्रोह कर राजसभा

और अंत:पुर का समाचार लातीं। कदाचित रावण के कुकृत्य के प्रभाव ने ही मेरे प्रति सहानुभूति उत्पन्न की हो उनके अंतस् में। यदि मेरा आचरण भी हरण कर लाई गई पूर्व स्त्रियों की भाँति होता, तो वे मेरी सेवा अवश्य करतीं किंतु आदर नहीं देतीं। लगा, सभ्य जाति हो या असभ्य, शिक्षित समूह हो या अशिक्षित, अन्याय की समझ सभी के भीतर होती है तथा उसका आंतरिक या बाह्य समर्थन सभी करते हैं।

जो प्रस्ताव मंदोदरी लेकर आई थीं, वही उनके सभासदों, भद्रजनों का है रावण से। अविलंब राम से संधि करने, मुझे राम के पास भेजने का। किंतु रावण का हठ...दंभ...न वह माँ की बात पर ध्यान दे रहा है न कोई दृष्टांत सुनना चाह रहा। अनुभव हुआ पुत्र, पति, स्वजन हित मात्र स्त्रियों हेतु ही महत्त्वपूर्ण है। पुरुष के लिए सर्वोपरि होता है उसका अहं।

"किस चिंता में डूबी हो पुत्री?" त्रिजटा के स्वर से सचेत हुई।

"कुछ नहीं...बस यूँ ही।"

"इस यूँ ही को भी हृदय से निकाल दो सीता, राम का पक्ष न्याय का है अत: उन्हें जन-समर्थन प्राप्त है। उनके आक्रमण को लंका में भी कुछ लोग युक्तिसंगत मान रहे हैं। बिना असामान्य स्थिति के तर्क-वितर्क कहाँ संभव है। तुम रावण की भार्या बनने हेतु सहमत हो जातीं। न राम यहाँ आते। न यह हलचल होती। न प्रजा दो भागों में विभक्त होती और न राजा के धर्म-कर्म-कर्तव्य की व्याख्या ही होती। युद्ध के प्रति लंका की अधिकांश सेना निरुत्साहित है। प्रजा का उपालंभ...पराई स्त्री हेतु राज्य का नाश..? कैसे कामांध हो गए हैं लंकेश? राज्य-विस्तार, राज्य-रक्षा, धन-धान्य अर्जन ध्येय हो सकता है युद्ध का। यह ध्येय-रहित युद्ध? तुम्हीं कहो, प्रजा कैसे विचलित नहीं होगी?" त्रिजटा कह रही है।

"राम के शिविर में भी जमकर तैयारी हो रही है युद्ध की। कुशल लोहारों द्वारा आठों पहर बाण, बर्छी, गदा, भाला, तलवार व रक्षा कवच निर्मित हो रहे हैं। लंका की पहाड़ियों से प्राप्त दुर्लभ जड़ी-बूटियों से वैद्यराज सुषेण अनेक प्रकार के अर्क, आसव मद्य व पौष्टिक पदार्थ व उपचार सामग्री तैयार कर रहे हैं ताकि घायलों का शीघ्र उपचार हो सके। मायावी शक्तियों से अवगत होने के कारण विभीषण खेमे की निगरानी स्वयं कर रहे हैं। उनकी दृष्टि से राक्षसों का कपट वेष छिप नहीं सकता। लंका की व्यवस्था का पता राम स्वयं लगा रहे है। वे युद्ध में पहल के विरुद्ध हैं। रावण को बहुविधि उकसाने की नीति बना रहे हैं ताकि उसका व्यूह ज्ञात हो सके। उन्हें ज्ञात है शत्रु को स्थान बल प्राप्त है और उसके बंदीगृह में सीता कैद है। रोष वश उग्र रावण कुछ भी अनिष्ट कर सकता है। उसके पश्चात् विजय प्राप्त करके भी क्या प्राप्त होगा?" सुभगा बोली।

हृदय टूँक-टूँक हो गया। आह राम...इस स्थिति में भी मेरी इतनी चिंता? इन शब्दों के समक्ष तो मृत्यु भी तुच्छ है। नेत्रों से अश्रु छलक पड़े।

अँधेरा गहन हो उठा। राक्षसियाँ चौकसी से पहरा दे रही थीं। त्रिजटा व्यवस्था का निरीक्षण कर भवन में चली गई। उसके साथ ही राम का संवाद आएगा। शुक्ल पक्ष की चंद्रिका में वाटिका तनिक अच्छी लगती। अंधकार में वृक्ष भूतिया परछाइयों

से प्रतीत होते। यदि महल से छनकर आता झीना प्रकाश...या पहरे वाली राक्षसियाँ न होंती तो? भय से सिहर उठा सर्वांग।

"राम कब आक्रमण करेंगे, कुछ ज्ञात हुआ माँ?" त्रिजटा के आते ही मैंने अधीर हो पूछा।

"आकुल, अधीरे होने से कुछ नहीं होगा पुत्री। यह युद्ध उतना साधारण नहीं जितना तुम समझ रही हो। थल मार्ग से विलग इस दुर्ग में तनिक भी असावधानी राम के विपक्ष में जा सकती है। लंकेश द्वारा सुरक्षा की सघन व्यवस्था की गई है। चारों द्वारों में तीन पर महारथी प्रहस्त, महापार्श्व तथा युवराज इंद्रजीत उपस्थित हैं। उत्तरी द्वार पर स्वयं लंकेश्वर डटे हुए हैं। नगर के मध्य में भारी मात्रा में पैदल, घुड़सवार सैनिक, हौदों से सुसज्जित हाथी, अश्व रथ, रथी, अधिरथी चौकस हैं।" त्रिजटा बोली।

कहना चाहा। अधीर कैसे न होऊँ, इतनी भारी व्यवस्था? इतना जटिल दुर्ग। पराई भूमि। मन सुस्त हुआ। मुख से आह निकल गई।

"यह आह किस लिए सीता? राम क्या लंकेश के व्यूह से अभिज्ञ हैं? छोटे महाराज विभीषण द्वारा दृश्य, अदृश्य तथा महाराज की कूटनीति से वे खूब अवगत होंगे। युद्ध की तैयारी पूर्ण है। प्रतीक्षा है मात्र आक्रमण की। देखें प्रभात का उजास क्या संदेश लाता है?"

राम शिविर में, मैं अशोक वाटिका में बैठी पल-पल अपने विचारों तथा भय से लड़ रही हूँ द्वंद्व-युद्ध। राम के संग किष्किंधा की वानरी सेना है। अस्त्र-शस्त्र हैं परंतु रथ, अश्व या हाथी के आने का जिक्र किसी ने नहीं किया। कदाचित सेतु से इन्हें लाना संभव न हो। तो फिर मेरे राम, लक्ष्मण बिना इनके ही युद्ध लड़ेंगे? भूमि से अश्वरथी महारथियों से युद्ध करना कितना कठिन होगा उनके लिए।

चिंता प्रबल रूप धारण करती तभी कुछ राक्षसियाँ चिल्लाती हुई आईं, "राम मारा गया...राम मारा गया...।"

घबड़ाकर मैंने त्रिजटा की ओर देखा। वह भी भौचक। हृदय को कसकर थाम लिया मैंने। लगा अब वह उछलकर कंठ में आ जाएगा। झर-झर अश्रु झरने लगे। यह क्या हो गया? कैसे हो गया?

तभी कुछ राक्षसियाँ सम्मुख आईं। वस्त्र से ढका थाल लिए। थाल से वस्त्र हटाते ही मेरी चीख निकल गई...आह...मेरे राम का सिर? और मेरी चेतना जाती रही। जाने कितना समय स्पंदनहीन रही–

"सीता उठो! आँखें खोलो।" त्रिजटा के कोमल स्वर ने चेतना पर प्रहार किया।

पुनः थाल पर दृष्टि गई। आह राम...वही स्मित मुस्कान। नेत्र बंद...अधीर हो बिलख पड़ी–"यही सब देखने को जीवित रही मैं? अभी भी मेरे प्राण नहीं निकल रहे। मैं हतभागी...इस जीवन का क्या करूँगी? आँखें खोलिए राम! देखिए तो अपनी सीता की ओर! आपके मोह में ही तो प्राण अटके थे मेरे। लक्ष्मण, कहाँ हो तुम? तुम्हारे होते कैसे घटित हुआ यह सब?"

"नादानों-सा विलाप करना बंद करो। विवेक से काम लो। राक्षसी माया से तुम भिज्ञ नहीं हो। ध्यान से देखो, सर असली भी है या नहीं। भोली लड़की, विशाल

सैन्य सुरक्षा के मध्य राम का सर काट लेना? सर न हुआ ककड़ी हो गई और सभी देखते रह गए होंगे?"

ध्यान से मैंने सर की ओर देखा...तभी राक्षसियाँ थाल लिए भाग खड़ी हुईं भवन की ओर। मैं भौचक!

"यहाँ के राक्षस स्वरूप बनाने में दक्ष हैं। यह सारा कौतुक तुम्हें निर्बल करने के लिए रचा गया था। राम को मृत जान तुम विवश हो उनकी बात मान लो। युद्ध होने से पूर्व ही वे तुम्हें प्राप्त कर लें। बिना लड़े विजय वैजयंती फहरा जाए इस दुर्ग पर।"

एक और भय सहमा गया मुझे। छल, छद्म में सिद्धहस्त, नैतिकताहीन। शत्रु के गढ़ में आकर युद्ध करना। कितना कठिन होगा मेरे राम के लिए। दृश्य पर वार किया जा सकता है, अदृश्य से कैसे पार पाएँगे वे?

रणभेरी, शंख ध्वनि गुंजित हुई।

"शायद युद्ध आरंभ हो गया।" त्रिजटा बोली। कंपित स्वर में। कदाचित अपने स्वजनों की चिंता ने उद्वेलित किया था उसे। मैं स्तंभीभूत। किसी भी आयुध को नेत्र या ज्ञान कहाँ होता है कि वह पहचानकर वार करे। मन बेचैन हो उठा।

"सीता, स्नान-ध्यान कर लो। भयाक्रांत होने से कोई लाभ नहीं। अब जो ठन गया तो इति पर ही ठहरेगा। किसी की जय, किसी की पराजय। राम का पक्ष सत्य का है, सत्य के पास संवेदना, उदारता, निष्ठा और समर्पण स्वतः आ खड़े होते हैं। यही बल देते हैं उसे। युद्ध का संवाद निर्बाध मिलता रहेगा तुम्हें।"

हतप्रभ रह गई त्रिजटा की बातें सुन। क्या यह राक्षस स्त्री है? आर्य नारियों के त्याग, भक्ति, शक्ति, दृढ़ता का गुणगान करने वाली। स्वयं त्याग की मूर्ति लगी। देश, स्वजन, पति, पुत्र के मूल्य पर मात्र सत्य का पक्ष लेना। अपार श्रद्धा से भर उठा हृदय उनके प्रति। इनके त्याग, आत्मीयता का कोई मूल्य क्या संभव है? राक्षस मंदोदरी का आचरण भी किसी आर्य नारी से कम है? पति के कर्म की क्षुब्धता का तनिक भी आभास था उनके मुख पर? स्वजनों की चिंता में याचक बन एक बंदिनी के सम्मुख आ खड़ी हुई। यदि सामर्थ्य पर उद्यत हो जातीं तो क्या कठिन था उनके लिए।

मेरा नियम हो गया। युद्ध की समाप्ति के पश्चात् ही ध्यान से उठना। संवाद सुनना उसके बाद भोजनादि करना। त्रिजटा ने राक्षसियों को चेता दिया था कि वे मध्य में मुझे तंग न करें।

पक्षियों के कलरव से निद्रा टूटी। हड़बड़ाकर उठ बैठी। विलुप्त चिंताएँ पुनः मथने लगीं मस्तिष्क को। युद्ध का संवाद नहीं मिला। क्या स्थिति है वहाँ? लगा काश, मन की आँखें होतीं। वेग से भागती जातीं और देख आतीं वहाँ की स्थिति। पुनः समय की गति पर टँग गई साँसें।

त्रिजटा कुछ राक्षसियों संग आई। उससे कुछ पूछती उसके पूर्व ही पुष्पक आता दिखा। एक मोटी, डरावनी राक्षसी खरखराते स्वर में बोली, "सीता, पुष्पक विमान पर बैठो। महाराज का आदेश है तुम्हें रणभूमि दिखाने का।"

अब यह कैसा आदेश? क्षुब्ध हो उठा मन–

''नहीं जाऊँगी मैं वहाँ। नहीं देखना मुझे वह क्षेत्र। मेरे वहाँ जाने का प्रयोजन क्या है?"

मेरा विरोध जैसे हथिनी के दल के समक्ष हिरनी की पुकार। बलपूर्वक मुझे पुष्पक पर चढ़ा दिया गया। आश्वस्ति थी–त्रिजटा भी संग थी। पुष्पक रणभूमि की दिशा में बढ़ गया। मैंने नेत्र बंद कर लिए। आगत स्थिति से सामना को तैयार करने लगी स्वयं को।

"सीता, आँखें खोलो। देखो रणभूमि मध्य...कीच बने रक्त...क्षत-विक्षत बिखरे अंग। वीभत्स शव और वो देखो नागपाश में जकड़ा राम-लक्ष्मण का मृत शरीर।"

अभी तक आँखें बंद...कान सक्रिय थे। राम-लक्ष्मण का नाम सुनते स्वतः खुल गईं। राम-लक्ष्मण ही थे। नागपाश में बँधे। वाणों से बिंधे। हा राम...। हा लक्ष्मण...ये कैसी दशा हो गई आपकी? चीत्कार फूटा मुख से। कूदने को हुई पुष्पक से। तत्क्षण राक्षसियों ने जकड़ लिया मुझे और पुष्पक लौटाने का आदेश दिया गया।

"महाराज का आदेश था, रणभूमि में मृत पड़े राम-लक्ष्मण को तुम्हें दिखाने का। उससे तुम्हारा सारा गर्व चूर हो जाएगा। सत्य में अब कोई उपाय नहीं है तुम्हारे पास। स्वयं चलकर उनके समीप चली जाओ इसी में तुम्हारा हित है।" एक राक्षसी कर्कश स्वर में बोली।

दु:ख के ताप से झुलसती मैं भभक पड़ी क्रोध से–

"वह दृश्य यदि सत्य है, तो पति संग दहन कर लूँगी स्वयं को। नीच रावण की मंशा पूर्ण नहीं होने दूँगी।" पुनः फफक पड़ी और अपने लक्ष्य का निर्धारण कर लिया मैंने किंतु उर्मिला की आस, प्रतीक्षा का क्या होगा? वर्षों से वियोग में जली। अब मृत मुख न देखने के संताप में जलती रहेगी सारी उम्र।

"सीता, जाने क्यों ऐसा लग रहा है वे जीवित हैं। मात्र आहत हुए हैं। कोई ऐसा संकेत नहीं दिखा मुझे अनिष्ट का। प्रधान वीर के हत होते ही सेनाएँ हताश दिक्‌भ्रमित हो जाती हैं। वानरी सेना में हड़बड़ाहट और उद्वेग लक्षित नहीं हुआ। वे सचेत उनकी रक्षा कर रहे थे। मैंने ध्यान से देखा अचैतन्य अवश्य थे, मुख निस्तेज नहीं था...देख लेना उनके जीवित होने का संवाद कुछ ही क्षणों में आएगा।"

वृक्ष से टिककर मैं सिसक पड़ी। विश्वास तो मुझे भी नहीं हो रहा था अपने इस दुर्भाग्य पर। किंतु आँखों देखा दृश्य...क्या सांत्वना पर चैन लेने दे रहा था।

इससे पूर्व कोई युद्ध रात्रि में नहीं हुआ कहीं। यह रात्रि में हुआ आक्रमण था। घनघोर युद्ध। दोनों ओर से पूछ-पूछ कर, तुम वानर हो? तुम राक्षस हो? तुम रीछ हो? राम के अग्नि वाणों से कितने रथी, अधिरथी धराशाई हुए। अंत में पहुँचा इंद्रजीत छद्म युद्ध करने लगा और दोनों भाइयों को नागपाश में जकड़कर गिरा दिया। पुनः अचेतावस्था में ही उन पर वाणों का प्रहार किया और उन्हें मृत जान विजयी मुद्रा में लौट गया। पुत्र की विजय-गाथा सुनकर मनोबल बढ़ा रावण मुझे रणक्षेत्र दिखाने का आदेश दिया था।

भवन के ऊपर बजती विजय धुन औचक बंद हो गई। साथ ही थम गया मेरी चिंता का प्रवाह। साँसें सम हुईं। आस जाग्रत हुई। शुभ समाचार होगा।

"लो पुत्री सत्य हुआ न मेरा कथन। आभास शुभ लगा ही था अब प्रमाण भी मिल गया।" मेरे आँसू पोंछती त्रिजटा बोलीं। मैंने माँ गिरिजा को नमन किया। मेरी प्रार्थना स्वीकारने के लिए।

"छोटी-छोटी घटना, बातों पर आँसू। सरमा युद्ध की बातें मत कहो इससे। बहुत दुर्बल हृदय है इसका।" त्रिजटा ने सरमा को संवाद देने से मना किया। तड़प उठी मैं–

"मैं दुर्बल हृदय नहीं हूँ माँ, लज्जित हूँ अपनों से। मझली माँ से। बहन उर्मिला से। मेरा लक्ष्य निश्चित है पति संग गमन का। मेरी साँसें राम हैं तभी तक हैं। इसके पश्चात् अयोध्या में जो भूचाल आएगा उसकी दोषी मैं ही तो मानी जाऊँगी। उर्मिला की चौदह वर्षों की अर्जित आस तरल बन डुबो ही देगी संताप के सागर में उसे। कहाँ सोचा था किसी ने वनगमन के समय, ऐसी स्थिति भी आएगी। कितना अभिज्ञ होता है मनुष्य अपनी नियति और काल की गति से?"

"तुम्हारी व्यथा का अनुमान है मुझे। तुम आर्यावर्तवासी भी बड़े विलक्षण हो। सदा अपनों के लिए जीने वाले। कितनी आत्मीयता है तुम्हें अपने परिवार, स्वजनों से। इतने सुकोमल तन में इतनी दृढ़ता? वन का घोर कष्ट सह गई। कारागार की भीषण यंत्रणा भी। किंतु पति-देवर का घायल होना भी सहन नहीं हुआ। अद्‌भुत है तुम्हारा प्रेम, स्नेह।"

त्रिजटा ने मेरी सुसुप्त इच्छा शक्ति को उभार दिया। अच्छा लगा। विवेक खोकर कुछ पल के लिए सामान्य स्त्रियों सा आचरण कर बैठी थी। वह दृश्य भी तो असामान्य ही था। अंतर्मन को विचलित करने वाला। फिर भी मुझे धैर्य नहीं खोना चाहिए था। युद्धक्षेत्र में छोटी माँ का धैर्य, और सहनशक्ति का वृत्तांत स्मरण हुआ। घायल और मूर्च्छित पति की रक्षा और सुश्रूषा करना, प्राणों की रक्षा करना उनके आत्मबल का परिचायक था। किंतु वे अपने सैन्यबल के साथ थीं। यहाँ महीनों से बंदिनी, बल, शक्ति पर प्रहार करते रावण के कामासक्त शब्द। तन को क्षीण करती मैं स्वयं। निश्चय किया, अब किसी भी स्थिति में आँसुओं को नहीं आने दूँगी नेत्रों में।

"शोक मनाना छोड़ो प्रिय बहन, दोनों भाई नागपाश से मुक्त हो गए हैं।" सरमा ने कहा। न रोने के लिए संकल्पित मन द्रवित हो गया। आँखों बरस पड़ीं। अधीर हो उसका हाथ पकड़कर निकट बैठाया किंतु कुछ बोल न सकी। हर्षातिरेक में शब्द कहीं खो से गए लगे। त्रिजटा समझ गई मेरी मनःस्थिति। सरमा से बोली, "कैसे संभव हुआ यह?"

"कहूँगी। देख नहीं रहीं हर्षातिरेक में अभी यह मूक बनी हुई हैं। निष्प्राण भी हो सकती हैं।"

"सीता अब सँभल चुकी है। कहो।"

"जयवर्धने कह रहा था–प्रथम राम चैतन्य हुए। पार्श्व में निश्चेष्ट लक्ष्मण को देख व्याकुल हो विलाप करने लगे। उनकी दारुण स्थिति देख वानर लोग व्यग्र हो गए। सभी असमंजस में थे कि क्या उपाय किया जाए। तभी महाराज विभीषण गरुड़ को ले आए। गरुड़ ने उनका पाश खोला। उन्हें शिविर में ले जाया गया। वैद्य सुषेण जड़ी-बूटियों का लेप लगा रहे हैं उनके घावों पर। वहाँ अभी आनंद का वातावरण है।"

27

दूसरे दिन से आरंभ घनघोर युद्ध से मुझे तनिक भी भय नहीं लगा। दु:खों के इतने रूप और यातनाओं के इतने दंश झेल चुकी थी कि भय का अनुभव गौण हो गया था। प्रतीक्षा थी तो मात्र राम के विजय की। दिन बीतने के साथ आशा और बलवती होती रही थी। हर दिन रावण का कोई रथी, अधिरथी या महारथी हताहत हो रहा था। महल से आने वाली विजय धुनें भी अब मौन थीं। हर ओर पसरा श्मशानी सन्नाटा डरावना अनुभव होता।

रात्रि होती। सरमा, सुभगा या त्रिजटा द्वारा रणभूमि का सविस्तार वृत्तांत ज्ञात होता। अधिकांश अंश राम के ही पक्ष का होता। उनके योद्धाओं के पराक्रम की, राम के पुरुषार्थ की, युद्ध-कौशल की। कृतज्ञ होती उनके प्रति जो राक्षसी होते हुए भी अपने वचन का निर्वाह सहृदयता से कर रही थीं। राम के आने के दिन ही उनसे आग्रह किया था राम का समाचार हेतु।

ज्ञात हुआ रावण के विशेष विश्वासी व महारथी धुम्राक्ष हनुमान के हाथों हताहत हो गया। हनुमान के समक्ष उसकी सारी कला व कौशल धरी की धरी रह गई। उसके वध के पश्चात् भी हनुमान का क्रोध शांत न हुआ। शाखा-युक्त वृक्षों से राक्षसी सेना पर प्रहार करने लगे। उनके प्रहार से बचे-खुचे सैनिक भी रणक्षेत्र से भाग खड़े हुए। महारथी वज्रदंत भी अंगद के हाथों मारा गया, जिसे रावण ने विशेष तौर से वानरों के संहार के लिए भेजा था।

युद्ध का चौथा दिन। वही कशमकश। वैसा ही असमंजस भरा। धड़कते-काँपते हृदय से समाचार सुनती। राम-लक्ष्मण की कुशलता जान आश्वस्ति होती। अभी तक राम के पक्ष के किसी योद्धा के हताहत होने का समाचार नहीं मिला तो आशंका हुई। कहीं कुछ गुप्त तो नहीं रख रही हैं ये तीनों मुझसे? ऐसा कैसे संभव है कि युद्ध में क्षति मात्र एक ही पक्ष की हो। परंतु वे ऐसा नहीं कर सकतीं। उनके विषय में ऐसा सोचना भी अपराध होगा। अभी तक उन लोगों का व्यवहार या आचरण विश्वसनीय रहा था मेरे प्रति। लंकावासिनी होने के पश्चात् भी वे सदा राम का ही पक्ष लेतीं। उनके पराक्रम को ऐसे उत्साह व उल्लास से सुनातीं मानो राम ही उनके नृपति हों। उन पर संदेह करना उचित नहीं।

पाँचवाँ दिन और दिनों की भाँति ही दुविधा-युक्त था। अधर में अटकी सोचती, क्यों नहीं शीघ्र निर्णय हो रहा है युद्ध का? यह दिन-भर की तड़प-छपटाहट तो दूर होती। तभी त्रिजटा आई। पास बैठी। धीरे-धीरे कहने लगी–

"दिनानुदिन युद्ध बहुत हिंसक होता जा रहा है पुत्री! अपनों की मृत्यु से आहत सभी के मन में क्रोध तथा घृणा का भाव उपज रहा है। लंका के वीर पराक्रमी योद्धाओं के धराशयी होने से लंकेश्वर के अंदर क्रोधाग्नि भी भभक रही है। तुम्हें अनुभव होगा, क्रोध के आवेश में मनुष्य सही निर्णय नहीं ले पाता। महाराज भी वही भूल कर रहे हैं। ताबड़-तोड़ अपने योद्धाओं को राम के पराक्रम रूपी ज्वालामुखी में झोंक रहे हैं।"

त्रिजटा की बातों से मुझे विचित्र सी अनुभूति हुई। युद्ध...युद्ध में जय-पराजय। मात्र दो शब्द, परंतु इनके बीच फैला होता है रक्त का सैलाब...श्मशान...कटे-फटे

तड़पते...कराहते जीवित या मृत मानवों का और होता है रोते-बिलखते अनाथ बच्चों की चीख। चीत्कार करती स्त्रियों का विशाल समूह। युद्ध कभी प्रसन्नता नहीं, आत्मग्लानि ही देता है। हारे हुए को तथा विजेता को भी। अपनों की अपार क्षति पर प्राप्त राज सिंहासन क्या आत्मिक सुख दे सकता है किसी को? सोचकर मन कैसा-कैसा हो उठा। लगा, अपने क्षुद्र मोह या स्वार्थ के लिए किसी राजा को कभी भी अपनी निरीह प्रजा को युद्ध की अग्नि में नहीं झोंकना चाहिए। परंतु मेरी वर्जना सुनने वाला कौन था यहाँ। न राम थे न ही दंभी रावण था, जिसने स्वयं आमंत्रण दिया था इस आफत को। अब युद्ध की समाप्ति तक न मैं निश्चिंत हो सकती थी और न निर्भय। शत्रु के गढ़ में घुसकर उसे अपार क्षति पहुँचाते राम के प्रति चिंतित होना स्वाभाविक था। साथ ही यह आशंका भी हर घड़ी जान सुखा रही थी कि क्रोध से नाग बना रावण कहीं मेरे ऊपर अनैतिक आघात न कर बैठे। रावण का यह कथन, 'सीता राम की शक्ति है। उसका मेरे पक्ष में होने से राम बलहीन हो जाएगा। फिर इस युद्ध का भी कोई औचित्य न रहेगा।' मुझे व्याकुल कर रहा था। पति, पुत्र या पुत्रवत प्रजा के प्राणों पर बन आया देख अगर मंदोदरी भी विचलित हो उठी तो? इन बीतते दिन-महीनों के दौरान अधिकता से लक्षित किया था मैंने। मेरी दृढ़ता या प्राण गँवाने के भय ने ही रावण को आगे बढ़ने से नहीं रोका होगा, इसमें कहीं न कहीं मंदोदरी की वर्जना का भी हाथ अवश्य होगा। वरन महारानी होने के नाते उनके हाथ में अपार शक्ति व साधन थे मेरा मान-मर्दन करने के लिए, अगर वे मेरे विपक्ष होतीं।

मृत्यु से कहाँ भयभीत थी मैं। भय था अपने दैहिक एवं आत्मिक स्वाभिमान पर आघात से। अगर रावण बलात् आघात पहुँचाता तो मृत्युवरण के पश्चात् भी क्या इस ग्लानि से मुक्त हो पाती मैं?

"सीते उठो, अन्न-जल ग्रहण करो पुत्री! जब युद्ध ठन गया है तो वह होकर रहेगा निर्णय होने तक। मात्र उसके चिंतन-मनन से पेट नहीं भरेगा। इतना उद्यम तुम्हारे पति का क्या मात्र रावण को मारने के लिए ही है, तुम्हारे लिए नहीं?" त्रिजटा बोली और सुभगा को भोजन सामग्री लाने का संकेत दिया। मैं मना न कर सकी। त्रिजटा का कथन सही था। जीवन को राम के लिए सुरक्षित रखना होगा।

उमस भरी दोपहर ढल गई थी। संध्या घिरने लगी थी। सरमा और सुभगा के आने की प्रतीक्षा थी। उनके साथ मात्र युद्ध का समाचार ही नहीं आता। राम का पराक्रम, पुरुषार्थ भी शब्दों में गुँथा आता, जिसे श्रवण कर मुझे विशेष सुख मिलता। इस लिए बेसब्री से उनकी राह देखती।

"पता है देवी, आज महाराज का अति विश्वासी, पराक्रमी योद्धा अकंपन हुनमान के हाथों ढेर हो गया। बहुत अकड़ के साथ महाराज को आश्वस्त करता निकला था कि आज वानरी सेना के शवों से युद्ध क्षेत्र को पाट देगा। दोनों भाइयों को मच्छर की भाँति मसल देगा। मारा गया स्वयं। रणभूमि शवों से पट गई है। पर राक्षसी सेना के शवों से अधिक। घायलों की संख्या भी कम नहीं है। जयवर्धन कह रहा था वहाँ का दृश्य बहुत ही हृदय-विदारक है। अंग-भंग घायलों की कराह आत्मा तक को दहला रही है।"

"ओह सरमा...चुप हो जाओ। बंद करो वहाँ का समाचार। मत कहो उन दृश्यों का हाल। मेरा हृदय विचलित हो रहा है।" सहसा मेरे मुख से निकल पड़ा। चौंक कर सरमा ने मेरी ओर देखा और चुप हो गई।

मेरे मस्तिष्क में क्षत-विक्षत अंगों वाले घायलों की कातर चीखें गूँजने लगीं। मन कसैला सा हो उठा। लगा, उस दिन युद्धभूमि में घायल व निश्चेष्ट पड़े राम-लक्ष्मण को देख जिस प्रकार मेरा हृदय हाहाकार कर उठा था, जीने की इच्छा खत्म हो गई थी। उसी तरह इनके परिजनों को भी अनुभव हो रहा होगा...युद्ध क्या अपंग, लाचार और बेवसों का एक वृहत् समूह नहीं खड़ा करता? मन ने स्वयं से प्रश्न किया...उत्तर..।

थोड़ी देर मौन पसरा रहा। बहुत ही बोझिल लगा समय। संवादहीनता भी वीराने का अनुभव करा जाता है बहुतों की उपस्थिति के पश्चात् भी।

"एक शुभ समाचार भी है देवी सीता। अकंपन की मृत्यु से आहत महाराज पर सेनापति प्रहस्त की मृत्यु ने वज्र गिरने सदृश्य प्रहार किया है। क्रोध की अधिकता से वे धधकते हुए सभी यूथपतियों के समक्ष वानरी सेना के संहार का संकल्प लिए और शीघ्रगामी रथ पर सवार हो रणभूमि की ओर बढ़ गए हैं।"

संध्या के आँचल में कालिमा भरने लगी थी। मेरा उदास मन और व्यग्र हो उठा। रावण प्रथम बार युद्धभूमि में गया है। राम-लक्ष्मण निरंतर लड़ रहे हैं वह भी पैदल। अधिक शक्ति खर्च करना पड़ रहा होगा उन्हें, घायल भी होंगे। जाने कैसी स्थिति होगी उनकी थकान से?

"पुत्री, मेरी बात सुनो। बहुत सजग रहना होगा तुम्हें अब।" समीप बैठती त्रिजटा बोली। कहना चाहा—असावधान ही कब रही यहाँ आने के पश्चात्। रात्रि में कहीं तनिक भी खटका होता तो हिरनी की भाँति चौकन्ना ही नहीं भयग्रस्त भी हो जाती कि कहीं रावण ही तो नहीं आ पहुँचा। प्राण सूख जाते। अगर वह बलात पर उद्यत हो जाए तो उसके अन्न और कृपा पर पलने वाली ये राक्षसियाँ क्या कर लेंगी उसका। आस-पास कोई ऐसा साधन भी तो नहीं, जिससे प्राणोत्सर्ग में सहयोग मिलेगा। सागर भी यहाँ से दूर है। उस पर इतना घना पहरा

"बात क्या है माते?"

"लंकेश्वर आज स्वयं रणक्षेत्र में गए थे। यह तो ज्ञात ही है तुम्हें?"

''पर हुआ क्या, बताइए न माते?''

"होना क्या था घनघोर युद्ध के। अपने मंत्रषिक्त आयुधों से उन्होंने वानरी सेना का बहुत क्षय किया। सेना को हताहत होते देख श्रीराम क्रोधित हो उठे। अपने आयुधों से उन्होंने महाराज के घोड़े, रथ तथा ध्वज को विच्छिन्न कर डाला और लंकेश्वर के हाथ से धनुष-बाण ही नहीं गिरे सर से मुकुट तक भी गिर पड़ा। फिर उन्हें ललकारते हुए राम बोले, "तुम बहुत थक गए हो रावण, अभी दुर्ग में लौट जाओ। स्वस्थ होने के पश्चात् आना तब मेरा पुरुषार्थ देखना...।" धनुष-बाणहीन। मुकुट-विहीन। कुचले हुए स्वाभिमान के कारण महाराज घायल शेर हो रहे हैं। छोटे महाराज का दूत आया था तुम्हारे लिए संवाद लेकर। श्रीराम की चिंता है, कहीं क्रोध में आकर रावण तुम्हें प्रताड़ित न कर बैठे।"

आह राम...। पीड़ा तथा क्षोभ का ज्वार सा उठा मन में। इस सब का हेतु मैं ही हूँ। मेरा मोह, लोभ, हठ, असावधानी और सर्वोपरि रहा तपस्वी भिक्षुओं पर आस्था व विश्वास। न स्वर्ण मृग पालने का मोह जगता मेरे मन में, न मैं हठकर राम को उसे पकड़ने भेजती, न लक्ष्मण को भर्त्सना कर उनके पीछे जाने पर उद्यत करती, न लक्ष्मण के सजग करने के बाद भी तपस्वी को भिक्षा देने कुटी से बाहर आती, न रावण मेरा हरण करता, न निरीह वानर व राक्षसों का इतना क्षय होता। आह...सत्य ही कहते थे पिताजी, लोभ सदैव मनुष्य की पीड़ा का कारण बनता है। परंतु क्या कुटी में ही रहती तो यह दुर्बुद्धि रावण वहाँ बल प्रयोग नहीं करता? वन में निकलना विवशता थी। अन्न, फल, जल या स्नान हेतु। ऐसे किसी भी अवसर पर वह मेरा हरण कर लेता।

"क्या सोचने लगी पुत्री?" त्रिजटा ने चिंतित स्वर में पूछा।

"कुछ नहीं माते!"

"अब कुछ सोचने का अवसर भी नहीं है। जो हो रहा है उसे मात्र देखने, सुनने का समय है।" त्रिजटा बोली तो आश्चर्य नहीं हुआ कि वह मेरे मनोभावों को कैसे ताड़ गई। ऐसा पूर्व में भी होता रहा था। मैं जो सोचती। वह बोल जाती। कदाचित मुझसे अधिक आत्मीयता के नाते ऐसा हो।

सुभगा महल से आती दिखी। उसके पीछे भोजन का थाल लिए राक्षसियाँ थीं। थाल नीचे रखकर वे पुनः लौट गईं। रात्रि पहरे वाली राक्षसियाँ आ गई थीं। आज न महल का समाचार सुनने का मन कर रहा था न युद्ध का। अपनी इस विचित्र मनःस्थिति पर वन प्रवास में उपहास में राम का कहा स्मरण हो आया, 'तुम बहुत भीरु हो सीते...तनिक भी हिंसा पर तुम्हारा हृदय डाँवाँडोल हो जाता है।'

मैं तुनक पड़ी थी, "मेरे किस क्रिया कलाप से आपको ऐसा लक्षित हुआ है राम कि मैं समय की गति से पीछे या वन प्रवास की कठिनाइयों से भयभीत हूँ? हाँ, हिंसा अवश्य मुझे विचलित कर देती है; चाहे वह किसी जीव की हो या मनुष्य की। क्षत्राणी के साथ मैं स्त्री भी तो हूँ। वैसे भी वन प्रवास ने तन और मन दोनों को वज्र सदृश्य कर दिया है।'

अभी लगा, मेरा हृदय अतिशय कोमल है पर आश्चर्य इतने दुःखों का प्रहार सह कैसे गया यह? और सह रहा है, जो कभी नन्हे से जीव को क्षति पहुँचाने की भी नहीं सोच सकता था, आज मेरे ही कारण इतनों की क्षति हो रही है।

"देवी, आज महल घोर सन्नाटे में डूबा है। मेघ की भाँति गर्जने वाले महाराज चुप हैं। रणक्षेत्र से लौटे थे तो नाग की भाँति फुफकार रहे थे महारानी के समक्ष कि–आज मैं सीता को जीवित नहीं छोडूँगा। पहले उसका वध करूँगा फिर राम–लक्ष्मण का। वे तो खड्ग उठाकर इधर लपके भी। महारानी ने रोक लिया। समझाते हुए बोलीं, 'इतने वीर पराक्रमी व विद्वान होते हुए शूर्पणखा के बहकावे में आकर आप सीता को हर लाए। वह ब्याहता है। आपके चरित्र पर कलंक तो लग ही गया पर–स्त्री हरण का। अब स्त्री वध का पाप क्यों लेना चाहते हैं अपने सर पर? यह भी विचार नहीं कर रहे हैं कि समय न्याय और अन्याय दोनों का साक्षी होता है। आपका यह आचरण हमारे आने वाली पीढ़ियों के लिए लज्जा का कारण न बन जाए।"

पहली बार महारानी के कथन पर महाराज चुपचाप अपने कक्ष में चले गए। फिर मेघनाद तथा अन्य सेनापतियों को मंत्रणा हेतु बुलाया है।

सरमा से ज्ञात हुआ। रावण मंत्रणा कक्ष में इंद्रजीत से बोला, "मैंने वनवासियों के बल को कम करके आँका था। मेरे बहुत से रथी, अधिरथी, महारथी और सेनाएँ हताहत हो गई हैं। किसी प्रकार तुम लोग कल कुंभकर्ण को जगा लाओ। इस दुर्ग की रक्षा हेतु वही उन दोनों का मान मर्दन करेगा। यह समय उसके सोने का नहीं है।"

"यह कुंभकर्ण कौन है?" मैंने आश्चर्य से पूछा।

"महाराज के छोटे भाई हैं। महाराज विभीषण से बड़े। बड़े ही वीर, बलशाली हैं। बराबर सोते ही रहते हैं। यदि वे जाग गए, तो कल का युद्ध वे ही लड़ेंगे।"

काँप गई मैं सुनकर...। सभी बारी-बारी से युद्ध कर रहे हैं किंतु राम-लक्ष्मण को निरंतर लड़ना पड़ रहा है। कोई ऐसी शक्ति होती मेरे पास। अदृश्य से पहुँच जाती राम के निकट उनके घावों पर औषधि लगाती...सेवा करती। आह...जब उन्हें अधिकता से मेरी आवश्यकता है, मैं बंदिनी पड़ी हूँ इस अधम के कारागार में। इस विचित्र-सी अशोक वाटिका में, जहाँ से चाहकर भी भाग नहीं सकती और अब तो मर भी नहीं सकती। मेरे राम का सारा उद्यम व्यर्थ हो जाएगा।

सबेरा हुआ। सामान्य दिनों की भाँति सूर्य भी उदय हुए। पर दिन सामान्य नहीं था मेरे लिए। आज कुंभकर्ण जानेवाला था युद्धभूमि में। अति बलशाली योद्धा। मेरे थके शिथिल हो चुके राम-लक्ष्मण के साथ युद्ध करने के लिए...असमय नींद से जगाया गया है उसे। सुना था कि असमय जगा हुआ वह महाकाल बन जाता है शत्रुओं के लिए। मेरा हृदय व्याकुल हो उठा। स्नान कर शीघ्र मैं माँ गिरिजा का ध्यान कर बैठ गई। सरमा, सुभगा, त्रिजटा तीनों को वरज दिया। अभी कोई कुछ नहीं कहेगा मुझे। सुनाए भी तो शुभ समाचार।

वृहत् अशोक वाटिका। अकेली बैठी मैं। परिजनों से दूर। दुःख, दुविधा व चिंता में डूबी। कभी-कभी लगता, महल में बैठा रावण व मंदोदरी की दशा भी मुझसे विलग कहाँ होगी। भविष्य द्रष्टा कोई नहीं होता। मनुष्य के वश में होता भी नहीं भविष्य जानना। भावी से अनभिज्ञ ही थे गुरु वशिष्ठ, कहाँ ज्ञात हुआ उन्हें, राज्याभिषेक का सबेरा राम के वनवास की नियति बनकर आएगा। कहाँ देख पाई थी मैं भविष्य के क्षण, सुनहरे मृग के पीछे राम को भेजते समय। कहाँ समझ पाई थी समय का संकेत, कि अगला पल कितना क्रूर उपहास करने वाला है मेरे साथ। यह परम विद्वान कहे जाना वाला रावण भी कहाँ जान पाया कि मेरा हरण किया जाना उसके वंश का नाश करने वाला कृत्य सिद्ध होगा। अहंकार या शक्ति के मद में चूर मनुष्य जान नहीं पाता कि नियति से बड़ा शक्तिमान मानव नहीं होता। रहा युद्ध, तो उसे अनावश्यक आमंत्रण देना बुद्धिमानों का काम नहीं, जब तक अति आवश्यक न हो युद्ध करना। रावण की अतिवादिता ने ही उसे लंका के नाश पर उद्यत किया। माँ कौशल्या ने राम से कहा था, "अति सदा दुखदायी होती है।"

ओह...कैसे मुक्ति पाऊँ मस्तिष्क में निरंतर चल रहे इन द्वंद्वों से? विचारों से। उसे कहीं उलझाने का कोई हेतु भी तो उपस्थित नहीं है यहाँ। मन अकुला उठा।

संध्या घिरते ही कुंभकर्ण के धराशायी होने का संवाद मिला। आश्वस्ति हुई जानकर कि राम-लक्ष्मण या उनके पक्ष के किसी योद्धा को कोई क्षति नहीं पहुँची थी। निरपराध मरते राक्षस, योद्धाओं की मृत्यु मुझे विचलित करती। उनके प्रति तनिक भी आक्रोश नहीं उभरता मन में। कुंभकर्ण भी युद्ध के पक्ष में कहाँ था। रावण को ही उसने बुरा-भला कहा था, मेरे हरण व लंका पर युद्ध थोपने हेतु। क्षुब्ध हो बोला था, "जब युद्ध ठन ही गया है तो विभीषण की तरह मैं भाई तथा राज से द्रोह नहीं करूँगा। रणभूमि में एक योद्धा की मौत मरूँगा।" बल के साथ बुद्धि भी प्रचुर मात्रा में थी उसके पास, तभी तो उसकी मृत्यु पर प्रहरी राक्षसियाँ उसके गुणों का बखान कर प्रलाप करने लगी थीं।

राक्षसियाँ कुंभकर्ण के लिए बिलख रही थीं। मेरा हृदय राम-लक्ष्मण के लिए व्याकुल हो रहा था। युद्ध में दोनों पक्षों की शक्ति, श्रम लगता है। वार करना, वार से बचाव दोनों में तन व मन पस्त होता है। निरंतर लड़ते रहने के कारण कैसी स्थिति हो रही होगी दोनों भाइयों की? किसी भी योद्धा पर सहज ही विजय नहीं होती। राक्षसियाँ कह रही थीं, "अभी रावण की सेना में एक से बढ़कर एक योद्धा शेष हैं।"

रात्रि घिर आई। सरमा, सुभगा महल की स्थिति सुना रही थीं, "आज से पहले महल में इतना सन्नाटे का अनुभव कभी नहीं हुआ था। ना हीं महाराज इतने शोकाकुल दिखे थे। महाराज कुंभकर्ण की मृत्यु पर एक बालक की भाँति फूट-फूटकर रो पड़े। मँझले महाराज को वे अपना दायाँ हाथ मानते थे। उनके रहते देव या दानव किसी का भय नहीं व्यापा था लंकेश्वर के अंदर। आज तक संग्राम में उन्हीं के बल पर विजय प्राप्त करते आए थे। आज कातर स्वर में महारानी से कह रहे थे कि कुंभकर्ण के जाने के बाद मेरी जीने के इच्छा समाप्त हो गई। सीता क्या अब मुझे किसी भी राज्य का कोई प्रयोजन नहीं है। युवराज त्रिसरा उन्हें बहुविध समझा रहे थे। कल युद्ध के सेनापति त्रिसरा ही होंगे।''

अब हर दिन युद्ध में रावण का कोई योद्धा, पुत्र या आत्मीय के हत होने का समाचार आने लगा और रावण के कुछ और टूटते जाने का भी। युद्ध का पलड़ा राम की ओर झुकता जा रहा था। राक्षस पक्ष में निराशा छाने लगी थी और हताशा-वश वे सहज ही मृत्यु को प्राप्त हो रहे थे। अब यह सब सुनकर न कोई आनंद आता न रोमांच जैसा युद्ध ठनने से पूर्व होता था। अब ऐसा लगता जैसे युद्ध का यह खेल बड़ा ही नृशंस है। जीवित प्राणी को मृतक में बदल देने का। मन क्षोभ से भर उठता। राक्षसियाँ आतीं। उल्लास से राम-लक्ष्मण तथा वानर योद्धाओं के पराक्रम की गाथा सुनातीं। राक्षस योद्धाओं के धराशायी होने का वर्णन करतीं। मैं तटस्थ भाव से मात्र एक श्रोता की भाँति सुनती। सुनने में अब न वह प्रसन्नता होती न उत्साह। जिज्ञासा तो कब की खत्म हो गई थी। दिन का समय किसी तरह कट जाता। रात्रि समय महल से आता हल्का टिमटिमाता प्रकाश सन्नाटे को और भयावह बना देता। किसी निशाचर पक्षी की छाया भी सहमा जाती। महल से सुनाई देनेवाला शिव स्त्रोत का पाठ बंद था, विजय धुनें मौन थीं। जब यहाँ की स्थिति ऐसी थी तो युद्धक्षेत्र में कैसा सन्नाटा होगा जहाँ शवों के बिस्तर बिछे होंगे? आह...पुनः वही दृश्य...वही सोच...। जोर से सर को झटक इन सोचों से मुक्ति पाना चाहा।

"महाराज रावण के वीर पराक्रमी, आज्ञाकारी पुत्र। देवी निकुंभला के परम भक्त। ब्रह्मास्त्र का ज्ञाता युवराज इंद्रजीत आज रणक्षेत्र में जाएँगे। उन्हें देवताओं द्वारा अदृश्य होने का वरदान प्राप्त है। उन्होंने पिता को वचन दिया है, वानर योद्धाओं का नाश कर अपने आत्मीय की मृत्यु का बदला लेने व लंका का मान बचाने का। आज का युद्ध बहुत निर्णायक होगा।" सरमा ने बतलाया। अब तो व्यग्रता, उद्वेलन और भय से शिथिल से पड़ गए मेरे गात। मात्र मेरे वश में था समय के बीतने की प्रतीक्षा करना। धड़कते हृदय से राम-लक्ष्मण की कुशल का समाचार सुनना। शुभ सुन आश्वस्ति की साँस लेना व दिन अच्छा बीतने हेतु दैव का आभार व्यक्त करना और कल भी शुभ हो इसके लिए प्रार्थना करना। यही सब करना मेरी दिनचर्या बन गया था।

रात्रि घिर आई। अभी तक युद्ध का समाचार नहीं मिला था। सरमा-सुभगा मौन थीं। त्रिजटा आई नहीं। सरमा से ज्ञात हुआ वह ज्वर से पीड़ित है। मेरे हृदय की धड़कनें तीव्र होने लगीं। लाख पूछने पर भी वे कुछ नहीं बता पाईं। इधर-उधर की बातें करती रहीं। मैं व्यग्र हो उठी। क्या कारण है? कहीं कोई अनहोनी तो नहीं घटित हुई...मेरे राम-लक्ष्मण के साथ...आह दैव...मैं क्या करूँ...! किस से पूछूँ...कैसे ज्ञात करूँ...। जी में आया उनसे जोर देकर पूछूँ...तभी महल से अब तक मौन रहीं विजय धुनें गूँज उठीं। मेरा हृदय धक से रह गया। मस्तिष्क सांय-सांय करने लगा। पृथ्वी पर गिर पड़ी मैं। अश्रु बहने लगे आँखों से...। आह...उस दुष्ट की इच्छा पूर्ण हो गई? आह राम...हा लक्ष्मण...अब मैं क्या करूँ? किस विधि अपने प्राण को तन से विलग करूँ? युक्ति सोच ही रही थी तभी त्रिजटा का स्वर सुनाई दिया—

"सीता...आँखें खोलो। कोई अनिष्ट नहीं हुआ है। क्यों इतना व्यग्र हो? राम-लक्ष्मण तथा समस्त वानर योद्धा सकुशल हैं। ध्यान से सुनो...महल से आतीं विजय धुनें अब चुप हैं।"

मैंने चेतना सँभाली। उठकर बैठ गई।

"फिर सभी मौन क्यों थीं? आप ने आने में इतना विलंब क्यों किया और ये विजय धुनें...? कहीं आप मुझे बहला तो नहीं रही हैं। शीघ्र बतलाइए। मैं सहन नहीं कर पा रही हूँ यह मौन।"

"हाँ, कुछ देर पहले युद्ध स्थल की स्थिति चिंतनीय अवश्य थी। युवराज इंद्रजीत ने अपने ब्रह्मास्त्र से दोनों भाइयों को मूर्च्छित कर दिया था...समझो मृतप्राय थे वे। उन्हें मृत जान युवराज महल में आ गए तथा विजय धुनें बजने लगी थीं। विजय के उपलक्ष्य में महल में दीये भी जलाए गए। ऐसी स्थिति में तुम्हारे सम्मुख आने की मैं शक्ति नहीं जुटा पाई। अधीरता से जयवर्धन के लौटने की प्रतीक्षा करने लगी। अब सब कुशल है वहाँ।"

"सत्य कह रही हैं आप?"

"तुम से कभी मिथ्या भाषण किया है मैंने?"

"नहीं, परंतु ऐसा क्या हुआ था वहाँ माते? दोनों भाई एक साथ मूर्च्छित कैसे हो गए?"

"दोनों भाई की गहन मूर्च्छा देख जांबवान ने हनुमान को हिमालय से विशेष बूटी लाने को बोला। हनुमान बूटी ले आए। उसे सुँघाने तथा लेप करने के पश्चात्

सभी चैतन्य हो उठे हैं। उठो, अपना संताप त्याग दो। शंका मत करो। विश्वास करो मेरी बातों का।"

''पहले विजय। बाद में पराजय के दंश ने इंद्रजीत को क्रोधित कर दिया था। रात्रि में ही वह निकुंभिला की विशेष पूजा करने जा रहा था। पूजा सफल होने पर वह अजेय हो जाता। परंतु विभीषण ने उसका रहस्य बतलाते हुए राम को सतर्क किया कि यदि पूजा से पूर्व ही उसका वध न किया गया तो वह कभी नहीं मारा जाएगा। उसकी मृत्यु के पश्चात् रावण भी मृतप्राय हो जाएगा।

''विभीषण के परामर्श अनुसार ही निकुंभिला स्थान पर घनघोर युद्ध हुआ। अपनी साधना पूर्ण करने से पूर्व ही इंद्रजीत लक्ष्मण के हाथों मारा गया। सारी लंका में शोक की लहर सी दौड़ गई। महल में भय व सन्नाटा व्याप्त है। मंदोदरी तथा मेघनाद की पत्नी का भीषण चीत्कार गूँज रहा है अंत:पुर में। महाराज तो क्रोध में मेघ गर्जना-सी चिंघाड़ रहे थे।'' सरमा सारा वृत्तांत सुना रही थी।

तभी त्रिजटा बदहवास सी आई। आते ही अपने अंक में मुझे भरकर बिलख पड़ी। मैं भौचक सी अभी कुछ पूछती...समझती। वह रोते हुए बोली–

"पुत्र की मृत्यु के आघात ने महाराज को बौरा दिया है। घायल हाथी की भाँति चिंघाड़ते हुए बोल रहे थे, आज मैं सीता को जीवित नहीं छोड़ूँगा। उसी के कारण मेरा सर्वनाश हुआ है और खड्ग लिए वे शीघ्रता से इधर ही आ रहे हैं। मैं क्या करूँ...? कहाँ छुपाऊँ तुम्हें...?" घायल पक्षी की भाँति वह छटपटाकर मुझे छुपाने का उपाय ढूँढ़ने लगी...तभी रावण आता दिखा। उसके पीछे कुछ अन्य लोग भी थे। आसन्न मृत्यु जान मैंने आँखें बंद कर लीं। प्राण का भय तो कब का समाप्त हो गया था मेरे अंदर। अनुभव हुआ, त्रिजटा मुझे घेरकर बैठी है। आज उसने भी मेरे साथ ही मरने का संकल्प कर लिया है कदाचित। पदचाप निकट आती लगी। मैंने राम का स्मरण किया...तभी सुनाई पड़ा–

"महाराज दशानन, आप कुबेर के भ्राता हैं। क्रोध के वशीभूत हो आप धर्म का त्याग कैसे कर सकते हैं। विख्यात वीर होकर एक स्त्री का वध करना आपके लिए उचित नहीं है। अपना क्रोध आप राम पर उतारिए। आज कृष्ण पक्ष की चतुर्दशी है। आज युद्ध की तैयारी कीजिए। कल अमावस्या को विजय हेतु रणभूमि प्रस्थान कीजिए।"

कुछ देर बाद सभी के लौटने की आहट मिली। अपने जीवित रह जाने पर दु:ख हुआ। कल के युद्ध में कुपित रावण राम से बदला लेने हेतु कोई भी छल, छद्म अपना सकता है।

28

धन-धान्य और रत्नों से पूरित लंका। दैत्यराज माली, सुमाली, माल्यवान बंधुओं द्वारा हिरण्य निर्मित व...कालांतर में यक्षराज धनेश कुबेर द्वारा सुसज्जित यह विशाल दुर्ग। जहाँ प्रसन्नता व उल्लास का साम्राज्य हुआ करता था। अभी हर ओर चीख-पुकार मची थी। टूटे-ढहे परकोटे। अग्नि से झुलसी अट्टालिकाएँ, मीनारें।

उजड़े-उखड़े बाग-वाटिका। पति, पुत्र व परिजनों को खोने के शोक में विह्वल बिलखती स्त्रियाँ। वंश का क्षय, सैनिकों के नाश, भाई व पुत्र शोक से मानसिक रूप से क्लांत रावण इंद्रजीत की मृत्यु से शोक क्रोध की अधिकता से उन्माद की स्थिति को पहुँच गया था। रात-भर भवन में प्रलाप करते हुए घूमता रहा। संकल्प करता कि कल वह लक्ष्मण को जीवित नहीं छोड़ेगा। अपने खड्ग से टुकड़े-टुकड़े कर देगा और उस सत्यनाशी, कुलनाशी, राजद्रोही, नृशंस, राक्षस कुल के कलंक पापी विभीषण का प्राण भी हर लेगा, जिसके कारण ही मेघनाद की मृत्यु हुई और आक्रांताओं का प्रवेश संभव हुआ लंका में। उसी द्रोही के कारण पुत्रदाह को विवश होना पड़ा उसे। और प्रातः ही वह रणभूमि को प्रस्थान कर गया।

सुभगा के एक-एक शब्द दिन-प्रतिदिन राम-लक्ष्मण की चिंता व अनिष्ट की आशंका में टूटता-सहमता कोई भी प्रहार न सहने योग्य मेरे हृदय पर तीव्रता से प्रहार कर रहा था। मैंने हृदय थाम लिया। या दैव...मुख से आह सी निकल गई। युद्ध क्षेत्र में जो थे उनका एक ही कर्म था—शत्रु का संहार। यहाँ अशोक वाटिका में बैठी मैं निस्संग। अपनों से दूर। पल-पल व्याकुल होती। लगता इस मनःस्थिति से तो अच्छा होता मृत्यु की गोद में शयन। अपनों के समीप होती तो जीवन के प्रति आश्वस्ति होती। साँसें सम होतीं। हृदय को शांति मिल पाती।

प्रातः होते ही पुनः धड़कनें तीव्र हो उठतीं। मस्तिष्क विचलित हो जाता। भाँति-भाँति के अनिष्टकारी विचार द्वंद्व करने लगते। हल्का सा खटका भी चौंका जाता। सरमा, सुभगा या त्रिजटा का आगमन सहमा जाता जब तक वे राम-लक्ष्मण की कुशलता नहीं कहतीं। माँ गिरिजा से प्रार्थना—करती ऐसी विकट स्थिति किसी के जीवन में मत लाना माँ। ऐसी याचना भी नहीं। या तो शांतिपूर्ण जीवन का वर देना या मृत्यु का। मध्य की यह स्थिति बहुत यातनादायक है और आज का दिन बहुत भारी है माँ। मेरी लज्जा रखना...जैसे सदा रखती आई हो। नेत्र बंद कर माँ गिरिजा का ध्यान किया—

अमोघ अस्त्रों का ज्ञाता अति बलशाली रावण। अपनों के नाश से क्रोध से उन्मत्त। जिसके जीवन का लक्ष्य ही मारना-मरना रह गया है। ऐसे में लड़ते-लड़ते राम-लक्ष्मण थक चुके हैं...उन्हें शक्ति देना। अमोघ अस्त्रों की कमी तो मेरे राम को भी नहीं है किंतु उनके संधान हेतु शक्ति भी तो चाहिए।

संध्या ढलते ही सरमा आ पहुँची। बहुत दिनों पश्चात् इच्छा हुई युद्ध का समाचार जानने की। सविस्तार समाचार सुनने का उससे आग्रह किया। वह सुनाने लगी—

"रणभूमि में आज वानर सैनिकों पर प्रहार व संहार करते महाकाल सदृश्य लग रहे थे लंकेश। चारों ओर वानरी सेना के शव बिछते देख पीछे से राम सम्मुख निकल आए और रावण से भिड़ गए। उनके अमोघ बाणों को अपने अभिसिक्त बाणों से नष्ट करने लगे। क्रोधित दशानन अपने तूणीर का एक से एक अमोघ अस्त्रों का संधान करते। मध्य में ही राम उसे निष्प्रभावी कर देते। अंत में रावण के सारे अस्त्र-शस्त्र भंग हो गए। रावण के रथ की ध्वजा को लक्ष्मण ने अपने वाण से काट दिया व सारथी को धराशायी कर दिया।"

कहकर सरमा मौन हो गई। मैं कुछ पल उसके पुनः बोलने की प्रतीक्षा करती रही। विलंब होता देख अधीर हो उठी–

"मौन क्यों हो गई सरमा? उसके पश्चात् क्या युद्ध समाप्त हो गया था? दोनों भाई सकुशल तो हैं न?" सरमा की चुप्पी से अंतस् तक दहल उठा था मेरा।

"युद्ध तो अपने समय पर ही समाप्त हुआ देवी, किंतु महाराज उससे पूर्व ही भवन में आ गए थे।"

"तुम स्पष्ट क्यों नहीं कह रही हो सरमा। रावण समय से पूर्व अपने भवन में आ गया था तो युद्ध किस के साथ हो रहा था?"

"ध्वज रथ नष्ट हो जाने और सारथी को मृत देख अतिशय क्रोधित हो महाराज रावण ने विभीषण को मारने हेतु प्रचंड शक्तिबाण का संधान किया। शक्तिबाण विभीषण को लगता इसके पूर्व ही लक्ष्मण मध्य में आ गए और उस वाण के प्रहार से पृथ्वी पर गिरकर तड़पने लगे। तत्क्षण राम वहाँ पहुँचे। लक्ष्मण का सीना वाण मुक्त किया और बिलख पड़े। पुनः उन्हें सैनिकों की सुरक्षा में छोड़ रावण से भिड़ गए। रथ सारथी रहित महाराज लक्ष्मण को मृत जान भवन में लौट आए।"

"मेरे लक्ष्मण कैसे हैं?" अधैर्य हो रो पड़ी मैं।

"दवांग युद्ध क्षेत्र से शेष समाचार लेकर आता ही होगा। त्रिजटा गुप्तद्वार पर उसकी प्रतीक्षा कर रही हैं।"

"आह सरमा...किस विधि धैर्य रखूँ...कैसे देखूँ प्रिय लक्ष्मण को। पक्षी भी नहीं हूँ कि उड़कर पहुँच जाऊँ उनके समीप? तुम भी जाओ सरमा गुप्तद्वार पर। देखो बहन, त्रिजटा के आने में विलंब क्यों हो रहा है?"

"पहले आप अन्न-जल ग्रहण कीजिए। सुना है आज सबेरे से ही आप निराहार पूजा पर बैठी हैं। त्रिजटा का आदेश है, आपको भोजन कराकर मैं यहीं उपस्थित रहूँ।" सरमा बोली।

मैं खीझ उठी।

"अन्न-जल के बिना मेरे प्राण नहीं निकल जाएँगे सरमा। यह प्राण इतने ही दुर्बल होते तो कब के निकल गए होते इस तन से। परंतु लक्ष्मण की कुशलता का समाचार नहीं मिला तो अवश्य इनका कोई औचित्य नहीं रहेगा। अपना यह अपशगुन मुख कैसे दिखा पाऊँगी माँ सुमित्रा को, प्रिय उर्मिला को?" मैं बिलख पड़ी दोनों हाथों में मुख छिपा कर।

"ये विलाप क्यों कर रही हो पुत्री?" त्रिजटा का स्वर था। तुरंत आँखों से हाथ हटाकर देखा। त्रिजटा सम्मुख खड़ी थी। उसका मुख बिल्कुल सहज लगा। तनिक भी मलिनता नहीं थी वहाँ।

"सब कुशल तो है माते? क्या ज्ञात हुआ? मेरे लक्ष्मण स्वस्थ तो हैं न?"

"एक साथ इतने सारे प्रश्न...?'' त्रिजटा हँसी, ''तनिक साँस तो लेने दो।"

मेरा मन हल्का हुआ उसकी हँसी देख।

"तुम शीघ्र बेहाल हो जाती हो। लगता नहीं है कि तुम वीरांगना थी बचपन में या इसे तुम्हारी संस्कृति का दोष समझूँ? तुम लोग अपने लिए कम, अपनों के लिए अधिक जीती हो। मानो पूरा परिवार एक ही माला के मनके हो। इतना स्नेह,

इतनी आत्मीयता हमारी राक्षस जाति में नहीं होती। यहाँ सभी एक इकाई की भाँति जीते हैं। परिवार के सभी प्राणी का पृथक अस्तित्व होता है। कदाचित इसीलिए कोई भी दुःख, शोक या संताप उन्हें इतनी गहराई से नहीं व्यापता। इसी का प्रमाण है महाराज विभीषण का आचरण। एक तुम्हारे देवर हैं जो भाई-भाभी की सेवा हेतु राजमहल का सुख तथा नवेली पत्नी का संग त्याग वन चले आए। एक विभीषण हैं, अपनी आँखों के सम्मुख अपने भाई, भतीजे या अपनी प्रजा को मरते देख रहे हैं बल्कि लंका तथा भतीजे संबंधी गुप्त भेदों को भी बतला रहे हैं। लंकेश्वर दोषी हो सकते हैं पर लंका तो उनकी मातृभूमि है, कहाँ वैसा लगाव है उन्हें अपनी भूमि, भ्राता या प्रजा से? तुम लोगों का एक-दूसरे के लिए इतना लगाव, त्याग देख बहुत अच्छा लगता है।" कहते-कहते त्रिजटा का स्वर आर्द्र हो आया। लगा वह न्याय के सम्मुख झुकी है। मेरे प्रति उसका लगाव भी न्याय का ही अंग है। वरन अपनी जन्मभूमि से किसको मोह नहीं होता। अपनों के विनाश पर वह भी हिल उठी है। अच्छे-बुरे का ज्ञान उसे भी है। उसके सम्मुख अपनों के लिए मेरी इतनी व्यग्रता कहीं उसे चोट न पहुँचा दे। अब वार्ता में थोड़ा सतर्क रहना पड़ेगा मुझे।

"माते, मेरे लक्ष्मण के उसी त्याग व स्नेह का बोझ तो मेरे हृदय को व्यथित कर रहा है। असल बात क्यों नहीं बतला रही हैं आप?"

"लक्ष्मण एकदम स्वस्थ व सकुशल हैं। आज हनुमान उनके प्राण बचाने के माध्यम बने। श्रीराम को शोकाकुल देख वैद्यराज सुषेण ने हनुमान को बुलाकर जांबवान द्वारा पहले बताए गए पर्वत के समीप ही दूसरे पर्वत शिखर से संजीवनी बूटी शीघ्र लाने को कहा। पर्वत पर अनेक बूटियों में संजीवनी पहचानना उन्हें कठिन लगा तो वे शीघ्रतावश उस पर्वत का एक टुकड़ा ही उठा लाए। संजीवनी सुँघाने से लक्ष्मण की मूर्च्छा शीघ्र दूर हो गई तथा उसके लेप से उनके घावों को आराम मिला है। अब वे स्वस्थ हैं। वहाँ कल के युद्ध की योजना पर विमर्श हो रहा है। महाराज विभीषण बहुत ही डरे हुए हैं लंकेश्वर के आक्रामक मुद्रा से। श्रीराम से आग्रह कर रहे थे कल किसी भी भाँति लंकेश्वर का बध होना अनिवार्य है।"

"आह माते...बहुत ही सुखद समाचार सुनाया आपने। हृदय को शीतल करने वाला। इस समाचार के बदले आपका आँचल रत्नों से भर देती मैं...परंतु अफसोस इस समय मेरे पास कुछ नहीं है।"

"पुत्री, आज तुम बंदिनी हो। रत्न नहीं है तुम्हारे पास परंतु तुम कंगाल नहीं हो। तुम्हारा यह आत्मीय व्यवहार बहुमूल्य रत्न से कम नहीं है। दुःख मत करो। सब दिन स्थिति एक समान नहीं रहती।"

"एक दुःख तो है ही माते। आज रावण पुनः बच गया। मेरी चिंता के पल और बढ़ गए।"

"यह क्यों नहीं सोच रही हो कि मात्र एक दिन और रह गया राम से मिलने में।" सरमा बोली और हँस पड़ी।

मेरे होठों पर हँसी नहीं उभरी। मेरी चिंता रावण के विशाल रथ जितनी बड़ी हो गई थी। अपने विशाल रथ से यह दुष्ट आसानी से अपना लक्ष्य साध रहा होगा। मेरे राम-लक्ष्मण या अन्य वानर योद्धा भूमि से लड़ रहे हैं। लक्ष्य संधान में कितना

श्रम व शक्ति लगती होगी। इस पराई भूमि पर वे लोग आयुध लाए होंगे...रथ आदि नहीं...। मैं पुनः चिंता के सागर में डूब गई। कल के सबेरे की प्रतीक्षा में।

इतने दिनों के असमंजस के बाद आज निर्णायक घड़ी आ पहुँची है। यहाँ लाए जाने के पश्चात् से ही एक मौत मरती रही हूँ हर दिन। राम, लक्ष्मण की चिंता, अपने द्वारा दोनों भाइयों के साथ किए गए व्यवहार के स्मरण, रावण के कुत्सित शब्दों के प्रहार से...किंतु आज उनकी कुशलता का समाचार ही निर्णय करेगा कि उनके बिना इस जीवन को त्यागना है या जीवित रहना है। बेचैन धड़कनों को सँभालने हेतु माँ गिरिजा का ध्यान किया। मस्तिष्क को एकाग्र करती। कानों को बधिर बनाती।

"देवी, आँखें खोलिए।"

लाख बधिर बनने के प्रयास के बाद भी स्वर कानों में समा ही गए। आँखें स्वतः खुल गईं। ध्यान खंडित होने से मन क्षुब्ध हो उठा। सरमा सम्मुख थी, परंतु कटु स्वर में उसे डपट न सकी–

"कोई विशेष बात है सरमा?"

"कहने आई थी, आज श्रीराम रथ से युद्ध करेंगे।"

"रथ से? उनके लिए रथ कहाँ से आया सरमा? लंकावासियों को उन्हें रथ उपलब्ध कराना क्या आसान है। तुम मिथ्या तो नहीं बोल रहीं?" दुःखी होते हुए मैंने पूछा।

"आपके सान्निध्य ने हमारे अंदर के बहुत से दुर्गुणों को नष्ट कर दिया है। उनमें यह मिथ्या शब्द भी है। इंद्र ने युद्ध में विशेष कुशल अपने सारथी मातली के साथ मजबूत व विशाल रथ भेजा है श्रीराम के लिए।"

"सत्य में, सरमा...?" मैं प्रसन्नता से चीख पड़ी।

"हाँ देवी, हर्ष का एक और समाचार है। युद्ध के पल-पल का समाचार अब आप तक निर्विघ्न पहुँचता रहेगा। अब समाचारवाहकों को रोकने-टोकने वाला कोई नहीं है द्वार पर। महाराज युद्ध क्षेत्र में हैं, महारानी मंदोदरी अपने विशेष पूजा कक्ष में।"

सत्य के पक्ष में मनुष्य क्या उसके शत्रु भी देर-सबेर आ ही जाते हैं...उसका उदाहरण थी सरमा। राम का पक्ष...उनकी विजय की कामना...इसके राजा का पराजय या मृत्यु ही होगी...इससे अनजान न थी यह।

टुकड़ों-टुकड़ों में समाचार आने लगा युद्ध क्षेत्र से। इंद्र ने मात्र विशाल रथ या सारथी ही नहीं भेजा था। अपना विशेष कवच, अति तीक्ष्ण बाणों भरा तूणीर भी भेजा था। अब दोनों पक्षों का युद्ध बराबर का था।

रोंगटे खड़े कर देने वाला युद्ध प्रारंभ हो गया था। दोनों ओर से संचित अमोघ अस्त्रों का प्रहार हो रहा था एक-दूसरे पर। दोनों वीरों का युद्ध-कौशल अतुलनीय था। बीच-बीच में राम रावण को ललकार व दुत्कार रहे थे। उनके कटु शब्दों से तिलमिलाकर वह दुगुने वेग से उन पर प्रहार कर रहा था।

राम के बाणों की बौछार से घायल रावण को उसका सारथी रथ सहित उसे दूसरी ओर भगा ले गया। रावण के क्रोधित होने पर पुनः युद्ध-स्थल पर लाया। क्षण-क्षण का समाचार ऐसे पहुँच रहा था मेरे समक्ष मानो दिव्य दृष्टि से देख रही होऊँ, मैं रणभूमि को। मेरे कान, कहने वाले की जिह्वा दोनों ही नेत्र हो गए थे जैसे।

राम थके हुए खड़े थे। अगस्त्य मुनि का संवाद उन्हें मिला—विजय हेतु इसी क्षण 'आदित्य हृदय' पाठ तीन बार करने के लिए। एक क्षण गँवाए बिना राम पाठ करने लगे। जब तक रावण वहाँ पहुँचता उनका पाठ पूर्ण हो चुका था। पुनः घनघोर युद्ध आरंभ हुआ। राम सारथी मातली से कुछ बोले। वह रथ बिल्कुल रावण के सम्मुख ले आया। दोनों आमने-सामने युद्ध करने लगे। किसी का अस्त्र-शस्त्र किसी पर प्रभावी नहीं हो रहा था। राम का कोई भी अमोघ आयुध रावण को मात्र घायल कर रहा था। राम चिंतित हो उठे...तत्क्षण मातली ने कहा, "इस राक्षस पर आप ब्रह्मास्त्र का प्रयोग कीजिए आर्य! इसके विनाश का समय आ गया है।"

राम ने तूणीर से ब्रह्मास्त्र निकाला। अभिमंत्रित किया। धनुष पर उसका संधान कर रावण की ओर छोड़ दिया। वाण ने तत्क्षण रावण का सीना वेध डाला। धरती पर गिरकर वह तड़पने लगा। उसके गिरते ही राक्षसी सेना भयाक्रांत हो भाग खड़ी हुई रणक्षेत्र से...।

नेत्र बंद किए कंपित हृदय से सुन रही थी सारे संवाद। औचक विश्वास नहीं हुआ उस आतताई का अंत हो गया।

आनंदातिरक से मेरी आँखें बरस पड़ीं।

"अश्रु पोंछ लो। तुम्हारी साधना, पूजा सफल हुई। देवी, देवता भी सत्य का ही पक्ष लेते हैं ऐसा सुना था...आज देख भी लिया तभी तो महारानी मंदोदरी की पूजा निष्फल रही।"

मैं हर्ष में थी। भवन से चीत्कार का स्वर आ रहा था। विजय धुनें मौन थीं। सारा वातावरण भूतिया सन्नाटे में था। रावण के हठ ने सारे वंश का नाश करवा दिया। क्या दशा हो रही होगी महारानी मंदोदरी की...विचार में आया। मन द्रवित हो उठा उनके लिए...एक स्त्री, माँ, सास, दादी...सभी रूपों में कितना विवश होंगी वे। शून्यता से भर गई होंगी उनकी आँखें। लज्जित होंगी अपनी युवा बहुओं के समक्ष...। आक्रमण राज्य के लिए हुआ होता। उसके रक्षार्थ उनके अपने वीरगति को प्राप्त हुए होते तो धैर्य व गर्व होता उन्हें...। वे तो रावण की लोलुपता व अहंकार की बलि चढ़े थे। धैर्य का कारण आगत विपत्ति होती है। अर्जित विपत्ति लज्जा या दोषारोपण का कारण बन ही जाता है।

"जीवन में आया हर सुख या दुख एक अदृश्य पहलू से साक्षात्कार कराता है। सोच को जीवात्मा के लिए सकारात्मक दृष्टि देता है पुत्री।" त्रिजटा बोलीं। वे मेरे मनोभावों को भाँप लेती थीं। भौचक थी मैं उनके कथन पर। इतनी विद्वत्तापूर्ण बातें एक राक्षसी के मुख से?

मैंने पूछ ही लिया, "ये बातें आपने कहाँ से सीखीं माते?"

"लंका राक्षसों की भूमि है। यह सत्य है कि राक्षसों के अंदर प्रकृतिप्रदत्त अतिशय क्रोध है। अधैर्य है परंतु तुम यह क्यों भूल रही हो कि यह महर्षि पुलस्त्य और महाराज कुबेर की भी भूमि है। विद्वत्ता की पराकाष्ठा पर पहुँचे महाराज दशानन की भूमि है जिन्हें छहों शास्त्र, चारों वेद कंठस्थ होने के कारण ही दशकंधर कहा जाता है। जहाँ विद्वान होंगे वहाँ विद्वत्ता भरा विमर्श भी होगा और विद्वत्ता को बढ़ाने वाली पुस्तकें भी।" त्रिजटा बोली तो अनुभव हुआ, किसी मनुष्य के प्रति जब हम

गलत धारणा बना लेते हैं तो उसकी ओट में उसका समस्त उपादेय गौण हो जाता है। इस अच्छी और बुरी धारणा के पीछे उसका कर्म ही प्रधान हो जाता है।

विचित्र-विचित्र समाचार आ रहे हैं। रावण के धराशयी होने के पश्चात् भी भयभीत विभीषण को उसकी मृत्यु का विश्वास नहीं हुआ। राम ने उसे समझाया, ''जो लोग स्वयं के स्वार्थवश युद्ध का आह्वान करते हैं वे ऐसी ही मृत्यु को प्राप्त होते हैं। उनके लिए शोक कैसा?''

मेरे जीवन के बुरे अध्याय का अंत हो गया किंतु हृदय में वैसे हर्ष का अनुभव नहीं हो रहा था जैसा राम के आने या युद्ध ठनने से पूर्व हुआ था। लग रहा था यह बहुत ही बुरा स्वप्न था, जो टूटा तो अपने साथ बहुतों के संताप का कारण भी बना। इस युद्ध ने वास्तव में साम, दाम, दंड और भेद का अर्थ समझा दिया था मुझे। इसके पश्चात् भी मानस में अभी कितने क्यों शब्द जस के तस उपस्थित थे कि किसी एक की लिप्सा, स्वार्थ, लोभ, अहंकार या किसी एक की भूल के लिए इतने निर्दोष लोगों की बलि!

युद्ध समाप्त हो गया था, अपनी जोर में आए बवंडर की भाँति लंका का तिनका-तिनका बिखेर कर। रावण के भाई, पुत्रों तथा संबंधियों का नाश कर। बच गए थे उसके वंश में नन्हे-नन्हे बालक-बालिकाएँ। वयस्क में एकमात्र पुरुष विभीषण, जिसे आधे लंकावासी देशद्रोही मान रहे थे और आधे देशभक्त। लगा हर काल में मनुष्यों की मानसिकता अपनी सोच के अनुरूप ही पक्ष-विपक्ष में तर्क प्रस्तुत करती है। पुनः काल प्रवाह में सब सामान्य गति से प्रवाहित होने लगते हैं—विरोधी भी और अनुयाई भी।

इसका दृष्टांत था विभीषण का लंका के राजसिंहासन पर आरूढ़ होना और मंदोदरी का राजमाता का पद स्वीकार करना। यह लंकावासियों के लिए मंदोदरी का स्नेह भी हो सकता था और अपने असुरक्षित पोते-पोतियों के प्रति दायित्व बोध भी। राम के आदेश का उन पर कोई प्रभाव होता, ऐसा संभव नहीं था। मंदोदरी मात्र लंका की महारानी ही नहीं एक स्त्री, पत्नी, माँ और अपनी युवा विधवा पुत्र-वधुओं की सास भी थीं। उनका आकुल प्रलाप, विलाप पर्याप्त था उन्हें विचलित, उद्वेलित करने के लिए। ऐसा नहीं हुआ। किंतु क्या उनके हृदय सागर में क्रोध, शोक, पीड़ा का ज्वार नहीं उठ रहा होगा?

''राम के आदेशानुसार विभीषण ने रावण का अंतिम संस्कार किया। रावण के हितैषी राक्षस विप्लव पर उद्यत न हो जाएँ अतः शीघ्र ही विभीषण का राज्याभिषेक भी हो गया। शहीद व पीड़ित प्रताड़ित राक्षस योद्धाओं की विधवाओं, अनाथ बच्चों के लिए विशेष अनुदान की घोषणा की गई नए राजा विभीषण की ओर से। जले, ढहे, टूटे, ध्वस्त आवासों के पुनर्निर्माण हेतु आश्वासन व भरोसा दिया गया तथा सात्विक पद्धति से राजकाज चलाने का भरोसा भी। यह भी घोषणा की गई कि आज से अयोध्या और किष्किंधा से लंका का मित्रवत संबंध रहेगा। लंका में आर्य संस्कृति विकसित की जाएगी।''

त्रिजटा से समस्त समाचार सुनकर राम की इस कूटनीति पर सुखद आश्चर्य हुआ मुझे। जब तक राक्षसों को अपनी विशाल क्षति का बोध होता, कितना शीघ्र

वे सब कुछ सामान्य व संतुलित करने में सफल हो गए थे, परंतु राम को मेरा स्मरण क्यों नहीं हो रहा है? यह प्रश्न मथ रहा था। उनके बुलावे की प्रतीक्षा में अधीर मेरे मन की विचित्र स्थिति हो रही थी। भय तो अब इस वाटिका में किसी का नहीं रह गया था किंतु यहाँ की उजाड़ भयावहता त्रस्त कर रही थी मुझे। श्मशान से भी अधिक त्रास देता महल का यह सन्नाटा।

क्या राम के हृदय में मेरे प्रति राग शिथिल पड़ गया है? क्या स्त्री की चाह और पुरुष की चाह में भिन्नता होती है? जितनी व्याकुलता मेरे अंदर उमग रही है उन्हें देखने, मिलने की। वे क्यों तटस्थ हैं? इस क्यों के संजाल में फँसा मेरा मन व्यग्र हो रहा था। भाँति-भाँति की शंकाएँ सर उभार रही थीं। किंतु उत्तर नदारद था।

मैं व्याकुल थी किंतु सरमा, सुभगा और त्रिजटा अति उत्साहित। कितनी बार उमगती मेरा श्रृंगार करने हेतु। सुगंधित पुष्पों का गजरा बना लातीं। मैं वरज देती...आतुर थीं वे राम से मुझे मिलाने हेतु। मैं आतुर हो रही थी राम का बुलावा सुनने को। लगता, क्या राम अभी तक मेरे हठ को क्षमा नहीं कर सके हैं? इसी हेतु तो नहीं रुष्ट हैं? इतना पश्चात्ताप के ताप में मेरे जलने के बावजूद।

"प्रणाम माते!" शिथिल हो रहे मेरे कानों में परिचित स्वर पड़ा। मानो शांत सरोवर में हर्ष का ज्वार आ गया हो। मन उछल पड़ा, मुड़ी। हनुमान खड़े थे। प्रसन्न मुद्रा में। आशीर्वाद देना चाहा। कंठ अवरुद्ध हो गया। मात्र नेत्र भर आए। हनुमान समझ गए मेरा मनोभाव।

"माते, श्री रामचंद्र, अनुज लक्ष्मण, वानर पति सुग्रीव, अंगद तथा समस्त योद्धाओं संग सकुशल हैं। आप के उद्धार के लिए किया गया उनका समस्त प्रयोजन सफल रहा।"

मैं मौन। प्रयत्न करने के पश्चात् भी रुँधे गले से शब्द नहीं निकल रहे थे।

"आप कुछ बोल क्यों नहीं रहीं माते? क्या अभी भी भयभीत हैं आप? अब यह राज्य रावण का नहीं रहा। रघुनंदन ने विजय कर इसे विभीषण के अधीन कर दिया है। अब आप अपने घर में ही हैं।"

मैं सँभली। अपने भावातिरेक पर लज्जा आई।

"प्रिय हनुमान, भयभीत नहीं हूँ मैं। राम की कुशलता के संवाद सुनकर हर्ष से कंठ अवरुद्ध सा हो गया था। प्रियवर, तुम्हारे सहयोग व पराक्रम से ही राम का यहाँ आना संभव हुआ। तुम्हारा बल, पराक्रम, दक्षता, विनयशीलता व राम के प्रति विशेष अनुराग, समर्पण निश्चय ही प्रशंसनीय है। तुम्हारी श्रद्धा तथा इस सुखद संवाद के बदले मेरे हृदय में तुम्हारे प्रति वात्सल्य का भाव अधिक बढ़ गया है। इच्छा हो रही है तुम्हें कोई अनमोल वस्तु भेंट करूँ, परंतु विवशता।"

"माते...विवशता का यह शब्द क्यों? आपका स्नेह, आशीर्वाद ही मेरे लिए अनमोल है। मात्र इतनी आश्वस्ति दीजिए कि सदा राम तथा आपका सेवक बना रहूँ।"

"ऐसा ही होगा वत्स! परंतु मेरी सुध लेने में राम की ओर से इतना विलंब क्यों हुआ?"

"आप तो स्वयं विदुषी हैं। रावण के वध के पश्चात् श्रीराम पर इस ध्वस्त लंका की सुव्यवस्था का गुरुत्तर भार भी तो था। सेनापति के बिना जैसे सैनिक दिशाहीन

हो बिखर जाते हैं, उसी प्रकार राजा के बिना भीषण अराजकता फैल जाती है राज्य में। इसकी सुचारु व्यवस्था के पश्चात् निश्चिंत होते हो, तत्क्षण मुझे यहाँ आने का आदेश दिया आपकी इच्छा ज्ञात करने हेतु।"

चौंक पड़ी मैं...राम के संवाद पर...यह क्या बोले वे? परंतु इसका उत्तर मैं हनुमान से कैसे चाहती। वे तो मात्र सेवक थे। मात्र इतना ही पूछा–

"मेरी इच्छा और क्या हो सकती है हनुमान? शीघ्र ही मैं उनका दर्शन करना चाहती हूँ।"

"आप आज ही श्रीराम व लक्ष्मण का मुख देखेंगी देवी! अब आज्ञा दीजिए विलंब हो रहा है। श्रीराम प्रतीक्षारत होंगे।"

अभी मैं कुछ कहती कि उनकी दृष्टि आस-पास टहल रही राक्षसियों पर पड़ी, "ये ही राक्षसियाँ न आपको त्रास दिया करती थीं माते? आप आज्ञा दें मैं अभी इनका वध कर डालता हूँ।" क्रोध से हनुमान बोले।

"क्रोधित न हों हनुमान। ये दासियाँ अपने स्वामी के अधीन थीं। उसके आदेश का पालन कर रही थीं। इन्हें मारना उचित नहीं। ये सारा दोष मेरी नियति का था जो यह सब देखना व भोगना पड़ा।"

"ओह माते, ऐसी उचित वाणी आप ही बोल सकती हैं। अब आज्ञा दीजिए...।"

हनुमान चले गए। पुनः समय टँग गया प्रतीक्षा के काँटे में राम का संवाद आने तक...।

29

हनुमान तो नहीं आए। विभीषण का संवाद मिला, "राम के आदेश से वे मुझे ले जाने के लिए आ रहे हैं। तैयार रहूँ।"

सुनकर किसी उत्तुंग शिखर पर पहुँचे बालक की भाँति मन की स्थिति विचित्र हो गई। क्या करूँ? कैसे करूँ? कुछ पल लगे निश्चय करने में। पुनः महीनों बाद प्रसन्न मन से मैंने स्नान किया। सजने-सँवरने की कामना हुई। लगा राम सम्मुख खड़े हैं...संकोच हो आया, मानो जनकपुर का प्रथम दर्शन हो।

स्नान से निवृत्त ही हुई थी कि मंदोदरी के आने की सूचना मिली। असमंजस में पड़ गई मैं। अब यह कैसा व्यवधान। क्यों आ रही हैं वे यहाँ? क्या आकांक्षा है उनकी? क्या उपालंभ देने? कदाचित इन्हीं स्थितियों-वश युद्ध समाप्ति पश्चात् क्षणमात्र भी यहाँ रहना व्यर्थ अनुभव हो रहा था।

कुछ और सोचती, परेशान होती, महारानी मंदोदरी आ पहुँची समक्ष। शुभ्र वसन। निराभरण मुख। भावशून्य नेत्र। क्षीण काया। सामान्य स्त्री से भी सामान्य लगीं आज लंकेश्वरी मंदोदरी। मेरे मन में घोर विषाद का भाव व्याप गया। विषाद रावण की मृत्यु पर नहीं, इनकी नियति पर। व्यथा हुई, पति के कर्मों का प्रतिदान, पुत्र, पति-विहीन जीवन का अभिशाप। युवा विधवा पुत्र-वधुओं का उपालंभ। क्या सहज इनसे मुक्ति मिलेगी मंदोदरी को? स्त्री की यह नियति विह्वल कर गई मुझे। स्मरण आया तपस्विनी अनसूया का कथन, 'पति के कर्मों का अंशी मात्र पत्नी होती है।' लाख

प्रयत्न के पश्चात् मुख से कुछ नहीं निकला। न सांत्वना के शब्द, न सहानुभूति के। न उपहास के और न उपालंभ के। लगा, ये सभी शब्द उस मन-प्राण का क्या क्षति करेंगे जो स्वतः मृतप्राय हो।

मंदोदरी संग आई दासियों ने अपने हाथों में थमे थाल पर से आवरण हटाया ढेरों कौषेय वस्त्र। रत्नाभूषण। सोच ही रही थी कि इनका क्या प्रयोजन है तभी त्रिपुंड लगाए राक्षसी वेषभूषा से विलग एक पुरुष आ खड़े हुए। संकोचवश मैंने मुख घुमा लिया।

"जानकी, ये लंकापति विभीषण हैं। तुम्हें ले जाने आए हैं। इनसे संकोच कैसा। लो ये वस्त्राभूषण धारण कर शीघ्र तैयार हो जाओ।" मंदोदरी का नितांत सहज शब्द।

भौचक रह गई मैं। न उपालंभ, न फटकार। न रोष न असंतोष। न व्यंग्य। प्रथम बार भी जब अकेले मिलने आई थीं तब भी उपेक्षा या तिरस्कार का पुट नहीं था इनके शब्दों में। हाँ बेबसी का हल्का भाव अवश्य परिलक्षित था। पति के हठ से उपजी बेबसी का। तो मेरे लिए कोई आक्रोश नहीं है इनके हृदय में। क्या ऐसा संभव है? किंतु वे विभीषण को क्षमा नहीं कर सकी हैं वरन् परिचय में देवर संबोधित करतीं। लंकाधिपति नहीं।

"परंतु देवी, ये परिधान?" असमंजस से मैंने इंगित किया।

"मेरी ओर से उपहार हैं तुम्हारे लिए। इन्हें धारण करो। संकोच मत करो। तुम्हारे पति का भी यही आदेश है। वस्त्राभूषण से सुसज्जित होकर आने का।"

चकित-सी मैं उनका मुख ताकती रह गई। उनकी स्थिति देख श्रृंगार करना...मन झिझका।

"सीता! समय नहीं है कुछ सोचने, पूछने या समझने का। शीघ्र तैयार हो जाओ। स्थितियों का विश्लेषण क्षण मात्र में समाप्त नहीं होने वाला है।" मंदोदरी ने आगाह किया।

सरमा-सुभगा को चिरवांछित अवसर मिल गया। तत्क्षण वे मुझे एक वृक्ष की ओट में खींच लाईं। मनोयोग से श्रृंगार करने लगीं। मना करने पर भी नहीं मानीं।

"मेरी सीता, कहाँ छुपा रखा था तुमने यह अलौकिक रूप?" ध्यान से मुझे निहारती त्रिजटा बोली। लज्जावश मैं सकुचा उठी।

"उस सादे रूप पर तो यह अजेय दुर्ग ध्वंस हो गया। इस रूप पर कितने राज्य विध्वंस हो जाएँ तो अतिशयोक्ति न होगी।'' कहकर सरमा हँसी तो शूल सा चुभ गया उसका वाक्य हृदय में। तड़प उठी मैं।

"विध्वंस का नाम मत लो सरमा! हृदय विदीर्ण हो जाता है पीड़ा से। तुम क्या अभी तक नहीं समझ पाईं कि ध्वंस मात्र निर्जीव दुर्ग का ही नहीं होता है युद्ध में? ध्वंस होता है हजारों निरपराध प्राणियों का, स्त्रियों के सपनों का, बालकों के भविष्य का। ऐसी स्थिति की कल्पना मात्र से विचलित हो उठता है हृदय।" मेरा स्वर भर्रा उठा।

"देवी सीता, शीघ्रता कीजिए। महाराज विभीषण पालकी लाने का आदेश कर चुके हैं।" दासी ने सूचना दी। कठिनता से स्वयं को संयमित किया मैंने। ये अमूल्य वस्त्राभूषण भारस्वरूप अनुभव हुए अभी। किंतु विवशता...राम का आदेश...उनकी मंशा और उनसे मिलन का उल्लास मौन कर गया।

भारी पग से दु:ख के क्षणों के साथी अशोक वृक्ष के निकट आई। ताप व वर्षा में छाया देने वाला आश्रयदाता। झुककर उसका नमन किया। धरती को भी, जिनका स्पर्श धैर्य देता रहा था। पुनः मंदोदरी के समीप आई। वे विभीषण की ओर उन्मुख होती बोलीं–

"आप सीता को ससम्मान उसके पति के पास ले जाइए। उनकी धरोहर सौंप दीजिए उन्हें।" वही धीर गंभीर वाणी। नतमस्तक हो उठी मैं उनके धैर्य के सम्मुख।

"मेरे प्रति आपका यह वात्सल्यपूर्ण आचरण वंदनीय है देवी मंदोदरी! सत्य मानिए आप के प्रति मेरे हृदय में तनिक भी मालिन्य नहीं। आपकी बेबसी और दृढ़ता से भी अभिज्ञ नहीं हूँ मैं। मुझे पूर्ण विश्वास है मेरी अस्मिता की रक्षा में मात्र मेरी दृढ़ता ही नहीं आपकी वर्जनाओं की भी भूमिका अवश्य रही होगी। कृतज्ञ हूँ मैं आपकी। आप का यह स्नेहिल व्यवहार व उद्गार सदैव स्मरण रहेगा मुझे। आप पतिपरायणा ही नहीं क्षमाशीला भी हैं। प्रजा हित में आप का राजमाता का पद ग्रहण करना यही दर्शाता है।"

कुछ क्षण वे मौन रहीं। पुनः बोलीं–

"सीता! पति की भार्याओं का स्वागत करना हम राजवंशी स्त्रियों की नियति है किंतु तुम लंकेश्वर द्वारा हरण कर लाई गई उन राजकुमारियों से नितांत भिन्न हो जो प्रसन्नतापूर्वक उनकी प्रेयसी बनती और गौरव का अनुभव करती रहीं। पहले दिन से ही पति के प्रति तुम्हारा अनुराग, रोना, बिलखना, तड़पना देख शंकित हो उठी थी मैं, कि भारी अनर्थ कर बैठे लंकेश तुम्हारा हरण कर। पश्चात् में ऐसा अनुभव हुआ जैसे आवेश में उठाए गए अपने कदम पर उन्हें भी ग्लानि है। इसी हेतु तुम्हें अपने हर्म्य में न ले जाकर इस अशोक वाटिका में रखा उन्होंने। कदाचित अपनी भूल का परिस्कार करना चाहते थे, तभी तो सदा तुम्हारी इच्छा से अवगत होने का यत्न करते रहे। उनके संग कई बार मैं यहाँ आई। तुम्हारा छोटा वय, कोमल गात, पति वियोग में क्लांत मुख अपराध बोध से भर देता मुझे। सोचती, कोई ऐसी युक्ति होती कि तुम्हें तुम्हारे पति के पास भिजवा सकती। किंतु मेरी विवशता। कोई भी स्त्री अपने पति के विमुख नहीं जा सकती और ना ही उसे समझा सकती है। पुरुष सदा स्वयं को महान, ज्ञानी और स्त्री को तुच्छ समझता है। अच्छा छोड़ो, काल पर किसी का कोई वश कहाँ। प्रसन्न मन तुम पति के पास प्रस्थान करो।"

कितनी विशाल हृदया, विदुषी और धैर्यवान हैं यें। अपनी आंतरिक व्यथा का तनिक भी आभास नहीं होने दे रही हैं। पतिहंता की पत्नी को एक अतिथि की भाँति सम्मान दे रही हैं। जिस स्थिति में हैं ऐसे में तो कोई आर्य नारी भी धीर व संतुलित नहीं रह पाती।

"आपका आचरण महान विदुषी और राजरानी के अनुरूप है। अतीत को विस्मृत कर आप मुझे आत्मीयता दे रही हैं। हमारा वनवास काल समाप्ति पर है। संभव है, यहीं से हमारा अयोध्या प्रस्थान हो। राम विभीषण जी को भी संग अवश्य चलने का आग्रह करेंगे। मेरा निवेदन है आप भी हमारे संग अयोध्या चलें। राम के राज्याभिषेक के आयोजन में सम्मिलित हो हमें आशीष देकर पुनः विभीषण संग लौट आइएगा।" विनीत स्वर में मैंने आग्रह किया।

"तुम्हारा आग्रह तुम्हारे स्वभाव के अनुरूप है सीता! किंतु लंका की राजमाता होने के साथ मैं लंकेश्वर दशानन की भार्या भी तो हूँ। मेरा अयोध्य जाना सर्वथा अनुचित है। तुम्हारे पति का आक्रमण, युद्ध और लंका का विनाश न्यायसंगत हो सकता है किंतु राम हैं तो मेरे पतिहंता ही। और पतिहंता के राज्य में जाना, सत्कार पाना किसी भी स्वाभिमानी स्त्री को स्वीकार नहीं होगा। लंका में मेरा दायित्व बढ़ गया है। मेरी दुःखी प्रजा, भवन में शोक संतप्त विधवा बहुएँ, पोते-पोतियाँ सभी को मेरी विशेष आवश्यकता है। इस उजड़े भवन में उनका एकमात्र संबल मैं ही तो हूँ। उनके कोमल मन में जो अविश्वास भर गया है अपनों के प्रति वहाँ विश्वास की पुनर्स्थापना आवश्यक है। युवा होते बच्चों के आचरण पर गहन ध्यान देना है, ताकि इस लंका में पुनः कोई सूर्पणखा उत्पन्न न हो।"

वे बोलीं परंतु राजद्रोह में विभीषण का दृष्टांत छुपा गईं। मंदोदरी का उद्‌गार एक सचरित्र, स्वाभिमानी राजरानी का है। इनके स्थान पर कोई सामान्य स्त्री होती तो इस दारुण स्थिति में शालीनता का दामन छोड़ चुकी होती। जाने कैसा व्यवहार होता उसका मेरे साथ। उनके व्यक्तित्व के समक्ष नतमस्तक हो गई मैं।

"विलंब मत करो सीता, जाओ पति के पास।" कहकर पुनः वे विभीषण से बोलीं, "आप कहारों को आगाह करिए शीघ्र पालकी यहाँ ले आएँ।"

विदा काल सन्निकट जान सुभगा, सरमा और त्रिजटा की व्याकुलता बढ़ गई। तीनों ने अर्थपूर्ण दृष्टि से मेरी ओर देखा। मानो उपालंभ दे रही हों पूर्व में दिए वचन को विस्मृत करने का। किंतु अपना वचन खूब स्मरण था मुझे। महीनों की आत्मीय सहयोगी रही थीं वे मेरी। मेरा आत्मबल बढ़ाने के लिए क्या कुछ नहीं किया था उन्होंने, यहाँ तक कि अपने राजा व राज्य से भी द्रोह कर मेरा साथ दिया था। इस तर्क के साथ कि वे सत्य का साथ दे रही हैं। राम की विजय पर मेरी आस्था भी कभी-कभी डाँवाँडोल हो जाती किंतु उनकी आस्था कभी नहीं डिगी। युद्ध के गोपन से गोपन संवादों से अवगत कराती रही थीं। इन सब के प्रतिदान-स्वरूप उनकी माँग थी अयोध्या यात्रा और आर्य संस्कृति का अवलोकन। मैंने नेत्रों से ही उन्हें आश्वस्त किया।

"राजमाता मंदोदरी, एक विनती है मेरी। यदि आपकी आश्वस्ति हो तो कहूँ?"

"कैसी विनती सीता?" चौंककर पूछा उन्होंने।

"सरमा, सुभगा और त्रिजटा को अपने साथ अयोध्या ले जाने की इच्छा है यदि आपकी अनुमति हो। ये राम, लक्ष्मण तथा अयोध्या के अवलोकन की कामना रखती हैं।" मैंने कहा।

विभीषण कुछ बोलते इसके पूर्व ही मंदोदरी बोलीं, "जानकी, तुमने इच्छा भी की तो किस की? सहर्ष ले जाओ इन्हें। लंका के बाहर का संसार देख लें ये भी।"

तीनों पूर्व से ही तैयार थीं। मंदोदरी से विदा लेकर चल पड़ीं हम। पालकी अशोक वाटिका से निकली। उन्मुक्तता का अनुभव हुआ। मानो पिंजड़े का द्वार खुला हो। मन ने डैने फड़फड़ाए। पिंजड़ा स्वर्ण का भी हो तो भी पिंजड़ा ही होता है। परिधि में सीमित कारागार। वह पक्षियों की सहज चाल को ही विस्मृत नहीं करता, उनके अस्तित्व के एहसास को भी समाप्त कर देता है। कुछ इसी भाव से गुजरी

थी मैं भी विगत दिनों। खुली विस्तृत अशोक वाटिका, परंतु अदृश्य सींखचों से घिरा कारागार। यंत्रणाओं के चाबुक बरसाते रावण के कुत्सित शब्द। डराते, सहमाते भय के क्षण।

किंतु क्यों स्मरण कर रही हूँ मैं अब उन क्षणों का? विषाद के दिन निःशेष हो गए। यह पालकी, ये पथ शीघ्र पहुँचा देंगे मुझे राम के पास उनकी स्नेहसिक्त छाया में। महीनों पश्चात् देखूँगी उन्हें। मेरे वियोग में उनके दुःखी मन, घायल तन को मेरी सुश्रूषा की आवश्यकता है। उनकी सेवा, सान्निध्य का सुख प्राप्त होगा। राम के दर्श का स्मरण पुलकित कर गया। निस्संग में भी लज्जा से नत हो गए नेत्र।

अश्वारोही सुरक्षा प्रहरियों के मध्य धीरे-धीरे चलते कहार। पालकी शायद किसी बस्ती से अग्रसर थी। वायु में घुली रुदन, क्रंदन की अनुगूँज...स्त्रियों का विलाप... कदाचित युद्ध में हताहत हुए सैनिकों के परिजन हों। आशंका हुई। मन व्यथा से भर गया। ये राक्षसों की बस्ती है...राम के हताहत सैनिकों के परिजन भी इन्हीं व्यथाओं से गुजर रहे होंगे। विलाप कर रहे होंगे। उनके घरों में कोहराम मचा होगा। मन क्लांत हो उठा। राम को देखने, मिलने का कोमल भाव कहीं दब-सा गया लगा। भवन से लेकर बस्ती तक दुःखों का जारी प्रवाह। असमय चले गए निरपराध लोगों के अभाव का दुःख। अपनों के खोने की पीड़ा। उनकी अपूरणीय क्षति की व्यथा। विजय वैजयंती मात्र भवनों पर फहराती है। उन उत्तुंग प्राचीरों की सुरक्षा में प्राण विसर्जन करने वाले के घरों पर रुदन, क्रंदन, चीख व चीत्कार का ही ध्वज लहराता है युद्ध निःशेष के पश्चात्। नेत्र भर आए। उनकी पीड़ा का स्मरण कर।

ओहार को किंचित सरकाकर मैंने बाहर झाँका। असमतल पहाड़ियों पर बसी बस्तियाँ...ताल पत्रों के छाजन वाली छोटी-बड़ी झोपड़ियाँ...घर। उनसे उठते क्रंदन के स्वर। लोगों की उत्सुकता चरम पर लगीं कि देखें उस स्त्री को जिसके कारण रावण वंश और स्वर्णिम लंका का नाश हुआ। जिस मार्ग से पालकी गुजर रही थी रोती-सिसकती राक्षसियाँ औचक मौन हो निहारने लग रही थीं पालकी को। पुरुष-बच्चे पालकी के संग बढ़ रहे थे कि येन, केन प्रकारेण देख सके वे मुझे। सहम गई मैं। यदि उनकी इच्छा बलवती हो उठी तो? कदाचित इसीलिए विभीषण मुझे रथ से नहीं ले आए। इस स्थिति की आशंका अवश्य रही होगी उन्हें।

विशेष कोलाहल उभरा। लगा, मैं राम के शिविर के सन्निकट हूँ। पुनः ओहार उठाकर देखा। अत्यधिक जन समूह...। स्थानीय निवासियों संग रीछ, वानरों का समूह। सभी उत्सुक, सभी जिज्ञासु। मेरी एक झलक के आकांक्षी। पालकी को आगे बढ़ना कठिन हो रहा था। असहज हो उठी मैं। तभी भीड़ में रास्ता बनाते लक्ष्मण तथा हनुमान आते दिखे। प्रसन्नता से उछल पड़ा मेरा हृदय। सजल हो गए नेत्र। हर्ष का प्रवाह बह चला मुख पर।

लक्ष्मण पालकी के निकट आए। मुझे देख हर्षातिरेक से भर आए उनके नेत्र। मेरे पाद वंदना को वे झुके। झट मैंने उनका हाथ थाम लिया। मलिन मुख, क्षीण काया...युद्ध गाथा उनकी देह बयान कर रही थी। यत्र-तत्र घावों के रूप में। मन भर आया। आँखों से अश्रुबूँद छलक पड़ी। इनके कष्टों का कारण मैं ही हूँ। कई बार दोनों भाई मृत्यु द्वार से लौटे थे।

"आप कुशल तो हैं प्रिय लक्ष्मण?" धीरे से मैंने पूछा।

"आप सम्मुख हैं, सब कुशल हो गया।" संक्षिप्त उत्तर। लगा वे अभी भी मुझ से रुष्ट हैं। पंचवटी की मेरी वह धृष्टता विस्मृत नहीं हुई है उन्हें।

"अभी तक आप का मन मलिन है मेरे प्रति?" मैंने पूछा। अचंभित हो उन्होंने मेरी ओर देखा।

"ऐसा विचार भी आपके मन में कैसे आया भाभी?" प्रतिप्रश्न था व्यथित स्वर में।

"पंचवटी में मेरा वह हठ। अपशब्द...विस्मृत करने योग्य था भी नहीं। मेरे उस एक हठ ने कितना दारुण दु:ख दिया हमें।" कहते-कहते मेरे वाक् अवरुद्ध हो गए...।

"बीते का स्मरण न करें भाभी। यह सारी क्रीड़ा संयोग की थी। मानव जीवन संघर्षविहीन कहाँ होता है। ये घटनाएँ ही उसे सक्रिय, अनुभवी और पराक्रमी बनाती हैं। ये दु:ख ही सुख का महत्त्व समझाते हैं हमें।" लक्ष्मण का संतुलित शब्द, परिपक्व विचार। चौंका गया मुझे। इतने धैर्यवान और सयाने हो गए हैं मेरे लक्ष्मण?

हनुमान सम्मुख आए। नमन किया मुझे। विनीत स्वर में बोले, "देवी, श्रीराम का आदेश है, यहाँ से आप पैदल ही शिविर तक की यात्रा करें ताकि उपस्थित राक्षस, रीछ, वानर समूह आपका दर्शन कर सके।"

स्तब्ध रह गई मैं। राम का यह कैसा विचित्र आदेश? इतने विशाल जन-समूह मध्य पैदल चलना। मैंने लक्ष्मण की ओर देखा, लगा यह आदेश उन्हें भी अरुचिकर लगा है। वे मौन रहे। अपने मनोभावों को दबाने में सदा से असमर्थ रहे हैं वे, आज भी असफल दिखे इस प्रयत्न में। अंतस् का क्षोभ फैल गया था उनके मुख पर।

ठाठें मारता जनसमूह। धीरे-धीरे उनके मध्य चलती मैं। हनुमान मार्ग बनाते रहे, स्थितियों का बखान करते संग चलते रहे—

"शिविर द्वार पर श्रीराम ऋषि-मुनियों संग वनवास काल की गणना कर रहे हैं तथा युद्ध में उनके सहयोग, परामर्श हेतु उनका आभार भी प्रकट कर रहे हैं।"

मेरा आगे बढ़ता हर पग राम के निकट ला रहा था मुझे। धड़कनें तीव्र से तीव्रतर होने लगीं। अव्यक्त-सा संकोच नेत्रों में। अपरिभाषित-सी कामना मन में...। अवश्य राम भी अधीर होंगे मेरी भाँति ही। कालवश बँट गए थे नदी के कूलों की तरह...किंतु हम भिन्न कहाँ हैं? उनकी सौम्य मुखाकृति, बोलते नयन, अधरों पर क्रीड़ारत स्मित मुस्कान क्षण मात्र को भी विस्मृत हुई कभी?

राम मेरे सम्मुख थे। हर्ष के आवेग ने मेरी साँसें भींच दीं...। पलकें नत हो गईं लाज के भार से। किंतु नत दृष्टि से बच न सके उनके युग्म नील पद्म चरण...। थोड़े सूजे हुए घावों के चिह्न। दृष्टि तनिक ऊपर उठी। तन पर भी सूखे-हरे असंख्य घावों के चिह्न...। हाहाकार कर उठा हृदय। आह राम, इतना कुछ सहन करना पड़ा आपको मेरे लिए? नेत्र छलक पड़े। धुँधले नेत्र मुख की ओर उठते तभी राम का स्वर श्रवण हुआ—

"सीता, रावण का वध कर मैंने उसके चंगुल से तुम्हें मुक्त कर दिया है। तिरस्कार के प्रतिकार हेतु मानव कर्म के अंतर्गत जो निहित है, वह मैंने किया है। किंतु मेरा यह समस्त उद्यम अपने विमल वंश और कीर्ति के रक्षार्थ था, तुम्हारे लिए नहीं। परपुरुष के घर में इतने काल रही स्त्री को कोई भी कुलीन पुरुष नहीं ग्रहण करेगा।

तुम्हारा चरित्र संदेहास्पद हो गया है। मैं तुम्हें मुक्त करता हूँ। तुम जहाँ चाहो जा सकती हो...।''

राम का बेलाग स्वर। तीक्ष्ण शब्द...। भूचाल ही तो आ गया मेरे भाव स्थल में...मोह...कामनाएँ...अभिलाषाएँ...आकांक्षाएँ...सभी क्षण मात्र में धराशायी हो बिखरने लगीं...यत्र-तत्र...। सागर अपनी सीमाएँ लाँघ...आप्लावित करने लगा भू क्षेत्र को. ..और लज्जा, ग्लानि, क्षोभ की धूल ने ढक लिया मुझे समूल...।

पहरों लगे विश्वास करने में, ये राम के शब्द थे। उनका उद्‌गार था...जिसने लज्जा के महासमुद्र में डुबो दिया है मुझे। क्या ये वही राम हैं जिनके पुरुषार्थ पर वरण किया था मैंने? क्या ये वही राम हैं जिनके प्रेमवश त्याग दिया था मैंने अयोध्या का भवन, राजसी भोग-विलास? अरण्य की विपता में भी उत्सव मनाती रही थी उनके सान्निध्य सुख का। ऐसा कैसे कह गए राम? देशकाल का भी तनिक भान न रहा उन्हें? क्या इसे ही सुनने के लिए इतने दिनों प्राण को बचाए रखा था मैंने? इन शब्दों के समक्ष तो रावण के कारागार की यातना भी तुच्छ लगी। विरह में भी राम मात्र अपने वंश गौरव के प्रति सजग रहे? मैं तो उस विरह की अग्नि में स्वयं तक को भूल गई थी...स्मरण रहे थे तो मात्र राम। चकित हूँ, क्या पुरुष की चाह...इच्छाएँ...सोच तथा समर्पण...नितांत भिन्न होते हैं...?

तिर्यक दृष्टि से चहुँओर देखा...न सागर अपना कूल छोड़कर बढ़ आया था यहाँ, न चक्रवात अपनी दिशा भूला। न वृक्ष गिरने लगे थे परस्पर भहराकर और ना ही पर्वत तांडव करने लगे थे। किंतु यह सब घटित हुआ था मेरी मनोभूमि में। सब कुछ क्षण मात्र में ध्वस्त हो गया था...राम के प्रति वह भाव भी जो अशोक वाटिका से चलते समय युवा होने लगा था। वह मोह जो तृप्त होना चाहता था राम के दर्शनों से। वह विश्वास जो थाती था राम का और मेरी शक्ति का। सभी तो गड़मगड़ होकर दिशा छोड़ और तोड़कर प्रवाहित होने लगे...अश्रु बनकर...ग्लानि बनकर...क्षोभ बनकर...रोष बनकर...।

"राम! यदि यही शंका थी आपको तो मेरी खोज के लिए इतना उद्यम करने की क्या आवश्यकता थी? उसी समय त्याग दिए होते। हनुमान से यह संवाद सुनकर मैं अपना जीवन पथ निश्चित कर लेती। इतनी यातना सहना क्या अभीष्ट था मुझे? आपको भी अपना जीवन संकट में डालकर युद्ध नहीं करना पड़ता। क्षण मात्र को भी स्मरण नहीं आया आपको, मैं यज्ञ भूमि संप्रभुता हूँ। जनकसुता हूँ। परिस्थितियों से संघर्ष करने का आत्मबल है मुझ में। साधारण स्त्री की भाँति सर्वप्राप्य समझ लिया। विचार तक न आया मेरी मर्यादा और शील व स्वभाव का? समूह मध्य क्या कोई कुलीन पुरुष अपनी स्त्री का ऐसा तिरस्कार करता है?" कहते-कहते फफक पड़ी मैं।

''तुम मुझे बहुत ही अप्रिय लग रही हो, अतः तुम कहीं भी जाने के लिए स्वतंत्र हो...।'' नत मस्तक किए राम बोले।

धधक उठी मैं–

''आर्यपुत्र! मनुष्य उसी वस्तु के लिए उतरदायी हो सकता है जिस पर उसका अधिकार हो। मैं अपने हृदय की स्वामिनी हूँ यह आपके चिंतन से कभी विमुख नहीं हुआ। देह पराधीन है। रावण ने बलात मेरा अंग स्पर्श कर लिया इसमें मेरा

क्या अपराध? आप मेरे निर्बल अंश स्त्रीत्व को सम्मुख रख मेरा अपमान कर रहे हैं और मेरा सबल पक्ष पत्नित्व व पातिव्रत को गौण कर रहे हैं। निर्जीव वंश का गौरव सर्वोपरि हो गया और सम्मुख खड़ी मैं सजीव अस्तित्वहीन? इतने दिनों के संग-साथ में इतना ही समझ सके आप मुझे? मात्र इतना ही पूछ लेते-कैसी हो सीता? जी उठती मैं। मेरे क्षत-विक्षत हृदय को शांति मिलती। यहाँ तो एक साधारण मनुष्य की भाँति अंगारे उगल रहे हैं आप। क्या मैं मात्र देह हूँ? क्या इतनी कच्ची होती है स्त्री की शुचिता जो परपुरुष के स्पर्श मात्र से नष्ट हो जाए? क्या इतना हीन, क्षीण होता है स्त्री जीवन...जिसका कोई अर्थ न हो? क्या इतना मिथ्या होता है उसका अस्तित्व, जो विश्वास योग्य न हो?'' कहते-कहते शब्द भावारुद्ध हो गए।

दृष्टि उठाकर देखा...लक्ष्मण, सुग्रीव, जामवंत, विभीषण, हनुमान सभी चकित, व्याकुल और राम के विचारों से असहमत लगे। किंतु वे सभी भी मौन थे। समूह के सजग कान व घूरती आँखें बेधने लगीं। पीड़ा मथने लगी हृदय...नेत्र झरने लगे। पुनः राम के नेत्र मेरी ओर नहीं उठे...

कुछ क्षण लगे स्वयं को सहेजने समेटने में। कहना चाहा-'हाँ रावण ने उठाया था मुझे बाजुओं में। हाँ, करता रहा था वह मेरे समक्ष प्रणय निवेदन। पर बलात नहीं बनाया अपनी अंकशायिनी, अपने हर्म्य की शोभा..। उसने कभी नहीं किया मेरे स्त्रीत्व को लज्जित...अपमानित। जैसा आप कर रहे हैं मेरी अस्मिता पर अपने वचनों से प्रहार...।' किंतु स्पष्टीकरण देना अनुचित लगा। असंयत हो रहे स्वर को संयत किया। प्रकृति के प्रलय से भयावह होता है परिस्थितियों का प्रलय। अपने में डुबोता आक्रोश, क्षोभ और लज्जा का यह महाप्रलय अदृश्य महाप्रलय। चेतना ने संकल्प लिया न डूबने का। यदि डूब गई तो यह लांछन सदा के लिए शाश्वत बन आरोपित हो जाएगा मेरे अस्तित्व पर...युग...युगांतर तक।

राक्षस, वानर यूथपतियों, वीरों की ओर देखा। सभी विवश लगे राम का विरोध करने में। अपने नेतृत्वकर्ता और अब विश्व विजेता राम के कथन का प्रतिकार करने का साहस नहीं था किसी में। हाँ वे असमंजस में अवश्य लगे कि राम का कौन सा रूप सत्य है। मेरे वियोग में आकुल-व्याकुल हो भटकने, तड़पने वाला या जय के दर्प में दर्पित आज का यह रूप?

तत्क्षण समूह मध्य अपने कौतुक होने का भाव सुलगा गया मुझे। मैं मूर्ख, क्यों देख रही हूँ किसी की ओर? कौन-सी आस शेष रह गई है? क्या यह अपेक्षा भी थी किसी के हृदय में कि राम ऐसी शंका व्यक्त करेंगे? नहीं...यह शंका किसी के भी हृदय में नहीं थी...किंतु इसे व्यक्त कर...उजागर कर राम ने इसे विमर्श का हेतु बना दिया। अब यह वायु में तैरती विस्तारित हो रही होगी...लंका भवन से लेकर संसार के कोने-कोने तक होती रहेगी।

इस लांछित देह के साथ जीवित रहना...कोई औचित्य नहीं है अब इस जीवन का। इसे अभी अग्नि को समर्पित करूँगी। मात्र यही एक युक्ति है मेरे समक्ष। खिन्न मन टहल रहे लक्ष्मण की ओर मैं उन्मुख हुई।

"आर्य लक्ष्मण, अग्नि प्रज्वलित करवाइए। मैं अग्नि-परीक्षा दूँगी।" यथा-संभव उन्नत स्वर में मैं बोली। समूह समक्ष राम ने शंका व्यक्त की थी। लांछन लगाया

था। शंका का यह बीजारोपण किसी वृक्ष को जन्म नहीं देगा। क्या यह संभव है? अतः उन्नत स्वर में घोषित करना अनिवार्य लगा। मेरा यह निर्णय क्रोध या क्षोभ का परिणाम नहीं किंतु शंका का परिस्कार आवश्यक है।

स्तब्ध समूह में चेतना का संचार हुआ। कुलबुलाहट-सुगबुगाहट उभरी। नेत्र सजग, सतर्क हुए अलौकिक दृश्य अवलोकन हेतु। व्यग्रतावश निरुदेश्य यत्र-तत्र टहल रहे हनुमान, विभीषण, सुग्रीव, जामवंत व वनार-श्रेष्ठों के पग थम गए। कमान बनी लक्ष्मण की भृकुटि नत हुई। किंतु अपने स्थान पर वे अडिग, अविचल रहे।

सरमा, सुभगा भीड़ से निकलकर फफक पड़ीं। सिसकती हुई त्रिजटा मेरे समीप आई। रोष, क्षोभ युक्त स्वर में बोलीं–

"स्वयं पर संयम रखो पुत्री! किसी शंका का अन्य निदान व निवारण भी तो संभव है? अग्नि-परीक्षा? यह कठोर निर्णय क्यों? लंकेश्वर के समक्ष सिंहनी की भाँति दहाड़ने व अपने वाक् सामर्थ्य से उन्हें परास्त करने वाली सीता आज इतनी भीरु कैसे हो गई जो मृत्यु को गले लगाने पर उद्यत है। तुम समझ क्यों नहीं रही हो, अग्नि-परीक्षा का तुम्हारा अनुष्ठान स्त्रियों के लिए यातना का एक और सुगम मार्ग खोल देगा। तुम सामान्य स्त्री नहीं हो जानकी, जिसका धर्म-कर्म या जीना-मरना कोई अर्थ नहीं रखता। राजा या रानी का कोई भी कृत्य, व आचरण परंपरा बन जाता है आम जन के लिए और यह भी तो सोचो, अग्नि-परीक्षा तन की शुचिता का प्रमाण हो सकती है किंतु मन की शुद्धता का प्रमाण...? आज देह की शुचिता के प्रमाण हेतु अनुष्ठान कर रही हो...कल राम मन की शुचिता का प्रमाण नहीं माँगेंगे, कैसे कह सकती हो? दांपत्य का संबंध मात्र देह से नहीं होता, उसमें विश्वास सर्वोपरि है। शंका या अविश्वास की कोई औषधि नहीं होती सीता! ऐसा मत करो। अग्नि-परीक्षा का निर्णय त्याग दो।" कहकर त्रिजटा बिलख पड़ीं।

उसका आकुल रुदन विदीर्ण कर गया मेरा हृदय।

''इसके निवारण हेतु कोई और उपाय भी तो नहीं है माते! यदि मैं सागर की गोद में समाधि भी ले लूँ। सागर की यह विशाल जलराशि भी मेरे अस्तित्व से इस कलंक को धोने में समर्थ नहीं होगी। वरन् यह कलंक सत्य बन आरोपित हो जाएगा। तो फिर क्यों न अग्नि-परीक्षा ही दूँ। जनसमुदाय के मध्य राम ने अपनी शंका उजागर की है...लांछन लगाया है। तो प्रमाण भी उनके मध्य ही आना अनिवार्य है। आप देखना, अग्नि का तेज कुछ भी अनिष्ट न कर पाएगा मेरा। स्वप्न में भी राम के सिवा किसी परपुरुष की छवि कभी स्पष्ट नहीं हुई मन में। सोचों में तो दूर की बात है।"

यह त्रिजटा को संतुष्ट करने के बोल थे मेरे। मन-मस्तिष्क में अपमान की ज्वाला धू-धू कर धधक रही थी। देवर लक्ष्मण, जनसमुदाय, पुत्रवत हनुमान, रथी, महारथी, परिचित, अपरिचित-समक्ष मेरे प्रति यह ओछा भाषण राम के जिह्वा से निकला कैसे? क्या आर्यकुलभूषण, सूर्यवंशी राम के हृदय में मेरे चरित्र के प्रति इतना गहन संदेह है जो उन्हें देश, काल तथा स्थिति का भी भान नहीं होने दे रहा? यह तो मेरा अनकिया अपराध का दंड है, जो उन्होंने इतने ओछे शब्दों में उद्धृत किया। यदि सत्य में कोई चूक हो गई होती तो क्या पति होने के नाते क्षमा कर

सकते थे वे, कभी? क्या पति मात्र पुरुष होता है, पत्नी के किए-अनकिए अपराधों के लिए दंडित करने वाला? क्या पत्नी से उसे वह स्नेह व लगाव नहीं होता, जो एक स्त्री को अपने पति से होता है? वह तो माता के समान पति के अपराधों, त्रुटियों को आत्मसात कर उसे अपना लेती है...उसके समर्पण में तनिक न्यूनता नहीं आती।

परंतु यह सब क्यों सोच रही हूँ मैं। यहाँ कौन सुनेगा मेरी? और ना ही मेरी तड़प व आह की पहुँच होगी राम के मानस तक। अब जब हमारा संबंध कौतुक बन ही गया है तो इसका पटाक्षेप भी आवश्यक है। चाहे वह पटाक्षेप चिता से मेरे सकुशल लौटने का हो या भस्म होने का। क्रोध, क्षोभ और पीड़ा की अधिकता ने अधैर्य नहीं होने दिया मुझे। अधैर्य होने का अवसर भी नहीं था। एक चूक युग-युगांतर तक दुश्चरित्र बना देगी मुझे, जो अपराध मैंने किया ही नहीं, उसका भागी भी।

"और आत्मदाह करने से क्या वह कलंक समाप्त हो जाएगा पुत्री?"

"नहीं, किंतु यदि सत्य है संसार में तो वह सम्मुख अवश्य आएगा, क्योंकि मैंने कोई पाप नहीं किया है, न शारीरिक और न मानसिक।"

"पाप क्या होता है सीता? हमारे यहाँ स्त्रियाँ स्वेच्छा से पुरुषों का चुनाव करती हैं। संबंध बनाती हैं तो क्या वे सब की सब पापी हैं? सभी को अग्नि में प्रवेश कर जाना चाहिए? सभी को आत्मदाह कर लेना चाहिए? जिस आर्य संस्कृति का तुम गुणगान करती हो, वहाँ स्त्री क्या देह मात्र होती है? इससे तो भली है हमारी राक्षस संस्कृति जहाँ स्त्री को मनुष्य तो समझा जाता है...।"

"पाप किसी से स्वेच्छा से दैहिक संबंध बनाना नहीं कहलाता माँ! पाप कहलाता है किसी से विश्वासघात करना। किसी के साथ छल करना। रही आर्य संस्कृति, तो वह बहुत उन्नत व उदार है, किंतु अभी उसकी विवेचना हेतु अवसर नहीं। मैंने राम के साथ कोई विश्वासघात नहीं किया है। छल नहीं किया है। मेरा तन-मन दोनों सदा राम में रमे रहे हैं तो देखना अग्नि भी मुझे दंड नहीं दे सकती। जनसमूह के समक्ष मौन रहकर मैं उस आरोप को स्वयं पर कदापि आरोपित नहीं होने दूँगी। इसलिए मुझे यह यत्न करने दो माँ।" मैं तटस्थ स्वर में बोली...। लगा कर्तव्य निश्चित करने के पश्चात् लोभ, मोह तथा भय ये सारी प्रवृत्तियाँ स्वतः लोप हो जाती हैं। सम्मुख रह जाता है मात्र कर्म...।

सजग सचेत त्रिजटा मेरे भाव या दृढ़ता से अनभिज्ञ नहीं थी। अतः मौन हो गई। मेरी अतुलनीय यातनाओं की साक्षी, सहचरी, समद्रष्टा त्रिजटा मेरी एक और यातना की साक्षी बन रही थी और साथ ही अंकित होती जा रही थी मेरे जीवन की एक-एक घटना इतिवृत्त के पृष्ठों पर अपनी विलक्षणता के साथ। ऐसी विकट स्थिति किसी स्त्री के समक्ष उत्पन्न हुई हो, किसी ग्रंथ या श्रुति में श्रवण नहीं हुआ था। विषाद का नित नया अध्याय अनावृत्त हो रहा था मेरे समक्ष। मेरी विचित्र परीक्षाएँ लेने पर कटिबद्ध था काल...उत्पत्ति गाथा...धनुष पण...ब्याह...वनगमन...हरण और अब यह अग्नि-परीक्षा...। क्यों नहीं थम जाती यह जीवन गति अभी, इसी समय। कामना हुई।

''लक्ष्मण, आप खड़े क्यों हैं? शीघ्र प्रज्वलित करवाइए अग्नि...।'' दृढ़ स्वर में मैंने उन्हें सचेत किया।

बेबसी के ताप में तपते लक्ष्मण अग्नि प्रज्वलित करने चले गए। हनुमान व्यग्र हो इधर-उधर टहलने लगे। सुग्रीव व अन्य यूथपतियों की मनोदशा भी सामान्य नहीं थी। मेरा तन तो धू-धू कर जल ही रहा था लज्जा और तिरस्कार की ताप से।

प्रज्वलित अग्नि को नमन कर उस पर पैर रख दिया मैंने। नेत्र बंद। अधरों पर माँ गिरिजा से प्रार्थना उभरी अपने कलंकित स्वाभिमान को निर्मल करने हेतु। तन पर उभरा एक भी फफोला मेरे नारीत्व पर कलंक साबित होगा। अभिज्ञ नहीं तुम मेरी मनोदशा, पीड़ा और मेरे स्वाभिमान पर हुए प्रहार से...। नेत्र बंद किए अग्नि पर खड़ी रही...।

यह कैसी अग्नि है जो शीतलता प्रदान कर रही मेरे पैरों को...? मन तो धधक रहा ताप से...। अचेतन-सा होता जा रहा धीरे-धीरे मस्तिष्क...जैसे सारा संसार शून्य बन गया हो। तभी विचित्र-सा कोलाहल उभरा।...तुरंत नेत्र खुल गए। आश्चर्य, शीतल अग्नि पर फफोला रहित तन के साथ अक्षुण्ण खड़ी थी मैं। तभी लक्ष्मण आगे बढ़े और मुझे अग्नि से उतार लिया। स्तब्ध जन-समुदाय सजग हुआ। जयघोष तीव्र हो उठा। वानर वीर और जामवंत के मुख पर आश्वस्ति झलकी। किंतु लक्ष्मण का मुख सामान्य नहीं हुआ। शायद इस घटना के आघात से वे उबर नहीं पाए थे।

शिविर मध्य समस्त यूथपितयों से घिरे बैठे हैं राम। सभी मौन। सभी उद्विग्न। परिभाषित नहीं कर पा रही मैं अपनी स्थिति। हर्षित होऊँ या संतप्त...किस रूप में ग्रहण करूँ विगत घटी घटना को?

"इस विशेष हर्ष के अवसर पर आप सभी मौन क्यों हैं। सीता हमारे बीच है। हमारा उद्यम सफल रहा।" राम के नितांत सहज स्वर ने मुझे चकित कर दिया। इतनी बड़ी घटना क्या कोई अर्थ नहीं रखती उनके लिए? मैं जितनी असहज, उद्विग्न हूँ वे उतने ही सहज, अनुद्विगन...। क्या ऐसी लज्जाजनक घटना ने रंचमात्र प्रभाव नहीं डाला है राम पर? क्या जो घटना स्त्री के लिए मरण समान प्रभावी है, पुरुष अप्रभावी रहता है उससे?

"श्रीराम, कुछ प्रश्न आकुल कर रहे हैं मुझे। जनक नंदिनी के लिए रात-दिन आप विरह वेदना से संतप्त रहा करते थे। जिनका गुणगान करते आपकी जिह्वा थकती नहीं थी, उनके चरित्र पर यह शंका कैसी? यह अग्नि-परीक्षा क्यों?" अटकते हुए सुग्रीव ने पूछा।

"लोकदृष्टि से यह आवश्यक था मित्र! रावण के अंतःपुर में इनके रहने हेतु भयानक अपवाद उठता संसार में। भर्त्सना मिलती मुझे—मैं कामी व मूर्ख पुरुष हूँ इसीलिए इतने दिनों पराए घर में वास करने के पश्चात् भी पत्नी को अपना लिया। जानता हूँ सीता पवित्र है। रावण में इतनी शक्ति नहीं थी कि इनका कुछ बिगाड़ सके। किंतु इस क्रिया के बाद अब कोई लोकापवाद नहीं उठेगा।" हँसते हुए राम बोले।

लगा, इतना प्रचंड तूफान आया और इन्हें छुए बिना ही गुजर गया। प्रतिवाद करना चाहा—रावण के अंतःपुर में नहीं, मैं अशोक वाटिका में थी। परंतु दुःख हुआ विभीषण और हनुमान क्यों नहीं कह रहे हैं सत्य?

राम के विचारों से सभी की सहजता लौटने लगी। मेरा संताप, मेरी ग्लानि दूर न हो सकी। शिविर के भीतर, चंद लोगों के समक्ष जो उनके अधीन हैं अपना

मनोभाव व्यक्त किया उन्होंने। लंका का विशाल जन समूह, वानर, रीछ सैनिकों के समक्ष क्या उजागर हुआ वह? राम की बातों या मेरी अग्नि-परीक्षा का क्या प्रभाव पड़ा होगा उन पर? ये स्थिति क्या गोपन रहेगी मंदोदरी से? कितना उपहास होगा पति के प्रति मेरे समर्पण, मेरी आस्था का?

संध्या घिर आई। सभी अपने-अपने शिविर में चले गए। राम मेरे समीप आए। मेरा हाथ थामते हुए बोले, "सीते, मेरे आचरण पर तुम कुपित तो नहीं हो न?''

मैं मौन रही...

''कुछ तो कहो प्रिय, मौन क्यों?''

''क्या उत्तर दूँ मैं राम? आप अभी एकांत में उसका कारण बता रहे हैं। समूह मध्य तो मुझे अपमानित करने में कोई कमी नहीं रहने दी थी। इतनी भर्त्सना...इतने अपशब्द...जिसके स्मरण मात्र से मुझे इतनी पीड़ा हो रही, आपको कहने में तनिक भी ग्लानि का अनुभव नहीं हुआ? ''

''यह समय की माँग थी सीते! शांत हो जाओ प्रिय।''

कहना चाहा-प्रयास तो कर रही हूँ किंतु जिस बवंडर से होकर गुजरी हूँ उसके जोर को क्षीण होने में समय लगेगा...मानवी से काष्ठ कैसे बन जाऊँ राम, जिससे उस प्रभाव से मुक्त हो जाऊँ..? आपने मुझे ही हीन नहीं बनाया...अपने चरित्र पर भी प्रश्न चिह्न खड़ा कर दिया है। मेरा लांछन तो अग्नि में तपकर क्षीण हो चुका है किंतु अनुदार होने का यह लांछन आप पर सदा के लिए स्थिर हो न जाएगा...। कह न सकी।

क्या यह वियोग से उपजा प्रबल मोह के प्रभाववश हुआ। समझ नहीं पाई; या उस वचनबद्धता का प्रभाव था जिसे लौकिक कार्यों में प्राण रहते निबाह करना था।

"प्रिय, विरह के दिन कैसे कटे, शब्द नहीं हैं मेरे पास उसके वर्णन हेतु। हम साथ हैं, विश्वास नहीं हो रहा है। हर व्यतीत होते दिन के साथ तुम से मिलने की आशा छूटती जा रही थी।"

मेरे नेत्र बरस पड़े...।

"तुम्हारे नेत्रों में पुनः अश्रु आए। सहन नहीं होगा मुझे अब।" पटुका से मेरे अश्रु पोंछते हुए राम बोले, ''दैव से प्रार्थना करो ऐसी जाँचना में न डालें वे हमें पुनः। इस दुःख ने बहुत शिक्षा दी है। तुम पर अब दुःख की छाया तक नहीं पड़ेगी। विश्राम करो सीते। कल ही हमें अयोध्या प्रस्थान करना है।"

30

रात्रि आधी से अधिक बीत गई है। पार्श्व में राम निद्रा-निमग्न हैं। मेरे नेत्रों से निद्रा कोसों दूर। सोचा था राम के पार्श्व में सुख की नींद सोऊँगी। महीनों से पूर्ण निद्रा नहीं सो पाई थी। मस्तिष्क में विचारों का बवंडर चल रहा है। रावण द्वारा हरण। अशोक वाटिका प्रवास से मेरा चरित्र संदेहास्पद हो गया। इस आशंका को राम ने तूल दिया। अब जिनके मानस में यह विचार नहीं होगा उसका ध्यान भी चला गया होगा इस ओर। राम की शंका...मेरी अग्नि-परीक्षा...लंका के जन-जन के विमर्श का

विषय होगा। लंका ही क्यों...क्या रीछ, वानर चेतनारहित हैं? और मानव प्रकृति के अनुरूप सत्य पर मिथ्या का पक्ष ही भारी होगा। शिविर के भीतर की स्थिति। राम द्वारा प्रेमपूर्वक मुझे अपनाए जाने का ज्ञान कितनों को होगा? राम की आकांक्षा व्यावहारिक थी। मेरे हित में थी। उनके इन मनोभावों से कितने लोग अवगत होंगे? क्या राम इस आगत स्थिति की गहनता से अभिज्ञ थे जो मेरी स्थिति संदेहास्पद बना बैठे? सार्वजनिक रूप से लांछन लगाना। गोपन रूप से अपनी आकांक्षा व्यक्त करना। आह...यह संवाद यदि अयोध्या में ज्ञात होगा...। जनकपुर पहुँचेगा...। क्या प्रभाव पड़ेगा सभी पर। मन खिन्न हो उठा। अयोध्या जाने की ललक शिथिल लगी। लंका पराया देश है, पराए लोग। इनके समक्ष यह आडंबर? अयोध्या में तो सदा रहना है...।

घटना के पश्चात् सरमा, सुभगा, त्रिजटा भी नहीं आईं मेरे शिविर में। कितने उत्साह से आई थीं राम से मेरा मिलन देखने, उनसे मिलने। इस स्थिति की क्या कल्पना भी रही होगी किसी के मन में? राम के प्रति उनके मन में बनी धारणा को अवश्य आघात पहुँचा होगा। घटना का प्रभाव क्षीण नहीं हुआ होगा उनके मस्तिष्क में, वरन् एक पल भी अशोक वाटिका में मेरे बिना नहीं रहनेवाली वे यहाँ क्यों नहीं आ रहीं?

यह संवाद सुन मंदोदरी के मन में भी हास्य-व्यंग्य का भाव अवश्य उभरा होगा राम के प्रति मेरी अति आसक्ति पर। अधर वक्र भी हुए होंगे मेरे एकतरफा लगाव पर।

चहुँओर प्रभात की लालिमा फैल गई। पक्षियों के कलरवविहीन प्रात:? आश्चर्य हुआ। शिविर की यवनिका खिसका कर देखा। वृक्षविहीन बेजान पहाड़ी शृंखलाएँ। विस्तृत असमतल। असमतल शिविरों की भरमार। इसी में से किसी शिविर में सोई होगी सरमा, सुभगा, त्रिजटा या वे भी मेरी तरह निद्राहीन विमर्श में लीन होंगी इस औचक घटी लज्जाजनक घटना की।

"सीता, क्या देख रही हो बाहर? स्नान, ध्यान से निवृत्त हो तैयार हो जाओ। हमें शीघ्र अयोध्या के लिए प्रस्थान करना है। यहाँ क्षण-भर भी ठहरना भारी लग रहा है अब।" राम का स्नेहासिक्त शब्द। मेरा अवसाद थोड़ा कम हुआ। सहज होने का प्रयास किया। राम बाहर चले गए। स्नान की व्यवस्था देखने निकलने ही वाली थी तभी ढेरों वस्त्राभूषण, अंगराग लिए सरमा, सुभगा, त्रिजटा शिविर में आईं। स्नान हेतु जल, फूल-माला, चंदन और भोजन सामग्री लिए सेवकगण भी प्रस्तुत हुए।

"सीता, उठो स्नान कर लो। महाराज विभीषण ये सारी सामग्री स्वयं लाए हैं। बाहर खड़े श्रीराम से वार्ता हो रही है उनकी। राम को वे विदा देने को सहमत नहीं हैं। लंका में आतिथ्य का और अवसर माँग रहे हैं। राम कह रहे हैं—अब एक दिवस का विलंब भी भरत के लिए अनर्थ बन जाएगा प्रिय विभीषण! अत: आज ही अयोध्या प्रस्थान करना अनिवार्य है।'' त्रिजटा बोलीं तो मलिनता के बीच भी अपनों से मिलने का उछाह उद्वेलित कर गया।

तीनों तैयार करने लगीं मुझे। इस तैयार करने में अशोक वाटिका जैसी उत्फुलता नहीं थी उनमें। मैं भी औपचारिकावश तैयार हो रही थी। लगा, मनुष्य कभी-कभी परिस्थितियों का दास कैसे बन जाता है अनचाहे ही।

विमान आने की सूचना आई। तैयार बैठे हमारे हृदय में अतिशय व्याकुलता थी। भय था समय पर अयोध्या नहीं पहुँचे तो भरत कुछ भी अनहोनी कर बैठेंगे। लक्ष्मण का मुख सहज नहीं लगा। उनके तनाव का कारण शायद कुछ न कह पाने की बेबसी लगी या शायद उर्मिला, मँझली माँ का स्मरण। विभीषण, वानर, रीछ योद्धाओं को विदास्वरूप यथोचित उपहार दे रहे थे। कार्य निबटाकर वे शिविर में आए–

"श्रीराम, मेरे आग्रह का मान आप नहीं रख रहे हैं तो हमें भी अयोध्या ले चलिए। अयोध्या राज्य, उसकी उन्नत संस्कृति देखने जानने और भ्राता भरत तथा माताओं से मिलने को उत्सुक हूँ। राक्षस जाति की ओर से उनसे क्षमा माँगकर यथा-शीघ्र लौट आऊँगा।"

"यह तो मेरे ही मन का उद्‌गार है राक्षसराज विभीषण! मैं आपसे अयोध्या चलने का आग्रह करने ही वाला था। किंतु विमान में क्या इतना स्थान है कि हम सभी बैठ सकें?" राम बोले।

"उसकी चिंता आप न करें। शीघ्रगामी और इच्छानुसार चलने वाले मेरे अग्रज कुबेर का वाहन पुष्पक विमान, जिसे रावण ने बलपूर्वक छीन लिया था, उसमें पर्याप्त स्थान है। हम सभी उसमें सहजता से चल सकते हैं और समय से पूर्व ही अयोध्या पहुँच जाएँगे। मैंने व्यवस्था कर दी है शेष लोग दूसरे वाहन से आएँगे। वे वाहन भी शीघ्रगामी ही हैं।'' विभीषण बोले–

"आप जिन्हें ले चलना चाहें उन्हें उसमें बैठने को कह दें।" राम विभीषण से बोले, पुनः सुग्रीव से बोले, "मित्र! तुम विशिष्ट वानरों के साथ विमान में बैठो। शेष सेतु द्वारा किष्किंधा प्रस्थान करेंगे।''

''राम एक और आग्रह है आप से...।''

''कहिए रक्षराज! निःसंकोच कहिए।''

''आप सेतु को खंडित करवा दें। मुझे शंका ही नहीं वरन भय है कि उतरी तट से जिज्ञासावश मनुष्य लंका आएँगे तथा मेरी आज्ञा का तिस्कार कर राक्षस उन्हें पीड़ित, प्रताड़ित करेंगे या मार डालेंगे।'' उनकी बातें सुनकर राम के अधरों पर अर्थपूर्ण मुस्कान उभरी। उन्होंने सेतु भंजन का दायित्व हनुमान को सौंप दिया। द्रुतगामी हनुमान कार्य पूर्ण कर शीघ्र विमान पर आ सकते थे। कुछ रीछ वानर विभीषण की बातों पर चकित थे। सेतु के निर्माण में उनका अत्यधिक परिश्रम लगा था। इसे खंडित करना क्या उचित है?

सरमा, सुभगा, त्रिजटा को मैंने विमान में चलने को कहा। त्रिजटा की आँखें भर आईं। भर्राए स्वर में बोलीं–

"मेरी हार्दिक इच्छा थी राम को देखने की। उस पुरुषोत्तम को, जिसके हेतु तुम सदा व्याकुल रहा करती थीं। उन्हें देख लिया पुत्री...।" कहते-कहते उनका कंठ अवरुद्ध हो आया। 'उन्हें देख लिया' प्रसन्नता के स्थान पर नम आँखें बहुत अर्थ दे गए उनके कथन के। मानो कहना चाह रही हों राम को देख लिया...अब अयोध्या को क्या देखना? जैसे कल की घटना से उनके हर्ष, उत्साह, जिज्ञासा और इच्छा को पाला मार गया हो। उनकी अनिच्छा जान मैंने उन्हें नमन किया। हृदय

से लगाते हुए उन्होंने सदा सुखी रहने का आशीष दिया और अश्रु पोंछती लंका की ओर लौट गईं।

मेरा हृदय उदास हो उठा। मेरे घोर विपत काल के वटवृक्ष सदृश्य रही थीं वे। अपनी छाया में मेरे जलते, भीगते, दहकते दिनों को छुपा लेने वाली। जाने पुनः कब मिलना हो इनसे? हो भी या नहीं, कामना थी, अयोध्या चलेंगी; वहाँ इनका यथोचित आदर-सत्कार करूँगी। इनके उपकारों का भार कुछ तो कम होगा। मन भर आया। कैसे सब कुछ लुटे हुए मनुष्य की भाँति आँचल से आँसू पोंछती वेग से चली गईं जैसे अग्नि-परीक्षा से उनका ही घोर तिरस्कार हुआ हो।

सरमा, सुभगा के हठ करने के बावजूद कि वे भी अयोध्या नहीं जाएँगी। मैंने बलपूर्वक रोक लिया उन्हें। इनके जाने से मेरी कृतघ्नता कुछ तो कम होगी।

हमारे विमान पर बैठते ही वह शोर करता वेग से चल पड़ा मार्ग पर। राम मेरे समीप बैठे। बिल्कुल शांत, सहज मुख...विजय की दीप्ति से प्रदीप्त। अचानक मेरा ध्यान नीचे की ओर आकृष्ट कराते हुए उल्लास से बोले, "सीते...वो देखो त्रिकुट पर्वत पर विश्वकर्मा द्वारा स्वर्ण निर्मित विस्तारित और भव्य लंकापुरी। ''

"सीते इधर देखो, यह वही स्थल है, जहाँ युद्ध हुआ था। यहीं रावण और राक्षसी योद्धाओं का हमारे हाथों संहार हुआ।"

उधर देखते ही मैं बेचैन हो उठी। अभी भी रक्त-कीच क्षत-विक्षत शवों से अटी पड़ी थी भूमि। गिद्ध लोथड़ों पर झपट रहे थे, नोंच रहे थे। वीभत्स दृश्य था हृदय को विचलित करने वाला...। मैंने तुरंत मुख फेर लिया। पुनः आभास हुआ मेरे इस भाव पर राम को बुरा न लग जाए...बातों को मोड़ती हुई बोली–

"बहुत कठिन युद्ध था यह। किंतु इससे आपके बल पराक्रम, कौशल और यश में वृद्धि ही हुई है राम!"

वे हँसे..

"इसका कारण तुम ही हो प्रिय।" पुनः तत्क्षण नीचे देखते हुए बोले–

"वो देखो ठाठें मारता विशाल समुद्र। इसे पार कर इसी तट पर हमने रात्रि विश्राम किया था।"

हिलोरे लेती सागर की असीम जल राशि...मानो जल का उन्नत पहाड़ हो। क्षणिक अवसर मिला था इसे जाते समय देखने का। नीचे कूदना चाहती थी। रावण के कठोर बाहुपाश से कूदना कहाँ संभव था। मेरी मनःस्थिति भी संतुलित कहाँ थी। औचक घटना ने जड़ सा कर दिया था।

"प्रिय, वह देखो अद्‌भुत सेतु...जिसे कठिन परिश्रम से हमारे योद्धाओं ने निर्मित किया था। ऐसा सेतु संसार में और कहीं नहीं है। ना ही इस प्रकार का सेतु तैयार करने के विषय में कोई सोच ही सकता है। इसमें रीक्ष तथा वानर यूथ के साथ शिल्प-विषारद नल व नील का विशेष परिश्रम के साथ सभी की आस्था, श्रद्धा समर्पण का भी बल है। इसके बिना लंका में प्रवेश करना असंभव था।" पुनः मद्धम स्वर में बोले, "सेतु खंडित करने के पीछे विभीषण की मंशा थी कोई बाहरी व्यक्ति लंका से सोना या रत्नों को चुरा कर न ले जाए।" अब राम के मुस्कुराने का रहस्य मेरी समझ में आ गया।

सत्य में, आश्चर्यजनक निर्माण था यह। सागर की बेचैन लहरों पर इसे निर्मित देख, इसके निर्माताओं की बुद्धि, विवेक, परिश्रम और योग्यता का सहज अनुमान हुआ। मैंने सागर को नमन किया, उसके धैर्य और सहयोग हेतु। दुःख हुआ, कुछ ही क्षणों में यह खंडित हो जाएगा। रह जाएँगे मात्र इसके अवशेष इस काल के चिह्न स्वरूप।

"वो देखो सीता! समुद्र तट पर विश्व विख्यात सेतुबंध तीर्थ। मनोकामना सिद्धि हेतु यहीं मैंने भगवान आशुतोष की पूजा-अर्चना की थी। यहीं हमसे मिलने राक्षस राज विभीषण आए थे।"

मैंने भगवान शिव को प्रणाम किया। राम किसी चंचल बालक की भाँति उन दृश्यों, स्थानों को उत्साह से दिखा रहे थे, जिनसे किसी भी प्रकार उनका संबंध रहा था। राम की आतुरता शीघ्रातिशीघ्र मुझे उन दृश्यों को दिखाना, समझाना, उसमें मुझे सम्मिलित करना था जो मेरे पीछे घटित हुआ था। मुझसे अलोक था, अभिज्ञ था। अनुभव हुआ विछोह काल की ढेरों स्मृतियाँ तथा अनुभव भरा है उनके भीतर। इससे पूर्व दिवस मात्र का भी वियोग नहीं हुआ था हमारा। ब्याह के पश्चात् जनकपुर गई भी तो चारों भाई, बहनें साथ थीं। मिथिला की परंपरानुसार प्रथम विदा में कन्या के साथ वर का आना अनिवार्य है। विधि-विधान पूर्ण कर हम साथ ही लौट आए थे। धीर-गंभीर राम के भीतर एक चंचल, चपल शिशु छुपा है, मुझे ज्ञात था। अतः उनके हर दृश्य, अदृश्य में मेरा सम्मिलित होना भी अनिवार्य था।

"सीते, शीघ्र ही हम बालि द्वारा बसाई हुई किष्किंधापुरी पहुँचने वाले हैं। सुग्रीव की रमणीय राजधानी। तुम्हारी खोज में भटकते हुए चतुर्मासा के दिवस हमने यहीं व्यतीत किया था।"

अपना कार्य पूर्ण कर हनुमान भी आ मिले थे। राम की सहजता लौट आई थी। ऐसा उनके हाव-भाव व वाणी से प्रतीत हुआ।

"सीते...वह देखो...उसी स्थान पर सुग्रीव और बालि का युद्ध हुआ था और मेरे हाथों बालि का वध भी।"

"जानकी, अब हम मलय पर्वत से होकर गुजर रहे हैं। सुगंधित चंदन के घने वन के ऊपर से।"

31

"सीता, किष्किंधा में हम लोग अल्प-विराम करेंगे।"

"किंतु राम, हमें शीघ्र अयोध्या पहुँचना है। भरत वहाँ प्रतीक्षित होंगे।"

"मुझे ज्ञात है प्रिय, किंतु किष्किंधा नरेश मित्र सुग्रीव तथा वानर यूथपतियों का बड़ा उपकार है मुझ पर। यदि सुग्रीव, हनुमान, अंगद, नल और नील जैसे यांत्रिक विशारद या इनकी वानरी सेना नहीं होती तो क्या इस विशाल समुद्र पर सेतु का निर्माण और रावण से युद्ध संभव होता मेरे लिए? यदि यह सब संभव नहीं होता तो तुम्हारी मुक्ति क्या संभव थी? ये वानर यूथ विशेष विवेकी, परिश्रमी तथा शक्तिशाली योद्धा हैं। मित्रता का निर्वाह भली-भाँति करना आता है इन्हें। अतः इनके उपकार का कुछ तो ऋण चुका पाऊँ यहाँ ठहर कर।"

राम ने विमान उतरने का आदेश दिया। विमान के उतरते ही वे सुग्रीव से बोले–

"मित्र सुग्रीव अपना राज्य भार कुशल मंत्रियों को सौंपकर आप शीघ्र आ जाएँ ताकि अयोध्या में निश्चिंतता के साथ कुछ काल व्यतीत कर सकें।" शेष श्रेष्ठ वानरों से उनका आभार प्रकट कर विदा लेते हैं।

"आर्य राम, मेरी हार्दिक कामना है, जनक नंदिनी मेरा आतिथ्य ग्रहण कर हमें कृतार्थ करें।" सुग्रीव आग्रह करते हैं। अस्वीकार करते हुए राम अपनी विवशता जतलाते हैं।

"वत्स सुग्रीव, आपको सारी स्थिति ज्ञात है। समय का अभाव है मित्र, वरन सीता अवश्य आपके भवन में जातीं...आपकी सहधर्मिणी से भेंट करतीं।"

औचक विचार आया–क्यों न श्रेष्ठ वानर स्त्रियों को अयोध्या ले चलूँ। यहाँ ठहरने हेतु समयाभाव है किंतु उन्हें अयोध्या चलने में कोई आपत्ति नहीं होगी। इतने काल राक्षस स्त्रियों के सान्निध्य संपर्क में रही। बहुत कुछ जानने, समझने, सीखने को मिला...उनका संस्कार, संस्कृति, जीवन पद्धति, परंपरा से अवगत हुई। वानर संस्कृति से सर्वथा अनभिज्ञ हूँ। उनकी संस्कृति से भी अवगत होने का लाभ मिले...। अपना उद्गार मैंने राम के समक्ष व्यक्त किया–

"आर्यपुत्र, संभव हो तो कुछ वानर स्त्रियों को अयोध्या चलने को आमंत्रित करें।"

राम ने स्नेहपूर्ण नेत्रों से मेरी ओर देखा। पुनः सुग्रीव से मेरी इच्छा कहकर शीघ्र उन्हें आने का आग्रह किया।

सुग्रीव यथाशीघ्र लौट आए। उनके साथ प्रचुर भोजन सामग्री लिए सेवक-सेविकाएँ तथा दो भद्र स्त्रियाँ भी थीं। पीत वर्ण, मध्यम आकार, वृत्ताकार मुख व उभरे हुए अधरों वाली। एक बहुमूल्य वस्त्राभूषणों से सुसज्जित। दूसरी सादे वेशभूषा में। सादे परिधान वाली स्त्री की ओर इंगित कर सुग्रीव बोले, "देवी सीता, ये हैं मेरी भाभी तारा और ये मेरी भार्या रूमा हैं। भाभी तारा अति विदुषी स्त्री हैं। आपसे मिलने को विशेष उत्सुक थीं। अब आप लोग वार्तालाप कीजिए। मैं सभी को भोजन करवा दूँ।" सुग्रीव चले गए।

"जनक नंदिनी, तुम्हारे दर्शन की बड़ी कामना थी। तुम्हारे विरह में राम का तड़पना, छटपटाना सुग्रीव और हनुमान से प्रायः सुनकर सोचती...तुम अवश्य ही अति सुलक्षणी होओगी तभी तुम्हारे लिए राम इतने आकुल-व्याकुल रहे हैं।" तारा ने कहा।

नितांत सहज सामान्य स्वर...चकित रह गई मैं। पति की सद्यःमृत्यु का लेशमात्र भी दुःख लक्षित नहीं...न मुख पर और न ही वाणी में। एक राक्षस स्त्री थी मंदोदरी। मेरे आग्रह को कठोरता से ठुकराते हुए बोली थी, 'मैं अयोध्या कदापि नहीं जा सकती, राम मेरे पतिहंता हैं।' और एक यह वानर स्त्री तारा है। सहजता से पतिहंता के राज्य में जाने हेतु प्रस्तुत है। इतना ही नहीं अपने पुत्र अंगद का राम और सुग्रीव की सेवा में रहने से भी इसे कोई आपत्ति नहीं है। कुछ और विचारती तभी रूमा का स्वर सुनाई दिया–

"दीदी तारा, मैं अभी आई।" कहकर वह चली गई। सुअवसर जान मैंने तारा से अपने मन की शंका पूछ ही डाली, "भद्रे, ऐसी कौन-सी स्थिति उत्पन्न हुई कि राम को आपके पति का वध करना पड़ा?"

मेरे प्रश्न पर कुछ क्षण वे मौन रहीं। पुनः बोलीं, "इसका हेतु तो मेरी भी समझ में नहीं आया अभी तक सिवा इसके कि मेरे पति ने राज्य से निकाल दिया था सुग्रीव को। पर न तो वे अधर्मी थे, न अन्यायी। वे तो वीर, पराक्रमी और कुशल राजा थे। संभव है सुग्रीव ने अनर्गल बातें कहकर, राम को उकसाया हो। क्योंकि जब उसे महाराज बालि ने राज्य से निकाला था उसकी पत्नी रूमा हमारे ही महल में थी। किसी के उकसावे का परिणाम कितना भयावह हो सकता है, लंका के नाश के रूप में स्वयं देख चुकी तुम।" तारा ने दीर्घ-निःश्वास लिया। कुछ पल मौन रही।

पुनः बोली, "ज्येष्ठ पुत्र थे बालि। न्यायतः किष्किंधा के राजा वही थे। भाइयों में प्रेमभाव भी था। मयदानव पुत्र से किसी स्त्री के कारण उनकी शत्रुता थी। एक रात्रि वह महल के द्वार पर खड़ा उन्हें युद्ध हेतु ललकारने लगा। बालि और सुग्रीव को निकलते देख वह भयाक्रांत हो भागने लगा। दोनों उसके पीछे बढ़े। एक पहाड़ की कंदरा में वह जा छिपा। महाराज सुग्रीव को कंदरा के मुख पर प्रतीक्षा करने को कहकर अंदर चले गए। अंदर उन्हें कुछ अधिक समय लग गया। इसी मध्य कंदरा से खून बहकर बाहर आने लगा और उनका स्वर भी नहीं सुनाई दिया। उन्हें मृत जान सुग्रीव किष्किंधा लौट आए और राजा बन बैठे। कुछ समय बाद बालि लौटे। राज सिंहासन पर आरूढ़ सुग्रीव को देख क्रोध से सुलग उठे और अपमानित कर उन्हें राज्य से निकाल दिया। तुम्हारी खोज में ऋष्यमूक पर्वत पहुँचे राम से सुग्रीव की भेंट हुई। हनुमान द्वारा दोनों का परिचय हुआ। सुग्रीव ने अपनी मिथ्या व्यथा उन्हें सुनाई। राम ने आश्वासन दिया। उसे भाई के भय से मुक्त करेंगे और तुम्हारी खोज में सुग्रीव को उनकी सहायता करनी होगी। पुनः दोनों भाइयों में युद्ध हुआ और राम के हाथों वे परलोक सिधारे।"

"इसके पश्चात् भी आप इतनी सहजता से उनके अधीन रह रही हैं?'' मैं अपने आश्चर्य को दबा न सकी।

"तुम्हारा कौतूहल स्वाभाविक है सीता, तुम विवेकवान, विदुषी नारी हो। न्यायप्रिय जनक की पुत्री। न्याय-अन्याय का पार्थक्य तुम खूब समझती होगी। यह तथ्य भी विदित होगा तुम्हें, हम राजपुत्रियों, राजरानियों को सदा देश-काल के अधीन रहना विवशता है। जिसमें पिता, पति, पुत्र का हित हो, वही कार्य करना धर्म संगत है। मेरा पुत्र अंगद किष्किंधा का युवराज है। इस राज्य के हित में सोचना या कार्य करना मेरा कर्तव्य ही नहीं, धर्म भी है और फिर राजा का विरोध करके भी हम क्या कर सकती हैं। सिवा प्राणोत्सर्ग के हमारे वश में और है भी क्या? महल के प्राचीरों के बाहर सामान्य स्त्री की भाँति हम जीवित भी तो नहीं रह सकतीं? अब जाने दो उन बातों को। किसी भी युद्ध के पीछे सदा सत्य का ही हाथ नहीं होता, अन्यथा साम, दाम, दंड और भेद जैसे शब्दों का अस्तित्व क्यों होता?"

तारा के गूढ़ वाक्य ने बहुत कुछ सोचने पर विवश कर दिया। युद्ध के पीछे सदा सत्य का हाथ नहीं होता। किसी के अहित में ही किसी का हित अलोक होता है। विवेचना से मन का विषाद ही बढ़ता है। किंतु बालि से भी तो मेरी खोज में सहायता ले सकते थे राम? पूछना चाहा। पूछा नहीं। युद्ध में सब सही होता है, लेकिन, किंतु, परंतु से परे।

विमान तीव्र वेग से चल पड़ा। पुनः राम उत्साहित हो उन-उन स्थलों को दिखाने लगे जहाँ-जहाँ मेरी खोज में भटकते हुए ठहरे थे या जहाँ से हमारा संबंध था।

"वो देखो सीते, रम्य ऋष्यमूक पर्वत। यहीं हनुमान से भेंट हुई थी और भाई के भय से छिपकर रहे सुग्रीव से भी।

''वो देखो पंपा सरोवर...भयानक गहन वन प्रांत...यहीं एक कुटी में वर्षों से तपरत वृद्धा शबरी से भेंट हुई थी हमारी। उसे हमारी दीर्घावधि से प्रतीक्षा थी। उस धर्मपरायणा ने मीठे-मीठे फल इकट्ठा कर रखे थे हमारे लिए। इतने मीठे बेर कि उसका स्वाद अभी तक विस्मृत नहीं हुआ मुझे।"

"बेर में शबरी का प्रेम भाव निहित था भैया। भाव भोजन के स्वाद को द्विगुणित कर देता है।"

"हाँ, अनुज लक्ष्मण, स्नेह का स्पर्श शब्द में बढ़ोतरी कर देता है। किंतु अफसोस कुछ काल पश्चात् ही उनका देहांत हो गया, मानो हमसे मिलने हेतु ही उनके प्राण अटके हुए थे कंठ में।'' राम बोले।

"इससे आगे कबंध और उससे आगे काका जटायु का भी तो दाह-संस्कार किया था हमने। भाभी हेतु रावण से युद्ध करते-करते वे बहुत क्षत हो गए थे। अपनी टूटती साँसों के मध्य मात्र इतना ही कह पाए...दक्षिण दिशा...।" लक्ष्मण ने राम को जैसे स्मरण कराया।

"प्रिय वो देखो जर्जर-स्थिति में हमारी पर्णकुटी। तुम्हारे और लक्ष्मण द्वारा लगाए वृक्ष फल-फूलों से पूर्ण हैं और वह रही गोदावरी...।" राम की यह अति-वाचालता...क्या मेरा संताप क्षीण करने का प्रयास है उनका? मैंने सोचा...कहना चाहा–स्थान पीछे रह जाने से स्मृतियाँ वहीं कहाँ ठहरती हैं...वे तो संग-संग चिपकी यात्रा करती हैं सदा। सुखद हों तो मुस्कान बन। दु:खद हों तो टीस बनकर...किंतु कहा नहीं।

"राम, यहाँ के वनवासी स्त्रियों से मिलने की इच्छा हो रही है।" राम से बोली।

"बिलंब हो जाएगा सीते! यदि समय पर अयोध्या नहीं पहुँचे तो भरत अनर्थ कर डालेंगे अपने जीवन के साथ।"

"भाभी, चित्रकूट से पंचवटी तक जाने कितनी वनजाति स्त्रियों को आपने वचन दिया होगा अयोध्या ले चलने का। पता नहीं अभी वे कहाँ-कहाँ होंगी। ढूँढ़ना पड़ेगा उन्हें। अभी इतना समय नहीं है। भैया आपकी यह इच्छा अवसर आने पर अवश्य पूर्ण कर देंगे।" कहकर लक्ष्मण हँस पड़े। लक्ष्मण की यह हँसी, चुहल भली लगी। समीप आती अयोध्या ने उल्लासित कर दिया था उनके हृदय को...। वहाँ उनका प्राण उर्मिला जो थी। अनुभव हुआ जहाँ प्रिय का निवास हो उस स्थान ही नहीं वहाँ के जड़ व चेतन से भी प्रेम हो जाता है मनुष्य को।

"वो देखो प्रिय, अगस्त्य मुनि का आश्रम दिख रहा...। और वो रहा शरभंग मुनि का आश्रम।"

"वो देखो चित्रकूट...दिखने लगा।" राम हर्ष विभोर हो गए।

"माता अनसूया से भी आशीर्वाद लेना था।" मैं धीरे से बोली।

"उचित अवसर आने पर ऋषि पत्नियों से आकर मिल लेना प्रिय उपहार आदि लेकर। मैं व्यवस्था कर दूँगा तुम्हारे आने की।" राम की आश्वस्ति पूर्ण बातों से

प्रसन्नता हुई। ऋषि पत्नियों, वानवासी स्त्रियों का विस्मृत न होने वाला निःस्वार्थ स्नेह, मान, आत्मीयता मिली थी वन प्रवास में। लगा वर्तमान में जीते हुए भी मनुष्य अतीत के चिह्नों को देखने, स्मरण करने का लोभ संवरण नहीं कर पाता।

"मुनि भारद्वाज का आश्रम सन्निकट है। आज हम यहीं विश्राम करेंगे।" राम बोले और विमान को उतारने का आदेश दिया।

चौदह वर्षों पश्चात् हमें सकुशल अपने सम्मुख देख मुनि भारद्वाज गद्गद हैं। वनवास पूर्णता की गिनती कर आश्वास्त होकर कह रहे हैं, "वत्स राम! सकुशल तो लौटना ही था आपको। त्याग की शक्ति अपरिमित है, उस पर आत्मीय जनों का स्नेह। पिता का वचन, अपना संकल्प पूरा किया आपने तथा समस्त भारत को आध्यात्मिक दृष्टि से आर्य भारत में परिणत कर आप जनक नंदिनी व लक्ष्मण संग लौटे हैं।"

"महात्मन, अयोध्या का संवाद तो मिलता ही रहा होगा। वहाँ सब कुशल तो हैं न?" राम ने अधीरता से पूछा।

"सब कुशल मंगल है रघुनंदन! मात्र भरत की चिंता है। आपके पादुकाओं को सम्मुख रखे, तपस्वी की भाँति नंदीग्राम में रह रहे हैं और आपके आने के दिन गिन रहे है।"

तत्क्षण राम ने हनुमान से कहा–

"प्रिय हनुमान, अविलंब तुम अयोध्या प्रस्थान करो। शृंगवेरपुर में मित्र गुह से हमारी कुशलता का संवाद देना और कहना मैंने स्मरण किया है। उन्हीं से अयोध्या का मार्ग भी विदित हो जाएगा तुम्हें। तात भरत से हमारी कुशलता कहना तथा उनके मनोभावों को ज्ञात करने का प्रयत्न करना। यदि वे स्वयं राज्य कार्य चलाने को इच्छुक होंगे तो हमें तनिक भी संताप न होगा। उनका आशय जानने के बाद ही हम यहाँ से आगे बढ़ेंगे।" हनुमान अविलंब चले गए।

"बहुत उत्तम विचार है आप का मित्र! चौदह वर्ष लंबी कालावधि किसी के गुण–अवगुण विस्मृत करने हेतु अत्यधिक है। वैसे भी प्रजा कहाँ स्मरण रखती है किसी का गुण–अवगुण। वह भी दीर्घावधि तक। लोग जिसके सान्निध्य, संपर्क में रहते हैं उसी के प्रति श्रद्धावान हो जाते हैं। चौदह वर्षों पूर्व का आप का त्याग वनवास अग्रिम पीढ़ी को कदाचित ज्ञात न हो। संभवतः इतने दिनों भरत के सान्निध्य में रहकर उनसे उन्हें आत्मिक जुड़ाव हो गया हो। संभव है इतने दिनों सत्तासुख भोगने के बाद भरत स्वयं पदच्युत न होना चाहें?" सुग्रीव ने आशंका व्यक्त की।

लक्ष्मण विचलित से लगे। तनाव से सदा की भाँति उनकी भौंहें तन गईं। सुग्रीव की बातें अव्यावहारिक, अनीतिपूर्ण नहीं थीं। परंतु मेरा विश्वास तनिक भी डाँवाँडोल नहीं हुआ। भरत ऐसा कदापि नहीं कर सकते। चारों भाइयों के मध्य स्नेह प्रेम अलक्षित नहीं था मुझसे। अयोध्या में बिताए लघु काल में ही देखा उन लोंगों का आपसी सौहार्द और अब नंदीग्राम में तापस जीवन व्यतीत कर रहे त्यागी पुरुष को सत्तालोभ कैसे बाँध सकता है? राम कुछ बोल क्यों नहीं रहे हैं? मौन क्यों हैं? क्या भरत के प्रति कोई शंका तो नहीं उदय हुई उनके हृदय में? क्षुब्ध मन से सोच ही रही थी कि राम का स्वर सुनाई दिया–

"प्रिय सुग्रीव! भरत के प्रति ऐसा सोचना भी अन्याय होगा। संसार का सबसे भाग्यवान व्यक्ति हूँ मैं, जिसे ऐसे सज्जन, त्यागी भाई मिले हैं।" राम के शब्दों ने सुग्रीव, विभीषण का मुख मलिन कर दिया। लगा सत्ता लोभ में भाइयों का वध का अपराधबोध मुखर हो उठा हो उनके हृदय में। मैंने सगर्व राम की ओर देखा। उनके त्याग का ही बल था जिसने जनस्थान से लंका तक, बिना चतुरंगिनी सेना के विजय वैजयंती फहरा दिया। यह उनका स्नेह, आत्मीयता ही थी वन जातियों के प्रति, जिसके बल पर बनवासी होते हुए विश्व विजेता बनने का दृष्टांत प्रस्तुत किया। मात्र राज्यों पर ही विजय नहीं, सभी के हृदय पर भी आधिपत्य स्थापित किया। हमें अभावों का गहन अनुभव हो चुका है। यदि भरत राजा रहना भी चाहें, हमें प्रसन्नता ही होगी। राम हर्ष से उनका सहयोग करेंगे। किंतु भरत ऐसा चाहेंगे...इसमें संदेह है।

गंगा पूजन हेतु मैंने राम से आज्ञा माँगी और सरमा, सुभगा, तारा, रूमा संग तट की ओर बढ़ गई। स्याह आँचल पसारे संध्या प्रकाश को समेटने को आतुर थी। गंगा-यमुना मध्य रम्य भू भाग में स्थित यह आश्रम। फल-फूलों लदे वृक्षों से आच्छादित था। वृक्षों के वासी पक्षियों के गोल कलरव रत लौटने लगे थे। ऐसा रम्य दृश्य, समतल भूमि मोहक वातावरण। मधुर ऋतु। अन्न-जल संपन्न भूमि देख अति उल्लासित थी दक्षिण वासिनी।

गंगा का स्पर्श कर मैंने नमन किया। अपने सकुशल लौट आने का आभार व्यक्त किया। पुनः आशीर्वाद की याचना की–शेष जीवन की कुशलता हेतु। और सभी तट की नम शीतल भूमि पर बैठ गईं।

"सीता, लगता है इस नदी का विशेष महत्त्व है आपके लिए?" सरमा ने पूछा।

"यह नदी पतित पावनी गंगा है। भारतवासियों के हित हेतु हमारे पूर्वज सूर्यवंशी भगीरथ के अथक प्रयास से इनका पृथ्वी पर आने का मार्ग प्रशस्त हुआ। भारत-वंशियों का कोई अनुष्ठान, संस्कार इनके पावन जल के बिना सफल नहीं होता। इनके जल का सेवन तन को निरोग करता है। हम श्रद्धा से इन्हें माँ कहते हैं।"

अँधेरा गहन होने लगा। घाट निर्जन हो चले। हम भी आश्रम की ओर लौट पड़ीं।

32

हनुमान लौट आए हैं। सभी के शंकाओं को निर्मूल करता भरत का संवाद लेकर। हर्ष-विह्वल हो बखान कर रहे हैं भरत से भेंट का वृत्तांत–

"श्रीराम! आपके ही प्रतिरूप हैं आर्य भरत। यही तापस वेष। जटाजूट। पादुका-हीन चरण। अयोध्या से विलग नंदीग्राम में वास। सम्मुख आपकी पादुका रखे जीवन बिता रहे हैं और राज-काज भी चला रहे हैं। राजयोगी और सम्राट के आदर्शों को चरितार्थ करते। ऐसा आत्मत्यागी पुरुष अभी तक दृष्टिगत नहीं हुआ मुझे इस धरा पर किंतु अभी वे व्याकुल व बैचेन हैं आप के दर्शनों हेतु। उँगलियों पर आपके आने का दिन गिनते। यदि एक दिवस का भी विलंब हो जाता मेरे वहाँ पहुँचने

में, तो जाने क्या अनर्थ कर बैठते वे स्वयं के साथ। मैंने आपका संदेश सुनाया। हर्ष से वे कुछ क्षण जड़वत रह गए। पुनः मुझे गले लगाया। भर्राए स्वर में बोले, 'इतना हर्षपूर्ण संवाद लाने वाले कोई देवदूत तो नहीं तुम? मेरे कान तरस गए थे इस संवाद हेतु।'

''संक्षेप में मैने वन प्रवास का सारा वृत्तांत कह सुनाया। अधीर हो वे बिलख पड़े–

"'कितने भाग्यवान हो तुम, विपद काल में भैया के संग रहे और कितना अभागा हूँ मैं, मेरे कारण ही दुःखों के महासमुद्र का सामना करना पड़ा उन्हें। लक्ष्मण भी सुभागे हैं। भैया की सेवा, सहयोग में सदा तत्पर रहे।'

"बहुत धैर्य बँधाने पर वे शांत हुए। पुनः शत्रुघ्न को बुलाकर आपके आगमन का संवाद दिया, आपके स्वागत की व्यवस्था करने को कहा तथा यहाँ आने को उद्यत हुए। शीघ्रगामी पुष्पक का दृष्टांत देकर मैंने पैदल न आने का आग्रह किया। आपसे मिलने हेतु वे उतावले हो रहे हैं। आपका विरह अब और न सहन कर पाएँगे वे। आप शीघ्र चलने की तैयारी करें।" सभी के नेत्र भर आए भरत की स्थिति जान कर।

निशा की कालिमा पोंछती पूर्व दिशा से सूर्य की स्वर्ण रश्मियाँ मुखरित हुईं। मुनि भारद्वाज का पादवंदन कर हमने भी उनसे विदा माँगी। राम का हाथ थामकर वे बोले–

"राम आज आप मात्र पराक्रमी ही नहीं, विश्वविजेता और पुरुष से पुरुषोत्तम बन चुके हैं। कर्म, पराकर्म से अपने वंश की कीर्ति पताका फहराते हुए आप चक्रवर्ती बनें। श्री स्वरूपा भार्या सीता के होते आप श्रीहीन हो ही नहीं सकते। अब शीघ्र प्रस्थान करिए आप लोग और भरत संग अयोध्या की प्रजा को आनंदित कीजिए।"

निषाद गुह भी आ पहुँचे। सभी विमान पर अवस्थित हुए। मैंने पुनः उस भूमि और पावन गंगा को नमन किया। राम के पार्श्व में बैठ गई। विमान चल पड़ा उत्तर दिशा की ओर। सुंदर, सुव्यवस्थित नगरों, हरीतिमा आच्छादित ग्रामों के ऊपर से होता हुआ। तारा, रूमा, सरमा, सुभगा वानर और राक्षस गण विशेष आह्लादित लगे उत्तर के भू-भाग की शोभा देख।

''सीते, वह रही हमारी अयोध्या।'' राम का उल्लासित स्वर। करबद्ध हो मैंने उसे नमन किया। नगर से पूर्व ही भारी भीड़ दिखाई पड़ी। अद्‌भुत विमान देख हाथ उठा-उठाकर हर्षित स्वर में चिल्लाते लोग। कदाचित यह नंदीग्राम है। मैंने सोचा। राम ने विमान ठहराने का आदेश दिया। विशाल भीड़...मानो सारी अयोध्या ही आ गई हो वहाँ।

विमान ठहरते ही भीड़ से निकलकर भरत-शत्रुघ्न सामने आए। भरत राम के पैरों पर झुके। राम ने उन्हें बाजुओं में भर लिया। आह भरत...कैसा कृशकाय शरीर, तापस वेष...मेरा हृदय विदीर्ण होने लगा। राम के अश्रु नहीं रुक रहे थे। लक्ष्मण अलग बिलख रहे थे। कैसा मिलन था यह...हर्ष भरा; जो अश्रुओं की बाढ़ लेकर आया था। विभीषण व सुग्रीव स्तब्ध से थे। शायद इन भाइयों के अद्‌भुत प्रेम को देख...। उन्हें अपने भातृहंता होने की ग्लानि हो रही थी।

नंदीग्राम में आने के पश्चात् राम ने पुष्पक को कुबेर के पास भेज दिया। माताएँ

भी नंदीग्राम में आ गई थीं। राम ने साथ आए सभी से भरत का परिचय कराया। भरत मेरे समीप आए। मेरा अभिवादन किया और भर्राए स्वर में बोले–

"इतने कष्ट व यातनाओं के पश्चात् भी आपने विख्यात इक्ष्वाकु कुल के मान को अक्षुण्ण रखा। यह मात्र आपसे ही संभव था। आप सचमुच धरा पुत्री हैं, उन्हीं की तरह धैर्य व शक्ति की प्रतिमूर्ति...। मेरे सर पर एक बार स्नेह का हाथ रख दीजिए। मेरे मन का अपराधबोध धुल जाए।"

भरत की आर्द्र वाणी ने रुला दिया मुझे। ऐसा सौभाग्य है मेरा...भरत, लक्ष्मण तथा शत्रुघ्न, त्याग, प्रेम व स्नेह की प्रतिमूर्ति देवर हैं मेरे। राम तो भाग्यशाली हैं ही। इनके प्रेम, त्याग, सेवा का उदाहरण उसी प्रकार दिया जाता रहेगा अगली पीढ़ी को जिस प्रकार हमारे वंश के महान पराक्रमी पूर्ववर्ती नरेशों का हमारे समक्ष रहा है।

सभी का परस्पर प्रेम मिलाप चलता रहा। पुरवासियों का हर्षित स्वर जयघोष के रूप में मुखरित होता रहा। भरत पादुका ले आए। राम के पैरों में पहनाते हुए बोले–

"भैया, आपने अयोध्या का दायित्व मुझे सौंपा था। थक गया हूँ इसका गुरुतर भार उठाते–उठाते। इस दायित्व से अब मुझे मुक्ति दीजिए। यह राज्य मेरे पास आपकी धरोहर था। आप अब हम लोगों को वह अवसर प्रदान कीजिए जब आप का राज्याभिषेक देखें। आपका त्याग, तपस्या, बुद्धि, विवेक, नीति तथा पराक्रम सारा संसार देख चुका है। हमें अभिमान है अपने विश्वविजेता भ्राता पर। हम सदैव आपके अनुचर रहेंगे।"

मैं माताओं के समीप आई। बड़ी माँ के चरण छूने को झुकी। मुझे उठाकर उन्होंने हृदय से लगा लिया, "पुत्रवती होओ, सौभाग्यवती होओ! कैसा क्लांत मुख लग रहा मेरी सीता का, धूप में कुम्हलाई कुमुदनी जैसी आह...मेरी पुत्री, कैसे सही होगी तुमने वह भीषण त्रासदी? भवन में रह रहे हम हतभागियों को इसका थोड़ा भी भान नहीं हुआ।"

"सब आप लोगों के स्नेह व आशीर्वाद से ही संभव हुआ माँ! सुना था बड़ों का आशीर्वाद सदा कवच बन संतापों से रक्षा करता है।"

"देखा सुमित्रा, वन के कष्टों ने कितना परिपक्व बना दिया है मेरी भोली सीता को। अब यह अपनी प्रजा के प्रति बहुत सहिष्णु एवं ममतामयी होगी।"

"हाँ दीदी, परंतु आप सीता को अपने आलिंगन से मुक्त तो कीजिए।"

बारी–बारी मँझली माँ, छोटी माँ व अन्य श्रेष्ठजनों के चरण छूकर आशीष लिया मैंने। छोटी माँ के हाथों को थाम मैंने विनती की, "इस छलना समय का भान किसी को नहीं होता माँ। अतीत की घटना का संताप आप न करें। आप लोगों के आशीष से ही राम विश्वविजयी बनकर ही नहीं वरन वन्य जीवन के ढेरों अनुभव के साथ लौटे हैं जो भवन में रहकर होना असंभव था। अपने अपराधबोध से मुक्त होइए।"

नंदीग्राम में ही सभी अपनी जटाओं से मुक्त हुए। स्नान के पश्चात् तापस वेष का त्याग कर सभी ने राजसी वेष धारण किया तथा रथ पर सवार हो चल पड़े अयोध्या की ओर। राजसी वस्त्राभूषण से चारों भाइयों के रूप में आए अनुपम निखार

को सुग्रीव, विभीषण सहित समस्त वानर व राक्षस गण अपलक निहार रहे थे। तापस वेष का वह सौम्य रूप राजस वेष में पूर्ण क्षत्रिय का लग रहा था। पीछे-पीछे जयघोष करते नगरवासियों की भीड़ चल रही थी।

भरत राम के रथ का सारथी बने। शत्रुघ्न पीछे छत्र लिए खड़े थे, चँवर लिये लक्ष्मण...भाइयों द्वारा राम का यह मान देख नेत्र भर आए...चौदह वर्षों का संताप तिरोहित हो गया।

महल के द्वार पर ही गुरु वशिष्ठ श्रेष्ठ जनों के साथ खड़े थे। राम को देखते ही प्रसन्नता से सभी स्वस्तिवाचन करने लगे। रथ से उतरकर राम गुरु वशिष्ठ के पैरों पर झुक गए। उनके सर पर हाथ रख गुरुदेव ने आशीर्वाद दिया, "अपने युवराज को पाकर आज अयोध्या तथा यह भवन धन्य हुआ। आप लोग अंदर चलिए।"

"पहले आप चलिए गुरुदेव!" राम बोले।

सर्वप्रथम हम पिता महाराज के कक्ष में गए। उनके व्यवहार की सारी वस्तुएँ यथास्थान उपस्थित थीं। उपस्थित नहीं थे तो मात्र वे। राम व्याकुल हो बिलख पड़े। मेरे भी धैर्य का बाँध टूट गया। कितने हर्ष से बहू बनाकर लाए थे हम चारों बहनों को। उनकी छत्रछाया में हम बेटी की भाँति ही रहीं...परंतु कुछ ही काल। इतने उदार पिता...पुत्र के वियोग में प्राण त्याग दिए। कितने प्यारे थे राम उनके। लोग मात्र कहते हैं, उन्होंने कर दिखाया। जाने कैसा संयोग था वह...राम का वनवास पिताजी की मृत्यु तथा मेरे हरण का संताप लेकर आया था अपने गर्भ में। सबसे बड़ा दुःख साल रहा था परोक्ष में उनका चले जाना...।

समीप खड़ी सभी माताएँ व परिजन भी रो पड़े। लगा दुःख की भी अपनी भाषा होती है। बिना कहे समझ में आने वाली। भवन का सुख लौट आने के हर्ष के साथ अदृश्य विषाद भी धुंधकणों की भाँति चिपक गया था हमारे मनों पर। ससुरजी के अभाव का। कितनी अभिलाषा थी उन्हें राम को युवराज के रूप में देखने की यह फलीभूत न हुई और वे इस लालसा को लिए हुए चले गए सदा के लिए। सच में बड़ा निष्ठुर होता है काल, भूलकर भी नहीं देखता पीछे। यदि वह देखता तो उसका हृदय भी विदीर्ण हो जाता यह दृश्य देखकर।

राम आगत अतिथियों के ठहरने की व्यवस्था करने चले गए। मैं बहनों के संग बैठी थी। चौदह वर्षों के संताप ने उन्हें ऐसे कुम्हला दिया था जैसे ताप से झुलसे कुईं-पुष्प। उर्मिला के अधर मौन थे। नेत्र एकटक मुझे निहार रहे थे। उन नेत्रों में हर्ष के स्थान पर शून्य के भाव थे। मांडवी भी धीर-गंभीर दिखी। श्रुतकीर्ति मेरे हृदय से लग अधीर हो रो पड़ी।

"नियति की यह कैसी क्रीड़ा थी दीदी, जिसने जीते जी हमें पाषाण में परिवर्तित हो जाने को विवश कर दिया। दुःख के उस बवंडर ने हमारे ही नहीं अयोध्या तथा जनकपुर के महल की समस्त खुशियाँ भी उड़ाकर ले गया था। सुख के एक बूँद के लिए हम चातक की भाँति टकटकी लगाए ताकती रहीं इस निष्ठुर नियति की ओर। कहीं एक आस सँजोये कि औचक किसी दिन तुम लोग लौट आओ हमारे पास। यह समय जिस प्रकार सूली के सेज पर लोटने को हमें विवश किया था उसी प्रकार तुम्हें लौटने को भी विवश कर दे किसी हेतु...।"

"प्रिय बहन श्रुतकीर्ति...काल के पास आगे बढ़ने के लिए पग है किंतु हृदय नहीं है...और जिसके पास हृदय ही नहीं हो उससे क्या आस करना मेरी लाडो।" मैंने उसे सब्र बँधाते हुए कहा।

"दीदी, लंका में कैसे बीते आपके दिवस? उसका अनुभव तो बताओ हमें?" अचानक मांडवी ने पूछा जिज्ञासा वश।

काँप गया मेरा हृदय उसके स्मरण मात्र से। साकार हो उठे वे विस्मृत दृश्य नेत्रों के सम्मुख। पल भर मौन रही...

"लंका का अनुभव मत पूछ मेरी बहन। वे स्मरण विचलित कर जाते हैं मुझे।" कहते-कहते मेरा स्वर काँप गया।

"भय से?'' तत्क्षण उर्मिला ने पूछा।

"नहीं उर्मिला, भय तो कभी व्यापा ही नहीं मुझे। उसके निवारण की युक्ति थी मेरे पास...आत्मोत्सर्ग...।"

"आत्मोत्सर्ग...?" उर्मिला का स्वर भी काँप गया...''क्या कोई और उपाय नहीं था दीदी?"

"नहीं बहन...समुद्र के मध्य उस अनजान द्वीप पर अनजाने लोगों के निकट। उस पर रावण का घृणित हाव-भाव, वितृष्णा सी भर जाती थी मेरी आत्मा में। ओह... वर्णन नहीं कर सकती मैं उस दारुण स्थिति का और ना ही सुनकर तुम उसे उस गहराई से अनुभव ही कर सकोगी। दैव न करे तुम्हारे सम्मुख अनुभव करने का भी वह अवसर आए।" हम चारों बहनें गले लगकर देर तक रोती रहीं।

गुरु वशिष्ठ का संवाद आया, "कल ही राम का राज्याभिषेक होगा। इसमें एक दिन का भी विलंब करना उचित नहीं। अयोध्यावासी भी व्याकुलता से इस क्षण की प्रतीक्षा कर रहे हैं।"

प्रसन्नता के इस समाचार से संताप के बादल ऐसे छँट गए जैसे हवा के वेग से कुहासा...। सभी की चिर संचित अभिलाषा शब्दों में मुखर हो उठी। अनुचरों के पैर तो मानो धरती पर ही नहीं पड़ रहे थे। सत्य ही उत्सव विषाद को दबा देता है, अपनी व्यस्तता या हर्ष के भार से।

राज्याभिषेक की तैयारियाँ आरंभ हो गईं। वानर लोग नदियों का जल लाने चारों दिशाओं में जा चुके थे। कितने स्थानों की मिट्टी और नौ वृक्षों की लकड़ियाँ मँगवाई गईं। द्वार पर बाजे बजने लगे। छोटी माँ का आग्रह था कि सारा विधि-विधान उनके ही भवन में होगा। किसी को इसमें भला क्या आपत्ति हो सकती थी। वरन एक भाव था कि पिताजी का अंत उसी भवन में हुआ था राम के वियोग में...। आँखों में राम को राजा बनते देखने की कामना लिए। उनकी आत्मा को संतुष्टि प्राप्त होगी।

छोटी माँ के भवन के द्वार पर सदावर्त बँटने लगा। मुक्त हस्त से वे याचकों को मनचाही वस्तुएँ दे रही थीं। बड़ी माँ का विश्वास कदाचित अभी भी स्थिर नहीं था। वर्षों पूर्व का वह डरावना सबेरा विस्मृत नहीं हुआ था उन्हें, जब उनके हृदय में अनेक शूल धँस गए थे। क्षण-क्षण वे राम का मुख निहारतीं, पल-पल उनकी बलैया ले रही थीं।

मुझे घेरकर बैठी बहनें, अर्धरात्रि बीतने के बाद भी अपने कक्ष में जाने को तैयार न थीं। चौदह वर्षों का अनकहा सभी के हृदय को व्यग्र कर रहा था बाहर निकलने के लिए। अनुभव ढेरों थे। समय कम।

"दीदी, आप विश्राम करने चलिए। थक गई होंगी। अब तो जीवन-भर बातें ही करनी हैं।" मांडवी बोली।

"मेरे प्रिय लक्ष्मण के शयन की व्यवस्था करवाओ मांडवी, चौदह वर्षों तक कदाचित ही पूरी नींद सोए होंगे वे। प्रायः रात्रि में उन्हें घूमते हुए देखा है हमारी रक्षार्थ।"

पुनः सेविकाओं को बुलाकर मैंने तीनों बहनों का शृंगार करने को कहा।

"आज तुम तीनों का भी वनवास समाप्त हुआ है मेरी लाडली बहनों। हम से अधिक तप का ताप तुम लोगों ने भोगा है। वन के अंदर रहकर तप करना उतना कठिन नहीं है जितना भवन तथा पतियों के समीप रहकर उसका निर्वाह करना।"

अनिच्छा से सभी उठीं। कोई मुझे छोड़कर जाना नहीं चाहती थी।

राम के पार्श्व में लेटी मेरी आँखों में नींद की छाया तक नहीं। राम भी बीतें दिनों का स्मरण सुनाने लगे–

"प्रिय, तुम्हारे वियोग ने विरह वेदना का गहन अनुभव करा दिया है मुझे। हर क्षण चिंता का शूल चुभता। तुम कहाँ हो? किस दशा में हो? कभी-कभी तो भय से काँप उठता। तुम जीवित भी हो या नहीं? पीड़ा का इतना प्राबल्य होता कि विवेक भी क्षीण हो जाता बड़े होने का लक्ष्मण के सम्मुख। पुनः ग्लानि होती अपने आचरण पर। उसे भी तो उर्मिला का विरह दग्ध कर रहा होगा? मनन करता...। वह इतना धीर-गंभीर कैसे है? उत्तर मिलता–उर्मिला अयोध्या के भवन में अपनों के मध्य सुरक्षित है। इस घोर अरण्य में मेरी सीता का जाने क्या हाल हुआ होगा? तुम से विलग हो मैं शक्तिहीन ही हो गया था प्रिय! प्रार्थना करो अपने इष्ट से...। अब हमें कभी इस प्रकार के वियोग का दंश न झेलना पड़े। अब मुझसे सहन भी नहीं होगा तुम्हारा विछोह।"

राम मानो बालक सदृश्य बन गए थे। धन्य हो उठी मैं। अपहरण का दंश, अग्नि-परीक्षा की पीड़ा, वनवास की त्रासदी तरल बन नेत्रों से बह चली। अपने सारे त्याग, तपस्या व पराक्रम से सर्वोपरि बना दिया था मुझे उन्होंने अपनी शक्ति मान कर। इतना मान...? अभिमान हो आया अपने भाग्य पर।

"इन अश्रुओं को पोंछ लो सीते! तुम्हारी आँखों में अब इनके लिए कोई स्थान नहीं। बहुत बह चुके ये।"

तत्क्षण मैंने आँसुओं को पोंछ लिया। भर्राए गले से बोली–

"जानती थी किसी प्रकार आप लंका का पता ज्ञात कर ही लेंगे। संवाद भेजने का कोई साधन भी तो नहीं था। बंदिनी थी मैं वहाँ। मेरे प्राण आप ही के मोह में शेष थे।"

"अतीत को विस्मृत करो सीते! कल का सबेरा एक नूतन संदेश लेकर आएगा हमारे जीवन में। प्रबल दुःख के पश्चात् सुख की अनुभूति भी तो उतनी ही सुखद होगी।"

"दैव करे ऐसा ही हो।" मैंने कहा। मन ही मन सारे दुःखों से उबारने तथा आगत दुःखों की छाया से बचाने के लिए माँ गिरिजा को नमन किया।

33

द्वार पर पड़ती निरंतर थापों से हमारी नींद उचट गई। चौंककर देखा, चपल शिशु की तरह उजाला झरोखे से झाँक रहा था। घबड़ाकर द्वार खोला। बड़ी माँ थीं सेविकाओं के साथ। झेंप गई मैं–

"माँ आप? मुझे बुलवा लेतीं।"

"सबेरा होने वाला है पुत्री! बहुत से विधि-विधान करने हैं। शीघ्र तुम लोग कैकेयी के भवन में पहुँचो। मैं और कार्यों का अवलोकन कर लूँ।" लगा वे सारी रात सोई नहीं हैं। नेत्र लाल थे तथा पपोटे सूजे हुए किंतु मुख पर प्रफुल्लता भरपूर थी।

स्नान ध्यान से निवृत्त हो हम छोटी माँ के कक्ष में आए। मंगल गान से भवन का कोना-कोना गुंजायमान था। स्त्रियों ने हमें पाट पर बैठाया। विधि-विधान आरंभ हुआ। बहुत सारे अशुभों का साक्षी रहा यह भवन–राम के वनवास की आज्ञा, पिताजी की मृत्यु, भरत का त्याग। अब शुभ कार्यों तथा परिजनों की उपस्थिति से विहँस रहा था। छोटी माँ की मंशा समझ मुझे हर्ष ही हुआ। कदाचित यही निवारण था इस शून्यता का।

उबटन लगाना, मंगलगान, बलैया लेना, स्त्रियों द्वारा बधाई देना...अपने ब्याह का स्मरण हो आया मुझे। लगा यह मेरे पुनर्विवाह का ही उत्सव है। राम से 7पुनर्मिलन का। मैंने राम की ओर देखा...गहन गंभीर लगे वे। कदाचित राज्य के गुरुत्तर दायित्व का बोध अनुभव कर। किंतु मुझे विश्वास था, राम अब नीतिवान राजा ही नहीं पराक्रमी वीर तथा त्यागी पुरुष भी बन चुके हैं। मेरे पिताजी जैसे राजऋषि।

राज्याभिषेक की शुभ घड़ी आ पहुँची। राजसी वस्त्राभूषणों से सुसज्जित हम सभा की ओर चल पड़े। आगे-आगे जल, पल्लव-युक्त कलश लिए सेवक, मंत्रोच्चार करते पंडित, मंगलगान करती स्त्रियाँ तथा हमारे वंश का गौरव गान करते चारण व भाट। स्वर्ण मुद्राएँ न्योछावर करती माताएँ चल रही थी।

राजसभा में सभी यथोचित आसनों पर विद्यमान थे। सोने की चौकी पर हमें बिठाकर मंत्रोचार के बीच नदियों के जल से हमारा विधिवत अभिषेक आरंभ हुआ। इसी बीच जनकपुर से पिताजी का आगमन हुआ। साथ में काका जी भी थे। पिताजी द्वारा अभिभावक के रूप में हमारा अभिषेक हुआ। माताओं सहित सभी उपस्थित जनों के मुख आनंदातिरेक से खिल उठे। तत्पश्चात् हमें सिंहासन पर बैठाया गया। राम के पाटुका तथा मेरी चादर में गाँठ बाँधी गई। मानो दो देह एक प्राण होने का परिचायक हो। वशिष्ठ बोले–

"देवी सीता, मात्र यज्ञ में ही पत्नी पति के दाएँ पार्श्व में बैठती है। शेष समय वाम भाग में। पति के बाम भाग में विराजने का आशय है उसके वाम भाग स्थित हृदय में विराजना तथा उसे बल प्रदान करना। तुम राम की शक्ति हो, यह सर्वसिद्ध, सर्वविदित हो गया है। मन-वचन से ही नहीं कर्म से भी तुमने पत्नी के दायित्व

का निर्वहन किया है। राजकार्य में भी अपनी सक्रिय भागीदारी भी सिद्ध करोगी, ऐसी आशा ही नहीं पूर्ण विश्वास है। प्रजा जनों के सुख-दुःख को तुम लोगों से अधिक कौन समझ सकता है। दुःख का अनुभव सदा तुम्हारा मार्ग-दर्शन करेगा तथा राजा व रानी के रूप में तुम्हें श्रेष्ठ भी बनाएगा।''

स्वर्ण थाल में रत्नों जटित मुकुट लाया गया। हर ओर जयघोष मुखर हुआ। शंख ध्वनि हुई। पुनः गुरु वशिष्ठ ने इक्ष्वाकु वंश के आदि से अब तक के सभी राजाओं के नाम उच्चारित किए। सभी नामों के उच्चारण पर जय ध्वनियाँ होती रहीं निरंतर।

तत्पश्चात् वे बोले, "यह मुकुट सर्वप्रथम इस वंश के प्रथम नृपति महाराज मनु के शीश पर शोभायमान हुआ था। तब से लेकर आज तक इस वंश में जितने राजाओं का अभिषेक हुआ, सभी के शीश पर यह शोभित हुआ। यह मुकुट मात्र शौर्य व पराक्रम ही नहीं दायित्व का भी बोध स्वरूप है। इसे धारण करने वाले इक्ष्वाकु वंश के प्रतापी राजा अपने दायित्व तथा शौर्य की अनूठी गाथा स्वर्णाक्षरों में लिखते आए हैं; जो उनकी आने वाली पीढ़ियों के लिए प्रेरणादायक बनी है। आप सारे ऋषि, महर्षि, राजा, सभासद तथा प्रजाजनों के साक्ष्य में मैं यह मुकुट राम के सर पर रखता हूँ।"

राम के मुकुट धारण करते ही चारों ओर जय ध्वनि, शंख ध्वनि तथा दुंदुभी का स्वर निनादित हो उठा। मैंने बड़ी माँ की ओर देखा...उनकी आँखें भर आई थीं। कदाचित राम के राजा बनने के हर्ष में पिताजी का अभाव कोंच गया था उन्हें। पिताजी ने बड़ी माँ को बधाई दी।

"राजमाता कौशल्या! वत्स राम के राजा बनने की बधाई स्वीकार कीजिए। यह सुखद स्वप्न आप के नेत्रों ने माँ बनने के दिन से ही सँजोये होंगे। आशीर्वाद दीजिए... इनके जीवन में अब हर्ष ही हर्ष आए, दुःखों की छाया तक न पड़े इन पर।" पिताजी बोले...। उनकी आँखों से हर्ष के आँसू टपक पड़े।

सिंहासन से उतरकर प्रथम हम लोगों ने गुरु वशिष्ठ के चरण स्पर्श किए। ऋषि, महर्षियों को प्रणाम किया। सभासदों व प्रजा का अभिवादन स्वीकारा और माताओं के पास पहुँचे। राम माँ के चरणों पर झुके। माँ ने उठाकर उन्हें हृदय से लगा लिया। माथा सूँघती हुई बोलीं, "प्रजा पालक भव...चक्रवर्ती भव...।" पुनः मेरे सर पर हाथ रखकर बोलीं, "पुत्रवती भव, सौभाग्यवती भव...।"

बारी-बारी सभी माताओं का चरण स्पर्श करते, आशीष लेते हम पिता महाराज के कक्ष में आए। वहाँ यत्न से रखी उनकी पादुका का स्पर्श कर राम रो पड़े। मेरे नेत्र भी भर आए। राम ने बहुत अल्प समय ही भोगा था पिता का सान्निध्य सुख। तीसरे पण में जन्म हुआ था चारों भाइयों का। विद्याध्ययन, विश्वामित्र संग सिद्धाश्रम गमन, जब संग रहने का समय आया या उनके सुझाव, सहयोग तथा मार्गदर्शन का, तो उनकी छात्रछाया से वंचित हो गए। उनसे बिछड़कर प्राण त्याग देने वाले पिता के लिए अत्यधिक व्याकुलता थी उनके हृदय में। ऐसे अनुपम प्रेम पुत्र के प्रति किसी भी पिता में नहीं देखा गया था, जो पुत्र का वियोग न सह सके और प्राण त्याग दे...ऐसे पिता के लिए कोई भी पुत्र व्याकुल कैसे न होगा। मुझे उनका कम सान्निध्य, स्नेह मिला था, किंतु जो मिला था, कई जन्मों के लिए पर्याप्त था।

कक्ष से हम सभा में लौट आए। राम को याचकों को दान देना था। वे आगत अतिथियों को यथा योग्य हाथी, घोड़े, स्वर्ण मुद्राएँ, गौएँ, वस्त्र व भिन्न-भिन्न प्रकार की वस्तुएँ देने में लगे थे। हर ओर राम की जय-जयकार हो रही थी। प्रजाजनों व याचकों का स्वर हर्ष से पूर्ण था। वर्षों से निष्प्राण अयोध्या प्राणवान हो उठी थी।

अपने गले से मोतियों की माला निकालकर राम ने मेरे गले में डाल दी। माला को छूते हुए मैंने उनकी ओर देखा। वे मेरे आशय को भाँप गए।

"सीते, जो तुम्हें प्रिय लगे, उसे यह माला दे सकती हो।" मैं प्रसन्न हो गई। एक क्षण का विलंब किए बिना मैंने वह माला हनुमान के गले में डाल दी। हनुमान की सेवा, निष्ठा, भक्ति और समर्पण के आगे इस माला का कोई मूल्य नहीं था परंतु इसमें राम का स्नेह बसा था। हनुमान प्रसन्न हो गए। तत्क्षण उन्होंने माला को आँखों से लगाकर प्रणाम किया।

सभी के सामने गुरुवर वशिष्ठ ने 'युवराज' के लिए लक्ष्मण का प्रस्ताव रखा। विनीत स्वर में लक्ष्मण ने अस्वीकार कर दिया इस प्रस्ताव को।

तत्पश्चात् भरत को सर्वसम्मति से युवराज घोषित किया गया।

अभिषेक हुए कई दिन बीत गए। हर दिन किसी न किसी अतिथि तथा संबंधी की विदाई हो रही थी, यथोचित सम्मान के साथ।

सुग्रीव और विभीषण तो जाना ही नहीं चाहते थे यहाँ से। वही हाल तारा, रूमा, सरमा और सुभगा का भी था। वानर और राक्षसगण भी यहाँ बहुत प्रसन्न थे। सुग्रीव और विभीषण को राजधर्म का स्मरण कराते हुए राम बोले–

"सत्ता का परिवर्तन होने के बाद बहुत दिनों तक प्रजा से दूर रहना राजा और प्रजा के बीच सामंजस्य में असंतुलन पैदा कर देगा। अभी उन्हें आप लोगों के सान्निध्य की अति आवश्यकता है। वैसे भी आप के सत्कार में अयोध्या का राजद्वार सदैव खुला रहेगा।"

बेमन और अश्रुपूरित नेत्रों के साथ सभी विदा हुए। सरमा-सुभगा बहुत रोईं मुझ से लिपट कर। मैं चाहती तो सरमा, सुभगा को रोक सकती थी, परंतु उन्हें जाने देने का कारण था। यहाँ से जाकर वे लंका में मेरे लिए चिंतित और व्याकुल त्रिजटा को जब राम का मेरे प्रति व्यवहार तथा स्नेह की बात कहेंगी, तो उनका मन अवश्य शांत हो जाएगा। वे विदुषी हैं। राम के लौकिक व्यवहार की बात समझ जाएँगी और मंदोदरी के मन में हमारे प्रेम के प्रति उपजा संशय मिट जाएगा।

पिताजी और काका जी मिथिला प्रस्थान करने वाले थे। उन्होंने राम से विदा माँगी। राम विदा देने को सहमत नहीं थे। किंतु पुत्री के घर अधिक दिनों तक ठहरना उचित नहीं लग रहा था उन्हें। उन्होंने अपनी स्थिति राम को समझाई। राम मान गए तथा ढेरों उपहार देकर उनका सम्मान किया। उन उपहारों को पिताजी ने लौटा दिया। गद्गद स्वर में बोले–

"वत्स राम, आपने राजा की तरह मेरा राज्योचित सम्मान किया, किंतु आपसे मेरा मात्र एक राजा का संबंध नहीं है। ये उपहार मैं अपनी पुत्रियों को देता हूँ अपनी ओर से।" राम क्या कहते; मौन रह गए।

पिताजी ने पहले उर्मिला को हृदय से लगाया, फिर मांडवी और श्रुतकीर्ति को और गद्गद स्वर में बोले, "इस दिन को देखना एक पिता के लिए कितने गौरव

की बात है, यह कोई मेरे हृदय से पूछे। जिसकी चार-चार पुत्रियों ने अपने त्याग, सेवा और तपस्या से अपना कीर्तिमान स्थापित किया है। धन्य हो गया मैं पुत्रियों का पिता होकर।" मुझे हृदय से लगाया। उनकी आँखें बरस पड़ीं।

"पुत्री, ये खुशी के आँसू हैं। इतनी ही आयु में तूने जो रघुकुल और मिथिलाकुल का मान बढ़ाया वह युगों-युगों तक स्त्रियों के लिए स्मरणीय तथा अनुकरणीय रहेगा। त्याग, तपस्या, निष्ठा में तुमने एक आदर्श स्थापित किया है और यह सब उस कठिन जाँचना के समय में, जब साधारण स्त्रियाँ विचलित हो जातीं। तुम्हारे दु:ख के दिन पूरे हो गए पुत्री। अब सुखपूर्वक तुम राम के राजकाज में सहयोग करना। पत्नी का परामर्श सदा पति के हित में तथा स्वार्थ से परे होता है। उसमें चाटुकारिता नहीं होती।"

फिर सभी बहनों तथा भाइयों को हृदय से लगाकर आशीर्वाद देते हुए पिताजी और काका जी विदा हो गए।

कई दिनों से अनवरत हर ओर मचने वाली हलचल अचानक थम गई। अतिथिगृह और महल सूना-सूना लग रहा था। तारा, रूमा, सरमा और सुभगा की कमी का अनुभव अधिकता से हो रहा था मुझे। बहनों और माताओं को भी। जिस तरह वे लोग आर्य सभ्यता, संस्कृति के विषय में जिज्ञासु हो उसके एक-एक पहलू को जानना-समझना चाहती थीं। जानकर उनकी समझ का नया द्वार खुलता। मैंने तो इन संस्कृतियों को देखा ही नहीं, बल्कि भोगा भी था गहनता से। माताओं और बहनों के लिए नितांत अपरिचित था सब कुछ।

अतिथि...जिन्हें जाना ही होता है। उनके जाने के उपरांत राम भी राजकाज में व्यस्त हो गए थे। सब कुछ सुचारु रूप से चलने लगा था, जैसे बीच में कुछ हुआ ही न हो। यह उक्ति सही लगी। समय हर घाव भर देता है, परिणति यदि सुखद हो। सुख के दिन पवन पंखों पर सवार हो उड़ने लगे।

राम का समय राज कार्य और मेरे कक्ष में समभाव से व्यतीत होता। कक्ष में आते ही प्रथम वे सभा में हुए कार्यों, निर्णयों का वृत्तांत सुनाते। यथा योग्य मेरा सुझाव माँगते। परामर्श लेते। भावी की योजना पर विमर्श करते। हमारा समय, उमंग, उल्लास में बीतता। जब तक वे राजसभा में रहते, मैं माताओं की सेवा और बहनों के सान्निध्य में रहती। चौदह वर्षों का उनका अनुभव सुनती। अपना सुनाती। मात्र पंचवटी तक ही। आगे का स्मरण मात्र पीड़ा से भर देता। यत्नपूर्वक उन प्रसंगों को टाल जाती। परंतु वनजातियों के सान्निध्य में प्राप्त अद्‌भुत अनुभवों को अवश्य बाँटती उनमें। माताएँ कौतूहल से सुनतीं उनकी आत्मीयता, निश्छलता को उनके रीति-रिवाज, जीवन पद्धति, स्वतंत्रता को और यह भी, कि कैसे राम ने उन्हें संगठित किया। निर्भय किया। उन्हें अपने होने का बोध कराया तथा आर्य संस्कृति से पुष्ट किया।

राम के राज-काज चलाने की दक्ष व्यवस्था से बाढ़-अकाल की त्रासदी प्रजा भूल सी गई थी।

"राम, आपके शासन काल में सब कुछ संतुलित होने के कारण प्रज हर्षित है। सभी इसे आपका ही पराक्रम मान रहे हैं। वर्षा का समय पर होना। कृषि का सुचारु रूप से संपन्न होना। वृक्षों पर फल-फूल की बहुतायत।" राम की ओर अभिमान से देखते हुए मैंने कहा।

वे मुस्कुराए स्मित मुस्कान, "भद्रे, सुचारु व्यवस्था से उपजे संतुलन को प्रजा यदि मेरा पराक्रम मान रही है, तो शुभ ही है। अपने नृपति के प्रति श्रद्धा तथा विश्वास उन्हें उद्यमी और शक्तिशाली बनाएगा। प्रकृति का चक्र अपने क्रमानुसार ही चलता है प्रिय, किंतु दूर-दृष्टि अपनाकर शासक जल का भंडारण कर अनावृष्टि के प्रकोप को क्षीण कर सकता है और कृषकों का आपदा से मुक्ति भी। मैंने तो मात्र यही व्यवस्था की। जल का अभाव नहीं रहने पर समय पर कृषि कार्य संपन्न हुआ। अन्न-जल की विपन्नता नहीं हो रही है। उनका यह विश्वास कि मेरी छत्र-छाया में वे सुरक्षित हैं; हर प्रकार के आपदा-विपदा से बचाकर उन्हें समर्थ बनाएगा। यदि किंचित कमी भी होगी तो उसका अनुभव उन्हें नहीं होगा। मैं तो मात्र व्यवस्था संचालित कर रहा हूँ। शेष कार्य तो वे स्वयं कर रहे हैं सहर्ष।"

"हाँ आर्य पुत्र, सर्वप्रिय राजा वही होता है, जिसके प्रति प्रजा में प्रेमभाव, विश्वास तथा भय भी हो।" मैंने कहा।

राम चौंक पड़े।

"यह भय वाली बात-समझ नहीं पा रहा मैं?"

"अन्न-जल के पश्चात् सुरक्षा का बोध भी राजा के प्रति प्रजा के हृदय में आस्था, श्रद्धा व स्नेह विकसित करता है। प्रथम तो प्रयास यह हो कि अपराध हो ही नहीं। यदि हो तो अपराधी को समुचित दंड न देना राजा की दुर्बलता सिद्ध होती है, जिससे प्रजा अपने को असुरक्षित अनुभव करती है और अति दंड से उसका आतंक व्याप जाता है तब प्रजा के अंदर का प्रेम घृणा में बदलने लगता है। सब कुछ समभाव ही एक महान सम्राट का गुण होता है। दंड का भय अपराध को कम करता है, प्रेम भाव प्रजा में राजहित का संचार करता है।" राम ने हर्ष से मुझे हृदय से लगा लिया।

संतुलित, व्यवस्थित ढंग से राज चलाने की व्यस्तता के मध्य भी राम मेरे लिए पर्याप्त समय निकाल लेते। उनके सभा से लौटने के पश्चात् प्रायः हम भवन की उपवाटिका में जाया करते। रंग-बिरंगे सुगंधित पुष्पों के मध्य झूले पर बैठते। सरोवर की पक्की सीढ़ियों पर बैठ कमलिनी को निहारते जहाँ धवल हंसों के समूह जल-क्रीड़ा करते रहते। राम के पार्श्व में प्रायः एक अनुभूति होती—यदि राम की कोई और भार्या होती, तो क्या इनका यह सुखद सान्निध्य मुझे प्राप्त होता प्रतिदिन या निर्बाध? मैं भी क्या अपनी सासु माँ कौशल्या की भाँति पलक-पाँवड़े बिछाए पति के आने की प्रतीक्षा में द्वार को नहीं निहारती रहती? एक पत्नी व्रत रहने का वचन देकर राम ने मुझे वह अमूल्य निधि दी है, जिसकी कामना संसार की हर स्त्री कर रही होती है। मेरी बहनें भी सौभाग्यशाली हैं, अभी तक भरत-लक्ष्मण व शत्रुघ्न के अंतःपुर में इस वंश के राजाओं की परंपरानुसार किसी अन्य स्त्री का पदार्पण नहीं हुआ है। तीनों भाइयों का आचरण भी राम के अनुरूप ही है। सभी अपनी पत्नियों से विशेष प्रेम, स्नेह करते। कदाचित चौदह वर्षों के विछोह ने उन्हें अति मानवीय व संवेदनशील बना दिया है। संबंधों के औचित्य को गहनता से समझ गए हैं वे।

प्रायः हम बहनें-चारों भाई बड़ी माँ के कक्ष में उपस्थित होते। भाइयों के मध्य राज-काज पर विचार-विमर्श होता। परंतु सभी धीर-गंभीर रहते। पूर्व की भाँति

हास-परिहास नहीं होता। वे राम से अपार स्नेह करते परंतु राजा के रूप में उनका सम्मान भी करते। किंतु हम बहनें हास-परिहास का कोई अवसर नहीं गँवातीं। हमारी वार्ता में अभी भी हमारा बचपन, युवावस्था चला ही आता। सभी एक-दूसरे के कार्य-कलाप से भिज्ञ थीं।

इन दिनों बड़ी माँ के मुख से प्रायः सुनने को मिल रहा है, "न जाने किसकी कुदृष्टि पड़ गई है हमारे भवन पर। अपने युवराज हेतु सदा तरसना ही इसकी नियति बन गई है। पूर्व में भी जब हम निराश हो गए थे...यदि महाराज पुत्रेष्टि यज्ञ नहीं करवाते तो अयोध्या का राज सिंहासन सूना ही रह गया होता। परंतु तुम लोग तो पौत्र-पौत्री का मुख देखने का सौभाग्य दो हमें।"

उनकी बातें छू जातीं अंतर्मन को। उनकी व्याकुलता न्याय-संगत थी। सुख का पर्याप्त अभाव झेला था उन्होंने। पहले संतान के लिए, पश्चात् चौदह वर्षों उसके विछोह का। देखें कौन प्रथम प्रसन्नता का यह संवाद देती है माताओं को? हम बहनें हँसकर कहतीं।

ग्रीष्म के मध्य का ताप दग्ध कर रहा है अपनी तीक्ष्ण ऊष्मा से। इस ऋतु को चौदह वर्षों तक वन में भोगने का अवसर मिला था। वृक्ष तले या कुटी में। तब भी इतने ताप का अनुभव नहीं हुआ कभी। जनकपुर भवन में ताप नगण्य अनुभव होता था। पर्वत राज हिमवान की तलहटी में बसा होने के कारण वहाँ ग्रीष्म भी वसंत का अनुभव कराता। पहाड़ पर वर्षा होती; प्रभाव जनकपुर तक पड़ता। ओले पड़ते, गर्म दिन मधुर हो जाते। नदी, सरोवरों की भी बहुतायत गर्मी के वेग को कम कर देते। अयोध्या भवन की बड़ी-बड़ी खिड़कियों वाले कक्ष में दोपहर असह्य हो रहा था। कुछ दिनों से तपिश का अनुभव विशेष हो रहा था मुझे।

राम के राजसभा जाने के पश्चात् विश्राम की इच्छा हुई। तपिश कम हो तो माँ के कक्ष में जाऊँगी सोचा और पलंग की ओर बढ़ी। औचक सर में चक्कर का अनुभव हुआ। लाख सँभलने के प्रयत्न के बाद भी चेतना जाती रही।

चेतना लौटी तो शैया के निकट तीनों माताएँ, वैद्यराज और राम पलंग के आस-पास खड़े या बैठे दिखे। घबड़ा उठी मैं। उठना चाहा। बड़ी माँ ने बरज दिया—

"लेटी रहो सीता!"

"परंतु क्यों माँ, क्या हुआ है मुझे? शायद अत्यधिक तापवश मूर्च्छा आ गई थी?"

"नहीं पुत्री, इस राज्य का युवराज आने वाला है। चिरायु होओ, हमारे निराश मन को हर्षित कर दिया तुमने।"

हर्ष के साक्षी अश्रु छलक आए उनके नेत्रों में। विश्वास कैसे नहीं होता, जो सुन रही हूँ वह सत्य है, और सत्य है तो फिर लज्जा-संकोच युग्म सखा पलकों पर विराजने में विलंब होने वाला था। मन विहँस उठा। पलकें झुक गईं...तन मानो हर्ष के हिंडोले पर पेंगें मारने लगा।

व्यवस्थाओं के पालन का आदेश दे माताएँ चली गईं। राम की उपस्थिति देख बहनें मुस्कुराईं और कक्ष से बाहर निकल गईं। राम निकट आ बैठे। अपने हाथ में मेरा हाथ थाम उल्लसित स्वर में बोले—

"पिता बनने का यह संवाद मात्र हर्ष ही नहीं दिया मुझे, पूर्ण पुरुष के रूप में स्थापित भी किया सीते! इस संवाद के समक्ष इतने युद्धों के विजय, अयोध्या राजसिंहासन पर आरूढ़ता का हर्ष भी क्षीण लग रहा है।"

लज्जा से बोझिल मेरी पलकें धीरे से उठीं उनकी ओर। अधर थरथराए, "आपके हर्ष को अनुभव कर सकती हूँ राम, मातृत्व बोध से मैं भी तो हर्षित हो रही हूँ। संतान का जन्म माता-पिता दोनों के अस्तित्व का पूरक है। दोनों के हर्ष का समान होना स्वाभाविक है। दोनों के अंश विद्यमान होते हैं उसमें।'' हर्षातिरेक में राम ने अपने बाहुपाश में बाँध लिया मुझे।

फिर तो भाँति-भाँति से साज-सँभाल आरंभ हो गई मेरी। आचार-व्यवहार और भोजन पर विशेष ध्यान दिया जाने लगा। वेग से चलना, दौड़ना-भागना, गोधूलि (युग्म) वेला में वाटिका में जाने पर पूर्ण प्रतिबंध लग गया। मनमानी की सारी संभावनाओं की इति हो गई। सभी की भावनाएँ सर्वोपरि। सत्य ही तो था। सभी की आशा, कामना पल्लवित हो रही थी मेरी कोख में...। मेरा विशेष ध्यान कैसे नहीं होता...राम के अंश पर? हर पहर यही सोच–कैसा होगा (होगी) वह? मेरे राम का प्रतिरूप? वैसी ही होगी मेरी संतान। सदा राम में रमे रहने वाले अपने चित्त पर विश्वास था मुझे। वही रूप, वही स्वभाव, मुखाकृति, पराक्रमी...संस्कारी तो होना ही है उसे अपने शौर्यवान पूर्वजों और पिता की भाँति...।

राम का ध्यान सभा और मेरी ओर समभाग में बँट गया था। सभा से आते ही वहाँ का समस्त वृत्तांत सुनाते। नीतिगत, धर्मगत बातें भी। जिसमें वंश की शौर्यगाथाएँ सविस्तारित होतीं। वशिष्ठ और माताओं का आदेश–मुझे बहुविधि प्रसन्न रखने का, अक्षरशः पालन करते। ऐसी चर्चा भूलवश भी नहीं करते जिससे मेरा मस्तिष्क विषाद ग्रस्त हो और शिशु पर उसका बुरा प्रभाव पड़े। विशेषतः अतीत की...।

क्या चौथे मास में इतना उभर सकता है उदर? आश्चर्य होता अपना तलपेट देखकर। अनुपात से यह कुछ विशेष उभरा हुआ नहीं लग रहा है? उभरा ही नहीं भारी भी अनुभव होता है। यदा-कदा भयग्रस्त हो जाती। माँ प्रथम बार बन रही थी। माँ बनते प्रायः सेविकाओं, संबंधित स्त्रियों को देखा था। संभव है गहनता से समझ न पाई होऊँ। मन को धैर्य बँधाती। उथल-पुथल, असमंजस मथता रहता मस्तिष्क को। अंततः एक दिन मँझली माँ के मुख से निकल ही पड़ी मेरी शंका–

"तुम्हारा पेट देख मुझे शंका हो रही है सीता!"

"कैसी शंका माँ?" भय सहमा गया पुनः।

"प्रथम शंका प्रमाणित हो जाने दो, पुनः बताऊँगी। चिंता मत करो। वैद्यराज को बुलवा रही हूँ। शंका जो भी है, भली है।"

चौंक पड़ी मैं। शंका...वह भी भली...? ऐसा हुआ है कभी? कुछ असहज, असामान्य तो अवश्य है। प्रथम गर्भ। अनुभवहीनता डराने लगी। कहीं शिशु में कोई त्रुटि तो नहीं? माँ बनने का उन्हें अनुभव है।

वैद्यराज शीघ्र आ गए। मेरी नाड़ी देखते ही उनके मुख का भाव औचक बदल गया। सहम उठी मैं। समीप खड़ी बड़ी माँ घबड़ाकर बोलीं–

"सब कुशल तो है न वैद्यराज?"

वैद्यराज के अधरों पर स्मित मुस्कान थिरक उठी, "बधाई हो राजमाता, आप की गोद में अब दो-दो शिशु खेलेंगे। सीता के गर्भ में युग्म शिशु पल रहे हैं।"

"सत्य में वैद्यराज?" चौंकते हुए उन्होंने पूछा।

"एकदम सत्य देवी!"

फिर तो वायु के परों पर सवार यह समाचार सारे भवन में तैरने लगा। पहले से विहँसते भवन का हर्ष द्विगुणित हो गया। सेवक-सेविकाएँ एक शिशु की बधाई की आस में प्रतीक्षित थीं। अब हर्ष से बावली सी हो उठीं। बहनों के तो हर्ष का पारावार न रहा। राम और मुझे लक्ष्य कर उनका हास-परिहास आरंभ हो गया। दोहरा नाता था उनसे हमारे शिशुओं का। काकी और मौसी का। दोहरा हर्ष तो होना ही था उन्हें।

राम सभा से आए। उन्हें इतना प्रसन्न मैंने तब भी नहीं देखा था जब अयोध्या राज का मुकुट उनके मस्तक पर रखा गया था। मारे हर्ष के उनकी जिह्वा लड़खड़ा रही थी। शब्दों की जैसे न्यूनता आ गई थी। अपने अंक में मुझे भरते हुए धीरे-धीरे बोले—

"इतना सौभाग्यशाली बना दिया तुमने मुझे, दो-दो शिशुओं का अमूल्य उपहार देकर। तुम्हारे पग क्या पड़े इस भवन में...। मैं धन्य हो गया। इस राज्य में अन्न-धन तथा रत्नों का सदा बाहुल्य रहा। अभाव रहा तो मात्र उत्तराधिकारी का। तुमने तो प्रतीक्षा का अवसर ही नहीं दिया। न राज्य को और न राजा को। तुम्हारा संग सदा-सदा मुझे विशिष्ट बनाता आया है। सीते, जाने इस सब का ऋण कैसे चुका पाऊँगा मैं।"

राम की बातें सुन हृदय में प्रसन्नता का ज्वार सा उठा। लज्जा से पलकें झुक गईं। लगा संसार के सारे ऐश्वर्य से ऊपर है संतान...। वह माँ से अधिक पिता को संतुष्टि देती है, वंशवृद्धि के साथ ही उसके पुरुषार्थ को तुष्ट कर।"

"सीते, तुम्हारे दिए इस अमूल्य उपहार का कोई मूल्य नहीं हो सकता। आज के इस आनंद बढ़ाने वाले समाचार के बदले तुम जो चाहे माँग लो। कहो तुम्हारी क्या इच्छा है?"

प्रसन्नता की अधिकता से मेरा गला अवरुद्ध हो गया। शब्द न निकल रहे थे मुख से।

"संकोच न करो प्रिय। मेरा सब कुछ तुम्हारा है। यह राजपाट, यह देह तक भी। तुम्हें तो स्मरण ही होगा, प्रथम रात्रि का मेरा वह वचन। इसी संतान और तुम्हारे सुखद भविष्य के लिए ही तो एक पत्नीव्रत का संकल्प लिया था ताकि तुम लोगों पर कभी कोई विपदा न आए। तुम्हारी कोई इच्छा अपूर्ण नहीं रखना चाहता। माँगो सीते...क्या चाहिए तुम्हें?" राम ने उल्लास से उमगते हुए कहा।

राम प्रसन्नता की लय में ऊब-चूभ कर रहे थे। मेरी पलकें प्रसन्नता और लज्जा से झुकी जा रही थीं। एक नूतन ही अनुभव हो रहा था गर्भ धारण के बाद मुझे...। कितना महत्त्वपूर्ण है स्त्री का सभी रूप? विशेषकर माँ का। तभी तो राम इस के बदले अपना सब कुछ न्योछावर करने को उद्यत हैं। मान हो आया स्वयं पर। सच ही तो है। संतान देकर स्त्री ही वंश को आगे बढ़ाती है बिल्कुल सृष्टि की तरह। बहुत प्रयत्न के बाद बोल पाई—

"आपके होते अब कोई और इच्छा शेष नहीं आर्यपुत्र, क्या माँगूँ मैं?"

"फिर भी सीते, संकोच न करो। सुना है गर्भवती स्त्री की कोई इच्छा अपूर्ण रह जाए तो बच्चे पर बुरा प्रभाव पड़ता है, इसलिए निःसंकोच कहो। आज तुम दाता हो इस राज्य के उत्तराधिकारी देने वाली। मैं याचक होकर भी तुम्हें देना चाहता हूँ। अपने लिए नहीं अपने बच्चों के लिए सोचो।"

राम के प्रबल हठ से औचक मुझे याद आया वनवास काल में ऋषि पत्नियों को दिया हुआ वचन। सकुशल अयोध्या लौटने के बाद एक बार अवश्य आऊँगी आप लोगों के पास...। 'आप लोग की आत्मीयता का प्रतिदान चुकाने।' यह नहीं कहा था मैंने। आज अच्छा अवसर है। पुनः ऐसा अवसर मिले न मिले। बच्चे आ जाएँगे तो कहीं भी निकलना कठिन हो जाएगा।

"इतना हठ कर रहे हैं तो मेरी एक तुच्छ इच्छा है, पूर्ण कर दीजिए।"

"शीघ्र कहो सीते। अवश्य पूर्ण करूँगा।"

"दैववश अब मैं अयोध्या की महारानी हूँ। एक बार उन ऋषि पत्नियों से मिलना और उन्हें उपहार आदि देना चाहती हूँ। उनकी आत्मीयता का बहुत ऋण है हमारे ऊपर।"

"मात्र इतनी सी इच्छा? शीघ्र ही पूर्ण कर दूँगा।" राम प्रसन्न हो बोले।

"ऋषि पत्नियों को उपहार देकर और एक रात्रि उनके सान्निध्य में बिताकर लौट आऊँगी।"

"अपनी इच्छा पूर्ण हुई ही समझो। शीघ्र ही तुम्हारे वहाँ भेजने का प्रबंध करूँगा।"

हम लोग महल में लौट आए।

34

रात्रि में जाने किस समय राम सभा से लौटे। नींद में डूबी मुझे ज्ञात ही नहीं हुआ। प्रातः शीघ्र जाने को उद्यत थे। मात्र इतना बोले, 'आवश्यक कार्यवश शीघ्र जाना है सभा में' और चले गए। कौन सा ऐसा आवश्यक कार्य आ पड़ा औचक? समझ में नहीं आया। और दिन कभी विलंब से भी आते तो जगा लेते थे। प्रातः सभा में जाते-जाते भी उनकी बातों की निरंतरता नहीं टूटती थी। उनके अधरों पर मुस्कान देख मेरा दिन उल्लास में व्यतीत हो जाता। कदाचित मेरी स्थितिवश उन्होंने जगाना उचित न समझा हो।

राम को सभा में गए कुछ ही समय बीता था कि लक्ष्मण मेरे पास आए। प्रणाम करने के पश्चात् धीमे स्वर में बोले, "भाभी, आपने महाराज से वन देखने की इच्छा जताई थी। उनकी आज्ञानुसार मैं आपको वहाँ ले जाने आया हूँ। शीघ्र तैयार हो जाइए। रथ बाहर खड़ा है।"

प्रथम बार लक्ष्मण के मुख से राम के लिए महाराज का संबोधन सुन चौंक पड़ी मैं। परंतु शीघ्र जाने की उतावली में इस पर विशेष ध्यान न देते हुए तैयारी में जुट गई। प्रसन्नता हुई, इतना शीघ्र मेरी इच्छा पूर्ण कर रहे हैं राम! ऋषियों के लिए वस्त्र, ऋषि पत्नियों के लिए वस्त्र, मोतियों की माला, वनजाति स्त्रियों के

लिए वस्त्राभूषण...सारी वस्तुएँ सहेजते हुए राम के प्रति अनुराग उमड़ आया मन में। अति व्यस्त दिनचर्या में भी स्मरण रही उन्हें मेरी इच्छा...?

तैयार सामग्रियों को सेविकाओं द्वारा पिटारियों में रखवाकर रान की प्रतीक्षा करने लगी।

"वत्स लक्ष्मण, कितनी भाग्यशाली हूँ मैं। राम जैसा प्रति और आप जैसा देवर मिले मुझे। मेरी छोटी से छोटी इच्छा पूर्ण करने वाले।" हर्षित स्वर में मैं बोली।

लक्ष्मण मेरी बातों को अनसुना कर बोले–

"शीघ्रता कीजिए भाभी, विलंब हो रहा।"

"भैया को तो आ जाने दीजिए। उनसे मिले बिना कैसे जा सकती हूँ?"

"वे किसी कार्यवश बाहर गए हैं। उनकी प्रतीक्षा न करें। उनके आने में विलंब हो सकता है।"

लक्ष्मण के बारंबार आग्रह 'शीघ्रता करें', 'उन्हें विलंब होगा आने में', 'उनकी प्रतीक्षा न करें।' सुनकर मन को धैर्य बँधाया...कुछ ही दिनों की तो बात है। पुनः आना ही है राम के पास। क्यों अधीर हो रहा है?

मैं रथ में बैठी। उपहारों की पेटिकाएँ रखी गईं। लक्ष्मण बैठे। सुमंत्र ने घोड़ों की बागडोर सँभाल ली। रथ चल पड़ा। पुनः वन यात्रा पर। किंतु विषमता थी दोनों यात्राओं में। तब हम राज्य से निर्वासित होकर जा रहे थे। आज राजरानी के रूप में हूँ। रथ पर सवार तीन लोग। अभाव है तो मात्र राम का। वे भी संग होते तो कितनी आनंददायक होती यह यात्रा। इसे स्मरण योग्य बना लेते हम। गंगा दर्शन, ऋषि, ऋषि-पत्नियों का दर्शन मिलन। वनवासी स्त्रियों से मिलाप। उन्हें यथायोग्य उपहार देकर मान करूँगी उनका। दुःख के दिनों को कभी विस्मृत नहीं करना चाहिए मनुष्य को। सुख में तो सभी अपना होने का आडंबर करते हैं। दंभ भरते हैं। दुःख में जो सहचर बने। संबल बने। वही सच्चा साथी, सहयोगी होता है। उनकी आत्मीयता का ऋण है मेरे ऊपर। उसका मूल्य ये तुच्छ उपहार नहीं चुका सकते। परंतु इन्हें देकर, उनका सम्मान कर, मुझे सुख मिलेगा।

नगर से बाहर आते ही रास्ता बदल गया। चौंकी मैं।

"यह कौन सा पथ है लक्ष्मण?'' मैंने पूछा।

वे कुछ बोलते, उसके पूर्व ही सुमंत्र बोले–

"हम दूसरे मार्ग से चल रहे हैं। आपकी स्थिति ऐसी नहीं कि हम असमतल पथ से जा सकें।"

संभव है चौदह-पंद्रह वर्षों में पथ परिवर्तित हो गया हो। आए भी तो थे हम विमान से। संतुष्ट हो गई मैं। ऋषि-पत्नियों के मिलन के उल्लास में खो गई। लक्ष्मण का मौन भी सजग न कर सका मुझे।

तीसरा पहर ढले हम एक विशाल नदी के तट पर पहुँचे। रथ ठहर गया। लक्ष्मण रथ से उतरकर तट की ओर बढ़े। जल पूरित नदी। उछलती जलधारा। किंतु यह तो गंगा नहीं है। कदाचित इसके पश्चात् आए। लगा मार्ग अनजाना था। किससे पूछती। सुमंत्र भी तट पर बँधी नौकाओं के समीप चले गए थे। शीघ्र ही दोनों लौट आए। उनके साथ एक अनजान व्यक्ति भी था। लक्ष्मण ने उसका

परिचय नाविक के रूप में दिया। उसने उपहारों की पेटिका उठाई और तट की ओर बढ़ गया।

कुछ कहने-पूछने का अवसर दिए बिना सहारा देकर लक्ष्मण ने नौका पर चढ़ा दिया मुझे। सुमंत्र तट पर ही रथ के समीप ठहर गए। नौका उछलती धारा को चीरती बढ़ चली लक्ष्मण, मुझे तथा दो नाविकों को लिए। मैं पुनः विचारों में खो गई। बहुत उचित समय पर राम ने मेरी इच्छा पूर्ण की। इसके पश्चात् आना संभव भी न होता। तलपेट का उभार बढ़ जाता। पुनः शिशुओं का जन्म। दो-दो शिशुओं को लेकर यात्रा क्या सहज होता। कितने सजग स्नेही हैं राम। अपने सौभाग्य से स्वयं ही ईर्ष्या हो आई मुझे।

नौका धचके के साथ रुकी। मेरी तंद्रा भंग हो गई। दूसरा तट आ गया था। इन दिनों मैं अपने मन के संसार में ही इतनी रमी रहती कि बाह्य संसार की चेतना नहीं रहती थी मुझे। पूरे मार्ग मन में अपनी इच्छा, शिशुओं के संबंध तथा राम के अनुराग के विषय में ही सोचती आई थी। समीप बैठे लक्ष्मण से भी वार्ता नहीं कर पाई। वे भी तो आज अत्यधिक अनमने और उदास थे। मौन थे, मुखर स्वभाव वाले लक्ष्मण आज उतना ही बोल रहे थे जितना आवश्यक था। वनगमन के समय पूरी राह वे मुझसे तथा राम से वार्तालाप करते चल रहे थे।

नाविकों ने सामानों को तट पर रख दिया। पहले लक्ष्मण उतरे। सहारा देकर मुझे उतारा। हम एक वृक्ष की ओर बढ़े। पीछे-पीछे नाविक सामान को लेकर आए और वृक्ष के नीचे उन्हें रखकर वे चले गए।

"यह कौन-सा तट है लक्ष्मण? यह स्थान तो अनजाना लग रहा है। क्या यहाँ से हम पैदल चलेंगे ऋषि आश्रम तक? कोई कुटी या आश्रम भी तो पास में दृष्टिगोचर नहीं हो रहा। चहुँओर घोर वन प्रांत है...?'' मैंने मौन खड़े लक्ष्मण से पूछा।

मेरी बातों पर लक्ष्मण अधीर हो रो पड़े...उनके नेत्रों से अश्रु की अविरल धारा बहने लगी। घबड़ा उठी मैं–

"लक्ष्मण, सब कुशल तो है? आपकी आँखों में ये अश्रु...? क्यों इतने व्याकुल हैं आप? राम कुशल तो हैं न? कहाँ हैं? आते समय भी उनसे भेंट न हो सकी। मेरा जी घबड़ा रहा...कुछ तो बोलिए...कौन सा ऐसा संताप है जो आप को दंश दे रहा है?" अधैर्य हो मैंने पूछा।

"सबसे बड़ा संताप तो यही है कि महाराज राम ने आज ऐसा क्रूर कार्य निष्पादित करने का दायित्व मुझे सौंपा है जिसके लिए रहते संसार तक मेरी निंदा होती रहेगी। विश्वास न था, मेरी निष्ठा का फल वे इस रूप में देंगे। यह कार्य वे किसी और को भी सौंप सकते थे। मेरा हृदय फटा जा रहा है भाभी। सहन न हो रही है यह दारुण स्थिति अब मुझसे। मैं क्या करूँ? कैसे कहूँ?" कहकर वे पृथ्वी पर बैठ गए। समीप ही मैं भी अचकचाई-सी बैठ गई।

"प्रिय वत्स, हुआ क्या है? ऐसा कौन-कार्य या आज्ञा है आर्य राम की जो आप को इतनी संतप्त कर रही है। शीघ्र कहिए। आपको मेरी शपथ। सच-सच बताइए।" मैं अत्यधिक विह्वल हो उठी।

"भाभी, कैसे कहूँ...मेरी जिह्वा कट नहीं जाएगी ऐसा कठोर वचन कहते हुए।"

"आप की बातें मेरी व्यग्रता को बढ़ा रही हैं तात! शीघ्र कहिए। ऐसी कौन-सी बात है जो चट्टान जैसे मेरे लक्ष्मण को तरल बना रही है?"

"भाभी...! राजा राम ने आपका परित्याग कर दिया है तथा राज्य से निष्कासित भी। साथ ही वन में आप को छोड़ आने का यह कठोर दायित्व उन्होंने मुझे सौंपा है।"

"मेरा परित्याग? राज्य से निर्वासन का दंड...? आप परिहास तो नहीं कर रहे हैं लक्ष्मण? मेरा परित्याग भला वे क्यों करेंगे? मैं तो उनकी छाया हूँ। यह अच्छा परिहास सूझा आपको अभी। अपने भैया के प्रति मेरे मनोभावों को जानने का अच्छा जुगत लगाया आपने। अपनी गर्भवती मादा को तो एक पक्षी भी नहीं छोड़ता। राम तो मर्यादा पुरुषोत्तम हैं।"

''ऐसा क्रूर परिहास कोई शठ ही कर सकता है भाभी! यह सत्य है...।'' कहकर वे फफककर रो पड़े।

जड़ रह गई मैं।

''राम ऐसा कैसे कर सकते हैं? अपार स्नेह करते हैं वे मुझसे...आपको सुनने में कोई भूल तो नहीं हुई वत्स?"

थरथराते स्वर में मैंने पूछा...लगा मेरा मस्तिष्क शून्य हो रहा है। विश्वास लड़खड़ा रहा है।

लक्ष्मण जोर से बिलख पड़े, "नहीं भाभी, इतनी क्रूर बात क्या भूलवश भी निकल सकती है मेरे मुख से...?''

''परंतु क्यों प्रिय लक्ष्मण, मेरा अपराध क्या था।'' स्वयं को संयमित करते मैंने पूछा।

''राज्य में आपके विषय में विस्तारित हो रहे प्रबल अपवाद का समाचार मिला उन्हें रात्रि में। प्रजा कह रही है, रावण द्वारा हरण कर लंका में इतने दिनों तक रखी गई सीता को महाराज ने अपने महल में कैसे रख लिया? इसका तो यही अर्थ होगा कि उनका अनुशरण करते हुए अन्य पुरुषों को भी अपनी दुराचारिणी पत्नियों को घर में रखना होगा?'

"भाभी, मैंने बहुत समझाया उन्हें। अग्नि-परीक्षा का स्मरण कराया...। आपके त्याग का विरोध किया परंतु वे मेरी एक बात भी सुनने को तैयार नहीं थे। वरन कठोर स्वर में बोले–'राज्य, प्रजा तथा लोक निंदा के भय से तो नैं अपना प्राण भी त्याग सकता हूँ और लक्ष्मण तुम्हें भी।' वे बहुत कठोर हो गए हैं भाभी। मुझे आज्ञा दी कि आपको गंडकी के पार वन में छोड़ आऊँ और इस विषय में उनसे कोई और प्रश्न न करूँ।"

लक्ष्मण के शब्द जलते अंगारे की भाँति मेरे कानों में घुसते चले गए...

"आह लक्ष्मण...इतना घृणित लांछन...? बस करिए...। मौन हो जाइए...आगे कुछ मत कहिए...।" हथेलियों से मैंने अपने कान बंद कर लिए। लगा...समस्त पृथ्वी काँप रही हो...सारा वनप्रांतर चक्रवात की जद में आ गया हो...सांय-सांय करती तीव्र गति से प्रवाहित वायु मेरा अस्तित्व उड़ाए जा रही धूल कणों के साथ...हाहाकार कर उठा मेरा हृदय। जी चाहा जोर से चीखूँ...इतना चीखूँ...इतना चीखूँ कि सारा

वन प्रांत व्याकुल हो जाए...परंतु यहाँ भी मेरा शत्रु विवेक ने थाम लिया...। लक्ष्मण के आगे बेबसी का प्रदर्शन...? यह राम और मेरे मध्य का संबंध है; कोई रावण वाला मामला नहीं जो जोर-जोर से चीखी, चिल्लाई थी। यहाँ मेरा रोना, छटपटाना देखने के लिए राम तो हैं नहीं। आज्ञा-पालक लक्ष्मण से क्या पूछना कोई प्रश्न... क्रोध और अपमान से धधकते मन पर संयम रख अचेत होते-होते सँभल गई मैं...। यथाशक्ति स्वर को सहज बनाते हुए बोली–

"वत्स लक्ष्मण, जाने यह किस जन्म के अपराध का प्रतिफल मिल रहा है मुझे। सुख तो जैसे जनकपुर की सीमा के अंदर ही बिछुड़ गया मुझसे। मेरे समर्पण एवं निष्ठा को भी न पहचान सके वे। हर रात्रि को मुझे राजसभा का समाचार सुनाने, विचार-विमर्श करने वाले राम इतना महत्त्वपूर्ण समाचार छुपा गए मुझसे। कुछ कहे, पूछे बिना इतना कठोर अमानवीय दंड दे दिया? वन में यदि मुनिजन पूछेंगे–क्या अपराध किया था तुमने जो पति द्वारा त्याग दी गई? क्या उत्तर दूँगी मैं? वत्स, अब आप लौट जाइए। आपका दायित्व पूर्ण हुआ। मुझे मेरी नियति के सहारे छोड़ दीजिए। आप से क्या उपालंभ...सुख-दुःख में साथ निभाने का वचन देने वाले ने ही जब मुख मोड़ लिया फिर क्या रह गया कहने-सुनने को। आप मन मलिन मत कीजिए। अयोध्या में माताओं को मेरा प्रणाम कहिएगा। आते समय उनसे मिलने का अवसर नहीं मिला था। मेरी बहनों तथा भरत-शत्रुघ्न को मेरा स्नेह दीजिएगा। राम से कहिएगा वे शोक न करें। उनसे मेरा स्नेह साथ इतने ही दिनों का था। धर्मपूर्वक राजकार्य करें। पुरजनों के साथ पूर्व की भाँति ही व्यवहार करें। प्रजा के साथ धर्मानुकूल आचरण ही राजा का धर्म है। इसी से उसे यश की प्राप्ति होती है। राज कार्य से कभी विमुख न हों तथा माताओं का विशेष ध्यान रखें।"

जाने इतना कुछ कैसे कह गई मैं। राम के कहे शब्दों की चोट से हृदय विदीर्ण हो रहा था। मस्तिष्क में बवंडर सा मचा था पर जिह्वा पर किसी विधि अधिकार कर सकी। कदाचित लक्ष्मण के समक्ष अपनी पीड़ा का प्रदर्शन सह्य न था या फिर अंतस् की पीड़ा और क्षोभ दबाने हेतु वाचाल बन गई।

लक्ष्मण विह्वल हो उठे मेरी बातें सुन। बच्चे की भाँति रोने लगे हिलक-हिलक कर। झुककर मुझे प्रणाम किया और कुछ बोले बिना बढ़ गए तट की ओर।

नौका पर बैठने के पश्चात् भी वे मुड़-मुड़कर कातर दृष्टि से देखते रहे मेरी ओर...जब तक नौका आँखों से ओझल न हो गई।

35

नौका आँखों से ओझल होते ही पंख कटे पक्षी की भाँति गिर पड़ी मैं भूमि पर क्षत-विक्षत, रक्त रंजित। कलंक के अपरिमित भार तले दबी कराह उठी। अभी नौका रुकने तक अयोध्या की महारानी थी। चक्रवर्ती सम्राट दशरथ की पुत्रवधू। विश्व विजेता पुरुषोत्तम राम की प्रिय भार्या।

अब पति द्वारा परित्यक्ता, राज्य निर्वासिता एक सामान्य स्त्री। यह किस स्थिति में आ पहुँची मैं। कैसी परिणति है यह जीवन की? कल्पना से परे। सोच से परे।

विश्वास से परे। राज्य से निर्वासित करते समय राम का हृदय टूँट-टूँक नहीं हुआ? राजाज्ञा का पालन कर, अपनी अवशता जता इस निर्जन अरण्य में मुझे अकेला छोड़कर जाते समय लक्ष्मण के पग डगमगाए भी किंतु रुके नहीं? सभी के लिए उपेक्षित, अर्थहीन इस जीवन का क्या करूँ? न सखा, न बंधु, न मित्र न सहचरी। निरंतर अंतस् में उठ रहे पीड़ा के ज्वार को किस तट से टकराऊँ? कहाँ पटकूँ इन्हें जो भार कम हो। व्यथा कम हो?

दुनिया में आने का कोई ध्येय तो होता ही है मानव का। ध्येय रहित, परिवार रहित, समाज रहित जीवन। क्या आवश्यक है जीना? बिलख पड़ी अधैर्य हो। हृदय फाड़ कर। अचेतनवश।

जाने कब तक फूटता रहा चीत्कार मुख से। आस-पास किसी के होने के आभास ने चैतन्य किया। कुछ वनवासी बालक स्तब्ध खड़े घूर रहे थे मेरी ओर गहन दृष्टि से। तत्क्षण अपनी स्थिति का भान हुआ। अवश्य दया का पात्र लग रही होऊँगी इन्हें। राजरानी वाला वस्त्राभूषण और भूमि पर गिरकर इस तरह बिलखना...। कहीं से कोई साम्य नहीं था दोनों में।

तत्क्षण स्वयं को सहेजा, समेटा और घुटने में सर दबाकर बैठ गई। नेत्रों से अनवरत बहती रही. अश्रुधार...जीवन भी विचित्र खेल खेलता है जीवन पथ पर। सहजता में प्रसन्न। असहजता में उद्विग्न, खिन्न। जब तक अंत नहीं। यात्रा का पटाक्षेप नहीं। पटाक्षेप के साथ ही सारे दुःख व संताप की इति। हाँ इति ही समाधान है इस दारुण पीड़ा का।

इस प्रकार हृदय फाड़कर रोना, चीत्कार करना। कौन सुनने वाला खड़ा है यहाँ। राम? इस आज्ञा के पश्चात् तो उनके सम्मुख भी अश्रु नहीं आते मेरे नेत्रों में। एक बार रो चुकी हूँ। तब कैसे नहीं समझ पाई थी राम के अंतस् की फाँस। मंशा। क्यों नादान बनी उनके विश्वास के लिए अग्नि-परीक्षा का अनुष्ठान किया था। क्या मेरी देह की शुचिता ही सर्वोपरि रही उनके लिए? कभी मेरे मर्म तक पहुँचने का कष्ट नहीं किया उन्होंने। क्या सदा एक झूठे संबंध को जीते रहे हम? या मात्र मैं जीती रही। राम बिलग रहे, अलिप्त रहे उसकी ऊष्मा से? या दांपत्य को जीना, उसे निबाहना ही न आया उन्हें? उनके संग वनयात्रा में भी उत्सव का अनुभव करती रही थी मैं। मेरे सुखों के केंद्र मात्र वही तो थे। उनसे विहीन अयोध्या का राजभवन भी क्या अभीष्ट था मुझे। उनकी सोच, विचार, मंतव्य से विमुख क्या रही कभी? कब उनसे अलग अपने अस्तित्व का आभास मात्र भी होने दिया? अहल्या को मान दिलाने वाले राम को क्षण मात्र के लिए भी मेरे मान-सम्मान का स्मरण नहीं आया। इंद्र के आकर्षण समक्ष दुर्बल चित्त तीन-तीन वयस्क संतानों की माँ, महर्षि गौतम की भार्या अहल्या का पति का मान, संतानों का सम्मान, नारीत्व की गरिमा भी गौण पड़ गया था। पतित्याग से लज्जित जड़ बनी अहल्या का मान, सम्मान पति का सान्निध्य सुख दिलाने वाले राम कैसे नहीं समझ सके, मेरी क्षणिक भी मंशा थी क्या अपने अपहरण में? फिर मैं कैसे अपराधिनी हो गई उस अपराध की, जो मेरे विचार तक में नहीं था?

इन सारे कोंचते प्रश्नों का उत्तर देने वाला कौन है यहाँ...क्यों प्रलाप कर रही हूँ मैं इस निर्जन निस्संग में? कौन-सा मुख लेकर जाऊँगी ऋषि-मुनियों के समक्ष?

कभी उनके आश्रम पर मान-सम्मान पाया था। आज लांछित मुख दिखाने से उचित होगा इस देह का अंत कर दूँ। निरुद्देश्य, तिरस्कारपूर्ण जीवन का उत्सर्ग। सभी प्रश्नों से मुक्ति। दुःख-संताप से मुक्ति। लज्जा से मुक्ति। हाँ यही उचित होगा।

दृढ़ संकल्प से उठी। वेग से नदी की ओर बढ़ी–

"माँ गंगे, क्षमा कर देना। इस लांछित देह को लेकर जीना असह्य है। अपनी गोद में स्थान दो माँ...!"

छलाँग लगाने ही वाली थी कि उदर में हल्की सी हलचल हुई। तत्क्षण हाथ तलपेट पर चला गया। हृदय विदीर्ण हो उठा पीड़ा से। आह विधाता...यह कैसा विधान रचा तूने मेरे भाग्य का? चाहकर भी जीवन का अंत नहीं कर पा रही मैं। जल से पग खींचते हुए पुनः बिलख पड़ी

"जीवन से पलायन, समस्या का समाधान नहीं होता पुत्री! उसका सामना करना ही पुरुषार्थ है, वरन जिन स्थितियों से भयाक्रांत हो मानव पलायन करता है, अनचाहे ही वह आरोपित हो जाती हैं उस पर सत्य का बाना धारण कर।"

मृदु स्वर। गूढ़ शब्द...निकट से उभरे। चौंककर पीछे मुड़ी। पहचानते देर न लगी। पूर्व परिचित महर्षि वाल्मीकि खड़े हैं। गंभीर मुद्रा में। इन्हें कैसे ज्ञात हुआ यहाँ मेरी उपस्थिति का, और यह भी कि मृत्यु कामना से खड़ी हूँ मैं? परंतु बहुत आश्चर्य नहीं हुआ। वे तपस्वी हैं, तप बल, योगबल से सब कुछ जान लेने वाले। तत्क्षण कुछ दूरी पर खड़े उन चरवाहे बालकों पर दृष्टि पड़ी...। संभव है इन्हीं के द्वारा संवाद मिला हो इन्हें।

"जानकी! मैं वाल्मीकि ही हूँ। कोई शंका मत करो। पूर्व में हम चित्रकूट में मिल चुके हैं। सदा मैं यत्र-तत्र आता-जाता रहता हूँ, किंतु मेरी साधना स्थली यहीं निकट है। वनवासी बालकों द्वारा संवाद मिला। कोई कोमलांगी स्त्री तट पर बिलख रही है। किसी भी दृष्टि से वह वनवासी नहीं लग रही। तत्क्षण कुछ अघटित के आभास ने मेरे मानस को विचलित कर दिया...और मैं शीघ्रतापूर्वक यहाँ चला आया। किसी भी घटना की पृष्ठभूमि एक दिन में तैयार नहीं होती पुत्री! अब चलो, आश्रम चलते हैं।"

"महात्मन आप तो सर्वद्रष्टा हैं। मेरी स्थिति इस योग्य नहीं कि मैं किसी के सम्मुख जा सकूँ।"

"तुम्हारी मनोदशा का आभास हो रहा है मुझे। तुम्हारी यहाँ निस्संग उपस्थिति, आत्मोत्सर्ग का प्रयास, समस्त स्थितियों को उजागर करने के लिए पर्याप्त है। पुनः तुम्हें अकेला छोड़ भी तो नहीं सकता इस वन प्रांत में। विपदा क्षणमात्र में आती है बवंडर की तरह। उसका प्रभाव क्षणमात्र में समाप्त नहीं होता। इसी कठिन समय में धैर्य वांछनीय है पुत्री, आश्रम में चलो।'' महर्षि बोले।

किंतु मेरे पग अडिग हैं...न आगे बढ़ रहे हैं..न पीछे। कुछ क्षणों पूर्व घटित घटना के प्रभाव से मुक्त नहीं हो पा रही हूँ। मन अनिर्णय के द्वंद्व में उलझा हुआ है। मस्तिष्क में जोरों का बवंडर का चल रहा।

"आश्रम चलने में संकोच कैसा पुत्री?" मेरे सर पर वात्सल्यपूर्ण हाथ रखते हुए उन्होंने पूछा। फफक पड़ी मैं। मानो अंतर्मन के भाव प्रवाह को स्रोत प्राप्त हो गया हो।

"अश्रु पोंछ लो पुत्री! ये मनुष्य को निर्बल ही नहीं बनाते जीवन के क्षण और पथ को भी बोझिल कर देते हैं। बहुत लंबी यात्रा करनी है अभी तुम्हें जीवन की। ढेर सारे दायित्वों का निर्वाह करना है। दु:ख और वेदना का आगमन होता है जीवन में। दुर्दिन आते हैं, परंतु दु:ख सत्य नहीं है। वेदना सत्य नहीं है। इनके मध्य भी जीवन पनपता है। विनाश के मध्य भी जीवन का अंकुरण होता है। विकास होता है। मृत्यु और दु:ख पर जीवन की विजय ही सत्य है। प्रकृति पर दृष्टिपात करो। सर्वत्र लक्षित होगा यह चिह्न। सुख की प्राप्ति मानव का चरम पुरुषार्थ है। आनंद साधना ही जीवन का लक्ष्य है। इसे चरितार्थ करो सीता...।"

"परंतु श्रद्धेय...!" मेरे अधरों से अस्फुट शब्द फूटे...मन अधीर हो उठा। कंठ अवरुद्ध हो गया। विनाश के समय उत्पत्ति...उत्सर्ग के समय अंकुरण की बातें अधिक व्यथित कर गईं।

"कोई किंतु-परंतु नहीं पुत्री! कितना भीरु हो गई, जीवन उत्सर्ग करने चली हो जो निश्चित ही लज्जाजनित मृत्यु है। जीवन में इस प्रकार के झोंके या तूफान का आना असंभव नहीं किंतु उनकी प्रबलता को विफल बनाना ही पुरुषार्थ है। न कि घबड़ाकर स्वयं का जीवन ही समाप्त कर देना...। जिस कारण तुम यहाँ हो या तुम्हारे यहाँ होने का जो कारक है उसमें से कोई भी तो यहाँ उपस्थित नहीं है। परंतु जो तुम्हारे अंदर उपस्थित है उसके साथ तो अन्याय मत करो। नारी उत्सर्गमयी होती है। मोहमयी होकर भी स्वयं के प्रति उसका कोई मोह नहीं होता। वह तो जैसे कष्ट तथा सेवा हेतु ही निर्मित है। अपना सर्वस्व अर्पित कर पूर्णता प्राप्त करने वाली। अपनों की सेवा, रक्षा, उत्कर्ष...यही उसके प्रयत्नों के लक्ष्य हैं। उसका कल्याणमय रूप है। अपने लिए जीना तो सभी को अभीष्ट है। जीवन की सार्थकता दूसरों के लिए जीने में है पुत्री। वृक्षों पर स्थित उन नीड़ों को देखो...क्रूर पक्षियों, सर्पों से अपने अंडों तथा शिशुओं की रक्षा के लिए क्या-क्या यत्न नहीं करते ये विहंग। कितनी यातना सहते हैं भूखे-प्यासे रहकर। कभी-कभी तो प्राण भी उत्सर्ग कर देते हैं उन बच्चों की रक्षा में, जिनसे मानव की भाँति उन्हें कभी प्रतिदान की चाह भी नहीं होती। मात्र कर्तव्य पालन ही ध्येय होता है उनका। जीवन जीने की परिभाषा इन्हें ज्ञात है। त्याग का मर्म ये जानते हैं।" महर्षि के कथन का मर्म समझ मेरा हाथ स्वत: अपने उदर पर चला गया।

कुछ और वनवासी इकत्रित हो गए थे वहाँ। विशेष दृष्टि से निहार रहे थे मुझे। मेरा आभरण...और मेरी स्थिति उनके अंदर कौतुक का भाव उत्पन्न करने हेतु अधिक था। झेंप गई मैं। लगा परिवर्तन मात्र मेरी स्थिति में आया है जो अदृश्य, आलक्षित है। मेरा आवरण अतीत से अभी संबद्ध है। राजरानी का वस्त्राभूषण और निकट पड़ी रत्न-जड़ित उपहारों की ये पेटिकाएँ...। मेरा परिचय ज्ञात करने की व्यग्रता झलक रही है सभी की दृष्टि में। उनके नेत्रों में उगे प्रश्नों की कौंध असह्य लगी मुझे। इन्हीं स्थितियों से मुक्ति हेतु ही तो समा जाना चाहती थी नदी के गर्भ में।

"कोई संशय, दुविधा हो मन में तो नि:संकोच कहो पुत्री! मैं तुम्हारे पितातुल्य ही नहीं आज से पिता ही हूँ।" महर्षि बोले।

इस परिचय के साथ कहीं सहज रहना क्या संभव होगा मेरे लिए? कहना चाहा किंतु अधर नहीं खुले।

"आश्वस्त रहो जानकी! मेरे सिवा यहाँ तुम्हारा परिचय किसी अन्य को ज्ञात नहीं होगा कभी। तुम कौन हो, सब इसी तट पर रह जाएगा। यहाँ के पश्चात् तुम्हारा पुनर्जन्म होगा नए नाम के साथ...जो अतीत को विस्मृत करने में तुम्हारा सहायक भी होगा। अब शीघ्रता करो...। मेरे आश्रम में बहुत-सी बालिकाएँ और स्त्रियाँ हैं। न यहाँ तुम्हें कोई कष्ट होगा और न ही लज्जित होने का अवसर ही आएगा पुत्री! इसे तुम जनकपुर ही समझो।" मेरे अंतस् का भाव जाने वे कैसे समझ गए।

आगे महर्षि वाल्मीकि। पीछे नत मस्तक, मनों भारी हो आए पग से चलती मैं। पीछे उपहारों की पेटिका उठाए वनवासी बालक। कभी वनगमन में राम के पीछे मंथर गति चलते मेरे पग कैसे पुष्प समान उठते थे। कुश काँटों की चुभन से मेरे अधरों से फूटती मद्धम आह पर भी पीछे मुड़कर देखते राम के नेत्रों में कष्ट और स्नेह के भाव लक्ष्मण की व्यग्रता देख गर्वोन्नत हो जाया करता था मस्तक। तब पीड़ा का आभास क्षण मात्र में लुप्त हो जाया करता था। अभी कुश काँटे से तीक्ष्ण शूल धँसा है हृदय में, जिसकी अपार व्यथा से आह कराह के बदले झुक आए हैं मेरे नेत्र। पथ वैसा ही है। मैं भी वही सीता हूँ। किंतु स्थिति कितनी परिवर्तित है। अभी मेरे पीछे रोते-बिलखते परिजन, पुरवासी नहीं मात्र मेरी पीड़ा का हाहाकार है।

आश्रम तक आते-आते कितने युगों की यातना झेल चुकी हूँ। आस-पास रहने वाले वनवासी। ऋषि, मुनि, तपस्वी तथा तपस्विनियों की कौतूहल से निहारती आँखें भेद रही हैं मेरा सर्वांग। सभी के नेत्रों में प्रश्न ही प्रश्न कौंध रहे...कौन है यह नारी? राजरानी का पहनावा और इस वीरान वन प्रांतर में अकेली इसकी उपस्थिति का औचित्य क्या है?

परंतु उनके अधरों को खुलने से रोक रही है महर्षि की उपस्थिति। ऐसी हास्यास्पद स्थिति होगी मेरी कभी मेरे विचारों में भी नहीं था...आँखें ढूँढ़ रहीं, धरती में कोई दरार...कोई विवर...जिसमें समूल छिपा सकूँ मैं स्वयं को। इनके अधर क्या सदा मौन रहेंगे इसी प्रकार? इनकी जिज्ञासाएँ क्या इन्हें आकुल-व्याकुल नहीं करेंगी मुझे जानने, पहचानने के लिए? करेंगी तो इनके प्रश्नों के वार से क्या सदा घायल नहीं होता रहेगा मेरा मर्म? प्रश्न ही प्रश्न...तत्क्षण महर्षि का स्वर सुनाई दिया।

"ये वनदेवी है। इनके पति मेरे पूर्व परिचित हैं। किसी कार्यवश उन्हें देशाटन जाना पड़ा। ऐसी दशा में इनका कहीं और रहना उचित नहीं था। अत: मैं इन्हें यहाँ ले आया। पति के आगमन तक ये यहीं रहेंगी। जब तक इनके लिए अलग कुटी का निर्माण नहीं हो जाता इनके रहने की व्यवस्था मेरे ध्यानकक्ष में होगी।" फिर उन्होंने तपस्विनियों की ओर इंगित कर कहा, "आप लोग इनका ध्यान रखेंगी। इन्हें विशेष देखभाल की आवश्यकता है।"

बड़ी दक्षता तथा सहजता से उबार लिया था उन्होंने मुझे। आश्रमवासियों के कौन, क्यों और कैसे जैसे प्रश्नों के प्रहार से। पलकें उठाकर मैंने उनकी ओर देखा। मेरे नेत्रों में कृतज्ञता के अश्रु छलक आए। किसी राज्य या वंश से असंबद्ध अपना

नया नामकरण भी अच्छा लगा, किंतु महर्षि के ये सारे यत्न, ये नाम या स्थान अतीत को विस्मृत करने में सक्षम होंगे?

"सौम्या, इधर आओ।" महर्षि ने पुकारा। समूह से एक अधेड़ स्त्री निकलकर बाहर आई। साँवली रंगत, नामानुसार सौम्य मुखाकृति वाली। आदरपूर्वक महर्षि से बोली–

"जी गुरुदेव!"

"वनदेवी को मेरे ध्यानकक्ष में ले जाओ। इन्हें विश्राम की आवश्यकता है। और हाँ, इनके भोजन आदि का विशेष ध्यान रखना। किसी वस्तु की इन्हें कभी कमी न होने पाए।"

"जी गुरुदेव!" सौम्या स्नेह से मेरा हाथ पकड़कर ध्यानकक्ष की ओर ले चली।

विशाल आश्रम के एक कोने में स्थित ध्यानकक्ष। बाँस के स्तंभों पर टिकी कुटी। बाँस की खपच्चियों से बनी दीवारें। ऊपर शाल तथा पलाश के पत्तों का छाजन। एक कोने में चबूतरे पर रखा पानी का घड़ा। दूसरी ओर काष्ठ की एक चौकी। शेष में कुशा का बिछावन। इसी चौकी पर बैठकर कदाचित गुरुदेव ध्यान लगाते हैं। (सभी उन्हें इसी नाम से संबोधित कर रहे थे।) सौम्या के जाते ही पुनः बिलख पड़ी मैं। झर-झर अश्रु बह चले नेत्रों से।

आह..राम इतना घृणित लांछन! कलंक! वह भी अपनी सीता पर? इससे तो अच्छा होता मेरा वध कर डालते। आप स्वामी थे। मेरे प्राण माँग लेते। सहर्ष न्योछावर कर देती इन्हें आपकी मर्यादा और इक्ष्वाकु कुल की निर्मल संस्कृति पर। इस प्रकार निर्वासित कर तो आपने उस अपवाद को पुष्ट ही कर दिया है। सत्यता की मुहर ही लगा दी उस पर जो मृत्यु से भी अधिक यातनादायक है मेरे लिए। आपने तो यह पूछने तक का अवसर नहीं दिया कि कब आपके मनोनुकूल आचरण नहीं किया मैंने। कब आपकी इच्छा के विपरीत चली? यह कैसा व्यवहार किया आपने मेरे और अपनी भावी संतानों के साथ? कलंक की भट्ठी में झोंक दिया धधकने के लिए। कैसे नहीं समझ पाए कि उद्दंडता या उच्छृंखलता के लिए किसी पिता या राजा द्वारा पुत्र का राज्य-निकाला या त्यागना उतना लज्जाजनक नहीं होता, जितना एक स्त्री को पवित्रता के लांछनस्वरूप पति द्वारा त्याग दिया जाना। सोचकर अकेले में भी शर्म, ग्लानि से सर झुक गया किंतु सोच दूर नहीं गई...बवंडर मचाती रही मस्तिष्क में...

माँओं ने मुझसे शून्य भवन देखकर जाने क्या प्रभाव लिया होगा। राम से उन्होंने अवश्य पूछा होगा, ''सीता कहाँ है?'' सत्य वक्ता राम ने मेरे निष्कासन की बात उनसे कही होगी। मेरे त्याग और निष्कासन के पक्ष में अपने तर्क प्रस्तुत किए होंगे। प्रजा द्वारा विस्तारित हो रहे अपवाद का हवाला दिया होगा। किंतु क्या बड़ी माँ सहज विश्वास कर सकी होंगी इन सारे कारणों पर? घृणित लांछनों पर? उन्होंने अवश्य राम को झिड़का होगा। भर्त्सना की होंगी। उनके अधिकार में मात्र इतना ही है। राम के वनवास काल की उनकी वह बेबशी विस्मृत नहीं हुई है मुझे। यदि उनके वश में ऐसा होता तो राम कब का पहुँच गए होते यहाँ मुझे लेने। पहुँचने की बात तो तब आती...प्रथम तो यह अनहोनी ही घटित नहीं होती। मुझे त्यागने

से पहले वे उनसे अवश्य आज्ञा माँगते परंतु ऐसा न होना ही यह साबित करने हेतु अधिक है कि स्त्रियाँ चाहे जिस पद पर हों, संबंध के जिस मुकाम पर हों वे पुरुषों के लिए न तो परामर्श के योग्य समझी जाती हैं न सम्मान के। जो स्थिति पति के जीवन में बड़ी या मँझली माँ की रही...उससे भिन्न पुत्रों के समय में भी कहाँ होगी? सोचकर पीड़ा से भर गया मन।

क्षुब्ध हो उठी स्वयं पर। लंका में अग्नि-परीक्षा देने के बदले क्यों नहीं कूद गई समुद्र में। क्यों नहीं समझ सकी कि शंका वह अमरबेल है, जिसकी जड़ लाख काटने, कुरेदने के बाद भी नहीं समाप्त होती। उस समय तो राम के प्रति अति मोह ने जकड़ लिया था अपने पाश में। महीनों के विछोह से उपजा मोह। जिस मुखड़े का स्मरण कर काट दी थी अशोक वाटिका के उस रौरव में मैंने भयावह रातें...त्रासद दिन। हरण के अपमान की पीड़ा। परपुरुष के प्रलोभन का दंश। वंदिनी होने की यातना। तुच्छ राक्षसियों की प्रताड़ना। इसी आस पर ही तो सहती रही थी कि देख सकूँगी अपने राम को। परंतु क्या प्राप्त हुआ?

स्मरण कर आक्रोश से भर उठा हृदय। राम तो अति विद्वान, बुद्धिमान हैं। क्या नहीं जानते थे कि इस अपहरण में मेरी मंशा नहीं थी। मेरी आत्मीयता, स्नेह व त्याग को मात्र देह में परिवर्तित कर दिया? मेरे मान-सम्मान और स्वाभिमान को कलंक का आवरण पहनाते क्षण-भर को भी विचलित नहीं हुआ उनका हृदय? क्या इतना अर्थहीन होता है स्त्री का अस्तित्व कि उसके साथ जब चाहे, जैसा चाहे व्यवहार किया जाए? क्या इतनी महत्त्वहीन होती है स्त्री कि एक अपराधी की भाँति भी अपने पक्ष में कुछ कहने का अवसर न दिया जाए उसे? जबकि हमारा वैदिक विधि-विधान भी पत्नी त्याग की अनुमति नहीं देते। महर्षि अत्रि की सीख भी विस्मृत कर गए राम।

''वनदेवी उठो, स्नानादि से निवृत्त होकर भोजन कर लो। समय अधिक हो गया है। जब से आई हो विचारों में ही खोई हो।'' सौम्या के शब्दों ने विचारों को छिन्न-भिन्न कर दिया। सौम्या को मेरी देह की चिंता है। क्षुधित-तृषित मेरी देह को होनेवाली हानि की। कदाचित मेरे गर्भ में पल रहे शिशु को भी लक्षित कर लिया है उसने। यह विडंबना नहीं तो और क्या है जब मैं मृत्यु की कामना कर रही हूँ, दूसरे चिंता कर रहे मेरे जीवन की...। लगा, किसी के मनःस्थल तक किसी और की पहुँच नहीं होती...मात्र उसकी बाह्य स्थितियाँ ही हर्षित या चिंतित करती हैं किसी को।

''भूख नहीं है मौसी।'' औचक मेरे मुख से निकल गया।

''आह मेरी पुत्री..., इतना आत्मीय संबोधन...? हृदय गद्‌गद हो गया। अब अपनी मौसी का कहा भी तो मानो। ऐसी स्थिति में अन्न-जल का त्याग गर्भस्थ शिशु के साथ अनर्थ है। तुम्हारा भोजन करना ही तो उसे शक्ति प्रदान करेगा।''

चौंककर मैंने अपने उभरे उदर की ओर देखा। आहत हो उठी। नियति का यह कैसा उपहास है? न चाहते हुए भी इन अजन्मे शिशुओं हेतु जीवित रहना होगा मुझे। क्या मैं सामना कर सकूँगी ऐसे विकट पलों का?

''मुझे कुछ साधारण वस्त्र ला दीजिए।'' मैंने सौम्या से आग्रह किया।

ये राजसी वस्त्राभूषण असह्य हो रहे थे। इन्हें दृष्टि से भी ओझल कर देना चाहती थी उन उपहार पेटिकाओं की भाँति, जिन्हें इस याचना से गुरुदेव के समीप छोड़ आई थी कि वे उन्हें याचकों में वितरित कर दें। इन वस्त्राभूषणों की अब कोई उपयोगिता एवं औचित्य नहीं था मेरे लिए।

सौम्या कुछ वस्त्र तथा अंगराग ले आई। अंगराग को एक ओर रखती हुई बोली–

"चलो पुत्री, तुम्हें स्नान का स्थान दिखा दूँ। समीप ही गंडकी का निर्मल तट है।" उसके हठ ने मुझे उठने पर विवश कर दिया।

वस्त्र लेकर सौम्या के साथ मैं गंडकी तट की ओर बढ़ी सोचती...जीवित हूँ तो यह स्वीकारना ही होगा कि न अब मैं किसी राज्य की राजकुमारी हूँ न राजरानी। एक साधारण स्त्री से भी अधिक निकृष्ट बना दी गई हूँ। हाँ, स्त्रियों का प्रकार बनाया ही जाता है इस समाज में...आदरणीया, पूज्या, भोग्या तथा त्याज्या...। भवन से लेकर अरण्य तक क्या ये प्रकार दृष्टिगत नहीं हुए हैं। लंका प्रवास के मध्य भी लंकेश्वरी मंदोदरी की विवशता ने भी यही अनुभव कराया था कि पुरुष संसार-भर का ऐश्वर्य व महान से महान सुख के साधन डाल देता है स्त्री के चरणों में परंतु उसके अस्तित्व को वह महत्त्व नहीं प्रदान करता जो उसे एक व्यक्ति बनाता है। किष्किंधा महिषि तारा का संताप भी तो यही था कि पुरुष अपनी सुविधानुसार स्त्री को कोई स्थान प्रदान करता है न कि उसके योग्य या इच्छानुसार...।

किंतु तपस्विनी वाले वस्त्र धारण करने के पश्चात् भी कहाँ कोई परिवर्तन आया मेरी मनःस्थिति में? अंतर्द्वंद्व में? ढेरों आकुल प्रश्न कचोके लगाते रहे अनवरत। उथल-पुथल मचाते रहे मेरे भाव सागर में। यह जानते हुए भी कि उनके उत्तर अब कभी प्राप्त नहीं होंगे। लगा, आवरण या स्थल मात्र स्थिति को परिवर्तित करता है, मन के भाव...एहसास कहाँ विस्मृत हो पाते हैं। कहाँ परिवर्तित हो पाते हैं और अपने होने के भाव का सदा सजग व चैतन्य होना ही पीड़ा का कारक है। यातनादाई है। बदले वस्त्र तथा स्थल से अक्षुण्ण मेरा अपरिवर्तित मन उन्हीं-उन्हीं प्रदेशों में यात्रारत है...जहाँ-जहाँ से अस्तित्व पाया है। मान-दुलार पाया है गर्व-गरिमा पाई है या अपमानित, तिरस्कृत हुआ है।

राम का अंतरंग क्षण...मान दुलार, मनुहार स्मरण आता...सुख, सागर बन ठाठें मारता बढ़ता। तत्क्षण उनका कठोर व्यवहार दुःख का शिखर बन खड़ा हो जाता मध्य में। तब उस उत्तुंग शिखर के समक्ष कितना तुच्छ अनुभव होता सागर...। दुख आज भी कहाँ अनुभव हो रहा अभावों का...ये कुटी, तापस जीवन। कंद-मूल का भोजन। कुशा की शैय्या...गंडकी में स्नान...। दुख है तो उस लांछन का जिसे मेरी अस्मिता पर मढ़ दिया गया है...।

वन्य का कठिन जीवन तो राम के संग भी व्यतीत किया था। तब ये भाव कहाँ कभी जाग्रत हुए। प्रबल हुए थे। वस्त्र तब भी वल्कल था। स्थल यही अरण्य, परंतु तब मन का भाव जनकपुर जैसा था। अयोध्या भवन जैसा था। आज दीन-हीन अनुभव हो रहा है। अनिश्चित, असक्रिय भविष्य। अंधकार...अवरुद्ध पथ जैसा जीवन। न पग को आगे बढ़ने की गुंजाइश...न कोई ध्येय सम्मुख। न पीछे मुड़ने का कोई

अर्थ...ही। शिला बन गई हूँ जैसे...नेत्र धारा-प्रवाह बह चले...मानो जिह्वा का दायित्व यही निभा रहे हों।

''भोजन हो गया पुत्री?''

''जी गुरुदेव।'' शीघ्रता से अश्रु पोंछते हुए मैंने कहा।

''अब कैसा अनुभव कर रही हो?''

''चित्त वृत्तियों में गहन संघर्ष छिड़ा है गुरुदेव, जो अस्थिर कर रहा है।''

''इस ग्लानि बोध से मुक्त होओ पुत्री! मैं सब समझ रहा हूँ किंतु जीवन का ध्येय मात्र वही नहीं होता जिसे दूसरे निश्चित करें...तब विवेक की आवश्यकता ही क्या रह जाएगी? एक मार्ग के अवरुद्ध हो जाने से सारे मार्ग अवरुद्ध नहीं हो जाते। जीवन को सार्थक बनाने हेतु और भी कार्य हैं...जिन्हें पहचानना...कार्यरूप देना मनुष्य का परम कर्तव्य है। जीवन का त्याग सबसे सरल है सांसारिक संघर्ष से पलायन का। मात्र स्वयं के लिए जीना सांसारिक प्राणी का अभीष्ट नहीं है। उस पर भी स्त्री जीवन की सार्थकता ही है माता होना। शास्त्र कहता है—जो अंतर मातृत्व-पितृत्व में है वही अंतर स्त्री-पुरुष में है किंतु संतान के जीवन से पिता का मुख्य संबंध गर्भाधान के समय होता है पुनः वह गौण हो जाता है। यह सामाजिक संगठन व संरचना पर निर्भर करता है। जो प्राणी कुटुंब बनाकर वास करते हैं वहाँ थोड़ी देखभाल पिता का भी दायित्व होता है। मनुष्य में औरों की अपेक्षा अधिक दायित्व पिता पर आता है फिर भी यह संबंध प्राकृतिक कम सामाजिक अधिक है। यदि इस संगठन की प्रणाली दूसरे प्रकार की हो जाए...भरण-पोषण का भार यदि समाज स्वयं पर ले ले तो पिता पर कोई दायित्व न रहे परंतु माता का संबंध समाजकर्तृक नहीं है। समाज कैसा भी हो बच्चे को गर्भ में धारण करना ही होगा। जन्म के पश्चात् दुग्ध पान कराना ही होगा। उसकी रक्षा करनी ही होगी। जीवनोपयोगी बातें उन्हें सिखलानी ही होंगी। अतः माता का बच्चे के जीवन के साथ लंबा और गहरा संबंध है। इसी के अनुकूल स्त्री की देह और चित्त की बनावट भी है। पुरुषों का कार्य क्षेत्र विस्तृत है। सैकड़ों के सहयोग से वह सफल हो सकता है। उसका स्नेहमय व्यवहार बहुतों के साथ होता है किंतु किसी के भी प्रति गहरा नहीं होता। स्त्री अपने स्नेह संसार को इतना नहीं फैला सकती। अपने परिवार तक ही प्रायः सीमित रहता है उसका स्नेह संसार परंतु उसका गांभीर्य अतल होता है। पुरुष में इतने गहरे प्रेम की क्षमता नहीं होती। अतः सारे मनःस्ताप का त्याग कर सहज होने का प्रयास करो सीता! वर्तमान को अंगीकार करो...।'' कहकर गुरुदेव चले गए। अपरोक्ष रूप से परिस्थितियों को स्पस्ट कर...

शतानंद का कथन स्मरण हो आया, "सुखी होने के दो ही मार्ग हैं; या तो स्वयं को विस्मृत कर देना या जो है उसे स्वीकार करना।"

क्या ऐसा संभव है चेतना के होते हुए? वह तो तभी संभव होगा जब अवचेतन अवस्था आ जाए। काश मेरी चेतना क्षीण हो जाती...तो इन यातनाओं से मुक्ति प्राप्त होती। गुरुदेव कहते हैं—आत्मोत्सर्ग पाप है। घोर पाप। अचैतन्यता तो पाप नहीं है?

गंडकी की विस्तारित धारा। कल-कल, छल-छल प्रवाहित निर्मल जल। चहुँओर घनघोर वन। तट के समीप अवस्थित महर्षि वाल्मीकि का मनोहर आश्रम। फलों

के वृक्षों से आच्छादित। निश्चित अंतराल पर बनी अनेक कुटीरें। उन कुटीरों में जुड़ गई थी एक और कुटीर...वनदेवी की। हरित लता-कुंजों मध्य। परंतु मेरे लिए तो उदय होता प्रत्येक दिवस मात्र एक चक्र के समान लगता। प्रातः, मध्याह्न और संध्या। न दिन उगने का हर्ष व्यापता न रात्रि होने का। चहुँओर हो रहे कोलाहल के पश्चात् भी हर क्षण भयावह सन्नाटे का अनुभव होता। सोचती, किस जन्म के पापों का ऋण चुका रही हूँ जीवित रहकर। न विधवा हूँ, न सुहागन। न तपस्विनी, न सांसारिक, न किसी की पुत्री, न किसी की पत्नी।

निष्ठुर काल अपनी अबाध गति से अग्रसर था, बिना मेरी व्यथा पर दृष्टिपात किए। उस अलिप्त काल को किसी के दुःख-सुख से न कोई लेना-देना था न बाध्यता थी किसी के लिए ठहरने की। ऐसे में आश्रम के नियम आश्वास्ति कारक लगे। दिवस महर्षि संग संध्योपासना करने, प्रवचन श्रवण करने तथा ध्यानादि में व्यतीत हो जाता। तपस्विनियाँ भी कहाँ छोड़ना चाहतीं मुझे अकेला। कहतीं, "तुम्हारा यह मौन, प्रतिकूल प्रभाव डालेगा शिशु के विकास पर। प्रसन्न चित्त रहा करो। इतना रम्य स्थल है। मोहक वन प्रांत है। पशु-पक्षी हैं। इनमें चित्त स्थिर करो। तुम्हारे पति शीघ्र ही लौट आएँगे। उन्हें भी चिंता होगी तुम्हारी। नाहक चिंतित होती हो वनदेवी?"

किंतु लाख प्रयत्न करने के पश्चात् भी कहाँ सफल हो पा रही थी स्वयं को विस्मृत करने में। पिताजी विदेह कहलाते हैं। मैं कैसे अलिप्त हो जाऊँ? तन में शिशु के अस्तित्व की हलचल। मस्तिष्क में पल-पल घटित हुआ दृश्य। मन में उमगता पीड़ा का आवेग। इच्छा होती, कोई ऐसी औषधि होती जो संज्ञा शून्य कर देती मुझे। लोप हो जाती मेरी स्मृति। तब न दुःखों की अनुभूति होती, न सोच का आक्रमण। समय व्यतीत हो जाता सहजता से बिना पलों की गिनती किए। शिशुओं का जन्म हो जाता और इहलोक को त्याग देती मैं।

सारे संताप का कारण यह चेतना ही है। उस पर फाँस बना है समय। उसे व्यतीत करना पड़ रहा है; जैसे लंका में करना पड़ा था किंतु वहाँ भी आस तो थी राम के आने की। हर्ष था उनसे मिलने का। प्रतीक्षा थी समय के भागने की। सुखद पल बाँहें फैलाए प्रतीक्षारत था अयोध्या में। यदि ऐसा नहीं भी होता तो मृत्यु तो थी ही अपने वश में। यहाँ न तो समय बीतने की प्रतीक्षा है, न किसी के आगमन की। और मेरा दुर्भाग्य...मृत्यु भी अभी मेरे वश में नहीं है।

आश्रम का सात्विक वातावरण। गुरुदेव का अपरिमित स्नेह। तपस्विनियों का संग। वेद-पाठ की गुंजित ध्वनि। वृक्षों पर भाँति-भाँति के पक्षियों के नीड़। सुंदर मनभावन पुष्पों के वृक्ष, पौधे। पुष्पों पर गुंजन करते भौंरें...रंग-बिरंगे परों वाली तितलियाँ...क्षण मात्र को भी कहाँ सहायक होतीं स्वयं को विस्मृत करने में। जैसे तिरोहित हो गए थे पंचवटी में विषाद इन दृश्यों के बीच। कहाँ कभी इतनी उदास लगी वह कुटीर। वहाँ तो उसे सजाने, सँवारने की उमंग हिलोर लेती रहा करती थी मन में। सदा विहँसती अनुभव होती थी वह कुटी, वहाँ का वातावरण। राम-लक्ष्मण में हास-परिहास व ठिठोली से। आह...कैसे निष्ठुर हो गए दिन जीवन के। जीवित रहने की इच्छा नहीं और मरने ये परिस्थितियाँ दे नहीं रही हैं।

36

वाल्मीकि आश्रम का यह अति रमणीय वातावरण भी नहीं करा सका मुझे कभी हर्ष व उत्फुल्लता का अनुभव। सदा दो जीवन जीती रही सामानांतर। एक बाह्य स्तर पर दैनंदिनी कार्य व्यवहार, पूजा-पाठ तथा सभी के संग सामाजिकता का निर्वहन और दूसरा मन के स्तर पर दुःख, क्षोभ, संताप, निराशा एवं ग्लानि। इन्हीं के बीच जीने का अर्थ ढूँढ़ती-ढूँढ़ती विषण्णता से आकुल हो मेरी जिह्वा अधैर्य हो उठी एक दिन और पूछ ही बैठी गुरुदेव से व्याकुल करते प्रश्न—

"गुरुदेव! कोशल राजरानी शैव्या भी तो दासी स्वरूप बहुत काल तक वाराणसी के एक वणिक के घर रही थीं। उन पर तो ऐसा घृणित लांछन नहीं लगा कभी। न पति और ना ही प्रजा द्वारा ही। फिर मेरे साथ ऐसा दुर्व्यवहार क्यों हुआ?"

''यह बहुत बड़ा मनोवैज्ञानिक तथ्य है पुत्री, उत्तमता और अधमता का। स्वयं से कुरूप, अशक्त, अभावग्रस्त, अवगुणी, अपराक्रमी या अपयशी व्यक्ति से क्या किसी को कभी भय या ईर्ष्या हुई है? ये मनुष्य के अंदर का वह भाव है जो सदा अपने से अधिक रूपवान, सामर्थ्यवान, प्रभावशाली, गुणी, पराक्रमी या यशवान के प्रति कुंठित और पीड़ित करता है। यह भाव स्त्री के अंदर भी होता है किंतु इससे पीड़ित होने के पश्चात् भी वह अपनी सीमा के अंदर ही क्षति पहुँचा सकती है किसी को। पुरुष के अंदर यदि इसकी प्रबलता हो जाए तो वह किसी भी सीमा तक जा सकता है...। वाराणसी का वह वणिक महाराज हरिश्चंद्र के समक्ष एक तुच्छ, अशक्त, असमर्थ व्यक्ति था परंतु रावण लंका का अधिपति, अति सामर्थ्यवान, शक्तिवान, पराक्रमी योद्धा था। अंतर तो आना ही था समाज की सोच-विचार और समझ में।"

"आपके कथन का आशय मैं समझी नहीं गुरुवर!"

"इसे ऐसे समझो पुत्री! दास के घर आई एक राजरानी का मान-सम्मान और राजा के घर आई एक वनवासिनी की स्थिति...एक समान नहीं होती। शैव्या का क्रय करने वाला वणिक राजा के समक्ष अति असमर्थ व्यक्ति था। धन-धान्य व पराक्रम में भी तथा रावण अति समर्थ व्यक्ति था। शंका, ईर्ष्या विद्वेष या भय तो उत्पन्न होना ही था किसी के भी मानस में। समाज की मानसिकता इतनी पुष्ठ और परिपक्व हो कि वे मिथ्या भाषण और विवेचन न करे, यह अपेक्षा करना ही व्यर्थ है। वह श्रुति को प्रायः सत्य मान बैठता है। विमर्श करने के लिए कष्ट उठाने का समयाभाव है उसके पास।"

"किंतु गुरुदेव! यह कैसा कठोर विधान है कि किसी द्वारा बलात् हरण से स्त्री दूषित हो गई...त्याज्य हो गई और कर्त्ता निर्दोष हो गया?" मेरे प्रश्न पर गुरुदेव मौन हो गए। कुछ क्षण सन्नाटा पसरा रहा हमारे मध्य। मैं उनके उत्तर की प्रतीक्षा करती रही।

"स्वयं को हीन क्यों मान रही हो पुत्री? जो स्वयं लक्ष्मी स्वरूपा, सुलक्षणी हो, जिसका उद्‌भव ही जीव रक्षार्थ हुआ हो, वह हीन कैसे हो सकती है? विषाद के दिन तो बदलते ऋतु समान होते हैं, झरते जाते हैं शुष्क पत्तों की भाँति। यदि पतझड़ न आए तो वसंत का महत्त्व ही न रह जाए।"

गुरुदेव समर्थ-असमर्थ के अंदर ईर्ष्या के भाव का जाग्रत होना, उससे उसके प्रमाद का उद्यत होना, तत्पश्चात् अपवाद के जन्मने की बात कह गए। किंतु मेरे वनवास में क्या मात्र प्रजा के प्रमाद...ईर्ष्या का भाव ही निहित था? क्या ये भाव राम के हृदय में नहीं उभरे होंगे...? मेरे प्रश्न का उत्तर न देकर गुरुदेव ने वार्ता का रुख ही मोड़ दिया दूसरी ओर। लगा मेरा प्रश्न अनुत्तरित ही रह जाएगा। खिन्न मन मैं लौट आई वहाँ से।

कुटी में भी घोर सन्नाटे का एहसास हुआ। घड़ा लेकर नदी की ओर चल पड़ी। शायद वहाँ मेरा अशांत मन कुछ शांत हो।

नदी तट की नम बालुका पर बैठी निहारती रही गंडकी की निर्मल कल-कल करती निरंतर बहती धारा को। जीवन भी तो बहता रहता है इसी की भाँति निरंतर... दुःख-सुख के हजारों, लाखों शंख सीपी अपने गर्भ में छिपाए, किंतु बाह्य स्तर पर इस नदी की भाँति ही प्रशांत...अगोचर...।

दोपहर का निर्जन समय कोलाहल से शून्य था। मन कुछ शांत हुआ। घड़े में जल लेकर कुटी की ओर कुछ पग ही बढ़ी थी कि मुग्धा का चीत्कार श्रवण हुआ–

"ये क्या अनर्थ कर रही हैं वनदेवी? कितनी बार सभी ने समझाया आपको कि ऐसी स्थिति में भारी घड़ा नहीं उठाएँगी आप। फिर आपने क्यों किया ऐसा?" क्षोभ से वह बोली।

"क्रोधित मत हो बहन! जल की आवश्यकता थी अभी, इसीलिए चली आई।" कैसे कहती जल तो मात्र एक बहाना था कुटी की घुटन से बचने के लिए।

"जल की आवश्यकता थी तो मुझे पुकार लेतीं।"

"सोचा दोपहर का समय है, तुम विश्राम कर रही होगी।"

"मनसुख को क्यों नहीं पुकार लिया आपने। गुरुदेव का कठोर आदेश है कि वह आपके लिए आवश्यक सामग्री ला दिया करे।"

"उसे वन की ओर जाते देखा था। कदाचित समिधा आदि लाने गया होगा। फिर यह तो दैनंदिनी कार्य है। कब तब आश्रित रहूँगी तुम लोगों पर।" कहते-कहते मन भर आया। आँखें भींग उठीं। बलपूर्वक उन्हें छलकने से रोका। लगा, कुछ अधिक ही भावुक हो रही हूँ आजकल। ये आँसू सदा बरसने को तैयार रहते हैं पलकों में।

"यह औपचारिकता की बातें न करो वनदेवी! भला नहीं लगता। मनुष्य जहाँ रहता है उसका एक समाज बन ही जाता है वहाँ। इसी स्नेह के नाते कहा है। कौन किस पर आश्रित है यहाँ। सभी अपनी-अपनी नियति का खा-पी रहे। आपसे आत्मीयता सी हो गई है हमें। किंतु ऐसा लग रहा है मानो आप हमें अपना नहीं समझ रही हैं।" मुग्धा के शब्दों में निहित पीड़ा ने मेरे मर्म पर प्रहार किया। अनुभव हुआ, सच में अपने गह्वर में ही घुसी रहकर मैं इनके साथ अन्याय कर रही हूँ।

"तुम तो बुरा मान गईं मुग्धा! जाने कैसे मुख से निकल गए वे शब्द। मेरे कहने का तात्पर्य वह नहीं था। प्यास लगी थी। इसीलिए चली आई।" मेरे स्नेहसिक्त शब्दों पर उसका क्रोध पिघल गया। मेरे हाथ से घड़ा लेती बोली–

"आज के पश्चात् इस कृश हो रहे तन पर इतना भार मत उठाइएगा।" और कुटी की ओर चल पड़ी।

मैं भी साथ चलने लगी। कहना चाहा–पगली, एक घड़ा का भार देख चिंतित हो गई? इसी कृश तन पर ममत्व का और मन पर कितने अपमान, तिरस्कार तथा लांछन का बोझ उठाए जी रही हूँ। सुनोगी तो कैसे सहन करोगी। पर सदा की भाँति मौन रह गई। अपने दुःखों में किसी को अंशी बनाना सह्य न रहा मुझे कभी। कदाचित इसीलिए सभी की दृष्टि में मैं मानवी कम पाषाणी अधिक रही। तभी तो साथ रहने के बावजूद राम भी नहीं पहुँच पाए मेरे अंतर्मन तक। सभी अपने मनोनुकूल सदैव काटते, छाँटते और तराशते रहे मेरे व्यक्तित्व को...।

वनदेवी...हाँ, अब यही नाम प्रचलित है मेरा। इस नाम के पीछे कितना कुछ दब-ढक गया है। मेरा असल नाम, परिचय, पद, गरिमा सभी कुछ। अच्छा ही है यहाँ किसी को ज्ञात नहीं मेरा परिचय, नाम। अब वे नाम–जनक नंदिनी, विदेह नंदिनी, सीता, जानकी, लाडली, मैथिली, किशोरी, जनकदुलारी–मुझे भी यदा-कदा ही स्मरण आते हैं या कि विस्मृत ही हो चले हैं।

आश्चर्य तो यह है कि अभी तक यहाँ किसी ने नहीं पूछा मेरा परिचय। जानने का प्रयास भी नहीं किया कि जिस वेशभूषा में मैं यहाँ आई थी वह किसी ऐसी स्त्री का नहीं था, जिसका कोई परिचय नहीं हो। घर-बार न हो...परिवार या समाज न हो...। किसी ने यह तक नहीं कहा कि तुम्हारा यह नाम 'वनदेवी' उस वेश-भूषा से कदापि मेल नहीं खाता। यहाँ सभी सात्विक विचार के थे। छल, छद्म से दूर...। बिल्कुल आश्रम के अनुरूप। सदा प्रसन्नचित्त रहने वाली तपस्विनियाँ मेरा विशेष ध्यान रख रही थीं। समय पर भोजन ग्रहण करने के लिए प्रेरित करतीं, आराम करने को कहतीं। मुझे प्रसन्न रखना तथा मेरा ध्यान भटकाने के लिए तरह-तरह की कथाएँ कहतीं। प्रसन्न रहने की अनेक युक्ति बतलातीं।

लगा, मुझे भी इन्हीं की तरह अलिप्त बनना होगा। अपनी पीड़ा व्याकुलता पर काबू पाना होगा। अपनी संतानों के इस धरती पर आने तक। उनके पालन-पोषण के लिए यहाँ से सुरक्षित और उपयुक्त स्थान कोई और नहीं हो सकता। किसी के प्रश्न से बचाव यह आश्रम ही कर सकता है। जैसे अब मेरा कोई स्थान या परिचय नहीं रह गया। उसी तरह मेरा किसी से संबंध भी नहीं रह गया है। अब मैं अपनी होने वाली संतानों की जननी मात्र हूँ। सोचने को तो सोच गई...परंतु मेरा हठी अतीत चैन से रहने देने को राजी नहीं था। उससे जूझते-जूझते हलकान हो जाती। सोचती यह कैसी विडंबना है, बुरे दिनों में जीवन के बुरे पक्ष ही अधिक क्यों याद आते हैं?

कुटी में उदास बैठी रहती रूखी दीवारों को निहारती। उन्हें सजाने, सँवारने भित्तिचित्र उकेरने या बेल-बूटे बनाने का तनिक भी उत्साह नहीं लगता मेरे अंदर। जैसा उत्साह चित्रकूट या पंचवटी की कुटी को सजाने के लिए उमगता था। जीने के लिए जो अनिवार्य था, वही कार्य कर पाती। वह भी गुरुदेव की प्रेरणा या तपस्विनियों के उकसाने पर। उसमें भी जलावन के लिए वन से सूखी लकड़ियाँ लाना, या भोजन के लिए आवश्यक सामग्री मुनी कुमार या नयनसुख ही ला दिया

करता था। मेरा अधिकांश समय कुटी में ही बीतता। कभी-कभी लगता...कहीं किसी अँधेरी कंदरा या गुफा में जा छिपूँ। निस्संग...।

आश्रम में कोई नृप पधारे हैं। पैदल सैनिक, हाथी की चिंघाड़। रथ के पहिए की खड़खड़ाहट की विशेष कोलाहल से अनुमान हो रहा है। जब भी आश्रम में किसी नृपति का आगमन होता मेरा मन व्याकुल हो उठता। आर्यावर्त का कोई नृप जनक नंदिनी सीता से अपरिचित हो, संभव नहीं तो कठिन भी नहीं था। स्वयंवर की विडंबना। सुधन्वा का आक्रमण। राम का आना। धनुष खंडित होना। राम संग वनगमन और पति द्वारा मेरा त्याग आर्यावर्त के लिए सहज घटनाएँ नहीं थीं। विस्मृत कैसे हो सकती थी किसी के मानस से मैं। अतः भय से छिपा लेती स्वयं को कुटी भीतर। अस्वस्थ होने का बहाना कर देती। मिथ्या भाषण प्रायः पाप बोध से भर देता। झूठ ही तो बोलती रही थी सदा यहाँ आने के पश्चात्। स्वयं कुछ नहीं कहती। आश्रमवासियों के किसी प्रश्न पर मौन रह जाती। मेरे बदले गुरुदेव उत्तर दे देते। परंतु उनका उत्तर भी सत्य कहाँ होता। मेरे कारण वे भी झूठ बोलते रहे थे। मौन रहकर झूठ की पुष्टि करना भी तो झूठ बोलना ही हुआ। तो अपराध तो था ही यह। गुरुदेव कहते, "किसी के भले के लिए बोला गया झूठ पाप की श्रेणी में नहीं आता पुत्री। वरन वहाँ बोला, गया सत्य, असत्य से अधिक घातक होता है। यदि तुम्हारे विषय में मैं सत्य कह दूँ तो कितनी यातना भोगनी पड़ेगी तुम्हें? प्रश्नों के आक्रमण, कटाक्ष, उपहास और व्यंग्य के। इतने तीक्ष्ण वाणों के प्रहार से क्या बच सकोगी तुम? असत्य सदा असुंदर नहीं होता। जब तक उससे किसी को क्षति नहीं पहुँचे, सुंदर ही होता है।"

कुटीद्वार पर थाप पड़ी। नजरें उठाकर देखा। मोहित खड़ा था–

"वनदेवी, गुरुदेव ने स्मरण किया है आपको, अपने विशेष कक्ष में।"

पूछना चाहा कोई विशेष उद्देश्य? तब तक मोहित जा चुका था संवाद देकर। अलस देह। सुस्त मनोदशा, द्वंद्व में उलझ गया मस्तिष्क। अभी तो वेद पाठ, ध्यान, योग किसी का समय नहीं है। यह विशेष कक्ष में स्मरण करने का गुरुदेव का क्या प्रयोजन? परंतु गुरुदेव की आज्ञा थी अतः जाना अपरिहार्य था।

आश्रम में चहुँओर मची विशेष हलचल मध्य स्वयं को गोपन रखने का प्रयास करती गुरुदेव के विशेष कक्ष में प्रवेश किया। सम्मुख आसन पर माँ-पिताजी को विराजमान देखकर स्तंभित रह गई।

मन में पीड़ा का ज्वार उमड़ा...उपालंभ भरी दृष्टि से गुरुदेव की ओर देखा...तो आपने संवाद भिजवा ही दिया जनकपुर? मेरे लाख आग्रह के बाद भी कि वहाँ संवाद जाना उचित नहीं होगा।

"मैंने कोई संवाद नहीं दिया था जनकराज को पुत्री, पूछ लो।" मेरा आशय समझ तत्क्षण गुरुदेव बोल पड़े। अपराध बोध से भर उठी मैं। नाहक शंका की उन पर। क्या मानसिक स्थिति इतनी दुर्बल हो गई है मेरी कि विश्वास क्षीण होता जा रहा? धिक्कार उठा मन स्वयं की तुच्छ सोच पर। सजग होती पिताजी की ओर बढ़ी। उनके चरण स्पर्श किए। मेरे सर पर उनका स्नेह भरा हाथ आ पड़ा...''सदा प्रसन्न रहो, भगवान आशुतोष तुम्हें शक्ति दें पुत्री!'' कहते-कहते उनका स्वर क्षीण हो उठा। कुछ क्षण मौन रह गए...पुनः बोले–

''महर्षि ने कोई संवाद नहीं भेजा था जनकपुर। तुम्हारे निष्कासन का समाचार सुनकर भयभीत हो उठे थे हम परंतु स्थान ज्ञात न था तुम कहाँ हो, किस स्थिति में हो? व्याकुलता वश इस मध्य कई बार स्वयं को दंडित करने का विचार भी आया मन में। मानव मन को समझने में अपनी असमर्थता के कारण। तुम्हारी खोज में सर्वत्र गुप्तचरों को दौड़ाया। ज्ञात हुआ तुम यहाँ हो, महर्षि वाल्मीकि के पिता तुल्य सान्निध्य में सकुशल। जानकर तनिक आश्वस्ति हुई, तत्क्षण यहाँ आने का आयोजन किया हमने।'' पिताजी विह्वल स्वर में बोले।

''स्वयं को आप दोषी क्यों मान रहे पिताजी? मेरी ही सेवा, समर्पण या कर्म में कोई त्रुटि रह गई होगी।''

''तुम्हारी सेवा, समर्पण या कर्म में कोई त्रुटि हो ऐसा क्या संभव है? धुव्रतारा अपनी दिशा बदल ले मान सकता हूँ किंतु मेरी सीता में कोई खोट हो विश्वास नहीं कर सकता। बाल्यकाल से देखा है तुम्हें। राम के विश्वास में ही क्षीणता होगी।'' उनके स्वर में पीड़ा उभर आई।

विचलित हो उठी मैं, किंतु मौन रही। न तो उनकी वेदना सह्य थी न ही राम से संबंधित कोई भी तर्क या विवेचना...। मैं माँ की ओर बढ़ी। उनके पादवंदना को झुकी। उन्होंने आलिंगन में बाँध लिया मुझे। दोनों के नेत्र बरस पड़े। बरसते रहे...

"देवी सुनैना, इतना अधैर्य उचित नहीं है। स्वयं भी रो रही तथा सीता को भी रोने हेतु विवश कर रही हैं। उसे आपकी विशेष सांत्वना की आवश्यकता है।" गुरुदेव ने माँ को सजग किया।

माँ का रुदन बंद हुआ। पटुका से उन्होंने अपने और मेरे नेत्र पोंछे...। मेरी अवस्था से अनभिज्ञ न रहीं वे। अपने पार्श्व में बैठाती व्याकुल होती हुई बोलीं, "इतना दुःख-संताप किसी एक व्यक्ति के जीवन में? कभी श्रुति में भी नहीं आया था। यह घटित भी हुआ तो मेरी सिया के ही साथ। गुरुदेव हृदय विदीर्ण हो रहा है। ऐसी स्थिति में तो कोई पक्षी भी अपनी मादा को अकेले नहीं छोड़ता। सीता तो मानवी है। उपालंभ तब भी था अयोध्या नरेश से जब उन्होंने मेरे बच्चों को वनवास का दंड दिया था, किंतु तब एक आश्वस्ति भी थी राम निस्संग नहीं जा रहे थे अरण्य। अनुज लक्ष्मण, सीता भी संग थी। मस्तक ऊँचा था गर्व से। मन अपनी पुत्री के समर्पण पर गद्‌गद था। इसने पति की अनुगामिनी होने का परिचय दिया था। आज राम नहीं हैं यहाँ। संताप ने विषण्ण कर दिया है। उपालंभ किसे दूँ? समधी जीवित होते, तो उन्हें देती। वे समकक्ष थे। जामाता को...किन शब्दों में दूँ? सीता का इतना त्याग, सेवा समर्पण भी स्मरण न रहा जिन्हें। यह मात्र सीता का निष्कासन नहीं है। दोनों कुलों को लांछित किया है उन्होंने और हमारे पालन-पोषण को भी हीन किया है।"

धीरे से मैंने माँ के मुख पर हाथ रख दिया। उस लज्जाजनक स्थिति का बखान मुझे सहन नहीं हुआ। पिताजी सिसक पड़े। मैंने माँ के मुख से हाथ हटा लिया। वे सिसकती हुई बोलीं–

"तुम जनकपुर चलो पुत्री! अयोध्या राजभवन में तुम्हारे हेतु स्थान का अभाव है, जनकपुर के भवन, उसके वासी पलकें बिछाए अंक में लेने को आतुर हैं तुम्हें।

तुरंत तैयार हो जाओ। यह तपस्विनी का वेश उतार दो। ढेरों वस्त्राभूषण लाई हूँ तुम्हारे लिए।"

मैं कुछ बोलती पिताजी गुरुदेव का आभार व्यक्त करने लगे–

"मान्यवर, आपका सदैव आभारी रहूँगा। आपने हमारी सीता को कठिन समय में आश्रय दिया, अपने पिता तुल्य स्नेह की छाया में रखा। नहीं तो इस बीहड़ वन प्रांत में अकेली घबड़ाकर यह जाने क्या अनर्थ कर बैठती।" परंतु वे मुझसे मिथिला चलने के लिए नहीं बोले। लगा वे माँ से अधिक समझते हैं मुझे, मेरे स्वभाव को। माँ भी अपने स्थान पर सही थीं। एक माँ होने के नाते वे अधिक ममतालु, अधीर तथा आक्रोशित हो उठी थीं...कदाचित मेरी इस विपन्न स्थिति पर।

"माँ, आप ऐसी आज्ञा न दें, इस परिस्थिति में जनकपुर जाना मेरे लिए उचित नहीं है। कितने उल्लास व प्रसन्नता के साथ इक्ष्वाकु कुल की वधू के रूप में विदा हुई थी वहाँ से...। अब वहाँ पति द्वारा परित्यक्त तथा निर्वासित, दीन-हीन दशा में जाना मेरे लिए मृत्यु तुल्य होगा। आप लोग मेरे माता-पिता हैं। मेरे दोष- गुणों को आत्मसात कर लेंगे परंतु वहाँ की प्रजा, राजमहल के सेवक, सेविकाओं द्वारा क्या सहज ग्राह्य होगी मेरी स्थिति या क्या वही मान-सम्मान मिल पाएगा मुझे, जो अयोध्या की महारानी को प्राप्त होता? उनकी आँखों में उगे हजारों प्रश्नों की चुभन मुझे हीन बना देगी। मेरी संतानों को वे हीन भाव से देखेंगे। ऐसी स्थिति क्या पल भर भी सहन होगी मुझे? आप लोग चिंता त्याग दीजिए। गुरुदेव के सान्निध्य में मैं बहुत प्रसन्न हूँ। अपनी संतान को मैं यहीं जन्म दूँगी और उनका पालन-पोषण करते हुए अपना शेष जीवन व्यतीत करूँगी। वन जीवन का गहन अनुभव हो चुका है मुझे। अब आप लोग निश्चिंत मन से जाइए—यहाँ इस आश्रम में मेरा असल परिचय किसी को ज्ञात नहीं। यहाँ अधिक समय आप लोगों के रहने से उन्हें संदेह हो जाएगा।" कहते-कहते भीग उठा मेरा स्वर...नेत्र बरस पड़े...। पुनः स्वयं पर नियंत्रण करती बोली—

"और एक प्रार्थना है आप लोगों से...भविष्य में कभी भी आप लोग यहाँ आने की कृपा न करें, क्योंकि न तो मैं अयोध्या जा सकती हूँ और न ही जनकपुर। यदि मेरा परिचय उजागर हो जाएगा तो यहाँ भी रहना दूभर हो जाएगा मेरा और इस आश्रम के सिवा मुझे आश्रय कहाँ मिलेगा? इसलिए आप लोगों को मेरी सौगंध है, पुनः यहाँ कभी मत आइएगा। समझिएगा आप की बेटी सीता जीवित है ही नहीं...।" आँसुओं को पोंछती हुई मैं बोली।

पिताजी उठे...मेरे सर पर हाथ रखते हुए विह्वल हो बोले, "मेरी सीता...धरा की तरह ही धैर्यवान तथा स्वाभिमानी है। तुम्हें पाकर मैं या मिथिलापुरी ही धन्य नहीं हुई, सारा संसार तुम्हारे इस धैर्य से धन्य हो उठा है। जिस राज्य से तुम्हें निर्वासित किया गया है लांछित कर वह भूमि भी एक दिन तुम्हें नमन करेगी मेरी पुत्री। तुम्हारे आदर्शों का अनुकरण कर स्त्रियाँ अपने को धन्य अनुभव करेंगी। तुम्हें पाकर मेरा पितृभाव सफल हुआ था। आज तुम्हारे सतकर्मों से मेरा मस्तक गर्व से ऊँचा हो गया है। सदा सुखी रहो मेरी बच्ची! भगवान शिव तुम्हारी रक्षा करें।" पिताजी की आँखें भीग गईं। माँ तो विह्वल हो धार-धार रो पड़ीं। कुछ क्षण पश्चात् भर्राए स्वर में बोलीं—

"तुम्हारे पिताजी को कदाचित पूर्वानुमान था कि तुम्हारा निर्णय ऐसा ही होगा। तभी तो जनकपुर से यहाँ के लिए चलते समय तुम्हारे जन्मस्थली सुलक्षणी में ठहरकर वहाँ की मिट्टी को हाथ में लेकर बिलख पड़े थे। फिर राज्यकर्मियों को वहाँ तुम्हारे जन्म के प्रतीक स्वरूप एक भवन बनाने का आदेश दिया था। वह मिट्टी मात्र हमारे लिए ही सौभाग्यशाली नहीं है पुत्री। पूरे विश्व के लिए वह पूजनीय होगी एक दिन...।"

फिर माँ गिरिजा की प्रार्थना करती बोलीं, "मेरी बच्ची को शक्ति देना माते। जीवन की इन कठिनाइयों को यह सहजता से पार कर सके। इसके कष्टों को सुख में बदल देना माँ...इस पर सदा सहाय होना। इसे तुम्हारे संरक्षण में छोड़े जा रही हूँ।" फिर मुझे आलिंगन में बाँधकर मेरी पीठ को सहलाकर अलग हो गईं।

"माँ-पिताजी, आप लोग मुझे क्षमा कर देंगे अगर कोई धृष्टता हो गई हो।" बड़ी कठिनता से बोल सकी मैं।

दोनों आश्रम के बाहर निकल पड़े। जाते-जाते पिताजी, गुरुदेव से बोले, "कुछ उपहार लाया था आश्रमवासियों के लिए तथा सीता के लिए वस्त्राभूषण भी, इन्हें लौटाकर नहीं ले जा सकता...इन्हें देखकर धैर्य खो जाएगा हमारा। इसलिए यदि आप आज्ञा दें तो इन्हें यहीं...?"

''जैसा आप उचित समझें राजन।'' गुरुदेव बोले।

हृदय विदीर्ण हो रहा था। नेत्र बरस रहे थे अविरल...। पग मनों भारी हो रहे थे। बड़ी कठिनाई से कुटी तक आई और द्वार पर ही ठिठक गई...। माँ-पिताजी चले गए...जाने उनसे अब कब मिलना हो। संबंधों की यह अंतिम डोर भी छूट गई हाथों से। भरे-पूरे संसार में एकाकी रहने का इतना भीषण अभिशाप...? चीख ही पड़ती जोर से कि गुरुदेव का स्नेहसिक्त हाथ सर पर पड़ा। गद्गद स्वर में बोले–

"धन्य है मिथिला की वह भूमि जिसने तुम्हारे जैसी स्वाभिमानी, शक्तिस्वरूपा को जन्म दिया। कोई साधारण मानवी होती तो दुःख के इस कठिन समय में धैर्य खो बैठती। तुम्हारी तपस्या बहुत कठिन है पुत्री। ईश्वर तुम्हें शक्ति दे।"

"गुरुदेव, क्या मेरा आचरण सही था? मेरे हृदय पर एक बोझ-सा अनुभव हो रहा है। अति स्वाभिमान-वश माँ-पिताजी के सम्मान में कहीं मुझसे कोई त्रुटि तो नहीं हो गई? उनकी आज्ञा की अवहेलना की है मैंने, इससे उनके हृदय को ठेस तो नहीं पहुँची होगी? मेरे मन में बहुत ग्लानि हो रही है।"

"ग्लानि का यह भाव अपने मन से निकाल दो पुत्री। वे लोग प्रसन्न होकर गए हैं। तुम्हारे पिता नीतिवान राजा हैं। वे जानते हैं, तुम्हारा यह निर्णय बिल्कुल धर्मसंगत तथा नीतिसंगत है। दुःख न करो...सीता, जितना गर्व वे तुम्हारी जैसी पुत्री पाकर कर रहे थे उससे कम गौरव का अनुभव मैं तुम्हें अपने आश्रम में पाकर नहीं कर रहा। सहजता से समय को बीतने दो पुत्री! रात्रि का गहन अंधकार सदैव नहीं रहता उसके पश्चात् प्रातः अवश्य होता है। हाँ, दुख के बोझिल क्षण दीर्घ अवश्य लगते हैं परंतु वे स्थायी कभी नहीं होते।'' कहकर गुरुदेव चले गए। गहन उदासी फैल गई चहुँओर...

कहना चाहा, “दुःख का उत्सव कौन मनाना चाहता है गुरुदेव, परंतु उसे विस्मृत करना भी सहज संभव नहीं होता किसी के लिए। दुःख अपमानजनित हो तो और भी दग्ध करता है अपनी ज्वाला में। दुःख न करो। प्रसन्न रहो। कहने में जितना सहज है उस पर व्यवहार करना उतना ही कठिन।'' तत्क्षण लगा, उस पर बिसूरना भी तो बेकार है। कौन जानने, समझने वाला है यहाँ...।”

स्वच्छ, सुसज्जित सुगन्धित हवन धूम से सुवासित पूरा आश्रम दीपमालाओं से जगमगा रहा...मुख पर हर्ष की आभा बिखेरते आश्रमवासी परस्पर बधाइयाँ दे रहे हैं। मुख तो मेरा हर्ष की आभा से शून्य नहीं है...कृत्रिम हर्ष की आभा से। हृदय में घोर तिमिर व्याप्त है। पीड़ित हृदय से कैसे हर्ष का प्रदर्शन किया जाता है तथा अनिच्छित कैसे सामाजिकता का निर्वहन किया जाता है। यह आज अनुभव हो रहा है। क्या विस्मृत हो रही बीते वर्ष की वह दीपावली...जो राम के अयोध्या वापसी के हर्ष में मनाई गई थी। नगर, भवन से लेकर पथ और वीथिकाओं तक सुसज्जित दीप श्रृंखलाएँ...। अनिर्वचनीय शोभा...जैसे वासव की अमरावती उतर आई हो अयोध्या में। राम चारों भाई और हम चारों बहनें चौदह वर्षों के वियोग से उबरकर कितनी प्रसन्न थीं। कितने उल्लास से सजा रही थीं दीप मालिकाएँ भवन में, कक्ष में। मध्य-मध्य में राम का मधुर हास-परिहास हृदय को डुबो देता आनंद सागर में। वर्षों से सूना राजभवन हमारे पोर-पोर की भाँति विहँस उठा था। एक यह दीपावली है...उजास तो चारों ओर विस्तारित है परंतु मन के कोने-कोने में अनंत शून्य का साम्राज्य व्याप्त है। यह राम के अभाव की शून्यता है...या कलंक के भार का...अबूझ है।

अयोध्या आज भी दीपगुच्छों से सजी विहँस रही होगी। राजप्रासाद आज भी दीप प्रकाश से आलोकित होगा। मात्र सीता का अभाव कहाँ बाधा डाल रहा होगा उसके हर्ष में...

''पुत्री वनदेवी! यह लो दीप, कक्ष के कोने-कोने को आलोकित कर दो।'' सौम्या कुटीद्वार पर दीपों भरी थाली लिए खड़ी मुझ से संबोधित हैं।

मैं मौन रह जाती हूँ।

''पुत्री! तुम्हारी खिन्नता समझ रही हूँ मैं। पति की अनुपस्थिति में कोई भी अवसर हर्ष उत्पन्न नहीं कर सकता किसी कुलीन स्त्री के मन में किंतु वर्तमान भविष्य का आश्रित कभी नहीं रहा है, न वह किसी की प्रतीक्षा में कभी नहीं ठहरा है। अतः उठो वर्तमान के हर्ष का स्वागत करो...आत्मसात करो...। यही हर्ष तुम्हारे गर्भस्थ शिशु के अंदर प्रसन्नता का भाव उत्पन्न करेगा एवं तुम्हें समय से जूझने की शक्ति प्रदान करेगा। ये उत्सव नव जीवन लाते हैं मनुष्य में।''

कर्तव्य पूर्ति के लिए मैं उठ खड़ी होती हूँ। इस संसार में जीवित रहने का उपबंध बहुत ही विकट है...सोचों से भी परे।

37

सोचा था, समय के साथ अतीत की स्मृतियाँ धूमिल होती जाएँगी। यहाँ तो मेरी कल्पना के नितांत विपरीत हो रहा है। मेरे तलपेट के आकार की बढ़ोतरी

के संग ही राम की स्मृतियाँ भी अधिकता से कचोट रही हैं। कभी प्रसन्नता का भाव लिए...कि अभी राम मेरे समीप होते। मेरे गर्भ में पलते अपने अंश का स्पंदन अनुभव कर कितने प्रसन्न होते। पिता बनने का गौरवपूर्ण भाव उनके मुख पर देख मैं भी पुलकित हो उठती, मातृत्व के गौरवबोध से। तत्क्षण क्रोध प्रबल हो उठता... राजधर्म का स्मरण रहा उन्हें। पति धर्म ना सही, पितृधर्म कैसे भूल गए वे। लोकापवाद-स्वरूप अयोध्या राजभवन में अनुचित थी मेरी उपस्थिति किंतु राज त्याग कर मेरे संग वे वन में तो आ सकते थे। उनके इस आचरण से प्रजा के कथन और अपवाद दोनों का परिस्कार हो जाता और मेरी मर्यादा भी अक्षुण्ण रह जाती। राजधर्म के प्रति जितना कटिबद्ध रहे, पति धर्म के प्रति क्यों नहीं हुए? ऐसे-ऐसे कितने क्यों का कारण ढूँढ़-ढूँढ़कर थक जाता मस्तिष्क, परंतु कोई समाधान नहीं मिलता उसे।

दृढ़ता से संकल्प करती मात्र माँ बने रहने का, तत्क्षण मेरे अंदर की स्त्री सम्मुख आ खड़ी होती। जलती नेत्रों से घूरती, 'कैसे विस्मृत कर सकती हो तुम अपने अतीत और इस गोपन वर्तमान को? माँ स्त्री का मात्र एक रूप होती है, संपूर्ण स्त्री नहीं। यदि उसे माँ बनने का अवसर न भी मिले तब भी वह स्त्री है। अपनी नादानी से पहले ही बहुत क्षय कर चुकी हो स्त्री का मान-सम्मान। एक नया मार्ग खोल दिया है तुमने, उनके मान-मर्दन का। परंतु अग्नि-परीक्षा देने के पश्चात् भी क्या तुम विश्वास योग्य रही?' कोंच-कोंच कर रक्त रंजित कर देती है मेरे अंतर्मन को। निरुत्तर कर देती है मेरी चेतना को।

इन अवसादों को निष्ठुरता से त्यागना ही होगा मुझे, वरन् ये मेरे शिशुओं को भी पंगु बना देंगे। पूर्ण मनुष्य नहीं बन पाएँगे वे। सदा उलझे रहेंगे इन्हीं उलझनों के गुंफन में। मुझे कुछ भी ज्ञात नहीं था गर्भकाल के प्रभावों के संबंध में। मैं आयोनिजा हूँ। माँ सुनयना व मेरे पालक पिता जनक द्वारा ही संस्कार विकसित हुआ मेरे अंदर। मेरे अंदर गर्भ का विधान कर विधि ने मुझे पूर्ण स्त्रीत्व प्रदान किया है। सृष्टि का अनुपम उपहार। इनके लालन-पालन में तनिक भी चूक नहीं होने दूँगी मैं।

जो उँगलियाँ दिनों की गणना के लिए कभी नहीं उठीं, अब उनमें थिरकन होने लगी है शिशुओं के आगमन की गणना हेतु। इस आश्रम में मेरे सिवा किसी को भी ज्ञात नहीं शिशुओं के जन्म का समय। नदी तट पर कल कुछ तपस्विनियों ने मुझे घेर लिया था। बोली थीं, "वनदेवी, माना तुम्हारे पति के आने में विलंब है, किंतु क्या तुम्हें अपने शिशु के आने की भी प्रसन्नता नहीं है? बताओ तो? कौन सा महीना चल रहा है? हम मनाएँगी उसकी मंगल कामना हेतु वे सारे उत्सव, जो गर्भस्थ शिशु के लिए मनाए जाते हैं।"

"हाँ वनदेवी, इसमें संकोच कैसा? आश्रम में और भी तो उत्सव मनाए जाते हैं। एक यह भी उत्सव मनाया जाएगा।" एक तपस्विनी ने ललककर कहा।

"हम लोग अति उत्सुक हैं तुम्हारे शिशु के जन्म को लेकर। कब वह इस धरा पर नेत्र खोलेगा अपनी किलकारियों से गुंजित करेगा इस आश्रम को।" दूसरी तपस्विनी ने कहा।

"क्या तुम प्रसन्न नहीं हो? या हमें अपना नहीं समझतीं जो कुछ नहीं बता रही हो?" तीसरी ने प्रश्न किया।

तपस्विनियों के प्रश्नों ने झकझोर दिया मुझे। तीन माह से अधिक हो रहे थे इस आश्रम में मुझे आए। उन लोगों की आत्मीयता व स्नेह की छाया में रहते। उनकी देख-रेख में जीते। परंतु अवसाद व विषाद के घेरे में कैद एक घोंघे की भाँति सदा अपने अंदर ही घुसी रहकर सचमुच बड़ा अन्याय हुआ था मुझसे इन लोगों के साथ। दु:खों के बोझ ने अंतर्मुखी ही नहीं अव्यावहारिक भी बना दिया था मुझे। इतना भी ज्ञान न रहा। ये लोग मुक्तहस्त से अपना स्नेह, आत्मीयता न्योछावर कर रही हैं मुझ पर। और कृतघ्न की भाँति मात्र मैं लेती जा रही हूँ। इनके प्रति मेरा भी कोई दायित्व हो सकता है। भूल गई थी। यह भी भूल गई थी कि इस आश्रम के सिवा कोई और विकल्प नहीं है मेरे लिए। मेरे शिशुओं को भी, इन्हीं लोगों के बीच रहना है और इसी वातावरण में विकसित होना है। इन्हीं से सामाजिकता सीखनी है। तो हर स्थिति में मुझे अपने कुंठित अतीत के घेरे से बाहर निकलना ही होगा। जो मैं हूँ। किसी को ज्ञात नहीं। जो वे समझ रही हैं। वही बनकर सहजता का अनुभव होगा। मेरे बच्चे वनदेवी के ही बच्चे होंगे, किसी राजवंश के नहीं। परंतु उनमें राजवंश का संस्कार भरूँगी मैं...इस आश्रम की सहजता के साथ। किसी वंश के निर्जीव गौरव का दंभ कभी नहीं आने दूँगी उनके मानस में। इसके लिए अभी से ही मुझे प्रयत्न करना होगा। अतीत के कठोर खोल से बाहर आकर मात्र यहीं का होकर रहना होगा; तन से ही नहीं मन से भी...।

शुभ का आरंभ शीघ्र करना उचित समझ मैं प्रथम प्रौढ़ा तपस्विनी इंदुमती की कुटी में गई। वहाँ कुछ और तपस्विनियाँ भी उपस्थित थीं। समय भी तो दोपहर का था। यह समय विश्राम का होता है किंतु विश्राम के क्षणों में भी सभी किसी न किसी कार्य में संलग्न थीं। कोई आश्रम के लिए कुशा से चटाई बुन रही थी कोई भोजन के लिए पलाश के पत्तों से भोजन पात्र बना रही थी, कोई गायों और बछड़ों के लिए पाट की रस्सियाँ व रंग-बिरंगे फुदने बना रही थी। समय का ऐसा सदुपयोग देख आश्चर्यचकित रह गई मैं इनके अबोध संतोष पर। लगा व्यर्थ बैठना, व्यर्थ के सोचों को आमंत्रण देता है। सभी व्यस्त हैं, सुखी हैं, प्रसन्न हैं, सहज हैं। मैंने सभी को अभिवादन किया। औचक मुझे सम्मुख देख आश्चर्य से उनका मुख खुला का खुला रह गया।

"अरे पुत्री तुम..? आओ-आओ बैठो। सदा प्रसन्न रहो।" उन्होंने अपने निकट मुझे बैठाया। पुन: बोलीं, "यही तो मैं चाहती थी कि तुम बाहर निकलो, सभी से मिलो-जुलो, प्रसन्नचित्त रहो। गर्भस्थ काल में माँ की दिनचर्या व चित्तवृत्ति का शिशु पर जिन संस्कारों का समंकन होता है वे अमिट होते हैं और जन्म के पश्चात् भी बालक सर्वत: उन्हीं संस्कारों के आधार पर यावज्जीवन आरोहण व अवरोहण करते रहते हैं। गर्भकाल के गृहीत संस्कार इतने प्रभावशाली व अमिट होते हैं कि वयस्क होने पर उत्कट साधना या सविवेक के बल पर ही उन्हें दबाना या क्षीण करना संभव है। गर्भस्थ शिशु सर्वदा माँ के प्राण से ही अनुप्राणित होता है। इसका ध्यान रखना पुत्री वनदेवी!" इंदुमती हर्षित हो बोली।

"इसीलिए तो आई हूँ आप लोगों के सान्निध्य में। यह सीख अब सदा स्मरण रखूँगी।"

"युग-युग जीओ पुत्री, सदा सुखी रहो।" इंदुमती बोली। लगा चंद मीठे बोल थोड़ी आत्मीयता से कितना आशीष बटोरा जा सकता है बड़ों का। जो सदा शुभ होता है। दुःखों के विरल वारिधि में ऊब-डूब करती मैं कैसे विस्मृत कर गई थी इसे।

"काकी जी, सुखी होने का आशीष तो सही है किंतु यह युगों-युगों जीना...ऐसा शाप क्यों दे रही हैं आप मुझे? इतने दिनों जीवित रहकर क्या होगा?" मैंने पूछा।

"बड़ों के आशीर्वाद में मंगलकामना छुपी होती है पुत्री, जिसे बिना मोल मात्र विनम्रता, आत्मीयता तथा चंद मीठे बोल से प्राप्त किया जा सकता है। यह कामना मनुष्य की आयु नहीं वरन् उसकी विमल कीर्ति, निर्मल आचरण और यश का द्योतक है। मृत्युलोक में कौन जीया है हजार वर्ष? जीवित (अमर) रहा है तो मात्र उसका यश, कार्य...व्यवहार हजारों, हजारों वर्षों तक...।" उनकी गूढ़ बातें सुनकर सुखद आश्चर्य हुआ। कैसे वंचित रही मैं इन लोगों के सान्निध्य सुख से इतने दिनों। यहाँ आने के पश्चात् प्रथम बार मेरे अंदर जीवन के प्रति सकारात्मकता का बोध हुआ तथा यह भी कि हर सम-विषम स्थितियों में जी लेना ही पुरुषार्थ है। होनी-अनहोनी अपने वश की घटना नहीं। पुनः उसके लिए स्वयं को पीड़ित प्रताड़ित करना...? विभिन्न सोच-समझ वालों से पूर्ण इस समाज में यह सोचना भी अतार्किक होगा कि मैं किसी को त्रास नहीं दूँ तो मुझे भी कोई त्रास नहीं देगा। मेरे अधरों पर मद्धिम मुस्कान थिरक उठी। मन में हल्कापन का अनुभव हुआ।

"इसी प्रकार सदा प्रसन्न रहा करो पुत्री! स्त्री जीवन में सदा सुख के क्षण नहीं रहते, परंतु सुखों की आस में वे स्वयं को घुलातीं भी नहीं। न उनका सुख नितांत अपना होता है न दुःख। परिवार, पति तथा संतानों के सुख-दुःख में निहित होता है उनका सुख-दुःख। इसी हेतु वे अधिक व्यावहारिक मानी जाती हैं। दुःखों को हृदय तल में बसाए प्रसन्न रहने की युक्ति ज्ञात है उन्हें। स्त्रियों जितना अलिप्त तो कोई संन्यासी भी नहीं होता। कैसे मायके का स्मरण लिए श्वसुर गृह के नितांत अनजान परिवेश में सहजता से रच-बस जाती है। ससुराल वालों से स्नेह भाव रखते हुए भी क्या कभी मायके का स्मरण विस्मृत होता है उनके हृदय से? नहीं न? किंतु मायके के सुखों को मध्य में लाकर वे श्वसुर जनों को अपमानित नहीं करतीं। दुःख मनुष्य का नितांत निज होता है, जिसे मात्र निज हेतु रखना ही श्रेयस्कर है। सुख बाँटने से अधिक विस्तारित होता है।"

कैसी ज्ञान चक्षु खोलने वाली बातें हैं इंदुमती की, भौचक रह गई मैं...।

"आप लोगों से इतने दिनों विलग रहकर बहुत अमूल्य निधि खोई है मैंने। अब ऐसी चूक कदापि नहीं होगी।" मैंने विनीत स्वर में कहा।

पुनः वे लोग अपनी व्यस्तता तथा कला कौशल से परिचित कराने लगीं मुझे। अपने अनाड़ी हाथों से मैंने कुशासन बुनने का प्रयास किया। सफल न हो सकी किंतु बहुत प्रिय लगा यह कार्य।

"कौन सा मास लगा है पुत्री?" औचक सौम्या काकी ने पूछा।

"सातवां!" लजाते-सकुचाते हुए मैंने कहा।

"तब तो वनदेवी की गोद भराई के अनुष्ठान की तैयारी करनी चाहिए हमें?" एक तपस्विनी बोलीं।

"हाँ हमें गुरुदेव की आज्ञा से आयोजन की तैयारी करनी चाहिए।"

"इसकी क्या आवश्यकता है काकी जी?" संकोच से मैंने कहा।

"आवश्यकता है पुत्री, यह मात्र एक अनुष्ठान नहीं...आडंबर नहीं, वरन् आने वाले शिशु की मंगलमय जीवन हेतु सभी के आशीर्वचन लेना अति आवश्यक होता है।"

गोद भराई का अनुष्ठान संपन्न हुआ। विधिवत फल-मूल तथा पुष्पों से मेरी गोद भरी गई। गुरुदेव व आश्रमवासियों द्वारा मेरे गर्भस्थ शिशुओं को मन भर आशीष मिला। इस आयोजन ने नई उत्फुलता जगा दी मेरे अंदर। आने वाले शिशुओं की प्रतीक्षा अधिकता से रहने लगी। हर समय एक ही विचार...कैसे होंगे वे? दोनों पुत्र होंगे या पुत्री। यदि पुत्र हुए तो उनका लालन-पालन राज्योचित करना होगा। कैसे संभव होगा यहाँ...। पुनः सोचती...समय के साथ सब कुछ संभव हो जाएगा। यदि पुत्रियाँ हुईं तो उन्हें संस्कारित करना असंभव न होगा। यदि पुत्र और पुत्री हुई तो? आह...कितना आनंददायक होगा वह क्षण जब मैं उन्हें देखूँगी? पुनः आनंद में विघ्न पड़ जाता। क्या होगा उनके भविष्य का? तत्क्षण विचारों को निर्ममता से झटक देती। भावी किसने जाना है...किसी के किए कभी हुआ है कुछ?

समय भागता रहा। मेरे तन को शिथिल व मन को रोमांचित करता। मेरा सारा ध्यान गर्भ में हो रही हलचल पर केंद्रित हो जाता। अनुभव होता, ऐसा अप्रतिम सुख तो देवताओं के लिए भी दुर्लभ होगा। गर्भ में शिशु का आना उसके पश्चात् एक-एक दिन का अनुभव, उत्सुकता यह सुख मात्र स्त्री के हिस्से में आया है जो अवर्ण्य है।

जितनी उत्सुकता या व्याकुलता से मैं उनके आगमन की प्रतीक्षा कर रही थी उतनी ही लगन से सहेज, सँभाल रही थीं तपस्विनियाँ उनके लिए आवश्यक सामग्री...जड़ी-बूटियाँ, सुगंधित सूखी लकड़ियाँ व वस्त्र आदि।

आश्रम का पावन वातावरण। आस-पास बिछी सुखदायक हरी दूब...चहुँओर स्थित भिन्न-भिन्न प्रकार के फल व फूलों के पौधे। चंपा, गुलाब, उढ़ऊल, केवड़ा, चमेली, जूही, कनेर...मध्य में तुलसी के घने पौधे...आम, अमरूद, कटहल व पीपल, पाकड़ के घने छायादार वृक्षों पर भाँति-भाँति के खग-विहंगों की चहचहाहट से गूँजित वन-प्रांत। लताकुंजों पर गुंजन करते भौंरे...। सुरीले स्वर में कूकती कोयल। हिरन तो आश्रम के भीतर तक चले आते। बड़ा रम्य लगता यह सब। पंचवटी और यहाँ के जीवन में बहुत भिन्नता थी। वहाँ मात्र हमारी कुटी थी। यहाँ कुटीरों के समूह से एक विस्तृत समाज की उपस्थिति का आभास होता। छोटा-मोटा ग्राम ही बसा हो मानो। कुटी में आए हिरनों को देख प्रायः अपनी नादानी का स्मरण हो आता...ग्लानि से हृदय फटने लगता। पुनः सख्ती से झटक देती उन हठी विचारों को...उस क्षण का स्मरण...। स्मरण कर रोना...बिसूरना व्यर्थ था। कौन था यहाँ उन्हें देखने, समझने या समझकर दुःखी होने वाला।

इंदुमति की सीख पर स्वयं को संयत करती। सारा ध्यान आने वाले शिशुओं पर केंद्रित करना चाहती। पर राम वहाँ भी कहाँ विलग हो पाते। चौदह वर्षों का लिया हमारे ब्रह्मचर्य का संकल्प...क्या इसी दिन के लिए था कि हमारी संतान वन में जन्म ले? विधि का यह क्रूर उपहास ही तो था। वन में इन तपस्वियों के बीच। सात्विक विचार, इस वातावरण में उनका राजसी लालन-पालन करना कितना दुरूह होगा। फिर सोचती, मेरे जीवन में कौन सा कार्य सहज आया था? पग-पग पर कठिन परीक्षाओं के दौर से ही तो गुजरी थी। यहाँ भी पिता और माँ दोनों के दायित्व के निर्वाह का भार आ पड़ा था मुझ पर...। भयभीत अवश्य थी पर विचलित नहीं। जब भी ऐसा कठिन समय आया था सम्मुख। सामना किया था मैंने प्राण-पण से...। अवश्य निबाहूँगी मैं उनके प्रति अपना दायित्व। क्षात्र धर्म की शिक्षा मेरा दायित्व होगा। विद्याध्यन गुरुदेव का। सामाजिकता तो यहाँ वे स्वयं सीख लेंगे।

तपस्विनियाँ सजग रहतीं। प्रयत्न करतीं मैं उदास न होने पाऊँ। भिन्न-भिन्न प्रकार की कथाएँ सुनातीं। दया, धर्म, क्षमा, उपकार से संबंधित। वीरोचित कहानियाँ उनसे ओझल थीं। वर्जती रहतीं...इधर-उधर न जाऊँ गोधूलि या सांध्य बेला में।

सभी से घुलते-मिलते, वार्तालाप करते दिवस बीत जाता। परंतु रात भारी हो उठती...पूरा समय व्यतीत हो जाता विचारों के उथल-पुथल से...नींद आती नहीं। आती भी तो शीघ्र ही उचट जाती। अकेले कुटी में छटपटाती...व्याकुल होती। किससे बाँटूँ अपनी चिंता। समय-समय पर हो रहे शारीरिक परिवर्तन से भयाक्रांत मन की व्यथा। दु:ख अकेलापन को और बोझिल व गहन बना देता है। अनुभव होता, तब माँ कौशल्या की बहुत याद आती। आज मैं उनके पास होती तो उनकी प्रसन्नता से गर्वित हो रही होती। वे भी विवश होंगी राजा राम के समीप, वरना अपनी सीता को ओझल नहीं होने देतीं; वह भी अपने वंशजों के साथ। उनकी बेबसी देखी है मैंने पति के समक्ष...और पुत्र के समक्ष भी अवश्य ही बेबस होंगी वे। राजरानी हो या साधारण स्त्री...सभी की नियति ऐसी ही है चाहे वह अयोध्या की राजमाता कौशल्या हों या लंका की राजरानी मंदोदरी...सुनी किसी की नहीं जाती तो फिर सीता की कौन सुने...!

बाहर हो रही घनघोर वर्षा। गरजते मेघ। अपनी चमक से भयातुर करती दामिनी। अंदर उठती मेरे तलपेट में पीड़ा। छटपटाकर कुटी के द्वार तक जाती। पुन: बेचैन हो लौट आती। किससे पूछूँ...क्यों हो रही है यह पीड़ा...कहीं यह प्रसव पीड़ा तो नहीं? वर्षा है कि बंद होने का नाम नहीं ले रही...पीड़ा उत्तरोत्तर सघन होती जा रही है। बढ़ती पीड़ा से तड़पकर मैं दोहरी हो जाती। बैठ जाती धरती पर...किसे पुकारूँ...कैसे पुकारूँ...! न वर्षा समाप्त हो रही न यह पीड़ा...

वर्षा छूटी। प्रार्थना सभा में मेरी अनुपस्थिति देख सौम्या, इंदुमति व्याकुल हो कुटी में आ पहुँचीं।

"प्रार्थना सभा में नहीं गई पुत्री, कोई कष्ट आदि तो नहीं हो रहा है?" सौम्या ने पूछा।

"देख नहीं रही, इसका मुख सूखा हुआ है। अवश्य इसे कोई कष्ट है।" इंदुमति बोली।

"तलपेट में रह-रहकर पीड़ा हो रही है।" संकोच से मैं बोली।

"कब से ऐसा अनुभव हो रहा है पुत्री?"

"कुछ घड़ी से।"

"वह शुभ घड़ी आ गई...सौम्या.। यह प्रसव पीड़ा ही है। तुम नित्यकर्म से निबट लो पुत्री, मैं धाय बुलवाती हूँ।"

"गुरुदेव को भी सूचित करना होगा।" इंदुमति बोली व शीघ्रता से कुटी से बाहर चली गई।

38

समय व्यतीत होने के साथ पीड़ा में भी बढ़ोत्तरी होने लगी। व्याकुलता के इस क्षण में तपस्विनियों का नाना विध ढाढ़स बँधाना असह्य लगा। ग्राम से धाएँ आ गई थीं। गुरुदेव को भी सूचना हो गई थी मेरी स्थिति की। सभी का व्याकुलता से इधर-उधर भागना संकोच से भर रहा था मुझे। यह महल का एकांत कोना नहीं था। आश्रम था जहाँ कुछ भी गोपन नहीं था किसी से...न गोपन रह सकता था।

"पुत्री, जड़ी-बूटियों का यह पेय पी लो। वैद्यजी ने कहा है, इससे पीड़ा का अनुभव कम होगा।" सौम्या पेय का पात्र लिए खड़ी आग्रह कर रही–

पेय पीने के बाद पीड़ा थोड़ी कम हुई परंतु इतना भी नहीं कि विश्राम का अनुभव हो। व्याकुलता अभी भी बनी हुई थी। कुटी में व्याप्त अँधेरे से अनुमान हुआ संध्या घिर आई है...निरंतर हो रही पीड़ा के आवेग में दिन बीतने का आभास ही नहीं हुआ। सौम्या ने दीप जला दिया। कुटी पीत प्रकाश से आलोकित हो उठी। इसी के साथ मेरी चिंता भी बढ़ गई और कितना समय लगेगा इस पीड़ा को दूर होने में? अब सहन नहीं हो रही है...अधरों को बंद कर पीड़ा की चीत्कार को बलपूर्वक रोक रही। सौम्या से कुछ पूछती तभी बाहर हाथियों की चिंघाड़ सुनाई पड़ी। भय सहमा गया मेरा सर्वांग। कहीं ये जंगली हाथी न हों। अभी यदि वे आश्रम में घुस आए तो क्या होगा? परंतु ऐसी कोई प्रतिक्रिया जाग्रत न हुई तपस्विनियों में। वे सहज शांत बैठी रहीं।

चिंघाड़ के साथ ही विशेष कोलाहल उभरा...जैसे कोई भारी सैन्य बल हो। कहीं राम तो नहीं आ गए? औचक मस्तिष्क में कौंधा। वेग से धड़क उठा हृदय। पीड़ा की सघनता के मध्य भी असमंजस ने आ घेरा। यदि राम हुए तो? तो...? कुछ सोचती। तभी द्वार पर से श्यामा का स्वर सुनाई दिया।

"अयोध्या से राजा राम...!"

"राजा राम?" तत्क्षण मेरे मुख से निकल पड़ा। ओह तो मेरी शंका सत्य निकली?

"राजा राम नहीं वनदेवी, उनके लघु भ्राता शत्रुघ्न आए हैं। किसी मथुरा राज्य पर आक्रमण हेतु निकले हैं भारी सैन्य बल के साथ। हजारों की संख्या में घोड़े, हाथी, रथ व कई हजार सैनिक तो होंगे ही। आज उनका रात्रि विश्राम यहीं होगा। गुरुदेव कह रहे थे।"

पीड़ा की सघनता के क्षणों में भी अमृत घोल गए ये शब्द कानों में। मेरे प्रिय शत्रुघ्न आए हैं। स्वस्थ होती तो एक झलक देख पाती उनकी। कैसे हैं वे? तत्क्षण भय ने आ घेरा। गुरुदेव कहीं कुछ कह न दें उनसे। मेरी संतानों से संबंधित कोई भी समाचार राम तक पहुँचे, मुझे मान्य नहीं। गुरुदेव को वरज भी नहीं सकती इस अवस्था में। बेबसी का अनुभव हुआ।

"धैर्य रखो पुत्री, स्त्री की एक यही पीड़ा है, जिसकी परिणति प्रसन्नता में होती है।" इंदुमति बोली। उसे मेरी व्याकुलता मात्र प्रसव पीड़ा की व्याकुलता लगी।

पीड़ा की सघनता ने संज्ञाशून्य सा कर दिया मुझे। लगा, जो होना है, हो क्यों नहीं जाता। पुनः इस होने न होने से भी परे का अनुभव हुआ। पीड़ा की भीषण लहर तलपेट में उठी साथ ही शिशु का रुदन उभरा और इसी के साथ धाय की हर्षित वाणी भी, "पुत्र है।''

''सौम्या, बधाई हो हम नानी बन गईं...।'' इंदुमति का हर्षित स्वर गूँजा...। सौम्या कुछ बोलती, धाय की आवाज उभरी...''एक और शिशु है पेट में।"

''एक और शिशु है? आह मेरी बच्ची...तनिक धैर्य रखो...।'' सौम्या ने सांत्वना दी। पुनः वही पीड़ा...वही रुदन और धाय का वही हर्षित स्वर, "यह भी पुत्र ही है।"

कानों में शीतलता घोल गए ये स्वर–क्षण मात्र में पीड़ा का आभास गौण हो गया। रोम-रोम हर्ष से पुलक उठा। कामना हुई हर्ष का यह क्षण शत्रुघ्न से सांझा कर पाती तो हर्ष द्विगुणित हो जाता। शत्रुघ्न भी हर्ष की अधिकता से बौरा ही जाते। कितनी साध थी सभी को। इन्हें देखने की। सासु माँ एक-एक दिन गिन रही थीं अपने दादी बनने का। बधावे के स्वर से गूँज उठता अयोध्या का विशाल राजभवन... मोहरें न्योछावर की जा रही होतीं। परंतु यह संभव कहाँ था। न शत्रुघ्न जान पाएँगे इनका परिचय। न राम को ज्ञात होगा इनके विषय में। सब मात्र मेरा कल्पित सुख है। भरा-पूरा परिवार होते हुए भी आज ये अनाथ हैं। भवन के बजाय वन में एक कुटी की भूमि पर नेत्र खुले हैं इनके...रेशमी वस्त्रों के बदले साधारण वस्त्रों में लिपटे हुए हैं।

रात आधी से अधिक बीत चुकी है। आश्रम में हर ओर हलचल व्याप्त है। हर्षित स्वर में सभी मेरे युग्म-पुत्रों की चर्चा कर रहे हैं। परस्पर बधाइयाँ दे रहे हैं। वस्त्र में लिपटे दोनों शिशु मेरे समीप लेटे हैं। धवल वर्ण, बिल्कुल राम के नयन-नक्स...आह दैव, कैसा अद्भुत सुख। इस सुख की अभिव्यक्ति के लिए संसार के सारे शब्द क्षीण पड़ जाएँ। मैंने नेत्र बंद कर लिए...। तत्क्षण विचार कौंधा...अच्छा हुआ दोनों पुत्र हुए। पुत्री होती तो उनकी नियति भी दूसरी सीता की ही होती। परिचयहीन, पितृहीन कुलविहीन वनवासिनी की। जाने क्या भविष्य होता उनका। भविष्य तो इनका भी क्या होगा? सहसा सहमा गया यह विचार। नेत्रों से अश्रु गिरने लगे। यह कैसा हर्ष है, जिसमें दुःख भी निहित है।

"क्या हुआ पुत्री, अभी भी पीड़ा हो रही है क्या?" सौम्या घबड़ा उठी।

"नहीं-नहीं, ये हर्ष के अश्रु हैं काकी।" अवरुद्ध कंठ से किसी प्रकार कह पाई मैं।

"हाँ पुत्री! हर्ष के अतिरेक से कभी-कभी अश्रु प्रवाहित हो जाते हैं। अब सोने का प्रयास करो। बहुत दिनों से पूरी नींद सो नहीं पाई होगी। अब मन शांत, आत्मा तुष्ट तथा तन भारहीन हो गया है तुम्हारा। मैं हूँ न यहाँ। निश्चिंतता से सो जाओ।"

आँखें खुलीं। प्रातः का उजास विस्तारित है चहुँओर। पास ही दोनों शिशु गहरी नींद में सो रहे हैं। मुख पर अपार शांति छाई है। कितना सुखद होता है बचपन, हर शोक, संताप तथा हर्ष से परे। संसार के छल, प्रपंच व छद्म से अनजान। अब मैं अकेली नहीं। दो-दो पुत्रों की माँ हूँ। मेरे जीने के हेतु हैं ये। अपलक निहारने लगी उन्हें। हर्ष का बलबला सा उठा हृदय में...ये मेरे पुत्र हैं...मात्र मेरे...।

"अब कैसा अनुभव हो रहा है पुत्री?"

इंदुमति जग गई है या सोई ही नहीं थी रात्रि भर? उनके रक्ताभ नेत्रों से तो ऐसा ही प्रतीत हो रहा है। कृतज्ञता से भर उठा मेरा हृदय...मेरे हर सुख-दुःख में सदा दूसरे ही काम आए हैं अभी तक...। कितनों की आत्मीयता का बोझ धारण करेगा मेरा हृदय? कैसे ऋण चुकाएगा इनके उपकारों का?

''बहुत प्रिय...बहुत ही सुखद...विश्वास नहीं हो रहा ये मेरे अस्तित्व के अंश हैं...।''

"सृजन के बाद ऐसी ही अनुभूति होती है पुत्री! एक बेजान खिलौना बनाकर जब शिल्पकार को अपार हर्ष का अनुभव होता है, यह तो सृष्टि की सर्वोत्तम, सर्वोत्कृष्ट रचना है मानव शिशु। सृष्टि का निर्माण करके जितनी प्रसन्नता ब्रह्मा को नहीं हुई होगी उससे अधिक हर्ष एक माँ को होता है संतति जनने के बाद। क्यों कि वह ब्रह्मा से भी महान है। ब्रह्मा ने मन से सृष्टि की उत्पत्ति की थी, स्त्री तन से संतान उत्पन्न करती है।

गृहस्थों द्वारा आयोजित सारे विधि-विधान तथा अनुष्ठानों का सतत अनुपालन किया जा रहा है इस आश्रम में मेरे पुत्रों के साथ। यथा समय स्नान। छठी पूजन। पुनः शुद्धि स्नान। नदी और देव-पूजन तथा दोनों शिशुओं का नामाकरण संस्कार...। गुरुदेव ने कुछ प्रहर बड़े शिशु का नाम कुश और छोटे का लव रखा। जातक के जीवन में होनेवाले सोलह संस्कारों में पाँचवाँ। प्रथम गर्भाधान, पुंसवन, सीमंतोन्नयन, जातकर्म, नामकरण, निष्क्रमण, अन्नप्राशन, चूड़ाकर्म, मुंडन, यज्ञोपवीत, विवाह, मन, रुचि, आचार, विचारपरिष्कृत करने का कार्य तथा अंत्येष्टि क्रिया...। दूसरा पुंसवन संस्कार, जिसका अनुष्ठान गर्भ से ही किया जाता है। दोनों जब गर्भ में थे। दूसरे मास में राजवैद्य ने माँ कौशल्या से कहा था, ''पुंसवन संस्कार का समय आ गया है राजमाता! अब उसका अनुष्ठान हो जाना चाहिए वरन विलंब हो जाएगा।''

पुत्र प्राप्ति की कामना से किया जाने वाला यह संस्कार मुझे घोर अप्रिय था। इसका प्रतिवाद करते हुए मैंने माँ कौशल्या से आग्रह किया-पुत्र या कन्या दोनों संतति हैं। दोनों प्रिय हैं मुझे। कृपया आप यह संस्कार कर कन्या को हीन न बनाएँ। कन्या के बिना क्या यह सृष्टि असंतुलित नहीं हो जाएगी? उन्होंने मेरा मान रखा तथा इस संस्कार के प्रचलन को समाप्त करने का आश्वासन भी दिया था।

''अबोध शिशु के अचेतन में प्रथम प्रभाव इस नाम का ही पड़ता है पुत्री! यहीं से वह सजग-सतर्क बनता है अपने होने के प्रति।'' गुरुदेव बोले। इसका

अनुमोदन वहां उपस्थित मुनि और तपस्वी गण ने भी किया। अनुभव हुआ सभी पुनः सांसारिक बन गए हों। वैसे एक संसार तो समानांतर चल ही रहा था आश्रम में। ऋषि-महर्षियों के लिए संन्यासी या गृहत्यागी होना आवश्यक नहीं था। हमारे पूर्वजों ने तप की कितनी सुंदर विवेचना सम्मुख रखी थी। सोचकर गर्व का अनुभव हुआ। चित्त की चंचलता भारी न हो जाए ज्ञान पर...अध्ययन-अध्यापन में किसी प्रकार की बाधा न उत्पन्न हो तथा संबंध अपने स्थान पर पवित्र बने रहें...। कितनी सुंदर व्यवस्था...है।

शिशुओं की दैनंदिनी व्यस्तताओं में उलझी कुटीद्वार पर बैठी थी। औचक गुरुदेव आ गए। बालकों का कुशल-क्षेम पूछने के पश्चात् मद्धम स्वर में बोले–

''कदाचित तुम्हें ज्ञात न हो, जिस रात्रि कुश और लव का जन्म हुआ था राम के लघु भ्राता शत्रुघ्न आश्रम में ही उपस्थित थे पुत्री! मथुरा राज्य पर आक्रमण के अभियान पर निकले थे। रात्रि विश्राम हेतु आश्रम में ठहर गए थे। कुश-लव के जन्म से उपजे हर्ष व हलचल ने उन्हें जिज्ञासु कर दिया था। तुम्हारी उपस्थिति के प्रति पूछ बैठे थे, ''युग्म शिशुओं को जन्म देनेवाली कहीं मेरी भाभी सीता तो नहीं हैं गुरुदेव?''

मन में उठते भाव ज्वार को संयत करती मैंने शांत स्वर में पूछा–

"आपने क्या उत्तर दिया था गुरुदेव?"

''उनका प्रश्न इतना स्पष्ट था कि क्षण मात्र मैं असमंजस में रह गया। मुझे मौन देख उन्होंने पुनः दुहराया, 'गुरुदेव, कृपया बतलाइए...आपका मौन उद्वेलित कर रहा मुझे।' ''

''आपने सत्य कह दिया?''

"तुम्हें ज्ञात है, मिथ्या नहीं बोलता मैं और सत्य न बोलने के लिए तुमसे वचनबद्ध हूँ। विकट असमंजस की स्थिति सम्मुख थी। इसलिए मात्र स्थितियों का वर्णन कर दिया कि है एक आपदा की मारी। कुछ समय पूर्व उसे नदी में कूदने से बचाया था मैंने। समझा-बुझाकर आश्रम में ले आया। उसे ही आज युग्म-पुत्र हुए हैं। उसी हर्ष का प्रवाह प्रवाहित है आश्रम में।"

''वे मान गए थे?''

''नहीं, उनके मुख के भाव से लगा वे संतुष्ट नहीं थे मेरे कथन से। तुम्हें लेकर जो आशंका थी उनके मन में उससे व्याकुल थे। मानव मन जब अपनी आशंका के प्रति दृढ़ हो तो किसी की बातों पर सहज विश्वास कहाँ होता है उसे। कहने वाला चाहे वाल्मीकि जैसा ऋषि ही क्यों न हो। तभी तो संपूर्ण रात्रि अपने कक्ष में बेचैनी से टहलते रहे और प्रातः होते ही सैन्यबल के साथ यहाँ से कूच कर गए थे। मुझे उम्मीद थी अपनी शंका के बिना पर वे अपना दूत अवश्य भेजेंगे अयोध्या, प्रसन्नता का यह संवाद लेकर। लक्ष्मण द्वारा तुम्हारे छोड़े जाने के स्थान से वे अवश्य अवगत होंगे, जो उनकी शंका को पुष्ट करेगा और यह समाचार सुनते ही राम क्या स्वयं को रोक पाएँगे यहाँ आने से? परंतु मेरा अनुमान मिथ्या सिद्ध हुआ पुत्री। आज डेढ़ मास से अधिक हो गए। न राम ही आए यहाँ और न किसी अन्य को भेजा।''

गुरुदेव का निराशा में डूबा स्वर मुझे भी विषाद में डुबो गया।

शत्रुघ्न आए। रात्रि में ठहरे और चले गए। उनके मानस में उपजा कुश और लव के प्रति शंका का बीज क्या बिना पल्लीवत हुए उसी तरह रह गया होगा? मेरे त्याग की अवधि का अनुमान किए बिना वे मौन रह गए होंगे? गुरुदेव बहुत आशावादी हैं। निश्छल, ममतालु जन आशावादी होते ही हैं। उन्होंने उम्मीद बाँध रखी थी शत्रुघ्न अपने दूत द्वारा राम को संवाद भेजेंगे। उनकी यह आस पूर्ण नहीं हुई। उनका प्रतीक्षित मन छटपटा-छटपटाकर रह गया राम की राह देखता परंतु मुझे कोई आशा नहीं थी। मैं जानती हूँ शत्रुघ्न के मन में मेरे पुत्रों के लिए शंका ही नहीं विश्वास रहा होगा। लक्ष्मण मेरे त्याग के स्थान से राम को अवगत न कराए हों परंतु शत्रुघ्न को अवश्य बतलाए होंगे। और मुझे यह भी भली-भाँति ज्ञात है कि शत्रुघ्न भी लक्ष्मण की तरह राम के ही भाई हैं और भाई के विपक्ष चलना रघुवंशियों को कहाँ आता है? वे त्याग दी गई भाभी का कोई संवाद न तो दूत द्वारा राम तक पहुँचाएँगे न स्वयं कहेंगे...। ये बातें मैं गुरुदेव से नहीं कहती। सुनकर उन्हें संताप होगा परंतु विस्मृत विषाद फिर कचोके लगाता है मन-मस्तिष्क को। पुत्र जन्म का समाचार पाकर राम यदि यहाँ आ जाते तो...उन्हें सम्मुख पाकर जाने क्या प्रतिक्रिया होती मेरी..? अच्छा ही हुआ वे नहीं आए...।

''गुरुदेव, इस आश्रम में मुझे कोई अभाव नहीं है। पिता तुल्य आप हैं। आपकी छत्रछाया में जिस प्रकार मेरे दिन व्यतीत हो रहे हैं, मेरे शिशुओं के भी होंगे। मुझे किसी और के आने की प्रतीक्षा नहीं है। कदाचित अनाम और अपरिचय रहने में ही इनकी भलाई हो।" कहते-कहते फफक पड़ी मैं।

कदाचित गुरुदेव के नेत्र भी भर आए थे। उनका मौन साक्षी था इसका...। यह घड़ी बहुत बोझिल अनुभव हुई। जी खोलकर रोने का मन हो रहा था मेरा। इतने जोर से कि हृदय का सारा विषाद बह जाए उस प्रवाह में। किसी से कुछ कहने, मौन रह जाने या विरक्ति का भाव दिखाने से न अंतस् के घाव भरते हैं न पीड़ा कम होती है। वरन अवसाद और गहन हो जाते हैं। अनुभव हुआ मुझे।

"पुत्री, इन्हें लोरी सुनाती हो या नहीं?" औचक गुरुदेव ने पूछा। अचकचाकर देखा मैंने उनकी ओर...कहीं ये वाक्य मुझे अवसाद से उबारने हेतु ही तो नहीं हैं?

"कुछ भी गाने की इच्छा कहाँ होती है गुरुदेव?" आर्द्र स्वर में मैं बोली।

"शास्त्र कहता है लोरियाँ मात्र शिशुओं को सुलाने या उनकी निद्रा प्रगाढ़ करने हेतु ही नहीं गाई जातीं। शिशु में सुसंदेशों का समंकन, सुसंस्कारों का सुसंस्करण जितनी गहनता से निद्रावस्था में संभव है उतना जाग्रतावस्था में नहीं। निद्रावस्था में आबाल-वृद्ध स्वभावतः अंतर्मुख होते हैं। उनके चित्त की संपूर्ण वृत्तियाँ-चित्तियाँ अनायास ही निरुद्ध अंत:करण में समाहित होती हैं। जो जाग्रतावस्था में स्वभावत: बहिर्मुख होने के कारण बिखरी होती हैं। अत: निद्रावस्था में जितनी सरलता, गहनता और स्थिरता से सुबोध संदेशों का संचरण मानव में होता है उतना अन्य अवस्था में नहीं होता। जब वह जाग्रत होता है तो उसी प्रभाव और संस्कार में मुखर होता है। निद्रा की आरंभिक अवस्था में मानव जो कुछ श्रवण करता है वह गहनता के साथ उसमें निरंतर समंकित होते रहते हैं। अत: तुम भी इन्हें लोरियाँ अवश्य सुनाया करो। अपने विषादों को त्यागकर।"

"ऐसा क्या संभव है गुरुदेव?"...

"संभव है पुत्री, ब्रह्मांड को देखो, उसमें असंख्य दिव्यलोक जगमगा रहे हैं। धरा को देखो, वह कैसा विस्तार भरण सहन कर रही है। अतीत के विवर से निकलो पुत्री...वर्तमान के अपने कर्तव्य पथ का सुदृढ़ता से निर्माण करो।" कहकर गुरुदेव चले गए और मैं पुनः अपने असफल प्रयास में संलग्न हो गई। कदाचित मेरा वर्तमान में जीने का यह प्रयास सफल हो जाए।

कुश और लव तो जैसे आश्रमवासियों के लिए जीता-जागता खिलौना थे। वे बढ़ भी तो रहे थे उत्तरोत्तर दीपशिखा की तरह। समय से पहले ही उलटने-पलटने लगे थे। पक्षियों की बोली सुन चौंक उठते और उस स्वर की दिशा में देखने लगते। किसी पक्षी को देखते ही प्रसन्न होकर जोरों से किलकारी मारते...। पहली बार किसी शिशु का विकास देखने का अवसर मिला था मुझे। आश्चर्य होता सृष्टि के इस विलक्षण विधान पर।

और छठा मास बीतते ही वे बैठने लगे और उनके दाँत भी निकल आए। पहले तो ऊपर के दो-दो दाँत फिर नीचे के दो-दो...समान रूप से। फिर वे घुटनों के बल चलने लगे और वर्ष पूरा होने से पहले ही चलने का प्रयास करने लगे। पहले दीवारों को पकड़कर और फिर बिना किसी सहारे के। इस प्रयास में कभी गिरते। रोने लगते। भागकर मैं कुटी से आती। दोनों को उठाकर हृदय से लगा लेती। शीघ्र ही वे शांत हो जाते, फिर दोनों का पूर्व प्रयास आरंभ हो जाता। श्यामा कहतीं, "नया-नया चलना सीखा है इन लोगों ने...अब ठहरना कहाँ भाएगा इन्हें। उनका पग-पग चलना...स्मरण करा गया माँ कौशल्या की कही बातें।

"मेरे राम जब पग-पग चलते...उनके पैरों की पैंजनियाँ और करधनी में लगे घुँघरू छन-छन बज उठते, वह स्वर अमृत घोल जाते मेरे कानों में। सेविकाओं को तो राम का सोना भी सह्य नहीं था। उनके सो जाने पर वे ऐसे उदास हो उठतीं, मानो उनका बहुमूल्य खिलौना खो गया हो। जितनी प्रसन्नता या सुख अनुभव अयोध्या की महारानी बनकर नहीं हुआ था उससे अधिक राम के जन्म के बाद हुआ मुझे।"

परंतु यहाँ न तो कुश और लव के पैरों में पैंजनियाँ थीं और ना ही कमर में करधनी। देह पर बहुमूल्य वस्त्र भी नहीं थे। श्यामा कभी-कभी पुष्पों के आभूषण बनाकर उन्हें सजा देती। तब लाख अलिप्त होते हुए भी मेरा मन दुःखी हो जाता उनकी स्थिति पर। अगर सदा से मैं वनवासिनी होती तो न ये सोच आती मेरे मन में न ये आकांक्षाएँ ही...। इन तपस्विनियों की तरह मैं भी सहजता से जी जाती। तन पर भले ही वल्कल वस्त्र था...मन तो वही था। उसे कैसे निकाल फेंकती।

एक दिन कुश के मुख से पहला शब्द निकला, "माँ...।" आहऽऽऽ निहाल हो उठी मैं।

"फिर कहो मेरे लाल...एक बार और कहो...माँ कहो...मुझे माँ कहो...।" अधीर होती बोली मैं।

"माँ...माँ..."। लव के मुख से निकला और दोनों हँस पड़े। खिल-खिलाकर...मानो तीनों लोक का राज्य मिल गया मुझे। इस सुख से बढ़कर और कौन सुख होगा पृथ्वी पर? आज मेरे पास राम होते। गर्व से उनकी ओर देखती। वे भी गौरवान्वित

हो उठते। दो-दो पुत्रों को देखकर। उनका हँसना, बोलना सुनकर। कदाचित ईर्ष्या भी होती उन्हें मुझसे कि पुत्रों ने पहले तुम्हें क्यों संबोधित किया? पिता क्यों नहीं बोले। मैं हँसती...उन्हें चिढ़ाती–प्रसव की पीड़ा तथा दूध पिलाने का हेतु बतलाती माँ संबोधन के लिए।

आह राम, कैसा संयोग था...कैसी सायत थी...जिसने आपका विवेक छीन लिया। इतने बुद्धिमान संयमी व पराक्रमी, उत्तर से दक्षिण भारत तथा लंका तक सांस्कृतिक समन्वय स्थापित करने वाले, वानर, राक्षस, किरात, शबर, गृद्ध, रीक्ष तथा अन्य अनेक वन जातियों के बीच सांस्कृतिक संबंधों की स्थापना व विश्व के समक्ष, विश्व विजेता बनने का उदाहरण प्रस्तुत करने वाले...इतना असहिष्णु कैसे हो गए मेरे प्रति? यह लांछन रहती पृथ्वी तक क्या धूमिल होगा मेरे चरित्र से?

फिर बिसूरने लगी? मन ने धिक्कारा। सहज होने में समय लगा। अतीत से क्या सहज लौटा जा सकता है। उसके हर्ष-विषाद के कण क्या लिपटे नहीं चले आते स्मृतियों संग? तभी कुश का रुदन कानों में पड़ा। दौड़कर कुटी से बाहर आई। श्यामा गोद में लिए आ रही थी उसे।

"क्या हुआ मेरे कुश को...क्यों रो रहा है यह?" घबड़ा उठी मैं।

"गिर गए थे। घुटना थोड़ा घायल हो गया है।"

"लाओ श्यामा, इसे मुझे दो...। लव कहाँ है?" कुश को गोद में लेते हुए मुझे लव की चिंता हो आई।

"चिंतित मत होइए। लव सौम्या काकी के पास हैं। बच्चों का गिरना-घायल होना सहज क्रिया है। डगमगाते चलने में शिशु गिरते ही हैं। यह कोई अनहोनी नहीं।" श्यामा बोली तो लज्जित हो उठी मैं अपनी व्याकुलता पर। औचक नींद से जगना...या विचारों से लौटना...सहज नहीं होता।

कुश-लव का विकास समभाव से हो रहा था। दोनों साथ ही हँसते, साथ ही रोते। एक साथ दोनों को भूख लगती। क्रियाएँ भी समान रूप से करते। उनकी एक-एक क्रिया, मुद्रा ध्यान से देखती। मन प्रफुल्लित हो उठता। जिस स्त्री के भाग्य में इस प्रकार का दुर्लभ क्षण नहीं आता वह कभी सृष्टि से एकाकार नहीं हो सकती। यह अनुपम सुख तो देवताओं को भी दुर्लभ है।

अब समय के भागने का भी अनुभव नहीं होता मुझे। बच्चों के लालन-पालन में मुझे ही क्या, उनकी क्रियाएँ देख आश्रमवासी भाव-विभोर हो जाते। यहाँ जो भी बालक आते, विद्याध्ययन के वय होने पर। आश्रम में उन्हें अक्षर ज्ञान के साथ व्यावहारिक ज्ञान भी प्रदान किया जाता ताकि जीवन के हर क्षेत्र में वे सहजता से अग्रसर हो सकें। यहाँ की अनुपम व्यवस्था देख गर्व होता आर्यावर्त की उन्नत संस्कृति पर। सुचारु रूप से व्यवस्था संचालित हो सके इसके लिए चार भागों में बाँटा गया था इसे।

आश्रम शिक्षा का केंद्र थे। मनुष्य को शिक्षित व सामाजिक बनाने हेतु। यहाँ के ऋषि, महर्षि, तपस्वी या आश्रमवासियों की आवश्यकताएँ गृहस्थों तथा राज्य के द्वारा पूरी की जातीं ताकि अन्न, वस्त्र की चिंता में शिक्षा में कोई व्यवधान न उत्पन्न हो। बच्चे अक्षर ज्ञान के साथ-साथ लकड़ी काटना, जल लाना, फल-फूल

लाना...यानि जीवन की आवश्यकताओं के प्रति भी जिम्मेवार और जागरूक बनते। चाहे वे राजपुत्र हों या किसी रंक के पुत्र। समान भाव से यहाँ शिक्षण पाते। क्षत्रिय देश की रक्षा में तत्पर रहते। उनकी आवश्यकताओं की पूर्ति भी राज्य की ओर से की जाती। वणिक को राज्य में उत्तम स्थान मिलता, क्योंकि व्यापार से राज्य संपन्न होता है और सेवक के बिना कोई भी व्यवस्था नितांत अधूरी मानी जाती। वे जो किसी पद पर जाने के योग्य नहीं होते उनको भी जीवन जीने के लिए अर्थ की आवश्यकता होती है। तो चौथे वर्ग में रहकर अपनी सेवाओं के बल पर वे अर्थोपार्जन कर जीविका चलाते। गुरुदेव समझाते व्यवस्था का आदर्श।

गुरुदेव कुश-लव की सहज चेष्टा तथा तोतली बातें सुनकर प्रसन्न हो हँस पड़ते। थोड़ी देर के लिए भूल जाते कि वे सांसारिक नहीं हैं। उनकी बाल-जनित क्रियाएँ देख वे भी बालक बन जाते। उन्हें वृक्षों पर बैठे पक्षियों को दिखाते। फल-फूल दिखाते। उनसे तोतली भाषा में बातें करते। कोई पक्षी बोलता...दोनों तालियाँ बजाकर हँस पड़ते।

अब जहाँ भी जाते, दोनों साथ-साथ। जो भी करते साथ-साथ। एक जो क्रिया करता, दूसरा उसे करने की चेष्टा करता। नहीं हो पाने पर झुँझलाकर रो पड़ता। एक आगे डग बढ़ाता। दूसरा उसे पकड़ कर चलना चाहता। इन प्रयास में संतुलन बिगड़ जाता और दोनों गिर पड़ते। आश्रम में जो भी जहाँ होता उनकी रुलाई सुनकर दौड़ पड़ता और धूल-धूसरित बदन उन्हें उठा लेता। मेरा दायित्व तो और बढ़ गया था। उन पर हर पल निगरानी करने का। क्षण मात्र कार्य में व्यस्त होती वे तुरंत कुटी से बाहर निकल जाते। गायों की ओर बढ़ते या हिरनों को पकड़ने दौड़ते। हर वह कार्य करना चाहते जो नया लगता। चाहे उसे करते समय गिरकर घायल ही क्यों न हो जाते। भय अभी कोसों दूर था उनके मन से। भय का जन्म तो बुद्धि के साथ होता है। वे अभी अबोध थे।

दूसरा वर्ष पूर्ण कर कुश-लव का तीसरा वर्ष चल रहा था। आस-पास के मेले से मुनी कुमार खिलौने ले आते। मिट्टी के रंग-बिरंगे खिलौने। पशु-पक्षियों के आकार वाले या मनुष्य के रूप के। परंतु जो भी खिलौने लाते दो-दो लाते। नहीं तो एक अपने हाथ का खिलौना फेंक दूसरे से उसका खिलौना छीनने लगता। छोटी-छोटी चीजों के लिए वे प्राय: झगड़ पड़ते। छीना-झपटी करने लगते। बेवजह कभी खिलखिलाकर हँस पड़ते और कभी रो पड़ते। बड़ा आश्चर्यजनक लगता उनका इस प्रकार हँसना-रोना क्षण-क्षण में। जैसे मंच पर खड़ा कोई विदूषक मुद्रा बनाता है...।

दोनों की देख-रेख में समय का थोड़ा भी भान नहीं हो रहा था। उन्हें स्नान कराना, उनके सुंदर घुँघराले बालों का जूड़ा बनाना। उनमें फूल लगाना। सारे कार्य बड़े मनोयोग से करती मैं...। उनके सुंदर गोरे मुख को देखकर पुलक उठती। परंतु इन व्यस्तता में भी राम कहाँ विस्मृत हो पाते। बल्कि अब अपने लिए कम इन बच्चों के लिए अधिक स्मरण होता उनका। अपना सारा ध्यान इन पर ही केंद्रित करना चाहती पर उनका मुख राम का स्मरण करा ही देता। इनका रंग भले ही राम जैसा श्याम नहीं था, पर स्वरूप तो उन्हीं का था। उनका स्मरण आते ही साथ-संग के पल भी सम्मुख आ खड़े होते...फिर तो सोचों के पहिए उल्टे चल पड़ते...अपना जन्म...लालन-पालन, शिव के पिनाक को मेरा एक हाथ से खिसकाना, उसे देख

पिताजी का प्रण करना। धनुष भंग...राम से मिलन...वन गमन...हरण...लंका का युद्ध... पुनः अयोध्या आना...राजरानी बनना...गर्भ में राम के अंश का आना...राम का हर्षित हो इच्छित वस्तु माँगने के लिए मुझसे हठ करना। इच्छा व्यक्त करने पर वन जाना और यहाँ अपने त्यागे जाने का समाचार सुनना। कभी-कभी सोचती इतनी उम्र में अगर अनुमान करूँ तो सुखद पलों के पलड़े काफी हल्के हैं। हल्के नहीं बल्कि खाली ही हैं।

ढाई वर्ष हो रहे थे कुश और लव के वय के। सौम्या काकी ने स्मरण दिलाया—

"पुत्री, अब बच्चों का मुंडन संस्कार हो जाना चाहिए। इसके लिए सबसे उपयुक्त समय यही है। इसके बाद फिर पाँचवें वर्ष में ही मुंडन होगा और इतने दिनों जन्म के समय का बाल रखना उचित नहीं।"

"काकी, जैसा आप लोग उचित समझें, करिए। मुझे इसका कोई अनुभव नहीं है। गुरुदेव से बात कर लीजिए। इस आश्रम में क्या ऐसा उत्सव करना उचित होगा?"

"क्यों नहीं उचित होगा पुत्री? अनेक उत्सव तो होते ही रहते हैं। इससे पहले क्या यहाँ किसी शिशु ने जन्म लिया था? किसी शिशु का छठी पूजन हुआ था? सब हुआ न? अब लव-कुश का मुंडन यहाँ नहीं होगा तो कहाँ होग? तुम किसी बात की चिंता मत करो...सब मेरे ऊपर छोड़ दो। मनुष्य जीवन में सोलह संस्कार अनिवार्य माने गए हैं। उसकी उम्र के साथ ये संस्कार भी परिणति पाते हैं।" क्या तर्क करती उनसे मैं। अतः चुप रह गई।

सादे समारोह में लव और कुश का मुंडन संस्कार हुआ। साथ में कर्ण छेदन भी। कर्ण छेदन आश्रमवासियों के लिए अनिवार्य नहीं था, परंतु गुरुदेव ने उनका करवाया। वे जानते थे, दोनों राजपुत्र हैं और राजपुत्रों का आभूषणों के साथ कुंडल धारण करना अनिवार्य होता है। इन रस्मों का निर्वाह करते समय मैं चुप रही। न इन्हें करने पर बल दिया और न ही मना ही किया। इसकी उन्हें आवश्यकता भी पड़ेगी, यह भविष्य के गर्भ में था। मेरी ओर से उन्हें पिता का परिचय कभी प्राप्त होने वाला नहीं था। आश्रमवासी उनके पिता तथा कुल-वंश से अनजान थे। गुरुदेव ने वचन दिया था वे कभी उन्हें राम से संबंध नहीं बतलाएँगे।

कुश-लव अब 'पिता' शब्द भी कहने लगे थे। पहले सहजता से निकलने वाले शब्द दादा, नाना, काका या माँ ही निकलते उनके मुख से। अब सब कुछ बोल लेते। आश्रम के सभी लोग उनसे अपने लिए जो संबोधन चाहते रटाते...सौम्या काकी अपने को नानी कहलवाती, श्यामा, मौसी...मुनिकुमार लोग मामा कहलवाते। गुरुदेव... गुरुदेव ही थे...मैं माँ, परंतु इनमें पिता कौन थे? नहीं थे तो कहाँ थे? लगता मेरे बालक कुछ विशेष ही समझदार व जिज्ञासु हैं। उनके प्रश्न पूछने की क्षमता मुझे चौंकाती ही नहीं सहमा भी जाती। कब, क्यों और कहाँ जैसे प्रश्न तो मानो उनकी जिह्वा पर ही अटके रहते।

असमंजस की विकट स्थिति सम्मुख थी। ऐसा भी समय आएगा सामने, इसका आभास तक नहीं था। सभी का इतना स्नेह, दुलार पाते हुए भी इन्हें पिता का अभाव अनुभव होगा। ऐसा अनुमान मेरी कल्पना तक में न था। क्या कहूँ इन्हें। सच कह नहीं सकती थी। झूठ बोलकर उन्हें बहलाना उचित नहीं था...कहीं उनके अबोध

मन में कोई गाँठ न पड़ जाए। सदा ये बालक ही तो नहीं रहेंगे। सोचकर झुँझला उठती। समय ने पुनः दोराहे पर खड़ा कर दिया था जहाँ से सुसुप्त पीड़ा ज्वार की भाँति मस्तिष्क के कछारों से पछाड़ खाने लगी थी। मेरी विवशता, अपने बालकों को नहीं बतला सकती उनके पिता का नाम...उनकी जिज्ञासा, उत्सुकता, पिता वात्सल्य को तरसता मन। बार-बार वे पूछते–

"मेरे पिता कौन हैं?"

"क्यों नहीं आते हैं वे यहाँ?"

"क्यों नहीं बतलातीं आप उनका नाम?"

"आश्रम स्थित सभी सखाओं के पिता आते हैं। उनके लिए ढेर सारे खिलौने, अन्न, वस्त्र लाते हैं। गौएँ लाते हैं।"

"क्या मेरे पिता इतने दीन हैं कि आपका और मेरे प्रतिपालन का भार नहीं वहन कर सकते?"

सर थामकर बैठ गई मैं। हे दैव...यह कैसी त्रासदी...यह कैसा संत्रास...! उम्र से अधिक परिपक्व इनके प्रश्नों का क्या उत्तर दूँ मैं? कितना बहलाऊँ इन्हें, अंततः उत्तर तो देना ही पड़ेगा इनके प्रश्नों का...सत्य...? मिथ्या नहीं? पुनः कैसे?

"तुम्हारे पिता दीन नहीं हैं मेरे बच्चो, वे देशाटन को गए हैं। आ जाएँगे।"

"कब?" समवेत स्वर में पूछा उन्होंने।

"शीघ्र ही...।" मेरा मन भर आया। गला रुद्ध हो गया। जी में आया चीख-चीखकर रो पड़ूँ इनके दुर्भाग्य पर। अपने दुःख से भारी लगी इनकी पीड़ा...। पुनः शूल चुभाने लगा अतीत...आत्मग्लानि से सिसक उठी मैं।

"चलो बच्चो मेरे कक्ष में। एक कथा सुनानी है तुम्हें।" जाने कब गुरुदेव द्वार पर आ गए थे। कुश-लव और मेरे वार्तालाप को कदाचित सुन लिया था उन्होंने। दोनों हर्षित मन चले गए।

गुरुदेव ठहर गए। मेरे मन का बाँध टूट गया...''मैं इनका वंश परिचय, पिता का नाम गोपन रखकर कहीं अन्याय तो नहीं कर रही हूँ इनके साथ। परिचय तक ही आकर क्या ठहर जाएगी इनके जिज्ञासा, पीड़ा? क्या और प्रश्न...नहीं उत्पन्न होंगे इनके मानस में? पुनः सभी प्रश्नों का उत्तर देना क्या संभव होगा मेरे लिए? क्या सौ-सौ मृत्यु नहीं मरूँगी तब मैं...एक-एक शब्द बखानते? ऐसी विकट यातना दैव की? इतनी कठिन स्थिति सहन नहीं हो रही? क्या प्रयोजन है अब मेरे जीवित रहने का गुरुदेव? कुश-लव इतने बड़े तो हो ही गए हैं, कोई भी सँभाल लेगा इन्हें। इनके प्रश्नों का उत्तर क्या दूँ मैं। मेरा मौन रहना कब तक इनकी जिज्ञासा का शमन करेगा?" सिसक पड़ी मैं। कुछ क्षण वे मौन रहे।

"बहुत कठिन होता है जननी का दायित्व। मात्र जन्म देना अधूरा अस्तित्व गढ़ता है शिशु का। पाँच वर्ष तक उन्हें माँ के उचित मार्ग-दर्शन की अति आवश्यकता होती है। उसे संस्कारायु कहते हैं पुत्री! इस अवधि मध्य बालक, बालिका के जीवन में जैसे संस्कार समेकित हो जाते हैं उन्हीं के आधार पर वह यावज्जीवन विकसित या वृद्धिगत होता रहता है। जीवन विकास में मन के विकास का स्थान सर्वोपरि है। अतः यह तुम्हारा कर्तव्य है कि तुम इन्हें सुसंस्कारों से सुसज्जित करो। समय

पूर्व जाना अकाल मृत्यु की संज्ञा में आता है पुत्री! उसके पश्चात् आत्मा युगों-युगों तक भटकती रहती है अपनी मुक्ति हेतु। विवेकी जन अकाल मृत्यु का वरण नहीं किया करते। सांसारिक संघर्षों से पलायन नहीं करते। तुम्हारे समक्ष जीवन का अभीष्ट है सीता, अपनी संतानों का पालन-पोषण। कच्चे मिट्टी समान हैं ये बालक, उत्पबीज विधा रूपी जल से इनका सेचन करो और आत्म-साधना से रक्षण। तब ये स्वराष्ट्र के सुनागरिक तथा विश्व के विश्वदेव बनेंगे। क्या अपना दायित्व अधूरा छोड़ देना चाहती हो?"

उत्तर के बदले प्रतिप्रश्न ही कर बैठे गुरुदेव। इच्छा हुई पूछूँ...क्या किसी अकाल-मृत्यु-ग्रस्त प्रेतात्मा से कम हूँ मैं। आत्मा की भाँति ही क्या भटक नहीं रही हूँ मैं वन-वन? किंतु मौन रह गई।

गुरुदेव चले गए। समझा कर, भय जतलाकर अकाल मृत्यु का और जननी के कर्तव्य की गहनता स्मरण करा कर।

39

राम के चरित्र पर 'रामायण' की रचना कर रहे हैं गुरुदेव। इस महाकाव्य का कथ्य व लिखने की प्रेरणा उन्हें देवर्षि नारद ने दी है। सुनकर हर्ष नहीं हुआ मुझे। इतने दिनों से यहाँ, इस आश्रम में हूँ। बिल्कुल उनके निकट। एक बार भी उससे संबंधित कोई चर्चा उन्होंने नहीं की मेरे समक्ष। किस रूप में वर्णित है उसमें हमारा चरित्र? विशेषकर मेरी स्थिति, उपस्थिति...। नारद से सुनी हुई कथा का विस्तार करना असंभव नहीं है उनके लिए, किंतु जो वे देख रहे हैं मेरे रूप में, क्या उसे उसी रूप में भोग भी रहे हैं वे? खिन्न हो उठा मन। मैं उनके सम्मुख हूँ, महाकाव्य में सम्मिलित भी। फिर भी परामर्श हेतु मुझे अयोग्य मान रहे हैं वे? मेरा अस्तित्व किसी के लिए भी कोई अर्थ नहीं रखता?

इस प्रकार क्षुब्ध होने या घुटने से क्या प्राप्त होगा? क्यों नहीं मैं भी लिपिबद्ध करूँ अपना आत्म-वृत्तांत...। मस्तिष्क में कौंधा। किंतु उसे पढ़ेगा कौन? मेरे तुच्छ जीवन या यातना पर ध्यान देने की क्या पड़ी है किसी को? उगते सूर्य के साथ जागता संसार, डूबते सूर्य की ओर क्या पलटकर कभी देखता है? जीवित रहते हुए सभी के लिए मृतक समान हूँ। मेरी निर्जीव गाथा क्या दग्ध करेगी किसी के हृदय को? क्या उद्वेलित करेगी किसी के मस्तिष्क को?

परंतु रह-रहकर यह...संकल्प कि लिख ही दूँ। इस वल्कल वस्त्र, तपस्विनी चोले के अंदर मात्र एक देह नहीं है। एक स्त्री का स्वाभिमानी हृदय व मस्तिष्क भी है। जो पल-पल की समीक्षा और आलोचना कर उद्वेलित करता रहता है। अपनी पीड़ा, व्यथा या स्थिति व्यक्त नहीं कर सकती किसी के समक्ष। उन्हें उकेर तो सकती हूँ शब्दों में। कुछ तो क्षीण होगा मेरा उद्वेलन, घुटन...।

लिखने-पढ़ने का अभ्यास जनकपुर में ही छूट गया था। लिखना-पढ़ना ही नहीं, बहुत कुछ छूट गया था वहाँ...। हँसना, गाना, निश्चिंतता और अल्हड़पन भी, जिसका अभ्यास मात्र भी न था अब। साथ लग गई थी चिंता, दुःख, रोना और घुटना...

जाने कब...किस पड़ाव से? किंतु अभ्यास छूट जाने से शब्द विस्मृत नहीं हो जाते। अब तो अनुभव भी जुड़ गया था। इसके संग ही एहसास और वेदना से समृद्ध हो गया था मानस।

हठ को आकार देने के प्रयास में रत हो गई। लेखनी उठाने के पश्चात् अनुभव हुआ इतना सहज, सीधा, सपाट नहीं है अपनी जीवन यात्रा को उकेरना...। जीवन सीधी, सपाट कथा नहीं जिसे सहजता से अंकित किया जा सके। सरल भी नहीं दो और दो चार की भाँति, जिसे उँगलियों पर गिन लिया जाए। निर्जीव तथा स्थिर भी नहीं पर्वत या नदी की भाँति, जिसे दृष्टि में आँक लिया जाए। वे ही घटनाएँ समाज, संसार में विवेचित, विश्लेषित होती हैं, जो दृष्टिगोचर होती हैं। जो अगोचर...होता है, वह पीड़ा का प्रवाह कहाँ डुबो पाता है किसी को अपनी गहराई में...।

"क्या लिख रही हैं वनदेवी?"

कुछ ही शब्द अभी उभरे थे भोजपत्र पर। व्यवधान उपस्थित हो गया। होंठों पर अर्थयुक्त मुस्कान लिए श्यामा खड़ी थी। सकुचा गई मैं। क्या कहूँ इसे? क्या लिख रही हूँ। कहूँगी–

"पत्र।"

पूछेगी, "किसे?"

"पति को।"

पूछेगी, "कहाँ हैं वे? यदि ज्ञात था तो पहले क्यों नहीं लिखा? नाहक रोती-बिसूरती रहीं इतने दिनों।"

"जीवन गाथा।"

पुनः वही सैकड़ों प्रश्नों की बौछार। अतः मिथ्या बहाने का सहारा लेना पड़ा।

"कुश और लव को अक्षर ज्ञान कराने का अभ्यास कर रही हूँ श्यामा, वे विद्याध्ययन योग्य हो गए हैं।"

"ओह, चार वर्ष पूर्ण हो गए उनके वय को कैसे याद नहीं रहा मुझे?" तत्क्षण वह बोली।

"हाँ, शीघ्र ही गुरुदेव उनकी विधिवत शिक्षा, दीक्षा आरंभ करने वाले हैं। सोचा वहाँ के पश्चात् मैं भी कुछ अभ्यास करा दिया करूँगी उन्हें।" मैंने कहा, फिर ग्लानि हुई। कैसे मिथ्या भाषण किए जा रही हूँ मैं। किंतु विवशता...सत्य का बखान तो इससे भी अधिक ग्लानि से भर देता मुझे।

"वनदेवी, वार्ता में भूल ही गई कि मैं पूछने आई थी, कुछ मुनि कुमार समीप के ग्राम में मेला देखने जा रहे हैं, किसी वस्तु की आवश्यकता हो तो कहिए। वे ला देंगे। वहाँ आवश्यकता की समस्त वस्तुएँ मिल जाती हैं।" श्यामा बोली।

"नहीं श्यामा, किसी भी वस्तु की आवश्यकता नहीं है। वस्त्र, अन्न आश्रम से ही प्राप्त हो जाते हैं। कंद, मूल, फल, जलावन वन से। जल की आवश्यकता यह गंडकी पूर्ण कर देती है।"

"प्रसाधन सामग्री...सिंदूर...तिलक या अंगराग आदि?"

"वह भी पर्याप्त हैं। पूर्व मेला से ही तो मुनिकुमार ने लाकर दिए थे। अंगराग का प्रयोग मुझे नहीं रुचता, तुम्हें तो ज्ञात ही है।"

"वनदेवी, मुनिकुमारों का एक आग्रह है आपसे। वे कुश-लव को साथ ले जाना चाह रहे हैं मेला दिखाने के लिए।"

"कुश-लव को? परंतु..."

"किंतु, परंतु क्या वनदेवी? अब वे बड़े हो रहे हैं। हाट-मेला जाने योग्य। जाने दीजिए न उन्हें। भ्रमण से ज्ञान और अनुभव दोनों में वृद्धि होती है। वे दोनों बिल्कुल तैयार बैठे हैं। मना कर देंगी तो वे निराश हो जाएँगे। रो पड़ेंगे।"

"गुरुदेव से पूछ लिया है?"

"आप भूल रही हैं, गुरुदेव आश्रम से बाहर हैं इन दिनों।"

"हाँ श्यामा, तनिक भी स्मरण नहीं रहा। देखो मुनिकुमारों से कहना उन्हें सँभालकर ले जाएँगे तथा संध्या होने से पूर्व ही लौट आएँगे।"

श्यामा चली गई। अनुभव हुआ। अब बालकों की इच्छा का भी विशेष ध्यान रखना होगा मुझे। गह्वर में घुसे रहकर मैं अपना जीवन शेष कर सकती हूँ। उनके जीवन की परिधि संकीर्ण नहीं कर सकती। उनका संसार तो व्यापक होना चाहिए। हर क्षेत्र का अनुभव होना चाहिए उन्हें, तभी तो वे सामाजिक तथा संवेदनशील बनेंगे।

जीवनी आरंभ हो गई। लेखनी के द्वारा शब्द स्वत: प्रवाहित हो झरने लगे पृष्ठों पर। सुख के क्षण हर्षित करते, अधरों पर मुस्कान थिरकती। तुरंत दु:ख के क्षण प्रबल हो जाते...। बड़ा कठिन लग रहा था तटस्थ हो सब कुछ उजागर करना, उकेरना। परंतु लेखनी अब रुकने का नाम ही नहीं ले रही थी। कुछ लिख लेने के बाद अनुभव होता जैसे मस्तिष्क का बोझ कुछ हल्का हुआ। अब अकेलापन काटने नहीं दौड़ता था बल्कि उसकी अधिकता से प्रतीक्षा रहती। जिस दिन बच्चों ने अपने पिता के विषय में पूछा था उस दिन का मेरा असमंजस कि क्या कहूँ उनसे? सच कहना जितना कठिन था। झूठ बोलना और भी कठिन। वस्तुस्थिति का ज्ञान होना भी उन्हें आवश्यक था, वरन गुरुदेव के शब्दों में, 'मनुष्य जिससे पलायन करता है वह संशय भी आरोप बनकर आरोपित हो जाता है उस पर।' उस दिन की घटना से भी बहुत बल मिला कि अवश्य लिखूँ अपनी गाथा। मेरे बच्चों को उस अनकहे का उत्तर तो प्राप्त होगा कभी इस पुस्तक से, और कोई पढ़े या न पढ़े। वे तो जानना चाहेंगे सत्य।

संध्या घिर आई। बच्चे अभी लौटे नहीं थे। पहला अवसर था मेरे बिना उनका आश्रम से बाहर जाने का। व्याकुल हो उठी मैं। घोर अरण्य का पथ। अँधेरा घिरने पर हिंसक जंतुओं, पशुओं का भय। कहीं कोई क्षति न पहुँचा दें उन्हें। अभी कितने छोटे थे दोनों। श्यामा को पुकारने ही वाली थी कि कुश-लव का हर्षित स्वर सुनाई दिया। आश्वस्ति मिली।

दोनों दौड़कर मेरे पास आए।

"माँ-माँ...देखिए क्या लाया हूँ?" कुश बोला और अपने हाथ में थामे धनुष-बाण को मेरे सम्मुख कर दिया। बाँस के खपची का बना छोटा धनुष और पतले सरकंडे के छह-सात छोटे-छोटे तीर। लव के हाथ में भी वही धनुष-बाण। आश्चर्यचकित रह गई मैं।

"ये धनुष-बाण कहाँ मिले तुम लोगों को? तुम लोग तो मेला गए थे?"

"दीदी, हम लोग भी आप ही की तरह आश्चर्यचकित रह गए जब मेला में मिट्टी तथा काष्ट के ढेरों खिलौने छोड़कर एक बच्चे द्वारा बेचे जा रहे ये धनुष-बाण लेने को मचल उठे थे। लाख समझाने पर भी नहीं माने तो विवश होकर इन्हें ही मोल लेना पड़ा।" एक मुनिकुमार बोला, तो लगा, अंश का प्रभाव सहज दूर नहीं होता। इस सात्विक वातावरण, वेद-पाठ की ध्वनियों तथा श्लोकों के बीच भी उनका क्षत्रिय रक्त अपनी परंपरा के प्रति सजग है। आयुधों, अस्त्र-शस्त्रों की शिक्षा तो इन्हें गुरुदेव समय आने पर देंगे ही। उनसे इन्हें वंचित करना उचित भी नहीं होगा। अस्त्र-शस्त्र मात्र वध के लिए ही नहीं उठाए जाते। आत्मरक्षा, प्रजा की रक्षा तथा राज्य की रक्षा के लिए उनका ज्ञान होना क्षत्रिय का धर्म है।

नदी से जल लेकर लौटी। देखा आश्रम में लगे फूल-फलों के वृक्षों के समीप खड़े कुश और लव धनुष पर वाण के संधान का अभ्यास कर रहे थे। एक वृक्ष की ओट में छिपकर देखने लगी मैं उनका यह कौतुकपूर्ण क्रीड़ा...। आश्वस्ति हुई कि उनका लक्ष्य कोई जीव या जंतु नहीं बन रहे।

कुश धनुष पर वाण का संधान करता...वृक्ष पर लगे किसी फल को निशाना बनाकर छोड़ देता। लक्ष्य सही बैठता तो हर्षित हो ताली बजाने लगता। लव उदास हो जाता, फिर लव लक्ष्य साधता। संधान करता और तीर छोड़ देता। लक्ष्य चूकने पर दु:खी हो जाता।

कितना धैर्य है इनमें। आश्चर्य से मैंने सोचा। धैर्य आवश्यक है पराक्रम हेतु। मेरे बच्चों में वह पर्याप्त दिख रहा है। अंतत: होता क्यों नहीं। महापराक्रमी, यशस्वी इक्ष्वाकु वंश के हैं ये। इनके दादा चक्रवर्ती सम्राट दशरथ शब्दवेधी वाण के संधान में परम निपुण थे। शब्द को लक्ष्य कर चलाया गया उनका वाण कभी लक्ष्य से नहीं भटका और पिता राम...कितने अमोघ अस्त्र तथा शस्त्रों के ज्ञाता हैं। तभी तो ताड़का, सुबाहु से लेकर रावण का वध सहजता से कर सके थे। आह...फिर वही स्मरण...मेरे सोचों की धुरी मात्र वही क्यों हैं? क्या करूँ, कैसे मुक्त होऊँ इस स्मरण से? उनके संबंध से अलिप्त होना क्या संभव है, उनके अंश के सम्मुख होते या अपना जीवन रहते तक यह पीड़ा ही अधिक उत्प्रेरित करा रही है लिखने के लिए अपनी गाथा।

कुश-लव की विधिवत शिक्षा-दीक्षा आरंभ हो गई थी। अक्षर ज्ञान के साथ ही गुरुदेव उन्हें संगीत की शिक्षा भी दे रहे थे। गुरुदेव के पास से आकर वे तरह-तरह की बातें सुनाते। जो पढ़े होते या सीखे होते। अनजान-सी बनी मैं सब कुछ सुनती। कुछ पूछती, वे हर्षित हो और बताते। उनके मुख से उनके शब्दों में उनकी समझ सुनकर ऐसा लगता कि सदा सुनती रहूँ उनसे सब कुछ। जो जाना-पहचाना कार्य या दृश्य होता वह भी उनके शब्दों में ढलकर नूतन होने का आनंद देता।

गुरुदेव कहते, "तुम्हारे पुत्र बहुत कुशाग्रबुद्धि हैं पुत्री! पढ़ा या सुना एक-एक शब्द तत्क्षण कंठस्थ हो जाता है इन्हें। दुबारा बतलाने की आवश्यकता ही नहीं होती। जिज्ञासा तो इनके अंदर कूट-कूटकर भरी है। हर वस्तु, पशु, पक्षी या दृश्य को जानने-परखने का भरपूर प्रयास करते हैं। जब तक उसकी गहराई में पहुँचकर संतुष्ट नहीं हो जाते, इनका प्रयत्न जारी रहता है। ऐसा विलक्षण प्रतिभा युक्त शिष्य पहली

बार मिला है मुझे। जानती हो सीता, शिष्य यदि योग्य हो तो पढ़ाने का आनंद द्विगुणित हो जाता है। इनका स्वर भी बहुत ही मधुर है और इन्हें संगीत से लगात्र भी है। उसका अभ्यास करते समय ये तनिक भी नहीं उकताते।"

"सब आपके स्नेह और इस पावन आश्रम का प्रभाव है गुरुदेव।" मैं कहती। कौन ऐसी हतभागी माँ होगी जिसे अपनी संतान की बड़ाई नहीं सुहाती। मेरा हृदय गद्गद हो जाता।

जीवन के क्षण यूँ ही बीत रहे हैं। निरुद्देश्य, निरानंद, व्यथा और दुःखों में लिथड़े हुए। जब से कुश और लव की जिम्मेवारियाँ कुछ कम हुई हैं, समय और लंबा हो डराने लगा है। थक जाती हूँ सोचों के गुंजलक में उलझकर। कोई ऐसा सिरा नहीं मिलता जो पहुँचता हो आस के नन्हे से जुगनू तक, जिसे पाने की खातिर जीवन को सहेजा-सँवारा जाए। दिनों को गिना जाए जो अपनी पूर्णता पर हर्ष का कोई टुकड़ा थमा जाएँ। आनंद का कोई पल डाल जाएँ मेरी झोली में।

व्यतीत होते समय की व्यर्थता...अव्यर्थता मध्य औचक मस्तिष्क में कौंधा- क्यों नहीं आश्रम के शिक्षार्थियों को शिक्षण प्रदान करने का कार्य कर इस समय को सार्थक बनाया जाए। दंडाकारण्य में भी वनवासी स्त्रियों को पढ़ाने का कार्य कर समय को सानंद व्यतीत किया था मैंने। ऐसे कार्य से जहाँ अपूर्व संतुष्टि का अनुभव होगा वहाँ मस्तिष्क को भी व्यस्त रख व्यर्थ की सोचों से विमुख किया जा सकेगा। जो घट चुका है, जो शून्य है या अभाव है, वह तो यथावत रहेगा। उसका शोक मनाने से भी कुछ हासिल होने वाला नहीं। जो सामने है वह ही यथार्थ है। यदि ऐसा संभव हुआ तो पराश्रित होने का दंश भी कुछ कम हो जाएगा। किंतु इसके लिए गुरुदेव से निवेदन करना होगा। इसके सिवा कोई और मार्ग नजर नहीं आता अपने जीवन की सार्थकता का।

"गुरुदेव, यदि आप अन्यथा न लें तो एक निवेदन करूँ?" एक दिन अनुकूल अवसर देख मैंने अपनी आकांक्षा को मूर्त्त रूप देने का प्रयास किया।

"आज इस औपचारिकता की क्या आवश्यकता पड़ गई? पिता पुत्री के संबंध के मध्य इसके लिए कोई स्थान नहीं होता पुत्री! निःसंकोच कहो क्या कहना चाहती हो?"

"आप उचित समझें तो मैं प्रशिक्षु बालक-बालिकाओं को शिक्षण देने को इच्छुक हूँ। अन्य विषय के अतिरिक्त मुझे चित्रकारी का भी ज्ञान है। मेरे इस अनुभव का तनिक भी लाभ उन्हें मिल सका तो मुझे अपार हर्ष होगा।" मैंने विनम्रता से कहा।

अर्थपूर्ण दृष्टि से देखा उन्होंने मेरी ओर-

"आज औचक तुम्हारे मानस में यह विचार कैसे आया पुत्री?"

"कुश-लव के प्रति कम होते दायित्व से। अब वे स्वयं भोजन कर लेते हैं। वस्त्र भी धारण कर लेते हैं। उनके शिक्षण काल में यह कार्य कर सकूँगी मैं। यदि आप आज्ञा दें।"

"यह विचार कब से मेरे मस्तिष्क में था सीता, किंतु संकोचवश तुम से कह नहीं सका कभी। तुम प्रशिक्षुओं को शिक्षा प्रदान करने को इच्छुक हो, जानकर अपार हर्ष हुआ। प्रसन्नतापूर्वक अपनी शिक्षा और कला का दान करो पुत्री! ये ऐसे अनंत

कोश हैं जो बाँटने से और बढ़ते हैं तथा कार्य, श्रम एवं व्यस्तता उत्प्रेरित करते हैं मनुष्य जन्म सार्थक करने हेतु।"

गुरुदेव की स्वीकृति से मन आनंद के आकाश में उड़ने लगा। वर्षों पश्चात् ऐसी सुख की अनूभूति हुई और स्वयं के मानव होने का बोध भी। जीवन यदि किसी जरूरतमंद के काम न आया तो जन्म लेना व्यर्थ है मनुष्य का। कहीं पढ़ा था मैंने।

शिक्षा प्राप्ति हेतु मैं कभी आश्रम या शिक्षापीठ नहीं गई। भवन में ही इसकी व्यवस्था की गई थी हम बहनों के लिए। संयोग, विवाहोपरांत आश्रम-आश्रम ही समय बीता और अभी भी व्यतीत हो रहा था। परंतु दक्षिणारण्य के सभी आश्रमों से महर्षि वाल्मीकि का यह आश्रम अनूठा था। यहाँ आर्य, दैत्य, दानव, यक्ष, किन्नर, नाग व अन्य वन्यजातियों के बालक-बालिकाओं के लिए कहीं कोई वर्जना या भेद-भाव अनुभव नहीं हो रहा था। समभाव से सभी को शिक्षा प्रदान की जाती। इन्हें शिक्षा प्रदान करते हुए मुझे आत्मीक संतुष्टि का अनुभव होता कि आर्य महर्षियों, मुनियों पर लगनेवाला आक्षेप–कि वे आर्य और अन्य जातियों में विभेद करते हैं...कितना मिथ्या था। दक्षिणारण्य में मुनि भारद्वाज, महर्षि अत्रि, मुनि शरभंग, मुनि सुतीक्ष्ण से लेकर महर्षि अगस्त्य तक अपने-अपने प्रकार से सभी वन्यजातियों को शिक्षित, सुखी व संपन्न करने में प्रयत्नरत थे। किंतु वाल्मीकि आश्रम की बात ही निराली थी। उनका कथन था–व्यक्तित्व की सर्वांगीण उन्नति, धार्मिक अनुष्ठानों के संपादन से दान, कर्तव्य-पालन, स्वाध्याय एवं संयम, वैराग तथा नीतियुक्त सदाचरण से ही सिद्धी संभव है।

40

जिन विद्यार्थियों की शिक्षा पूर्ण हो चुकी है वे आश्रम (गुरुकुल) से विदा होंगे। दीक्षांत समारोह का भव्य आयोजन हुआ है आश्रम में। आचार्य गण, आगत अतिथि, आमंत्रित ऋषि, महर्षि, जनपद राज की उपस्थिति में प्रत्येक स्नातक को विद्याध्ययन का सार स्मरण करा रहे हैं गुरुदेव–

"तुम्हें पूर्ण मानव बनाने के लिए शिक्षित, निर्मित किया गया है। तुम सदा सहृदय और हृदयवान रहना। कभी किसी भी परिस्थिति में अहृदय और हृदयहीन नहीं होना। सहृदयता ही सुशोभित करती है विद्या को।"

पुनः गुरुदेव दीक्षित कर रहे हैं नव प्रविष्ट, नव दीक्षित विद्यार्थियों को। सार्वजनिक भावना की स्थापना करने हेतु प्रारंभ में ही शिक्षा दे रहे हैं। सार्वजनिक उपयोग की वस्तुओं और स्थानों को स्वच्छ तथा पवित्र रखने की।

"स्थान को पीने तथा सिंचाई के साधन नदी व जलाशयों को अस्वच्छ करना, फलदार वृक्षों को काटना, जड़ी-बूटियों को नष्ट करना ये स्वयं की हिंसा करने तुल्य हैं। शिक्षा संपन्न, सहृदय व उदार व्यक्ति के लिए सारा विश्व उसकी मातृभूमि है। वह जहाँ भी कहीं निवास करे वहीं उसका घर है। शिक्षा का हेतु है शिक्षार्थी को वसुधा कुटुंबी, विश्वनागरिक बनाना। शिक्षा विकास का नाम है, संकोच का

नहीं। शिक्षा का सौंदर्य है सौम्यता के संग स्वयं के साथ-साथ अन्यों को भी आलोकित करना। शिक्षा का परम लक्ष्य है मनुष्य के व्यक्तित्व को दिवस समान प्रखर तथा कौमुदीमयी रात्रि समान रम्य बनाना। अग्नि को प्रज्वलित करने के लिए जिस प्रकार घी की आहुति दी जाती है आत्मप्रबोध हेतु उसी प्रकार कठोर योग साधनाओं की आहुतियाँ दी जाती हैं आत्मा में। तब वह आत्मरूप में अवस्थित हो प्रकाशता है। कठिन साधनाएँ ही आत्म-ओज को प्रज्वलित तथा आत्म-प्रकाश को देदीव्यमान करती हैं।"

समापन होते-होते संध्या घिर आई। भोजनोपरांत आगत अतिथि आश्रम का अवलोकन कर रहे हैं। आश्रम की भव्यता, प्रशिक्षु, बालक, बालिकाओं, तपस्विनियों की विपुल संख्या चकित कर रही है उन्हें। एक मुनि अपने उद्‌गार का शमन नहीं कर सके-

"महर्षि! आपका आश्रम तो भव्य विद्यालय ही नहीं अध्यात्म का प्रखर केंद्र भी अनुभव हो रहा है। विभिन्न विधाओं के शिक्षण-प्रशिक्षण की अति उत्तम व्यवस्था है यहाँ। प्रशिक्षु बालिकाओं तथा तपस्विनियों की विशेष संख्या चकित कर रही है। अद्‌भुत व अद्वितीय है आपका यह केंद्र।" उनके उद्‌गार पर गुरुदेव मुस्कुराए तथा सहज शब्दों में बोले।

"मैं तो मात्र अपने कर्तव्य का निर्वहण कर रहा हूँ। अपना आंतरिक आनंद विस्तारित कर विश्व के सफल नर-नारियों का जीवन आनंदमय हो, यह यत्न एवं अपने हृदय में जाग्रत इस महती कामना को मूर्त्त रूप देने का प्रयत्न कर रहा हूँ। ज्ञान अधिक परिष्कृत और विस्तारित तब होता है जब उसे बाँटा जाए। उस पर विमर्श हो। हम ऋषियों के पास इसके अतिरिक्त होता ही क्या है और जो है उसे बाँटने में कृपणता क्यों? हम नृपति या भूपति तो हैं नहीं जो धन-संपत्ति या भूमि का दान दे सकें। तो अपनी उपलब्धियाँ ही उदारतापूर्वक बाँटे, दान दें तो एक उन्नत, आदर्श समाज विकसित होने में संशय नहीं होगा।"

"आपका कथन पूर्णतः सत्य है महर्षि वाल्मीकि! वृक्ष भी तो बिना भेद-भाव और स्वार्थ के अपना फल दान करते हैं। लोगों को तुष्ट, तृप्त करते हैं। इससे उनके फल अर्जन में कहाँ कमी आती है।" गुरुदेव के कथन का अनुमोदन करते हुए एक तपस्वी बोले।

सांध्य सभा विसर्जित हो गई। किंतु सभी असंतुष्ट, अतृप्त व अन्यमनस्क से लगे। ज्ञान पाने की पिपासा भी विचित्र है। पेट की क्षुधा से विशेष क्षुधित व आकुल-व्याकुल करती है कुछ और जानने, समझने, श्रवण करने के लिए मानव को।

मुख्य अतिथि जनपद राज चले गए तथा श्रेष्ठ जन भी। ज्ञान पिपासुओं का समूह शेष रह गया।

रात्रि सभा आरंभ हुई। आगत अतिथियों के संग आश्रमवासी भी उपस्थित थे। आश्रम का विधान था ऐसी सभा में इकत्रित होना। विद्वतजनों के सत्संगत, उनके द्वारा हो रहे तर्क-वितर्क श्रवण करना। यथासंभव उसमें अंशी बनना अनिवार्य था। गुरुदेव इसे अनौपचारिक संगोष्ठी भी कहा करते थे। ऐसा सतसंग समाज व प्रकृति

के लिए चिंतनरत ऋषि–महर्षियों का भ्रमण, संरक्षण तथा ज्ञान इस विमर्श के माध्यम से विभाजित हो समृद्ध करता है। परस्पर उपस्थित जनों का शास्त्रार्थ, व्यावहारिक वार्ता पर विमर्श श्रवण करना पूर्व से ही प्रिय था मुझे। अतः समय से पूर्व ही मैं वहाँ उपस्थित हो गई।

गोष्ठी आरंभ होते ही एक युवा तपस्वी गुरुदेव से संबोधित हुए–

"मेरे संज्ञान में एक अद्भुत बात आई है महर्षि वाल्मीकि! आदेश हो तो निवेदन करूँ?"

"निःसंकोच पूछिए मुनि, विचार का विकास ही प्रश्नों के पूछने तथा तर्क–वितर्क से होता है। हर विचार के आगे प्रश्न चिह्न की उपस्थिति ही जाग्रत एवं बौद्धिक समाज का परिचायक है। इसी हेतु तो यह सभा आहूत है और होती रहती है।"

"ज्ञात हुआ है आप 'रामायण' नामक महाकाव्य का सृजन कर रहे हैं। विश्व का प्रथम महाकाव्य। इसकी रचना की प्रेरणा कहाँ से प्राप्त हुई आपको? क्या वह पूर्ण हो गया है?"

युवा तपस्वी के प्रश्न सुन चौकन्ने हो उठे मेरे कर्ण। यह तो मेरे ही अंतस् की जिज्ञासा है। प्रश्न है, जो वर्षों से उद्वेलित करता रहा है मुझे...किंतु कभी अधरों तक नहीं आया। धड़क उठा हृदय...। गुरुदेव का उत्तर सुनने हेतु।

सभा में मौन पसर गया। गुरुदेव कुछ विचारते से प्रतीत हुए। मेरा धैर्य चुकने लगा। कहीं यह अवसर भी व्यर्थ न चला जाए। तभी गुरुदेव बोले–

"वर्षों से मेरे अंदर एक पुस्तक लिखने की इच्छा बलवती हो रही थी। पुस्तक एक ऐसे पात्र पर जिसके अंदर इन सोलह गुणों का समावेश हो...यथा–पराक्रम, सत्यवक्ता, दृढ़प्रतिज्ञ, धर्मज्ञ ही नहीं उपकारी, उदार, त्यागी और सामर्थ्यवान भी हो। जिसका निर्मल आचरण युग–युगांतर तक अनुकरणीय व मर्यादा स्थापित करने वाला हो। बहुत से ऋषि–महर्षियों सम्मुख मैंने अपनी इच्छा व्यक्त की, परंतु ऋषियों ने तत्क्षण विवशता व्यक्त करते हुए कहा, 'इतने गुणयुक्त तो देवता भी नहीं हैं, मनुष्य कहाँ मिलेगा।'

"उनके उत्तर ने मेरे उत्साह को ही क्षीण नहीं किया वरन इस निराशा ने एक अबूझ–सी खीझ उत्पन्न कर दी मेरे अंदर। लगा मेरी साध अब अपूर्ण ही रह जाएगी। तभी औचक एक दिन गहन कानन में देवर्षि नारद भेट गए। उन्हें देखकर अपार हर्ष हुआ। यत्र–तत्र, सर्वत्र आने–जाने वाले देवर्षि कदाचित मेरी सहायता कर दें। उनके समक्ष मैंने अपनी आकांक्षा व्यक्त की। मेरी मंशा की उन्होंने सराहना की तत्पश्चात् उन्होंने मेरा वांछित पात्र इन समस्त गुणों से संपन्न इक्ष्वाकुवंशीय अयोध्या नरेश राम के समुज्ज्वल जीवन का संक्षिप्त वर्णन करते हुए कहा कि राम का आचरण इन सभी गुणों से युक्त है जो अभी के समय में किसी भी प्राणी में मिलना कठिन है। ऐसा त्यागी, आज्ञावान पुत्र, एक पत्नीव्रत, ज्ञानवान, नीतिवान, धैर्यवान तथा दृढ़ प्रतिज्ञ..., जिन्होंने समस्त भारत को वैचारिक और आध्यात्मिक दृष्टि से आर्य भारत में परिणत किया। अपने विशाल कोशल राज्य का अंतिम प्रांत तक आर्य साधना के महान आदर्श का प्रचार करने के बाद भी आर्य साम्राज्य के विस्तार का कभी प्रयत्न नहीं किया। बलात किसी राज्य को कोशल में समाहित करने का प्रयास नहीं

किया तथा किसी भी जाति को आर्य जाति के दासत्व की श्रेणी अथवा शृंखला में नहीं बाँधा। उन्होंने उत्प्रेरित किया कि उन्हें ही नायक मान मैं अपने महाकाव्य की रचना करूँ। सब शुभ होगा।

''देवर्षि नारद के सहयोग से वर्षों का मेरा हार्दिक साध्य रहा कथ्य का चयन तथा मनचाहे पात्र का निर्णय होना मन को आलोड़ित कर गया। राम के अद्भुत चरित्र का प्रभाव मस्तिष्क को उद्वेलित करने लगा। राम से मेरी बहुत ही संक्षिप्त भेंट चित्रकूट में हुई थी। तब वे अपने वनवास यात्रा पर वहाँ प्रवास कर रहे थे और अपने लघु भ्राता संग मेरी कुटी में पधारे थे। कोशल जैसे संपन्न, समृद्ध राज्य का भावी युवराज पिता आज्ञा से वनवास आए थे छोटे भाई भरत के लिए राज्य का त्याग कर। ऐसा अनुपम उदाहरण आर्यावर्त में देखने व सुनने को नहीं मिला था इससे पूर्व। इतने कष्टों को आत्मसात करने के पश्चात् भी युवा राम के मुख पर तनिक भी अवसाद व विषाद का भाव लक्षित नहीं था। उनकी कृति तथा विनम्रता ने मन मोह लिया था मेरा। उनके प्रति सहज ही स्नेह जाग्रत हो गया धा हृदय में। किंतु उसके बाद के उनके कर्म-कृति से नितांत अनभिज्ञ था मैं। देवर्षि नारद से उनका पूर्ण जीवन वृत्तांत सुनकर मन उद्विग्न हो उठा।

''किस विधि लिपिबद्ध करूँ उसे? किस रूप में? हर पल मन व्याकुल रहने लगा। चिंतन-मनन में लिप्त मन बोझिल होने लगा। किंतु आरंभ का हेतु ओझल रहा। न आश्रम में चित्त लगता न ध्यान, अध्ययन व अध्यापन में। हर पहर एक ही चिंता...एक ही सोच...बेचैनी पराकाष्ठा पार करने लगी। उसी मन:स्थिति में एक दिन अपने शिष्य भारद्वाज को साथ लेकर मैं तमसा की ओर निकल पड़ा।

''तामसहारिणी तमसा का पंक शैवालविहीन स्वच्छ शीतल कल-कल प्रवाहित जल। चहुँओर महारण्य में शीश उन्नत किए शाल, शीशम, अशोक तथा अपना साम्राज्य विस्तृत किए बरगद, पीपल, आम्र, कदंब, कटहल, महुआ, जामुन, आंवला के असंख्य वृक्ष...। पूर्ण यौवन-युक्त वसंत की उपस्थिति में मानव ही नहीं पशु-पक्षी तक आनंदातिरेक से हर्षित थे। वृक्ष-वल्लरियों पर नव जीवन का संचार हो रहा था। तट पर स्थित मौलश्री के वृक्ष धवल लघु पुष्पों से पूर्ण अपनी सुगंध बिखेर रहे थे। सुगंध विस्तारित तो आम्र, कदंब, नीबू की मंजरियाँ भी कर रही थीं, जिन पर भौंरों के झुंड मँडरा रहे थे।

''तमसा कूल के सघन कानन के मध्य मन प्रफुल्लित हो गया। सत्य में, हर्ष मानव ही नहीं खग-विहंग तथा पेड़-पौधे तक को विहँसने पर विवश कर देता है। तब मानसिक तथा शारीरिक कष्ट का अनुभव गौण हो जाता है। ऐसा अनुभव हुआ।

''स्नान हेतु जल में प्रवेश करने की सोच ही रहा था कि औचक दृष्टि सम्मुख किलोल कर रहे युग्म करांकुल (क्रौंच) पर पड़ी। काममोहित नर क्रौंच भिन्न-भिन्न प्रकार के स्वर निकालता क्रौंची के आगे-पीछे घूम रहा था, मानो उसे अपने संपूर्ण कला से रिझा रहा हो। अद्भुत था उनका किलोल। सृष्टि का पावन विधान, जहाँ वासना सृष्टि कारक बन पवित्र बन जाता है। प्रकृति के इस विधान पर नत मस्तक ही हो रहा था कि तभी एक वाण सनसनाता हुआ आया और नर क्रौंच को बेध

गया। रक्तारक्त हो क्रौंच पृथ्वी पर गिरकर तड़पने लगा। काम विच्युत प्रेमी क्रौंच का मृत शरीर देख विह्वल हो क्रौंची के मुख से निकला करुण विलाप मेरे मर्म को शोकाकुल कर गया। हतप्रभ खड़ा कुछ सोचता, उसी समय धनुष-बाण लिए एक निषाद मृत क्रौंच के समीप आया...। उसे देखते ही मेरे शोकाकुल हृदय रूपी हवन कुंड में जैसे घृत पड़ गया हो। उसके इस अन्यायपूर्ण कृत्य पर क्रोध करुणा से विह्वल हो मेरे अधरों से उसके लिए शाप फूट पड़ा–

'''मा निषाद प्रतिष्ठाँ त्वमगम् शाश्वती: समः

यत्क्रौंच मिथुना देकमवधीः काम मोहितम्:।।'

''अरे निष्ठूर निषाद! तुझे इस कृत्य हेतु कभी शांति और प्रतिष्ठा नहीं मिलेगी। काम मोहित क्रौच-युग्म में से नर क्रौंच को तूने निरपराध वध कर डाला है।'

''तत्क्षण निषाद मृत क्रौंच को यथावत छोड़ चला गया। क्रौंची अभी भी विलाप करती क्रौंच का चक्कर लगा रही थी। मुझे यह दृश्य सहन नहीं हुआ। भारद्वाज संग मैं आश्रम में लौट आया। किंतु शोक विह्वल हृदय से निकले मेरे मुख से वे शब्द विस्मृत नहीं हो रहे थे।

'''अद्भुत शब्द निकले हैं आपके अधरों से गुरुदेव...करुणा और क्रोध के मिश्रण से चार चरणों में छंदबद्ध श्लोक रूपी, जिसके प्रत्येक चरण में आठ-आठ अक्षर हैं तथा कवित्व से पूर्ण प्रवाह में हैं ये।' भारद्वाज बोले।

'''हाँ भारद्वाज, मैं भी विशेष अचंभित हो रहा भावातिरेक में निकले अपने शब्दों पर...कदाचित करुणा शोक से ही उस भाव की उत्पत्ति होती है, जिससे काव्य का प्रस्फुटन होता है मानव हृदय में।' मैंने कहा।

''आश्रम में आने, कार्यों में व्यस्तता के मध्य भी न उस घटना से मुक्त हो पा रहा था मैं और न अपने मर्मांतक प्रवाहमय वाक्य से। विचित्र-सा द्वंद्व उद्वेलन ने जकड़ रखा था मेरे मस्तिष्क को अपने पाश में।

''इसी मध्य औचक एक दिन परमपिता ब्रह्मा जी का आगमन हुआ आश्रम में। पाध, अर्घ्य अर्पण करने के पश्चात् झिझकते हुए मैंने अपने मन के उद्वेलन को उनके समक्ष व्यक्त किया। उस हृदय-विदारक दृश्य तथा उससे द्रवित हो अपने मुख से निकले शब्दों को कह सुनाया उन्हें।

''मेरी स्थिति पर हँसे वे। मृदु स्वर में बोले–

"'महर्षे, तुम्हारी आर्ष चक्षु या प्रातिभ चक्षु का उन्मेष हो गया है। परपीड़ा से तुम्हारे हृदय के कोमल तंतु, संवेदना से जो श्लोक उद्धृत हुआ है, वह छंद अनुष्टुप है। छंदोबद्ध यह श्लोक ही है। तुम इस सृष्टि के प्रथम छंद रचयिता हो। इसी छंद में तुम राम के संपूर्ण चरित्र को लिपिबद्ध करो। नारद द्वारा वर्णित उनके जीवन वृत्तांत से तुम अवगत ही हो। शेष जो ओझल, अलोप है, वह भी तुम्हें ज्ञात हो जाएगा। वाग्देवी सरस्वती अति प्रसन्न हैं तुम पर, मेरा आशीष भी तुम्हारे संग है। जब तक इस धरा पर पहाड़ों का अस्तित्व रहेगा, नदियाँ प्रवाहमान रहेंगी, तुम्हारे द्वारा रचित विश्व का प्रथम महाकाव्य रामचरित प्रचारित होता रहेगा। मुझे भरोसा है।'

''उसके पश्चात् प्रतिदिन मैं रामकथा लिपिबद्ध करने लगा। कथा प्रवाह में अग्रसर रही...जब तक राम का बचपन रहा। किशोरावस्था आई, पुनः मोड़ आने

लगा उसमें। वीरता, पराक्रम...त्याग, वियोग तथा करुणा के रंग घुलते गए शब्दों में...।'' कहकर गुरुदेव मौन हो गए।

"महर्षि, अध्ययन हेतु कब तक उपलब्ध हो सकेगा वह हमें?" समवेत स्वर में पूछा गया।

''अभी वह पूर्ण कहाँ हुआ है।'' गुरुदेव का स्वर उदास हो उठा।

"कब तक उसके पूर्ण होने की संभावना है महर्षि। काव्य अवलोकन की तीव्र उत्कंठा व्यग्र कर रही है हमें।"

"पूर्ण तो वह हो गया होता बहुत पूर्व ही। जब राम अयोध्या राज-सिंहासन पर आरूढ़ हुए थे। किंतु दैववश औचक उसमें एक विकट मोड़ आ गया। आख्यान चल ही रहा है...देखें उसकी इति का सुसंयोग कब प्राप्त होता है।" गुरुदेव बोले और वृहत् उच्छ्वास लिया।

"विधाता के अचिंतनीय विधान से आप आर्य संस्कृति के आदि कवि हुए और आदि महाकाव्य के रचयिता भी।" उल्लासित स्वर में एक महर्षि बोले।

"महर्षि वाल्मीकि, बहुत दिनों से कुछ प्रश्न हृदय को आकुल करते रहे हैं। सुखद संयोग जान पुनः स्मरण हो आए हैं अभी। धृष्टता न समझें तो निवेदन करूँ?" एक मुनि खड़े थे।

"तर्क-वितर्क के समय प्रश्न पूछने में औपचारिकता का कोई स्थान नहीं होता प्रियवर! मन मस्तिष्क में उगते प्रश्न ही तो जिज्ञासा बन नव संधान हेतु उकसाते हैं मनुष्य को तथा भ्रांतियाँ परिष्कृत होती हैं। संघ, संगत या प्रवचन सभा का यही तो प्रयोजन है।" गुरुदेव बोले।

"प्रश्न नितांत निजी व आप से संबंधित है महात्मन, इसी हेतु संकोच हो रहा है।"

"ज्ञान की जिज्ञासा हो रही है तो उसे पूछना अनिवार्य है। अतः आप संकोच न करें महर्षि!'' गुरुदेव ने उन्हें आश्वस्त किया।

''पूर्वकाल में क्या आप दस्यु रत्नाकर थे?" महर्षि ने पूछा।

उनके झिझक भरे शब्द झनाक से गिरे मेरे मानस पर...। ऐसा अपवाद तो यदा-कदा चित्रकूट प्रवास में मुझे भी श्रवण हुआ था कि पूर्व में महर्षि वाल्मीकि खूँखार दस्यु थे। जीव-संहार कर जीवन-यापन करनेवाले। परिवार का पालन-पोषण करने के लिए वे मनुष्यों की हत्या करने से भी नहीं हिचकते थे। उन्हें मारने के बाद उनकी संपत्ति लूट लेते। एक दिन किसी पथिक से भेंट नहीं होने से निराश हताश वे वृक्ष पर बैठे थे। परिवार की चिंता में उनका मन व्याकुल हो रहा था कि क्या आज वे भोजन से वंचित रह जाएँगे। तभी उनकी दृष्टि आते हुए दो पथिकों पर पड़ी। हर्ष से उझल पड़ा उनका हृदय। धीरे से वे वृक्ष से उतरे, अपने लोहे के अस्त्र को सँभाला और उनकी ओर बढ़े। उनके नेत्रों समक्ष क्षुधा से व्याकुल पत्नी, पुत्र, पुत्री व भगिनी का मुख नाच उठा। ज्योंही वे उन पर वार करने हेतु उद्यत हुए...एक पथिक बोल उठा, 'यह नृशंस दस्यु कर्म क्यों कर रहे हो वत्स? किसी जीव की हत्या कर उसका सामान लूट लेना घोर अपराध है।'

'परिवार के भरण-पोषण के लिए करता हूँ यह सब। यदि न करूँ तो मेरी

पत्नी, बच्चे व भगिनी का क्षुधा से प्राणांत हो जाएगा। बातों में न उलझाओ, चलो मरने के लिए तैयार हो जाओ।'

'जिन व्यक्तियों के लिए तुम यह अपराध कर रहे हो, तनिक उनसे पूछकर तो आओ इस अपराध में क्या वे तुम्हारा भागीदार बनेंगे? मैं ब्रह्मा और ये नारद तुम्हें भरोसा दिलाते हैं...जब तक तुम लौटकर नहीं आओगे हम यही खड़े रहेंगे।'' रत्नाकर घर गया। और पूरे परिवार से अपना प्रश्न दुहराया कि क्या वे उसके इस नृशंस कर्मों में भागीदार बनेंगे? सभी ने एक स्वर में कहा—यह संभव नहीं है। परिवार के पालन-पोषण का दायित्व आप पर है...उसके लिए आप क्या कर्म करते हैं इसकी जिम्मेवारी मात्र आप की है, हमारी नहीं। उनकी बातों से आहत हो उठा रत्नाकर...आज तक इसी परिवार हेतु वह कितने जीव-जंतु तथा पथिकों का वध करता रहा है। उसके मन में विरक्ति-सी जगी...मोह के इस संसार से। थके कदमों से वह ब्रह्मा समक्ष लौटा और समस्त वृत्तांत कह सुनाया...।

'देखो वत्स, मनुष्य अपने किए सद्कर्म व कुकर्म का भागीदार स्वयं होता है। अतः अच्छा कर्म करना ही श्रेयष्कर है उसके लिए। इसके पश्चात् भी यदि तुम हमारा वध करना चाहो तो कर सकते हो।'

रत्नाकर ने उनसे बारंबार क्षमा याचना की तथा उन्हें अपना चक्षु खोलने के लिए धन्यवाद दिया सत्य से साक्षात्कार करवाने हेतु। इसके बाद रत्नाकर दस्युकर्म छोड़कर तप करने लगे और महर्षि वाल्मीकि कहलाए। परंतु अच्छी सीख स्वरूप। अच्छी सीख या अच्छा दृष्टांत की भाँति प्रचारित होते हुए भी यह था तो अपवाद ही। अपवाद जो किसी के निर्मल चरित्र पर कीचड़ उछालकर ही प्रचारित किया जाता है और छोड़ दिया जाता है सुनने वाले के मन-मस्तिष्क में संशय की लौ पक्ष-विपक्ष में चर्चा-चिंतन हेतु। तभी गुरुदेव के स्वर से विचार छिन्न-भिन्न हो गए...

"आप की जिज्ञासा और संशय अनुचित नहीं है मुनिवर! भृगुवंशीय...संस्कारी पिता का पुत्र। संस्कारयुक्त वातावरण में पालित जब एक पक्षी या पशु भी संस्कारवान बन जाता है तो मैं तो मनुष्य हूँ। इतना संस्कारहीन कैसे हो जाता। अपनी आश्रमवासिनी जननी के दूध को लज्जित करता हत्या जैसा कुकृत्य करके? जबकि एक पक्षी का वध देखना मुझ से सह्य नहीं हुआ...।" कहकर महर्षि हँसे...मृदुल हँसी।

अवाक् से सुन रहे थे सभी उनकी कथा। आगे सुनने की उत्सुकता लिए...

"हाँ, मैं आश्रम के कठोर नियमों का विरोधी अवश्य था। धर्म के आडंबर में रंचमात्र भी मेरी रुचि नहीं थी। कष्टसाध्य साधना, आडंबरयुक्त शिक्षा-दीक्षा मुझे सह्य नहीं था। एक ऐसा आश्रम जीवन के पक्ष में था मैं जहाँ सब कुछ सहज हो, सरल हो। नियम-व्रत, अनुष्ठान, शिक्षा, दीक्षा तथा जीवनयापन भी। शिक्षार्थी जहाँ शिक्षा के साथ सहज गृहस्थ जीवन के मर्म को जानें...समझें तथा उसे क्रियान्वित करें। जहाँ स्त्रियों की भागीदारी समान रूप से हो। उन्हें त्याज्य नहीं समझा जाए। अपनी इच्छानुसार शूद्र और अनार्य भी शिक्षा ग्रहण कर सकें। अपने श्रमकाल से बचाए हुए क्षण अगर वे शिक्षा के लिए प्रदान करते तो यह तो महत्ता की बात है। स्त्री-पुरुषों को पूत, परिप्लुत और सुस्निग्ध करने की कामना से उल्लासित मेरा

मन अपना परमानंद सभी में वितरित करने हेतु ही ऐसे आश्रम का विधान किया मैंने। कदाचित मेरा यह उपक्रम ही इस दुश्प्रचारित अपवाद का कारण बना।

परंतु ऐसा अपवाद अगर समाज में प्रचारित है, तो अच्छा ही है। बुराई से विमुख होने के लिए लोग यदि मेरा उदाहरण प्रस्तुत कर रहे हैं कि दस्यु रत्नाकर कैसे अच्छी संगत पाकर महर्षि वाल्मीकि बन गया, तो इसमें हानि ही क्या है? हर युग का दृष्टांत है। समाज में कुछ ऐसे लोग होते हैं जिनका धर्म ही अपवाद फैलाना होता है। इसी में उन्हें संतुष्टि का अनुभव होता है। मेरे विषय में प्रचारित यह अपवाद विशेष चिंता का विषय नहीं है मेरे लिए। किसी का चरित्र इससे सुधर जाए तो यह पुण्य की बात होगी।"

गुरुदेव का नितांत प्रशांत स्वर सुन मैं अचंभित रह गई। उनकी बातें मात्र कल्पित नहीं हैं। धरातल पर भी वे साकार हैं। तभी तो यह आश्रम तपस्विनियों से भरा-पूरा है। सहजता से सभी का जीवन कार्यरत है। कहीं कठोर अनुशासन नहीं, परंतु सभी अपने कर्तव्यों के प्रति, कार्यों के प्रति अत्यंत सजग, सचेष्ट संयम्ति, समर्पित।

''आचार्य पद सुशोभित करने हेतु मात्र विद्वत्ता ही पर्याप्त नहीं होती। व्यक्ति को आदर्श आचार युक्त भी होना अनिवार्य है। निर्विकार चिंतन, निर्दोष स्वभाव और निष्काम जीवन। ये तीन आचार के अपृथक्य अंग हैं, जिसका चिंतन निर्विकार नहीं। स्वभाव निर्दोष नहीं। जीवन निष्पाप नहीं, शिक्षा विभाग में क्या उनकी प्रविष्टि संभव है? कोई भी माता-पिता अपने बालक-बालिकाओं को आचार्य के आश्रय में इसी भरोसे के साथ भेजता है कि उसका बालक एवं बालिका आचारवान बनेंगी।''

"सत्य कह रहे हैं आप महर्षि। सच्चे आचार्य जनपद राजों और राज्यनृपतियों से कहीं ऊँचे हैं। बहुत ऊँचे हैं। वे राष्ट्र के उच्चतर पति और विश्व के उच्चतम अधिपति मान्य है।" समवेत स्वर में ऋषि-मुनियों ने उनकी बातों का समर्थन किया।

"आदरणीय जनो! इस बात से आप सभी अनभिज्ञ नहीं होंगे कि सात्विक आहार से बना सत्व ही सात्विक होता है। सात्विक सत्व दिव्यग्राही होता है। दिव्यता के संचार से ही आश्रमवासी दिव्य प्रजा बन सकते हैं, अन्यथा नहीं। ऐस हमारा शास्त्र भी कहता है। मेरे विषय में प्रचारित अपवाद में...मांस-मदिरा तक ही नहीं नरभक्षी तक का प्रमाद विस्तारित है। मैंने किसी अपवाद का प्रतिवाद नहीं किया...। अपवाद विस्तारित करना मानव मन की निकृष्टतम प्रवृत्ति है और अपवाद वायु से भी तीव्र वेग से फैलता जाता है, फैलता जाता है चहुँओर। उसे रोकना किसी भी देव, मानव या दानव के वश का नहीं...।"

"आपको यह सब सुनकर कष्ट नहीं होता महात्मन्!" एक बूढ़े तपस्वी ने पूछा।

"पूजनीय! तपस्या क्या है? साधना है। तन और मन को केंद्रित करना। नियंत्रित करना या वश में करना। आश्रमों में स्त्री, शूद्र तथा अनार्यों का प्रवेश निषिद्ध था। मैं उनके प्रवेश का पक्षधर था। बनी-बनाई लीक से हटकर चलना या किसी मान्य या समर्थित विधान को चुनौती देना शूद्रवत कार्य ही था। दास्यों का साथ देना दस्यु तुल्य कार्य। अपने अतीत की निंदा सुनकर मैं कभी विचलित नहीं हुआ। क्रांति करने के लिए शक्ति चाहिए। उसी प्रकार निंदा सहन करने के लिए भी बल चाहिए। ऐसी निंदा जो लोगों की मार्गदर्शक हो, प्रेरणादायी हो...। उसका विरोध कैसा, जिस

प्रकार बुराई से किसी को ईर्ष्या नहीं होती उसी प्रकार पतन के लिए अधिक परिश्रम की आवश्यकता नहीं होती। परंतु अच्छाई की उपलब्धि से किसी के मन में ईर्ष्या उत्पन्न न हो, ऐसा असंभव है। भ्रम फैलाने वाले लोग उसी प्रकार के होते हैं, जिन्हें किसी की उपलब्धि सहन नहीं होती। किसी के वर्तमान में अर्जित उपलब्धियों को गौण नहीं कर पाते तो अतीत की मिथ्या कहानियाँ गढ़कर दोषारोपण करते हैं। महानुभाव, यह सब मनुष्य की आंतरिक प्रवृत्तियाँ हैं। धारण है कि यदि मानव का चित्त किसी वस्तु विशेष की ओर आकर्षित है और उसे यहआभास भी है इससे उसके मान-सम्मान का क्षय होगा। वह उससे विमुख होने का प्रयत्न करता है। तब उसके अंदर घोर संघर्ष छिड़ जाता है। इस संघर्ष में यदि उसकी संशयात्मक प्रवृत्तियों की जय होती है तो उसका चरित्र उन्नत होगा वरन ऊपर से शांत और अंदर छिपी अशांति उसे बेचैन किए रहती है जो कभी-कभी निंदा का बाना धारण कर लेती है। वह उस अप्राप्य वस्तु की खूब निन्दा करता है जिससे उसे तृप्ति प्राप्त होती है। यह एक प्रकार का मानसिक संभोग है। धन की चाह वाले को यदि वह प्राप्त न हो तो धनवानों की निंदा करेगा। यह भी लक्षित होता है कि जिनकी कामवासना प्रबल हो किंतु अक्षमतावश तृप्त नहीं कर पाता तो वह स्त्रियों की दैहिक संरचना की चर्चा कर... स्त्री-पुरुषों के यौन संबंधों की चर्चा कर मानस आस्वादन का सुख प्राप्त करता है...उस चर्चा की भाषा निंदा की होती है। स्वर निंदा का होता है। कुछ-कुछ वैसी ही स्थिति अपवाद फैलाने वालों की भी होती है, प्राप्य वस्तु को वे त्याज्य साबित करने पर उद्यत हो जाते हैं। ऐसे लोगों के कथन पर विद्वत्‌जनों को ध्यान नहीं देना चाहिए। वह वहम जिससे किसी को हानि पहुँचती हो अधम है। जिसके उदाहरण मात्र से पतनोन्मुख व्यक्ति का चरित्र सँवर जाए। वह वहम हेय नहीं होता। उसे बनाए रखने में ही लाभ है इस समष्टि का।" गुरुदेव बोले...उनके अधरों पर स्मित मुस्कान थिरक उठी।

"गुरुदेव, आपसे एक निवेदन है। हम लोगों का असमंजस दूर कीजिए...सत्य पर पड़ा भरम का आवरण हटा दीजिए। ये दस्यु से महर्षि...?" दो-तीन तपस्वियों का समवेत स्वर उभरा। याचना युक्त।

सुनकर गुरुदेव खुलकर हँसे। दस्यु से महर्षि...? पश्चात् बोले, "कोई वस्तु या कर्म जब पराकाष्ठा पर पहुँच जाता है तो उसकी वापसी बिल्कुल उसी रूप में हो, संभव नहीं। यह प्रकृति का विधान है। जैसे पाप कर्म को ही लीजिए...अगर किसी व्यक्ति में वह चरम पर पहुँच जाए तो वह नष्ट हो जाएगा। या पुनः वह परिष्कृत रूप में लौटेगा तो उदाहरण बन जाएगा। उदाहरण प्रस्तुत करने के लिए बिल्कुल इस सिद्धांत की आवश्यकता होती है। जैसे बहुत गर्म पात्र में जल डालने से छन की तीव्र ध्वनि होती है। शीतल पात्र से वैसी ध्वनि नहीं आ सकती। वैसे ही पराकाष्ठा पर पाप कर्म को पहुँचाए बिना महात्मा का स्वरूप प्रस्तुत करना प्रभावशाली नहीं होगा। किसी ऋषि-पुत्र का कितना पतन होगा? उसके भीतर नाम मात्र को भी संस्कार का अंश उपस्थित नहीं होगा, माता-पिता या परिवेश का? दस्यु कर्म तो यह भी है कि अन्याय का विरोध करना।" महर्षि की वार्ता ने सभी की आँखें खोल दीं। कुछ क्षण के लिए सभी मौन हो गए। प्रश्नरहित।

चर्चा दूसरे विषय पर मुड़ गई। मेरा मन उसे सुनने में रम नहीं रहा था। अपनी कुटी में चली आई। बहुत सी जिज्ञासा और प्रश्नों का स्वतः निदान हो गया था आज। परंतु दूसरी ही चिंता और विषाद ने घेर लिया। गुरुदेव का महाकाव्य अभी अपूर्ण है परंतु दूर-दूर तक सभी के संज्ञान में आ गया है। वहाँ उपस्थित ऋषि, महर्षि, मुनि या तपस्वियों के लिए न अयोध्या अनजान है न ही जनकपुर। राम तो और भी नहीं। उत्तर भारतीय भू-भाग को कौन कहे, पूरा दक्षिणी खंड और सुदूर विदेशी भूमि लंका तक अपने अतुलनीय पराक्रम का लोहा मनवा चुके राम से सारा विश्व परिचित है।

महर्षि के महाकाव्य 'रामायण' और उसमें वर्णित पात्रों के साथ मेरी भी एक-एक गतिविधि को लोग कौतूहल से पढ़ेंगे। मेरा हरण...राम का मेरे चरित्र के प्रति संशय। मेरी अग्नि-परीक्षा...तत्पश्चात् राम द्वारा मेरा परित्याग...। राज्य से निष्कासन का कारण भी अवश्य ही उसमें वर्णित होगा। उन्हें जानकर उनके भीतर क्या वही संशय नहीं उठेगा जो प्रथम राम के हृदय में तथा बाद में लोकापवाद के रूप में सम्मुख आया? विशिष्ट जनों में क्या मेरे चरित्र पर पुनः वही चर्चा नहीं आरंभ होगी? जाने किस रूप में उन स्थितियों और घटनाओं का वर्णन व चित्रण किया होगा गुरुदेव ने। सोचकर मन विह्वल हो उठा। आँखें बरस पड़ीं।

"तुम रो रही हो माँ?" कुश ने मेरा हाथ पकड़कर पूछा। मैं सजग हुई। ओह! ये अश्रु क्यों बह आए बच्चों के समक्ष। कितने यत्नपूर्वक इन्हें छुपाती रही थी उनसे।

"माँ, तुम्हें भूख लगी है क्या?" लव ने मेरी ठुड्डी ऊपर उठाते हुए पूछा। दोनों रुआँसू हो उठे थे।

"नहीं मेरे बच्चो! मुझे भूख नहीं लगी है। आँख में कोई कण पड़ गया था इसी कारण अश्रु निकल रहे हैं। तुम लोग तनिक भी व्याकुल मत होओ।" आँसुओं को आँचल से पोंछती मैं बोली और उन्हें खींचकर अंक में भर लिया। मेरे नन्हे पुत्र, अब मेरी चिंता करने योग्य हो गए हैं। सोचकर अवर्ण्य सुख का अनुभव हुआ।

"चलो बच्चो, भोजन करो। शयन का समय हो गया है।" मैंने कहा।

प्रातः से कार्यों में स्वयं को व्यस्त रखने का प्रयास किया कि कल की बातें विस्मृत हो जाएँ। ध्यान सभा में भी गई फिर तुरंत कुटी में लौट आई। जाने क्यों गुरुदेव के सम्मुख पड़ने से बचना चाहती थी। जल लाने के लिए भी नयनसुख को नहीं पुकारा। अन्य कार्यों में भी किसी का सहयोग नहीं किया। मस्तिष्क को दूसरी ओर उलझाने का एक ही उपाय था; अति व्यस्त रहना। जाने यह कैसा संयोग जुड़ा था मेरे जीवन से। जब भी सहज होने लगती...। कोई न कोई बवंडर थपेड़ों से छिन्न-भिन्न कर देता मेरा सुख...सहजता...।

"क्या सोच रही हो पुत्री?" गुरुदेव द्वार पर खड़े थे।

"कुछ नहीं गुरुदेव, बस यूँ ही भटक गई थी अतीत के बीहड़ में...।"

"रात सभा से औचक उठकर चली आईं?"

"वो थोड़ी अस्वस्थता का अनुभव हुआ था। धृष्टता के लिए क्षमा प्रार्थी हूँ।"

"क्षमा की कोई आवश्यकता नहीं। तुम्हारी मनःस्थिति मैं समझ रहा हूँ। प्रसंग-वश चर्चा करनी पड़ी तुम्हारे सम्मुख, अन्यथा कभी भी उसे...।"

"क्यों गुरुदेव?"

"तुम्हें दुख पहुँचाना नहीं चाहता था मैं, भावी का आकलन कर रहा था कब उसकी इति का शुभ और सुखद अवसर प्राप्त हो।"

"मुझे ज्ञात था उसके विषय में परंतु, संकोचवश कभी कुछ पूछ नहीं पाई आपसे। भिन्न-भिन्न प्रकार की शंकाएँ अवश्य सर उभारती रहीं मस्तिष्क में उससे संबंधित।"

"रामायण के प्रति?"

"जी गुरुदेव, किंतु कल कुछ का स्वतः समाधान हो गया।"

"कुछ का ही क्यों पुत्री?"

"क्षमा करें गुरुदेव, आपने अभी तक उसकी इति क्यों नहीं की?"

"कल सभा में इस ओर संकेत किया था मैंने। तुम्हारे निष्कासन के बाद रामकथा की पूर्णता संभव है क्या? तुम्हारे बिना उस काव्य की महत्ता क्या होगी? अतः तुम लोगों का मिलन आवश्यक है। मुझे विश्वास है राम तुम्हें लेने स्वयं आएँगे, अपने पुत्रों के साथ। तुम पुनः अयोध्या की महारानी बनोगी। उसी दिन मेरे महाकाव्य की इति होगी।" हर्षित स्वर था उनका।

मन में आया कहूँ, 'यह असंभव है गुरुदेव!' परंतु मौन रही। मेरे अधरों पर पीड़ा भरी मुस्कान उभरी।

"उन्हें तो अपने पुत्रों के विषय में ज्ञात भी नहीं होगा गुरुदेव।"

"यह तुम्हारा भ्रम है पुत्री कि वे अनभिज्ञ होंगे अपने पुत्रों के जन्म से। क्यों भूल रही हो तुम राम अयोध्यापति हैं। जब महाराज जनक के गुप्तचरों ने तुम्हारे यहाँ होने का पता लगा लिया था तो क्या राम के गुप्तचर अनजान होंगे यहाँ की गतिविधियों से?"

"परंतु गुरुदेव...!"

"तुम तक उनका संवाद नहीं आया, इसका आशय यह नहीं कि वे अनभिज्ञ या असावधान हैं। मुनि नारद के कथनानुसार–राम अपने राजधर्म के प्रति अति कठोर हैं। सारे संबंधों से प्रिय है उन्हें अपनी प्रजा तथा राजधर्म।" गुरुदेव बोले।

सुनकर मेरे भीतर क्षोभ का बलबला सा उठा। कहना चाहा, जिस प्रकार उन्हें अपना राजधर्म प्रिय है, मुझे भी संसार के सारे राज्य तथा धर्म से बढ़कर अपना चरित्र प्रिय है। राज्य को जीता, हारा या त्यागा जा सकता है, चरित्र को नहीं। वह भी एक कुलीन स्त्री द्वारा। परंतु कहा नहीं। गुरुदेव हमारे मिलन की बात इतनी सहजता से कर रहे हैं, उनके भ्रम को तोड़ना उचित नहीं लगा। राम मुझे अपनाने आएँगे, प्रजा हित में उन्होंने निकाल दिया मुझे। त्याग दिया, ये सारी बातें गुरुदेव के लिए भी कदाचित सहज घटना ही है।

"गुरुदेव, राज्य में तो अनेक प्रकार के लोग होते हैं। सभी राजा के कार्य से सहमत, संतुष्ट हों यह संभव नहीं। राजा के किसी भी कार्य या निष्कर्ष पर कोई भी उँगली उठा सकता है। तो क्या राजा का यह कर्तव्य नहीं कि जनमानस में फैली निराधार भ्रांतियों को दूर करें? लोकापवाद के भय से अगर राजा अन्य आदर्शों का त्याग कर निर्णय लेने लगे तो क्या वह कुशल शासक कहलाएगा?"

"कदापि नहीं।"

"तो राम...।" कहते-कहते ठहर गई मैं। गुरुदेव से क्या उपालंभ? पति-पत्नी के सूक्ष्म संबंध में तो वायु तक की समाई नहीं। उसमें पंच, समाज या सभापति की क्या आवश्यकता। किसी के सहयोग से संभव है पति की निर्जीव संपत्ति में अधिकार प्राप्त हो भी जाए परंतु क्या पति के हृदय में स्नेह, सम्मान की प्राप्ति भी होगी?

''पुत्री! इक्ष्वाकु कुलभूषण राम के अपार गुणों पर ऐसे ही मुनि नारद ने प्रकाश नहीं डाला, उनके चरित्र पर आख्यान लेखन की प्रेरणा नहीं दी मुझे। जब तक मानव का आचरण उस योग्य नहीं होता कोई आदर्श पुरुष उसका दृष्टांत कैसे दे सकता है किसी को? तुम तो उनकी संगिनी हो...सहयात्री रही हो विपता के दिनों की। कोई असंतुलन, विचलन लक्ष्य हुआ तुम्हें उनके कथन, आचरण या व्यवहार में? एक ज्येष्ठ श्रेष्ठ राजकुमार का पिता आज्ञास्वरूप निर्लिप्त भाव से वन गमन करना। वन गमन के कारक विमाता कैकेयी के प्रति कोई दुराग्रह न पालना। कोई अपशब्द श्रवण न करना। घोर अभाव व वन के दु:सह दुखों का ताप सहन करते हुए भी वनजातियों का प्राणपण से सहायता करना। उन्हें स्वयं के प्रति सजग, सचेष्ट बनाना। देशहित के लिए साधनारत मुनि, तपस्वी जनों को उपद्रवी दुष्टों से त्राण दिलाना। बिना स्वयं के सैन्यबल के लंका पर विजय प्राप्त करना...। मेरी रचना का नायक कोई असामान्य व्यक्ति ही हो सकता है सीता! ऋणि हूँ मैं मुनि नारद का जिन्होंने मेरी स्मृति को तीक्ष्ण किया और राम को सम्मुख ला खड़ा किया किंतु एक चूक तो हो ही गई उनसे तुम्हारे त्याग की। जिसने उनके निर्मल चरित्र में दाग लगा दिया। जिसका परिमार्जन वे कर सके तो यह उनका कारुणिक पक्ष होगा। क्योंकि बिना करुणा के कोई भी व्यक्ति अपूर्ण है...अधूरा है।''

गुरुदेव ने अप्रत्यक्ष रूप से सब कुछ कहकर मुझे सांत्वना दी...मुझे लगा। कुछ वार्ता और होती बच्चे आ गए थे संगीत का अभ्यास करके।

"पुत्री, तुम इन्हें भोजन कराओ। भूख लगी होगी। बहुत परिश्रम करते हैं ये संगीत के अभ्यास में। इनके कंठ में तो जैसे सरस्वती का वास है। मधुर, सुरीला दोषरहित स्वर...। सोच रहा हूँ, कुछ दिनों पश्चात् अपने काव्य का गायन इन्हीं से करवाऊँगा।" कहकर गुरुदेव चले गए। एक और बड़े झंझावात में मुझे उलझाकर।

वैसे ही जब से कुश-लव सचेत हुए थे, सदा अपने पिता के विषय में भाँति-भाँति के प्रश्न पूछकर संकट में डाल रहे थे। अब यह रामचरित का पाठ। कथा का अध्ययन कर ये सचेत व अति चंचल बालक उसके पात्र का क्या स्मरण नहीं रखेंगे? उसके द्वारा किए गए भले या बुरे कार्यों को विस्मृत कर पाएँगे? चिंतित हो उठी मैं।

समय वेग से भाग रहा था।

41

कुश-लव अब खिलौनों से नहीं खेलते। अब वे अक्षर ज्ञान द्वारा संसार को जानने-पहचानने और बुद्धिमत्तापूर्ण प्रश्न कर रहे हैं। जो बात उन्हें सत्य अनुभव होती है तो हर्षित होते हैं। मिथ्या जानकर क्रोधित और उत्तेजित हो जाते हैं। आश्रम

के बाहर का संसार गुरुदेव का महाकाव्य दर्शा रहा है उन्हें। उसका अध्ययन बड़े मनोयोग से वे कर रहे हैं तथा वीणा की लय पर उनका गायन भी। वहाँ से आने के पश्चात् पुनः मुझे उन प्रसंगों को सुनाते हैं। तब विस्मृत क्षण पुनः साकार हो उठते हैं मेरे समक्ष। अचंभित होती हूँ गुरुदेव की कल्पनाशीलता पर। कैसे सटीक वर्णन कर सके वे उन स्थल, स्थिति तथा दृश्यों का जैसे वे हमारे संग उपस्थित रहे हों वहाँ। देख रहे हों एक द्रष्टा की भाँति, भोग रहे हों भुक्तभोगी की भाँति सब कुछ। और कभी किसी प्रसंग को सुनकर संताप भी होता है कि यहाँ वे मात्र दर्शक ही रहे, सुनी हुई कथा को विस्तारित रूप देने वाले।

अनुभव हुआ विवाह प्रसंग से सरस-सटीक बढ़ी कथा वनगमन तक आते-आते राम पर केंद्रित होती गई है। राम पर केंद्रित होना अस्वाभाविक भी कहाँ है। राम ही राम तो थे उस समय सर्वत्र तथा आज भी हैं। विद्या, बुद्धि, पराक्रम, त्याग, विनयशीलता, सत्यवादिता, सभी में आदर्श पुरुष। इन्हीं विपुल गुणों के समावेश ने पुरुष से पुरुषोत्तम बनाया था उन्हें। अपना दृष्टांत वे स्वयं थे। कैसे उपेक्षित कर जाते इसे गुरुदेव। मैं भी तो गर्व से भर उठती थी उन्हें देखकर। इठलाया करती अपने सौभाग्य पर संग-साथ पाकर उनका। सुना था स्त्री ऐसे पति की कामना करती है जो पराक्रमी ही नहीं उसका साथी, सहयोगी तथा उसे समझने वाला भी हो। पराक्रम में राम कहाँ न्यून थे। धनुष पर प्रत्यंचा चढ़ाकर ही मेरे मन को छू लिया था उन्होंने। मात्र मैं उनकी अर्धंगिनी ही नहीं प्रेयसी भी थी। जब मन ही उनकी ओर मोहाविष्ट हो गया तो तन तो स्वतः न्यौछावर होना ही था उन पर। किंतु विशेष आवश्यकता थी जब उनकी; तब त्याग दिया उन्होंने मुझे। आह...क्यों नहीं विस्मृत होते ये प्रसंग...स्मरण..। उनके गुण, स्नेह रुलाते। परंतु उपेक्षा मरणासन्न कर जाती।

महाकाव्य रामायण का पाठन व गायन कुश-लव को रुचिकर लगता। परंतु महाकाव्य में वर्णित बहुत-सी बातें, घटनाएँ उन्हें अरुचिकर भी लगतीं। उससे वे सहमत-असहमत भी होते। असहमति वे मात्र मेरे समक्ष जताते। गुरुदेव से कुछ कह नहीं सकते थे। और जिज्ञासाएँ उन्हें उकसातीं तर्क-वितर्क हेतु। विचित्र-विचित्र प्रश्न पूछते–

आज भी वे क्लांत मुख सम्मुख खड़े हैं, "माँ, विमाता क्या माँ नहीं होती?" कुश ने पूछा–

"माता ही होती है पुत्र किंतु जननी नहीं होती। क्यों? क्या बात है जो इतना उद्विग्न हो?

"विमाता स्त्री ही होती है पुत्र, क्या बात है जो इतना व्याकुल हो?" मैं उन्हें अपने पार्श्व में समेटते हुए बोली।

"तो विमाता कैकेयी ने अपने पुत्र सुख हेतु राजा रामचंद्र को वनवास का कठोर दंड क्यों दिया?"

"राजकुलों की बात भला मैं क्या जानूँ पुत्र! संभव है आपसी द्वंद्व व स्पर्धा-वश ऐसा हुआ हो। राजभवन के वासी भी तो मनुष्य ही हैं। अतः मानवीय गुण व अवगुण से वे भी अक्षुण्ण कहाँ होते हैं।"

"और माँ! कोई विद्वान ब्राह्मण ऐसा आचरणहीन कैसे हो सकता है कि किसी पर-स्त्री का बलात हरण कर ले जाए? क्या रावण को कुल, धर्म का तनिक भी संज्ञान नहीं था?" लव बोला तो डर गई मैं। ये बातें उनके बालमन को आहत कर रही हैं। जिस दिन उनके संज्ञान में आएगा, ये घटनाएँ उनके पिता व माता से संबंधित हैं तो कैसा अनुभव होगा उन्हें?

"राम ने उसका वध कर अच्छा ही किया।" उत्तेजित होता कुश बोला।

"किंतु राजा राम ने सीता की अग्नि-परीक्षा क्यों ली माँ? यदि वह अग्नि में जलकर भष्म हो जातीं तो?" कहते-कहते सुबक उठा लव।

हतप्रभ सी अभी तक उनकी उक्ति सुनती रही थी; सजग हो उसे अंक में भर लिया मैंने। कितना गहरा प्रभाव पड़ा है इनके मन पर मेरी अग्नि-परीक्षा का। चिंतित हो गई मैं।

"मेरे बच्चों, किसी कथा के प्रति इतना संताप, इतनी उत्तेजना अच्छी नहीं।"

"नहीं माँ, वह मात्र कल्पित कथा नहीं है। गुरुदेव कहते हैं, राम जीवित हैं, कोसल राज्य के राजा हैं। उनकी राजधानी अयोध्या बहुत विशाल और सुंदर नगर है।" कुश समझाने वाले भाव से बोला।

अनुभव हुआ, इनकी बुद्धि अधिक विकसित हो गई है। कुछ भी कहकर बहलाना, फुसलाना सहज नहीं है इन्हें।

"कथा सत्य भी है तो उससे क्या प्रयोजन हमारा, तुम लोग दुःखी मत होओ। मात्र काव्य समझकर उसका पाठन, गायन करो।"

"माँ, हमने कोई नगर नहीं देखा अभी तक। इस आश्रम से बाहर गए ही नहीं। हमारी इच्छा है अयोध्या देखने की?" लव बोला।

"अयोध्या ही क्यों मेरे लाल? आस-पास बहुत से सुंदर नगर हैं। बड़े हो जाओ, फिर गुरुदेव की आज्ञा से चले जाना भ्रमण-दर्शन करने।"

"माँ, हमें अयोध्या ही देखनी है और 'रामायण' के पराक्रमी नायक राम को भी। कैसे होंगे वे, जैसे महाकाव्य में वर्णित हैं वैसे या दूसरे प्रकार के? बड़ी जिज्ञासा हो रही है।" कुश उत्साहित होता बोला तो मैं चौंक पड़ी। सत्य ही तो कह रहा है वह। किसी कथा का पात्र यदि जीवित है तो वह आकर्षित करेगा ही अपनी ओर...। इस महाकाव्य द्वारा राम का व्यक्तित्व और पराक्रम युगों-युगों तक जीवित रहेगा...सारे किंतु, परंतु और प्रश्नों के पश्चात् भी। मैंने सोचा।

"हाँ पुत्रो, वीर पराक्रमी नृपति लोक मानस में बस जाता है। तुम्हें ही क्यों, जो भी इस काव्य का अध्ययन करेगा उसे भी उनके अवलोकन की इच्छा अवश्य होगी। तुम्हारी शिक्षा पूर्ण हो जाए उसके बाद भारत भ्रमण करना। दर्शन करना। राम भी तो गुरुगृह गए थे शिक्षा ग्रहण करने। महाकाव्य में पढ़ा ही होगा तुमने?"

दोनों का मौन हो जाना मेरा हृदय कचोट गया। राम वयस्क अवस्था में वन गए थे। सारे नगरवासी उद्वेलित हो रो पड़े थे। मेरे पुत्र वनवासी होकर रह गए हैं। कोई सुधि तक नहीं ले रहा है इनकी। आह...कैसे धैर्य रखूँ...? क्यों पुनः-पुनः उलझ जाती हूँ अतीत के जाले में। तो फिर क्या करूँ? हृदय की तड़प, घुटन शांत भी तो नहीं होती किसी यत्न से।

इतने वर्षों में आश्रमवासियों द्वारा मेरा परिचय, वंश, गोत्र और यहाँ उपस्थिति का औचित्य का न पूछा जाना उनकी उदारता थी, सदाशयता थी, महानता थी। किंतु ये प्रश्न उनके मस्तिष्क में उभरे ही नहीं होंगे, क्या ऐसा संभव है? ये मूढ़ नहीं हैं। तो कितने महान, धैर्यवान और मानवता से पूर्ण मनुष्य हैं ये। मन भर आया इनकी आत्मीयता पर। न तो मैं कोई दानी थीं न महारानी और न ही बलशाली ही। कोई तो हेतु नहीं था इनकी पात्रता को प्राप्त करने का। पुनः स्नेह दे रहे थे ये मुझे। कैसे ऋण चुका पाऊँगी इनका मैं।

"तुम क्या सोच रही हो माँ?"

"तुम्हारे लालन-पालन, शिक्षा-दीक्षा और भावी हेतु चिंतित हूँ पुत्र।"

"हमारे भविष्य हेतु चिंता कैसी माँ? आश्रमवासी हैं हम। शिक्षा ग्रहण कर यहीं कोई कार्य करेंगे। जैसे अध्यापन, गायन या शिक्षण देना। वाद्य की शिक्षा देना।"

"आह मेरे बच्चो।" दुःख से हृदय टूँक-टूँक हो गया। लगा इससे आगे ये सोच भी क्या सकते हैं। जितना लक्षित है, सोच उसके परे कहाँ होगी। संतोष हुआ, अपने परिचय से अनभिज्ञ हैं। सहजता से जी रहे हैं। आगे भी जी लेंगे। परिचय ज्ञात हो जाए तो कितनी विकट स्थिति होगी इनके समक्ष। जैसे-जैसे वय में वृद्धि होगी, सैकड़ों प्रश्न उलझन उत्पन्न करेंगे...व्याकुल करेंगे इन्हें। तब क्या मेरी ही भाँति ये भी सिमट नहीं जाएँगे स्वयं में? क्या कभी मेरे विचार में भी आई थी ये बातें। मात्र जन्म देना...भारमुक्त जीवन देना भी दायित्व होगा मेरा कहाँ विचार आया था। प्राणोत्सर्ग करने से हिचक गई इनके जीवन के मोहवश। जीवन देकर कहीं उससे अधिक अन्याय तो नहीं किया मैंने इनके साथ?

"माँ भोजन दीजिए न। क्यों इतना सोच रही हैं हमारे लिए? हम अब बालक नहीं रहे...। आपको कोई परिश्रम नहीं करने देंगे। आपके कार्यों में अंशी बनेंगे। फल, जल ला दिया करेंगे।" कुश बोला।

उसके भावपूर्ण शब्दों ने द्रवित कर दिया मुझे। सत्य ही तो कह रहे हैं। ये क्यों इतना सोच रही हूँ इनके विषय में। पुत्र हैं परंतु क्या ये साधारण हैं? असाधारणता अनुभव भी तो नहीं करना है इन्हें। बलपूर्वक उलझनों को झटक दिया मस्तिष्क से। श्रेष्ठजनों का कथन है जिस स्थिति पर अपना वश नहीं उसे समय पर छोड़ देना ही श्रेयस्कर है। स्वतः ही कोई न कोई समाधान निकल आएगा उसका। सोचने-विचारने, चिंता करने, रोने, तड़पने के पश्चात् भी तो कोई समाधान दृष्टिगत नहीं हो रहा। भावी उतना ही तिमिर उतना ही भयावह लग रहा।

सदा हँसते, किलकते आने वाले कुश-लव आज इतना शांत और मलिन मुख क्यों हैं? समय से पूर्व आ भी गए हैं। व्यग्र भी लग रहे हैं। कहीं अस्वस्थ तो नहीं हो गए हैं। घबड़ा उठी मैं। युग्म थे। कोई भी व्याधि साथ ही प्रभावित करती थी दोनों को। झट उनका माथा छुआ। ताप नहीं है।

"कोई पीड़ा तो नहीं हो रही मेरे बच्चो?"

"नहीं...।" उनका संक्षिप्त उत्तर और अस्वाभाविक आचरण ने अधिक व्याकुल कर दिया मुझे।

''गुरुदेव ने कुछ कहा है?''"

"गुरुदेव की बातों का बुरा नहीं मानते हम।" कुश का वही शुष्क व संक्षिप्त उत्तर।

मैंने उसके मुख की ओर देखा। वही मलिनता। कंपित अधर। पश्चात् भी 'हम' की भावना से ओत-प्रोत 'मैं' के स्थान पर सदा 'हम' शब्द का उच्चारण। जैसे एक शरीर दो प्राण हों। दोनों बिल्कुल राम के भाइयों की भाँति। थे तो उन्हीं के अंश। आपस का रार कभी नहीं हो सकता इनका।

"तो फिर मुख पर यह मलिनता क्यों?"

"अब हम काव्य का गायन नहीं करेंगे माँ।"

"क्या हुआ पुत्रो, किसी ने कुछ कहा है क्या?"

"किसी ने कुछ नहीं कहा। यहाँ सभी हमसे अत्यधिक स्नेह करते हैं।"

"क्या बात है मेरे बच्चो, कुछ कहो भी तो!" अधीर हो मैंने पूछा।

"राजा राम विद्वत्ता से इतने पूर्ण हैं...पुनः ऐसी भयंकर भूल कैसे कर गए वे। जिस पत्नी ने विपदा में उनका साथ दिया, उसी निर्दोष सीता को किसी के कहने मात्र से उन्होंने त्याग दिया।" क्षुब्ध स्वर में कुश बोला।

"हम अब कभी रामायण का गायन नहीं करेंगे।" लव का आक्रोशित स्वर।

तो यह प्रसंग भी आ गया इनके समक्ष अपनी भयावहता के साथ? मेरा अनुमान, आशंका व भय सत्य हो गया। इसी विस्फोट से तो आक्रांत थी। नहीं चाहती थी अति संवेदनशील कुश व लव के बालमन पर उत्तेजना तथा आक्रोश का भाव उत्पन्न हो परंतु समय का चक्र पुनः-पुनः घूमकर आ रहा था वही। मौन रह गई। कुछ भी पूछना, कहना, कुरेदना उचित न लगा। कुछ कहने पर और व्यग्र हो उठेंगे ये। इनका निश्छल मन वैसे ही राम के व्यवहार से क्लांत है।

बहला-फुसलाकर उन्हें शांत, संयमित किया। अनिच्छुक होते हुए भी उन्हें भोजन कराया। पुनः वे चटाई पर लेट गए।

कुटी में घुटन का अनुभव हुआ। धीरे से द्वार खोलकर बाहर निकल आई। त्रयोदशी या चतुर्दशी का चंद्रमा व्योम पर विहँस रहा था। धवल, स्निग्ध चंद्रिका बिखरी हुई थी चहुँओर। आश्रम में अभी चहल-पहल थी। बच्चे ही निद्रा-मग्न हो गए थे समय से पूर्व। वरन इस समय कहाँ अवसर मिलता बाहर निकलने का। उन्हें विद्याभ्यास कराना, भोजन कराना, उनकी समस्याएँ सुनना, तर्क-वितर्क द्वारा उनका समाधान करना। इन्हीं में समय व्यतीत हो जाता था। कहाँ ज्ञात होता था कि कौन-सा मास, पक्ष या तिथि है आज।

सघन पेड़-पौधों और कुटीरों पर बिखरी चाँदनी ने आघात सा किया मन पर। यही चाँदनी रात्रि कितना आनंदित करती थी पंचवटी में। कुटी के बाहर चटाई पर लेटे राम। उनके पार्श्व में बैठी मैं और लक्ष्मण। पुष्पों के भीनी-भीनी सुगंधयुक्त वायु का स्पर्श। हास-परिहास करते दोनों भाई। मुझे मूर्ख बनाने की उनकी चेष्टा। प्रायः उनके हास्य का विषय होता जनकपुर का कोई प्रसंग या मेरा पक्षी प्रेम।

"पुत्री तुम अकेली, कुश-लव कहाँ हैं?" गुरुदेव के स्वर से चौंक पड़ी मैं।

इतनी रात्रि में, गुरुदेव यहाँ कैसे? संध्या के पश्चात् तो कभी नहीं आए वे इधर।

"वो सो गए हैं गुरुदेव।"

"बहुत खिन्न चित्त लौटे थे आज वे कक्षा से। मेरा मन उद्विग्न हो उठा था। अतः उन्हें देखने चला आया।"

"जिस आशंका से भयग्रस्त थी मैं गुरुदेव, वही घटित हो गया आज। बहुत आहत थे वे। मेरे वनवास के प्रसंग ने बहुत बुरा प्रभाव डाला है उनके हृदय पर। कठोर शब्दों का प्रयोग कर रहे थे वे राम के प्रति। मैं उनसे अलग हूँ। वे मुझसे विमुख हो गए। किंतु बच्चों के मन में उनके प्रति किसी प्रकार की मलिनता या कटुता का भाव उत्पन्न हो, मुझे अभीष्ट नहीं। राम के लिए किसी के भी मुख से अपशब्द सुनना सहन नहीं होगा मुझसे। चाहे वे मेरे पुत्र ही क्यों न हों।" कहते-कहते मैं सिसक पड़ी।

"संयमित होओ पुत्री, तुम्हारा यही समर्पण, प्रेम और सहिष्णुता आदर्श पत्नी ही नहीं आदर्श माँ भी सिद्ध करता है तुम्हें। नदी तट पर तुम्हारे मुख से निकला वह करुण चीत्कार और आज राम के प्रति पुत्रों का भी कटु शब्द सहन न करना। अनुराग का ऐसा अनुपम दृष्टांत कदाचित ही संसार में मिले। तुमने तो स्त्री के सभी रूपों को अपनी सेवा, कर्तव्य से सार्थक कर दिया। तुम्हारे जीवन का अभाव शीघ्र दूर हो। यही मेरी कामना और आशीर्वाद है। तुम से विलग राम की स्थापित मर्यादा अक्षुण्ण कैसे होगी?"

"परंतु गुरुदेव, बच्चे...?"

"उनके हेतु चिंता त्याग दो। सब शुभ होगा।"

"राम के प्रति उनके मन में उत्पन्न आक्रोश भी?"

"हाँ पुत्री।"

"कालांतर में उन्हें ज्ञात होगा, उनकी माँ को वनवास देने वाले राजा राम ही उनके पिता हैं। क्या तब भी?"

"हाँ पुत्री, सुखद अंत समस्त विषाद को उसी भाँति ढँक देता है जैसे कुहासा वृक्षों को। शीघ्र वह समय सन्निकट होगा जब इनके प्रश्न और तुम्हारे दुःखों का अंत हो जाएगा। वरन् मेरी रामायण पूर्ण कैसे होगी। मेरा परिश्रम व्यर्थ न हो जाएगा?"

कहकर गुरुदेव चले गए। मैं भी कुटी में लौट आई।

42

कुश और लव बड़े हो रहे हैं। अपने उत्साह, उमंग और जिज्ञासा संग। प्रकृति का नित्य नया अर्थ उनकी अबोधता को परिपक्व कर रहा है। शिक्षा, दीक्षा और शस्त्र संचालन के अभ्यास संग रंगों, दृश्यों के कितने पहलू उजागर हो रहे हैं उनके समक्ष। उनके अति व्यस्त हो जाने से बचे अपने पर्याप्त समय में सहज निकाल ले रही हूँ मैं शिक्षण तथा लेखन का समय। फिर भी जो अभाव है, सूनापन है, अधूरापन है वह विस्मृत नहीं हो पा रहा है। जब भी तनिक विश्राम का क्षण आता है, जाने कहाँ से आक्रमण करने आ धमकते हैं ये। लगता है, समय के साथ कहाँ भरते हैं कुछ जख्म। वे नासूर बन सदा ताजा बनाए रखते हैं अपनी याद।

जाने ऐसा क्या कर दिया है गुरुदेव ने कुश-लव पर जो वे रामायण के गायन की ओर पुनः आकृष्ट हो गए हैं और पारंगत होते जा रहे हैं उसमें। उसी में ही नहीं बल्कि सभी विधाओं में भी। माँ कौशल्या कहा करती थीं, 'मेरे राम इतने कुशाग्र बुद्धि थे कि अल्प समय में ही सभी विधाओं में प्रवीण हो गए थे। अचंभित थे उनके गुरुदेव इनकी बुद्धिमत्ता पर। कहते, अपने अध्यापन के वृहत् काल में ऐसा विलक्षण बालक नहीं देखा है मैंने।'

कुश-लव के संबंध में भी गुरुदेव की यही उक्ति है। हर्ष से पुलक उठती हूँ मैं। आखिर राम के ही अंश हैं दोनों। पिता के गुणों का इनमें होना गर्व की बात है मेरे लिए। मात्र एक गुण सत्य का अहंकार को छोड़कर। वशिष्ठ ने कहा था, 'सत्यवर्ती होना उत्तम है मनुष्य के लिए किंतु सत्य का अहंकार होना नहीं। सत्य का अहंकार एकाकी बना देता है उसे। यह दूसरों के साथ-साथ उसे भी दंडित करता है जो इसका अवलंब लेते हैं।'

मुझसे अलग होकर राम क्या प्रसन्न होंगे? वे तो मुझसे भी अधिक अकेले होंगे। एक पत्नीव्रत के संकल्पस्वरूप अभिशप्त हैं वे नितांत एकाकी रहने के लिए। मेरे अकेलेपन को दूर करने के लिए उनका प्रतिरूप कुश और लव हैं मेरे पास। माँ-भाई, बंधु से कहाँ पूर्ण होता है जीवन। सृष्टि का विधान है सहजीवन। अंतरंगता सिर्फ पति-पत्नी के बीच ही होती है। स्त्री-पुरुष का युग्म जीवन स्वाभाविक है। अकेलापन शास्त्र सम्मत नहीं। राम को मेरे स्नेह के क्षण क्या स्मरण नहीं होते होंगे? होते होंगे तो क्या संबंधों के जमघट में भी उन्हें निस्संग नहीं कर जाते होंगे? वैसे ही जैसे सारे कार्यों के बीच भी मुझे कर जाते हैं। मैं अपने चरित्र पर कलंक का बोझ ढो रही हूँ तो राम क्या पत्नी निष्कासन के लांछन के भार तले नहीं दबे होंगे। किसी भी युग या राज्य में समस्त प्रजा का अभिमत एक हुआ है कभी? राम के सम्मुख नहीं किंतु उनके परोक्ष में क्या उनके कार्य पर विमर्श नहीं होता होगा? अयोध्या या आर्यावर्त में? जितनी चर्चा राम संग मेरे वनगमन पर नहीं हुई होगी, मेरे निर्वासन पर अवश्य हो रही होगी। क्योंकि मानव का स्वभाव होता है असंगत की ओर अधिक आकृष्ट होने का। विमर्श करने का। पुरुषों द्वारा तय किए गए स्त्रियों के शील, संस्कार और शुचिता के मानदंड पर टिका यह समाज उसे शील संस्कार से च्युत होना सहन नहीं कर सकता चाहे अफवाह सत्य हो या मिथ्या...।

बालकों की पुकार ने सोचों के संसार को छिन्न-भिन्न कर दिया। अति प्रसन्न, अति उत्सुक थे आज वे। शायद आज किसी नए प्रसंग का गायन कर के आए हैं और उसे सुनाना चाह रहे हैं मुझे। बिना मुझे सुनाए वे तृप्त होने वाले भी नहीं हैं। शीघ्र ही दोनों ग्यारहवें वर्ष में पदार्पण करने वाले हैं। गुरुदेव उनसे नियमित अपने काव्य का गायन करा रहे हैं। कुश-लव भी अनुराग से उसका गायन कर रहे हैं। अनुराग भी ऐसा कि कुटी में आने के बाद भी उनका गुनगुनाना समाप्त नहीं होता...।

मेरे हामी भरते ही वे हर्ष से सुनाने लगते हैं—

"माँ ज्ञात है आपको, किशोर वय में ही भ्राता-द्वय राम-लक्ष्मण ने ताड़का और सुबाहु का वध कर सिद्धाश्रम को आततायियों से मुक्त किया था। आज हमने उसी प्रसंग का गायन किया है।" कुश का उत्फुल्ल स्वर।

"राजपुत्र होकर भी वे अपने गुरु विश्वामित्र की पाद-सेवा करते थे और उनकी आवश्यकता की सामग्री फल-फूल, समिधा भी लाते थे।" लव का आश्चर्ययुक्त स्वर।

"उनकी भाँति हमें भी अपने गुरुदेव की सेवा करनी चाहिए। हम भी तो उनके शिष्य हैं? कितना स्नेह करते हैं वे हमें! हमारा भी दायित्व है उनकी सेवा करना।" कुश बोला।

सत्संग का प्रभाव कितना उत्तम होता है, देख रही हूँ मैं बालकों की सोच-समझ की उत्थान को। निश्चिंत हूँ उनके विकास से। वे अभी से अपना कर्तव्य निश्चित कर रहे हैं। सेवा में आसक्ति है उनकी। सेवाभाव विनम्र बनाएगा इन्हें। बड़ों के आशीष से संतुष्टि का अनुभव होगा। पूर्ण संतुष्टि और सहजता इनका जीवन-पथ प्रशस्त करेगी।

"हाँ मेरे बच्चो, अवश्य करनी चाहिए उनकी सेवा। अब चलो, भोजन कर विश्राम करो।"

"अभी भोजन-विश्राम नहीं माँ। एक अद्‌भुत प्रसंग सुनाना तो शेष ही रह गया।" कुश बोला।

लव ने उसका समर्थन किया।

"अब कौन-सा प्रसंग पुत्रो?"

"शिव धनुष भंग का माँ। राम ने कितनी सहजता से उस विशाल धनुष पर प्रत्यंचा चढ़ा दी जिसे कितने नृपत्ति प्रयास के पश्चात् भी उठा नहीं पाए थे। इसी क्रम में वह खंडित हो गया। कितने पराक्रमी थे राम। तभी तो संभव हुआ उस विशाल पिनाक को उठाना।"

मैं मौन टुकुर-टुकुर उनका चेहरा निहारती रही।

"माँ, तुम जनकपुर गई हो?" कुश का अप्रत्याशित प्रश्न हिला गया मुझे।

"नहीं मेरे लाल...।" कहते-कहते औचक ठहर गई। मिथ्या भाषण क्या उचित होगा इनके समक्ष। सत्य का ज्ञान जब होगा इन्हें तब क्या सहन होगा मेरा मिथ्या कथन? पुनः क्या समाधान हो? क्या उत्तर दूँ इनके प्रश्नों का? कैसे समझाऊँ उनके अबोध मन को? कैसे बहलाऊँ? प्रश्नोत्तर के बदले प्रश्न ही पूछ लिया–

"क्या जानने को उत्सुक हो जनकपुर के विषय में?"

"वहीं की राजकुमारी सीता के ब्याह हेतु पिनाक पर प्रत्यंचा चढ़ाने का पण निश्चित किया था जनकपुर अवनिंद्र ने। पण पूर्ण कर राम ने सीता का वरण किया था।" कुश बोला।

तत्क्षण लव बोल पड़ा–

''राजनंदिनी सीता भी पराक्रम में राम से कम नहीं थीं...अपने बाम हाथ से ही खिसका दिया था उन्होंने उस बक्स को जिसमें वह विशाल धनुष रखा हुआ था।''

'नहीं मेरे पुत्रो! स्त्री का सारा पराक्रम नियति के धूल तले दब जाता है।' कहना चाहा...कह न सकी। ये क्या समझेंगे अभी इन गूढ़ बातों को।

बारी-बारी सुना रहे थे दोनों। कितना मोहक लग रहा था प्रसंग। मंत्रबिद्ध सुन रही थी मैं। औचक विद्युत प्रहार सा हुआ मस्तिष्क पर। अभी तक दोनों सुखद परिस्थिति

से गुजर रहे थे। आगे का प्रसंग जाने क्या प्रभाव डाले इनके मस्तिष्क पर, यदि गुरुदेव ने उनका वर्णन भी उसी प्रकार किया हो।

अपने महाकाव्य रामायण की शीघ्रातिशीघ्र इति चाह रहे हैं गुरुदेव। समझ नहीं पा रही मैं इतनी व्याकुलता क्यों है उन्हें। क्या अपने ढलते वय से भयग्रस्त हैं कि यदि इसे पूर्ण नहीं कर पाए तो? सदा राम की चर्चा। उनके पराक्रम, विनम्रता की चर्चा। राम राज्य स्थापना हेतु उनकी दक्षता की चर्चा। उसमें उनके साथ मेरा युग्म संबोधन। राम से अलग मेरा अस्तित्व स्वीकार नहीं उन्हें। विलग मैं थी भी कहाँ उनसे। पुष्प में सुगंध की भाँति अपना अस्तित्व उनमें खोकर एकाकार हो चुकी थी। अचानक मुझे स्वयं से विलग कर मेरा ही नहीं अपना भी तेज मद्धम कर बैठे वे। मेरे त्याग से उनका यश अवश्य बढ़ा होगा, किंतु मन की शक्ति एवं शांति भी क्षीण हुई होगी। किसी भी मर्यादा की स्थापना सहज कहाँ होती है। राम राज्य स्थापित करने में कर्तव्य, दायित्व सदा आलोड़ित नहीं कर रहा होगा। मात्र बच्चों के भविष्य का दायित्व बोध मुझे चैन नहीं लेने दे रहा है। राम के समक्ष तो महान-महान महत्त्वाकांक्षाएँ हैं। दायित्व हैं। मात्र मैं ही गौण हूँ दायित्व की उस भीड़ में।

बच्चे संगीत साधना हेतु चले गए हैं। विलंब से आएँगे कहकर। यह भी कहना नहीं भूले हैं कि मैं उनकी चिंता न करूँ अब। वे समझने लगे हैं मन:स्थिति। अपनी ही नहीं औरों की भी। सूर्य विश्राम हेतु कब के अस्ताचल जा चुके हैं। लालिमा अभी रंग रही है आकाश को। भोजन की व्यवस्था रात्रि से पूर्व कर लेनी होगी। कृष्ण पक्ष का गहन अंधकार शीघ्र ही ढक लेता है आश्रम को अपने आँचल में।

चूल्हा जला ही था कि भारी कोलहल उभरा। घोड़ों की टापें। हाथियों की चिंघाड़...रथ की खड़खड़ाहट। कहीं राम तो नहीं आ गए? इसी हेतु गुरुदेव आशायुक्त वार्ता कर रहे थे कुछ दिनों से। यदि सत्य में राम हुए तो, कैसे सामना कर पाऊँगी मैं उनका? सरोवर की भाँति थिर हो चुके मन-प्राण के साथ। उसमें उछाले गए शब्द रूपी कंकड़ के आघात से अब हल्की सी भी लहर उठेगी, संदेह है। दु:ख-विषाद की समीक्षा, आलोचना, सहजता या उत्तेजनावश करने वाले मन में औचक उन्हें समक्ष पाकर कैसा भाव उत्पन्न होगा...उत्पन्न होगा भी या नहीं?

"वनदेवी।" श्यामा द्वार पर खड़ी पुकार रही है।

"यह कैसी हलचल है श्यामा, पुन: कोई नृपति पधारे हैं क्या?" जिज्ञासा स्वत: अधरों से छलाँग लगा देती है।

"राजा राम...।" धड़कन तीव्र होती। तत्क्षण उसके शब्द विराम दे देते हैं।

"राजा राम के भाई शत्रुघ्न, जो कुश-लव के जन्म की रात्रि भी यहाँ उपस्थित थे। बारह वर्षों पश्चात् लौट रहे हैं अयोध्या। मथुरा विजय के पश्चात् सिंहासन के दायित्ववश वहीं रह गए थे। रात्रि विश्राम आश्रम में ही है उनका।"

सुनकर दीर्घ उच्छ्‌वास निकला मुख से। तत्क्षण भय व्याप गया। कुश-लव गुरुदेव के समीप हैं। अपने भाई का प्रतिबिंब देख यदि शत्रुघ्न पहचान गए उन्हें? उनका परिचय गुरुदेव से पूछ बैठे? सदा सत्यवादी गुरुदेव सत्य से आवरण हटा बैठे, तब क्या होगा? किंतु अब हो भी क्या सकता था, सिवा मन को समझाने के। जो होना होगा...होगा ही। मेरी व्याकुलता से टल तो नहीं सकता।

श्यामा जा चुकी थी संवाद सुनाकर। व्याकुलता की स्थिति में कुटी से बाहर निकल आई। श्यामा के लिए किसी राजा का यहाँ पदार्पण सामान्य घटना थी। मेरे लिए विशिष्ट। मन व्यग्र हो रहा था, मेरे प्रिय शत्रुघ्न इतने सन्निकट हैं परंतु मेरी विवशता, उन्हें देख नहीं सकती। मिल नहीं सकती। किसी की कुशलता पूछ नहीं सकती। अपनी बहनों तक की भी नहीं। पुनः क्षोभ भर आया मन में। किससे कहूँ अपनी यह विवशता? कौन समझेगा मेरी पीड़ा?

आश्रम के बाहर सैनिकों के अनगिनत तंबू। सामने प्रज्वलित अलाव। स्थान-स्थान से उठते धुएँ। प्रकाश, उनकी वार्ता। विचित्र भनभनाहट सी तैर रही वातावरण में। शांत-सात्विक वातावरण अशांत हो उठा है। भिन्न-भिन्न रंग, प्रकार के फूलों के पौधों के मध्य घनी तुलसी की बाड़। पीपल, नीम, शाल, आम्र कुंजों से आच्छादित। कल-कल प्रवाहित गंडकी की वृहत् धारा समीप। छोटी बस्ती का भ्रम कराता गुरुदेव का भव्य, विशाल आश्रम। इतना सुंदर, इतना रम्य, मानो सघन अरण्य मध्य स्वर्ग उतर आया हो। पूछा भी था एक दिन गुरुदेव से, 'अरण्य बीच स्थित इस आश्रम के निकट ये सघन पेड़-पौधे स्वतःस्फूर्त नहीं योजनाबद्ध रूप से उगाए प्रतीत हो रहे हैं। इसका प्रयोजन क्या है गुरुदेव?'

"वन, अरण्य प्राकृतिक भंडार हैं। स्वतःस्फूर्त उपजने वाले पेड़ों से पृथ्वी पर झड़े फल पक्षी या वायु द्वारा विस्तारित किए गए बीजों से तैयार होने वाले। जीवन चक्र की भाँति। किंतु कुछ विशेष वृक्ष पौधे जो जीवनदायी हैं मनुष्य के लिए। उनका बहुतायत से सन्निकट होना आवश्यक होता है, उनका रोपन अवश्य किया गया है। मानव जीवन हेतु तीन वस्तुएँ सर्वाधिक महत्त्वपूर्ण हैं। अन्न, जल तथा स्वच्छ वायु। तीनों का स्वच्छ प्राप्त होना मानव को स्वस्थ तन प्रदान करता है। स्वस्थ तन में स्वस्थ मस्तिष्क होगा। स्वस्थ मस्तिष्क में स्वस्थ विचारों के उदय से स्वस्थ समाज का निर्माण होगा। रुग्ण मस्तिष्क में कभी स्वस्थ विचार आ ही नहीं सकते। पुत्री, इसलिए यह व्यवस्था आवश्यक थी।'

गुरुदेव के सुंदर विचारों से मानव जीवन के लिए वन संपदा की उपयोगिता और तपस्वियों का वन में रहकर जड़ संरक्षण का औचित्य स्पष्ट हो गया था।

देर रात्रि गए कुश-लव लौटे। अधर में लटके मेरे प्राण को आश्वस्ति मिली। दोनों विशेष हर्षित थे। आते ही बोले—

"आश्रम में मथुरा के राजा आए हैं माँ। बहुत ही सुदर्शन, बहुत ही तेजस्वी। गुरुदेव की आज्ञा थी उनके पादवंदन करने की। हमने किया। हमें देखकर चौंक पड़े वे। पुनः ध्यान से देखा। आश्चर्यचकित भाव से। वीणा की लय पर हमने रामायण के कुछ प्रसंग का गायन भी किया। सुनकर वे रो पड़े।" कुश बोल रहा था निरंतर, उत्साह से।

"वे रो क्यों पड़े माँ?" लव का अचंभित प्रश्न था।

सुनकर मेरा हृदय भी फटने लगा। इतना अस्पृश्य हो गई आज मैं राम! सारे संबंध मृत हो गए मेरे लिए। शत्रुघ्न के अश्रु भी नहीं पोंछ सकती। उनका संताप नहीं समेट सकती आँचल में। एक स्त्री का होना क्या मात्र देह से सिद्ध होता है? क्या देह के बल पर ही वह सृष्टि होती है? उसका मन-मस्तिष्क कोई अर्थ नहीं

रखता समाज, संसार में? हर्म्य के इस कक्ष से उस कक्ष में सहजता से जाने वाला, बलात स्त्री का हरण करने वाला, बलात उससे संबंध बनाने वाला पुरुष तो कभी अस्पृश्य नहीं होता।

"माँ बताओ न, राजा क्यों रो पड़े?" मेरा हाथ पकड़कर लव ने अधीरता से पूछा।

"संभव है महाकाव्य में गुरुदेव ने हर स्थिति, दृश्य का इतना जीवंत और मार्मिक वर्णन किया हो जिसे सुनकर उनका हृदय द्रवित हो गया हो।" मैंने उन्हें बहलाने का प्रयास किया।

"नहीं माँ, आज से पूर्व भी कितने ऋषि, तपस्वी के समक्ष हमने उसका गायन किया है। कोई इतना विह्वल नहीं हुआ। मात्र समीक्षा, सराहना और विवेचना ही करते रहे...इनमें नौ रसों का प्रचुर समावेश है। अद्‌भुत और अनुकरणीय है यह वृत्तांत... आदि-आदि...। ये प्रथम श्रोता हैं जो बिलखकर रो पड़े हैं। कुछ पूछने का प्रयास भी किया हमसे। पूछ न सके, गला अवरुद्ध हो गया उनका। तत्क्षण गुरुदेव ने हमें कुटी में जाने का आदेश दिया।"

"संवेदनशील राजा होंगे। इसलिए द्रवित हो उठे हैं।" मैंने प्रसंग को टालना चाहा। बच्चे अपनी जिज्ञासा शांत करने पर उद्यत थे।

"राजा के अंदर संवेदना नहीं होती, माँ! यदि होती तो राजा राम अपनी गर्भवती पत्नी को अरण्य वास का दंड क्यों देते?" कुश तत्क्षण कह बैठा।

"कोई कारण रहा होगा पुत्र। राजा कर्तव्यों के पाश में बँधे होते हैं, जिनकी पूर्ति के लिए कभी-कभी कठोरता का व्यवहार आवश्यक हो जाता है किसी के साथ भी।"

"किसी के कुछ कह देने मात्र से वे किसी को दंडित कर देते हैं?" लव का भोला प्रश्न था।

"क्या वे एकपक्षीय निर्णय सुनाते हैं माँ?"

'ऐसा प्रश्न क्यों कर रहे हो मेरे बच्चो। मैं क्या जानूँ राजा और राज्य संबंधी बातें?' कहना चाहा पर मौन रह गई। पुनः कुछ न कह पाने की बेबसी ने जिह्वा को जकड़ लिया।

प्रातः पूरा आश्रम शांत था। बाहर न कोई तंबू न सैनिक। मात्र अलात्र की बुझी राख शत्रुघ्न की उपस्थिति का साक्ष्य प्रस्तुत कर रही थी। रात्रि की नीरवता में कई बार इच्छा बलवती हुई थी, एक दृष्टि देखूँ उन्हें। फिर लगा उनकी दृष्टि में आ गई तो सहानुभूति उत्पन्न होगी उनके मन में मेरे लिए। यही तो स्वीकार नहीं रहा कभी मुझे। बारह वर्ष की वृहत् अवधि मध्य मेरे नेत्रों को अश्रुसिक्त नहीं देखा किसी ने। मेरी यहाँ उपस्थिति चिंतन-मनन या विमर्श का विषय संभावित थी। सहानुभूति का शब्द निकले किसी के मुख से, ऐसा अवसर आने ही नहीं दिया मैंने सहानुभूति की ही आवश्यकता होती तो गोपन ही क्यों रखती अपना परिचय।

"वनदेवी, गुरुदेव आपको स्मरण कर रहे हैं।" नयनसुख ने सूचना दी।

मैं गुरुदेव के कक्ष की ओर चल पड़ी। संगीत कक्ष से वीणा की लय पर बच्चों का मधुर स्वर बिखर रहा था। कदाचित वे काव्य गायन का अभ्यास कर रहे थे। क्षणिक वहाँ ठहरकर ध्यान-कक्ष की ओर बढ़ गई।

"प्रणाम गुरुदेव।"

"सौभाग्यवती भव:। आओ पुत्री, बैठो।"

कुशा की चटाई पर बैठ गई मैं। लगा, अवश्य कोई गोपन बात होगी वरन् प्रात: सभा में भी उसे कह सकते थे गुरुदेव।

"ज्ञात ही होगा तुम्हें, आश्रम में शत्रुघ्न का कल रात्रि विश्राम हुआ था। मथुरा के राजपद सुशोभित करने के पश्चात् प्रथम बार राम से मिलने वे अयोध्या जा रहे थे। कुश-लव उस समय मेरे ही समीप थे। उन्हें देख शत्रुघ्न का संशयग्रस्त होना स्वाभाविक था। दोनों हैं भी तो साक्षात राम के प्रतिबिंब। रंग भले श्याम नहीं। मुख की बनावट तो वही है। बच्चों द्वारा महाकाव्य का गायन सुन वे भावविह्वल हो रो पड़े थे। मैंने कुश-लव को तत्क्षण वहाँ से भेज दिया था। उनके जाने के पश्चात् रुँधे कंठ से उन्होंने पूछा था, 'महर्षि, मेरे हृदय को संशय व्यग्र कर रहा है। आज्ञा हो तो व्यक्त करूँ?'

"'अवश्य करिए वत्स।' मैंने कहा।

''झिझकते हुए वे बोले, 'शायद ये वही युग्म बालक हैं जो बारह वर्ष पूर्व उस रात्रि उत्पन्न हुए थे जब मैं मथुरा विजय को जा रहा था?'

"'हाँ वत्स! ये वही बालक हैं।'

"ये बिल्कुल मेरे भ्राता राम के प्रतिरूप लग रहे हैं। कहीं ये मेरी भाभी सीता के पुत्र तो नहीं हैं गुरुदेव? इक्ष्वाकु कुल के दीपक? बताइए न महर्षि। मेरी शंका का निवारण कीजिए।'"

"आपने क्या कहा गुरुदेव?" तटस्थ भाव से मैंने पूछा।

"मैं क्या कहता, सत्य कहने से मना किया है तुमने अत: पूर्व की भाँति मौन रह गया। व्याकुल हो शत्रुघ्न बहुत देर तक रोते रहे। वे बालक नहीं, विवेकवान राजा हैं पुत्री। सत्य क्या गोपन रहा होगा उनसे? पूर्ण रात्रि वे सोए नहीं। टहलते रहे आश्रम में तथा प्रात: ही यहाँ से कूच कर गए।"

मैं मौन रही। समय और संयोग की समीक्षा, विवेचना की अब न कामना होती, न ही औचित्य ही रह गया था।

शत्रुघ्न को गए बहुत दिन बीत गए। गुरुदेव की आशा, प्रतीक्षा व्यर्थ गई कि राम तक यहाँ का संवाद पहुँचेगा। शीघ्र ही वहाँ से सुखद संवाद आएगा या राम स्वयं आ जाएँ। अपने पुत्रों के विषय में सुनकर कोई भी पिता कैसे व्याकुल न होगा। कैसे धैर्य रख पाएगा। मैं सहज, सामान्य। मुझे कोई अपेक्षा, प्रतीक्षा न थी राम की। प्रबल विश्वास था, जब लक्ष्मण का प्रतिरोध सफल न हुआ न ही मेरे त्याग या वनवास का। प्रिय शत्रुघ्न भी चर्चा नहीं करेंगे मेरे पुत्रों का राम के समक्ष। गुरुदेव से अधिक समझती थी मैं राम का स्वभाव या भाइयों का उनके प्रति स्नेह भाव।

परंतु सहज सामान्य रहने के यत्न के पश्चात् भी हृदय पर चोट का अनुभव तो हुआ ही। मन तड़पा भी, हाँ अश्रु नहीं आए नेत्रों में। रोना त्याग दिया था मैंने। यह अनुभव होने के पश्चात् कि आघात, अपमान और तिरस्कार प्रेम से भी अधिक संबल देते हैं व्यक्तित्व गढ़ने में। हृदय में कठोर हठ का जन्म होता है। राम से विलगता की क्या कल्पना तक थी मस्तिष्क में। विडंबना उनसे विलग हो जीवंत

रहा मेरा अस्तित्व माँ के रूप में। भवन में राजसी लालन-पालन होता मेरे पुत्रों का। यहाँ अभावों में मात्र ममता के जल से सिंचित किया मैंने उन्हें। राजकुँवर का दंभ भले न भर सकी उनमें। मानवोचित गुणों को भरने का यथासंभव प्रयास अवश्य किया। ताकि समभाव से देख सकें वे समाज को। अहंकाररहित हो उनका जीवन। सारे संबंधों के शीत-ताप को भोगती रही थी। माँ के संबंध को जीया मैंने। वह भी भरपूर। उनकी हँसी में हँसी। उनके रुदन में सम्मिलित रहे मेरे अश्रु। उनके अभावों को पूर्ण किया अपने स्नेह, प्रेम से। उनके विकास पर गौरवान्वित हुई। न्योछावर कीं उन पर अपनी सारी कामनाएँ, इच्छाएँ। मेरे जीने का लक्ष्य। जीवन के केंद्र बिंदु यही तो रहे सदा जैसे कोई अपंग अपना सारा ध्यान, बल अपंगता की पूर्ति में लगा देता है, वैसे ही मेरी अपूर्णता को भी तोष होना था इनसे।

"माँ...माँ।" बच्चों की पुकार ने सजग किया। सोचो के गुंफन से बाहर आई।

"क्या है बच्चो?"

"नैमिषारण्य में वही कोशल नरेश राम अश्वमेध यज्ञ का अनुष्ठान कर रहे हैं। गुरुदेव कह रहे हैं हमें भी वहाँ जाना होगा। रामायण का गायन करने।" कुश का हर्षित स्वर...।

"माँ, तुम्हें भी चलना है वहाँ हमारे संग। गुरुदेव कह रहे हैं। तुम चलोगी न माँ?" लव कह रहा है।

"चलो न माँ! बहुत विशाल यज्ञ हो रहा है। तुम भी देख लेना। हमें भी राजा राम के समक्ष गायन का अवसर मिलेगा।" कुश उत्साहित है।

"तुम क्यों मौन हो माँ! कुछ बोलती क्यों नहीं? क्या राम के यज्ञ में चलना तुम्हें रुचिकर नहीं लग रहा है?" लव का स्वर क्लांत हो उठा है

"मेरे बच्चो, तुम लोग जाओ। संगीत की तैयारी करो। मैं सोचती हूँ।" मेरे अधूरे वाक्य से भी वे प्रसन्न हो गए। हर्षित मन संगीत अभ्यास के लिए चले गए।

मैं सोच के संसार में भटक गई। पीड़ा भरे संसार में। पुनः दोराहे पर खड़े होने का अनुभव हुआ। ऐसा दोराहा जिसका एक सिरा राम तक जा रहा है जो इस सांसारिक समाज में मुझे पूर्णता प्रदान करेगा...और दूसरा अदृश्य की ओर...। दोनों पथ पर चलना कठिन था मेरे लिए। इस दिन की प्रतीक्षा गुरुदेव को अधिकता से थी। मैंने कोई आस पाली ही नहीं कभी। फिर भी विडंबना, बच्चों के भविष्य हेतु बना प्रश्नचिह्न में उलझी रही। आड़े आ रहा है पुनः वही संयोग...।...

संध्या अपने अस्तित्व के विस्तार में मनोयोग से तत्पर है...। चंद्रमा पश्चिम क्षितिज से संध्या के साम्राज्य की अवहेलना करते मंथर गति से आकाशपथ पर अग्रसर है। मैं कुटी से बाहर आती हूँ। भर दृष्टि चहुँओर डालती हूँ...नेत्र छलक उठते हैं...ओ मेरे एकाकीपन के संगी-साथी...शुक-सारण, खग-विहगो...तुम्हारे सुमधुर कोकिल स्वरों से उर्जित रहा सदा मेरा शून्य मनप्राण..। उन मधुरिमा को सहेजे-समेटे विदा ले रही हूँ तुम से। ओ लता-वृक्षों, तुम्हारी छाँव की शीतलता को अपने उत्तप्त अंतस् में समेटे जा रही हूँ...। ओ पाप विनाशिनी गंडकी...ओ तट की शीतल कोमल बालुकाओ...ओ आश्रम के मेरे अबोध साथियो...सहयोगिनियो...तुम्हारे निस्वार्थ आत्मीयता का स्पर्श चिरकाल तक अंकित रहेगा मेरे हृदय पर और तुम कभी नहीं जान पाओगे

कि तुमने कितना दिया मुझे...तुम्हरी कृतज्ञता और अपनी कृतघ्नता के बोझ से दबी सदा सिसकती नहीं रहूँगी मैं अपनी विवशता पर कि मैंने कर्म से नहीं वरन वचन से सदैव छला है तुम्हें...तुम लोगों ने तो इतना दिया कि आँचल भी कम पड़ गया मेरा...। और मेरे आगमन के प्रतीक्षित तुम्हारे नेत्र भी कभी ये नहीं जान पाएँगे कि उनकी प्रतीक्षा...चिरप्रतीक्षा में परिणत होने वाली है...

विदा ऐ मेरे वन-कानन के संगियो विदा...निःशब्द मैंने उनसे विदा ली...

43

गुरुदेव का हठ सफल रहा। सदा की भाँति आज भी मैं वहाँ उपस्थित हो गई, जहाँ आदेश दाता की आकांक्षा रही। राम के यज्ञ-स्थल का एक भाग। ऋषि महर्षियों हेतु बनी कुटीरों में से एक में क्षुब्ध बैठी मैं जूझ रही हजारों प्रश्नों के आक्रमण से। क्यों चली आई यहाँ अनामंत्रित, पुनः स्वयं को सताने...पीड़ित करने...। क्यों नहीं प्रतिवाद किया गुरुदेव की आज्ञा का? क्यों क्षीण होने दिया अपना संकल्प?

नियति की यह कैसी विडंबना...जब-जब प्रतिकार हेतु संकल्पित हुई कोई न कोई हेतु संबद्ध होता गया जीवन से। क्या प्रतिकार करती? किसका-किसका प्रतिकार करती? गुरुदेव की एक ही रट। कुश-लव को उनका परिचय तुम्हें ही दिलाना है। तुम्हारे बिना यह कार्य संभव नहीं। उन्हें अपना परिचय प्राप्त हो, क्या यह तुम्हारा अभीष्ट नहीं? पुनः वही हेतु। वही किंतु, परंतु। आड़े आ गया बालकों का भविष्य जो कहीं न कहीं उनके उत्तराधिकार से भी जुड़ा है। और उसके लिए ये यथेष्ट योग्यता रखते हैं। केवल उनके लिए, उनका उत्तराधिकार...। लगा, मेरे जीवन का संचालन समय के हाथों में चला गया हो। जैसे-जैसे वह डोर घुमा रहा है। वैसे-वैसे जीवन मुड़ता जा रहा है।

आश्वस्ति मात्र इतनी हुई। कुश-लव को उनके पिता को सौंपने के पश्चात्, कर्तव्य पालन, दायित्व निर्वाह और जीने की आवश्यकता सभी पूर्ण हो जाएँगी। बारह वर्षों तक महर्षि के आश्रम में अपने स्व को विस्मृत कर मात्र माँ के रूप में जीती रही। अब उसकी सार्थकता समीप है।

गुरुदेव की आज्ञा से कुश-लव कल यज्ञ सभा में गए थे। वहाँ उन्होंने रामायण का गायन भी किया। सुनकर भाव विह्वल हो उठे राम। उनके नेत्र अश्रुसिक्त हो गए। तत्क्षण उन्होंने भरत से बच्चों को अठारह हजार स्वर्ण मुद्राएँ देने को कहा। बच्चों ने अस्वीकार कर दिया। उन्हें मेरी सीख का स्मरण था–किसी से दान या उपहार नहीं लेने का। नेत्र तो बहुतों के छलक आए थे किंतु कुश-लव अपरिचित थे उनसे। पुनः राम ने उन्हें समीप बुलाया। उनका परिचय पूछा। दोनों ने स्वयं को महर्षि वाल्मीकि के शिष्य के रूप में परिचय दिया। यह भी स्पष्ट किया–चौबीस हजार श्लोक, एक सौ उपाख्यान और पाँच सौ सर्ग वाले इस महाकाव्य के प्रणेता भी वे ही हैं। इस यज्ञ में वे पधारे हैं। हमारी माँ भी उपस्थित हैं यहाँ।

फिर तो राम से गोपन रहना संभव था क्या उनका अपूर्ण परिचय? उन्होंने उन्हें रोकना चाहा। वे नहीं रुके। यहाँ आकर हर्ष से सुनाते रहे राजा राम की सभा और

भव्य यज्ञ-स्थल का वृत्तांत। सुनकर प्रसन्नता से दीप्त हो उठा गुरुदेव का मुख मंडल। बारंबार पूछते रहे उनसे वे सभा का विस्तृत विवरण। राम का व्यवहार। उत्साह से बखानते रहे दोनों वहाँ का एक-एक वृत्तांत...। बच्चों की प्रसन्नता व गुरुदेव के हर्ष से लगा, उनकी मंशा सफलीभूत हुई है बालकों को यज्ञ-स्थल में भेजने और काव्य गायन करवाने का।

मैं मूक बनी खड़ी रही। कान सजग। अधर बंद। अचंभित सी सोचती कि कितना प्रबल होता है उत्साह का प्रवाह। न वह भूत की ओर देखता है न भविष्य की ओर...मात्र वर्तमान में जीता है?

गद्‌गद स्वर में कह रहे हैं गुरुदेव, "जिसके लिए मैं वर्षों से प्रतीक्ष्य था वह सुअवसर आ ही गया, पुत्री! राम का संवाद आया है कुश-लव और तुम्हारे संग सभा में उपस्थित होने का। वर्षों पल-पल इस चिंता और पीड़ा में दग्ध रहा...यदि तुम और राम पुन: संबद्ध नहीं हुए तो मेरे महाकाव्य के राम पुरुषोत्तम कैसे होंगे। कल का दिवस अति विशिष्ट है। संयुक्त ही मेरे तीन-तीन दायित्व और काम्य पूर्ण होंगे। राम से तुम्हारा मिलन। कुश-लव को उनका वंश परिचय तथा मेरे महाकाव्य 'रामायण' की सुखद इति। प्रात: तैयार रहना पुत्री, हमें सभा में चलना है।" हर्षातिरेक से अवरुद्ध हो गया गुरुदेव का कंठ।

परंतु बड़े चातुर्य से उन्होंने राम का वह संवाद छुपा लिया जो विशेष मुझ से संबद्ध था, 'यदि सीता का चरित्र शुद्ध है तो कल सभा मध्य आकर वे मेरा कलंक दूर करने हेतु अपनी शुद्धता सिद्ध करें।'

गुरुदेव के संज्ञान में भी नहीं था कि मैं राम के संदेशवाहक का सब संवाद सुन रही हूँ। या रहा भी होगा तो राम के संवाद समक्ष उन्होंने महत्त्व नहीं दिया होगा इसे।

कितना भी तटस्थ रहने के कृतसंकल्प होकर भी हर्ष, विषाद या आघात-प्रहार से क्या अलिप्त रह सकता है मानव? हाँ, पाषाण की बात अलग है। मैं ठहरी मानवी। तीव्र आघात लगा था मेरे हृदय को। स्वाभिमान को। स्व तो समूल ही हिल गया पीपल के पत्र की भाँति। यह जानते हुए भी कि राम के लिए अपने वचन और शब्दों से भी हल्का रहा है सदा मेरा अस्तित्व। क्षोभ हुआ स्वयं पर। सब कुछ ज्ञात होते हुए भी क्यों न स्वीकार कर सका मेरा बावरा मन यह यथार्थ कि बार-बार शब्दों के नुकीले पत्थर फेंकना। मेरे स्व, स्वाभिमान पर प्रहार करना क्रीड़ा बन चुका है राम का। पुन: किसी आस को जन्मने, पनपने और युवा होने का अवसर देता रहा।

यह कितना निष्ठुर संवाद...'सीता अपनी शुद्धता सिद्ध कर मेरा कलंक दूर करे।' मेरा कलंक...वही अहं...वही अहंकार...। मन ही मन हँसी मैं। बारह वर्षों में तनिक भी परिवर्तन नहीं आया था उनमें।

'मेरा कलंक दूर करे...।'

'मेरा कलंक...।'

'मेरा वंश गौरव...।'

अर्थात, एक और अग्नि-परीक्षा?

नहीं, अब यह कदापि संभव नहीं। एक बार दी थी अग्नि-परीक्षा। शुद्धता का प्रमाण। परिणाम क्या हुआ? लांछन की भट्ठी में धधकती रही बारह वर्षों...त्याग, निर्वासन स्वरूप...।

तो क्या वाणी द्वारा?

जो अग्नि-परीक्षा देने के बाद भी सिद्ध नहीं हुआ।

तो फिर किस प्रकार दे सकती है एक स्त्री अपनी पवित्रता का प्रमाण?

राम के इस क्रूर संवाद से आघात तो अवश्य लगा हृदय को परंतु पीड़ा उस मात्रा में नहीं हुई जो प्रथम आघात से हुई थी लंका में। तब तो, लज्जा और क्षोभ से जड़-सी हो गई थी मैं नितांत अनजान लोगों के मध्य। आज वैसा कुछ भी अनुभव नहीं हुआ। शायद प्रथम आघात, चाहे वह तन पर हो या मन पर, अधिक प्रभावशाली होता है। परंतु राम के इस संवाद से आश्चर्य अवश्य हुआ। इतने अविवेकी तो नहीं हैं वे, क्या समझ नहीं रहे हैं तन के प्रमाण का हेतु संभव भी हो तो मन की शुद्धता का प्रमाण क्या कोई शपथ हो सकता है? राम ने सोचा भी कैसे कि चौर कर्म करने वाला कोई व्यभिचारी पुरुष मेरा मन जीत सकता है, जिसके आचरण ही नहीं शक्ल से भी मुझे अतिशय घृणा थी।

इस अरण्यवास में यदि मैं जीवित रही या ग्लानि नहीं हुई जीवित रहने पर तो उसका एकमात्र कारण था मेरा आत्मबल। तन और मन से एक पुरुष का होना। राम के प्रति कोई छल न करना। हाँ, अग्नि-परीक्षा मैंने अवश्य दी थी। तब मेरे सम्मुख कोई और उपाय नहीं था राम की शंका के निवारण का। राम का मोह था और यह भय कि मेरे आचरण से मेरे माता-पिता, परिजन, मेरे पराक्रमी ससुर कुल या राम के मान-सम्मान पर कोई आँच न आए। किंतु वर्षों साथ साहचर्य के बाद भी राम कैसे नहीं समझ सके मेरी प्रकृति? मैं धरा पुत्री अवश्य हूँ; उन्हीं की भाँति ऊपर से शांत व धीर परंतु गर्भ में धधकती ज्वालामुखी लिए।

जीवित हूँ तो निष्कासन के कलंक से मुक्ति के लिए मेरी शुद्धता का प्रमाण माँग रहे हैं राम। उस दिन नदी में कूद कर प्राणोत्सर्ग कर चुकी होती तो मेरे साथ उनके उज्ज्वल चरित्र पर भी यह आरोप आरोपित हो गया होता। आज पुनः शुद्धता का प्रमाण? राम की यह पुरुषवादी मानसिकता, बालकों जैसा यह कैसा हठ? बारंबार भरी सभा में मुझे अपमानित करना। अब न तो मन में विषाद हो रहा उनके संवाद से न ही कामना ही उनके पार्श्व में बैठने की...। और उनका पार्श्व खाली भी कहाँ है। वहाँ तो स्वर्ण निर्मित सीता विराजमान हैं। किसी भी संबंध की ऊष्मा क्षीण होने के लिए बारह वर्ष की अवधि बहुत अधिक है। जिस प्रकार जल की कुछ बूँदें शुष्क नदी में तूफान नहीं ला सकतीं वैसे ही हमारे मध्य भी अब स्नेह का कोई उफान आ पाएगा, संदेह है। अशोक वाटिका की स्मृति सदा राम को दंश देगी और वाल्मीकि आश्रम की मुझे। ऐसे में हमारा संबंध सहज व स्नेहासिक्त रहना संभव नहीं।

गुरुदेव का गात-गात पुलक रहा था अपने परिश्रम की सफलता और महाकाव्य 'रामायण' की इच्छित इति पर। क्या उनके मन में तनिक भी आशंका नहीं व्याप्त रही थी कि राम को पिता रूप में पाकर कुश-लव की क्या प्रतिक्रिया होगी? अपनी माँ के निष्कासन हेतु यदि उन्होंने राम को क्षमा नहीं किया तो उनकी साधना और

मेरी तपस्या विफल नहीं हो जाएगी। किंतु मेरे हृदय को यह शंका कोंच रही थी। मैंने मन को स्थिर किया। अपना कर्तव्य निश्चित कर उठी।

आज आत्म-वृत्तांत लिखना सार्थक लगा। कुश और लव अपनी माँ के निष्कासन का कारण अवश्य पूछेंगे राम से। उसका निष्पक्ष उत्तर संभव है उन्हें प्राप्त न हो। यह आत्म-वृत्तांत ही उत्तर देगा उनके प्रश्नों का। जिज्ञासाओं का। पल-पल का साक्ष्य और साक्षी है यह मेरी जीवन यात्रा का। मैंने पृष्ठ खोला...उस पर अंतिम वाक्य उद्धृत किया। यत्नपूर्वक बंद कर उसे यथोचित स्थान पर रख दिया। गुरुदेव के महाकाव्य की इति कल होगी। मेरी गाथा पूर्णता प्राप्त कर चुकी है।

आगे गुरुदेव, पीछे कुश और लव। उनके पीछे मैं। अद्‌भुत लगी यह यात्रा भी। इसमें न राम संग वनगमन समान हर्ष है, न गुरुदेव संग प्रथम उनके आश्रम में जाते समय जैसी लज्जा या ग्लानि। नितांत अलिप्तता का भाव उपज रहा है मानस में। विदेह होने का भाव। सोच रही, जब कर्म ही वश में है मानव के तो चेतना वश कहाँ कभी चूकी हूँ उनके निर्वाह में। अब पिता रूप में राम को पाकर कुश-लव उन्हें क्षमा करें, न करें। इतने दिवस मेरे द्वारा अपना वंश परिचय गोपन रखने हेतु मेरी भर्त्सना करें। इन समस्त अनुभवों से मैं मुक्त हूँ। कुश-लव के लिए यह आरंभ है। मैं तो सर्वारंभ हेतु तत्पर हूँ।

यात्रा पथ एक है। लक्ष्य भी एक है किंतु चारों के मन के भाव एक नहीं हैं। कुश-लव का चिंतन-मनन या आंतरिक द्वंद्व उनके मुख पर लक्षित नहीं है। उनके मनोस्थल तक मैं नहीं पहुँच पा रही हूँ। क्या सोच रहे हैं वे। रामायण के नायक राम को पिता रूप में पाकर क्या मनःस्थिति है उनकी। हर्षित हैं। दुःखी हैं। इस अनहोनी पर अचंभित भी हो सकते हैं। मैं नहीं पूछती। हाँ, गुरुदेव का मुख मंडल प्रसन्नता से अवश्य दीप्त है। हो भी क्यों नहीं, उनकी महान चिंता, अर्थात मैं। दायित्व...मेरे पुत्र और रचना 'रामायण' तीनों की मनचाही सुखद इति कैसे भाव-विभोर नहीं करेगी। महर्षि वे अवश्य हैं। सांसारिक मोह-माया से परे, परंतु आश्रम में मेरी उपस्थिति। कुश-लव की उत्पत्ति ने उन्हें अभिभावक और सांसारिक भी बना दिया है और काव्य चेतना ने संवेदना से भरपूर तथा कर्तव्य इच्छाओं को जाग्रत भी कर दिया है उनके अंदर।

अपने-अपने भावों संग सभी ने सभा-कक्ष में प्रवेश किया। विशिष्ट जनों से ठसाठस भरी राजा राम की विशेष सभा। अवसर भी तो विशेष ही है, मेरी शुद्धता की सिद्धि का। हमारे प्रवेश करते ही शांत सभा में हल्की सी भिनभिनाहट उभरी...पुनः निस्तब्धता छा गई।

हमें कोई आसन नहीं मिला, न ही गुरुदेव को यथोचित सम्मान ही। सभा मध्य हम खड़े रहे राजा राम के आदेश की प्रतीक्षा में। राम कुछ बोलते, इससे पूर्व ही अति उत्साहवश गुरुदेव उनसे संबोधित हुए-

"श्रीराम, आपने वर्षों पूर्व लोकापवाद के भय से सीता का त्याग किया था। निस्संग गर्भवती सीता को मैं अपने आश्रम पर ले आया। सीता धर्मनिष्ठ तथा पतिपरायणा नारी हैं। सीता के गर्भ से उत्पन्न ये यमज बालक कुश और लव आपके ही पुत्र हैं। बारह वर्षों से सीता के निर्मल आचरण का साक्षी रहा हूँ। मैं अपने जीवन

भर के संचित पुण्यों की शपथ लेकर कहता हूँ, सीता निष्कलुष और पवित्र है। आप विश्वास कीजिए तथा सीता को यथोचित सम्मान एवं आसन दीजिए।"

गुरुदेव कह रहे हैं। नतमस्तक मैं सुन रही हूँ। सोच रही..., क्या आज का यह क्षण भी एक विलक्षण अध्याय नहीं जोड़ रहा है मेरे जीवन में? पिता तुल्य महर्षि वाल्मीकि अपने जीवन-भर के संचित पुण्यों के बिना पर मेरी पवित्रता की शपथ ले रहे हैं। संसार में आज से पूर्व क्या ऐसी विकट व लज्जाजनक स्थिति आई होगी किसी स्त्री के जीवन में? जब बार-बार पति द्वारा उससे उसकी चारित्रिक शुद्धता का प्रमाण माँगा गया हो, जीवन साथी द्वारा। सहगामी द्वारा? मस्तिष्क विवेचना के महाभँवर में उलझता...तभी राम के स्वर ने विराम दे दिया।

"महात्मन! आप का कथन सत्य हो सकता है। पूर्व में भी जन-समूह के समक्ष मैंने सीता की पवित्रता की परीक्षा ली थी। उसके पश्चात् भी जोरों का लोकोपवाद उठा अयोध्या में और सीता का त्याग अनिवार्य हो गया। ज्ञात है मुझे, ये दोनों बालक मेरे ही पुत्र हैं। इसके पश्चात् भी इस सभा के मध्य सीता को अपनी पवित्रता का प्रमाण स्वयं देना होगा। इसके पश्चात् ही उन्हें यथोचित सम्मान प्राप्त होगा तथा मेरे वाम भाग में बैठने की अधिकारिणी होंगी वे।"

शूल की ही भाँति तो मेरे हृदय में धँस गए उनके शब्द वाण और ध्वस्त-विध्वस्त करने लगे मेरे भावस्थल को...धरा के क्रोध कंपन जैसा जो थर्रा देता है जीव जगत को...। सागर के कोप प्रलय जैसा जो बहा ले जाता है अपने प्रवाह में हर वस्तु को...। पवन के रोष हुंकार जैसा जो ध्वंस-विध्वंस कर देता है जड़ व चेतन को...। इतना तिरस्कारपूर्ण वचन...वह भी महर्षि वाल्मीकि के लिए? जो मेरे लिए अपने संचित पुण्यों की शपथ ले रहे हैं यहाँ उपस्थित होकर। "आप का कथन सत्य हो सकता है।' क्या तात्पर्य है राम के इस कथन का? जिन महर्षि का जीवन ही सत्य के रक्षार्थ व्यतीत हुआ या हो रहा है, जो उनके पुत्रों के आश्रयदाता हैं, ऋषि हैं, तपस्वी हैं, असांसारिक हैं। उनके प्रति ऐसा अविश्वास और इतने अहंकारपूर्ण शब्द? धिक्कार उभरा मेरे अंदर...। अपने निरादर का भागी क्यों बना रही मैं पिता तुल्य महर्षि को? क्या लज्जा भी आज इतनी करुणामयी हो गई जो इस सभा मध्य अभी तक मैं चेतन खड़ी हूँ? क्यों नहीं अपने भीषण प्रहार से वह संज्ञाशून्य कर रही मुझे? क्यों नहीं दरक रही यह धरा रोष से...?

किंतु नहीं...मेरी लज्जा और क्षोभ का ताप कहीं लक्षित नहीं हो रहा...मात्र मेरे भावस्थल पर ही ध्वंस-विध्वंस हो रहा..टूट-फूट हो रहा...चिंदी बन उड़ रहे उसमें मेरे विचार, भाव, सोच...

झुकी पलकें उठाकर मैंने सिंहासन पर विराजमान चक्रवर्ती राजा राम की ओर देखा। राजसत्ता के दर्प से दीप्त मुख मंडल...। कदाचित इसी दर्प की आभा में उन्हें एक महर्षि का वचन और शपथ भी अविश्वसनीय और तुच्छ अनुभव हो रही है। वे तपस्वी जो हमारे सुखी जीवन के आकांक्षी हैं, हमें एकाकार करने हेतु कटिबद्ध हैं, महर्षि से सांसारिक बन एक अपराधी की भाँति सभा मध्य खड़े अपने तप व पुण्यों की शपथ ले रहे हैं। मेरे लिए तो अब मान-अपमान सभी समान हैं किंतु उनका मान-सम्मान मेरे मोह में धूमिल हो रहा है।

अलिप्तता के प्रति संकल्पित रहने के पश्चात् भी आक्रोश से सुलग उठा मेरा सर्वांग। इतना अहंकार...? अहं के प्रति इतना घोर आग्रह...? यह कैसा पुरुषत्व है? अब यदि और मौन रही तो गुरुदेव के प्रति घोर अन्याय तथा कृतघ्नता होगी। भरी सभा में मुझे अपमानित करना ही राम की आकांक्षा है तो मुझे बोलना ही होगा। तभी अपने आश्रयदाता का ऋण चुका पाऊँगी। अन्यथा मेरे स्नेहवश उन्हें और कठोर वचन सुनना पड़ेगा। तिरस्कारित...अपमानित होना पड़ेगा।

दृष्टि घुमाकर मैंने भरी सभा की ओर देखा...। सभी के जिज्ञासु नेत्र मुझ पर ही केंद्रित थे। मुझे अपलक निहारते...। सभा ऐसा निस्तब्ध...कि सूई भी गिरे तो दिशाएँ काँप उठें...। मेरे अधरों पर वक्र मुस्कान तिर गई–कैसी विचित्र सभा है यह पुरुषों की। एक स्त्री की शुद्धता का प्रमाण जानने, परखने हेतु इकट्ठी है, उत्सुक है, आकुल है। क्यों कोई कुश-लव के संबंध में प्रश्न नहीं कर रहा है? क्यों संशय व्यक्त नहीं कर रहा है उनके जन्म संबंधी? नहीं करेगा कोई यह प्रश्न...। यहाँ सभी राजा राम के अधीन हैं और राजा राम की विडंबना है कुश और लव को अपनाने की। अनभिज्ञ नहीं मैं इस तथ्य से, मर्यादा की वेदी पर जब वे मुझे, मेरे स्व और स्वाभिमान ही नहीं अपितु अपने सुख-शांति को भी बलि चढ़ा सकते हैं तो अपने एक पत्नीव्रत के संकल्प को कदापि भंग नहीं करेंगे। वैसी स्थिति में उनके वंश का बढ़ना असंभव है और अयोध्या का राजसिंहासन अपने उत्तराधिकारी से वंचित रह जाए यह भी वांछनीय नहीं होगा उन्हें।

किंतु यह विशाल सभा मात्र मेरी शुद्धता की शपथ सुनने...कौतुक-क्रीड़ा देखने को इकट्ठी है। इससे बड़ा तिरस्कार और क्या होगा किसी स्त्री का? क्यों सह गई मैं लंका में अपना अपमान...क्यों सह रही हूँ आज भी...? क्या अब भी कोई आस शेष है...? ग्लानि के दंश से चीत्कार उठी मेरे अंदर की स्त्री...। धिक्कार उठी अपने अब तक जीवित रहने पर। संबंधों के प्रति अपने क्षुद्र मोह पर...। वाणी विप्लव पर उद्यत होती...तत्क्षण, क्षोभ, रोष के ताप से उफनते मस्तिष्क और तनती जिह्वा को संयमित किया मैंने और राम की ओर उन्मुख हुई–

"हे आर्यपुत्र, इस सभा में आज मैं याचक नहीं, दाता हूँ। इक्ष्वाकु वंश की धरोहर कुश और लव को सौंपने आई हूँ आपको। परख लीजिए इनके लालन-पालन में कोई त्रुटि तो नहीं रह गई है? और रही मेरी शुचिता का प्रमाण...जिसे जानने, सुनने और परखने हेतु यह सभा और आप अधीर हैं, तो बार-बार मुझे ही क्यों अपनी शुचिता की परीक्षा देनी पड़े? इतनी अवधि तक आप मुझ से दूर रहे, आपकी एकनिष्ठा तथा शुचिता पर प्रश्नचिह्न क्यों नहीं लग रहा? यह कैसा लोक है? कैसा समाज है या कैसा काल है...? बार-बार एक स्त्री के चरित्र का ही हनन क्यों? मुझे लंका में ही अग्नि-परीक्षा नहीं देनी चाहिए थी परंतु वहाँ मैंने पत्नी धर्म सोचकर वह संताप सह लिया था। अब पुन:-पुन: वही परीक्षा..? वही आडंबर...। वही कौतुकपूर्ण क्रीड़ा...। क्या इस क्रीड़ा का कोई अंत भी है? क्या भविष्य में ऐसे ही किसी लोकोपवाद पर मुझे फिर परीक्षा देने के लिए बाध्य नहीं किया जाएगा, यह कौन सुनिश्चित करेगा?

"राम! एक पत्नी, एक स्त्री की शुचिता चाहे कितने ही प्रश्नों में घिरी हो परंतु एक माँ की शुचिता किसी भी प्रमाण और परीक्षा से परे है। स्त्री मात्र जननी है

और यही सत्य है। मैं इस सभा में कुश–लव की माँ हूँ तथा उनकी माँ होने के नाते घोषणा करती हूँ–आज मैं अपनी शुचिता की परीक्षा नहीं दूँगी।"

मानो वज्रपात ही तो हुआ...सभा अवाक्...स्तब्ध। राम के नेत्र विस्फारित...भरत, लक्ष्मण, शत्रुघ्न, विभीषण, सुग्रीव, जामवंत, सुमंत...सभी व्याकुल, विचलित लगे। लंका का वह दृश्य पुनः नेत्रों के समक्ष घूम गया...अपने संपूर्ण सामर्थ्य के साथ... किंतु आज वह मेरे चित्त को विचलित न कर सका। संबंधों की परिणति को समझकर अपने भावों को साध लिया था मैंने। अतः शांतचित्त व दृढ़ शब्दों में मैं पुनः बोली--

"हे राजा राम! आपने राजधर्म निभाया परंतु पतिधर्म का निर्वाह नहीं कर सके। पति–पत्नी का संबंध राजधर्म का विषय नहीं है। यह मन और विश्वास का संबंध है। राजधर्म की ओट लेकर आप अपने मन का कलुष छुपा नहीं सकते। अतः आज इस सभा में समस्त समाज के समक्ष, जनक नंदिनी जानकी आपका परित्याग करतीं है...।"

अदृश्य होती मेरे कानों में राम की कातर पुकार गूँजी...परंतु सीता का संकल्प राम की पुकार सीते...सीते...से क्यों पसीजता...???

✪✪✪